Sammlung Luchterhand 529

Über dieses Buch: Nach ihrem großen, in viele Sprachen übersetzten Roman »Leben und Abenteuer der Trobadora Beatriz nach Zeugnissen ihrer Spielfrau Laura« (»So etwas wie eine Bibel aktueller Frauenemanzipation«, Frankfurter Rundschau) schrieb Irmtraud Morgner mit diesem ›Hexenroman‹ den zweiten Teil einer als Trilogie konzipierten Emanzipationsgeschichte. Angesichts der offenbar gewordenen Gefährdung unseres Planeten läßt sie Beatriz als Sirene wiederauferstehen; ihre ehemalige Spielfrau, die Ostberliner S-Bahn-Führerin Laura Salman, entdeckt ihr hexisches alter ego, Amanda, Anführerin einer hexistischen Unterwelt-Organisation im Grenzland zwischen Ost und West. Es geht um den Umsturz des todbringenden männlichen Sinnsystems.

»In einem atemberaubenden Erzähltempo schlägt die Autorin Brükken zwischen banalem DDR-Alltag und der klassischen griechischen Mythologie, zwischen Goethes Faust und der Brocken-Historie. Ein Montageroman, der Spontaneität zum Prinzip erhebt, wo das Unmögliche und Phantastische erlaubt ist, aber niemals Phantastisches zum Selbstzweck wird, wo Eulenspiegeleien und Witz so kunstvoll versponnen und verwoben werden, daß die knapp 550 Seiten Kurzweil und intellektuelles Abenteuer bedeuten.«
Stuttgarter Nachrichten

Über die Autorin: Irmtraud Morgner, 1933 in Chemnitz geboren, studierte Germanistik an der Humboldt-Universität in Berlin/DDR, danach als Redakteurin tätig. Lebte bis zu ihrem Tod 1990 als freie Schriftstellerin in Berlin/DDR.

In der Sammlung Luchterhand sind außerdem erschienen: *Leben und Abenteuer der Trobadora Beatriz nach Zeugnissen ihrer Spielfrau Laura* (SL 223); *Hochzeit in Konstantinopel* (SL 267); *Die wundersamen Reisen Gustavs des Weltfahrers* (SL 350), *Gauklerlegende* (SL 414).

Irmtraud Morgner
Amanda
Ein Hexenroman

Luchterhand
Literaturverlag

»Das Lachen ist nur der Schmerzenslaut
der Sehnsucht nach der Heimat, die im
Innern sich regt.«

E. T. A. Hoffmann
Seltsame Leiden eines Theaterdirektors

Sammlung Luchterhand, September 1984
Luchterhand Literaturverlag GmbH, Hamburg · Zürich. Copyright © 1983, 1992 by Luchterhand Literaturverlag GmbH, Hamburg · Zürich. Alle Rechte vorbehalten. Umschlagentwurf: Max Bartholl / Christoph Krämer. Umschlagabbildung: Hans Baldung Grien, Zwei Wetterhexen, Städelsches Kunstinstitut, Frankfurt am Main. Satz: Druck- und Verlags-Gesellschaft mbH, Darmstadt. Druck: Wagner GmbH, Nördlingen. Printed in Germany.
ISBN 3-630-61529-5

4 5 6 7 8 9 97 96 95 94 93 92

Verzeichnis von Hauptfiguren des Romans

Amanda, *hexische Hälfte von Laura Amanda Salman*
Laura, *andere Hälfte von Laura Amanda Salman, Triebwagenfahrerin*
Wesselin, *Lauras Sohn*
Dr. Konrad Tenner, *Archivar, geschiedener Ehemann von Laura Amanda*
Vilma Tenner-Gommert, *Sekretärin, Ehefrau von Konrad Tenner*
Dr. Heinrich Fakal, *Wissenschaftswissenschaftler, Schulfreund von Laura Amanda*
Johann Salman, *Lokführer i. R., Lauras Vater*
Benno Pakulat, *Zimmermann, Lauras verunglückter Ehemann*

Sirene Beatriz, *vormals Trobadora Beatriz*
Arke, *Tochter von Erdmutter Gaja, für den Blocksberg und sein Einzugsgebiet zuständig*
Kolbuk, *Oberteufel vom Blocksberg*
Zacharias, *Oberengel vom Blocksberg*

Griechisches Vorspiel

Natürlich drehen sich nicht alle Verstorbenen im Grabe um.
Selbst der gegenwärtige Weltzustand läßt viele Tote unbewegt.
Ich konnte unter der Erde keine Ruhe finden.
Seit 1973 da aufgehoben in bewegtem Stoff. Er trieb mich um und um und schließlich aus. Jäh wurde ich aus diesem Stoff in einen anderen gerissen.
Den anderen durchflog ich. Trieb ich mich durch die Lüfte? Wurde ich getrieben?
Dunkelheit lag auf der Erde. Der Sturm heulte aus Norden, die Wolken verhüllten den Mond, die Natur war in Aufruhr.
Eine Nacht, die empörte Einbildungskraft zu verwildern.
Ich fühlte mich aus Kälte fort in ein Gefild gerissen, das Lebenszeichen gab. Kreischen und Krächzen hörte ich. Dann Flügelsausen. Ferne Geräusche in lauer Luft.
Sie näherten sich, schwollen an, umlärmten mich.
In der Finsternis konnte ich nichts erkennen. Ich vermutete mich in einem Schwarm Aras.
Kreischstimme von oben: »Wo willst du hin?«
Krächzstimme von unten: »Nach Delphi.«
Gemischter Chor ringsum: »Nach Delphi zsam zsam fliegen wir dann.«
Deutsche, französische, russische, englische, italienische und griechische Menschenworte, tierisch verlautet. Dressierte Aras?
Ich versuchte, dem Lärm zu entkommen. Es gelang mir nicht. Hing er mir an? Oder ich ihm?
Plötzlich Meeresrauschen. Meine Ohren lauschten süchtig und steuerten mich draufzu. Auch glomm ein Licht in der Richtung.
Ich schließlich im Sturzflug auf das Licht nieder. Trockne Landung.
Das Licht drang aus einer Erdspalte. Es beleuchtete eine Frau und einen Stein. Die Frau scharrte Lorbeerlaub zusammen, bestäubte es mit Mehl und entzündete den Haufen. Rauch wölkte auf. Die Erdspalte begann zu dampfen. Die Frau setzte sich daneben auf einen Dreifuß, kaute Lorbeerlaub und fächelte sich Dampf zu. Die Bewegungen der vermummten Gestalt erinnerten mich an meine Freundin Chariklia.

Plötzlich brachen seltsame Wesen durch die Rauchwolke. Und sie gingen neben mir nieder wie gewaltige Früchte, die von einem gewaltigen Baum geschüttelt wurden. Die Wesen scharten sich um den Dreifuß und starrten aus Menschengesichtern auf die kauende Frau. Ein Dutzend Menschengesichter zählte ich um mich. Ein Dutzend Beweise dafür, daß ich wirklich und wahrhaftig auferstanden war. Zum zweiten Mal.

Die Menschenköpfe waren Tierleibern angewachsen. Schlangenähnlichen und vogelähnlichen.

Erschrocken griff ich nach der Herzgegend: Federn. Ich sah an mir herab: gefedert. Oder gefiedert?

Die vogelähnlichen Wesen um mich trugen dichtere Federkleider als ich. Die Schlangen, auch geflügelt, waren nackt.

Auf dem Dreifuß die Frau warf ihr Gewand mit Händen, die an auffliegende Spatzen erinnerten. Meine Freundin Chariklia aus Athen hatte solche Hände zum Theaterspielen, Inszenieren, Tanzen und Autofahren benutzt.

Die Schlangen begleiteten die Beschwörungsgesten der Frau mit Krächzen. Die Vogelwesen gaben keinen Laut. Als die Frau die gekauten Blätter ausgespuckt hatte, verstummten die Schlangen.

Die Frau beugte sich über den Stein.

Stille.

Dann Gemurmel. Stoßweis aus der Vermummung drang es. Monoton. Keine Rede. Kein Gesang. Nichts, was den Geist oder die Sinne erfreuen konnte. Doch die Schlangengesellschft lauschte gebannt. Zwei Schuppentiere krochen zum Stein. Die Vogelwesen ordneten ihr Federkleid, scharrten im Karst, schliefen ein. Ihre Körperform erinnerte an die Schneeule. Im Gegensatz zu dieser Tierart waren sie jedoch wie der Uhu mit zwei Kopfbüscheln versehen. Die Federohren wuchsen aber nicht wie beim bubo bubo über den Augen und auch nicht zwischen Schläfen und Hinterkopf, wo die Menschenohren sitzen, sondern am Haaransatz. Dort, wo Männer die Geheimratsecken erleiden. Ich schätzte die Flügelspannweite auf zweieinhalb Meter, die Körperhöhe auf einen und tastete meinen Kopf ab. Ich spürte kaum Federohren, aber Krallen. Im Flackerlicht, das aus der Erdspalte drang, mußte ich erkennen, daß ich mit Krallenhänden und Krallenfüßen auferstanden war. Einziger Trost: die Schwungfedern. Ich spreizte die Armschwingen und genoß den Auftrieb, der schon von zwei Schlägen baumhoch geriet. Hinter mir am Berghang nämlich Ölbäume.

Die Schuppentiere am Stein, ein weißes und ein blaues, lagerten geringelt wie auf der Lauer. Das weiße wiederholte das Gemurmel der Frau. Das blaue übersetzte. Auch in Französisch und Deutsch, die Sprachen meines zweiten Lebens. Ich hörte Worte und Satzfetzen, aus denen ich keinen Sinn gewinnen konnte.
Die blaue Flügelschlange setzte die Brocken zusammen und ergänzte dazwischen. Ergebnis: ein Vexierspruch. Deutsche Fassung: »In der Büchse die Hoffnung Prometheus muß holen Pandora gewinnen ihre Wiederkehr dringlich serpentische Töchter ziehen Gesang.«
Sobald der Spruch verkündet war, begann das Palaver der Auslegung. Es hinderte mich am Einschlafen. Als ich Ruhe fordern wollte, merkte ich, daß ich ohne Stimme war. Stumm wie die anderen Vogelwesen auch: schreckliche Entdeckung. Da ich zwei Leben als Trobadora durchgemacht hatte und gewöhnt gewesen war, über ein wohlklingendes Organ verfügen zu können, traf mich der Verlust noch schmerzlicher als die körperliche Wandlung. Ich weinte meine Federn naß.
Die Frau warf ein Tuch von sich und verschwand in der Erdspalte. Es flog über den disputierenden Schlangenhaufen auf einen Olivenast. Ich schleppte mich den Hang hinauf, holte es. Ich und nicht tot und kein Mensch und kein Tier und keine Pflanze – wer war weniger? Ich hüllte mich in das Tuch. In Schlaf.
Gezänk weckte mich. Im Flackerlicht unter mir Rauferei. Neun Schlangenwesen stritten um drei Vogelwesen. Auch wurden die drei umworben. Da sie sich nicht entschließen konnten, wurden sie schließlich verteilt. Die Gewinner entführten sie in die Schwärze der Nacht. Sechs Verlierer blieben zurück und schlängelten noch eine Weile. Dann flogen auch sie auf und davon.
Ich grub meine Fußkrallen in den Karst und schlief weiter.
Aber vor Morgengrauen noch wurde ich aus dem Schlummer in Winde gerissen. Salzige zuerst. Dann ungewürzte, kältere. Eine geflügelte Schlange stieß und dirigierte mich vorwärts. Deutsche Befehle.
Ich folgte widerwillig.
Aber ich folgte – warum? Ich, eine Tochter des Südens. Als Trobadora hatte ich niemandem gehorcht außer mir. Seltsame Unwiderstehlichkeit. Ich krallte dagegen an.
Meine Entgegnung erregte Freude. Krächzend wurde mir erklärt, daß im Norden auch Sirenen gebraucht würden und überhaupt am besten dort, wo sie auferstanden wären.

Aus mein Traum vom Mittelmeer. Mir wurde die Spree als Gewässer verheißen.
Ein mir wohlbekannter Fluß. In seinem Schmutzwasser hatte ich während meines zweiten Lebens gebadet. Mit meiner Freundin und Spielfrau Laura Salman.
Gekreischtes Bekenntnis: Ich wäre mehr als eine Überraschung, weshalb ich mir den Spreeort aussuchen dürfte.
Und da entschied ich mich natürlich für die Hauptstadt Berlin.
Wir landeten am Werderschen Ufer. Immer noch Nacht, aber von Lampen gebrochen. Ich hörte Wasserglucksen. Dann den Befehl: »Sing«. Nicht gekreischt; schrill gesprochen. Sehr hoch und schrill und leise und wieder unwiderstehlich. Singbefehl an eine Stumme. Aber der Zwang zu befolgen war so groß, daß ich mich dennoch bemühte. Und nach vielen vergeblichen Versuchen brachte ich tatsächlich eine Nachahmung hervor. »Kann nicht«, sagte ich so hoch und schrill und leise wie die Schlange eben.
Sie spreizte die Flügel. Triumph? Imponiergehabe? Drohgebärde? Schwingen, die an die Flossen von Schleierfischen erinnerten. Das Licht der Straßenlaterne hinter uns schien durch die Flughäute. Das Menschengesicht erinnerte mich an Koren. »Kann nicht«, wiederholte ich, um mich der Stimme zu versichern, die erbärmlich war, aber besser als stumm.
»Dann lern es«, sagte die Schlange.
»Von wem?« fragte ich verstört.
»Von dir«, sagte die Schlange. Ihr blauer Körper pendelte jetzt von einer Eiche. Der Kopf war kleiner als der eines Menschensäuglings.
Autogeräusche. Klimpern von Absätzen.
»Hab noch nie eine so kleine Frauenbirne gesehen«, sagte ich vor Angst, entdeckt zu werden.
»Sieh in den Spiegel«, befahl die Schlange und wies auf den Tümpel, der neben der Eiche stand. Ich folgte erneut und erkannte im Wasser das Gesicht von Beatriz de Dia und einen Vogelkörper. Dieses Wiedersehen mit mir entsetzte mich derart, daß ich einen Lachkrampf erlitt.
»Und wer bist du?« fragte ich, nachdem ich mich erweibt hatte.
»Ich bin Arke«, antwortete die Schlange. »Manche nennen mich auch Horsel, weil ich im Hörselberg gefangengesetzt war.«
»Warum?« fragte ich.
»Das ist eine lange Geschichte«, sagte die Schlange und bat um Beeilung. Denn Singen wäre die Muttersprache der Sirenen.

Ich dachte nach. Aber ich konnte mich nur der Sprachen erinnern, die mir als Trobadora Beatriz geläufig gewesen waren: Altprovenzalisch, Französisch, Deutsch. Und Lebensereignisse wollten mir auch nicht einfallen.
»Donner diese Vergeßlichkeit«, sagte ich.
»Sie ist natürlich«, belehrte die Schlange, »weil Schlachtenlärm Sirenen verdummt.« Diese Empfindlichkeit hätten sie mit manchen Menschen gemein, die von Zwistigkeiten geistig gelähmt würden. Im Allgemeinen aber hätten sich die Menschen im Gegensatz zu den Sirenen anpassen können. Kriegslieder hätten gegen den Gesang der Sirenen nie angekonnt. Aber Kriege . . .
»Und Odysseus«, ergänzte ich.
Doch die Schlange behauptete, daß die Sirenen zu Odysseus' Zeiten bereits stumm gewesen wären. Beweis: die Ohrstopfen. Ein derart lächerliches Mittel gegen den überwältigenden Sirenengesang strafe die Überlieferung Lügen. Daß Odysseus die Ohren seiner Gefährten dennoch verkleben und sich an den Mast fesseln ließ, als sein Schiff nach der Zerstörung Trojas an der Insel Aiaia oder Ogygia vorbeisegelte, bezweifelte die Schlange jedoch nicht. Die Sage von den ursprünglichen Fähigkeiten der Sirenen müsse damals offenbar noch derart lebendig gewesen sein, daß der Kriegsheld der Realität nicht gänzlich zu vertrauen wagte. Vorsicht und Angst wären geboten gewesen, da nicht der Tod wie gewöhnlich hätte befürchtet werden müssen, sondern mehr. Schlachtenmut, Eroberungswille, Siegesgier: Dieser Tugendsockel, worauf Odysseus' Leben gründete, würde unterm Gesang von Sirenen zerstieben. Derart beraubt würde so ein Held den Glauben an sich verlieren: sich selber. Und wiederfinden würde er sich unter den Raubtieren und von ihnen verachtet: Denn Raubtiere töten nur, wenn sie hungrig sind . . .
Das Gesicht der Schlange warf keine Sprechfalten. Es blieb starr, als ob Schönheitsoperationen die Haut überspannt hätten, und erinnerte mich an den Trobador Raimbaut d'Aurenga, der 1167 meine Liebe verschmähte.
Die Schlangenflügel wehten im Wind wie Gardinen. Die Nacht war kühl. Da mir Geselligkeit angenehm ist, erkundigte ich mich, wo sich meinesgleichen hier aufhielte.
»Ich war seit meiner Befreiung erst zweimal in Delphi am Fuße des Parnaß«, sagte Arke. »Ich habe am Nabel der Welt zum ersten Mal Sirenen gesehen. Der Nabelstein Omphalos zieht Geister der Erdgöttin Gaja ab und zu magisch nach Delphi, wo das Orakel verlautet.«

»Orakel – wahrlich ja«, sprach ich, »mußte ich auferstehen, um Unsinn anzuhören?«

Empörtes Krächzen von der Eiche. Flughäute vor meinen Augen. Ich schrillte dagegen.

Nach der Attacke der Spruch: »Pythische Wahrheit erwächst.« Wieder ein Rätsel. Dunkler Stil war mir schon bei den provenzalischen Trobadoren unangenehm gewesen. Und nun? War ich nun selber dunkel? Selber ein Rätsel?

»Ein Zeichen vielleicht«, hörte ich.

»Ein gutes?« fragte ich.

»Möchts gern glauben«, sagte Arke.

»Ein böses etwa?«

»Wills nicht glauben«, sagte Arke und schilderte, wie ihr und ihren Schwestern gleichzeitig die Ahnung aufgegangen wäre, daß mit dem Orakelwort »Gesang« Sirenen gemeint sein könnten. Nachfolgendes Haschen nach den schlafenden Vogelwesen wie ein Ausbruch von Habgier. Keine Schlange, die freiwillig auf ein Medium hätte verzichten wollen. Feilschen um die als Rettungsmittel Verdächtigen ... »Und ich hätte bestimmt kein Sprachrohr abgekriegt, wenn mir nicht der Zufall zu Hilfe gekommen wäre«, sagte Arke. »Das Tuch. Ein unverhoffter Fund unter der Decke, als die Geister schon abgeflogen waren. Meine Schwestern wissen noch nichts von meinem Glück ...«

Das Wort »Sprachrohr« empörte mich, und ich versicherte, daß ich meine zweite Auferstehung im Gegensatz zu meiner ersten weder gewollt noch betrieben hätte, weshalb der Begriff »Befreiung« für meine Wiederkehr jedenfalls unzutreffend wäre.

Arke grübelte.

»Und wer hat dich befreit?« fragte ich in das Wirrsal.

»Das ist eine lange Geschichte«, sagte die Schlange, »nicht weniger wunderlich als deine. Wenn du in deinem zwölften Jahrhundert als Gattin des Guilhelm de Poitiers normal verstorben wärst, hättest du dich sicher nicht verwandelt erhoben. Obgleich du eine Dichterin warst, eine weise Frau. In alten Zeiten lebten alle weisen Frauen ein zweites Leben in Sirenengestalt. Damals gab es viele Sirenen. Dann übernahmen die Männer die Herrschaft und führten ein, was die Menschen heute Geschichte nennen: Privateigentum, Klassentrennung, Ausbeutung, Staatsgewalt, Kriege. Kriegslieder konnten die Sirenen mühelos niedersingen. In Kriegen verstummten die Wesen. Danach erinnerten sie sich wieder und gewannen ihre Sprache

zurück. Als jedoch die Zeiträume zwischen den Kriegen kürzer und kürzer wurden, blieb den Sirenen keine Zeit mehr zum Erinnern. Auch wurden die weisen Frauen immer seltener. In Küchen können keine wachsen. Und in Kriegen können keine auferstehen . . .«
»Oho«, schrie ich und fühlte den kalten Schweiß unter meinem schütteren Federkleid sich erwärmen, »aha«, schrie ich wie besoffen vor Erleichterung und schloß kurz, daß folglich trotz dieser unerträglichen Bewegung des geplünderten Planeten, die viele Tote umtrieb und mich aus, noch immer Friedlichkeit . . .
»Hier«, sagte die Schlange. Aber seit Ende des zweiten Weltkriegs wären auf dem Planeten einhundertsechzehn lokale Kriege geführt worden. Tote fünfundzwanzig bis dreißig Millionen. Weltweite Friedenstage in fünfunddreißig Jahren: achtundzwanzig. Nur mit dem arroganten Trick, Europa als Welt zu setzen, könnte von Friedenszeiten geredet werden. Atomkriegen aber wäre mit solcher Arroganz nicht zu begegnen. Außerdem führten die Menschen nicht nur Kriege gegeneinander, sondern auch welche gegen den Planeten.
»Eile!«
»Wohin«, fragte ich.
»In dich«, sagte die Schlange. »Lerne durch Verlernen. Trainiere!«
Bestimmte Weisung aus unbestimmtem Gesicht. Ambivalentes Lächeln, das mir bisher nur an den Koren- und Kuros-Standbildern im Akropolismuseum zu Athen begegnet war. Anziehende und distanzgebietende Züge, abstrakt, der Würde polyphoner Musik ähnlich.
»Und Sie«, sagte ich unwillkürlich, »und du«, zwang ich mir aber gleich darauf ab und blähte meine Federn, »was machst du derweil und überhaupt außer befehlen?«
»Orakeln über das Orakel wie alle serpentischen Töchter Gajas, die Gründe für die Wiederkehr der Sirenen ergründen, umgehen«, sagte die Schlange. Dann führte sie mich vor ein Abrißhaus und entflog.
Ich hüllte mich in das Tuch, das ich vom Parnaß mitgebracht hatte, und verkroch mich im Keller.
Am Abend kehrte die Schlange zurück. In Eile wie zuvor. Und sie gestand auch rundheraus, daß sie zum Erzählen vorläufig keine Zeit erübrigen könnte. Deshalb und um mir das Training zu erleichtern, hätte sie Papiere und ein Buch mitgebracht. Materialien aus dem Blocksberg-Archiv, mit deren Hilfe ich trainieren sollte, meine Lebensereignisse als Trobadora in meine Erinnerung zurückzuholen. Ohne trobadorische Erinnerung wäre auf sirenische nicht zu hoffen.

Das Paket wurde auf einem fliegenden Besen in meinen Keller befördert. Als ich es aufschnürte und die Papiere zu lesen begann, begegnete mir der Name meiner Freundin Laura Salman, die mir zwei Jahre bis zu meinem Tode 1973 treu gedient hat. Von Freude erschüttert, hetzte ich über die Seiten. Was ich erfuhr, trieb noch mehr an. Das beiliegende Buch hieß »Leben und Abenteuer der Trobadora Beatriz nach Zeugnissen ihrer Spielfrau Laura«. Als ich alles durchgeschwartet hatte, erfaßte mein trobadorischer Instinkt, daß mitunter nicht mal achthundertdreiundvierzig Lebensjahre für eine weibliche Berufung reichen.
Und ich vergaß alle Befehle und Trainingsratschläge und folgte meinem poetischen Trieb, der offenbar im Gegensatz zu allem anderen an mir unverändert erhalten geblieben war. Also versammelte ich sämtliche gelesenen Nachrichten in meinem Kopf und begann sieben Jahre nach meinem Tod mit meinem Lebenswerk.

1. Kapitel

Hölle und Himmel

In alten Zeiten, als das Wünschen noch geholfen hat, gab es überhaupt keine halbierten Frauen.
Dann kam der Fortschritt mit seinen Kriegen. Die großen Kriege waren eine Fortsetzung der kleinen Kriege mit anderen Mitteln. In den alltäglichen kleinen Kriegen zwischen Mann und Frau siegte gewöhnlich der Mann. In den großen Kriegen hatten beide die Chance zu verrecken.
Als in der Mitte des zwanzigsten Jahrhunderts der zweite Weltkrieg zu Ende war, glaubten viele Überlebende: Das war der letzte auf Erden. Besonders junge Überlebende glaubten es. Das Wunder, dem Inferno heil entronnen zu sein, begünstigte Wunderglauben. Zudem verschafft die Pubertät jedem Menschen die schöne Illusion, der zu sein, mit dem die Welt erst wirklich anfängt.
Laura Salman, Tochter des Lokführers Johann Salman und seiner Hausfrau Olga, war zwölf Jahre, als der zweite Weltkrieg zu Ende kam. Der Anfang nach dem Ende muß ihr als Ereignis natürlicher Zauberei erschienen sein, weshalb ihr Gedanken an künstliche zunächst überflüssig erschienen.
Ich eröffne mein Lebenswerk mit einer Erinnerung aus dem Jahre 1971. »Das Ende war der Anfang meiner größten Illusion«, gestand mir Laura damals frank auf freier Straße.
Ich hatte die Frau eben als Spielfrau angestellt. Die Straße führte auf den Platz der Akademie, vormals Gendarmenmarkt. »Komischer Anfang«, sagte Laura lachend. Sie lachte nur bei ernsten Gelegenheiten, das hatte ich bald heraus. Aber vom Geheimnis ihres Lebens habe ich bis zu meiner Beerdigung nichts erfahren. Erst der Roman dieser Morgner hat geplaudert. Aus Dummheit? Aus Naivität?
Das Geständnis Lauras fand jedenfalls in Berlin statt. Am Abend eines Herbstäquinoktiums. Wir bevorzugten Berlin-Mitte für intime Gespräche, da die City zu abendlicher Stunde Qualitäten einer abgelegenen Gegend erreicht. Während solcher Gespräche wurde reichlich spaziert und knapp geredet. »Die ersten Tage nach dem 8. Mai – schlaraffig«, behauptete Laura. »Rundweg schlaraffig – natürlich nicht fürn Bauch. Der knurrte. Aber der Kopf und die anderen Schamteile der Art. Wer sich die in seinem Leben mal hat wirklich füllen können, bleibt für Dressuren ungeeignet. Weil ich

nämlich eine Pause erlebte: Die Welt stand dir sage und schreibe ein Weilchen auf dem Kopf. Kennstudas?«
Ich kannte die Äquinoktien als Zeitpunkte, da für alle Orte der Erde Tag und Nacht gleich sind. Ich wußte, daß die Straße, durch die wir spazierten, Charlottenstraße hieß. Und da Laura nicht lachte, vermutete ich einen Witz und sagte das. Laura sagte »Kamuff« und ähnliche Schroffheiten, die sich ihres Wohlgefallens und ihrer Sammelinteressen erfreuten. Später erkundigte sie sich, ob meine Phantasie für die Vorstellung von einer schönen Art Himmelreich hinlänglich wäre, »jaodernein?«
Da ich zauderte, mich festzulegen, gab mir Laura Hilfestellung und verlangte geometrische Kenntnisse. Am schnellsten käme ich nämlich auf den Trichter, wenn ich mir eine Pyramide vorstellte, dreiseitig, vierseitig, n-seitig, auf die Zahl der Seiten käme es nicht an. Aber auf Spitze und Grundfläche. Die Spitze müßte ich mir von Paukern gebildet vorstellen. Nicht zu verwechseln mit Trommlern. Und bitte keine Beschränktheit auf Schulpauker. Großzügig müßte gedacht werden, an alle Sorten also, auch an gewisse Mitbewohner des Hauses, in dem Lauras Eltern seit 1934 in C. gemietet hatten, auch an gewisse Nachbarschaften sowie den Pfarrer, den lieben Gott, den Teufel und je nach dem prompt Lauras Vater Johann. Die Grundfläche der Pyramide: alle Kinder des sächsischen Großstadt-Vororts, Laura mittendrin. Die Füllung zwischen Spitze und Grundfläche: Frauen. Dideldudelknölle-fertig-istihölle.
»Schönes Himmelreich«, bestätigte ich, »aber für so was brauch ich keine Hilfestellung. Die Art jät ich dir zu jeder Tages- und Nachtzeit aus meinem Schädel.« Ich legte einen Schritt zu. Laura mir nach. Murrend. Vorm verfallenen Eckhaus, in dem einst der Dichter Ernst Theodor Amadeus Hoffmann gewohnt hatte, holte mich Laura ein und stellte die Pyramide auf den Kopf. Ich glotzte. Laura: »Dideldudelkimmelseich-fertigistashimmelreich.«
Übrigens auch so eine wunderliche Angewohnheit von ihr, diese Sprüche. Hätten mir eigentlich zu denken geben müssen. Aber wahrscheinlich reichen für den Menschen nicht mal achthundertdreiundvierzig Lebensjahre, um durchzusehen.
Laura half also wieder. Und ich sah zunächst wieder nur das Nächstliegende: Zaun. Der Platz der Akademie war damals eingezäunt. Hinter den Latten, von Goldruten umwuchert, gemauerte Baracken, Baubuden auf Rädern, Zinkblechteile, Schalholz, Ziegel, Steinplatten, liegende, in durchsichtige Plastfolie gehüllte Statuen

und die teilweise eingerüstete Front des ehemaligen Schauspielhauses. Die Freitreppe vorm Säulenportikus war abgedeckt als Schuttrutsche in Gebrauch. Die Reliefs im rechten Giebelfeld fehlten noch. Auf den Treppenpodesten vollständige Bronzegenien, auf Panther beziehungsweise Löwin reitend. Die Goldrute war frostschwarz.
»Närrische Sprüche«, sagte ich. »Närrische Zeiten im Ernst«, sagte Laura. »Aber eben kurz. Leider nur ganz kurz wie jeder lichte Augenblick. Ich erlebte ihn auf dem Bleichplan und im Hof.« Laura sah sich mehrmals um. Der Platz lag still unter Baustellenbeleuchtung. Das Licht hob die Domruinen flächig aus der Dunkelheit. Beide Dome waren von Rasenanlagen umgeben. Die Luftschachtgitter in der Rasenanlage des Deutschen Doms ließen Stickluft fahren und in Abständen Schienenstöße. Um die Zeit verkehrten die U-Bahnzüge zwischen Pankow und Thälmannplatz alle zwanzig Minuten.
Plötzlich unflätiges Gelächter rein in die Stille. Der Hieb von Laura.
Sie hatte sich auf die Rasenanlage des Französischen Doms gepflanzt und kam erst wieder etwas zu Anstand, nachdem ich ihrem Beispiel gefolgt war.
Ich folgte widerwillig. Laura wälzte sich. Um mir zu zeigen, wie sie sich damals gewälzt hätte. Auf dem Bleichplan so und so von einem Zaun zum anderen. Hinter den Hofzäunen Ruinenfassaden, auf die unter anderem mit Kreide geschrieben gewesen wäre: »Olga, Laura, lebt ihr?« Als Lauras Kleider rundum grasgrün gewesen wären, hätte sie mit einem Ziegelbrocken daneben gekratzt: »Gewaltig«. Das geschah mittags nach der bedingungslosen Kapitulation. Und dann lebten Laura und ihre Freundin so weiter. Immer so weiter vierzehn Tage lang auf einem Kriegsschauplatz. Der Bleichplan wäre nämlich der Ersatzkriegsschauplatz für die Hauspauker gewesen. Wobei der Bleichplan verglichen mit dem Hof noch wenig Brisanz hergegeben hätte. Das Betreten des Plans war Kindern nämlich glatt verboten, das heißt mit Vorhängeschloß. Da der Hausbesitzer das Gatter und die anderen Zaunlatten zudem mit Nägeln hatte spicken lassen, konnten die Herren Schreibart, Broker und Klotz Bleichplandelikte fast nur an Untererwachsenen ahnden. Ulanen, Steuerrevisoren, Volkssturmmänner, Feldwebel und Hausverwalter gehörten zu den Obererwachsenen. Eine Sorte, die sich selbstverständlich wieder in sich gliederte. Die Gliederung war aus

der Reihenfolge der Aufzählung zu ersehen. Klarer Fall, daß Ulanenfeldwebel a. D., Steuerrevisor und Volkssturmmann Schreibart dreimal soviel zählte wie der gemeine Unteroffizier a. D. Broker und Broker wiederum mindestens dreimal soviel wie der Scheißzivilist Klotz, auch wenn der als Hausverwalter mit Hausbesitzers verkehrte. Die Obererwachsenen hätten untereinander auf Abstand geachtet und auf Ordnung. Nach der Devise: getrennt wohnen, vereint zwiebeln. »Hinterm Mond sein ist schon schlimm«, sagte Laura. »Aber immer und ewig hinter der Sonne . . . wo war sie eigentlich heute?«

Ich erklärte, daß die Sonne zur Zeit der Tag- und Nachtgleiche in ihrer scheinbaren Bahn im Schnittpunkt der Ekliptik mit dem Himmelsäquator stünde. Der Schnittpunkt, in dem die Sonne vom Süd- zum Nordhimmel überwechselte, hieße Frühlings- oder Widderpunkt, der Gegenpunkt Herbstpunkt.

»Widderpunkt«, grölte Laura und verteilte wieder Gelächterhiebe in die Stille. »Widder, haha, Böcke, gehörnt hab ich die Stinktiere, von Ehefrauen gehörnte Kerle sind fad dagegen, und ich war ein Kind, wir waren Kinder und plötzlich ganz groß in der Sonne und die Hornviecher plötzlich ganz klein mit Hut hahaha, mit Butter auf dem Kopf, so was von Sonne hast du nicht erlebt . . .«

Ich saß steif. Bemüht, die Auflagefläche so klein wie möglich zu halten. Denn ich wußte, daß Grasflecken indanthren sind. Außerdem sah der Rasen gepflegt aus.

Laura beobachtete meine Bemühungen mit verächtlichen Blicken. Sie war nicht halb so zahm wie im Roman beschrieben. Das Buch der Morgner stinkt nach innerer Zensur. Und trotzdem steht noch zu viel drin. Fürn Teufel zu viel, für Menschen zu wenig.

Auf dem Rasen des Deutschen Doms nannte Laura den Teufel und den lieben Gott Paukerpopanze. Im Gegensatz zu den anderen Paukersorten würde die Popanzsorte an die Wand gemalt. Wenn Kinder beim Malen von Ballzielkreisen auf die Hofwand erwischt worden wären, hätte der Hausverwalter Klotz Kopfnüsse verteilt und gebrüllt »geht aus der Sonne«, was so viel hieß wie »verschwindet«. Laura beschrieb seine Inbrunst beim Verteilen. Dann beschrieb sie inbrünstig den Aufstand in Schutt und Asche. Rundum Ruinen, die ganze Stadt ein Trümmerhaufen und Maisonne nach dem Kalender. Aber tatsächlich himmelweit von diesem Frühlings- oder Widderpunkt entfernt; tatsächlich hochsommerlich und schamlos und krachend. Aber nur für Laura und deren Freundin

Inge. Die Erwachsenen wären weiter im Gemäuer rumgekrochen. Auch die Untererwachsenen. Obgleich gerade die nicht schlechter vom Kellerrheuma gezwackt gewesen wären als die Kinder. Und gegen Rheuma hülfe bekanntlich Sonne besser als Rotlicht.
Zu den Untererwachsenen zählten die Frauen – auch gegliedert selbstverständlich. Wenn die Frau vom Frontgefreiten erster Stock links die Wäsche dampfend auf den Plan gebreitet hätte, so daß auf vergilbte Rasenflächen zu hoffen war, hätten die Pauker lediglich von den Balkonen gehustet oder sich gegenseitig Vögel auf ihren Stirnen gezeigt. Wenn jedoch die Wäsche vom alten Fräulein Röhr gegen Abend noch nicht vom Rasen gewesen wäre, hätten sich die Pauker »Nachtbleiche« zugerufen, von ihren Balkonen gespuckt und einander versichert, daß Nachtbleicher Volksverräter wären, die Feindbomber anlockten. Da Lauras Mutter nicht genau gewußt hätte, in welche Kategorie der Gliederung sie als Lokführersfrau gezählt worden wäre, hätte sie sich die Rasenbleiche versagt und Leinenbleiche betrieben. Trotzdem hätte sich auch Olga Salman wie alle anderen Frauen der Mietparteien im fünfundvierziger Mai nur bis in den Hausflur getraut. »Höchstens bis hinter die Haustür, wo ein Topf stand«, sagte Laura. »Und die Restmänner, die vom Krieg altershalber im Haus belassen worden waren, haben vierzehn Tage ihre Wohnungen überhaupt nicht verlassen. Sie haben ihre Eheweiber geschickt. Vor allem hinter die Haustür. Manche beauftragten sogar ihre Eheweiber, die bisher nichts zu sagen hatten, zu reden. Jetzt erst verstand ich die Pauker-Losung; ›Genießt den Krieg, denn der Frieden wird furchtbar‹. Die Haustür wurde von einem Stein einen Spalt offengehalten. Sobald Frau Schreibart durch den Spalt einen Soldaten ausmachen konnte, rief sie und schenkte mit einer Kelle Brombeertee aus dem Einwecktopf. Die Soldaten wollten in amerikanische Kriegsgefangenschaft fliehen. Die amerikanischen Truppen hielten an der westlichen Stadtgrenze, die sowjetischen an der östlichen. Frau Schreibart sagte: ›Wennch wüßte, daß die Amis kämen, tätch mein Mann seine schoine Ulanenuniform nich verbrenn.‹ Die Schreibarten hatte die Uniform dreißig Jahre mit Pfeffer vor Mottenfraß bewahren können. ›Stoff brennt noch schlechter als Papier‹, sagte die Brokern. Und die Klotzen behauptete, daß ihr Mann noch lange nach dreiunddreißig und eigentlich schon immer Vegetarier gewesen wäre. ›Und christlich‹, ergänzte die Brokern, ›mein Mann war auch schon immer christlich.‹ Das konnte ich bestätigen. Denn beide Männer pflegten bei jeder Gelegenheit zu

drohen, sie und Gott sähen alles und würden schon dafür sorgen, daß Gesindel ins Loch käme. ›Raus aus der Sonne und rin ins schwarze Loch‹, sagte Klotz und zeigte dabei mit Vorliebe auf die Kläranlagendeckel im Hof. Und Broker sagte mit Vorliebe: ›Der Teufel ist gründlich.‹ Und ich zweifelte nicht daran, weil ich Broker hatte erzählen hören, wie er Juden in einer Jauchengrube ertränkt hatte. Kein Wunder also, daß während der märchenhaften Tage die rührigsten Frauen fast ebenso ungefährlich waren wie die Männer. Aber auch die anderen Frauen haben sich nicht getraut, uns Kinder ernstlich anzumeckern. Auch meine Mutter Olga nicht, die trotz Vaters Verbot regelmäßig den Londoner Rundfunk gehört hatte. Alle Erwachsenen hatten Nazidreck am Stecken, mehr oder weniger, alle hatten Butter auf dem Kopf. Außer uns Kindern alle. Kennst du die Redensart: ›Butter auf dem Kopf‹?«
Ich kannte sie von Laura und fand die Redensart für die sonnige Situation auch passender als »Hosen voll«. Die Vorstellung von zerlaufender Butter auf den Köpfen der Pyramidenspitze empfand ich entspannend.
Laura aber war noch immer schleierhaft, wieso zwei Mädchen plötzlich gleichzeitig zu wittern vermochten, daß sie jetzt klettern konnten, jetzt oder nie.
»Instinktsicherheit«, sagte ich. Und Laura war eine Weile zufrieden mit mir. Zumal ich meinen Mantel inzwischen aufgegeben hatte und ebenfalls lag. Über mir so gut wie keine Sterne. Links Laura. Rechts ein Kaninchen. Als ich die Abnahme der Instinktsicherheit bei zunehmendem Alter bedauerte, wechselte das Kaninchen den Futterplatz. Es fraß nun mindestens drei Meter von mir entfernt.
Laura aber warnte vor nachträglichem Heroisieren. Denn ihre Freundin Inge und sie wären damals selbstverständlich nicht nur sicher gewesen, sondern auch unsicher. Und nachts ganz und gar unsicher und immer noch lieber im schaurig-dunklen, stinkigen, feuchten Keller. Die Erwachsenen schliefen seit Ende April bereits wieder angezogen in den Wohnungen. Die Mädchen schliefen bis Mitte Mai auf einer Matratze, die über Salmans Brikettvorrat gebreitet war – wem die Bomberangst mal in den Knochen sitzt, mein lieber Mann. Außer den beiden Mädchen keine Kinder im Haus. Und auf die Nachbarkinder und die übrige Grundfläche der Pyramide griff der Aufstand nicht über. Er begann, als die beiden Mädchen den nagelgespickten Zaun überkletterten und ihre Kellerschlafdecken auf den Bleichplan breiteten. Dann nahmen sie vor-

sichtig Platz und blinzelten vorsichtig in den Himmel. In ihm taumelten verkohlte und halbverkohlte Papierschnitzel. Als sich ein Flugzeug zeigte, versicherten sich Laura und Inge leise, daß es nichts mehr runterwerfen dürfte. Als der alte Lehrer Vörkel im letzten Fenster der rechten Trümmerhalde erschien, versicherten sie sich laut, daß sie den noch vor einer Woche mit einer Panzerfaust hätten rumrennen sehen. Vörkel war der gefürchtetste Lehrer der Schule gewesen, und die Mädchen glaubten ihn schon verschwunden nach der Devise: Was ich nicht weiß, macht mich nicht heiß. Aber er verschwand nicht. Und auch die anderen erhaltengebliebenen Fensterhöhlen ringsum füllten sich. Zum Entsetzen der Mädchen waren bald alle Balkone mit Zuschauern besetzt. Inge und Laura starrten auf die stumme Kulisse und erwarteten die Entladung. Als die Folter der Erwartung unerträglich wurde, blieb den Kindern nur die Flucht nach vorn.

Laura sprang auf, zerrte auch mich hoch und rannte zur Ruine des Deutschen Doms. Als sie das Luftschachtgitter betreten hatten, forderte sie mich auf, mir den Hof in gleicher Größe vorzustellen. Ein Klärgrubendeckel am anderen. Aber der Hof wäre den Kindern wie gesagt nicht nur nicht verboten gewesen, sondern als einziger Spielplatz geradezu erlaubt. Betreten erlaubt — mit Ausnahme der eisernen Klärgrubendeckel. Eine Erlaubnis, die den Bedürfnissen jedes ordentlichen Sadisten genügt hätte. Der Pfarrer mit seinen detaillierten Teufels- und Höllenschilderungen anläßlich der Kindergottesdienste wäre auch ein Sadist gewesen. Und Sadisten erzögen Sadisten. »Der Mensch wird von Zufällen geprägt«, sagte Laura, »Schwein gehabt, daß ich fünfundvierzig nicht älter als zwölf gewesen bin und auch nicht jünger, Dusel gehabt, unbeschreibliches Glück. Denn älter wäre ich so oder so schon in die Scheiße reingetreten, und jünger hätte ich sie noch nicht begriffen und meine Chance folglich auch nicht. Einmalige Chance: Uns war der Ornat der Unschuld zugefallen, der kostbarste damals, unerschwinglich für die Erwachsenen ringsum, größer als unschuldig war keiner, uns konnte niemand das Wasser reichen, ›die Bettler werden die Könige sein‹, hatte der Pfarrer vom Himmelreich im Himmel behauptet und natürlich nicht für möglich gehalten, daß so was mal auf Erden ausbrechen könnte und er geduckt drinrum tappen müßte – Ornate aber verhelfen zu aufrechtem Gang.«

Laura stellte sich vor das Luftschachtgitter, hob die Arme, federte sie zurück, bis Hohlkreuz erreicht war, bog sich nach vorn, bis die

Fingerspitzen die Fußspitzen berührten, zwiefache Berührung im Zweiertakt, vor zwei, zurück zwei, vor zwei, zurück zwei und so weiter und so fort, die anschließende Schilderung der Flucht nach vorn folglich keuchend.
Denn diese Flucht nach vorn wäre die Probe aufs Exempel gewesen. Und so eine Probe hätte nur auf den eisernen Klärgrubendeckeln stattfinden können.
Laura tänzelte auf dem Luftschachtgitter. Schienenstöße von fern, näher, nahe, Rauschen, Verrauschen. Lauras Rock wurde gebläht. Sie sah auf ihn herab, dann aufwärts zur Ruine. Klassizistischer Zentralbau. Die Mauerkronen mit Birken und geköpften Statuen bestanden. Laura zählte die Statuen und sagte, daß sie zur Probe mehr Zuschauer gehabt hätte. Zwickprobe als natürliche Reaktion. »Erst zwickten wir uns gegenseitig in die Arme und stellten fest: kein Traum«, sprach Laura. »Dann zwickten wir die Ohren der Folterer, indem wir auf die Deckel sprangen. In normalen Zeiten hatte ein einziger Fehltritt genügt, um Geschnauze von Klofenstern und Balkonen herab in Gang zu setzen. Aber jetzt: Eiserne Kläranlagendeckel und Holzschuhe, das gibt Klänge. Das klirrt. Das dröhnt. Das trieb selbst die schuldbeladensten Feiglinge aus ihren Löchern. Aber nicht weiter. Kein Befehl, aus der Sonne zu gehen. Keine Drohung mit dem lieben Gott oder dem Teufel. Nicht mal Spucken oder Vogelzeigen.«
Laura sah sich mehrmals um, bevor sie praktisch vorführte, wie die Echtheit des Schweigens geprüft worden war. Dann Trampeln, Springen, wechselbeinig, beidbeinig, ein Eisengitter klingt schlechter als ein Eisendeckel, es war auch schnell gedellt. Laura korrigierte die Klangfarbe stimmlich, sie hieb mit Füßen und Kreischen wie besessen auf das abendliche Schweigen ein, sie tobte vielleicht drei Minuten.
Später lugte sie sachlich durchs Gitter und in die Runde. Der unterirdische Verkehr lief fahrplanmäßig. Die Stille der City kehrte in gewohnter Weise zurück. »Keine besonderen Vorkommnisse«, sagte Laura. Auch versicherte sie, nicht machtbewußt gewesen zu sein. »Uns sättigte, daß keine Macht uns zwiebeln konnte«, sagte Laura.

2. Kapitel

Wie Laura erstmals den Aufstand probte

1945 wurde Lauras Welt durch den Sieg der sowjetischen Armee und ihrer Verbündeten auf den Kopf gestellt. 1937 hatte Laura diese Welt selbst auf den Kopf gestellt. Zwar für eine Stunde nur, aber auch natürlich.

Die Papiere des Blocksberg-Archivs berichten von dieser Tat der Vierjährigen präludierend. Ich ordnete anders. Auch konnte ich nicht vorhaben, mich der Rechthaberei gegenüber der Romanschreiberin Morgner zu befleißigen und deren wissentlichen oder unterlaufenen Unwahrheiten zu widersprechen. Die Ereignisse meiner letzten Lebenszeit waren zwar schon deutlich in meine Erinnerung zurückgekehrt. Aber die Fähigkeit zu Eiferei geht mit dem Tod verloren. Jenseits von ihm läßt selbst die Gesellschaft sumsender Fliegen gelassen. Sie umflogen mich schwarmweis. Nur das Rumoren über mir störte mich. Der Lärm der Ausschlachter, die das Abrißhaus heimsuchten. Wenn er sich dem Keller näherte, in dem ich saß, verkroch ich mich unter aufgeschlitzten Matratzen. Sonst hockte ich auf Werg und benutzte eine umgestürzte Kartoffelhorde als Schreibtisch.

Die Verfasserin des Romans »Leben und Abenteuer der Trobadora Beatriz nach Zeugnissen ihrer Spielfrau Laura« hat Laura Salman zum Sinnbild der durchschnittlichen berufstätigen Frau mit dem Tugendsortiment fleißig – genügsam – willig – unauffällig – verzichtgeneigt – aufopferungsgemut hinabstilisiert. Aus Unkenntnis, unterstellte ich und schrieb auf die Rückseiten des Archivmaterials. Mit der rechten Zeigefingerkralle, die ich in Schmutzwasser tunkte. Es hatte sich in einer Kellerecke angesammelt. Alle meine Fingernägel waren krallenförmig zugespitzt.

Als mich die Schlange Arke bei meiner Tätigkeit ertappte, entrüstete sie sich. Auch meine Mimik schien Arkes Erwartungen nicht zu entsprechen – ein in bestimmter Konzentration befangenes Wesen kann nicht plötzlich ein unbestimmtes, das heißt äußeren Anforderungen angepaßtes Gesicht machen. Arke begann zu schelten.

»Verdammte Gängelei – ein Wesen meiner Vergangenheit erinnert sich am besten, wenn es schreibt«, keifte ich zurück. Ich hatte meine hohe Stimme nur wenig zu heben, schon war der Keifton erzeugt. Kein schöner Laut. Doch Arke war er angenehm. Erfolgserlebnis.

Beweis, richtig »gezogen« zu haben. Das Orakelwort »ziehen« könnte »erziehen« bedeuten, behauptete die Schlange, oder auch »fortziehen«: aus der Stummheit nämlich Stufe um Stufe. Erste Stufe: Fisteln. Zweite: Erinnern ... Erst wären die Gesänge der Sirenen verlorengegangen, dann ihre Namen in alle Sprachen außer der griechischen, dann die Wesen selbst. Abstieg Stufe um Stufe. Die letzten Sirenen hätte damals Herakles erschlagen. »Und was schaffte jetzt die ersten«, grübelte Arke laut, »diese vier auf unterster Stufe und zu welchem Aufstieg? Sind Prometheus und Pandora Losungsworte? Sind es Fahnen?«
Ich brauchte Zeit, um von der Tätigkeit des Erzählens zu der des Argumentierens hinüberzuwechseln. Ein weiter Weg. Verdrießlich kam ich an und maulte: »Erinnern, Erinnerungstraining, Singen – möcht wissen, was der Singsang von Sirenen ausrichten soll? Singsang gegen Militärmaschinerien und ökologischen Raubbau ...«
»Wenn plötzlich Sirenen auftauchen, haben sie die Pflicht, zu singen«, behauptete Arke.
»Als Sprachrohr«, höhnte ich, »die schlimmste Zumutung, die einer geborenen Trobadora widerfahren kann ...«
»Die beste unter den gegebenen Umständen«, entgegnete Arke, »neben dem Plan, dieses Land und andere totzurüsten, gibts gewiß auch einen anderen, der mundtot rüsten soll. Dichtern kann Schrekken die Sprache verschlagen. So, daß Sirenen vielleicht wiederkehren müssen: letzte Chance. Kassandra hat wohl auch Troja mehr geliebt als sich selbst, als sie wagte, den Untergang der Stadt zu prophezeien. Sie wurde eingesperrt von Priamus und ihre Wärterin beauftragt, ihn über weitere Prophezeiungen zu unterrichten: immerhin. Ungebrochener Zukunftsglaube ist jetzt kein Mutbeweis. Er zeugt von Unkenntnis; Mut setzt die Kenntnis von Gefahr voraus.« Arke lächelte bös und machte sich startbereit fürs Umgehen. Ich erkundigte mich, ob sie mit dem Orakeln über das Orakel fertig wäre.
»Damit ist nie fertigwerden«, antwortete sie, »die griechische Mythologie ist mir auch weniger geläufig. Ich bin in nordischer zu Hause. Und für wen schreibst du?«
Die Frage verstörte mich. Als ich mich wieder gefaßt hatte, begann ich zu überlegen. Und nach einer Weile fiel mir jemand ein. Wesselin fiel mir ein. Wesselin Salman, Lauras Sohn, der inzwischen zehn Jahre alt sein mußte. Laura hatte mir einst erzählt, daß es in ihrer

Schule Mode gewesen wäre, mit dreizehn außerschulisch den »Faust« zu lesen. Komische Moden, hörte ich Wesselin aus der Zukunft sagen.
Deshalb beschloß ich, ihm für den außerschulischen Gebrauch die »Amanda« zu schreiben.
Ich teilte den Entschluß Arke mit. Sie schlängelte eine Weile murrend im Abrißkeller, bevor sie entflog.
Lauras Tat aus dem Jahre 1937 beschrieb ich in Gesellschaft von Asseln und Mäusen. Nach Vorlage wie erwähnt. Wörtlich so:
Lauras Großeltern Selma und Clemens hatten einen Schrebergarten. Bis 1938, dann wurde das Gelände der Gartenkolonie »Wohlfahrt« für einen Exerzierplatz gebraucht. Dem Großvater erschien der Garten als ein Ort der Plackerei, der Großmutter als Lebensinhalt. Sie bewirtschaftete den Garten wie eine Plantage. Da wenig Boden zur Verfügung stand, wurde er in drei Etagen genutzt. Die untere war dem Gemüse vorbehalten, die mittlere Sträuchern, Klettergurken, Kürbissen und Stangenbohnen, die obere den Obstbäumen. Selma Uhlig hatte nur hochstämmige Obstbäume in ihrem Garten. Nützlichkeit erschien Selma als höchste Tugend. Für Blumen war da kein Platz. »Blume«, pflegte sie in einem Ton zu sagen, als ob sie von Unkraut spräche, »Blume tun bloß die Stub ausstänkern.« Clemens hatte Selma zum Geburtstag nur Seife zu schenken. Laura schenkte Müffel. Großmutter Selma brauchte verschiedene Müffel für verschiedene Gelegenheiten: Küchenmüffel, Pilzmüffel, Reisigmüffel, Bettmüffel, Sonntagsmüffel und natürlich Gartenmüffel. Denn Selma arbeitete auch im Garten, wenn Rheuma ihre Hände plagte. Gerade. Sie schien sich eigentlich nur wohl zu fühlen, wenn sie sich tüchtig plagen konnte und dazu schimpfen. Ihre Gemütslage gründete auf Unzufriedenheit. Selma Uhlig gehörte nicht zu den wetterwendischen Frauen, die von ihr als »Gewitterziegen« bezeichnet wurden. Auf Selmas schlechte Laune war Verlaß. Deshalb besuchte Laura ihre Großmutter gern. Das Kind fühlte sich sicher vor Stimmungswechseln, die bei Salmans üblich waren. Großmutter Selmas Charakter ermutigte Laura zu Streichen, da die Folgen geringfügig waren. Ein Wechsel von Schimpfen in heftiges Schimpfen ist geringfügig.
Eines Tages sperrte Laura ihre Großmutter also in der Laube ein. Der Entschluß war nicht vorsätzlich gefaßt. Er überkam Laura plötzlich, herausgefordert durch die Ermahnungen, die die Großmutter ständig vor sich hinredete wie Gebete. Sie konnte nicht

wirtschaften, ohne laut vor sich hinzudenken. Gleichgültig ob sie allein war oder nicht. Beim Abschmecken von Speisen beispielsweise pflegte sie der Welt oder niemandem mitzuteilen, daß noch etwas fehle, fragte was, zählte verschiedene Gewürze auf, zog einige in die engere Wahl, entschied sich schließlich – nie zu ihrer Zufriedenheit.
An jenem Tage im August suchte Selma in der Laube nach einem bestimmten Rechen, schimpfte darüber, daß sie ihn nicht sofort fand, »Sauwirtschaft«, schimpfte sie, »Stinkbud«, denn der Abort war von Großvater Clemens als Innenklosett gebaut worden. Selma beschuldigte den Großvater in seiner Abwesenheit, den Rechen verlegt zu haben, »verkrancht«, sagte Selma und flocht zwischen dieses Thema Ermahnungen an Laura: »Reiß keine Bohnenblüten ab; paß auf, daß sich keine Wesp auf deine Bemm setzt; laß die Strünk liegen, da wird Äppelbrei draus gekocht; mach kein Sums mit so ner alten Salatschneck; die kleinen Gurken werden nicht weggefressen, die wern eingelegt; reiß dich nicht an den Stachelbeerstöcken; runter vom Zaun, du Saubatzen; latsch mir nicht die Kürbisranken ab; fall nicht ins Wasserloch.«
Wahrscheinlich hatten Laura die Ermahnungen wegen der Kürbisranken und dem Wasserloch herausgefordert: dieser immerwiederkehrende Refrain. Mitten im Refrain schlug Laura die Tür zu. Als die Großmutter gebeugt über den Gartengeräten stand. Laura konnte nur den weiten Rock sehen und die Waden und die Holzpantoffeln. Offenbar nahm die Großmutter zunächst an, der Wind hätte die Tür zugeschlagen. Jedenfalls hörte Laura nur ein Rumpeln und deutliche Flüche auf die »alte Tür«. Erst als das Gesicht der Großmutter im Türfenster erschien und der Befehl »willst du gleich aufsperren, Sauleder, eebsches« dumpf aus der Bude drang, hängte Laura das Schloß vor. Schnell. Sicher. Laura war vier Jahre alt, sie mußte sich auf die Zehen stellen, um das Schloß vorzuhängen, aber es ging mühelos. Wie in Träumen, wo geschwebt wird oder geflogen. Plötzlich war Druck weg, diese Last, die am Aufsteigen hindert. Laura mußte einen Luftsprung machen, als das Schloß hing. Und als die Großmutter mit dem Zeigefingerknöchel gegen die Scheibe zu trommeln begann, mußte sie noch höher springen. Einen Sprungtanz führte sie auf vor der Tür und sang dazu nach eigener Melodie. »Ich, ich«, sang sie. Das schönste Wort, seit die Tür verschlossen war. »Ich lebe«, sang sie, »ich lebe, ich lehehehehebe«, sprang über Beete und Kürbisranken, balancierte auf dem Zaun, hieb eine Gurke in die Stachelbeersträucher, biß

einen Strunk an und hüpfte Takt auf dem Brett, mit dem das Wasserloch abgedeckt war. Da begann die Großmutter mit den Fäusten gegen die Tür zu trommeln. Laura sprang zurück zur Laube und sah die Großmutter wüten wie eine gefangene Hummel. Laura ergötzte der Anblick. Die dumpfen Drohungen und Flüche steigerten ihren Rausch. Als sie sich sattgesehen und -gehört hatte, schwebte sie wieder fort. Der Garten erschien jetzt schon riesig. Laura konnte fliegen und fliegen und kam doch an kein Ende. Die Kürbisse, für die der Großvater hochbeinige Liegen gebaut hatte, waren die Monde der Unendlichkeit. In solchem Licht konnte Laura sogar auf den großen Birnbaum klettern. Und sie blieb auch später, als die schöne Stunde vorüber war, dabei, daß sie im Wipfel des großen Birnbaums gesessen hätte. Keine Schelte konnte sie zum Widerruf bewegen, keine Ohrfeige.
Die ersten Ohrfeigen in dieser Angelegenheit erhielt Laura von ihrem Onkel Artur. Er kam zufällig vorbei und befreite die Großmutter. Erschöpft vor Angst trat sie aus der Abortluft. Der Garten schrumpfte. Als Selma sah, daß die Enkelin nicht im Wasserloch ertrunken war, kehrten ihre Kräfte zurück. Sie verbrauchte etliche zur Vergeltung. Laura aber blieb ungerührt. Eine Stunde ohne Obrigkeit – das war eine Tracht Prügel wert.

3. Kapitel

Letzte Instanz

Arke las alles nach, was ich schrieb: Trainingskontrolle.
Ich fragte, welche Landstriche sie inzwischen besichtigt hätte: Umgehkontrolle.
»Der Mensch schenkt der künstlichen Welt, die er sich geschaffen hat, mehr Beachtung als der natürlichen Welt, die ihn geschaffen hat“, sagte Arke.
Ihre äußere archaische Erscheinung erschien mir zu ihrer geistigen unpassend. Ich sagte es. Mir wurde erklärt, daß Erdgeister zu allen Zeiten den gegebenen Erdumständen entsprochen hätten. Erdhaft mit ungeistig gleichzusetzen, wäre eine Erfindung des gegenwärtig noch immer herrschenden Erfinderstils. Ein Vorurteil also, dessen Folgen sich wie erwähnt als verheerend erwiesen. Und dennoch

hinge auch ich ihm an? Ich, eine Sirene? Ein Medium in solchem Zustand wäre für eine Gajatochter unbrauchbar.

Das Urteil deprimierte mich. Arke sah auch nicht gut aus. Ihre Flügel waren zerkratzt. Am Leib fehlten Schuppen. Verschorftes Gesicht, rätselhaft lächelnd wie immer. Trüber Blick.

»Warum mußte ausgerechnet ich eine Sirene werden?« klagte ich. »Zufall?«

»Der Zufall ist zwar längst als wissenschaftliche Kategorie anerkannt, aber die Menschen wehren sich nach wie vor, ihn als Mitformer von Lebens- und Weltläufen anzuerkennen«, sagte Arke. »In diesem Punkte sind Theisten und Atheisten einig. Ihr Gefühl verlangt auf Schritt und Tritt und durch und durch Gesetz. Gottheit mithin. Ich als serpentische Tochter der Muttergottheit Erde beobachte das begreiflicherweise mit Schmunzeln.«

Natürlich keine Spur von Schmunzeln in Arkes Gesicht. Solche mimischen Kleinlichkeiten paßten nicht in seine Großzügigkeit.

Später behauptete Arke, daß Keller für Sirenen ungeeignet wären. Mein Abrißhaus stand in Berlin-Mitte. »Ein natürlicher Ort, der Pflanzen, Tiere, Menschen einträchtig vereint, könnte deinen Zustand vielleicht bessern und wäre dem Erinnern wohl auch günstiger«, sprach Arke.

Wir überlegten lange. Doch uns fiel nur der Tierpark Friedrichsfelde ein: ein künstlicher Ort.

In Ermangelung eines besseren siedelte ich bei Einbruch der Dunkelheit dahin um. Aber alle hohlen Bäume waren dort besetzt. Ich mußte mit einem Erdloch vorliebnehmen, das Tiefbauarbeiter zu einem Zweck gegraben haben mochten, der unwichtig geworden oder in Vergessenheit geraten war. Arke schickte Papier und Buch mit dem fliegenden Besen nach.

Nun schrieb ich in Gesellschaft von Würmern und Mäusen.

Das angenehmste Training war, mir Laura Salman zu vergegenwärtigen: ihre Gestalt, ihren Charakter, unsere gemeinsamen Erlebnisse und die Taten der Freundin, die im Blocksberg-Material beschrieben waren. Es berichtete auch vom Rufmord, mit dem alles begonnen hätte. Der Roman »Leben und Abenteuer der Trobadora Beatriz nach Zeugnissen ihrer Spielfrau Laura« wäre nämlich eitel Rufmord gewesen, weshalb sich Laura bei der Verfasserin beschwert hätte.

Ja, hätte die Verfasserin geantwortet, ich hab doch nur ihr Bestes gewollt . . .

»Als ob die Frau nicht wüßte, daß das Beste damals für mich und dergleichen nicht das Klügste, sondern das Dümmste ist«, soll Laura Salman laut Blocksberg-Quelle entgegnet haben.
»Aber«, hätte die Autorin geantwortet, »weshalb denn, ich hab doch nur geschrieben, was ohnehin früher oder später rausgekommen wäre...«
»Als ob die Dame nicht wüßte, daß es die verdammte Pflicht der Schriftsteller ist – von den Schriftstellerinnen ganz zu schweigen – den Leuten gegebenenfalls so lange wie möglich ein X für ein U vorzumachen«, soll Laura gesagt haben.
»Oh«, hätte die Erzählerin geantwortet, »in meinem Roman steht die Wahrheit und nichts als die reine Wahrheit...«
»Als ob das Weib nicht wüßte, daß Wahrheit unter Umständen tödlich sein kann«, soll Laura gesagt haben. Außerdem wäre die Verlautbarung, Laura sei die Dichterin vieler beatrizischer Texte, natürlich sowieso nicht die ganze Wahrheit, sondern nur die halbe. Weil Laura bekanntlich damals nur als halbes Wesen in Berlin gelebt hätte. Ihre andere Hälfte hätte unter dem Namen Amanda im Hörselberg vegetiert.
Das Wort »bekanntlich« ärgerte mich, da sich mein Unwissen zu meinen trobadorischen Lebzeiten durchaus mit dem der beschimpften Schreiberin messen konnte. Das Blocksberg-Material vermeldet ferner, daß Laura lediglich solidarisches Verhalten verlangt hätte, und zitiert dann: »Antwortete diese Urheberin auf meine Minimalforderung doch tatsächlich: ›Ich wollte, daß Sie den Ruhm, der Ihnen gebührt, nicht länger entbehren müssen.‹ Ja, lebte die Frau auf dem Mond oder im zweiundzwanzigsten Jahrhundert oder männlich...?«
Der Bekanntenkreis der Romanschreiberin lebte jedenfalls anders. Den kannte ich nämlich. Ich war sogar mit einer Freundin der Morgner vertraut gewesen und bin also berechtigt zu behaupten, daß das Schicksal dieser Freundin Katja der Autorin geradezu hätte verbieten müssen, noch eine Frau ins Unglück zu stürzen. Direkt. Die indirekten Folgen, die sich die Autorin vielleicht heute ihren Verdiensten zurechnet, konnte sie nicht absehen.
Die erste Begegnung zwischen Katja S. und mir ereignete sich übrigens gegen Ende meiner menschlichen Erdentage. In der Altberliner Gaststätte »Zur letzten Instanz«. In früheren Zeiten pflegten beim nahen Stadtgericht prozessierende Parteien hier Mut aufzugießen oder Ärger runterzuspülen. Hinter der Kneipe die

freigelegten Reste der mittelalterlichen Stadtmauer, wo Katja S. mich ohnmächtig gefunden und mit Parfüm wachgezwungen hatte. Ich behauptete damals »Hungerast« und verbat mir ärztliche Hilfe. Als ich auf der Kachelofenbank zwei Bockwürste verzehrt hatte, glaubte Katja S. die Begründung.

Den Lebensgang dieser zeitgenössischen Dichterin hatte ich mir vorbildlich vorgestellt. Die Werke der S. verehrte ich seit meiner Übersiedlung ins gelobte Land DDR.

Da sich die Dichterin außerdem eine Tochter geleistet hatte, die inzwischen erwachsen war, vertraute sich mein verzweifelndes Wesen dem siegreichen ohne größere Umwege an. Ich hoffte, das Geheimnis zu erfahren, das Katja S. befähigt hatte, sich zu verwirklichen.

Katja verbat sich das Wort »verwirklichen« und sagte »durchhalten«. Ich wollte wissen, wie man, von divergierenden Pflichten zu Halbheiten gezwungen und mit einem zur Perfektion neigenden Charakter geschlagen, das Glück des Durchhaltens erreichen könnte.

Katja S. sprach: »Glück oder Annäherndes ist ein Zustand, der bis auf den heutigen Tag nur dichterischen Existenzen männlichen Geschlechts zukommt. Je besser sie werden als Dichter, das heißt, je mehr Schönheit sie hervorbringen, desto größer die Chance, einige Glücksmomente im Leben zu erringen – mehr ist dem Menschen wohl nicht gewinnbar. Die Glückschancen der Dichterinnen und ähnlicher weiblicher Wesen haben bis auf den heutigen Tag umgekehrte Voraussetzungen. Einer Frau meines Alters dürfen Sie diese Verallgemeinerung abnehmen, weil ich den Rest meines Lebens gern geben würde für die Wohltat, den Wirklichkeiten, die zur Verallgemeinerung zwangen, nicht ins Auge sehen zu müssen.«

Ich lauschte verwirrt und gab mich als Arbeiterin aus, was nicht gänzlich gelogen war. Denn ich verdiente mein Geld derzeit, weil meine poetische Stimme verstummt war und ich meiner Spielfrau nicht länger auf der Tasche liegen mochte, im Werk für Signal- und Sicherungstechnik. Freilich nicht als Facharbeiterin, wie ich erzählte, sondern als Bandarbeiterin.

Katja S. zog den Beruf der Facharbeiterin dem der Dichterin entschieden vor, weil eine Facharbeiterin gute Arbeitsergebnisse privat nicht fürchten müßte. Eine Dichterin oder dergleichen hätte bei solchen Ergebnissen nur Niederlagen zu erwarten. »Je besser ich als Dichterin wurde, desto schlechter ging mirs«, sagte Katja. »Am

besten ging mirs, als man glaubte, ich wäre eine hübsche Studentin mit durchschnittlichen Interessen und Fähigkeiten für Mode und Geographie. Auch als ich nach Studienabschluß bei der Gesellschaft zur Verbreitung wissenschaftlicher Erkenntnisse ›Urania‹ ab und zu Vorträge hielt, die in U-Bahnhöfen auf Plakaten angekündigt waren, blieb die Liebe meines Mannes ungebrochen. Ich liebte ihn bedingungslos.
Als ich ihm mein erstes Gedicht vorlas, erschrak er. Ich hielt es also für schlecht, konnte aber von nun an nicht mehr unterlassen, nebenbei Gedichte und Erzählungen zu schreiben. Ab und zu erwähnte ich in Gesprächen mit dem geliebten Mann diese Nebenarbeiten. Er verstummte regelmäßig. Ich schrieb fortan sozusagen heimlich. Und ich habe seitdem nie mehr anders geschrieben: Das heißt, ohne ein Wort über die entstehenden Arbeiten zu verlieren. Ein Ausweg? So lange die Arbeiten nicht fertig sind, gewiß. Aber wenn ein Buch gedruckt erscheint, läßt es sich nicht mehr wegschweigen. Jedes meiner erschienenen Bücher war beruflich ein Erfolg und privat eine Niederlage. Meinem ersten Mann haben meine Veröffentlichungen Minderwertigkeitskomplexe versetzt, von denen ich ihn erlösen mußte, indem wir uns freundschaftlich trennten. Mein zweiter Mann las meine Veröffentlichungen nicht. Mein dritter fühlte sich von den literarischen Gestalten meiner Romane verfolgt.
Die Gefährtinnen meiner männlichen Kollegen begleiten entstehende Arbeiten mit steter Anteilnahme oder mehr, ziehen die Kinder auf, fangen Trivialitäten, die den schöpferischen Prozeß stören, ab, und empfinden gelungene Dichtungen als Ereignisse, die Freude machen.
Meine gelungenen Dichtungen haben meinen Gefährten nur Kummer gemacht.
Alle schöpferischen Berufe verlangen ein hohes Maß an Einsamkeit.
Eine Frau, die dichtet oder dergleichen, muß mit gnadenloser Einsamkeit rechnen.«

4. Kapitel
Sommernachtsalptraum

Klare Sommernächte. Über mir Sternenlichter. Unter mir Straßenlichter. Die Größe meiner Schwingen erlaubte Segelflüge über lange Strecken. Herrlich die Lust am Grenzenlosen.
Eines Nachts, als das Segeln besonders gut gelang, erinnerte ich, was ich einst bei meiner Spielfrau Laura in einem Buch gelesen hatte: »Zu den unheimlichen Phänomenen menschlicher Geistesgeschichte gehört das Ausweichen vor dem Konkreten. Es besteht eine auffallende Tendenz, erst auf das Fernste loszugehen und alles zu übersehen, woran man sich in nächster Nähe unaufhörlich stößt. Der Schwung der ausfahrenden Gesten, das Abenteuerlich-Kühne der Expeditionen ins Ferne täuscht über die Motive zu ihnen hinweg. Nicht selten handelt es sich einfach darum, das Nächste zu vermeiden, weil wir ihm nicht gewachsen sind. Wir spüren seine Gefährlichkeit und ziehen andere Gefahren unbekannter Konsistenz vor. Selbst wenn diese gefunden sind, und sie finden sich immer, haben sie dann erst noch den Glanz des Plötzlichen und Einmaligen für sich. Es würde viel Beschränktheit dazu gehören, die Abenteuerlichkeit des Geistes zu verdammen, obwohl sie zuweilen offenkundiger Schwäche entspringt. Sie hat zu einer Erweiterung unseres Horizonts geführt, auf die wir stolz sind. Aber die Situation der Menschheit heute, wie wir alle wissen, ist so ernst, daß wir uns dem Allernächsten und Konkretesten zuwenden müssen. Wir ahnen nicht einmal, wieviel Zeit uns geblieben ist, das Peinlichste ins Auge zu fassen, und doch könnte es sehr wohl sein, daß unser Schicksal von bestimmten harten Erkenntnissen, die wir noch nicht haben, abhängig ist.« War das Allernächste und Konkreteste, dem ich mich zuwenden mußte, singen? Konnte für Arke dieses Allernächste und Konkreteste umgehen, orakeln über Orakel und mich ziehen sein? Von der vergegenwärtigten Lesefrucht fühlte ich meine Segelflüge und meinen achthundertachtjährigen Schlaf verdächtigt.
Daß Raimbaut d'Aurenga, dem meine Liebe gehört hatte, der Sperling in der Hand lieber war als die Taube in der Hand, war nur der konkrete Anlaß für meinen Entschluß gewesen, die mittelalterliche Welt der Männer zu verlassen. Auf unnatürlichem Wege. Die in Dienst genommene Zauberin hatte eine Spindel benutzt. Als ich mit der in den Finger gestochen wurde, begann der Zauber zu wirken.

Nicht um der Liebesunfähigkeit Raimbauts und anderer Herren zu entrinnen – um in meinem Beruf »konkret« arbeiten zu können, erschlief ich bessere Zeiten.
Bessere?
Als Frau lebte ich besser; als Tochter des Planeten schon damals unvorstellbar. Jetzt, 1980, lagern auf ihm, wie ich von Arke hörte, pro Kopf der Erdbevölkerung bereits drei Tonnen Sprengstoff. Fünfzehn Gramm reichen, um einen Menschen zu töten. Gegenüber Vorräten zur zwanzigfachen Weltvernichtung erschien mir Sirenengesang lächerlich.
Nach den Quellen des Blocksberg-Archivs zu schließen, war Lauras äußere Lebensform lange gewöhnlich. Auch ihre innere fiel da nicht mal dem Oberteufel auf.
Lauras Geburt überliefert das Blocksberg-Archiv so, wie ich in den nächsten vier Kapiteln berichte.

5. Kapitel

Wie das Kind von der Welt empfangen wird

In Plaue unweit des Waldes Strut im Lande Sachsen, da wurde Laura geboren. Die Mutter lag elf Stunden in Wehen. Ein Arzt, Melzer mit Namen, der zur Hilfe herbeigeholt worden war und während dieser Zeit sieben Flaschen Bier trank, bezeugte, Laura Salman am 28. August 1933 mittags beim Glockenschlag zwölf auf die Welt geholt zu haben. Melzer beschäftigte sich hauptsächlich mit Astrologie. Später erinnerte er die Geburtsstunde so: »Die Konstellation war glücklich: Die Sonne stand im Zeichen der Jungfrau und kulminierte für den Tag; Jupiter und Venus blickten sie freundlich an, Merkur nicht widerwärtig, Saturn und Mars verhielten sich gleichgültig; nur der Mond, der soeben voll wurde, übte die Kraft seines Gegenscheins um so mehr, als zugleich seine Planetenstunde eingetreten war. Er widersetzte sich daher Lauras Geburt, die nicht eher erfolgen konnte, als bis diese Stunde vorüber war.«
Großmutter Selma, in deren guter Stube die Geburt stattfand, konnte Warzen bei abnehmendem Mond absprechen. Aus anderen Himmelskörpern wußte sie keinen Nutzen und also keine Bedeutung zu ziehen. Sie lebte vorwiegend gebückt bei durchgedrückten Knien, Blick auf Garten- oder Walderde gerichtet, Hände in ihr. Die

Widersetzlichkeit schrieb Selma Lauras Natur zu. »Von Anfang an hat sich die Mad gesperrt«, bezeugte die Großmutter, »erst wollt sie nicht raus, dann wollt sie nicht bleiben. Ob ihr die Luft nicht gut genug war oder zu kalt oder was weiß ich, lieber lief sie blau an, als den Mund aufzutun: ein Achtpfünder. Die übliche Dresch auf den Hintern konnt ihr keinen Laut entlocken. Der Dokter hat den Querkopf auf die Welt prügeln müssen.«

6. Kapitel
Fliegender Besuch

Als Großmutter Selma ihre eben geborene Enkelin gebadet, gewindelt und in einen Wäschekorb gelegt hatte, band sie sich die Sonntagsschürze vor, um beim Pfarrer die Taufe zu bestellen.
Eile schien ihr geboten, denn die Geburt des weiblichen Querkopfs verhieß ihr nichts Gutes. »He«, sagte sie deshalb zu ihrer Tochter Olga zwei Stunden nach der Entbindung, »siel dich nicht ewig in den Federn, übermorgen mußt du auf dem Damm sein, nauf zur Kapell geht kein Fahrstuhl, unsre Mutter hat nach dem Abnabeln zwei Stunden geschlafen, dann hat sie einen Topf Kaffee getrunken und Wäsche gewaschen.«
Olga empörten Vergleiche mit Selmas Mutter, sie pochte auf ihre Rechte als Wöchnerin und erklärte Tauftermine, die ihr keine Woche zur Erholung ließen, als unannehmbar. »Mein Kind wird getauft, wann ich will oder gar nicht«, sagte Olga.
»Dann gar nicht«, sagte Selma und nestelte an ihren Schürzenbändern.
Aber sie ließ die Arme schnell wieder sinken. Denn sie entdeckte eine Frau am Himmel. Die Frau kam näher, überflog mit einem Besen den Fluß Zschopau, an dem die Gemeinde Plaue gelegen war, und landete auf der Uferstraße. Vorm Haus Nummer II, in dem Olgas Eltern Stube, Küche und Kammer gemietet hatten. Der Rock der ortsfremden Frau war rot und so weit, daß der Wind Zipfel aus ihm herauswehen konnte wie Flammenzungen.
Als Selma ihre Tochter zum Fenster rufen wollte, um ihr die seltsame Erscheinung zu zeigen, stand die Frau mit dem Besen bereits vor dem Wäschekorb. Sie beugte sich über den Säugling.

»Wie soll die schöne Amanda denn heißen?« fragte sie, ohne ihre Stellung zu ändern.
»Amanda Laura«, antworteten Selma und Olga unwillkürlich. Und sie hatten sich doch eben noch auf die Namen Laura Waltraud geeinigt. Die Frau richtete sich gerade, setzte eine Papierkrone auf ihren Kopf, hob beide Hände und sprach: »Sejelamur«.
»Oh liebster Gott«, flüsterte Selma.
»Heimatland«, murmelte Olga. Dann faßte sie sich, trat dem ungebetenen Gast entgegen und sprach: »Wir brauchen keine Besen, Kinderzeug auch nicht, ich hab alles zusammen, Babyausstattung, Haushaltwäsch, Töppkram, Geschirr, alles, gestern kam ein Weibsen, der mans auch nicht ansah, ich will die Gasuhr nachsehen, spricht sie, und kaum ist sie in der Küch, rückt sie auch schon raus mit ihrem Krempel, den sie losschlagen will, einen Zwiebelschneider mit irgend einem närrischen Namen will sie uns andrehen und redet und redet, meine Mutter und ich hatten eine halbe Stund zu tun, ihr die Lügen zurück in den Hals zu streiten, die Vertreter werden von Tag zu Tag dreister.«
Die Frau stellte sich als Isebel vor. Dann trat sie lächelnd an Olgas Wochenbett, gratulierte der zierlichen Mutter zur schweren Leibesfrucht und übergab Selma eine Phiole zu treuen Händen. Mit dem Befehl, dem Säugling in seiner dritten Lebenswoche täglich früh, mittags und abends einen Tropfen des in der Phiole enthaltenen Elexiers zum Anfüttern zu verabfolgen. Den Rest müßte Olga sicher verwahren. Bis Amanda zwölf Jahre alt wäre. Dann sollte dem Mädchen die Phiole übergeben werden. Und Amanda müßte das winzige Gefäß bei sich tragen bis ans Ende ihrer Tage. Nicht, um den Rest zu verkosten. Er wäre zum Verpusten da. In Notsituationen. Wenn Amanda Beistand brauche und einen Tropfen des Elixiers wie eine Seifenblase aufgepustet den Lüften anvertraue, könnte sie Hilfe herbeirufen. »Aber nicht das Ganze auf einmal verschütten! Ein einziger Tropfen genügt.«
Olga sah ihre Mutter an. Selma sah die Phiole an. Die Frau bestieg den Besen.
»Was sind wir schuldig«, fragte Selma.
»Nichts«, antwortete die Frau und entflog.

7. Kapitel

Feuer

Die Antwort »nichts« ernüchterte die Frauen und schürte Mißtrauen und Wachsamkeit. Als Selma und Olga den Blick gelöst hatten von der Höhe, wohin er gerichtet worden war, wie gebannt, beschlossen sie, die Taufe bereits am nächsten Tag auszurichten. Selma ordnete also ihre Schürzenbänder abermals. Der zweite Name Laura erschien den Frauen brauchbar wie je, der Rufname Amanda verdächtig. Deshalb benannten sie um. Indem sie die Reihenfolge änderten. So wurde »Laura« zum Rufnamen gemacht und »Amanda« zu dem, der nur auf Papieren existiert – und auch nur auf ganz und gar amtlichen.

Das Geschenk aber wiesen die Frauen von sich. Erfahrung hatte sie gelehrt, daß kostenlose Gaben teuer zu stehen kommen. Selma warf die Phiole in den Aschenkasten des Küchenherds. Darüber lag ein Holzfeuer. Beim Wurf löste sich der Korken. Die Flüssigkeit sickerte aus und entzündete sich sofort. Das Feuer quoll aus dem Herd, loderte hoch bis zur Decke und breitete sich dann nach allen Seiten aus. Schnell war die Küche in Brand und Selma von Flammen umzingelt. »Die Höll ist los«, schrie Selma Uhlig.

»Die Dummheit«, widersprach eine gewaltige Stimme. Sie fuhr in den Feuersturm. Selma rief nach Feuerwehr und Pastor. Da blies ein dröhnendes Gelächter ins Gewaber und löschte die Flammen. Selma fand sich wieder neben dem Küchentisch, der erhalten geblieben war. Auch ihr Kleid war erhalten geblieben, ihre Haut, ihr Haar. Die Küche war unversehrt, kein Ruß an den Wänden. Blanke Fensterscheiben.

Isebel flog durchs geöffnete Fenster und sprach: »Ich komm wie gerufen.«

Selma stand von Todesangst geschüttelt.

»Blödes Weibervolk«, dröhnte Isebel, »man muß sich fragen, wie so blitzdumme Bäuche so erzgescheite Kinder zur Welt bringen können. Begriffsstutzig ist keine Schande, aber vernagelt. Stur. Taub für jeden Rat, undankbar für jede Hilfe. Diese stinkende Redlichkeit, die über Leichen geht, Kriege, Weltuntergänge. Wer geschichtliche Wendungen will, braucht auch Köpfe. In euerm Waschkorb brüllt einer. Und was bietet ihr Tanten der brüllenden Hexe? Milch!

Schüttet den Wundersaft in den Müll und haltet Brüste bereit, Flaschen!«
Selma schrie zurück: »Unsre Laura ist keine Hex.«
»Wer Jude ist, bestimme ich, wird bald einer verkünden«, erwiderte Isebel mit veränderter ruhiger Stimme. »Arme Amanda.«
»Das Mädel heißt Laura«, eiferte Selma.
»Unter falschem Namen leben müssen, kann jetzt vielleicht sogar von Vorteil sein«, sprach Isebel. »Denn Amanda hat Glück, daß sie nicht zu früh geboren wurde. Aber sie ist nicht spät genug geboren, um Wunder entbehren zu können. Jedenfalls wird sie auf das Beschwörungselixier angewiesen sein, das ihr vergossen habt. Vergeudet ist der unschätzbare Beistand, der unersetzbare! Armes Kind!«
»Wieso arm?« protestierte Selma. »Wenn nicht alles täuscht, wird ein schönes Mädchen draus.«
»Eben«, sagte Isebel.
»Wieso eben?« protestierte Selma. »Um das Mächen werden sich die Männer reißen.«
»Eben nicht«, sagte Isebel.
»Wieso eben nicht?« protestierte Selma.
»Weil sie weder schön und dumm ist noch häßlich und dumm, aber auch nicht häßlich und klug – sondern schön und klug. Diese Variante ist die schlimmste, mit der eine Frau geschlagen sein kann.«
Sprachs und verging wie ein Schatten.

8. Kapitel

Das Kind wird fünfmal getauft

Olga und Selma aber machten sich noch am selben Tag mit dem Kind auf zum Pfarrer. Sie mieden den langen Weg durchs Dorf und gingen den kurzen übers Wasser. »Das Wasser«, den Fluß Zschopau, nannten die Bewohner von Plaue auch »die Zschop«. Das steinige Flußbett lag teilweise trocken. Anwohner hatten große Steine schrittnah derart zueinander gewälzt, daß eine Art Weg entstanden war. Er verlief nicht gerade, in der Nähe war der Fluß von einem Wehr gestaut. Wurde es herabgelassen, dann modelte die Strömung den Weg oder riß ihn fort. Selma, wiewohl beleibt, überquerte den

Fluß mit großen Sprüngen, indem sie meist einen, mitunter sogar zwei Steine ausließ. Olga hatte auch Übung, denn der Weg über den Fluß zur Schneiderei ersparte täglich hin und zurück mehr als eine Stunde. Aber da die Kindsmutter von der langen Geburt geschwächt und vom Bündel, das sie auf dem Arme trug, behindert war, verfehlte sie einen Stein, strauchelte und tunkte das Neugeborene ins Wasser. »Olga«, schrie Selma da auf, »Olscha«, schrie sie, denn sie sprach im Ernst nur Mundart, »Helfdergott Olscha«. Zu behaupten, daß Selma Uhlig an Gott glaubte, wäre gewiß unrichtig. Zu behaupten, daß sie nicht an Gott glaubte, wäre nicht weniger unrichtig. Die Frau hielt sich an Bräuche. Jetzt stürzte sie vom Ufer, das sie bereits erreicht hatte, fluchend zurück, half Olga auf, riß ihr das greinende Bündel aus den Armen und trug es unter leisem Absingen des Liedes »Ännchen von Tharau« zum Pfarrhaus. Da sich Selma Uhlig unter Tharau nichts vorstellen konnte, sang sie »Tharandt«. In diesem sächsischen Ort hatte sie sechs Lebensjahre »in Stellung« verbracht, das heißt: als Dienstmädchen.
Sobald das Pfarrhaus erreicht war, schlief der Enkel. Von der Eile schloß der Pfarrer auf das Kind. Er erwartete einen Kümmerling, ein Engelchen auf Besuch. Als Olga jedoch den Schleier vom Steckkissen hob und ein pausbäckiges Mädchen übern Taufstein hielt, staunte der Pfarrer. Derart, daß er reichlich Wasser versprengte. Der so erschreckte Säugling begann abermals zu schreien. Die Kapelle verstärkte das Geschrei durch dreifaches Echo. Der Friedhofsgärtner und seine Frau, die sich als Paten zur Verfügung gestellt hatten, lauschten geschäftig. Als der Pfarrer seinen Sermon geendigt hatte, faßten die Umstehenden nach örtlichem Brauch ans Steckkissen. Dem Schnellsten sprach der Aberglaube die Kraft zu, Charakterzüge auf den Täufling übertragen zu können. Selma Uhlig war die Schnellste. Da Selma in Bräuchen jedoch besser bewandert war als die anderen Anwesenden, wußte sie, daß Zufassen allein nicht viel ausrichten konnte. Was nützte einem Menschen auf dieser Welt Charakter? Und gar einer Frau! Der würde Charakter doch eher schaden als nützen. Wer für die Zukunft eines weiblichen Wesens vorzusorgen hatte, konnte sich nicht mit Charakter und ähnlichem Luxus beruhigen. Da mußte für Fertigkeiten gesorgt werden, die angenehm machten, weil sie Geld sparten. Selmas Mutter hatte Olga bei der Taufe einen Nesselfleck ins Steckkissen geschoben, der mit einem Sortiment Nadeln bespickt und verschiedenen Zwirnen und Garnen umwickelt war – und aus Olga war eine Schneiderin

geworden. Warum sollte Selmas Enkelin, mit ähnlicher Zutat gefördert, nicht mindestens so oder besser ihr Glück machen können? Der Fleck, den Selma ihrer Enkelin unterschob, war aus Samt und doppelt so groß wie der, auf dem Olga gelegen hatte.
Die Kapelle, von Taufen, Gottesdiensten, Hochzeiten und Beerdigungen in Betrieb gehalten, war auf einem Hügel überm Wehrteich gelegen. Umgeben von einem Friedhof, dessen Wacholder- und Lebensbäume die Kapelle überragten.
Heimweg abwärts durch Sonnenglast. Gemächlich über die Brücke. Kurz danach fielen Tropfen auf das Kind. Selma zog einen Vogel in Verdacht und schimpfte: »Schweinzeig, verbrunztes.«
Olga sagte: »Ein gutes Zeichen.«
Dann regnete eine kleine Wolke ab über ihnen.
Die Frauen spülten dem Säugling nach der Heimkehr die Unreinheiten des Himmelswassers ab mit einem Schöpftopf.
So wurde das Neugeborene an einem Tage fünfmal getauft: einmal im Zuber, einmal in der Zschopau, einmal in der Kapelle, einmal mit einer Wolke und einmal mit dem Schöpftopf.
Mutter und Großmutter aber zögerten nicht, die Taufwiederholungen als Zeichen besonderer Befestigung des Rufnamens zu werten. Mit fünffachem Zwirn Angenähtes ist unabreißbar.

9. Kapitel

Sirene Beatriz verspürt keinen Hunger

Die Schwingen der meisten Vögel, die sich im Tierpark frei bewegen konnten, erzeugten beim Fliegen ein sausendes Geräusch mit Ultratönen. Die ängstigten die Mäuse in meiner Höhle. Ich konnte geräuschlos fliegen und nachts so gut sehen wie am Tag.
Deshalb schrieb ich tagsüber und erfüllte mir nachts, was in meinem ersten Dasein meine höchste Sehnsucht gewesen war.
Denn ich hatte Angst, entdeckt zu werden. Ich fürchtete die unerbittliche Ablehnung oder den Neid, der unter den Menschen ausbricht, wenn sich ein Wesen ihresgleichen durch Andersartigkeit vom Durchschnitt abhebt. Arkes Behauptung, daß ich mit den Eulen entfernt verwandt wäre, könnte vor derartigen Aggressionen nicht schützen. Mein Menschenantlitz gäbe mich preis.

Nacht allein also garantierte mir nicht Sicherheit genug. Ich brauchte stockfinstere Nacht zu meinem Schutz, die über einer Großstadt erst in Kilometerhöhe beginnt. Jenseits der Wolke aus Dunst und Licht, die vom Häusermeer ausgeworfen wird. Meine Augen durchdrangen sie mühelos. Nur deren Aussehen war menschlich geblieben. Ihre Leistung war tierisch. Die Vogelschwärme des Tierparks überfliegen lieber Grünflächen als Beton. Ich genoß die Fülle der Steinformen, die deutlich unter meinem Bauche wegschwammen. Als ich Straßen wiedererkannte, Häuser, Plätze, freute ich mich. Keineswegs nur weil mir das bewies, wie gut mein Erinnerungsvermögen schon funktionierte. Es reichte nur nicht weit genug zurück. Nicht weiter als achthundertfünfzig Jahre. Das genügte Arkes Ansprüchen nicht.

Ich fragte, ob sie inzwischen ergründet hätte, welches Zeichen die Wiederkehr der Sirenen setze. »Soll ich etwa das Ende auf Erden einsingen?«

»Möchts nicht glauben«, sagte die Schlange.

»Soll ich einen neuen Anfang auf Erden einsingen?«

»Möchts gern glauben«, sagte die Schlange.

Die Höhle war unbequem. Ich mußte täglich die Erdkrumen aus dem Gefieder lesen, die auf mich herabrieselten. Besonders bei trockener Witterung. Bei Regen wurden meine weißen Federn von Tropfwasser verunreinigt. Selbst als Contessa, da zur Wartung meiner Roben mehrere Zofen zur Verfügung waren, mied ich die Unbequemlichkeit weißer Gewänder und Schuhe. Die Flaumfedern an meinen Zehen, die geräuschloses Aufsetzen ermöglichten, waren bereits ergraut. Diese Geräuschlosigkeit beim Fliegen und Aufsetzen, für die meine Federausstattung geschaffen war, sollte offenbar meiner Absicherung dienen. Für die Jagd jedenfalls brauchte ich die Ausstattung nicht. Ich hatte nämlich nie Hunger.

Eine befremdliche Erscheinung. Ich teilte sie Arke bei Gelegenheit mit.

Arke, die ausnahmsweise grau gekommen war, bezeichnete die Erscheinung als traditionell. Daß die patriarchalische Bearbeitung der Sage diese Tradition verschwiege, wäre verständlich. Götter, Religionen, Ideologien könnten nicht durch Verbote gestürzt werden, sondern durch Einverleiben. Einverleiben mit Wertvorzeichen versehen, die zu den ursprünglichen den Gegenwert herstellten. Der Vorgang, Plus durch Minus zu ersetzen, hieße christlich Verteufe-

lung. Diese Umwertung wäre auch den Schlangen (serpentes) widerfahren. Und in der Odyssee würden die Sirenen zwischen den aufgehäuften Knochen von Seeleuten hockend geschildert. Männerfressend. Aber die Gabe, Schönheit hervorbringen zu können, spräche ihnen die Sagenbearbeitung nicht ab. Im Gegenteil, die steigere die Quantität des Lobs noch. Bis es in die andere Qualität umschlüge. Mittels übermäßiger Bestätigung von Entzücken würde Schauder hergestellt. Wer heimlich begehre, was er öffentlich verachte, brauche diesen Trick. Die frauenverachtenden Kulturen brauchten ihn seit Jahrtausenden. Er verschaffe eine besondere Art von Lust. Die Lust des Verbotenen. Um sich eine Frau verächtlich zu machen, genüge, ihr Wesen als dumm zu deuten. Um eine weise Frau verächtlich zu machen, wäre erforderlich, ihr Wesen wenigstens als mörderisch zu deuten.
»Aber Odysseus hatte doch tausendfach bewiesen, daß er sich vor Mördern nicht fürchtet«, entgegnete ich.
»Vor Mördern nicht, aber vor sich. Die sagenhaften Gesänge der Sirenen hätten in ihm ausgraben können, was zugeschüttet war . . .«
»Red nicht so laut«, sagte ich, denn der Tierpark war überlaufen. Unweit meiner Höhle wimmelten die Besucher. Ringsum Palaver, Kindergezwitscher, Jaulen. Ich fürchtete, daß unser Gespräch nicht übertönt würde.
Arke behauptete, es könnte von menschlichen Ohren nicht gehört werden. Nur Tiere könnten die ultrahohen Töne unserer Stimmen wahrnehmen. Die Mäuse meiner Höhle zum Beispiel, die sich deshalb verkrochen hätten. Oder die Hunde draußen. Sie jaulten, weil unsere Stimmen ihnen schmerzhaft in den Ohren lägen. Aber aufstöbern könnten uns Besucherhunde kaum. Sie müßten nämlich – das schreibe die Parkordnung vor – an der Leine geführt und kurzgehalten werden.
»Und warum kommst du heute grau«, fragte ich.
»Weil ich auch lieber verborgen sein möchte«, antwortete Arke. »An Stadthimmeln ist grau heute die beste Tarnfarbe. Früher war die Erde mit ihren Geistern und anderer Verwandtschaft deinesgleichen Gegenstand der Verehrung. Dann wurde sie Gegenstand der Eroberung.«
»Aber ich mache auch immer größere Fortschritte«, sagte ich und erzählte, daß ich mich neulich einer ganzen Buchseite erinnert hätte.

»Welcher«, fragte Arke, indem sie ihren Körper in drei Ringen übereinander ordnete und mit dem Kopf krönte.
Ich brachte das Zitat über die Tendenz, erst auf das Fernste loszugehen, um das Nächste vermeiden zu können, aus dem Gedächtnis zu Gehör.
»Diese Jacke ist nicht für dich genäht«, sagte Arke barsch. »Wahrscheinlich hat sie der Schneider selber nötig. Oder er will den Brocken oder Blocksberg verdächtigen. Als Ort des Ausweichens vor dem Konkreten. Tatsächlich aber gehört die Eroberung solcher Berge zum Allernächsten und Konkretesten, das die Menschheit fürs Überleben leisten muß.«
Ich gestand, vom geformten Material des Blocksberg-Archivs, das Lauras Geburt und Kindheit überlieferte, nicht sonderlich angetan zu sein.
»Aber nichts ändern«, sagte Arke.
»Warum nicht«, fragte ich erschrocken.
»Ohne Isebels Genehmigung darf am geformten Material nichts geändert werden. Hast du etwa schon . . .«
Ich versicherte, mich bisher an die Vorlage gehalten zu haben. Widerwillig freilich, denn das geformte Material trüge den Titel »Historie von Amanda der Großen«, und ich hörte schon Wesselin aus der Zukunft sagen: »Habt ihrs nicht ne Nummer kleiner?«
»Mit Isebel will ich keinen Ärger«, sagte Arke. »Sie gehörte vor dem Blocksberg-Umsturz zur Führung der HUU – mit der Abkürzung benannte sich die Hexistische Unterweltunterweltorganisation – und verwaltet jetzt das Blocksberg-Archiv. In dieser Verwaltungsarbeit kann Isebel wenig Schaden anrichten. Aber wenn du mir versprichst, ihre Autorität nicht in Zweifel zu ziehen, kannst du gern mal mit ihr verhandeln.«
Sprachs, flog fort und ließ mich sitzen auf den Legenden. Ich mußte sie also wohl oder übel weiterhin übernehmen, wenn ich nicht ohne Schreibarbeit sein wollte: krank.
Am Namen, mit dem das neugeborene Mädchen sogleich verhüllt wurde, hielt ich gern fest. Aus Gewohnheit – mag sein. Auch der schönen Erinnerungen wegen, die ich mir mit dem Wortpaar »Spielfrau Laura« abrufen konnte. Hauptsächlich aber entschieden praktische Erwägungen. Denn Präzision kann mitunter mehr verwirren als Ungenauigkeit. Von Amanda und Amanda I und Amanda II zu reden, wäre präzise. Ich rede vorläufig von Laura.
Die acht nachfolgenden Kapitel schrieb ich im Spätsommer 1980 nach

der »Historie von Amanda der Großen«. Die Historie, ein Fragment, war bereits vor dem Blocksberg-Umsturz in der illegalen Zeitschrift »Beiträge zur Hexwerdung« erschienen. In Fortsetzungen.

10. Kapitel

Die Wiege des idealen Kindes Amanda alias Laura steht in einer Kaserne

Selma und Olga waren praktische Frauen. Von dem, was sie sahen, glaubten sie nur, was ihnen nützlich erschien. Alles andere vergaßen sie. Indem sie es aus ihren Köpfen schütteten wie Wasser aus Eimern. Auffälligkeiten waren für kleine Leute von Nachteil. Deshalb haben weder Lauras Vater noch der Großvater oder sonstwer aus Plaue vom fliegenden Besuch erfahren. Für sie war Laura ein gewöhnliches Mädchen, das wegen eines Krampfanfalls hatte notgetauft werden müssen. Und ein Mädchen, das war eine Enttäuschung. Die Männer hatten einen Stammhalter erwartet. Großvater magerte ab. Als er erfuhr, daß Vater Johann trotz Wohnungsnot zwei Zimmer in einer Kaserne der nahen Stadt C. hatte mieten können, genas er. Als das junge Ehepaar eingezogen war, nahm er zu. Nicht so schnell wie Laura. Die trank leidenschaftlich und war mit Olgas Brüsten und auch mit Flaschen bald nicht mehr sattzukriegen. Selma konnte nun Breie kochen und füttern und beobachten, wie Laura ansetzte und dick wurde und fett und fetter: schön. Selma war in einem erzgebirgischen Dorf aufgewachsen, wo die Leute klein und hager waren. Sie lebten von Kartoffeln. Beleibtheit ließ da auf andere Kost und also auf Reichtum schließen. Seitdem Selmas Kinder erwachsen waren, leistete sie sich, viel zu essen, um sich das Gefühl von Wohlhabenheit zu geben.
Selbst klein, liebte und verehrte sie alles, was groß war. Ungerührt von den Empfehlungen gewisser Verkäuferinnen, die sich mitunter zu Protesten steigerten, kaufte Selma für sich nur Unterwäsche und Strickjacken in Übergrößen. Schleppten Hemden oder Unterröcke, versah sie die mit Säumen. Röcke ohne doppelte oder dreifache Säume wertete Selma als unvollkommen. Strickjacken, deren Ärmel unaufgekrempelt die Hände bloß ließen, nannte sie »pfiepsch«. Daß ihre Tochter sich paßformhalber für ein kleineres Kleidungsstück

entschied, wenn das gleiche etliche Nummern größer für denselben Preis zu haben war, erschien ihr unverständlich. Sie wollte soviel wie möglich sehen für ihr Geld und ihre Mühe.
Laura hatte bald so dicke Wangen, daß ihre Augen drin versanken. Olga wurde unruhig. Der Kinderarzt verordnete Fasten. Selma war begeistert von Laura. Ein Kind, bei dem jeder Bissen anschlug: ideal. Johann Salman kaufte eine Waage, um die Fortschritte seiner Tochter genau verfolgen zu können. Clemens Uhlig renommierte mit den Pfunden auf seinem Bahnhof. Derart stellte Laura ihre Angehörigen zufrieden, bis sie dreizehn Monate alt war.

11. Kapitel

Umzug – Laura enttäuscht

Salmans Zimmer, Räumlichheiten eines Offizierskasinos, waren im nordwestlichen Vorort von C. gelegen. Auf einer Höhe, von wo man in den rauchigen Talkessel der Industriestadt hinabsehen konnte. Selma Uhlig nannte sie »Drecknest«. Olga nannte den jungen Wald, der die Kaserne umgab, idyllisch und in der Lage, die Strut und andere heimatliche Wälder zu ersetzen. Laura mußte bei offenem Fenster schlafen, um die gute Luft der Höhe zu genießen. Bald erschien es den Eltern jedoch angebracht, die Fenster der parterre gelegenen Wohnung wenn möglich geschlossen zu halten. Nachdem die Polizei den zweiten Toten im Wäldchen gefunden hatte, trug Johann Salman einen Schlagring in der Hosentasche, wenn er zur Arbeit ging. Er hatte ihn selbst angefertigt. Olga bangte um ihren Mann, wenn er sich verspätete. Die Kasernenbewohner munkelten von Fememorden.
Als Laura vierzehn Monate alt war, brauchte die SS, die inzwischen in der Kaserne Quartier genommen hatte, auch das Offizierskasino. Lauras Eltern mußten umziehen. Man wies ihnen eine Wohnung in einem Neubauviertel zu, die ein Baumeister im Range eines SA-Sturmführers mit finanzieller Förderung bauen konnte. Die Wohnung gefiel den Eltern. Laura stellte sich drin auf ihre Füße, lernte laufen, rannte sich das Fett ab und bereitete so die erste Enttäuschung. Die zweite folgte, als Laura sprechen lernte. Das war für sie ein Spaß. Anfangs spielte sie mit den Worten wie mit Bauklötzen. Das nannten die Eltern »Krach machen«. Dann sprach sie den

Erwachsenen nach, das wurde »altklug reden« genannt. Dann sagte sie, was sie dachte und galt als »ungezogen«. Sie dachte zum Beispiel, warum darf der Vater mich und die Mutter schlagen und die Mutter darf nur mich schlagen und ich darf niemanden schlagen.

12. Kapitel

Die Nadelsaat geht auf

Laura aß gern Zuckerwerk, das die Eltern als Belohnung vergaben. Da Laura jedoch mit Wildheit und flinker Zunge enttäuschte, konnte sie nicht auf Belohnung hoffen. Das war ein hartes Leben. Es schärfte den Verstand. Mit drei Jahren bereits hatte Laura Übersicht und sich eingerichtet. Sie lernte schweigen, wie sie sprechen gelernt hatte. Den Bewegungsdrang zügelte sie mit Werkzeugen. Zunächst mit Nadeln, die im Haushalt reichlich vorhanden waren und ihrem Geschlecht als passend zugerechnet wurden. Die Mutter gab ihr Deckchen mit vorgezeichneten Mustern zum Aussticken. Laura überstickte die vorgezeichneten Muster mit eigenen, die Mutter wertete das als kindliches Ungeschick und zeigte die Arbeit der Nachbarin.

»Ein Wunderkind«, sagte die Nachbarin. Die Handtücher, in die Laura Spinnen gestickt hatte, die Bettücher mit Schweineschwänzen, die Kopfkissen mit Eulen zeigte die Mutter nicht. Sie verschloß hinfort den Wäscheschrank, trug den Schüssel in der Schürzentasche und hielt Laura zum Stopfen an. Mit Strümpfestopfen konnte sich Laura sogar Schokolade verdienen. Wenn die Eltern Laura zwangen, Spinat zu essen, stopfte sie unsichtbare Nester in Strümpfe, die drückten in Schuhen und rieben Blasen. Stellte die Mutter sie dafür zur Rede, antwortete Laura: »Die Löcher zum Wiebeln waren alle.« Und der Vater lobte die Tochter wegen ihres Fleißes und tadelte die Mutter wegen schleppender Arbeitsbeschaffung. So gewann Laura die Zuneigung der Eltern zurück.

13. Kapitel

Schweigen ist auch kein Gold

Die Schweigsamkeit Lauras erfreute die Eltern eine Weile. Dann fiel die den Nachbarn, Verwandten und Bekannten auf, das hieß: aus der Norm. Und Salmans wollten ein normales Kind. Also sagten sie zu Laura: »Du kriegst wohl nicht die Zähne auseinander.«

Das ärgerte Laura. Eines Tages ging die Mutter einkaufen und ermahnte Laura, sich derweil nicht vom Stuhl zu bewegen, der Ofen stünde voll kochender Töpfe. Laura holte sich Stoff, Nadeln und Fäden, nahm Platz und begann zu nähen. Nach einer Weile kam der Vater von der Arbeit. Da er den Tisch nicht gedeckt fand, sagte er: »Bestell deiner Mutter, ich trink zum Abendbrot eine Flasche Bier« und entfernte sich verdrießlich in den Keller. Laura lud sich den Stuhl auf den Rücken und ging zum Kolonialwarenladen. »Was soll das?« rief die Mutter, als sie ihre Tochter mit dem Stuhl erblickte.

»Du sagtest doch, ich dürfte mich nicht vom Stuhl bewegen«, entgegnete Laura. »Bald kam der Vater von der Arbeit und trug mir auf, dir zu bestellen, daß er zum Abendbrot eine Flasche Bier trinken will. Um es euch beiden gerecht zu machen, hatte ich keine andere Wahl.«

14. Kapitel

Lauras Denkweise

Nun gab sich Laura sparsam gesprächig. Zur Freude der Eltern. Die wären vollauf zufrieden gewesen, wenn sie nicht eine gewisse Schlagfertigkeit und auffällige Sprachgewandtheit ihrer Tochter beunruhigt hätte. An einem Wintermorgen zum Beispiel war Laura eine Häkelnadel verlorengegangen. Es war wenige Tage vor Nikolaus. Als ihre Bemühungen, die Nadel wiederzufinden, erfolglos blieben, fürchtete sie, die Stiefel würden mit Kohlen statt mit Süßigkeiten gefüllt. Sie zog ihren Mantel an und rannte in den Hof, wo sie die Suche fortsetzte. Die Mutter lief ihr nach und fragte, was sie verloren hätte. Laura zögerte nicht, ihr die gewünschte Antwort zu geben.

»Wenn du die Nadel in der Küche verloren hast, ist es doch sinnlos, sie hier zu suchen«, sagte die Mutter.
»In der Küche ist es dunkel. Ich dachte, es ist besser, draußen zu suchen, wo es hell ist«, versetzte Laura.

15. Kapitel

Lauras Gehorsam

Lauras Vater behauptete von sich, daß »aber« sein liebster Laut wäre. Tatsächlich war zu Hause »nein« sein liebstes Wort. Mutter Olga litt darunter. Laura suchte dem Widerstand dadurch zu begegnen, daß sie vom Vater erbat, was er nicht tun sollte. Hatte sie gefehlt, floh sie also nicht vor dem Zorn des Vaters, sondern eilte zu Johann, reckte den blanken Hintern und verlangte Prügel. Johann aber weigerte sich, die Hand zu heben. So ersparte sich Laura viele blaue Flecke väterlicher Erziehung.

16. Kapitel

Laura nimmt ihrem Vater Dreckarbeit ab

Laura gedieh zu einem Mädchen mit braunen Augen und roten Zöpfen. Der schönen Augen wegen sahen Verwandtschaft und Nachbarschaft die roten Zöpfe nach. Um sich dieses Wohlwollen zu erhalten, schärften die Eltern Laura ein, daß ein Lächeln oder ein Knicks auf eine Frage Mädchen besser kleide als eine Antwort. Im Frühling 1939 schlosserte Johann Salman an dienstfreien Tagen bei der Instandsetzung einer Villa, die während der Kristallnacht demoliert worden war. Der neue Besitzer beaufsichtigte die Reparaturarbeiten. Laura mußte »essentragen« für den Vater. Als sie an einem Sonntag den mit Kartoffelbrei gefüllten Essentopf brachte, winkte ihr der Vater aus der ersten Etage. Dabei fiel ihm der Hammer aus dem Fenster. Der Vater befahl Laura, den Hammer zurückzubringen. Laura verschwand im Haus. Als sie nach einer Weile noch immer nicht beim Vater eingetroffen war, rief er die Tochter. Umsonst. Zornig begann er zu suchen. Vergeblich. Nun vermutete er, ihr könnte etwas zugestoßen sein und bat die anderen Arbeiter

um Mithilfe. Schließlich beteiligte sich sogar der neue Villenbesitzer an der Suche. Er fand Laura auf dem Spitzboden. Sie stand auf der obersten Sprosse der Feuerleiter und hielt den Kopf aus der Dachluke.
»Was treibst du da oben«, fragte der Villenbesitzer.
Laura stieg ab, machte einen Knicks und lächelte.
»Wer hat dich geheißen, da raufzusteigen?«
Laura warf einen artigen Blick auf den Vater, knickste noch tiefer und lächelte noch süßer.
»Was hast du da oben zu suchen, verdammich?«
Laura warf den gehorsamsten Blick, den sie hatte, auf den Vater, knickste so tief wie möglich und lächelte honigsüß. Aber der Vater war nicht zufriedenzustellen. »Antworte«, befahl er unwirsch. Und da mußte Laura antworten. »Ich habe den Hammer gesucht«, antwortete sie.
Die Arbeiter belachten die Dummheit Lauras. Der Vater geriet in Wut vor Scham. Der Villenbesitzer sagte: »Aber Kind, man kann doch nicht im Himmel suchen, was herabgefallen ist.«
Laura schüttelte den Kopf. »Sie kennen meinen Vater nicht. Er liebt es, etwas zum Schur zu tun.«
»Interessant«, entgegnete der Villenbesitzer und entließ Johann Salman auf der Stelle.

17. Kapitel
Blumenstücke

Der Krieg begann, als Laura sieben Jahre alt war. Die Einschulung ging ihm wenige Monate voraus. Und da Laura bei diesem Anlaß von Eltern und Verwandten erfuhr, daß nunmehr der Ernst des Lebens begänne, war sie vom September 1939 nicht zu verwundern. Eines warmen Nachmittags stand sie vor der Mutter im Spalier am Straßenrand und sah Soldaten und Fahrzeuge an sich vorüberziehen. Aus dem Spalier wurden Blumen geworfen. Die Mutter spendierte auch einen Strauß zum Werfen. Ihre Anweisung, den Strauß zu zerlegen, damit er eine Weile reichte, befolgte Laura, indem sie jeweils nur ein Stück von einer Blume warf. Die Blumen wurden von den Soldaten aufgefangen oder zertreten. Die Fahrzeuge walzten das Grünzeug. Als schließlich Reiterei vorbeizog, rutschten die Pferde

auf dem glitschigen Asphalt. Ein Rappe stürzte derart, daß die Umstehenden sagten, er müßte an Ort und Stelle erschossen werden. Da zog die Mutter Laura von ihrem idealen Schauplatz an der Absperrleine weg. Laura widerstrebte. Die Mutter machte sie folgsam mit der Aussicht auf Wolle. Laura erhielt die Erlaubnis, zu Hause sofort mit der Herstellung von Kniewärmern für den Großvater zu beginnen. Die Nachbarin sagte: »Das Mädel strickt wie der Teufel.«
»Geschwindigkeit ist keine Hexerei«, antwortete Laura. Der Großvater trug die Kniewärmer zwei Winter. Dann ließ er sie dem Sohn ab für den Rußlandfeldzug.

18. Kapitel

Isebel

Eine Frau salutierte eines Abends vor meiner Höhle, als ob sie von Arke abkommandiert worden wäre. Erscheinung ähnlich wie in Kapitel sechs beschrieben: roter vielzipfliger Rock, Papierkrone, Besen, große Gesten, dunkle Worte. Das dunkelste: »Sejelamur«. Da außerdem die Parktore längst geschlossen waren, vermutete ich Isebel. Ich vermutete richtig und zog die Frau in mein Versteck. Dann bat ich um die Genehmigung, direkt recherchieren zu dürfen. Das heißt: bei Laura.
Isebel antwortete: »Eine Triebwagenfahrerin mit Kind hat keine Zeit für Recherchen. Außerdem darf nicht vergessen werden, daß sich Macht nicht allein militärisch sichern läßt, sondern ideologischer Stütze bedarf. Dafür haben sich Legenden und Sagen aufs beste bewährt.« Isebel erinnerte an Alexander den Großen. Natürlich wäre eine Persönlichkeit wie Alexander, der schon als Jüngling Wunderbares an Überlegung, Entschlußkraft, körperlicher Leistung und persönlichem Mut vollbrachte, ohnehin geeignet gewesen, den Mittelpunkt für Wundergeschichten zu bilden. Aber die Herrschenden hätten außerdem bewußt und systematisch Sagenhaftes über Alexander verbreitet, weil der Mantel des Übermenschlichen – besonders der Unfehlbarkeit und der Unbesiegbarkeit – hohen machtpolitischen Wert besäße. So hätte wohl schon Alexanders Mutter Olympia ausstreuen lassen, nicht Philipp, sondern eine

Schlange habe ihn gezeugt. Und in Ägypten wäre die Legalität seiner Herrschaft durch das Gerücht begründet worden, er sei der Sohn Ammons. So wäre die Alexandersage entstanden. Die neue Blocksberg-Ordnung hätte allen Grund, aus diesen historischen Erfahrungen endlich Lehren zu ziehen.
»Aha«, räumte ich ein, gab aber zu bedenken, es müßten nicht nur historische Erfahrungen von Gestern, sondern auch von Morgen berücksichtigt werden. Ich würde zum Beispiel schon meinen künftigen Leser Wesselin Salman sagen hören: »Mein Kopf ist kein Kuhmagen. Hundertachtzigprozentige Erbauungsgeschichten kotzt er aus. Pädagogikfutter, das mehr als hundert Prozent hat, ist unverdaulich und schafft mich unwohl oder krank . . .«
»Empfindlinge«, sagte Isebel. »Macht aber hat sich immer auf den gesunden Menschen orientiert, der wissen muß und folglich wissen will, wo der Hammer hängt.« Isebel stampfte mit ihrem Besen den Höhlenboden.
Vorm Höhleneingang Strauchwerk und Himmel, in den eine dunkelgraue Wolke aufstieg. »Hinterm Tierpark fahren ab und zu noch Dampflokomotiven vorbei«, sagte ich unwillkürlich. Gedankenverloren. Die Erinnerung an die letzte Fahrt des Lokführers Johann Salman gelang genau. Ich hatte Lauras Vater 1972 auf dieser Fahrt begleitet. Der Abschied von der Maschine Pauline war mir so deutlich vorm inneren Auge, daß ich sicher war, bald tiefer blicken zu können. Ermutigt sagte ich zu Isebel: »Also kriege ich nun die Genehmigung, ja oder nein?«
»Nein«, sagte Isebel, »Schilderer großer Entscheidungen dürfen nicht durch übergenaue Einzelheiten vom Kern der Sache abgelenkt werden. Außerdem hat kein Grieche vor Alexander so gründlich für die authentische Überlieferung seiner Taten Sorge getragen wie dieser Herrscher. Zu seiner ständigen Begleitung gehörte ein Hofhistoriograph: Kallistenes von Olynth, ein Verwandter des Aristoteles. Sein Werk ›Die Taten Alexanders‹ berichtet vom Persienfeldzug bis zur Schlacht von Gaugamela. Auch wurde unter persönlicher Kontrolle des Königs ein offizielles Tagebuch geführt, die Ephemeriden. Es verzeichnete alle Ereignisse, die zum König in Beziehung standen – vor allem natürlich die wichtigen politischen und militärischen Vorgänge, daneben aber auch Privates wie Audienzen, Krankheiten, Jagden. Schließlich hatten die sogenannten Bematisten nicht nur die zurückgelegten Wege durch Abschreiten zu vermessen und entsprechende Aufzeichnungen zu machen, sondern sie hielten

auch naturwissenschaftlich und historisch Interessantes fest. Betrachten Sie sich als Hofhistoriographin.«
Ich fügte mich für den betreffenden Teil, um dem Ganzen meine Weise zu erhalten. Nachfolgend also noch fünf gefügige Kapitel, die von zwei griechischen (22. und 23.) unterbrochen werden.

19. Kapitel

Himmlische und irdische Schulmeister

Seit Großmutters Festsetzung in der Laube wurde Laura regelmäßig in die Kirche geschickt. Die Eltern besuchten keine Gottesdienste. Laura machte sich stets eine Stunde vor Beginn auf den kurzen Weg. Den Eltern gefiel das als tugendhafter Eifer. Sie glaubten, die Tochter könnte die Unterweisungen des Pfarrers nicht erwarten. Laura konnte die Orgel nicht erwarten. Die wurde nur für Erwachsene gespielt. Für Kinder gab es Harmonium. Seine Töne erinnerten Laura an die der Konzertina ihres Großvaters Clemens. Großmutter Selma nannte die Konzertina Quetschkommode. Wenn Großvater Clemens drauf spielte, sang Laura zum Marsch des 104. Infanterieregiments, in dem Clemens Uhlig vorm ersten Weltkrieg gedient hatte, »hundertvier, hundertvier ist das schönste Wurschtpapier«. Großvater Clemens empfand das Verhalten seiner Frau und seiner Enkelin als ungehörig. Er bedeckte seine Hosenknie mit einem Plüschlappen, bevor er das Instrument draufsetzte. Es wurde in einem Karton unter dem Ehebett aufbewahrt. Das Gehäuse war metallbeschlagen, der Balg mit Flickflecken besetzt. Während des Spiels suchte Clemens den Balg nach undichten Stellen ab. Hatte er ein Loch vermutet, unterbrach er das Spiel und beugte sein Gesicht über die Stelle. Dann streckte er die Finger von den Knopftasten und setzte den Balg unter Druck, indem er die beiden Gehäuseteile mit den Handtellern gegeneinander preßte. Im Zweifelsfall schloß Clemens die Augen und bewegte die empfindlichsten Häute des Gesichts über die Stelle, um die austretende Luft spüren zu können. War das Loch gefunden, wurde es mit Kreide markiert. Großvater Clemens machte sich an die Flickarbeit, wenn mindestens drei Löcher gefunden waren. Er hatte stets Kreide in den Hosentaschen. Zugführer brauchen Kreide, wenn Güterzugwagen zu beschriften sind. Wollte Clemens sein unterbrochenes Harmonikaspiel fortsetzen, öffnete er vorher das Ventil – das klang wie Luftziehen beim Pfeiferauchen – und spreizte die Knie, auf denen die Gehäuseteile standen. Das Ventil war für Laura der interessanteste Teil der Harmonika. Seine Form erinnerte an die Wasserpumpe im Schrebergarten. Außer dem Marsch des 104. Infanterieregiments konnte Clemens Uhlig noch zwei Märsche und alle Kirchenlieder, die in seinem Gesangbuch standen. Beim Spielen bewegte er die Knie mit den Gehäuseteilen. Das sah aus, als ob er dringend auf die Toilette müßte. Wenn der Pfarrer die Kniehebel des Harmoniums bewegte, sah das auch so aus. Konzertina und Harmonium regten Laura an, auf dem Kamm zu blasen, durch die Finger zu pfeifen, mit Strohhalmen Getränke zu sprudeln oder Luft aus dem Bauch abzulassen. Orgelspiel erstaunte Laura. Sie lauschte ihm durch einen Spalt des Kirchenportals, wenn sie der Kirchendiener nicht erwischte. Die Schlußmusik des Erwachsenengottesdienstes ging durchs geöffnete Portal auf sie nieder. Die Gottesdienstbesucher eilten auf die Straße, als ob sie vor den gewaltigen Tönen auf der Flucht wären. Laura wurde angezogen. Orgeltöne waren für Laura Geheimnisse. Der Pfarrer predigte wie der Hausverwalter schimpfte. Auch zerschnitt der Pfarrer die biblischen Geschichten in Stücke und numerierte sie. Die Geschichte von Daniel in der Löwengrube zerstükkelte er in neun Teile, die Jona-Geschichte in sechs. Olga und Johann Salman nannten den Pfarrer »Paster« oder »Sprechmaschine«. Laura mußte »Herr Pfarrer« oder »Herr von Seiditz-Haferberg« sagen, wenn sie in Anwesenheit der Eltern vom Pastor sprach. Schnell sprach Herr von Seiditz-Haferberg überdeutlich, mit heftigen Gesichtsbewegungen, wie Taubstumme sie zur Verständigung einsetzen. Bei langsamem Vorbeten stotterte er. Die Eltern erklärten den Mangel mit einer Verwundung: Der Pastor wäre im ersten Weltkrieg verschüttet gewesen. Seit Kriegsausbruch betete der Pfarrer für den Sieg im zweiten Weltkrieg vor. Laura betete nach und erinnerte sich dabei an die Geheimnisse der Orgeltöne, die nicht zu Gott paßten. Unter Gott stellte sich Laura einen alten Mann vor, der tadelt, befiehlt und keine Widerrede duldet. Als Laura in die Schule kam, konnte sie sich Gott auch ihrem Klassenlehrer ähnlich vorstellen. Daß der Klassenlehrer oder Herr von Seiditz-Haferberg Orgel spielten, konnte sich Laura nicht vorstellen.

20. Kapitel
Das Klavier

Eines Abends fuhr ein Wehrmachtslastwagen mit Anhänger vor das Haus, in dem Laura wohnte. Es war zu der Kriegszeit, da die Rundfunksendungen noch häufig von Sondermeldungen unterbrochen wurden. Gepolter und Stimmen lockten Olga und Johann Salman ans Fenster. Laura folgte ihnen. Die Eltern löschten das Licht und ließen die Verdunklungsrollos hochschnappen. Die meisten Fenster des gegenüberliegenden Hauses waren bereits besetzt. Die Eltern legten Sofakissen aufs Fensterbrett. Laura durfte sich einen Stuhl holen, um besser sehen zu können. Im Mondlicht sah sie uniformierte Männer, die nach Befehlen Möbel abluden. Die Befehle erteilte Feldwebel Hufschmidt, dessen Wohnung unter der Salmanschen lag. Olga gegenüber hatte Johann Salman hinter vorgehaltener Hand diesen Hufschmidt ab und zu mal »Stinkstiefel« genannt. Hufschmidt hatte Johann Salman Auge in Auge Drückeberger genannt. Daß Johann Salman von seinem Bahnbetriebswerk als unabkömmlich erklärt und bis jetzt immer wieder vom Kriegsdienst freigestellt worden war, hatte Hufschmidt lediglich als Aufforderung verstanden, den Bahnbetriebsvorsteher auch Drückeberger zu nennen.

»Der Feldwebel scheint vergessen zu haben, daß Vollmond ist«, flüsterte Johann Salman.

»Hochglanz poliert«, erwiderte Olga ebenso. Fasziniert starrte sie auf eine schwere Eßzimmereinrichtung, auf Herrenzimmermöbel mit Schnitzverzierungen, goldgerahmte Spiegel, Truhen. Als sechs lederne Klubsessel ins Haus getragen wurden, sagte Olga: »Wo wolln die denn hin mit dem pfaukschen Zeug in der kleinen Wohnung?« Sessel erschienen Olga als Inbegriff von Wohlhabenheit. Ihre Sehnsucht, ein Sessel in der guten Stube, hatte sich nach acht Ehejahren noch immer nicht erfüllt. Die meisten Möbel wurden auf dem Hof abgestellt.

Am anderen Tag erzählte Frau Hufschmidt ungefragt im Hausflur, ihr Mann hätte eine Erbschaft gemacht und Urlaub. Im Urlaub zerhackte Feldwebel Hufschmidt mit einem Gefreiten die alte Einrichtung, um Platz für die neue zu schaffen. Eine Vitrine und drei Klubsessel brachte er auf dem Balkon unter. Das Klavier allerdings blieb neben der Hoftür stehen. Frau Hufschmidt nannte es »Drahtkiste«. Als Feldwebel Hufschmidt zurück in die französische Etappe gefahren war, wo sich seine Front befand, und Frau Hufschmidt eine Reise angetreten hatte, um für ihren Mann einen Schleppsäbel zu organisieren, faßte Laura Mut, sich dem ausgesetzten Möbel zu nähern. Sein schwarzgebeiztes Holz und die Schnitzschnörkel erinnerten sie an den Sarg, in dem Großmutter Gertrud begraben worden war. Großmutter Gertrud war die Mutter von Johann Salman. Laura hatte sie Oma genannt, weil Gertrud an Selma nicht heranreichte. Gertrud schwieg, wenn ihr Mann Essen, das ihm nicht schmeckte, untern Tisch schüttete. Wenn Clemens Uhlig das Essen nicht schmeckte, sagte Selma: »Freß Feierstän«, hochdeutsch: »Friß Feuersteine«.

Laura warf zunächst ihren Ball übers Instrument. Als er einige dutzendmal von der Hauswand, an der es stand, zurückgeprallt war, ohne daß ein Kopf sich über eine Balkonbrüstung gereckt hatte, faßte Laura zu. Wider Erwarten war das Klavier unverschlossen. Laura klappte den Deckel auf und verschränkte die Arme auf dem Rücken. Dann wurde der rechte Zeigefinger unruhig, wagte sich vor, ging nieder auf Weiß überm Schloß. Ein kleiner Ton schwang aus dem Gehäuse. Er wurde sofort vom Hof geschluckt. Aber Aufwind blieb. Beim ersten Ton bereits eine Art Aufwind vergleichbar dem, der Laura durch den Garten getragen hatte, als Großmutter Selma eingesperrt war. Die Widerstände verloren sich, die Hemmungen, Vorsichten. Alle Finger gingen nieder auf Weiß, dann auf Schwarz, dann abwechselnd auf Weiß und auf Schwarz. Mit Kraft schlug Laura Geräusche aus dem Instrument. Sie hörte die Geräusche nicht so, wie sie aus dem Klavier kamen. Sie hörte so wie ein Kind, das in eine Trompete bläst oder in eine Mundharmonika. Jedes Geräusch konnte jede Musik enthalten, die Laura wollte. Sie wollte den Singsang der Großmutter beim Kartoffelschälen, den Marsch des 104. Infanterieregiments, das Konzertstück, mit dem im Radio die Sondermeldungen angekündigt wurden. Plötzlich spielte sie Orgel wie der Kantor, wenn er den Erwachsenengottesdienst beendete. Die Geheimsprache der Töne dröhnte gewaltig. Was die Erwachsenen hinter ihren Worten verbargen, hinter ihren Kleidern, in ihren Schränken, was Erdbeeren wachsen ließ, Sterne am Himmel hielt: Alles Unvorstellbare, wonach Laura gierte, dröhnte da. Laura stellte sich Töne als Kassetten vor, unsichtbar wie Bazillen und von der Art, wie Onkel Artur Geldschrankschlösser baute. Laura fehlten die Schlüssel zu den Kassetten. Aber sie war gewiß, daß es

solche Schlüssel gab, ja, sie fühlte sich sogar irgendwie unterwegs zu den Schlüsseln, wenn sie Orgel hörte. Laura schlug die Tasten und trat die Pedale, um schneller vorwärts zu kommen. Sie schlug und trat mit aller Kraft.
Die empörte Stimme des Hausverwalters schrie: »Hast du denn gar kein Gehör?« Er berief sich auf das emaillierte Schild an der Haustür. Auf dem Schild stand: »Betteln, Hausieren und Musizieren verboten«. Laura hatte Beifall erwartet.
Als Frau Hufschmidt von der Reise zurückgekehrt war, erklärte ihr der Hausverwalter das Abstellen von Möbeln auf seinem Hof als gesetzeswidrig und verlangte sofortige Räumung.
»Wohin«, fragte Frau Hufschmidt Hausbewohner ratlos.
»Ihre Sache«, antworteten die Hausbewohner oder so ähnlich.
»Wieso meine Sache?« entgegnete die Frau. »Ist es etwa meine Schuld, daß mein Mann nicht in der Heimat ist wie Sie? Ich wollte nie ein Klavier. Und so ein altmodisches schon gar nicht. Schwarze Klaviere hat man gar nicht mehr. Der französische Kasten würde mein ganzes Wohnzimmer verhunzen. Außerdem kann im Wohnzimmer schon so kein Appel zur Erde.«
»Tja«, erwiderten die Hausbewohner oder so ähnlich. Da der Krieg jedoch bereits in vollem Gange war, wußte Frau Hufschmidt wirklich nicht, woher sie die vier starken Männer nehmen sollte, die das Klavier hätten in den Steinbruch stürzen können.
Deshalb klingelte sie bald an Salmans Wohnungstür und sprach: »Sie haben doch so eine musikalische Tochter, und ich würde ja selber gerne auf dem schönen Klavier spielen, aber meine Hände sind zu klein, und meine Mutter sagt auch, es ist zu schade, daß das kostbare Instrument nicht benutzt wird, echt Eiche, man Mann will sowieso keine Kinder, und ich würde Ihnen das seltene Stück auch billig ablassen.«
Johann Salman erschienen Eltern seines Standes, die ihren Kindern Klaviere kauften, spleenig. Er hatte für Laura ein Sparbuch anlegen lassen. Monatlich brachte er Geld auf dieses Konto. Bis zu Lauras Heirat sollten zweitausend Mark auf dem Konto sein. Johann Salman sparte nicht, um das Geld zum Fenster rauszuwerfen. Er lehnte dankend ab.
Olga Salman fragte: »Wieviel.«
»Vierhundert Mark, weil Sies sind«, sagte Frau Hufschmidt.
Laura wusch sich die Hände ab sofort ohne Aufforderung und befolgte beflissen alle Anweisungen der Eltern.

»Kapitalanlage für alle Fälle«, sagte Olga zu Johann einige Tage später. »Der Schwiegersohn vom Bäcker bringt auf Heimaturlaub immer Goldsachen rein. Gold kann nicht verfallen wie Papiergeld, spricht die Bäckermeistern, ihre Eltern hätten nach dem ersten Weltkrieg alles verloren, weil sie ihr Kapital auf der Bank gehabt hätten, statt es anzulegen, so dumm wären sie nicht noch mal, wenn wir den Krieg verlieren, spricht die Bäckern . . .«
»Die quatscht sich noch um Kopf und Kragen«, erwiderte Johann und blieb fest.
Bis ein Gewitterguß über dem Klavier niederging. Da eilte er in den Hof und deckte das Instrument mit einer Zeltplane ab. Frau Hufschmidt dankte es ihm mit einem neuen Angebot, das fünfzig Mark niedriger lag.
Johann Salman lehnte wieder dankend ab. Aber schließlich konnte der gelernte Lokschlosser nicht länger mit ansehen, wie gute Handwerksarbeit vor seinen Augen verkam, und er nahm das wettergeschädigte Klavier für hundert Mark auf in seine Wohnung. Wochenlang überholte er es außen und innen.
Laura durfte zusehen. Die bloßgelegten Eingeweide des Instruments faszinierten sie. Laura hätte jetzt lieber auf die Saiten statt auf die Tasten geschlagen. Der Vater verbot das.
Als das Klavier repariert war, verschloß der Vater das Instrument und sprach: »Wenn du spielen willst, mußt du in die Stunde gehen.«
»Warum«, fragte Laura.
Der Vater verstand die Frage nicht.
»Ich möchte spielen«, sagte Laura.
»Ein Klavier ist kein Spielzeug«, sagte der Vater.

21. Kapitel

Das Kapital geht in Rauch auf

Eines Tages führte Olga Salman ihre Tochter zum Schwager der Nachbarin. Ein Schild mit der Aufschrift »Klavierunterricht nach Hartmann« war neben der Tür des Hauses angebracht, in dem der Schwager wohnte. Vom Haus aus waren die Kasernen zu sehen, darin Lauras Wiege gestanden hatte. Laura war berauscht von Freude und Erwartung.

Herr Hartig unterrichtete im Wohnzimmer seiner Mansardenwohnung. Der Fußboden von Korridor und Wohnzimmer war mit Wellpappe belegt. Die Beine des Wohnzimmertischs erinnerten an Obstbaumstämme: Sie steckten in Wellpappröhren, um die Faden einschneidend gebunden war wie bei Fangringen gegen Baumschädlinge. Das Klavier stand bis zur Tastatur in Packpapier. Sofa und Sofakissen waren mit Zellophanpapier umhüllt. Herr Hartig verkaufte Olga Salman vor Unterrichtsbeginn ein Buch, das sich »Klavierschule Hartmann« nannte. Er stellte es unaufgeschlagen aufs Notenbrett. Die erste Stunde widmete er dem Kammerton a. Er zeigte Laura die Taste, schloß die Augen und brüllte »ua, ua« nach Babyart. Dann drehte er die Sitzfläche des Klavierschemels mit Laura mehrmals und verlangte, daß Laura das Bild anstaunte, das überm Sofa hing. Auf dem Bild waren eine Frau und ein Baby zu sehen, die auf Eisbärenfell lagen. Als Laura nun die Taste wieder suchen sollte, schämte sie sich. Ebenso wie am ersten Schultag, als der Lehrer durchs Klassenzimmer gehüpft war, eine Mütze in die Luft geworfen und »i« geschrieen hatte, um den Kindern den Buchstaben »I« beizubringen. »Wo hat sich denn das a versteckt«, fragte Hartig, »wo ist denn das kleine a?«
Laura schwieg. Hartig wiederholte das Babygeschrei und die Schemeldrehungen. Nach dem dritten vergeblichen Versuch sagte Hartig zu Olga Salman, die derweil in der Küche gewartet hatte: »Sehr musikalisch ist Ihre Tochter nicht.«
Laura konnte Hartig beim Verabschieden nicht ansehen, so peinlich war ihr sein Benehmen. Auf dem Heimweg war sie niedergeschlagen wie nach dem ersten Schultag.
Die Mutter verlangte Anstrengung fürs Geld. Eine Klavierstunde kostete bei Hartig drei Mark. Laura sagte, daß sie keine Klavierstunde mehr wollte. »Das könnte dir so passen«, sagte die Mutter und befahl eine Stunde Üben pro Tag.
Von der fünften Klavierstunde an schrieb Hartig mit Bleistift Zahlen unter die Noten der Klavierschule Hartmann. »1, 2, 3«, schrieb er oder »1 und 2 und 3 und« oder »1 und die und 2 und die und 3 und die und«. Zu diesem Zwecke spitzte er vor Unterrichtsbeginn zwei Bleistifte. Die Spitzmaschinen waren am wachstuchbelegten Wohnzimmertisch angeschraubt. Wenn die Stifte nicht gebraucht wurden, lagen sie mit blechernen Spitzenschonern am Diskantende der Tastatur, neben dem Kaffeetopf. Am Baßende lag ein Staublappen. Hartig suchte in den Spielpausen nach Fingerabdrücken auf dem

polierten Klavierholz, indem er den Kopf entgegen der Lichteinfallrichtung dem Holz näherte. Er behauchte die Abdrücke, bevor er sie wegpolierte. Wenn er sich beim Vorspielen verspielte, behauptete er, daß Laura so einen Fehler gemacht hätte oder garantiert so einen machen würde. Wenn Laura genau nachspielte, was er vorspielte, drückte er sie mit einem Arm gegen seine Brust und sagte: »Der Hartig Walter hat schon eine Frau.« Einmal drückte er so, daß ihm ein Wind entfuhr. Damit es Laura nicht merken sollte, trat er aufs Pedal, bis die Diele ächzte. »Das Geräusch haben Sie gut nachgeahmt«, sagte Laura, »aber was machen Sie mit dem Gestank?«
Hartig drohte, daß er alles ihrer Mutter sagen würde. Unter »alles« stellte sich Laura vor allem die Aufschriften an den Häusern vor. Seitdem sich Laura mit einem zehnjährigen Jungen zweimal vor der Schule getroffen hatte, schrieben seine Klassenkameraden mit Kreide an Häuserwände »Sisi und Laura«. Die Aufschriften erschienen Laura nicht weniger geheimnisvoll als Orgeltöne. Der Junge hieß Siegfried. Er wohnte in der Straße, die zu Hartigs Haus führte.
Piano spielte Hartig gekrümmt, forte mit Hohlkreuz. Sein Oberkörper schwankte beim Spielen, in den Pausen fuchtelten seine Arme. Beim Zuhören warf er seine Brille aufs Notenbrett, legte seine Beine übereinander, hieb den Rücken gegen die Stuhllehne und schloß die schielenden Augen. Sein Jackett war von Ärmelschonern geschützt, die bis zum Ellenbogen reichten. Er nahm die Klavierschule durch wie der Lehrer die Fibel. Die Tonleitern entsprachen den grammatischen Übungen, die Etüden den Lesestücken. Die Hausaufgaben schrieb Hartig in ein Oktavheft. Bei Erledigung quittierte er. Ausgezeichnete Erledigung belohnte er mit handgeschriebenen Notenblättern. Sie enthielten eigene Kompositionen, die er »Salonstücke« nannte. Außerdem hatten sie Titel wie »Die Mühle im Tal«, »Almenrausch«, »Herbstgeflüster«. Laura fürchtete diese Belohnungen. Sie haßte Noten. Alle Töne, die sie nach ihnen spielte, hörten sich platt an wie Lesebuchgedichte. Nur beim Auswendigspielen hatten die Töne Geheimnisse. Walter Hartig sagte von Organisten, die improvisierten, sie wären zu faul zum Üben. Johann Salman nannte Auswendigspielen »Geklimper«. Kindliche Tätigkeiten, die nicht nach Vorschrift ausgeführt wurden, konnte er nicht als Arbeit anerkennen und also nicht achten.
Als die von triumphaler Musik angekündigten Sondermeldungen seltener wurden, erhielt er den Einberufungsbefehl. Die Mutter nahm die Europalandkarte mit den Stecknadelfronten von der

Küchenwand und erlaubte »Geklimper«. Ihr Mann brachte auf Heimaturlaub weder Goldsachen noch Stiefel »rein«. Großvater Clemens sammelte Zigarrenstummel fürs Klavier. Wenn er zu Besuch kam, öffnete er es unter der Tastatur und legte die Tabakreste ins Gehäuse, um den Filz am Hammerwerk vor Mottenfraß zu schützen. Danach nahm er auf dem Klavierschemel Platz und erzählte die Konzertinageschichte ganz oder teilweise. Großvater Clemens hatte sich nämlich seine Konzertina mit Kegelaufsetzen verdient. Das Geld, das er als Kind mit Weifen hätte verdienen können, hätte er zu Hause abliefern müssen. Ab fünftem Lebensjahr hätten alle Familienmitglieder verdienen müssen, damit die Mutter satt Kartoffeln und Leinöl auf den Tisch bringen konnte. Die Schule lag acht Kilometer entfernt im Nachbardorf. Im Winter konnten nicht alle acht Geschwister gleichzeitig die Schule besuchen, weil nicht so viele Schuhe da waren. Von Michaelis bis Jubilate war Barfußlaufen Gewohnheit. Der Heimweg von der Schule führte am Dorfkrug vorbei. Dort hörte Clemens zum ersten Mal Musik. Der Wirt spielte sie auf einer Konzertina. Clemens war begeistert. Und seine Sehnsucht war fortan, auch so spielen zu können. Als Clemens neun Jahre alt war, erlaubte ihm der Wirt, mittwochs und sonntags von zwanzig bis dreiundzwanzig Uhr im Dorfkrug Kegel aufzusetzen. Die Kegelbrüder bezahlten nach Laune und Bierverbrauch. Clemens sparte fünf Jahre. Dann fuhr er mit dem Wirt nach Augustusburg und ließ auf dessen Pferdewagen eine Konzertina neben die Bierfässer laden. Der Harmonikalehrer wohnte in Olbernhau. Clemens trug das schwere Instrument während des zweistündigen Fußmarsches dorthin und zurück auf einer Kiepe. Der Harmonikalehrer war von Beruf Schweizer. Er liebte Bier und Späße. Deshalb holte man ihn oft in Kneipen oder zu Hochzeiten. Dort spielte er zum Tanz. Seinen Schülern erlaubte er nur geistliche Musik aus dem Gesangbuch, das ihm der Pfarrer zur Besserung geschenkt hatte. Die Schüler mußten sich die Noten der Gesangbuch-Lieder abschreiben.

Clemens konnte nicht aufhören, die Klavierschule Hartmann als Komfort zu bewundern und das Klavier als Luxus. Laura beantwortete solche Vorwürfe mit der Ankündigung, das Klavier zu zerhakken und die Stücke auf einer Kiepe barfuß nach Olbernhau zu tragen. Großeltern und Mutter nannten Laura undankbar. Der Vater lagerte das Klavier während eines Heimaturlaubs im Frühling 1944 nach dem Vorort Gablenz aus, wo ein Kriegskamerad eine

Ecke in einer garantiert bombensicheren Fabrik zur Verfügung gestellt hatte.
Zwei Monate später wurde die Fabrik von Phosphorkanistern getroffen und brannte aus. Als Olga die Nachricht erhalten hatte, fuhr sie mit der Tochter zur Ruine. Die Mutter starrte weinend zum ersten Stockwerk der Fassade hinauf, wo das Kapital untergebracht gewesen war. Laura sagte: »Den Krach möcht ich gehört haben, als die sechs Zentner Klavier in den Keller abgesaust sind.«

22. Kapitel
Sirene Beatriz unterwegs nach Delphi

Nach dem Besuch Isebels vermißte ich die Annehmlichkeit des Todes, nicht mehr wollen zu müssen, wieder sehr. Pfeifen, mit denen diese Isebel so meisterlich aufzuspielen verstand, hatten meine Ohren zu Lebzeiten auch wahrlich genug traktiert. Weghören aber strengt an. Und Arkes Art des Orakelns über das Orakel wurde mir auch unausstehlich. Dieses viel auf Vermutung und wenig auf Wissen gründende Spekulieren. Südliches Wissen fehlte der Schlange, nördlich war sie bewandert, in provinzieller Mythologie sattelfest. Ich entschloß mich, griechische zu ermitteln. Nicht aus Büchern, wie Arke jetzt tat. Wo die Mythologie festgeschrieben war, erwartete ich kaum Aufschlüsse; wo sie gewachsen war, hoffte ich, den Schlüssel für die Entschlüsselung zu finden.
Ich stahl also eine Hose und eine Bluse von einem Hochhausbalkon in Marzahn und machte mich eines Nachts auf zu den Quellen. Ein Spion, der einen undechiffrierbaren Funkspruch empfängt, kann sich nicht heftiger herausgefordert und erregt fühlen als ich mich fühlte auf dem Luftwege nach Griechenland.
Als der Morgen graute, sah ich auf Grün hinab. Dann Grün und Gestein in harmonischem Wechsel. Plötzlich Disharmonie. Einschnitt. Die Attischen Berge setzten ihn. Dahinter Steinmeer bis zum Saronischen Golf. Häusermeer unter Smogschleiern, aus dem der Felsen der Akropolis aufragte wie eine Trauminsel. Grünbeufert.
An ihrem südlichen Hang landete ich. Im Herodes Attikus Odeon, wo die Athener Festspiele stattfinden, verkleidete ich mich. Bluse und Hose hatte ich mitgebracht, Schuhe und Handschuhe, die

meine Krallen verstecken mußten, fand ich zur Auswahl in den Theatergarderoben. Spiegel ebenfalls. In ihnen entdeckte ich zum ersten Mal, daß mein Beatrizisches Gesicht auch abstrakt gemodelt war. Ambivalentes Lächeln überfremdete es. Ließ mich fürchten, daß meine Expedition mißlang.
Aber ich mußte meiner alten Freundin Chariklia kein Theater vorspielen. Ihre Wiedersehensfreude war so groß und ungebrochen, daß ich bald heraus hatte: Der Frau war von meinem Tod keine Nachricht zugekommen. Zum Glück hatte sie zudem gerade Gäste, deren antiautoritär erzogene Kinder das Haus umräumten. Gegenüber diesen Verheerungen müssen die Veränderungen an meiner Gestalt und Stimme und meine Schrulle, ständig Handschuhe zu tragen, geringfügig erschienen sein. Chariklia verlor kein Wort darüber. Ihre Mutter, die das Haus führte, ertrug das Wüten der Kinder mit Würde. Das Stolz auf die berühmte Tochter und die Gepflogenheiten der Gastfreundschaft befähigten wohl dazu. In Lauras Land ist mir keine Mutter begegnet, die den Ruhm ihrer Tochter so ohne Eifersucht als ihren eigenen genoß und ihm mit Freude diente. Mutter und Ehemann wachten darüber, daß Chariklia ihre Zeit nicht an Arbeiten verschwendete, die von weniger talentierten Leuten auch erledigt werden konnten. Die beiden halbwüchsigen Söhne entzogen sich ihren Gästen durch eine Falltür. Die gleiche, die Chariklias Vater benutzt hatte, als er vor den deutschen Faschisten flüchtete. Alle Familienmitglieder waren daraufhin als Geißeln eingekerkert worden. Chariklia verbrachte zwei Kinderjahre im Gefängnis. Der Vater wurde erschossen.
Ähnliche Grunderlebnisse müssen das Leben vieler griechischer Intellektueller gezeichnet haben. Jedenfalls ist mir kein kapitalistisches Land bekannt, dessen Intelligenz so sozialismusfreundlich ist wie die Griechenlands.
Ich liebe die Gegend. Chariklia zeigte sie gern vor mit Gesten, die der kleinen Statur monumentale Größe zuschanzten. Knöchellange Kleider zu jeder Tageszeit und Mähnenhaar spielten mit. Schwarzer Blick, dem schwer zu entrinnen war. Wortegewalt in allen Weltsprachen, genußvoll ausgespielt. Ich bemäntelte meine Fistelstimme, indem ich eine Kehlkopfoperation zusammenlog. Chariklia übernahm gern den Löwenanteil am Gespräch. Als ich Auskünfte über Delphi und Pandora erbat, lud mich Chariklia in ihr Auto und fuhr los in Richtung Parnaß.
Im Schrittempo zunächst, bis wir der Verkehrs- und Häuserdichte

Athens entronnen waren. Für Großstädte gilt ein Grünflächenanteil von sieben Prozent als Minimum. Athen hat zwei Prozent. Zwei Drittel der Landesbevölkerung leben gepfercht in der Steinwucherung, die Piräus und Athen zu einem Alp zusammenwachsen ließ. Auf vielen Dächern Reklamen von der Größe der Häuser wie Hilferufe. Wie Angstgeschrei der menschlichen Kreatur, deren Anpassungsfähigkeit solches Millionenmassendasein weit überfordert.

Jenseits dieser brutalen Ballung liebliche Landschaft. Entvölkert fast. Straßen von rot- und weißblühenden Oleanderbüschen gesäumt. In Dörfern vereinzelt alte Leute, Kinder, ein paar Frauen im Schatten von Ölbäumen und Zypressen. Unterm Hitzegewölbe des Azur ist die Vegetation nicht üppig gebildet, sondern streng. Auch karg. Dürftig nie, weil von der himmlischen Schönheit beglänzt. War diese maßvolle Natur Lehrmeisterin für die Schöpfer der antiken Kultur?

Unterwegs auf kurvenreicher Strecke gab Chariklia einen kurzen Abriß griechischer Mythologie, der mir sehr eigenwillig erschien. Ich stelle ihn inhaltlich unverändert im nächsten Kapitel vor. Chariklia wunderte sich, daß ich so aufmerksam zuhörte. »Tu nicht so gespannt«, sagte sie. »Um dich über Pandora zu unterrichten, brauchst du nicht nach Griechenland zu reisen. Das kannst du in Weimar vielleicht sogar besser haben. Weißt du nicht, daß dieser Goethe einfach alles gewußt hat? Oder geahnt – selbst die tatsächlichen und möglichen Katastrophen unserer Gegenwart schon und die Traditionslinie, deren Wiederaufnahme einzig auf menschliche Zukunft hoffen lassen könnte. Ist dir unbekannt geblieben, daß er außer dem ›Faust‹ auch eine ›Pandora‹ geschrieben hat?«

Ein Erdrutsch versperrte den Weg nach Delphi. Chariklia kehrte um und schlug als Entschädigung einen Ausflug nach Sounion vor. Sie saß bereits vier Stunden am Steuer und mutete sich sechs weitere zu. »Autofahren und Tanzen erfrischen mich«, behauptete sie. Ihre rechte Hand führte das Lenkrad zart und entschieden wie einen Taktstock. Ihr Wagen folgte den Bewegungen ihres Körpers. Anderen Wagen rief sie oft Grüße zu, nie Rügen wegen Fahrfehlern.

Wir erreichten das für seine Sonnenuntergänge berühmte Kap am südlichsten Ende Attikas tatsächlich bei Sonnenuntergang. Felsvorsprung, dessen Flanken steil ins Ägäische Meer abfallen. Auf dem Gipfelplateau die Ruinen des Poseidon-Tempels. Weißer Marmor vor die Bläue von Himmel und Meer gestellt. Hellblau und rosa

schimmerten die Säulen jetzt, samten glänzte der Bau. Allen Schmucks beraubt, kein Zierrat deckt seine Blöße. Nackter als nackt steht er in den Wunden seiner Zerstörung. Den Kern der Erfindung muß er preisgeben. Stunde der Wahrheit seit zweieinhalbtausend Jahren. Unerbittliche Prüfung, die erweist: Der Zauber der Vollendung, in diesem Kern beschlossen, ist allen Teilen des Baus eigen, auch seinen Trümmerstücken noch. Vor solchen Monumenten erstirbt Fortschrittsgeschwätz.
Chariklia und ich kletterten eine Weile auf Felsen und Marmor und lasen die eingeritzten Namenszüge von Sterblichen in unsterblicher Steinform. Byrons Namenszug läßt vermuten, daß der Lord den Tempel in Begleitung eines mit Steinmetzwerkzeug versehenen Dieners besucht haben muß. Die Aussicht vom Plateau auf Meer und Inseln ließ selbst Chariklia verstummen. Später wunderte sie sich, daß ich nicht im Ägäischen Meer baden wollte. Ich beschied mich, weil ich Krallen und Federn nicht zu entblößen wagte. Der Eßlust aber gab ich mich ungehemmt hin. Am nahen Strand in einer Fischerkneipe. Obgleich ich wie stets keinen Hunger hatte. Berauscht vom Knoblauch der Vorspeisen fragte ich Chariklia, ob sie gelegentlich in Delphi als Pythia gastiere.
»Ich habe schon überall Theater gespielt«, sagte Chariklia.
Heimfahrt bei Nacht. Und Chariklia krönte ihre Gastfreundschaft, indem sie deren Regeln mißachtete und mir ein Hotelzimmer schenkte. »Alle Dichterinnen lieben Hotelzimmer«, sagte Chariklia, »warum«?
»Ohne ein Zimmer für sich werden sie keine«, gab ich zu. Chariklia aber konnte nicht nur geheime Wünsche von den Augen ablesen, sondern auch mit ihrem hart verdienten Geld herumwerfen. Also, daß ich den Rest der Nacht auf dem Balkon eines Luxushotels verbrachte. Neben der erleuchteten Ruine des Parthenon.

23. Kapitel

Parnaß-Mythologie

Im Anfang war die schwarzgeflügelte Nacht. Sie legte das Weltei und barg es im Schoß der Dunkelheit. Ihm entschlüpfte das All und die Erde.
Mutter Erde gebar einen Sohn, Pflanzen und Tiere.

Dann heiratete Erdmutter Gaja ihren Sohn Uranos und brachte Menschen zur Welt, Frauen und Männer.
Uranos aber war unzufrieden darüber, daß seine ersten Kinder keine Götter waren und zeugte im Streit mit Gaja drei hundertarmige Riesen und drei Zyklopen.
Gott Vater und die Göttersöhne rauften, um ihre Stärke zu zeigen. Bald trugen sie Machtkämpfe aus. Uranos verbannte die aufständischen Riesen und Zyklopen schließlich in die Unterwelt, und im Grimm zeugte er mit Gaja zwölf Titanen, sechs weibliche und sechs männliche. Die männlichen und Uranos bekriegten einander. Derart, daß Uranos von seinem jüngsten Sohn Kronos entmannt wurde.
Kronos besetzte die Herrschaftsstatt des Vaters und heiratete seine Schwester Rhea. Doch wurde von Mutter Erde und dem sterbenden Uranos vorausgesagt, Kronos würde auch von einem seiner eigenen Söhne entthront.
Aus Angst verschlang Kronos die Kinder, die Rhea ihm alljährlich gebar.
Rhea war voll Zorn. Und ihr gelang, ihren dritten Sohn Zeus dort zu verbergen, wo der Vater ihn nicht finden konnte.
Zeus wuchs heran und bekämpfte seinen Vater nach dem Vorbild seines Vaters. Der Kampf währte zehn Jahre. Er endete mit der Entthronung des Kronos und dem Tod aller Menschen, die Mutter Erde geboren hatte.
Zeus triumphierte über Götter, Tiere und Pflanzen.
Da erschien Prometheus, Sprößling des alten Göttergeschlechts, das von Zeus gestürzt worden war, Sohn des Uranossohnes Japetos. Und weil er mit Mutter Erde verwandt war und sehr klug, war er fähig, deren Schöpferkraft zu ermessen. Er bewunderte Gaja. Er fühlte sich von ihr herausgefordert. Es drängte ihn, sich von der überwältigenden Verehrung, die ihm Gajas Fähigkeiten abverlangte, zu befreien und seine eigenen zu erproben.
Wohl wissend, daß im Erdboden der Samen für die schönsten Erfindungen schlummert, nahm Prometheus vom Ton, befeuchtete ihn mit Wasser und knetete und formte. Die erste Form gefiel Prometheus nicht lange, weil sie eine Nachahmung der ersten Menschen war. Die zweite richtete er gottähnlich. Kronosähnlich also, denn seine Brüder hatten sich eben gegen Zeus erhoben. Prometheus war aber klüger als sie, sah den Ausgang der Revolte bald voraus und schlug sich auf die Seite von Zeus. Bruder Epime-

theus überredete er, das gleiche zu tun. Und er schuf die dritte Form nach dem Ebenbild des herrschenden Zeus.
Um den Erdenkloß zu beleben, entlehnte Prometheus von den Tierseelen gute und böse Eigenschaften und schloß sie in die Brust der Menschenform. Die Weisheitsgöttin Athene, die Zeus aus seinem Haupte geboren hatte, bewunderte das Werk des Titanensohnes. Und sie blies dem halbbeseelten Bilde Geist ein.
So entstanden zum zweiten Male Menschen. Nur Männer diesmal. Und Prometheus nahm sich seiner Geschöpfe an und lehrte sie den Auf- und Niedergang der Gestirne beobachten, erfand ihnen die Kunst zu zählen, die Buchstabenschrift, lehrte sie Tiere ans Joch spannen, gewöhnte die Pferde an Zügel und Wagen, erdachte Kähne und Segel für die Schiffahrt. Ferner zeigte er die Mischung von Heilmitteln, Krankheiten damit zu vertreiben. Und dann führte er den Blick der Männer unter die Erde und ließ sie hier Erze mit Eisen, Silber und Gold entdecken.
Als Prometheus sein Werk so weit gebracht hatte, wurden Zeus und seine Kinder aufmerksam auf das Menschenvolk.
Die neuen Götter verlangten von den neuen Menschen Verehrung. Und zu Makone in Griechenland wurde ein Ratstag gehalten zwischen Sterblichen und Unsterblichen, der die Rechte und Pflichten der Menschen bestimmen sollte.
Auf der Versammlung erschien Prometheus als Anwalt seiner Menschen. Er sorgte dafür, daß ihnen keine großen Lasten auferlegt wurden. Und er arbeitete weiter an deren Vervollkommnung. So emsig, daß Zeus auf die wachsende Macht der Sterblichen eifersüchtig wurde und sie ausrotten wollte. Er verschonte sie nur, weil Prometheus flehentlich drum bat.
Eines Tages aber brach in Sikyon Streit darüber aus, welcher Teil des Stiers den Göttern geopfert und welcher von den Menschen gegessen werden sollte. Prometheus wurde aufgefordert, die Rolle des Schiedsrichters zu spielen. Er zog dem Stier die Haut ab und zerlegte ihn. Aus der Haut nähte er zwei Säcke und stopfte den zerlegten Stier hinein. Der eine Sack enthielt alles Fleisch, doch versteckt im Magen. Im anderen Sack waren die Knochen unter einer Schicht Fett verpackt. Prometheus bot Zeus die Säcke zur Wahl an. Zeus wählte den Sack mit Knochen und Fett und entschied damit, welcher Anteil den Göttern seither gebührt.
Stolz, die Götter überlistet zu haben, frohlockte Prometheus. Zeus

strafte ihn, indem er den Menschen das Feuer vorenthielt. »Laßt sie ihr Fleisch roh essen«, rief er voll Zorn.

Da aber Feuer nicht nur zur Bereitung guter Mahlzeiten, sondern auch für die Gewinnung von Eisen, Silber und Gold unentbehrlich ist, wandte sich Prometheus an Athene und bat um Einlaß zum Olymp durch eine rückwärtige Tür. Sie erfüllte seinen Wunsch. Am feurigen Wagen der Sonne entzündete er eine Fackel, brach ein Stück glühender Holzkohle ab, warf es in die Markhöhle des Stengels eines Riesenfenchels, löschte die Fackel und stahl sich unentdeckt fort. So wurde der Menschheit das Feuer geschenkt.

Zeus schwor Rache.

Die Menschen benutzten die wohltätige Kraft des Feuers und die zerstörerische.

Als Mutter Erde beobachtete, daß die Waffenherstellung eine bevorzugte Beschäftigung der Menschen wurde und das Niederbrennen von Behausungen ein gewohntes Mittel, Streite auszutragen, wurde sie nachdenklich. Und sie wußte lange nicht, wie sie sich den Mangel an Liebesfähigkeit, der die Menschen des Prometheus von den ihren unterschied, erklären sollte. Die einfachste und natürlichste Erklärung – Liebe kann nur geben, wer Liebe empfing – fiel ihr zuletzt ein.

Nun aber sah sie nicht länger zu, wie Mangel das Werk des Prometheus bedrohte. Sie begegnete der Gefahr und schenkte dem Titanen Anerkennung seiner Mühen, was ihm zur Vollendung seines Werkes einzig fehlte. Das Geschenk war eine Frau: Pandora.

Eine schönere und klügere hat es nie gegeben.

Sie gefiel Prometheus und er gefiel ihr.

Aber der rachebrütende Zeus verhinderte, daß sie einander in Liebe erkannten. Er streute das Gerücht aus, Pandora sei ein Geschenk des Zeus, Prometheus und seinem Werk zum Verderben bestimmt. In Pandoras Büchse wären alle Übel der Welt eingesperrt. Würde der Deckel der Büchse geöffnet, fielen diese Übel über die Menschen her und würden nie mehr von ihnen ablassen.

Prometheus glaubte dem Gerücht. Und er warnte auch seinen Bruder Epimetheus vor Pandora.

So verhinderte Zeus, daß Prometheus mit einer Botin Gajas in Liebe Frauen und Männer erschaffen konnte: Menschen, die Zeus fürchtete. Denn sie würden weder ihren Eltern noch irgendjemandem nach dem Leben trachten, sondern einander beistehen.

Ledig der Angst vor solchem Beistand für Prometheus wagte Zeus

nun, die härteste der Strafen zu wählen, die er für den Titanen ersonnen hatte.
Prometheus wurde nackt an eine Felswand des Berges Kaukasus geschmiedet. Und jeden Tag, jahraus, jahrein, fraß ein Geier von seiner Leber. Und jede Nacht wuchs die Leber wieder nach. Zeus bestimmte, daß die Marter des Gefesselten ewig währen sollte.
Epimetheus war über das Schicksal seines Bruders bestürzt. Und nun zögerte er nicht, Pandora zu heiraten.
Als er ihre Büchse öffnete, merkte er, daß er Recht getan und Zeus gelogen hatte. Denn nicht Übel sah er der Büchse entweichen, sondern Luftgestalten und Güter mit Fittichen: Zukunftsbilder. Die Luftgestalten zeigten meßbare Reichtümer und Wahrheiten, Besserwissen, Sinn für Recht und Nutzen, Unbeugsamkeit, Vaterlandsliebe, Eroberungen, Siege und Wohlstände; die Güter mit Fittichen unermeßliche. Epimetheus bestaunte alle.
Die Geschöpfe des Prometheus haschten nach den Luftgestalten. Als Pandora sah, daß die Güter mit Fittichen – Erdenliebe zum Beispiel, Sinn für Harmonie und Hegen, Kompromißfähigkeit, Frieden – davonflogen und niemand ihnen nachsetzte, keiner sie einfangen wollte, warf sie schnell den Deckel zu.
Zu spät: Nur die Hoffnung war noch in der Büchse verblieben.
Die Menschen aber fuhren fort, das Feuer zu mißbrauchen und strebten, von den Luftgestalten noch angestachelt, rücksichtslos, zerstörerisch, ja selbstzerstörerisch.
Pandora floh mit der Büchse, um die Hoffnung zu bewahren.
Als die Menschen Zeus an Grausamkeit ebenbürtig wurden, ekelte er sich vor ihnen und ließ eine Flutwelle aufsteigen.
Deukalion aber, König von Phthia, war von seinem Vater Prometheus, den er am Kaukasus besucht hatte, gewarnt worden. Und er baute eine Arche, lagerte Lebensmittel ein und begab sich mit seiner Gemahlin Pyrrha, der Tochter des Epimetheus und der Pandora, an Bord. Dann begann der Südwind zu blasen, Regen fiel und Flüsse stürzten nieder zum Meer, das mit ungeheurer Geschwindigkeit anstieg und alle Städte an der Küste und in der Ebene überschwemmte. Bald war die ganze Erde, ausgenommen wenige Berggipfel, ein Meer. Alle Menschen kamen um.
Nur Deukalion und Pyrrha überlebten. Ihre Arche schwamm neun Tage. Als das Wasser zu sinken begann, landeten sie auf dem Berge Parnaß.
In einem Gaja-Tempel am Hang beteten beide, daß die Menschheit

erneuert werden möge. Eine Orakelstimme antwortete: »Bedeckt eure Häupter und werft die Knochen eurer Mutter hinter euch.« Da Deukalion und Pyrrha verschiedene Mütter hatten, glaubten sie, daß die Stimme Mutter Erde meinte, deren Gebeine als Felsbrocken auf dem Berge Parnaß herumlagen.

Deukalion und Pyrrha bedeckten ihre Gesichter, hoben Steine auf und warfen sie über ihre Schultern. Wo die Steine niederfielen, erhoben sich Menschen, Männer aus Deukalions Würfen, Frauen aus denen der Pyrrha.

So entstand das dritte Menschengeschlecht, das bis heute die Erde bevölkert.

Ähnlich geschaffen wie das zweite.

Deshalb duldete Zeus, daß Herakles den grausamsten Geier von Kaukasus erschoß und Prometheus vom Felsen befreite. Da Zeus jedoch einst eine ewige Strafe verhängt hatte und sein Urteil unumstößlich erhalten wollte, mußte Prometheus einen Ring von seinen Ketten tragen, der mit einem kaukasischen Stein besetzt war.

Zu Ehren von Prometheus begannen die Menschen seither Fingerringe zu tragen.

Er wirkte fort, wie sein Name beschreibt: »Vorbedacht«. Also, daß Athene, bei deren Geburt aus dem Haupte des Zeus Prometheus als Geburtshelfer beigestanden hatte, ihm dafür immer geneigt blieb und dem Titanen zum Dank auch Architektur, Astronomie, Mathematik, Navigation, Medizin, Metallurgie und andere nützliche Künste und Wissenschaften lehrte. Wissen, das Prometheus nun dem dritten Menschengeschlecht vermachte. Es war ihm vertraut: wie seins nicht in Liebe geschaffen.

Epimetheus sann sehnsuchtsvoll über Pandora. Auf die Art, die sein Name beschreibt: »Nachbedacht«.

Das Wort Pandora heißt »Allgeberin«.

24. Kapitel

Die Scholz

Laura besuchte eine Volksschule, die »Ludwig-Richter-Schule-Mädchen« hieß. An den Korridorwänden dieser Schule hingen nur Reproduktionen von Zeichnungen, Holzschnitten und Ölbildern

Ludwig Richters, dafür hatte der Rektor gesorgt. Manche Wandschmücke waren Privatbesitz des Rektors, manche hatte er der Schule geschenkt, manche hatte er für sie angeschafft. In allen Reden, mit denen der Rektor Appelle eröffnete, kam er wenigstens mit einem Satz auf den »Meister des deutschen Hauses« zu sprechen oder auf das »Gemüt des deutschen Volkes«, das aus Richters Bildern spräche. Der Rektor hatte ein sanftes Opa-Gesicht, das von weißem Haar umwallt war. Appelle hielt er in SA-Uniform ab. Die Reden stieß er hervor wie Exerzierbefehle. Laura erlebte das stoßweise Geschrei nicht als Mitteilung von Gedanken, sondern als Mitteilung von Macht. Die »Ludwig-Richter-Schule-Mädchen« war im Jugendstil erbaut und galt als neu. Die Jungen wurden nebenan in der alten neubarocken »Ludwig-Richter-Schule-Knaben« unterrichtet. Die Korridorwände der Knabenschule waren mit Soldatenbildern und Fotos geschmückt und mit Landkarten. Als etliche Fensterscheiben der Mädchenschule von der Druckwelle einer Sprengbombe zertrümmert worden waren und Mädchenklassen vorübergehend in der Knabenschule unterrichtet werden mußten, bewunderte Laura die moderne Ausstattung und kehrte ungern zu der zurück, die ihr bisher bloß kindisch erschienen war. Jetzt wußte sie: Die Ludwig-Richter-Bilder waren einfach unmodern. Und als »die Scholz« einen Stein auf einen Holzschnitt zum »Vaterunser« warf, so daß die Glasscheibe aus dem Rahmen splitterte, spürte Laura Genugtuung, die sie geheimhielt. Laut war Laura entrüstet wie alle. Sie wußte, was sich gehörte.
»Die Scholz« mußte für ihr Vergehen während der Hofpause an der Eiche stehen. Der gewaltige Stamm war von einem Rundgitter umzäunt. »Die Scholz« stand hinter dem Gitter. Während der Hofpause mußten die Schülerinnen unter Lehreraufsicht in Reihen paarweise um den Baum spazieren. Die Aufsicht hielt streng auf Ordnung, wenn niemand am Baum stand. Nachrichten wie »die Scholz steht am Baum« ersparten den Lehrern, die Schülerinnen aus den Klassenzimmern zu treiben. Ohne eilefordernde Befehle stürzten die Mädchen aus den Bänken in die Korridore und die Treppen hinunter. Das Gedränge führte zu rücksichtslosem Geschiebe, Verstopfungen des Hofausgangs, zu Gebalge und Quiekereien. In Schüben brach die erregte Menge hinaus auf den Asphaltplatz. Von Reih und Glied oder spazieren keine Spur. Jeder versuchte, einen guten Platz am Gitter zu erobern. Da der Eichenstamm so dick war, daß »die Scholz« nur an einer Hälfte des Gitters zu sehen war, setzte

sich das Balgen, Schieben und Quieken vor dem Eisen fort. Die Lehreraufsicht schritt erst ein, wenn Schülerinnen versuchten, hinters Eisen zu kommen. Hinterm Eisen durfte nur der Schandfleck stehen, der bis auf seltene Ausnahmen »die Scholz« war. Laura kannte »das Mensch« schon vor der Einschulung. Ihre große Freundin Inge hatte oft davon erzählt. Die Bezeichnung »das Mensch« hatte in der Gegend, wo Laura aufwuchs, eine Bedeutung, die der Bezeichnung »der Mensch« unvergleichbar war, ja entgegenstand.
Laura war enttäuscht, als sie »der Scholz« zum ersten Mal begegnete. Sie hatte mehr erwartet als schwarzes Haar und grüne Augen. Aber der Schauder stellte sich trotzdem ein und ein wohliges Selbstwertgefühl. Denn Laura hatte viel gehört. Nicht nur von Inge, die mit »der Scholz« in eine Klasse ging. Alle Schülerinnen der »Ludwig-Richter-Schule-Mädchen« wußten, daß »die Scholz« sich nicht wusch und Läuse hatte und klaute und sich auf dem Fußboden wälzte, wenn ihr der Unterricht nicht paßte. Dieses Grundwissen wurde ergänzt durch Sensationen vom Tage. Eine derartige Sensation, die den Lehrer Vörkel betraf, hörte Laura mit Triumph.
Vörkel war Lauras Klassenlehrer. Während des Unterrichts rief er sie oft hinters Katheder, flüsterte umständliche Beschreibungen seiner Frühstückswünsche und beschäftigte dabei die rechte Hand unter ihrem Rock. Laura ekelte sich vor dem alten Mann und brachte ihn nachts mehrmals im Traum um. Tags fiel ihr nichts anderes ein als lächelnd oder unbewegten Gesichts zu ertragen und befehlsgemäß in der Rechenstunde beim Bäcker und beim Fleischer Frühstück einzukaufen. »Der Scholz« aber war eingefallen, Vörkel derart in die rechte Hand zu beißen, daß er sie verbunden in einer Schlinge tragen mußte. Inge behauptete, »die Scholz« wäre mit Zähnen auf die Welt gekommen. Laura brachte den Spitznamen »Ferkel« für Vörkel auf. Er war drei Wochen unfähig zu schreiben und Beifall zu klatschen.
Die Appelle des Rektors verlangten Beifall für den Führer, den unbesiegbaren deutschen Soldaten und den Meister des deutschen Hausbuchs. Stillgestanden hatten die Schülerinnen Heldenberichte von den Militär- und Heimatfronten entgegenzunehmen, gerührt Erläuterungen zu Werken Ludwig Richters. »Mit der Holzschnittsammlung ›Beschauliches und Erbauliches‹ begann Richter seinen Einzug in das Gemüt des deutschen Volkes zu halten«, behauptete der Direktor. »In diesen Blättern voll Innigkeit und schlichter Gemütstiefe ist eine Fülle kleiner, rührender Einzelbegebenheiten

aus dem einfachen Leben dargestellt. Reinheit und kindliche Unschuld strahlen von seinen Figuren aus. Die sind hineingestellt in Landschaften, deren Weite zum Wandern über Berg und Tal einlädt, in Biedermeierstuben von traulicher Enge oder in die Giebelromantik mittelalterlicher Kleinstädte. Am tiefsten aber hat er sich mit der Bilderfolge ›Fürs Haus‹ in das Herz des deutschen Volkes hineingezeichnet. Es sind sechzig Holzschnittbilder in freier Gestaltung, die alle jene kleinen und beschaulichen Einzelzüge des täglichen Lebens zum Gegenstand haben, durch welche die Familie zur Pflegestätte der Liebe und der Innigkeit wird und die Wohnstube zur allgemeinen Realschule der Menschheit.« Die acht Darstellungen zum Vaterunser bezeichnete der Direktor als Richters volkstümlichstes Werk und zitierte bei solcher Gelegenheit Stücke aus den Tagebuchaufzeichnungen des Malers, zum Beispiel »die Gedanken und Vorsätze, welche meine Seele beschäftigen«. Richter nimmt sich da vor, »immer nach alter deutscher Art streng rechtschaffen zu leben; dabei fromm, ein Christ wie er sein soll nach dem Sinn Jesu; denn Religion, Glaube und Liebe allein führen zur Wahrheit und zur Glückseligkeit; nicht der äußeren, die kann doch nicht beständig und echt sein, aber zur inneren, diese ist Seelenfrieden. Glaube und Liebe können alles bewirken, können Wunder tun, denn sie sind überirdische Gotteskräfte. Der Glaube kann Berge versetzen, sagt Christus: Ich meine, man kann das fast buchstäblich nehmen. Von einfältigen, aber weisen und frommen Menschen hat man oft schon wunderbare Dinge gesehen und gehört. Bei solchen Menschen ist auch der Glaube fest wie Felsen. Kluge Leute sind zu klug, um recht zu glauben, recht zu lieben.« Die Appelle wurden mit einem Gebet für die Vernichtung des Bolschewismus und den Endsieg oder mit dem Horst-Wessel-Lied abgeschlossen.

»Die Scholz« mußte bei Appellen immer allein stehen. Man erzählte sich, sie bete Flüche und sänge schweinische Texte.

Nach einem Bombenangriff, der das Haus, in der die Scholz wohnte, getroffen hatte, verzog sie mit ihrer Mutter ins Erzgebirge. Der Verlust wurde allgemein als Wohltat gepriesen. Der Schandplatz an der Eiche blieb leer. Mühelos konnte die Pausenaufsicht die Schülerinnen paarweis um das Gitter dirigieren. Kein Gedränge, Gebalge, Gequieke, keine Sensationen. Die Lehrer hatten wieder Mühe, die Schülerinnen aus den Klassenzimmern zu treiben.

Lauras Klasse verordnete der Direktor wegen Pausenbummelei eine Stunde Nachsitzen.

25. Kapitel
Die Salman

Das Nachsitzen ärgerte die Schülerinnen, und sie ratschlagten, wie sie sich rächen könnten. Laura schlug vor, den Weizenbirnbaum zu plündern, der im Schulgarten stand und seit Kriegsbeginn vom Direktor abgeerntet wurde wie Eigentum.
Nach Unterrichtsschluß schlichen sich die Mädchen in den Garten. Laura erstieg den Baum und schüttelte. Ihre Klassenkameradinnen lasen auf. Als die Röcke vollgesammelt waren, sahen die Mädchen den Direktor kommen. Die Mädchen ließen die Birnen fallen und beugten sich über ein Kräuterbeet, das mit Namensschildern versehen war.
»Was geht hier vor?« fauchte der Direktor. Die Mädchen versuchten, heimatkundliches Interesse zu zeigen. Heimatkunde war das Lieblingsfach des Direktors. Die Wutröte in seinem Gesicht verblaßte etwas. Da erblickte er die Birnen unterm Baum und Laura auf ihm. Und er schrie: »Wie«, er schrie, »wer, was hat das Mensch auf meinem Baum zu schaffen?«
»Ich bin eine Amsel«, rief Laura herunter, »ich singe.«
»Seit wann«, fragte der Direktor verblüfft.
»Seit ich von Ludwig Richter weiß, daß Glaube Berge versetzen kann«, antwortete Laura.
»Na dann sing mal«, sagte der Direktor.
Laura sang das Horst-Wessel-Lied.
»Eine Amsel singt aber anders«, sagte der Direktor.
»Von einer Anfängerin ist nicht mehr zu erwarten«, erwiderte Laura und stieg vom Baum.
Der Direktor schickte Laura nach Hause und die anderen Mädchen zum Strafexerzieren. Unter seiner Leitung mußten sie in der Mittagshitze eine Stunde im Gleichschritt um die Hofeiche marschieren. Am anderen Morgen besah er sich von seiner Dienstwohnung aus, wie die Klasse über Laura herfiel. Zerschunden, verdreckt, mit zerrissenen Kleidern und nassen Schlüpfern erschien Laura zum Unterricht.
Aus Laura war »die Salman« geworden, von der bald alle Schülerinnen der »Ludwig-Richter-Schule-Mädchen« wußten, daß sie sich nicht wusch, in die Hosen schiß, klaute und mit dem Lehrer Vörkel hinterm Pult Schweinereien trieb.

»Die Salman« beschädigte viele Ludwig-Richter-Bilder. Sie mußte oft am Eichenpranger stehen. Nachrichten wie »die Salman steht am Baum« ersparten den Lehrern, die Schülerinnen aus den Klassenzimmern zu treiben. Ohne Befehle stürzten die Mädchen aus den Bänken in die Korridore und die Treppen hinunter. Jede versuchte, einen guten Platz am Gitter zu erobern. Schulanfängerinnen waren enttäuscht, als sie »die Salman« zum ersten Mal sahen. Sie hatten mehr erwartet als rotes Haar und braune Augen. Aber der Schauder stellte sich trotzdem ein und das wohlige Gefühl der Selbstgerechtigkeit.
Je stärker die Angst vor den Bombenangriffen, je öder der Drill des durch alte Männer mühsam aufrechterhaltenen Schulbetriebs, desto blühender die Gerüchte über »die Salman«. Die Kinder erzählten sich schließlich, daß »die Salman«, um ihre Mutter zu piesacken, nicht mit Messer und Gabel äße, sondern mit den Händen. Die Mutter wäre deshalb schon krank vor Kummer und hätte den Klassenlehrer um Hilfe gebeten. Vörkel hätte also eines Tages einen Hausbesuch gemacht und »die Salman« auf frischer Tat ertappt. Gefragt, weshalb sie beim Essen zehn Finger benutze, hätte »die Salman« geantwortet: »Ich würde auch mit dreizehn Fingern essen; leider habe ich nur zehn.«
Nach der Zerstörung der Stadt C. am 13. Februar 1945 wurde aus der »Ludwig-Richter-Schule-Mädchen« ein Lazerett gemacht. Überlebende Schülerinnen halfen in der Lazarettküche. Sie erzählten dort, daß »die Salman« im Feuersturm durch die Luft gefahren sei, höher und höher, und seitdem sei sie verschwunden.

26. Kapitel

Rede über die Hinrichtung Damiens'

Im Ordner, darin das Blocksberg-Archiv das Fragment der »Historie von Amanda der Großen« aufbewahrt, fand ich auch eine Rede abgeheftet. »Gehalten auf dem 17. ordentlichen Hexenplenum im Hugenottendom« stand vermerkt, aber kein Rednername. Sollte die Schrift durch Zufall in die Mappe geraten sein, erschien er mir günstig. Anmerkenswert für viele Ereignisse, die geschildert wurden und noch werden.

Arke las die Rede und bestärkte mich, indem sie besonders die letzten beiden Kapitel hervorhob, und sprach: »Die Frauen leben nicht nur im Patriarchat; es lebt auch in ihnen.«

Die Rede hat folgenden Wortlaut:

Als am 5. Januar 1757 abends nach sechs König Ludwig XV. seinen Wagen besteigen wollte, um von Versailles nach Trianon zu fahren und dort zu speisen und zu übernachten, fühlte er plötzlich einen Stoß in der Seite. Er faßte nach der getroffenen Stelle und sah Blut an seiner Hand.

Sofort begriff er, daß ein Attentat gegen ihn verübt worden war. Und er konnte den Täter, der inmitten der entblößten Hauptes dastehenden Höflinge als einziger den Hut aufbehalten hatte, mit den Worten bezeichnen: »Dieser Mann ist es, der mich verwundet hat. Man arretiere ihn, tue ihm aber nichts Böses.«

Casanova war gerade um diese Zeit nach Versailles unterwegs. Er wurde Zeuge des großen Wirbels, der nach dem Attentat herrschte. Man glaubte nämlich anfänglich, daß eine ausgedehnte Verschwörung dahintersteckte. Daher wurden zunächst viele Menschen verhaftet, unter ihnen auch Casanova.

Das Gerücht vom Attentat verbreitete sich schnell und wurde alsbald in wunscherfüllter Richtung umgewandelt: Man erzählte, der König sei tot.

Als sich herausstellte, daß dies nicht zutraf, hieß es, das Messer wäre vergiftet gewesen. Dies fürchtete man auch innerhalb der Mauern von Versailles, und Ludwig bereitete sich auf den Tod vor. Die Familie versammelte sich um sein Bett. In größter Eile wurde der Chirurg La Martinière geholt. Er fand die Wunde so geringfügig, »daß ein Privatmann deswegen nicht einmal seine Arbeit unterbrochen haben würde«, wie Casanova in seinen Memoiren den Herzog von Richelieu zu Madame Pompadour sagen läßt. Trotz der unbedeutenden Verwundung war der König jedoch sehr bestürzt, sein Antlitz war totenblaß, der Puls beschleunigt, und es wurde sein Beichtvater gerufen, um ihn auf den Tod vorzubereiten.

Ludwig XV. war zu dieser Zeit bereits sehr verhaßt, nicht zuletzt wegen der Unsummen, die seine berühmte Mätresse, die Marquise de Pompadour, Frankreich kostete. Die Steuern lasteten schwer auf dem Volk, und die Regierung stieß bei allen Parteien auf Widerstand, sowohl beim Parlament und bei der Geistlichkeit als auch bei den Volksmassen, so daß es beim Eintreiben der Steuern wiederholt zur öffentlichen Auflehnung kam und im Mai 1750 sogar zu einem

Aufstand, der mit Gewalt unterdrückt wurde. Als Beweis für die Stimmung unterm Volk ist ein Gerücht bemerkenswert, das sich verbreitete, als einmal mehrere herumirrende elternlose Kinder festgenommen wurden, um in die Kolonie Mississippi geschickt zu werden: Man erzählte, der König brauche diese Kinder, weil er zur Heilung eines fürchterlichen, von seinen Ausschweifungen herrührenden Leidens Bäder von Menschenblut nähme. Polizeioffiziere wurden auf der Gasse getötet, und das Volk drohte, nach Versailles zu ziehen, um den König zu holen und das Schloß anzuzünden. Aus dieser Stimmung erklärt sich die Tat von Damiens. Sie war eine Offenbarung des Königshasses. Nach dem Attentat war dann auch allgemein von Traurigkeit keine Rede. Und die Kirchen blieben leer bei den Dankgottesdiensten, die wegen der Genesung des Königs abgehalten wurden.

Ist nun aus alledem zu schließen, daß Damiens solidarischer Gefühle sicher sein konnte?

Unter Begleitung eines ganzen Garderegiments und ungeheuren Vorkehrungen wurde Damiens ins Gefängnis abgeführt. Hier erhielt er ein Zimmer oberhalb des Raumes, in dem Ravaillac, der Mörder Heinrich IV., gewohnt hatte. Man traf alle Maßnahmen, um Damiens im bestmöglichen physischen Zustand zu erhalten für die Folter. Sie durfte nur bei Anwesenheit eines Arztes erfolgen, der Pausen anzuordnen hatte, wenn Damiens' Leben in Gefahr war. Man fesselte ihn mit wattierten Riemen an seine Pritsche. Um einem eventuellen Selbstmord vorzubeugen, blieb kein Detail unberücksichtigt, sogar die Fensterscheiben wurden durch Pergament ersetzt. Damiens' Haft kostete 600 Livre täglich.

Die besten Auskünfte über Francois Damiens' Leben und seinen Charakter fand ich bei Bouffonidor, in seinem 1782 ohne Namen des Autors erschienenen Buch »Les Fastes de Louis XV.«.

Obgleich die dem König beigebrachte Wunde sehr leicht war und nur leicht sein konnte, weil Damiens ein kleines Messer benutzte, wurde der Attentäter auf dieselbe Weise hingerichtet wie Ravaillac. Dadurch sollte Ludwig XV. mit dem besten König, den Frankreich je besessen hatte, gleichgestellt werden, was wohl auf eine Überkompensierung der Haß- und Verachtungsgefühle gegen das Königtum, die nur durch Ehrfurcht unterdrückt waren, hinweist.

Der 28. März 1757 war der Hinrichtungstag. Schon lange vorher waren die Fenster an der Place de Grève um hohe Summen vermietet. Von nah und fern war man nach Paris gekommen, um sich das Schauspiel anzusehen. Auf der Straße war Gedränge, schon frühmorgens sicherte man sich einen guten Platz. Keine Mansarde, kein Fenster blieb unbesetzt, und die Dächer waren überfüllt. Sowohl die unteren Volksschichten als auch der Adel waren auf den Beinen.

Die Hinrichtung hatte einen Auftakt und einen Hauptteil. Zum Auftakt am Morgen riß man das Fleisch des Missetäters mit glühenden Zangen auf und goß geschmolzenes Blei, brennendes Pech und siedendes Öl hinein. Über Mittag erholte sich der Delinquent und der öffentliche Hauptteil begann.

Damiens wurde zuerst, wie es üblich war, nach der Nôtre-Dame-Kirche geschleppt, um dort Buße zu tun. Dann wurde er zum Schafottplatz geführt. Auf dem menschenüberfüllten Platz warteten Beichtväter, Pferde und Henkersknechte, die unter dem Befehl Samsons aus der berühmten Scharfrichterfamilie standen. Die Henkersknechte hantierten mit Zangen, Kohlebecken und siedenden Flüssigkeiten, hatten ihre Gerätschaften jedoch nicht sofort einsatzbereit, was Samson einige Tage Gefängnis einbrachte.

Nachdem das Urteil zum soundsovielten Male verlesen worden war, soll Damiens gesagt haben: »Es wird heute ein heißer Tag werden.« Er wurde entkleidet und sechs Henkersknechte banden ihn, rösteten ihm die rechte Hand, die das Messer geführt hatte, über Feuer, rissen Stücke aus dem Körper und schütteten Blei oder Öl in die Wunden. Damiens' Gebrüll dabei soll herzzerreißend gewesen sein. Seine Haare richteten sich auf dem Kopfe auf. Der Gestank des verbrannten Fleisches erfüllte den Platz.

Zum Schluß sollte er von Pferden auseinandergerissen werden. Dafür waren sechs extra kräftige Pferde beschafft worden, die 3600 Livre gekostet hatten, weil man sich daran erinnerte, daß die Kraft der Pferde bei Ravaillac nicht ausgereicht hatte, so daß ein edler Ritter eines der ermatteten Pferde durch sein eigenes ersetzt hatte als besonderes Zeichen seiner Huldigung gegenüber seinem toten Fürsten. Auch jetzt stellte sich heraus, daß die Pferde trotz Reißens und Zerrens, wobei man den Körper kürzer und länger werden sah, nicht imstande waren, ihn zu vierteilen. Die Richter berieten, was zu tun war, und der Henker schnitt schließlich, da es unterdessen zu dunkeln begonnen hatte, die Gelenke ein. Nun lösten sich die Beine vom Rumpf, dann ein Arm, und noch immer lebte das Opfer. Seine Haare waren ergraut. Erst nachdem der zweite Arm abgerissen war, brachte der Tod die Erlösung.

Das Strafbedürfnis der Zuschauer gegenüber dem König war also offenbar auf dessen Attentäter projiziert und mit seiner Hinrichtung emotionell befriedigt worden. Die Identifizierung mit der strafenden Gesellschaft ermöglicht ein Sichausleben von Aggressionen in erlaubter Form. Und ich möchte hinzufügen: auch in unerlaubter. Als solche muß man wohl die Erfahrung Casanovas bei der Hinrichtung betrachten. Er war in Gesellschaft einiger Damen und Herren, die sich in zwei Reihen auf den Stufen vor einem Fenster plazierten. Dabei hatte man die Röcke der Damen beiseite geschoben, um diese nicht schmutzig zu machen. Freund Tiretto nutzte die Gelegenheit und beschäftigte sich in einer nicht näher zu erörternden Weise mit einer alten Dame, die vor ihm stand. Erregt durch das Jammern des Opfers unterhielten sich die beiden so zwei Stunden lang.
Daß Hinrichtungen früher festliche Veranstaltungen waren wie später Sportfeste, ist bekannt. Es wird behauptet, daß sich besonders Damen in großer Zahl zu solchen Ereignissen einfanden und derartige Schauspiele bis zu Ende verfolgten, wenn nötig mit Hilfe des Riechfläschchens. »Was man passiv erduldet, ist man bestrebt, aggressiv auszuleben«, sagt Freud.

27. Kapitel

Deutungen

Als ich aus Griechenland zurückgekehrt war, ließ ich mir von Arke Goethe-Bücher in meine Höhle bringen und las »Pandoras Wiederkunft. Ein Festspiel«.
Es war von der gewohnten Überlieferung des antiken Mythos' ähnlich weit entfernt wie Chariklias Parnaß-Mythologie. Die vor allem von den Dichtern Hesiod und Platon geprägte Fassung war mir bisher als verbindlich erschienen. Sie beschreibt Pandora als das mit trügerischer Schönheit ausgestattete Unheilsweib, das die rächenden Götter zur Erde sandten, um den von Prometheus geschaffenen Glückszustand der Menschheit zu zerstören. Epimetheus nimmt die Götterbotin gegen den Willen seines Bruders auf. Da öffnet Pandora das mitgebrachte Gefäß, und alle Übel verbreiten sich über die Erde. Nur die Hoffnung bleibt unter dem schnell geschlossenen Deckel der Lade.

Beim Lesen fiel mir dann auf, daß Goethe diese Fassung des Stoffs ins Gegenteil verkehrt. Der Sinn der Handlung ist nicht mehr auf den Verfall, sondern auf dessen Überwindung gerichtet. Die Untat der Pandora wird als Kulturtat umgedeutet. Im Festspiel spricht Goethe in symbolischer Form von den Gefährdungen und Hoffnungen der Menschen.
Gefährdung sah der Dichter ausgehen von den Produktivkräften der Geschichte, die lieber Waffen als Pflüge schmiedeten, und von den Diktatoren und ihren kriegerischen Unternehmungen, die aus dem lokalen Bereich herausgetreten und zu Weltereignissen geworden waren. Das Pandora-Festspiel bekennt Hoffnung auf Heilung und Erneuerung der gefährdeten Menschenkultur. Goethe war überzeugt, daß dem Menschen nur das gemäß ist, was ihn und seine Umwelt bereichert. Die Gestalt der Pandora gewinnt bei ihm den Charakter eines Humanitätssymbols. Ihre Wiederkunft aus der Vorgeschichte versinnbildlicht eine neue Phase der Menschheitsentwicklung.
Ich brachte Arke den Pandora-Mythos in der Deutung von Goethe und Chariklia zu Gehör.
Vor meiner Höhle wie stets Besucherverkehr. Ich wunderte mich, daß ich nicht aufgestöbert wurde. »Tausende von Besuchern und Hunderte von Pflegern durcheilen täglich den Tierpark und keiner entdeckt das auffälligste Gewächs vom Zoo«, sagte ich bei Gelegenheit. »Absurd.«
»Nichts gewöhnlicher als Absurditäten«, entgegnete Arke, »das Kostbarste interessiert meist zuletzt. Da das klassische Altertum wie die Bibel hierzulande für die Bildung nicht mehr unerläßlich erscheint, wird das Wort Sirene bei den Leuten mittlerweile allgemein wohl nur noch als Bezeichnung für Seekühe oder für ein Signalgerät mit umlaufendem Schallerzeuger verstanden.
Mir fiel ein, daß meine Freundin Laura Salman dieses Signalgerät nicht hören konnte, ohne an die Schrecken der Bombennächte im zweiten Weltkrieg erinnert zu werden. Ich überlegte laut, weshalb einem Gerät, das als Alarmsignal benutzt wird, gerade der Name »Sirene« gegeben wurde. Weil die Sirenen als alarmierende Wesen erinnert werden? Als Warnruferinnen etwa? Oder als Rettungsaufruferinnen?
»Soll ich mich als Rettungsprophetin verstehen«, fragte ich.
»Von Propheten hör ich ungern«, sagte Arke. »Weil die Erde voll von ihnen ist. Die meisten Propheten sind Personifikationen

menschlicher Vermessenheit und Liebesunfähigkeit. Wer im Geiste hochbefähigt und im Gefühl ein Analphabet ist, meidet instinktiv die Prüfung, einen Menschen zu lieben oder einen Planeten und verkündet statt dessen, Millionen zu lieben oder das Weltall, was vor Prüfungen bewahrt, aus der Anonymität in die Publizität hebt und Gehorsam zuträgt. Denn nur Anhängerschaft ist Propheten liebenswert. In allen west die blutrünstige Selbstgerechtigkeit des Elia. Von hochfahrenden Theoretikern der Liebe ist die Erde übervoll. Was fehlt, sind bescheidene Praktiker.«

»Auch auf dem Blocksberg?«

»Überall«, sagte Arke, »hochfahrende Theoretiker lassen sich künstlich züchten. Bescheidene Praktiker müssen natürlich wachsen.« Die menschliche Sprache genüge wahrscheinlich nicht, um die Menschen aufzurütteln, weil sie sich an diese Sprache zu sehr gewöhnt und die größten Worte durch zu häufigen Gebrauch abgenutzt hätten. Eine ungewöhnliche Sprache würde dringend gebraucht und sicher auch bald gefunden. Arke redete so zuversichtlich, als ob ich sie schon so gut wie gefunden hätte. Ich wurde von der Zuversicht angesteckt und schrieb beflügelt und vom Gefühl der Sicherheit umhegt in meiner Höhle fort.

Auch tröstete mich Wesselins Zuspruch aus der Zukunft, die ich ihm gern erhalten wollte.

Ich erzählte Arke von diesen wunderlichen Zusprüchen.

»Auch eine traditionelle Erscheinung«, sagte Arke und daß Odysseus die seherischen Fähigkeiten der Sirenen nicht weniger gefürchtet hätte als die gesanglichen. Das Monopol, die Welt zu erklären, hätte damals aber natürlich längst den Männern gehört: ein Machtmonopol. Und da weibliche Wesen in der Zeit, die allgemein Geschichte genannt würde, heimatlos geblieben wären, hätten sie überhaupt außerhalb gesiedelt. Gehindert von Lebens- und Tatenlust, uralten Zuständen nachzutrauern, hätten sie die Zukunft für gewiß erklärt und sich dort eingerichtet. Weil jedoch diese Wesen jetzt in und also für die Gegenwart arbeiteten wie nie zuvor, würde kaum etwas dergleichen bemerkt.

»Aber Wesselin ist doch kein weibliches Wesen«, entgegnete ich.

»Solange er ein Kind ist, unterscheidet sich seine Lage von der weiblichen wenig. Erst später wird sich erweisen, wie und ob er sich einrichtet.«

»Bleib mir vom Hals mit deinem Weiberkult«, rief ich. »Von deiner Isebel hab ich die Nase voll. Schlimmer als jeder Haustyrann.«

»Und schlechter«, sagte Arke, »Nachahmungen sind immer schlechter als Originale. Die Beobachtung, daß Frauen sich in führenden Positionen nur dann unter Männern behaupten können, wenn sie lernen, deren Stil anzunehmen, hat Isebel bewogen, sich so zu modeln, wie sie heute ist. Ihr Vorbild: Elisabeth I. von England. Isebels stereotyper Redeschluß in der Zeit vor der Blocksberg-Eroberung: ›Ceteri censeo Carthaginem esse delendam.‹ Ihre Lieblingsdrohung jetzt: ›Ich werde mich in die Zitadelle der Vernunft zurückziehen, ich werde mit der Kanone der Wahrheit hervorbrechen und meine Feinde zermalmen.‹«
»Ist das Blocksberg-Archiv etwa diese Zitadelle«, fragte ich entgeistert.
»Wer sich mal so fanatisiert hat, der ändert sich nicht, nur weil sich die Zustände ändern«, sagte Arke. »Solche Leute muß man auf einen Posten setzen, wo sie relativ viel Beschäftigung haben und relativ wenig anrichten können.«
Ich berichtete, daß Isebel bei ihrem Besuch in meiner Höhe dunkle Worte bevorzugt hätte. Das dunkelste: »Sejelamur«.
»Ein Anagramm von Jerusalem«, erklärte Arke. Isebel hätte sich angewöhnt, nach dem christlichen Vorbild der Offenbarung Johannes' zu verfahren, weil sie die hasse. Johannes behauptete da nämlich, Gott hätte ihm wörtlich befohlen: »Und dem Engel der Gemeinde zu Thyara schreibe: das sagt der Sohn Gottes, der Augen hat wie Feuerflammen, seine Füße sind gleichwie goldnes Erz . . .
Ich weiß deine Werke und deine Liebe und deinen Glauben und deinen Dienst und deine Geduld und daß deine letzten Werke mehr sind als die ersten.
Aber ich habe wider dich, daß du das Weib Isebel duldest, die da spricht, sie sei eine Prophetin, und lehrt und verführt meine Knechte, Unzucht zu treiben und Götzenopfer zu essen.
Und ich habe ihr Zeit gegeben, daß sie sollte Buße tun, und sie will nicht von ihrer Unzucht lassen.
Siehe, ich werfe sie auf ihr Bett und werfe in große Trübsal, die mit ihr die Ehe gebrochen haben, wenn sie nicht lassen von des Weibes Werken.
Und ihre Kinder will ich zu Tode schlagen . . .«
Der gewalttätige Text verheiße ein neues Jerusalem. Isebel, die sich nicht nur namentlich von ihm angegriffen fühlt, wolle mit dem Anagramm das Gegenteil verheißen. Aber die Anwendung gleicher

Mittel führe letztlich zu gleichen oder mindestens zu ähnlichen Ergebnissen . . .
Arkes Bemerkungen über Isebel beschädigten meine harmonischen Vorstellungen, die ich mir vom derzeitigen Blocksberg zurechtgelegt hatte.
Dennoch blieb ich entschlossen, an meinem Lebenswerk fortzuschreiben, damit nicht, was hexische Frauen und Männer Bewunderungswürdiges geleistet, mit der Zeit verwischt und vergessen wird.
Denn Menschen brauchen Luftraum für ihre Gedanken, damit die flott werden und erst einmal ein wenig kreuz und quer segeln können, bevor sie auf den Hafen halten. Einzelmenschen wie Völker bedürfen wohl eines reichlichen neutralen Bodens zwischen einander, was heute nur noch in Ausnahmefällen möglich ist.
Ich bin ein Ausnahmefall geworden.
Laura sollte von Geburt an einer werden. Nach Isebels und der HUU Willen. Die an Großmutter Selma überreichte Phiole enthielt Hexenbeschwörungselixier. Isebel behauptet heute, daß der Beistand, den so ein Elixier herbeischaffen kann, vielleicht sogar Lauras Teilung verhindert hätte. Mit etwas Glück.
Ich habe stets an Glück geglaubt und oft verloren.
Arke glaubt selten an Glück, widerwillig an Menschengeschichte und gern an Vorgeschichte und Brockenmythologie. Die Schlange setzt sogar auf diese Mythologie.
Laura hat in ihrer Jugend auf drei Ideale gesetzt und darüber auch 1979 im Hugenottendom berichtet. Vor Junghexen. Die Kapitel 28, 30 und 32 bringen den Wortlaut von Lauras Idealberichten. Kapitel 31 überliefert Brockenmythologie so, wie sie mir von Arke eines Nachts bündig erzählt wurde.

28. Kapitel

Lauras erster Idealbericht: Lokführer Johann Salman

Als ich mittags nach der bedingungslosen Kapitulation den Bleichplan ohne Widerstand der bisherigen Autoritäten gewonnen hatte und Sonnenbad nahm, hielt ich die Welt für gewonnen. Ich glaubte

also, daß ich nicht mehr beim Wort nehmen müßte, um ihm zu entgehen. Mir erschien der Mummenschanz der Untertänigkeit und andere Tricks, die mir zugekommen waren und die heute von gewissen Theoretikerinnen als revolutionäre Verschlagenheit kategorisiert werden, nunmehr für überflüssig.
Ich holte also die Uniform meines Vaters vom Spitzboden.
Spitzboden und Keller waren Reservate Johann Salmans. Die Bewirtschaftung der Wohnräume oblag meiner Mutter – unter Vorstandsaufsicht: Mein Vater begriff sich als »Haushaltungsvorstand«. Er nannte sich auch oft so, denn er sagte ungern »ich«. Wenn er zum Beispiel Hunger hatte, das heißt Essen vorgesetzt haben wollte, sagte er lieber: »Der Haushaltungsvorstand hat Hunger.«
Seit seiner Einberufung zu den feldgrauen Eisenbahnern hingen die Schlüssel zu den Reservaten am Schlüsselbrett. Im Kellerreservat bewirtschaftete der Vater hauptsächlich materielle Schätze wie zum Beispiel Kohlen, Holz, Kartoffeln, gefüllte und leere Einweckgläser, Waschwannen und den Handwagen; auf dem Spitzboden hauptsächlich geistige. Nach den geistigen gieperte ich mehr. Sie rochen auch besser. Gemischt natürlich. Dominierend im Gemisch der Geruch nach Karbid, Skiwachs und Lederfett.
Mit Lederfett wurden regelmäßig, das heißt zuletzt bei jedem Heimaturlaub, Skistiefel und Bergstiefel und der Lederbesatz von Filzstiefeln eingerieben. Dabei durfte ich helfen. Die Filzstiefel gehörten zur Winterausrüstung des Lokführers Johann, die Skistiefel rechnete ich ebenfalls zur irdischen Expeditionsausrüstung, die Bergstiefel zur himmlischen. Außer Karbidlampen, Schneeschuhen, Skistöcken, Eispickel, Bergseil und ähnlichen Utensilien, die hängend, also offen aufbewahrt wurden – an den Querbalken des Spitzbodens nämlich –, gab es auch geistige Utensilien unter Verschluß.
Die Expeditionsgarderobe – Lokführeruniform, Skianzug, Kletterweste – wurde in einem geerbten Brotschrank verwahrt. Da ein feldgrauer Eisenbahner Feldgrau tragen mußte, war Vaters blaue Uniform vollständig vorhanden. Ich zog sie nachmittags nach der bedingungslosen Kapitulation an und kehrte auf den Bleichplan zurück.
»Was ist los«, fragte meine Freundin Inge erschrocken.
»Ich werde Lokführer«, antwortete ich.
»Nicht so laut«, flüsterte Inge.
»Jetzt darf man direkt sagen, was man denkt«, schrie ich.

Die Berufswahl war keine Schnapsidee. Mein Entschluß, Lokführer zu werden, stand seit dem dritten Lebensjahr fest. Seit meinem ersten Besuch im Lokschuppen. Damals mußte mich Vater zu dem Besuch überreden, weil Mutter das Bahnbetriebswerk »alte Dreckbude« zu nennen pflegte. Danach mußte ich Vater überreden, ihn oft begleiten zu dürfen. Die unter Dampf stehenden Lokomotiven besah ich als unerschöpfliche Gegenstände für Neugier. Fahrend bewunderte ich sie noch mehr. Mitfahren war meine Idealvorstellung. Lokführer, das waren für die Volksschülerin Laura Leute, die aus ihrer Neugier und dem Fernweh einen Beruf gemacht hatten. Mit diesem Beruf durfte man täglich über die Stadt und andere Grenzen hinaus. Jeder Dienst eine Expedition, dachte ich. Jeder Lokführer ein Forscher und Grenzüberschreiter.
Da meine Mutter mir nichts außer Gehorsam vorleben konnte und mein Vater der einzige Lokführer war, den ich kannte, nahm ich ihn zum Vorbild. Solange ich es täglich vor Augen hatte, muße ich oft wegsehen, um es mir zu erhalten. Seit seiner Abwesenheit war es ganz nach Wunsch.
Bis zum Nachmittag des 8. Mai 1945 ließ ich nur mich wissen, daß ich mal Forscherin werde. Ich tarnte das Geheimnis mit Puppenspiel. Jetzt verriet ich das Geheimnis außer an Inge auch an meine Mutter und andere Erwachsene, die es nicht hören wollten.
»Du bist wohl nicht bei Troste«, entgegnete meine Mutter.
»Jetzt darf man direkt tun, was man will«, sagte ich.
Und ich wiederholte das auch und behielt die Lokführeruniform. Bis ich auf dem Bleichplan schwarz wurde. Vierzehn ungezwiebelte Tage in der Sonne. Davon hab ich meinen Spitznamen weg: Negus.
Dann kam mein Vater aus dem Krieg heim und verordnete mir Bettruhe wegen Sonnenstich.
Meine Mutter beauftragte er, seine Uniform ausgebürstet in den Brotschrank zurückzubringen und die Bettruhe zu überwachen.
Als Johann Salman den Stich als geheilt betrachtete, sagte er: »Unbefugten ist das Tragen von Uniformen verboten.«
»Früher mal«, sagte ich, »jetzt ist jeder befugt.«
»Das fehlte noch«, sagte Vater.
»Ja«, sagte ich.
»Als ob du nicht genug Spielzeug hättest.«
»Ich hab nicht gespielt, ich hab geprobt.«
»Fastnacht«, sagte Vater.
»Lokführer«, sagte ich.

Da schlug Johann Salman seine flache Hand gegen die Stirn und schrie: »Lo-kfüh-re-ris-tein-Mä-nnerbe-ruf. Ich möchte bloß wissen, nach wem du geraten bist, nach mir nicht.«

29. Kapitel

Neue Wirklichkeit für alte Kunst

Am siebzehnten Tag nach der Kapitulation hielten Laura und ihre Freundin Inge mit Wassertöpfen vorm Haus. Die Töpfe standen in einem Handwagen. Er mußte schnell von der Straße. Neue Kolonnen ehemaliger Zwangsarbeiter bewegten sich auf das Haus zu. Die Kolonnen liefen in ihre Heimatländer und brauchten Gefährte für Kranke und Marschlahme und Gepäck.

Salmans brauchten den Handwagen zum Wasserholen an einer Quelle im Zeisigwald. Seit dem Bombenangriff lief kein Wasser aus den Hähnen. Die Quelle hieß »Goldborn«. Die beiden Zinktöpfe, die eigentlich Einkochgefäße waren, hatte Vater Salman nach seiner Rückkehr gegen den Widerstand der Mutter für den Transport bestimmt. Da Laura und Inge bisher Wasser in deckellosen Eimern hatten transportieren müssen, die wenig faßten und viel unterwegs verloren, erschien ihnen die Bestimmung bequem. Sie hatten nicht vermutet, daß Wasser so schwer wiegt. Laura und Inge vermochten die Last nicht aus dem Handwagen zu heben. Angesichts der sich nähernden Kolonne lief Laura um Hilfe.

Johann Salman enttrümmerte derzeit den Güterbahnhof. Schreibart war der einzige rüstige Mann im Haus. Laura eilte zum Hof, sah Schreibart auf dem Balkon, rief und brachte ihr Anliegen vor. Schreibart verschwand. Laura wartete auf ihn an der Wohnungstür. Als er nicht kam, klingelte sie. Seine Frau erschien und bedauerte, nicht helfen zu können, ihr Mann wäre zu Bekannten Körner mahlen gegangen. Laura war verblüfft. Da der Handwagen jedoch auch zum Hamstern gebraucht wurde, kehrte die Sicherheit, die der Adel der Unschuld verliehen hatte, zurück.

Laura schrie: »Skandal, die Zeiten, wo Sie Kinder mit Lügen abspeisen konnten, sind vorbei. Ihr Mann sitzt auf dem Balkon. Wenn er nicht bei drei kommt, sag ich alles der Kommandantur.«

Die Worte, deren Strenge bemessen war nach dem bisher Laura zugedachten Maß, lösten Empörung aus. Frau Schreibart klingelte

die Nachbarn heraus, um vom ungeheuerlichen Vorfall Mitteilung zu machen. Als Handwagen und Töpfe mit Olga Salmans Hilfe in den Flur gezerrt waren und die Haustür verschlossen war, beteiligte sich auch Lauras Mutter an der Empörung. Mutter Olga entschuldigte sich bei Frau Schreibart für die Ungezogenheit ihrer Tochter und kündigte Prügel an. Als die in der Wohnung entgegengenommen waren, zeigte Laura der Mutter, daß Schreibart noch immer auf dem Balkon saß.
»Lügenhaut«, sagte Mutter Olga.
»Und du hast es nicht geglaubt«, sagte Laura.
»Wieso? – Ich habs gewußt«, sagte die Mutter, »ich kenn doch dieses Ekel.«
»Und weil du es kennst, entschuldigst du dich«, sagte Laura.
»Ja«, sagte Olga.
»Und verdrischst mich«, sagte Laura.
»Freilich, damit du nicht vergißt, was sich gehört. Wenn du dich gewaschen hast, gehst du runter Verzeihung sagen.«
»Wofür«, fragte Laura.
»Wenn du nicht bald gehst, erfährt dein Vater den Spektakel zuerst von der Schreibarten statt von mir«, antwortete Olga Salman, »ich weiß nicht, was für dich besser ist.«
Laura wußte es. Bald sagte sie also zu Frau Schreibart: »Verzeihung, ich hatte mich geirrt. Ihr Mann ist selbstverständlich nicht zu Hause. Er hat nur seinen Kopf auf dem Balkon liegengelassen.«

30. Kapitel

Lauras zweiter Idealbericht: Das Kostüm oder Don Juan im Marmorpalast

Als mein Vater als Ideal verloren war, strickte ich mit meiner Mutter. Aus Kundenmaterial für Naturalentlohnung, allgemein »Eßware« genannt. Das häufigste Kundenmaterial war Kobsgarn, das Arbeiterinnen der Baumwollspinnerei Flöha am Leibe aus dem Werk schmuggelten. Im Dezember 1945 lieferte meine Mutter bei unserer Fleischermeisterin eine aus dreifachem Kobsgarn gestrickte Garnitur Unterwäsche ab und erhielt einen Krug Wurstbrühe, ein halbes Pfund Talg und zwei Theaterkarten.

Der Lohn empörte meine Mutter. Sie nahm auch kein Blatt vor den Mund, sobald die Fleischermeisterin außer Hörweite war. »Soll ich den Rauchemat in Theaterkarten braten«, höhnte Olga Salman. »Die einen fressen die Wurst und die anderen werden mit Weihnachtsmärchen abgespeist. Mit der Jagd um das bißchen Hanf habch Theater genug. Ohne Billette.«
Zurückgeben konnte sich meine Mutter selbstverständlich nicht leisten. Mit der Macht konnte sie es nicht verderben. In Hungerzeiten sind Leute, die Umgang mit Eßbarem haben, die Macht.
Da Mutter Olga nicht umsonst gearbeitet haben wollte, suchte sie nach »Dummen«, die Theater gegen was »Reelles« tauschten. Sie suchte vergebens. Aber ein Mensch, dessen Aufmerksamkeit seit sechs Jahren darauf dressiert war, keine Lebensmittel-, Kohlen-, Textil- und anderen Berechtigungskarten verfallen zu lassen, kann auch Theaterkarten nicht verfallen lassen. Olga Salman sagte also schließlich: »Sis egal, wovons einem schlecht wird« und steckte mich und sich ins »beste Bissel«, worunter Kleider zu verstehen sind, die aus fünf Kleidern genäht worden waren.
Fahrt mit der Straßenbahn durch die Trümmerwüste der Innenstadt. Nachmittags selbstverständlich. Abends war Ausgangs- und Stromsperre. Da Opern- und Schauspielhaus zerstört waren, wurde im Marmorpalast Theater gespielt. Es war ein allgemein unter der Bezeichnung »Gipskiste« bekanntes Tanzlokal, das meine Mutter in ihrer Jugend regelmäßig besucht haben wollte. Ich konnte mir Jugend an meiner Mutter nicht vorstellen. Sie war 1945 sechsunddreißig Jahre alt.
Ich war noch nie in einem Theater gewesen und fieberte dem Weihnachtsmärchen mit unbestimmten Erwartungen entgegen. Diese Erwartungen wurden überwältigend erfüllt.
Dank einer Verwechslung oder eines anderen glücklichen Zufalls fiel das Weihnachtsmärchen nämlich als »Don Giovanni« aus. Meine Mutter ahnte die Unregelmäßigkeit erst, als die Musik anhub. Nach dem ersten Bild flüsterte sie: »Wir sind falsch.«
Ich widersprach.
»Du sollst nicht immer widersprechen«, sagte meine Mutter und daß so was nichts für Kinder wäre.
Aber nach den grauen Jahren der Kriegszwänge, des Entsetzens und der Entbehrungen muß auch sie vom Luxus des Spiels mit Farben, Lichtern und Klängen derart betört gewesen sein, daß sie ihren moralischen Pflichtgefühlen mir gegenüber nicht zu folgen ver-

mochte. Sie sagte nur: »Es gibt böse Männer. Hier siehst du mal, was es für bösartige Männer gibt. Und die Frauen sind immer angeschmiert. Vergiß das nicht, wenn du mal erwachsen bist.«
Ich fühlte mich längst erwachsen, und die Frauen der Oper interessierten mich überhaupt nicht. Mich interessierten auch die Männer nicht. Ich sah nur Don Giovanni.
Meine Mutter nannte ihn »alte Kuh«. Alle Sänger, die da auf der Bühne stünden, wären »alte Kühe«, behauptete sie, alle hätten schon vorm Krieg zum »alten Eisen« gehört, die »Zugpferde« hätten ins Gras beißen müssen. Wer »Friedensstimmaterial« erlebt hätte, wäre verwöhnt.
Ich konnte mir nicht vorstellen, daß meine Mutter verwöhnt war. Ich konnte mir keinen besseren Don Giovanni vorstellen. Don Octavio lief am Stock, Zerlines Gesicht erinnerte an Kohlenklau – das bemerkte ich flüchtig. Im übrigen sah ich so, wie die Mozart-Musik beschrieb.
Ich sah eine kräftige, stolze Gestalt: strenge Schönheit des Gesichts, erhabene Nase, durchbohrender Blick. Das sonderbare Spiel eines Stirnmuskels über den Augenbrauen brachte sekundenlang etwas von Mephisto in die Physiognomie, den ich derzeit namentlich noch nicht kannte.
Ein Mensch, der die magische Kunst der Schlangen beherrscht! Ich identifizierte mich sofort mit ihm.
Die jubelnde Fanfare des siebten Allegro-Takts der Ouvertüre lag mir wie jauchzender Frevel in den Ohren. Ich fühlte die Allmacht sinnlicher Neugier gewaltig. Das ist die Weltmacht, dachte ich.
Ich fühlte sie in mir.
Deshalb konnte ich nicht ersehnen, mich ihr unterwerfen zu wollen wie Donna Elvira oder Zerline oder auch Donna Anna streng besehen. Es fiel mir gar nicht ernstlich ins Bewußtsein, daß diese Opernfrauen Frauen waren und diese Opernmänner Männer. Ich sah nur verschiedene Arten von Trägheit und einen Rastlosen.
Und dieser Rastlose war selbstverständlich ich. Dieser von unendlicher Neugier besessene, vom Tatentrieb der Sinne, von Ketzerei. Kann ein dreizehnjähriger Mensch, der gerade zu fühlen beginnt, wie die Kräfte sich in ihm sammeln und versammeln und rumoren, derart vor die Wahl gestellt, den Identifikationsverführungen von Trägheiten erliegen?
Lieber untergehen als nachgeben! Lieber »nein« sagen als »ja«. Mein Vater konnte Leuten die Zunge rausstrecken, indem er »freilich«

sagte. Ich streckte angesichts der Hölle die Zunge raus, indem ich »nein« schrie. Dreimal nein durch Sturm und Donner und das Geheul der Dämonen.

Ich verließ den Marmorpalast heiser.

Am anderen Morgen erbat ich von meiner Mutter einen mürben Bettbezug, der für Abwaschlappen beiseite gelegt worden war, schnitt zu und begann zu nähen.

Ich nähte zwei Monate an dem Kostüm. Außerdem ging ich »fechten«. Das Wort gehörte damals zum Grundwortschatz und war die zeitgemäße Form von betteln. Es fehlte ihm also der ehrenrührige Beigeschmack. Und Aktivitäten wie Pfiffigkeit und Gerissenheit waren im Begriff als Tugend eingebunden, nicht als Flegelei.

Ich »focht« Stickgarnreste, alte Knöpfe, Schnallen, Posamenten, Federn bei Verwandten und Bekannten. Ich erfocht die Brautstrümpfe meiner Tante Hedwig und die Straußenfedern vom Friedhofshut meiner Großmutter Selma. Sie nannte ihn »Sterbstürze«, gesprochen: »Sterbsterz«. Als die Nachricht vom Heldentod ihres jüngsten Bruders eingetroffen war, hatte sie beschlossen, keine Friedhöfe mehr zu besuchen.

Als die erfochtenen Materialien verarbeitet waren, schlug ich meiner Klasse ein Faschingsfest vor. Der Unterricht fand derzeit wegen Kohlenmangel im Hinterzimmer einer Bierkneipe statt. Wo die Legenden von »der Salman« und »der Scholz« unbekannt waren. Und sie blieben auch hinfort weg – abgerissen von mir. Wohl weil der Mangel an Zwängen keinen Mangel an Ersatzjuden aufkommen ließ. Wer in der Bierkneipe unterrichtet sein wollte, mußte im Winter 1945/46 pro Woche zwei Briketts mitbringen. Wer am Faschingsfest teilnehmen wollte, mußte ein Brikett mitbringen.

Ich nahm als Don Giovanni teil.

31. Kapitel

Brockenmythologie

Am Anfang war Mutter Erde. Und sie wählte sich die Luft zum Gefährten und belebte den Planeten mit Pflanzen, Tieren und Menschen.

Später wünschte sie sich Wesen, die Mutter und Vater ähnlich sahen, und gebar Töchter und Söhne.

Da Luft unsichtbar ist, bezweifelte der Vater die Ähnlichkeit seiner Kinder mit ihm. Und er stritt mit seiner Frau.
Um ihn zu besänftigen, zeigte ihm Mutter Erde ihren Zaubertopf und verriet die Kunst des Wünschens.
»Laß mich probieren«, bat der Gatte, nahm den Topf und wünschte der Gattin einen Kerker, der aus ihr selbst gebildet war.
Seitdem sitzt Mutter Erde eingesperrt.
Und ihr Mann ist seiner Vaterschaft gewiß.
Die Kinder aber vermißten die Mutter und suchten nach ihr.
Der Vater mußte fürchten, daß sie seine Tat entdecken würden.
Aus Angst vor Strafe strafte er. Indem er auch seine Kinder einkerkerte.
Danach nannte er sich »Vater Erde«.
Die Kinder waren in Grotten gesperrt.
Vater Erde lebte ruhig hin.
Zu ruhig, fand er bald. Und er schaffte Abwechslung, indem er seinen Namen wechselte. Ab und zu.
Erinnerungen an seine Frau ließ er nicht aufkommen; doch der Streite mit ihr gedachte er sehnsuchtsvoll.
Als ihn die Einsamkeit mehr als genug gelangweilt hatte, riß er sich in zwei Stücke und nannte die eine Hälfte Gott und die andere Teufel.
Gleich stritten die Hälften derart, daß dem Ganzen die Lebenslust zurückkehrte. Am kurzweiligsten geriet die Unterhaltung, wenn eine Hälfte behauptete und die andere widersprach. Solche Erfahrung brachte die Hälften zu der Erkenntnis, daß Lust Arbeit macht und umgekehrt.
Die Arbeit der Arbeitsteilung wurde durch Knobeln geschafft. Vor jedem Disput wurden die Rollen gerecht, das heißt durch Zufall verteilt.
Und Gott übte Behauptung und Widerspruch, und der Teufel war auch so tüchtig. Lange.
Bis eines Tages Trägheit aufkam.
Auch Gewöhnung machte zur Spezialisierung reif. Die beiden Hälften knobelten also ein letztes Mal, und der Zufall berief Gott zum Fachmann für Rechthaberei und den Teufel zum Fachmann für Widerspruchsgeist.
Oh Luft, oh Zeit, die Fachmänner argumentierten, daß der Zaubertopf und die Kerkerwände von Mutter Erde wackelten.

Die Steigerung der Unterhaltungslust wurde hauptsächlich durch Steigerung des Argumentiertempos erzeugt.
Als der Temporausch verflogen war, fühlte der Rechthaber Langeweile. Als er die Herkunft der Langeweile erkannte und das Fach wechseln wollte, war es zu spät.
Weil der Widerspruchsgeist da nämlich bereits ermessen konnte, was für ein kurzweiliges Fach ihm zugefallen war. Er verteidigte die Gunst des Zufalls gegen Bitten, Forderungen, Befehle, Drohungen und Erpressungen.
Da sah Gott, was angerichtet war. Und er entschied sich für die Flucht nach vorn, wo der Fortschritt wohnt und die Spezialisierung noch verbessert werden konnte. Dergestalt, daß dem Rechthaber außerdem die Verwaltung des »Guten« anheimfiel und dem Widerspruchsgeist die Verwaltung des »Bösen«.
Beide Parteien zögerten nicht, aus diesen Nöten unverzüglich Tugenden zu machen.
Indem sie sich moralisch bekämpften. Stellungskrieg. Eine Kriegsart, die gern von Festungen aus geführt wird. Die beiden Parteien verschanzten sich also. Gott über der Erde. Der Teufel unter der Erde.
In den Kriegen zwischen Gott und Teufel ging der Zaubertopf zu Bruch.
Jede Partei raffte davon, was noch greifbar war, und sammelte die Reste in goldene Töpfe.
Gott nahm in seinen goldenen Topf Scherben in Verwahrung.
Der Teufel sicherte sich in seinem goldenen Topf zwei Steine, einen roten und einen weißen.
Die Pflanzen, Tiere und Menschen des Planeten bemerkten die Parteien nicht. Weil die Parteien unsichtbar waren.
Das ärgerte die Ein-Mann-Parteien. Und sie verbreiteten die Legende, daß wirkliche Wirklichkeit unsichtbar wäre und wirkliches Leben mithin erst nach dem Tode begänne. Die Legende stattete die Ein-Mann-Parteien mit gestorbener Gefolgschaft aus. Fleißige Menschen wurden, gestorben, von der Legende zu guten Toten erklärt und Gott zugesprochen. Die bösen Toten sprach die Legende dem Teufel zu.
Die unsichtbaren Sprecher fanden Gehör.
Zuerst bei Mutter Erde und ihren Kindern. Dann bei den Menschen.
Den Menschen gefiel die Kunde vom Fortleben nach dem Sterben, die tröstete und die Todesangst milderte. Und sie glaubten gern.

Mutter Erde und ihre Kinder lachten und höhnten.
So laut, daß Gott und Teufel fürchten mußten, die Menschen könnten ihren neugewonnenen Glauben wieder verlieren.
Gott und Teufel befahlen den Eingekerkerten Stillschweigen. Vergebens. Sie erbaten Ruhe. Vergebens. Schließlich begegneten sie der Gefahr, indem sie ihre Kinder beteiligten.
Die Söhne wurden gelobt, befreit, geteilt und als Statthalter Gottes beziehungsweise des Teufels eingesetzt. Die Töchter wurden getadelt und ganz und eingesperrt gelassen.
Als Residenzen wurden Berge verteilt.
Die Statthalter Gottes, Oberengel genannt, residierten über den Bergen, die Statthalter des Teufels, Oberteufel genannt, residierten drunter.
Alle Statthalter waren verpflichtet, die Legende von der unsichtbaren Gefolgschaft Gottes beziehungsweise des Teufels zu propagieren. Zum Lohn erhielten sie das Recht, Legenden über sich zu verbreiten, und die Ehre, als Kerkermeister der Schwestern zu wirken.
Gott beschenkte die Oberengel außerdem mit einem kleinen goldenen Topf, darin ein Stück Scherben lag. Der Teufel überreichte seinen Oberteufeln goldene Töpfe mit Steinsplittern.
Alle Statthalter eiferten ihren Vorgesetzten nach, spezialisierten sich und bekämpften sich.
Kein Wunder, daß viele Oberengel als Fachmänner für das Gute bald nichts mehr mit den getadelten Schwestern zu tun haben wollten und viele Oberteufel als Fachmänner für das Böse das Kerkermeisteramt schließlich allein versahen.
Der Oberteufel Kolbuk vom Brocken jedenfalls bewachte seine Schwester Arke schon bald allein.
Zur Zufriedenheit von Oberengel Zacharias vom Brocken. Und gemeinsam taten Zacharias und Kolbuk ihre Pflicht und verbreiteten die Legende von der unsichtbaren Gefolgschaft Gottes und des Teufels.
Und die Menschen glaubten.
Später eiferten sie den unsichtbaren Mächten nach. Den Frauen, mit Ackerbau und Kindern beschäftigt und so im Umgang stets mit Ganzheiten, fiel teilen schwer. Die Männer spezialisierten sich zuerst.
Zu Fachmännern für das Gute. Weil die Legende von der unsichtbaren Gefolgschaft den Spezialisten für das Böse nach dem Sterben ein

Weiterleben im glühenden Bauch des Planeten versprach. Den Spezialisten für das Gute dagegen war ein Weiterleben auf Wolken in Aussicht gestellt.
Als die Frauen erkannten, was für sie übriggeblieben war, lehnten sie ab.
Gutes aber kann sich nur im Kontrast zu Bösem als gut erweisen.
Und da sich die Frauen nicht freiwillig spezialisieren wollten, mußten sie von den Männern schließlich in den Kerker des Tadels gesperrt werden.
So wurde nach dem Vorbild der unsichtbaren Mächte Ordnung in die Menschheit gebracht.
Und diese Ordnung heckte fort und spezialisierte die sichtbaren Fachmänner des Guten weiter. Zu sichtbaren Führern und sichtbaren Gefolgschaften.
Führer und Gefolgschaften des Guten bekämpften einander unter Fahnen, die Besseres und Bestes versprachen.
Frauen, die diese Ordnung anerkannten, wurde von ihr als Lohn ein Weiterleben auf Wolken in Aussicht gestellt.
Männer, die diese Ordnung nicht anerkannten, wurde von ihr als Strafe ein Weiterleben im glühenden Bauch des Planeten in Aussicht gestellt.
Lohn und Strafe verhalfen den Menschenköpfen zu Einsicht.
Nur den Querköpfen nicht. Weil Querköpfe nicht an die unsichtbaren Gefolgschaften glaubten und ahnten, daß Gott und Teufel Ein-Mann-Parteien sind und ihre Oberengel und Oberteufel allein auf den Bergen residieren.
Da die weiblichen Querköpfe vor dem Tod weniger zu verlieren hatten als die männlichen, probierten die weiblichen zuerst, ob die Ahnungen sich als wahr erwiesen.
Die Frauen stiegen also auf die Berge und harrten der Heerscharen, die laut Legende die Residenzen bewachten und jeden Eindringling vernichten würden.
Die Frauen harrten vergebens. Nur zwei Stimmen schimpften auf sie ein. Von oben eine und von unten eine. Gewöhnt an Beschimpfungen ließen sich die Frauen auf den Bergen nieder, genossen die Aussicht und erwählten die Gegend zum außerordentlichen Versammlungsort.
Ordentliche Versammlungen in den Gegenden der Ordnung waren für weibliche Querköpfe verboten und für männliche gefährlich.

Deshalb trafen sich auch die männlichen bald lieber heimlich auf den Bergen als ordentlich.
In Ordnung ist das Mögliche von heute und morgen denkbar.
Unmögliches, das heißt, das Mögliche von übermorgen, wird ordentlich als Unordnung empfunden und ist nur auf Bergen denkbar.
Deshalb heißen diese Berge Zauberberge.
Und die Besucher solcher Berge werden heute und morgen als Ketzer und Hexen bezeichnet und übermorgen als Weise.
Alle Länder der Erde haben solche Zauberberge.
Alle Sprachen haben für diese Berge schöne Namen.
In deutsch heißt der Zauberberg Brocken oder Blocksberg.
Gewisse Frauen pflegten dort Geselligkeit, sammelten Kräuter und Mineralien, kochten Arzeneien und versuchten etwas zu brauen, das die Ordnung verwünschen konnte.
Den gewissen Männern, die den Bergsteigerinnen folgten, war Geselligkeit ordentlich nicht verwehrt. Deshalb konzentrierte sich das Interesse dieser Männer auf die anderen Tätigkeiten der Frauen.
Und Männer und Frauen erkannten erfreut, daß ihre Ordnungsträume einander ähnelten.
Diese Erkenntnis und ordentliche Gewohnheit führte die Männer zu dem Entschluß, Brauen in Regie zu nehmen.
Während der Regiearbeit wurde die Brauarbeit zur Facharbeit spezialisiert. Und die Facharbeiter brauchten Platz, viel und immer mehr.
Also, daß für die Frauen – seit Regiebeginn von den Männern als Zuschauer spezialisiert – nun kein Platz mehr auf dem Brocken war.
Die Frauen wurden beurlaubt.
Und zwei Stimmen lachten auf sie ein. Von oben eine und von unten eine.
Die Frauen trauten ihren Ohren nicht.
Dann wurden sie entlassen, und sie hörten weg.
Dann vernahmen sie die Ausweisung und hielten die Stellung.
Die Uneinsichtigkeit der Frauen erschütterte die Männer.
Als die Facharbeiter verzweifeln wollten, wurde Hilfe angeboten. Von oben und von unten.
Die Stimme von oben bot Zaubertopfstücke zum Geschenk an, die Stimme von unten Zaubertopfsteine. Zwei Zaubertopfsteine zum Brauen idealer Ordnungen, einen roten und einen weißen. Männer

und Frauen vergaßen augenblicklich ihren Zwist, entschieden sich einstimmig für die Steine und wollten sie sehen.
»Ihr könnt alles sehen, wenn ihr Gebrautes verschüttet«, sagte die Stimme von unten.
»Wieviel«, fragten die Facharbeiter.
»Eine Hälfte vom Gebrauten über mir und eine Hälfte über meinem goldenen Topf.«
»Wo«, fragten die Facharbeiter.
»Eine Hälfte vom Gebrauten auf dem Brocken und eine Hälfte im Hörselberg.«
Die Facharbeiter beeilten sich.
Zuerst auf dem Brocken. Da wurde der Oberteufel Kolbuk sichtbar. Menschenähnlich, doch gehörnt und geschwänzt. Und er führte die Männer und Frauen ab nach Süden.
Dann verschütteten die Facharbeiter die zweite Hälfte im Hörselberg. Und da wurde auch der goldene Topf sichtbar.
Geblendet von ihm nahmen die Männer und Frauen Aufstellung.
Oberteufel Kolbuk öffnete den Topf, zeigte die beiden Steinsplitter und beschrieb deren Eigenschaften und Verwendung.
»Der rote Zauberstein kann Gold und Trinkgold machen und die Welt zu Füßen legen«, sagte Kolbuk. »Der weiße Zauberstein kann Silber und Trinksilber schaffen und entrücken und unteilbar machen.«
Die Männer und Frauen erklärten einstimmig, das Geschenk annehmen zu wollen.
Der Oberteufel erklärte sie zu Gefangenen und zeigte das Verließ, in dem Arke eingekerkert war.
Fluchtversuche der Gefangenen mißlangen. Proteste verhallten wirkungslos.
Kolbuk braute mit den Zaubersteinen Trinkgold und Trinksilber und zeigte den Gefangenen die Phiolen, bevor er die im goldenen Topf verschloß. Und er freute sich der gewonnenen Sichtbarkeit. Und er rühmte sich seiner Listen vor Oberengel Zacharias und kündigte an, bald eine sichtbare Gefolgschaft zu besitzen.
Zacharias schmähte neiderfüllt.
Kolbuk gewährte Amnestie. Für eine Art von Gefangenen.
»Welche Art ist mir gleich«, sagte Kolbuk zu ihnen. »Die Wahl könnt ihr selbst treffen.«
Die Männer versprachen den Frauen, den weißen Zauberstein oder das Trinksilber nachzubauen und sie bald zu entrücken.

Die Frauen glaubten ihnen.

Kolbuk entließ die Männer und verlieh ihnen die Gabe, Rabengestalt anzunehmen. Und da flogen sie in Rabengestalt auf den Brocken und machten sich wie versprochen ans Werk.

Als der weiße Zauberstein nicht gelingen wollte, versuchten sie, den roten nachzubauen.

Und dieses Streben faszinierte sie so, daß sie nichts anderes mehr denken konnten. Es führte von der Alchemie zur Chemie, zur höheren Mathematik und über die Nachfolger- und Schülergenerationen zu all den anderen analytischen Wissenschaften, die heute existieren.

Als die gefangenen Frauen im Hörselberg gestorben waren, spürten die Raben Gewissenserleichterung.

Als nachfolgende Generationen von weiblichen Querköpfen versuchten, auch auf dem Brocken Fuß zu fassen, ergrimmte die Raben solche Störung, und sie baten sich bei Kolbuk Ruhe aus.

Kolbuk sah sich um auf der Erde und konnte sich überzeugen, daß die Sitten fast alle Frauen früher oder später halbierten. Die unbrauchbaren Hälften dieser normalen Frauen verwelkten und vergingen ohne Rückstand. Die brauchbaren machten sich nützlich, ohne zu stören. Nur wenige Frauen, die also unnormal waren und deshalb Querköpfe genannt wurden, widerstanden der sittlichen Teilung.

Kolbuk schaffte seinen Raben Ruhe, indem er die teuflische Teilung einführte. Die unbrauchbaren Hälften, die bei dieser Teilung abfielen und nicht vergingen, deponierte er im Hörselberg.

Zuerst sammelte Kolbuk die Abfälle nur. Erst als er von der Sammlung nicht mehr absehen konnte, dachte er nach über die Verwertung.

So kam ihm die Idee, aus der Mülldeponie einen Puff zu machen.

Den Raben gefiel das Etablissement.

32. Kapitel

Lauras dritter Idealbericht: Der Koffer oder Faust in der Küche

Ich bin in einem Haushalt ohne Bücher aufgewachsen. Meine Eltern bewirtschafteten die Erscheinungen ihrer Welt nicht mit Worten, sondern mit Werkzeugen. Die Lebensdevise meines Vaters lautete: »Nicht auffallen.« Dieser Wahlspruch war auch Wertmaßstab. Gegenstände, die vom Durchschnitt, den der Wertmaßstab als Ideal setzte, abwichen, bezeichnete er als »gesucht«, »einfältig«, »altmodisch«. Menschen, die vom Ideal, das Johann Salman als Norm verstand, abwichen, als »Sonderlinge«.

Da meine Mutter vor dem Krieg und im Krieg keine Kinder mehr wollte und nach dem Krieg keine mehr bekam, mußte mein Vater seinen Traum vom Stammhalter begraben und mit meinen Händen vorliebnehmen. Sie erschienen ihm für Werkzeug groß genug und für Bücher zu schade. Als mich meine Mutter gegen seinen Willen in der Oberschule anmeldete, nannte er Olga Salman »abnorm«, was für Johann Salman der größte Schimpf war, den er zu vergeben hatte.

Ich zeigte mich für den Mut meiner Mutter erkenntlich, indem ich Schularbeiten, die Lesen erforderten, in seiner Gegenwart vermied. Schreiben konnte er ersehen, Schönschrift sogar schätzen, weil sie handwerkliche Fertigkeit erforderte. Ein Füllfederhalter erforderte zu wenig. Vater nannte sowas »Schmierpinsel«. Da Füllfederhalter damals nur auf dem schwarzen Markt gehandelt wurden, blieb ich mit Tintenfaß und Redisfedern erträglich. Ich benutzte Kugelfedern. Wenn ich spitze Federn bevorzugt hätte, die dünne Aufstriche und dicke Abstriche ermöglichten, hätte Johann Salman mich handwerklich geschätzt. In dieser Beziehung. In anderer hatte ich seine Anerkennung errungen. Ich konnte Holz sägen, Holz hacken, Schuhabsätze mit Schoneisen benageln, Schlösser ölen, Bohnenstangen setzen, Hefekuchen backen, die Nähmaschine ölen, auf zwei Arten Knopflöcher versäumen, klöppeln, Strümpfe auswendig und andere Formen nach Vorschrift stricken, häkeln, Kelimstickerei, Lochstickerei, Hohlsäume und Hexenstich. Die Mutter konnte sparen, lachen, schneidern, einwecken und kochen, was ihre Mutter und Johann Salmans Mutter gekocht hatten. Nach Kochbüchern

Gekochtes nannte er »gesucht«. Womit gesagt war, daß ein normaler Mensch solche Kost ablehnt und daß sie ungesund ist. Ein normaler Mensch mit gesunden Ansichten aß in normalen Zeiten freitags Kartoffelpuffer oder Quarkkeulchen, sonnabends Hering und sonntags Fleisch. In den ersten Nachkriegsjahren waren Quark, Hering und Fleisch rar. Meine Mutter mußte sich Ersatz ausdenken, damit mein Vater an seinen Grundsätzen festhalten konnte. Sie lachte also und dachte sich falschen Quark, falschen Hering und falsches Fleisch aus. Als Ersatzmaterial benutzte sie Kartoffeln, die sie auf Hamsterfahrten für unsere Haushaltwäsche eintauschte. Bald waren wir so abgebrannt, als ob wir abgebrannt gewesen wären. Meine Mutter lachte über den Zustand. Mein Vater kommentierte ihn mit dem Ausruf »hm«, kurz intoniert, der Erstaunen, Verwunderung und Entrüstung anzeigte. Ganz kurzes »hm« war als Verachtung zu verstehen, langes als Lob. Sehr langes deutete Nachdenken an. Mein Vater sprach nur mit Vorgesetzten oder bei Anordnungen ganze Sätze. Anstelle des Verbs »erzählen« benutzte er den lautmalenden Ausdruck »babeln«, der das kindisch-spielerische Wesen der Tätigkeit zu entblößen hatte.
Johann Salman zog Werkzeuge Worten entschieden vor. Zu Hause bevorzugte er Interjektionen. Zur Verständigung mit Frau und Tochter reichten ihm acht: hm, na, ha, bh, nu, ah, ach, pst. Wobei »pst« keineswegs nur Schweigen, sondern auch die Wahl einer anderen Nagelsorte oder Achtung anordnen konnte.
Meiner Mutter reichte zur Verständigung mit Johann Salman Gelächter. Leises deutete Ironie oder Widerspruch an, mäßiges Zustimmung oder Gleichgültigkeit, lautes Resignation oder Aufbegehren, unmäßiges Sieg oder Niederlage. Bei Freude oder Schmerz preßte meine Mutter die Lippen so fest aufeinander, daß die Oberlippe sich wölbte und das Kinn zu drei Grübchen kam.
Was meine Mutter mit mir zu verhandeln hatte, bewältigte sie mit einem Sprachschatz von etwa fünfhundert Worten.
Bis zu meinem dreizehnten Lebensjahr war mir unvorstellbar, daß die Geheimnisse der Welt auch in Worten ausgedrückt werden könnten. Im Gegensatz zu meinem Vater vermutete ich diese Geheimnisse jedoch nicht in Sicherheitsschlössern, sondern in der Musik.
Mein Vater kommentierte Radiomusik mit kurzem, gestoßen intoniertem »ah«. Mit langem »ah« machte er meist bekannt, wenn er etwas rausgekriegt hatte oder wenn etwas gut anlief oder wenn es gelungen war.

Ein Lokschlosser, der nicht hinter das Geheimnis jedes Schlosses oder dergleichen kam, war in Johann Salmans Augen keiner. Er ließ oft ein sehr langgezogenes »hm« hören, begleitet von einem Schabgeräusch, das er mit dem Handrücken auf seinem unrasierten Kinn erzeugte. Die Bedeutung der Lautkombination ist nicht kürzer als mit dem Satz »ich muß das rauskriegen« wiederzugeben. Mutter und Tochter waren an die Lautkombination gewöhnt. Sie begleitete die meisten Tätigkeiten meines Vaters. Er sah die Welt aus Sicherheitsschlössern gebildet und die normale Bevölkerung aus Handwerkern.

Da meine Mutter die Sparsamkeit zur Perfektion hochgetrieben hatte und schweigsam war, rechnete Johann Salman auch sie zur normalen Bevölkerung. Frauen, die sich im Hausflur was erzählten, nannte er »Babelliesen«. Für den Ausdruck gab es keine männliche Form. Männer, die mit Reden Zeit totschlugen, hatten von Johann Salman mehr als Verachtung zu erwarten. Er nannte sie »Quatschköpfe«. Johann war schwarz wie ein Türke. Olga war dunkelblond und wurde von ihm und der Verwandtschaft geärgert, weil sie kein Kind zustande gebracht hatte, das Mutter oder Vater auf dem Kopfe glich.

Wer Lokomotiven, Sicherheitsschlösser und andere Wunderwerke bauen, reparieren und bedienen will, braucht eine ruhige Hand, einen kühlen Kopf und Fleiß. Überschwang und Trägheit stören bei solcher Arbeit. Auch zu weitläufiges Nachdenken, das mein Vater »spintisieren« nannte. Leute, die tüfteln konnten, nannte er klug. Wer mehr mit seinem Kopf anstellte, galt als neunmalklug und wurde der Gruppe der Sonderlinge zugerechnet, die Johann Salman als Mißbildungen empfand. Die Entlarvung der Begabtentheorie, die in den Nachkriegsjahren Gemüter erhitzte, wertete er als endliche Bestätigung seines gesunden Menschenverstandes. Er äußerte »ha«. Kein gewöhnliches »ha«. Er wußte den Ausruf mit einem aufsässigen Ton derart auszustatten, daß der die Wirkung des Zungerausstreckens erreichte oder gar übertraf.

Der Kult des gesunden Menschenverstandes half mir, die Ausdruckszensur fünf unter meinen Aufsätzen als reaktionäre Bewertung meiner proletarischen Herkunft zu verstehen. Die Deutschlehrerin nannte ich »Babelliese«.

Im Frühjahr 1946 mußte die Mietpartei Krummbiegel, die über uns wohnte, ihre Bodenkammer räumen, weil die dem Umsiedler Blasek für seine Kinder zugesprochen worden war. Ich half beim Entrümpeln und beim Abfahren des Mülls. Als ich meinen Handwagen in den Steinbruch entlud, kam mir ein kleiner verschlossener Koffer in die Hände. Vulkanfieber. Er schien mir zum Kartoffelhamstern geeignet. Und er war so schwer, daß ich Hartholz drin vermutete. Vielleicht schon gehackt? Ich fuhr das schwere Behältnis also zurück und brach es daheim auf.

Der Koffer war voll Reclam-Hefte. Ein Gymnasialsortiment deutscher Literatur. Ich schnitt die Hefte auf und schwartete sie durch. Worte, die ich noch nie gehört, geschweige gelesen hatte. Sechs Kilo Papier voll unbekannter, ungeahnter Worte, Klänge, Beschwörungen. Sechs Wochen Magie ohne Musik und nicht von schlechteren Eltern.

Ich erlebte das Gymnasialsortiment als Naturereignis. Der Schock überzeugte mich, daß die Geheimnisse der Welt auch in Worten ausdrückbar sind.

Am liebsten las ich »Don Carlos«, »Die Räuber«, »Kabale und Liebe« und »Faust«. Ohne zu begreifen natürlich. Mein unbedarfter Kopf konnte sich in den komplizierten Gebilden nicht zurechtfinden. Aber mein Unvermögen ärgerte oder plagte mich nicht wie sonst, wenn mein Vater mit dem Laut »na« meine Dummheit rügte. Kurzes »na« hieß »Du hast wohl zwei linke Hände«, langes »na«: »Wann fällt denn endlich der Groschen?« Mit diesen Lauten erschütterte Johann Salman mein Selbstbewußtsein.

Als ich die unbegreiflichen Bücher durchhastete, fühlte ich mich nicht von Ungeschick deprimiert. Ich fühlte mich erhoben. In der orakelhaften Dunkelheit vermutete ich Lebensgeister, die in mir selber waren wer-weiß-wo. Die Vermutung wurde genährt durch Lichter. Mitunter wurde mir nämlich beim wilden Schwimmen in der Dunkelheit ein Licht aufgesteckt. In Form eines Satzes. Ich unterstrich solche Sätze mit Rotstift, um die Besitzverhältnisse anzuzeigen. Ich verdächtigte die Dichter des Diebstahls. Ich fragte mich, wie gestorbene Dichter in einen jetzigen Kopf langen können und aus der Unordnung herausholen, was der Kopfbesitzer selbst nicht findet. Und ich unterstrich den Satz »Es möcht kein Hund so länger leben, / drum hab ich mich der Magie ergeben« zweimal rot.

Um meiner Mutter Johann Salmans Vorhaltungen wegen ihrer mißratenen Tochter zu ersparen, las ich anfangs im Keller. Ich gab vor, Spanholz zum Anfeuern schneiden zu wollen, und schnitt auch ein Bündel. Kälte, Dunkelheit und das durch Anschlag an der Kellertür bekanntgemachte Verbot des Umgangs mit offenem Licht und Feuer trieben mich bald in die Bodenkammer. Wegen Laubsägearbeiten, sagte ich den Eltern, legte aber Säge und Holz nur griffbereit. Schließlich aber war ich von den großen Worten in solche Höhen entführt, daß ich die Niederungen der Notlügen und Alibis aus den Augen verlor.

Ich verfügte mich also ohne Angabe von Gründen in unser Vorstadtwäldchen, erstieg eine Eiche und erlebte mich an diesem angemessenen Ort als Karl Moor, Marquis Posa, Ferdinand, Faust und Mephisto. Die Astgabel, auf der ich saß, war Pferderücken, Gelehrtensessel und Thron. Um mich verzweigten sich die böhmischen Wälder, König Philipps Schloß, Millers gute Stube, Fausts Herrenzimmer, der Brocken und die Hexenküche. Die väterliche Devise »nicht auffallen« erschien mir vier Meter überm bombenzerpflügten Waldboden feige. Die auffälligen Kerle aus den Büchern machten mir Mut zum Auffallen.

Die beschriebenen alten Zeiten erfuhr ich als Gegenwart, und die Gegenwart sank weg oder verschmolz mit diesen Zeiten oder wer weiß. Als mein Vater über Hausbewohner von meinem Treiben Wind bekam und mich vom Baum meiner Erkenntnis pflückte, steigerte er seinen Überzeugungssatz »Lesen ist Zeittotschlagen« zum Bekenntnissatz »Lesen macht krank«.

Meine Mutter sagte zu mir »Lesonkel« und lachte. Bei dieser Gelegenheit so laut, daß der Bauch hüpfte. Je lauter die Lache, desto ambivalenter die Bedeutung, die dahinter zu vermuten war. Meine Mutter konnte sogar lachend weinen. Wenn meine Mutter nicht so unmäßig sparsam gewesen wäre, hätte sie mein Vater gewiß zu den Sonderlingen gerechnet. Ihres Gelächters wegen, das mit den Jahren immer rätselhafter wurde. Er nannte es aber nicht »efelsch«, hochdeutsch »einfältig«, sondern »albern«. Und albern war normal. Jedenfalls bei Frauen. Und das Wort »Lestante« gabs gar nicht.

Ich lief dreistimmig herum. Die erzählte Zeit war als Melodie zu hören, die Gegenwart als Unterstimme, Künftiges als Oberstimme.

Als der Koffer ausgelesen war und die Schockwirkung nachließ, wechselten die Zeiten auch die Stimmlage.

Meiner Deutschlehrerin verdanke ich, daß mir die glückhaft gewonnene Dreistimmigkeit nicht wieder abhanden kam. Ich überwand meine Abneigung gegen die Frau, weil ich von dem schwer unterdrückbaren Wunsch geplagt wurde, die großen Worte nicht nur zu lesen, sondern auch zu sprechen. Laut. Aber ich kannte niemanden, dem ich so was hätte vorlesen können. Mir selber vorzulesen, wagte ich nicht, weil ich von meinen Eltern gelernt hatte, daß Leute, die mit sich selber sprechen, verrückt sind. Bei meinen Mitschülern hätte das Eingeständnis meines Enthusiasmus mich lächerlich gemacht; Stücke von Goethe und Schiller wurden allgemein als Lehrmaterial zum Pauken angesehen beziehungsweise als verstaubt. Ich riet meiner Deutschlehrerin, die FDJ-Kulturarbeit der Schule durch die Gründung einer Laienspielgruppe zu unterstützen, und stellte mich als Ensemblemitglied zur Verfügung. Die Lehrerin ging auf den Vorschlag ein und machte die Mitgliedschaft vom Ergebnis einer Eignungsprüfung abhängig. Da ich unbedingt bestehen wollte, kaufte ich mir eine Theaterkarte für »Faust I«.

Die Aufführung fand im Gemeinschaftssaal eines Altersheims statt, weil das Schauspielhaus mit der Stadt verbrannt war. »Faust I« war mein zweites Theatererlebnis nach »Don Giovanni«. Es fiel kleiner aus als erwartet. Auch waren in der Oper Kulissen zu sehen gewesen, die mir nicht behilflich sein konnten, als ich mir auf dem Baum ein »hochgewölbtes enges gotisches Zimmer« vorstellen wollte. Ich kannte nur Küchen, Schlafzimmer, gute Stuben und ein Herrenzimmer. Gute Stuben wurden selten geheizt und bewohnt. Das Herrenzimmer, das ich gesehen hatte, war schmal wie eine Bodenkammer und wurde nie geheizt und nie bewohnt. Es gehörte einem Dachdeckermeister. Ich erwartete Faust also in einer kalten Bodenkammer.

Das städtische Theater enttäuschte mich angenehm, indem es ihn vor perspektivische Malerei setzte, die als unendlichkeitsverdächtige Höhle zu erkennen war. Kaminfeuer, auch gemalt natürlich. Der Darsteller im offenen Pelz.

Aber mit Don Giovanni kein Vergleich. Ich hatte mir Faust so schön und auffällig wie Don Giovanni vorgestellt. Es gab jedoch keine Musik, die ihn hätte ausstaffieren können. Wenn er sprach, erschien er noch leidlich. Aber wenn er schwieg, war auch vom schlechtesten Platz zu sehen, daß er eine Knollennase und krumme Beine hatte.

Er deklamierte die Verse in einer Dialektfärbung, die ich heute sogleich als bayrisch erkennen würde. Damals glaubte ich, daß große Worte so gesprochen werden müssen, und ich verstellte meine Stimme bei der Prüfung, um dem Vorbild so nahe wie möglich zu kommen. Für die Sprechprobe, bei der die Deutschlehrerin drei Rollen hören wollte, hatte ich den ersten Faustmonolog, die Rede des Marquis Posa »Ich kann nicht Fürstendiener sein« und Carl

Moors Schrei »Siehe, da fällts wie der Star von meinen Augen« gewählt. Ich ließ mich vom Sang fortreißen und von der Unmäßigkeit, die Ketzerei war. Ketzerei gegen die väterlichen Ideale.
Johann Salman wollte als Ergebnis jeder Tätigkeit »was sehen«. Wenn sich Holzlatten in eine Kartoffelhorde verwandelt hatten oder Garnknäuel in Strümpfe, konnte er »was sehen«. Und wenn ich gelesen hatte?
»Bh«, äußerte er, sobald er mich lesend mit einem Buch ertappte. Die Bedeutung des Lautes ist vielleicht am besten mit dem Gruß »Gute Nacht« zu umschreiben.
Am liebsten stellte ich mir meinen Vater an zwei Stellen vor. Sie lauteten: »Ich fühle Mut, mich in die Welt zu wagen, / der Erde Weh, der Erde Glück zu tragen« – und »Mein Geist dürstet nach Taten, mein Atem nach Freiheit«.
Als ich als Carl Moor »bei dieser männlichen Rechten« Treu und Gehorsam »bis in den Tod« zu schwören forderte, kicherte die Deutschlehrerin. Ich fragte, ob ich etwas falsch gelesen hätte. Sie schlug mir drei Rollen vor, die zu mir passen würden, riet überhaupt zu Sprachbildung, worunter sie fleißiges lautes Lesen verstand, und bestellte mich zur Wiederholungsprüfung. Ich erkannte, daß Gretchen, Amelia und Luise Miller nicht zu mir paßten.
»Aber es sind doch Frauen«, sagte die Lehrerin.
Ich erinnerte sie an das alte chinesische Theater, von dem sie selbst gesagt hatte, daß es alle Rollen von Männern spielen ließe, woraus logisch geschlossen werden müßte, daß auch alle Rollen von Frauen gespielt werden könnten.
Die Lehrerin vermochte meiner Logik nicht zu folgen und bot mir in einer Aufführung des Urfaust, die sie mit der im Aufbau befindlichen Schülerlaienspielgruppe zu inszenieren gedachte, die Rolle des Lieschens an.
Ich verzichtete.
Aber ich beherzigte den Rat der Lehrerin, der mir erlaubte, mich nicht für verrückt, sondern für fleißig zu halten. Wenn ich allein zu Hause war, zog ich den Morgenrock meiner Mutter an, trat an den Küchentisch und deklamierte mit bayrisch verstellter Stimme Faust, 1. Akt, 1. Szene.

33. Kapitel

Laurä Verkündigung

Als Laura dreizehn Jahre alt war, hatte sie die vierten Schneeschuhe und den zweiten Freund.

Die anderen Schneeschuhe waren verfeuert worden, weil sie abgelaufen waren wie Straßenschuhe, aber nicht besohlbar. In Lauras Gegend werden Kinder mitunter schon auf Schneeschuhe gestellt, bevor sie sitzen können. Laura konnte schwimmen, bevor sie auf Schneeschuhe gestellt wurde. Ihr zweiter Freund konnte springen und schielen. Sie hatte ihn auf der Spur zum Hexenkessel kennengelernt, die bei Wetter Springer anlegten.

Wetter wurde von ordentlichen Kindern der Gegend als Wetter anerkannt, sobald das Thermometer weniger als null Grad zeigte und Schnee die Vorstadtäcker eingeebnet hatte. Drei abschüssige Vorstadtäcker, die sich in einer Mulde trafen, waren in der Gegend allgemein unter dem Namen »Hexenkessel« bekannt.

Lauras zweiter Freund hieß Gerhard und schrie »he«, als er einen Rücken mit Zöpfen entdeckt hatte. Da Laura sich auf fremdem Territorium wußte, erschien ihr der rüde Befehlston natürlich. Sie trat also schnurstracks aus der Spur und ließ den Besitzer an ihr vorbeiziehen. Er war kleiner als Laura und trug einen Trainingsanzug, dessen Hosenboden die Kniekehlen umspielte. Wenn Lauras Zöpfe nicht gewesen wären, hätte ihre Hinteransicht einen wesentlich respektableren Eindruck gemacht, denn sie trug Hosenträger. Versteckt, selbstverständlich, sie fühlte den Hosenbund in den Achselhöhlen, sie wußte, daß sie Garderobe vom Vater anhatte; sichtbar aber vor der Welt war die Überfallhose. Ein Kleidungsstück, von dem die meisten Springer im Winter 1946 nur träumen konnten.

Trotzdem gehörte ihnen der Hexenkessel und die zu ihm führende Spur.

Auf der dem Hexenkessel gegenüberliegenden Skiwiese fuhren die »Idioten«. Natürlich nicht über Schanzen. Die Springer fuhren nur über Schanzen. Und heute ist Laura so gut wie sicher, daß einige Springer kupferne Haare hatten. Aber beweisen kann sie es natürlich nicht. Denn sie hat keine Ahnung, wo die Springer von damals jetzt wohnen. Und wenn sie Ahnung hätte, nützte ihr das auch wenig. Denn Erwachsene lassen sich ungern lausen. Kinder freilich auch. In

Lauras Schule waren Läuse eine Seltenheit und eine Schande, weil ein Zeichen von Elterndreck. In der Schule von Wesselin werden Läuse keine Seltenheit und keine Schande sein, weil ein Zeichen von Parasiten-Immunität.

Besitzer des Springer-Trainingsplatzes war jeder, der männliches Geschlecht vorweisen konnte. Als Laura Gerhard an sich vorbeiziehen lassen mußte, wollte sie lieber klein und schielend sein als groß und ein Mädchen. Als er ihren Blicken entschwunden war, erinnerte sie sich an gewisse Gesetze, die unter den Springern galten, trat in die Spur zurück und eilte nach. Laufstilgerecht. Intensive Stockarbeit. Der Pulverschnee stiebte. Die Lederbindung knarrte, obgleich Laura sie regelmäßig mit Fett einrieb.

Als Laura Gerhard, der den Spitznamen »Schielei« trug, erreicht hatte und fragte, ob er ihr Freund werden wollte, war er sprachlos. Er zermusterte den Schnee um sich mit seinen Stocktellern. Später entschloß er sich zu einem Kopfwink vorwärts, pfiff und fuhr ab. Laura folgte wie ein Hund einem Herrn.

Als beide auf dem Hexenkessel anlangten und Laura von Gerhard offiziell als Freundin eingeführt war, empfing sie Gegröl, Gerhard Keilerei. Er unterlag. Laura schämte sich seiner, spürte Sympathie und folgte ihm fortan wie ein kleiner Hund einem großen.

Die Häuserwände, die Lauras Schulweg säumten, waren bald von durchbohrten Herzen mit der Inschrift »Laura und Gerhard« gezeichnet. Laura vermied den Weg hinfort in Begleitung ihrer Mutter. Sie war peinlich berührt, sooft sie die Kreidekritzeleien passieren mußte.

Aber sie fuhr zu gern über Schanzen. Ach welche Lust, jäh zu wagen und jäh zu entscheiden und jäh zu fliegen. Anderswo wurden auch Schanzen gebaut. Anderswo zischte der Schnee auch gefährlich unter den Brettern. Aber nirgends fühlte sich Laura so hoch in den Winterhimmel gerissen wie auf dem Hexenkessel.

Ob der Name des Springer-Trainingsplatzes zum Geheimnis der kupfernen Haare direkt in Beziehung steht, ist freilich nach wie vor unklar. Fest steht nur, daß bereits Lauras Vater und seine Eltern auf dem Anhang, dessen Auslauf von einem Bad halbrund begrenzt wird, gerodelt sind.

Und daß dort am 12. Februar 1946 eine Tochter von Frau Holle erschien.

Ich schreibe eine Tochter von Frau Holle, weil sich die Frau, die plötzlich am jenseitigen Bachufer auftauchte, selber so genannt haben soll. Das jenseitige Bachufer stieg an wie ein Wall. Lauras Schneeschuhspitzen steckten im Wall, der Bretterrest mit ihr lag im Wasser. Gerhard lachte, weil sie ihren Sprung nicht gestanden hatte. Er gab außerdem schlechte Haltungsnoten. Die Schanze war im Rollverfahren errichtet worden, in der Art, wie man Schneemänner baut, und erlaubte Sprünge bis zu acht Metern. Gerhard behauptete jedenfalls, daß der kritische Punkt bei acht Metern läge und daß der Anlauf verkürzt werden müßte, wenn jemand die Acht-Meter-Marke überspränge. Die Acht-Meter-Marke war ein Holunderstrauch. Laura vermutete Feigheit hinter Gerhards Behauptung und benutzte stets den längsten Anlauf. Auch wenn sie oft im Bach landete. Mit einem großen Satz im Bach zu landen, hielt sie für günstiger als mit einem kleinen vorm Holunderstrauch. Gerhard hatte nicht nötig, ständig günstige Eindrücke zu machen. Ein Junge konnte sich hier notfalls Feigheit leisten.

Jeder Junge, der wollte, konnte sich Springer nennen, auf dem Hexenkessel trainieren und bei Hunger nach Hause eilen.

Laura glaubte, mehr leisten zu müssen. Sie besiegte also ihre Gier nach dem Kartoffelgericht Rauchemat und trainierte, bis die Tochter von Frau Holle vor ihr niederging oder auftauchte. Jedenfalls stand die plötzlich vor der Böschung und reichte Laura mit der rechten Hand den Stiel eines Stubenbesens. In der linken Hand hielt sie eine Laubkrone. Außerdem konnte Laura einen vielzipfligen grünen Rock erkennen.

Da sie den Bach bereits auf der Haut spürte und Gerhard keine Anstalten zur Hilfeleistung machte, ergriff Laura den Besenstiel, bevor sie ihn als real erkannt hatte, und zog sich an ihm oder an den eigenen Haaren aus dem Sumpf.

Die Frau entschuldigte Gerhards Saumseligkeit, indem sie erklärte, er hätte keine kupfernen Haare.

Als ob seine braunen Locken nicht auffällig genug gewesen wären.

Er schien keine Entschuldigung zu hören und keine Frau zu sehen. Er äugte mit schräger Kopfhaltung wie ein erstaunter Hund. Abwärts natürlich, auf Lauras Schneeschuhe, die tatsächlich ihre Spitzen behalten hatten.

Laura fuchtelte aufwärts, um seine Aufmerksamkeit von den niederen Gegenständen ab auf höhere zu lenken.

»Der Mond«, sagte er, ohne ihn und Laura eines Blickes zu würdigen. Gerhard stand überhaupt meist mit niedergeschlagenen

Augen, um seinen Mangel zu verbergen. Erstaunliches Ebenmaß seiner Züge bei herabgelassenen Lidern.
Um diese Abendzeit konnte man bei Schnee auf dem Hexenkessel besser sehen als bei Bunkerlichtern zu Hause. Die Luft war hier auch entschieden besser, obgleich ein Bahnhofsheizhaus in der Nähe lag. Bunkerlichter räucherten und stanken mehr als Bahnhofsheizhäuser. Und auf die Stromabschaltung, die in der Woche des zwölften Februar planmäßig das Stadtviertel traf, war sowieso Verlaß. Außerdem wog das herrliche Gefühl beim Absprung jede elterliche Schelte wegen nächtlicher Rumtreiberei auf.
Auch konnte Gerhard durchaus noch schön werden, wenn er sich operieren ließ. Laura winkte ihm freundschaftlich zu.
Die Holle-Tochter aber sprach: »Nur bei Kupferharrigen kannst du hoffen. Wenn du Glück hast, mein Kind, wenn du großes Glück hast, sag ich dir, da ich zufällig vorbeikomme. Beschwören kannst du unseren Beistand ja nicht mehr, da das Elixier verworfen ist. Mußt selber sehen, wie du kommst. Drum lause die Kerle, bevor du den kleinen Finger dran gibst und deine Zeit. Drei kupferne Haare genügen für den Brocken. Die Brockenpförtner lausen genau. Und wenn ein Mann kommt und sie finden nicht, was sie suchen, sind sie verpflichtet, den Eintritt zu verwehren. Kupferne Frauenhaare gelten nicht auf dem Brocken.
Heirate also bald und oft und richtig, auf daß dir Einblicke werden. Doch vergiß nicht, dein Haar vorher zu färben.«
»Warum«, fragte Laura aufsässig, teilte Gerhard die Zumutung von der Holle-Frau mit und erkundigte sich, ob ihm etwa rotes Haar auch häßlich erschiene wie den meisten Leuten.
»Wer von Frau Holle redet, glaubt an den Klapperstorch«, antwortete Gerhard.
»Und du hast Skiwachs auf den Augen«, erwiderte Laura.
Und Gerhard erwiderte: »Rotkraut, Sauerkraut.« Und das erschien Laura zu viel, auch wenn sie in Rechnung stellte, daß sie ihn ebenfalls beleidigt hatte. In jeder Äußerung über Augen witterte er Beleidigungen.
Sie warf ihn also in den Schnee.
Die Holle-Tochter aber sprach: »Laß ab von dem Jungen. Bei ihm ist für dich nichts zu holen. Und wo du drei Kupferhaare findest oder mehr, liegen sie vielleicht bald in der Suppe. Du mußt fleißig lausen und vernünftig wählen. Und wenn du findest, mußt du nicht nur zählen, sondern auch stehlen. Und das wird schwer sein. Denn

Männer, die den Brocken besuchen, hüten ihre Kleinodien wie Glatzenanwärter. Du kannst ihnen also nur was entreißen, wenn sie im Schlaf sind oder im Traum oder im Suff. Und auch dann wirst du ohne Verschlagenheit nicht auskommen. Erschrick nicht. Ich spreche von revolutionärer Verschlagenheit, nicht zu vergleichen mit der, von der du beim Ausreißen bald erfahren wirst. Für eine wie dich genügt nämlich nicht, daß du die männliche Hälfte der Welt von außen kennst und die weibliche Hälfte von innen und außen. Du mußt auch die männliche von innen kennen, wenn du was ausrichten willst. Denn innen liegen die Geheimnisse der autoritären Strukturen, die unterwandert werden müssen. Hebe die Geheimnisse, indem du bei Gelegenheit hier und da ein kupfernes Haar ausreißt und fragst. Derart gestellte Fragen werden zwanghaft wahrheitsgemäß beantwortet. Sammle Weisheit!«

Die Ansprache machte auf Laura einen unauslöschlichen Eindruck, denn sie begriff nichts.

Sie lauschte nur und schwitzte und spürte gefrorenen Stoff.

Gerhard knabberte Kartoffelschalenplätzchen, die er als eiserne Reserve stets in Hosentaschen mitführte. Lauras Mutter unterstützte das Training nie mit Proviant. Olga Salman war überhaupt gegen Sport bei der Ernährungslage. Sie nannte Laura »Hackstock«, weil sie nicht auf Olga hörte.

Gerhard nannte Laura mondsüchtig und verschwand.

Die Holle-Tochter verschwand auch.

Laura blieb allein mit dem Mond und genoß die Schanze noch eine Weile allein.

Weil sie ahnte, daß ihr der Hexenkessel ab morgen verboten sein würde.

34. Kapitel

Hexwerdung

In den späten vierziger Jahren des zwanzigsten Jahrhunderts gab es eine Schule, die das Wesen der Laura Salman ungeteilt verdauen konnte. Die Schule führte den Namen »Lenin«, stand unter Schülervollverwaltung und hatte ein Original zum Direktor. Das Original, Erbse, amtlich Herr Oberstudiendirektor Dr. Erb, und die von ihm geschaffenen und geduldeten Zustände wurden bereits von einer

gewissen Bele H. beschrieben, so daß ich mich auf erinnernde Zitate beschränken kann.
Bele H. hatte ebenfalls das Glück, die Lenin-Schule besuchen zu dürfen. Die Lenin-Schule war eine Einrichtung, der heute nicht mal die Bezeichnung »erweiterte Oberschule« umständlich genug wäre. Denn damals gab es nur zwei Schulen der Sorte für die Stadt C. und ihren Landkreis. Die zweite führte den Namen »Marx«.
Die FDJ-Sekretäre beider Schulen organisierten in regelmäßigen Abständen Enttrümmerungseinsätze. Bei den praktischen führte die Lenin-Schule, bei den ideologischen die andere.
Erbse und die beiden Sekretäre waren blondhaarig. Unecht vermutete Laura. Aber sie konnte die Vermutung nicht beweisen, weil sich zum Lausen keine Gelegenheit fand.
Lauras Sekretär hieß Korn und wohnte am Elektrizitätswerk. Diese Gegend, wo ständig Flugasche vom Himmel graupelte und in den Vorgärten kaum Gras wuchs, wurde Eltwerksviertel genannt. Es war das dreckigste Dreckviertel der Industriestadt, aber Korn Harry sah nie dreckig aus. Er sah immer ein bißchen verfroren aus. Auch im Sommer. Und besonders auf FDJ-Tanzabenden. Denn im Gegensatz zu den anderen Jungen verfügte er nicht über einen Anzug vom Typ »Zweireiher«, sondern nur über zwei Zeltplanjakken vom Typ »Kaderjackett«, eine »für gut« und eine »für die Woche«, und verschiedene, vom Großvater geerbte Bauchhosen. Und weil sein blondes Haar diesem vergraupelten Vorgartengras verdammt ähnlich sah, wurde er »Schnittlauch« genannt. Auch »Leitungsschnittlauch«.
Erbse hatte die Kandidatur von Korn Harry zu den FDJ-Wahlen, die an der Lenin-Schule geheim stattfanden, mit einem Wandzeitungsartikel unterstützt. Überschrift des Artikels: »Der Sohn der Scheuerfrau«. Der FDJ-Sekretär der Marx-Schule schätzte den Artikel als sentimental ein und die freien Wahlen nicht besser. Er war in offener Abstimmung gewählt worden, hatte eine positivere Kaderakte als Korn Harry und hieß Fakal Heinrich.
Bis 45 war er Laura als Maries Heiner bekannt. Seine Mutter Marie Fakal hatte nämlich derzeit mit ihren vier Kindern in der Ortschaft Plaue gewohnt, zwei Bahnstationen von C. entfernt und Großmutter Selma benachbart. Auf dem Weg zur Großmutter durch die Uferstraße, daran sich die Ortschaft gebaut hatte, war stets Maries Heiner anzutreffen gewesen. Entweder im Vorgarten oder direkt auf der Straße oder am Wasser oder drin. Im Vorgarten, dessen vier

Quadratmeter von einem Eisenstaket umstellt waren, pflegte Maries Heiner zu sitzen. In einem Pappkarton mit Sofakissen. Der Wind wehte in seinem Haar wie in Daunen. Augen weiß umwachsen. Brauen auch fast weiß. Haut allerorten gesprenkelt wie bei Parzifals Bruder Feirefiz. Das Sommersprossenraster war so dicht, daß es die Zartheit, die es verursacht hatte, verdeckte. Die Musterung verlieh den sanften Zügen Vorwitz, ja Frechheit.

»Der ersäuft noch mal«, hatte Großmutter Selma mehrfach vorausgesagt, um Laura von ihm fernzuhalten, »schon zweimal abgetrieben und einmal durchs Eis gebrochen, ich seh schon kommen, daß der Jung eines Tages noch mal im Wehr hängt, kein Gehör und Jahr und Tag alleine und überhaupt die ganze Wirtschaft – ich weiß nicht.«

Natürlich wußte die Großmutter. Genau sogar, in einer kleinen Ortschaft bleibt nichts geheim. Und schon gar nicht Zustände, die Großmutter Selma mit »Wirtschaft« umschrieb, um sich nicht festlegen zu müssen. Marie Fakal mußte nämlich ihre vier Kinder seit März 1933, seit der Verhaftung ihres Mannes, des Bergmanns und Landtagsabgeordneten der KPD Kurt Fakal, allein durchbringen. Das vierte Kind, Heinrich, gebar sie im Mai 1933. Selbst früh verwaist und ohne Gelegenheit, einen Beruf zu erlernen, mußte sie froh sein, wenn ihr als Häftlingsfrau Putzarbeit gegeben wurde. Sie mußte auf gleiche Weise verdienen wie Korns Mutter Johanne. Laura wunderte sich also, weshalb Heinrich Fakal Erbses Artikel madig machte, da ihr die Überschrift für beide FDJ-Sekretäre passend erschien. Aber in Kaderakten wird die soziale Herkunft eines Kindes bekanntlich bis heute nach dem Vater bestimmt, soweit der aktenkundig nachweisbar ist. Kurt Fakal kehrte nach zwölf Jahren Haft in Zuchthäusern und KZs 1945 zurück und sah seinen Sohn Heinrich erstmals zwölfjährig. Soziale Herkunft von Fakal Heinrich: Bergarbeiter.

Soziale Herkunft von Korn Harry »eigentlich«: Berufssoldat. Aber Johanne Korn hatte sich vom Vater ihrer drei Kinder 1934 aus politischen Gründen getrennt und ihn aus ihrem Gedächtnis gestrichen. Und solche Striche bewertete Erbse höher als aktenkundige. Laura konnte überhaupt beobachten, daß er mitunter Recht der Moral unterordnete.

Daß er bisweilen auch Politik der Moral unterordnete, wußte nur Heinrich während eines ideologischen Enttrümmerungseinsatzes aufzudecken.

Solche Einsätze gaben Heinrich Gelegenheit, sein Lieblingswort »eisern« reichlich zu gebrauchen und in Mode zu bringen. Sie fanden mit gewähltem Präsidium und Ehrenpräsidium statt. Das Ehrenpräsidium war ein freier Stuhl, der J. W. Stalin zugesprochen wurde. Wer Heinrich jetzt Heiner rief, hatte Kopfnüsse zu gewärtigen. An Maries Heiner erinnerte auch nur noch sein Aussehen. Sein Verhalten wurde mit seinem neuen Spitznamen »eiserner Heinrich« charakterisiert. Die Wandlung verblüffte Laura. Sie hatte Heinrich drei Jahre aus den Augen verloren. Sein Vater war gleich im Mai 1945 Bürgermeister von Plaue geworden. Danach übernahm er andere Funktionen an anderen Orten. Seine Familie war also weggezogen aus Plaue und immer ihm nach. Als Heinrich Fakal in C. auftauchte, war er Sohn des Polizeipräsidenten.
Der adlige Direktor der Marx-Schule, ein Offizier, der nach Stalingrad in sowjetischer Kriegsgefangenschaft umgelernt hatte, verstand den neuen Schüler sogleich als FDJ-Sekretär, entwickelte entsprechende Initiativen und ließ sich bereits vor der Wahl von ihm beraten. Nach der Wahl pflegte von Lauritz Umgang mit Fakal wie mit einem Vorgesetzten.
Und Fakal genoß das. Unwillkürlich. Willkürlich hätte er so eine Regung wie Genuß an sich nicht geduldet. Auch Streiche verkniff er sich jetzt. Auch Mädchen. Auch Lob. Für ihn gab's nur noch Kritik, Disziplin, Pflichten. »Brutal gegen sich, hart gegen andere« war jetzt seine vom Vater übernommene Lebensdevise, das heißt die eines guten Kommunisten.
Schlechte Kommunisten mußten natürlich auch vertan werden. Korn Harry zum Beispiel, der Liebesaffären und ähnliche kleinbürgerliche Vorgänge als FDJ-Sekretär nicht »abstellte« (der Ausdruck gehörte zum FDJ-Grundwortschatz) und mit siebzehn ein Kind baute. »Du Brot«, sagte Erbse nach dem Ereignis zu Harry und brachte Großmutter Johanne einen Wäschekorb als Schlafstatt für den Enkel. Korn Harry nannte seine Mutter Johanne oder Kumpel, wenn er sie ansprach oder rief. Korn und Erbse nannten einander auch Kumpel wie alle FDJler der Lenin-Schule. Erbses natürliche Autorität erhöhte sich beträchtlich dadurch, daß er nicht drauf pochte. Die Schüler hätten ihm gern noch mehr Privilegien zugestanden als Rauchen und Pantoffeln. In den Pausen schlurfte der Direktor nämlich paffend durch die Korridore. Im Unterricht rauchte er selten. Das hat auch Bele H. in ihrem Hochzeitstagebuch bestätigt. Ferner ist zusätzlich durch diese Quelle verbürgt, daß Dr.

Erb Deutsch und Geschichte unterrichtete. »Der Deutschlehrplan der neunten Klasse erforderte acht Stunden ›Wilhelm Tell‹«, schreibt Bele H. da. »Erbse, der reichlich zwei Meter groß war, sprach eine Stunde über Tell und sieben über Engels. In einer durch Lehrermangel erwirkten Freistunde spielte unsere Klasse das Rütli-Stück, eine Stegreifkomödie auf Bänken. Alle Mitwirkenden standen auf Bänken, die Kothurne darstellten, Stauffacher stand auf dem Pult, der mit Füßen und Versen erzeugte Lärm hatte den Unterricht im Nebenzimmer offenbar gestört. Jedenfalls erschien Erbse, der, wie wir später erfuhren, nebenan französische Revolution zu lehren hatte, in der Tür, wir bemerkten ihn nicht, er mußte ein Weilchen gestanden haben, ehe er sie leise schloß und auf dem Papierkorb Platz nahm. Das bemerkten wir auch nicht, erst Machorka-Rauch machte uns aufmerksam. Stauffacher entfiel vor Schreck das Stuhlbein, das er zur Verlängerung seines Schwurfingers erhoben hatte, Erbse nahm seine Pfeife aus dem Mundwinkel, wischte sich mit dem Handrücken Tränen von den Backen, sagte ›weitermachen‹ und wechselte vom Papierkorb zum Heizungskörper. Die Heizungskörper waren lauwarm, Schüler und Lehrer trugen im Winter während des Unterrichts Mäntel. Erbse legte auch im Sommer seinen Lodenmantel nur ungern ab. In den grünen Loden des unteren Rückenteils hatten die Heizungslamellen längs verlaufende Druckstreifen eingeprägt. Die tabakbraunen Hände steckten in den Hosentaschen und füllten das verschossene Kleidungsstück etwas. Kumpel Hagen Levi kannte es schon vom Privatunterricht her. Erbse hatte 1933 den Schuldienst aus rassischen Gründen quittieren müssen, da er sich nicht von seiner Frau scheiden ließ, er verdiente seinen Unterhalt als Vertreter und unterrichtete illegal jüdische Kinder, solange es noch welche gab. Hagen Levi war der einzige illegale Schüler, der die Deportation überlebt hatte.«
Dr. Zeitler war ein Lehrer, der sich aus der Karin-Göring-Schule in die Lenin-Schule gerettet hatte. Die Schule war schnell umbenannt worden. Lauras Klassenlehrer Dr. Zeitler hatte sich auch entsprechend beeilt. Er nannte sich jetzt Freidenker und verlangte Untertänigkeit wie früher. Laura schlug ihn durch übermäßige Untertänigkeit. Indem sie organisierte, was später unter dem Terminus »närrische Aktion« kategorisiert worden ist. Sie überredete oder überzeugte nämlich ihre Mitschüler, dem überwinternden Lehrer schamlos zum Munde zu reden und ihn über den grünen Klee zu loben und Stiefel zu lecken, bis er denkfaul wurde und seine

Gerissenheit erlahmte. Als er sich schließlich in der Klasse fast zu Hause fühlte wie in der Karin-Göring-Schule, holte sie Erbse zum Hospitieren. Dr. Zeitler aber war nicht mehr in der Lage, sich sofort ganz und gar umzustellen. Zwischen getarntem Gerede unterlief ihm allerlei Ungetarntes. Genug, um ihn endlich überführen und entlassen zu können.

Erbse nannte Lauras Aktion Eulenspiegelei und dankte. Heinrich nannte Erbse daraufhin »Anbeter der Spontaneitätstheorie« und Laura »unmarxistisch«.

Trotzdem war Laura aufs Abschiedsfest geladen, das anläßlich der Delegierung zum Studium in die Sowjetunion in Fakals Dienstvilla stattfand.

Fakal Heinrich und Korn Harry waren delegiert. Die Mütter Marie und Johanne tafelten auf. Kurt Fakal kommandierte.

Im Korridor besprach seine Familie ängstlich verschiedene Auslegungen der Kommandos. Aus dem Widerstandskämpfer war ein stolzer Oberst, aus der Widerstandskämpferin eine duldende Hausfrau geworden.

Laura hatte sich eine sozialistische Familie anders vorgestellt.

Später verlangte sie, auf die Mütter zu trinken.

»Die Frau ist das Hinterland des Soldaten«, sagte Kurt Fakal.

Laura warf ihr gefülltes Glas aus dem Fenster und verließ das Fest grußlos. Auf dem Heimweg erinnerte sie sich der Kommunardin Luise Michel und des Sprichworts »Die Letzten beißen die Hunde«. Nach allen bisherigen Revolutionen, die Männer und Frauen gemeinsam durchkämpften, gehörten die Frauen zu diesen Letzten. »Diesmal lassen wir uns nicht bescheißen«, redete Laura auf sich ein, gedachte der Hexenküche im »Faust« und begann noch am selben Abend mit alchemistischen Versuchen.

35. Kapitel
Küchenlatein

Die heimlichen Versuche auf dem Küchenherd überzeugten Laura schnell, daß Studien notwendig waren. Sie entlieh also Folianten aus der Stadtbibliothek.

Die Küche war ihr als natürliches Arbeitszimmer zugewachsen. Nun und hinfort benutzte sie Küchen auch als Studierzimmer.

Die nekromantischen Studien ergaben, daß die Alchemie die einzige nicht ausschließlich männlich geprägte Wissenschaft war.
Natürlich wurde keine einzige weibliche Größe der Alchemie namentlich in der Wissenschaftsgeschichte überliefert. Selbstverständlich waren alle bedeutenden Alchemistinnen auf dem Scheiterhaufen geendet. Aber das Forschungsziel der weiblichen Alchemie überdauerte, in Zauberspruchsammlungen versteckt.
Weil es nicht ernstgenommen wurde.
Nur der Stein der Weisen erster Ordnung wurde ernstgenommen. Nur ihm wurde der Titel »lapis philosophorum« zuerkannt.
Der Stein der Weisen erster Ordnung war das traditionelle Forschungsziel der männlichen Alchemisten, das heißt der offiziellen Alchemie, die längst als unwissenschaftlich erklärt war und nicht mehr betrieben wurde.
Alchemisten, die geglaubt hatten, ihr arcanum gefunden zu haben, hatten sich Adepten genannt. Alchemistinnen, die glaubten, ihr arcanum gefunden zu haben, wurden Hexen genannt.
Die Adepten hatten den Stein der Weisen erster Ordnung als Präparat von fester Gestalt und roter Farbe beschrieben, das, in kleinster Menge auf unedles fließendes Metall gebracht, dieses zu Gold verwandeln könnte und die Welt zu Füßen legen. Diese Eigenschaft brachte dem Stoff auch den Namen Großes Elixier, Großes Magisterium, Rote Tinktur oder Roter Löwe ein. Der Stoff war aber außerdem unter der Bezeichnung aurum potabile oder Trinkgold bekannt, weil behauptet wurde, daß er in kleinsten Gaben als Arzenei genommen verjüngen, alle Krankheiten heilen und unaufhaltsam machen könnte, ja unbesiegbar.
Die Alchemistinnen beschrieben den Stein der Weisen zweiter Ordnung als von fester Gestalt und weißer Farbe, der, in kleinster Menge auf unedles fließendes Metall gebracht, dieses zu Silber veredeln und eine Insel zu Füßen legen könnte. Diese Eigenschaft brachte dem Stoff auch den Namen Kleines Elixier oder Weiße Tinktur ein. Der Stoff war aber auch unter der Bezeichnung argentum potabile oder Trinksilber bekannt, weil behauptet wurde, daß er, in kleinsten Gaben als Arzenei genommen, entrücken könnte und unteilbar machen oder wieder ungeteilt.
Laura interessierte die Insel. Seitdem sie wußte, daß der vorbildliche Sozialist Kurt Fakal in der öffentlichen Sphäre des gesellschaftlichen Lebens wie ein vorbildlicher Sozialist handelte und in der privaten wie ein feudaler Despot, wollte sie auch ein Hinterland. Sie wollte es

destillieren. Als eine Art Orplid. »Die Insel ist das Hinterland der Frau«, sagte sich Laura.

Laura Salman begann ihr Universitätsstudium also nicht, wie im Roman »Leben und Abenteuer der Trobadora Beatriz nach Zeugnissen ihrer Spielfrau Laura« behauptet wird, am germanistischen Institut, sondern am historischen. Sie wollte Geschichte studieren, weil sie erkunden wollte, was allgemein als »Vorgeschichte« bezeichnet wird, nicht ohne Akzent. Als ob friedliche Zustände unkreativ wären. Sein müßten.

Heraklit hatte behauptet: »Der Streit ist der Vater aller Dinge.« Laura war der berühmte Satz aber auch greller verdolmetscht unter die Augen gekommen. »Der Kampf ist der Vater aller Dinge«, hatte sie da schon gelesen, oder: »Der Krieg ist der Vater aller Dinge.« Laura wollte wissen, was die Mutter aller Dinge ist.

36. Kapitel

Einführung der zeremoniellen Anrede

Lauras Vorsatz, ein Lokführer der Wissenschaft zu werden, wurde zunächst von den Mitgliedern ihrer Seminargruppe verlacht. Als sie nicht abließ, Pflichtvorlesungen ihrer Fachrichtung zu schwänzen und statt dessen Veranstaltungen anderer Fakultäten zu besuchen, wurde gegen sie ein Disziplinarverfahren eingeleitet. Die FDJ-Organisation des historischen Instituts erteilte ihr gegen Ende des ersten Semesters eine FDJ-Rüge. Einer hochschwangeren Kommilitonin, die den Brustbeutel kurze Zeit verloren glaubte, in dem damals jede ordentliche Genossin ihr Parteidokument trug, wurde auf einer etwa gleichzeitigen Parteiversammlung eine Partei-Rüge erteilt. Die Schwangere kritisierte die Versammlung und verlangte eine strenge Rüge.

In solchen Lebensumständen begegnete Laura ein Mann, der behauptete, daß die Menschen sehr viel sinnreicher in ihren Spielereien wären als in ihren Geschäften. Die Behauptung traf Laura wie ein Geniestreich. Und der verlor auch nicht an Wirkung, als der Mann bekannte, bei Leibniz gezapft zu haben. Laura war Zapfen bei Stalin gewöhnt.

Der Mann konnte sich ein läßliches Verhalten gegenüber allgemein

geltenden Normen leisten, weil ihn sein Lebenslauf relativ unantastbar machte.
Er hatte 1933 als Sechsjähriger mit seiner Mutter emigrieren müssen, war 1943 als Mitglied einer Widerstandsgruppe nach Nazideutschland zurückgekehrt, wenig später wegen Wehrkraftzersetzung verhaftet worden und bis Kriegsende einer KZ-Hölle ausgesetzt gewesen.
Die Studentin Laura lernte den Mann in Leipzig kennen. Beim Tanz. Er war auch Student, hieß Konrad Tenner und sagte: »Ohne Lust kein Leben.«
Laura war gewöhnt, das Leben als Aufgabe dargestellt zu bekommen, die »durchgezogen« werden müßte. Sie staunte. Tatort Mensa. Als Konrad dort nüchtern die Unverfrorenheit aufbrachte, laut zu gestehen, daß er sich als Gasthörer habe einschreiben lassen und die meisten Vorlesungen schwänze, weil er sich zum Polyhistor auszubilden gedenke, verliebte sich Laura hingerissen in den Ketzer.
Ein kleiner Mann mit athletischem Körper und einem Haupt, das in Form und Grandezza an afghanische Windhunde erinnerte.
Auch Tenners Lächeln faszinierte Laura. Es legte sich in Fältchen um die Augen und entzog den Blick.
Später traf Laura solches Lächeln bei bulgarischen Zigeunerkindern wieder. Sie bettelten lächend. Sie ließen sich lächelnd beschimpfen. Sie dankten lächelnd. Aber mit entzogenem Blick. Er berührte die Angelächelten nicht. Er machte sich an ihnen nicht schmutzig. Alte Augen in Kindergesichtern, aber zäh hinter der Barrikade der Unverbindlichkeit, wo tagtäglich der Stolz zu verteidigen ist.
Konrad Tenner hatte uralte oder zeitlose Augen, die eine Familie suchten.
Laura war froh, den Familienbanden entronnen zu sein. Sie war sechs Jahre jünger als Konrad. Diese sechs Jahre wogen schwerer als die Zeit, die normalerweise Eltern von Kindern trennt.
Lauras Vater Johann erschien der Tochter übersichtlicher als Konrad. Unübersichtlichkeit fasziniert, weil sie Rätsel aufgibt.
Dem Widerstandskämpfer wurde auch bald eine Wohnung in Gohlis zugewiesen: Ein Arbeitszimmer für Konrad, ein Kinderzimmer und eine Küche.
Laura wollte keine Kinder ohne Insel als Hinterland.
Tenner wertete das als Zeichen mangelnder Liebe. Er glaubte, sie wolle von ihm keine Kinder, fiel in Eifersucht und drang auf Heiraten.

Laura wollte nicht heiraten.
Da Tenner sie für eine »natürliche« Frau hielt, erschien ihm die Verweigerung der beiden »natürlichen« Bindungen verdächtig. Der Verdacht steigerte seine Eifersucht zum Eifersuchtswahn. Tenner ließ Laura nicht aus den Augen.
Dennoch entging ihm, daß sie in ihrer gemeinsamen Wohnung alchemistisch experimentierte und daß in ihrer Bibliothek, die sie im Küchenschrank aufbewahrte, die nekromantischen Bücher überwogen.
Ihr Arbeitsplatz war der Küchentisch.
Tenner mied Küchen.
Seine Mutter hatte nie eine bewirtschaftet. Konrads Vater hatte sich 1933 von der jüdischen Mutter scheiden lassen. Sie war Malerin, aber auf den Verkauf ihrer Bilder nicht angewiesen. Barbara Tenner hatte geerbt. Das Erbe reichte für billige Hotels und Pensionen und zog auch Freier an. Konrad sah in jedem einen künftigen Vater zum Fußballspielen, der eine Wohnung mietete. Aber die Mutter wollte nicht heiraten. Sie wollte Reisebegleiter. Denn sie konnte die Respektlosigkeiten, denen eine ohne männlichen Beistand reisende Frau ausgesetzt war, schwer ertragen. Barbara Tenner wollte nie mehr Ehe und Wohnung und Seßhaftigkeit. Ihre Verluste versuchte sie zu verwinden, indem sie hinfort Verlierbares mied. Die Vertreibung aus ihrer Geburtsstadt Görlitz versuchte sie zu verwinden, indem sie sich durch fremde Städte trieb. Sie reiste mit ihrem Sohn, zwei Koffern und wechselnder männlicher Begleitung, bis er acht Jahre alt war. Dann reiste sie allein. Konrad verblieb in Internatsschulen. In teuren; für die Ausbildung ihres Sohnes scheute Barbara Tenner keine Ausgaben. Konrad wurde in Frankreich, England, Italien und der Schweiz geschult. Die Mutter lebte in Hotelzimmern. Nicht immer in dem Land, in dem der Sohn gerade zur Schule ging. In den Ferien schickte ihn die Mutter entgegen seinen Erwartungen meist in Landheime. Als Hitler Österreich annektierte, hielt sich Barbara Tenner gerade in Wien auf. Sie mußte sich bis zum Kriegsende in einem Keller verbergen und starb im August 1945 an Krebs. Konrad pflegte sie in ihren letzten Lebenswochen.
Dann kehrte er nach Görlitz zurück. Der Vater war auf der Krim verschollen. Verwandte hinterließ er nicht. Er war in Waisenhäusern aufgewachsen. Die Verwandten der Mutter hatten das KZ Theresienstadt nicht überleben können. Konrad Tenner fand in Görlitz nicht, was er ersehnte, seit er unterwegs war. Er ersehnte

mütterliche Zuwendung und ein Zuhause. Bei allen Frauen, bei denen er nun einwohnte, suchte er das zu nehmen, ohne väterliche Zuwendung geben zu können. Er war durch das kriegsverheerte Land gerannt und hatte ohne Wort und Laut geschrien: liebt mich, liebt mich ...

Bei Laura fand er Gehör.

Aber er vermißte Sicherheiten.

»Nur Frauen mit Kindern sind sicher«, pflegte er zu sagen und daß er Laura einsperren möchte, weil er sie zu sehr liebe. Auch erzählte er aus vielen Ländern Europas, die er als Emigrant kennengelernt hatte. Von KZ-Erlebnissen erzählte er nie. Aber Laura spürte sie in seiner Weltsicht, die ungewöhnlich war. Seine Augen, die viele Länder und Tode gesehen hatten, umlegten sich mit Lachfältchen, wenn er urteilen mußte. Er urteilte entschieden, aber sein Blick entzog sich dabei. Laura bewunderte diese Urteilsweise, die nicht imitierbar war. Sie liebte das menschliche Unikat. Daß es männlichen Geschlechts war, hatte zweitrangige Bedeutung.

Konrad konnte kaum Liebe geben.

Laura erklärte sich sein Unvermögen mit Liebesmangel während der Emigrationsjahre.

Die aller drei, vier Tage hervorbrechende Neigung zu Krächen erklärte sie mit seelischen Verletzungen, die dem Mann im KZ beigebracht worden waren.

Bald erkannte Laura jedoch, daß Erklärungen die Schläge von Egoismus, Herrschsucht und Streit nicht abfangen könnten und daß ihre Kräfte nicht reichten, um ohne Hilfe die Liebe zu erhalten.

Laura half sich also selbst, indem sie die zeremonielle Anrede einführte. Sie sagte: »Durchlaucht, Euer Hochwohlgeboren, Ehrwürden oder gütigster Herr«, wenn Tenner seine tyrannischen Anfälle auslebte. Der späte Hölderlin soll sich auch mit solchen Anreden gepanzert haben.

Tenner nahm sie als Galanterie entgegen.

37. Kapitel
Teuflische Teilung

Eines Sonntagmittags, als Laura wieder einmal Tiegel auf dem Herd hatte und Folianten auf dem Küchentisch, begehrte ein Herr Einlaß. Tenner war abwesend: auf einem Treffen, das er »Séance« nannte. Der fremde Herr ging vor, als ob er sich auf einem Aufklärungseinsatz befände. Laura unterstellte deshalb guten politischen Willen und erlaubte, mit der Tür ins Haus zu fallen. Und direkt in die Küche.

Laura räumte die Folianten vom Tisch.

Der Herr legte ein Richtschwert drauf und sprach: »Sie hat sich strafbar gemacht.«

Laura starrte auf den Zweihänder. Der Herr winkte mit dem Daumen zum Herd.

»Kommen neuerdings Topfgucker von der Nationalen Front«, sagte Laura.

»Komme itzo vom Brocken«, entgegnete der Herr, »Kolbuk mein Name.«

»Angenehm«, entgegnete Laura erbleichend. Der Herr sah wie ein Buchhalter aus. Und er benahm sich auch korrekt und penibel. Außer einer Brille keine Vorkommnisse in seinem Gesicht. Glatze. Fliege. Westenanzug. Auf dem Westenbauch hing eine Uhrkette. Der Herr zog dran. Als sich der Sprungdeckel seiner Taschenuhr aufgerichtet hatte, sagte der Herr: »Die Bestrafung erfolgt auch in Ihrem Interesse.« Ferner mußte Laura hören, daß jede Erziehung Eingriffe erfordere. Von je müßten die Menschen zu ihrem Glück gezwungen werden. Auch hätte der Feind in Laura was reingetragen, in Form eines Nebenwiderspruchs, der zu den anerkannten Hauptwidersprüchen aufsteigen wolle und also raus müßte und gleich mit wegoperiert werden könnte. Ein Aufwasch. Die Hälfte müßte weg. Weil die Hälfte Lauras Glück im Wege stünde. Nach der Operation könnte sie Mann und Kinder glücklich machen und zufrieden und geachtet leben.

Während des Geredes begann der Herr, Lauras Apparaturen zu zerschlagen und die Folianten mit Säuren zu durchlöchern.

Laura protestierte und wollte nach Hilfe schreien. Der Herr stopfte ihr den Mund mit einem Knebel und der Drohung, die Universität von einer Urkundenfälschung in Kenntnis zu setzen, falls Wider-

stand geleistet würde. Laura hätte verschwiegen, daß ihr Vater noch im Kriegsjahr 1942 in die Nazipartei eingetreten wäre. Verschweigen würde, wie sie wisse, als Lügen gewertet. Wenn die Sache parteilich genug angekocht würde, wäre Laura die Exmatrikulation sicher. Falls sie nach der Operation singen würde, wäre ihr Schandpfahl sicher. Falls sie versuchen würde, mit dem abgetrennten Teil Verbindungen aufzunehmen oder sich gar mit ihm wiederzuvereinigen, erst recht. Weiber, die an den Schandpfahl geschmiedet wären, würden täglich an delikaten Stellen zerfleischt. Von einem Wolf, der anschließend vergewaltige – Laura wäre die Foltermethode sicher aus Berichten über gewisse Militärdiktaturen bekannt. Auf Erden würde die Folter von speziell dressierten Polizeihunden ausgeführt. Höchstens so lange, bis der Tod einträte. Auf dem Brocken garantiere die Strafe Schandpfahl Unsterblichkeit, weshalb die zerfleischten Stellen täglich wieder heilten und so weiter.
Nach der Teilung wäre Laura übrigens Geheimnisträger. Außerdem würde ihr die Operation sowieso auf Erden von niemandem geglaubt. Verräterinnen litten also sinnlos am Schandpfahl.
Die Teilung dagegen wäre vergleichsweise schmerzlos. Kurz sowieso, ein Hieb und fertig, besser abrupt geteilt als mählich. Besser Präzisionsarbeit vom Oberteufel Kolbuk als Improvisationsarbeit von den Sitten. Gewöhnliche Damen würden von x-beliebigen Herren bedient. Laura aber wäre ein Querkopf. Deshalb stünde ein Stellvertreter Satans bereit, sich persönlich zu bemühen.
»Ehrensache«, sprach Oberteufel Kolbuk , »besser ein Ende mit Schrecken als ein Schrecken ohne Ende«, sprach er und hieb Laura mit dem Richtschwert in zwei Teile.

38. Kapitel

Vom Glück des zugeteilten Lebens

Als Tenner von seiner sogenannten Séance zurückkehrte, erschien ihm Laura kleiner und dicker. Er schrieb diese Erscheinung dem Alkohol zu, den er auf diesen Treffen zu genießen pflegte.
Als Tenner jedoch auch ausgenüchtert erkennen mußte, daß Laura nicht nur körperlich, sondern auch geistig Fett angesetzt hatte, verlor er Interesse. Seine Liebe war vom eulenspiegelhaften Wesen Lauras genährt worden. Er registrierte den Verlust, ohne sich mit

Grübeln über die Ursachen aufzuhalten. Ihm genügte zu wissen, daß Frauenreize vergänglich sind.
Den Wechsel der Haarfarbe von rötlich bis bräunlich schrieb er Friseurkünsten zu, die vermutlich zur Vertuschung des Reizverlusts aufgewandt worden waren.
Laura mußte froh sein, daß ihr halber Körper von vollständiger Erscheinungsform war. Die andere Hälfte, auch von solcher Vollständigkeit, aber lang und dünn, hatte Oberteufel Kolbuk entführt.
Tenner verließ Laura, obgleich ihr eine Heirat und Kinder jetzt angenehm gewesen wären.
Laura wechselte vom historischen zum germanistischen Institut und heiratete, wie im Buch »Leben und Abenteuer der Trobadora Beatriz« einigermaßen richtig beschrieben ist, im dritten Semester nach wenigen Romanzen den Assistenten Uwe Parnitzke.
Sie hat sich dem ihr zugeteilten Leben bis zum Erscheinen des Romans tapfer gestellt. Nach Abschluß des Studiums Aspirantin, dann beim VEB (K) Bau Heidenau und auf renommierten Großbaustellen. Ihr erstes Kind, eine Tochter, starb 1958, elf Tage vorm ersten Geburtstag, an Lungenentzündung. 1959 ließ sich Laura nach fünf Ehejahren scheiden. Seit 1961 fuhr sie Stadtbahnzüge durch die Hauptstadt Berlin, wie im Roman korrekt geschildert ist. Auch die nächsten Jahre einschließlich der Zeit, da sie meine Spielfrau war, sind ohne größere Verzeichnungen beschrieben mit Ausnahme der Spielfrauentätigkeit selber, zu der Laura überredet werden mußte. Nicht nur von mir. Ihr Widerstand, der auf genauer Kenntnis ihrer Fähigkeiten und Unfähigkeiten gründete, konnte nur von ihrer anderen Hälfte gebrochen werden.
Lauras andere Hälfte vegetierte im Hörselberg unter dem Namen Amanda. Nur Amanda konnte Lauras Angst besiegen. Nicht allein mit Redegewalt und Argumenten. Denn Worte wiegen wenig angesichts eines teuflischen Verbots.
Laura hatte sich im Gegensatz zu Amanda mit der Teilung abfinden können.
Das Wiedersehen aber verführte Laura. Weil es ihre unterdrückten Sehnsüchte wachrief, ihre erstorbenen Jugendträume, ihr verlorenes Selbst. Amanda sagte damals: »Wenn du willst, daß wir dereinst wiedervereinigt werden, mußt du jetzt tun, was ich dir sage.«
Und da war Laura plötzlich zu allem bereit. Sie nahm also bei mir Arbeit als Spielfrau und lieferte mir Texte mit meinem Namen, die

tatsächlich Amanda schrieb. Weil nur sie so schreiben konnte. Ich war ahnungslos und blieb es lange. Aber ich verarge Laura und Amanda nicht, daß sie mich hintergingen. Amanda nutzte meinen guten Namen für einen guten Zweck. Kühn, denn wenn die illegale Zusammenarbeit zwischen Laura und Amanda ruchbar geworden wäre, wäre nicht nur Laura, sondern auch Amanda der Schandpfahl sicher gewesen. Amandas Handeln galt nämlich damals auf dem Brocken als Desertion und wäre mit der Höchststrafe geahndet worden. Der Strafvollzug war öffentlich.

Glücklicherweise blieb Kolbuk lange so ahnungslos wie ich. Glücklicherweise hinderte Arroganz ihn, den Beatriz-Roman bald zu lesen.

Und daß die Romanautorin ebenfalls ahnungslos war, unterstelle ich nach wie vor. So ist aus dem Buch gewollt oder ungewollt ein unverantwortlicher Roman geworden.

Denn Laura war durchaus in der Lage, ihrem reduzierten Leben Glück abzugewinnen.

Sie war eine glückliche Mutter. Und sie lebte in glücklicher Ehe mit dem Bauarbeiter Benno Pakulat.

Das Unglück kam mit der Post. Es löste beim Ehemann Begeisterungsstürme aus.

»Darf doch nicht wahr sein«, schrie Benno, als er erstmals schwarz auf weiß las, was er geahnt hatte. »Das steilste Weihnachtsgeschenk meines Lebens«, schrie er und warf den vierjährigen Wesselin aufwärts Richtung Zimmerdecke. »Du bist die Größte«, jubelte Pakulat und warf seine Ehefrau abwärts Richtung Bettdecke.

Laura Salman stöhnte erwartungsgemäß, um ihre Angst zu verbergen. Benno war ohne Mühe gut. Wesselin trommelte gegen die verriegelte Tür.

Die Weihnachtsfeiertage 1974 verliefen dennoch ohne besondere Vorkommnisse: Wenn Laura nicht kochte oder mit Wesselin spielte, kochte Benno oder spielte mit Wesselin.

Also, daß Laura ihre Angst verdrängte und an das Wunder zu glauben begann. Das Wunder war selbstverständlich Benno. Arbeitete er nicht auf seiner Baustelle, las er im Buch, das die Post gebracht hatte. Die Texte, zu denen sich seine Ehefrau Laura widerstrebend bekannte, wußte Benno bald auswendig. »Das Schrägste am Buch sind deine Geschichten«, behauptete er. »Ohne sie wäre der Roman überhaupt keiner. Außerdem wird das Werk berühmt.«

»Quatsch«, sagte Laura wieder unruhig.
»Weltberühmt«, sagte Benno, »ich hab eine weltberühmte Frau.«
Dann tänzelte er in der Wohnung herum und redete darüber, daß er stolz wäre auf Laura und daß Stolz schon so ein einwandfreies Gefühl wäre, aber erst verliebter Stolz. Der Mann setzte die Wohnung mit seinem Gefühl derart unter Strom, daß Laura drin nicht mehr ausruhen konnte. Sie mußte sich nach dem Fahrdienst in Hausarbeit stürzen, um nervlich etwas zu Kräften zu kommen. Benno werkte ebenso.
Beide begründeten sich gegenseitig ihren schlechten Schlaf mit der Weihnachtsgans und anderen ungesunden Völlereien.
Zu Silvester lud Benno seine Brigade mit Frauen ein, eröffnete kurz vor Mitternacht, daß Laura Tatsache nicht nur Triebwagenfahrerin sei, sondern Tatsache auch Schriftstellerin und gab anläßlich zwölf Flaschen Sekt, fünf Flaschen Wodka, drei Kästen Bier und für 87,30 Mark Feuerwerkskörper aus.
»Hoch«, riefen die Gäste anläßlich und ließen sich nicht nötigen.
Laura nahm die Hochrufe mit Freude entgegen. Denn sie war besoffen. Und diesem Umstand ist wohl auch zuzuschreiben, daß sie außerdem widersprach. Als sich die von Benno verunsicherten Gäste nämlich mit Alkohol notdürftig gefaßt hatten, eröffnete Laura, daß sie nicht Schriftstellerin, sondern Wissenschaftlerin wäre. Von Beruf. Aber aus Gründen wäre sie immer Beschäftigungen nachgegangen. Am Neujahrsmorgen 1975 entblößte Laura Salman, von Suff und Liebe erblindet, quasi ihr Lebensgeheimnis.
Dem Oberteufel Kolbuk muß ihr Gerede nicht zu Ohren gekommen sein.
»Je geheimnisvoller eine Frau, desto schöner«, behauptete Benno auf dem Neujahrsspaziergang. Laura vermißte den Jugendjargon in der Behauptung. Jenes Kauderwelsch, das Benno pflegte, obgleich es längst nicht mehr zu seinem Alter paßte. Laura hatte es bei der ersten Begegnung befremdet. Dann gewöhnte sie sich dran. Bis ihr's gefiel. So, daß ihr etwas fehlte, wenn es ausblieb. »Du redest, als ob du dich vor deinem Betriebsleiter zu verantworten hättest«, sagte Laura.
»Ich bewundere dich«, sagte Benno.
»Ich bewundere und verehre dich«, pflegte Benno von nun an täglich zu sagen. Laura beobachtete dabei oft Gänsehaut auf seinen Unterarmen, die die falbe Behaarung aufrichtete und ordnete. Aber Benno setzte auch andere äußere Zeichen seiner Verehrung: Blu-

men, Geschenke, Lobreden auf Laura zu Verwandten und Bekannten.
Aber ein Beziehungswandel war nicht nur gegenüber Laura zu bemerken. Auch Wesselin war betroffen. Zärtlichkeiten zwischen Mutter und Sohn empfand Benno in zunehmendem Maße schmerzlich. Er sah weg bei solchen Gelegenheiten, wenn er konnte. Doch seine Eifersucht gegenüber Wesselin wuchs. Bald empfand er auch gegenüber anderen männlichen Wesen Eifersucht.
Als er gewahrte, daß er auch weibliche Wesen mit Eifersucht verfolgte, begann er zu trinken.
Am 12. September 1975 verunglückte er volltrunken mit seinem Auto. Er war sofort tot.

39. Kapitel
Brief aus der Not

In ihrer Not schrieb Laura einen Brief an die Redaktion der Zeitschrift »Neue philosophische Blätter«. Der Brief hatte folgenden Wortlaut:
Liebe Genossen, seit kurzem bin ich Leser Eurer Zeitschrift. Inzwischen habe ich auch schon die letzten drei Jahrgänge geschafft und werd mich auch noch weiter durcharbeiten, denn ich hatte zwei Todesfälle in der Familie und bin Atheistin. Die »Deutsche Zeitschrift für Philosophie«, die ich abonniert habe, befaßt sich nicht mit solchen Gegenständen, die ich jetzt zu bewältigen habe. Und die Bibel, die sich mit solchen Gegenständen beschäftigt, kann mir nicht helfen. Deshalb dachte ich, Eure »Neuen philosophischen Blätter« bearbeiten das fragliche Gebiet. Aber ich glaube, ich hab falsch gedacht. Und deshalb frag ich Euch, liebe Genossen, wer hilft unsereinem?
Wir haben Gott abgeschafft, schön und gut. Aber die Gegenstände, mit denen sich Religion beschäftigt, konnten wir nicht abschaffen. Tod, Krankheit, Zufall, Glück, Unglück – wie lassen sich die unerbittlichen Wechselfälle des Lebens eigenverantwortlich meistern? Wer ohne Gott lebt, kann Verantwortung nicht delegieren. Er muß diese Last immer allein tragen. Bei Entscheidungen kann er den Zweifel über deren Richtigkeit nicht loswerden, indem er sich mit der Vorsehung beruhigt. Schwer ist das, liebe Genossen, wenn

man nicht vom Glück begünstigt bleibt. Unsere Oberwelt haben wir ganz gut im Blick. Aber die Unterwelt . . .
Freilich, der Marxismus ist eine junge Wissenschaft. Er hat vorerst noch alle Hände voll zu tun mit politischen und gesellschaftlichen Zuständen im engeren Sinne. Auch habe ich den Eindruck, daß unsere Philosophen solche Gegenstände bevorzugen, die die Klassiker schon mal angefaßt oder doch wenigstens berührt haben, und daß Philosophie für Fachleute geschrieben wird von Fachleuten, von »Berufsdenkern« grob gesagt.
Aber wir brauchen auch Philosophie oder etwas, wofür ich bisher keinen Namen weiß, für Nichtfachleute. Über täglich zu bewältigende, unabweisbare, elementare Lebensereignisse. Daß diese Gegenstände außer von Literatur kaum öffentlich verhandelt werden, heißt ja nicht, daß sie nur von einigen Schriftstellern bedacht werden. Kein Mensch kann leben, ohne diese Gegenstände irgendwie zu bewältigen. Irgendwie. Ja. Möchtet Ihr nicht auch wissen, wie dieses »irgendwie« aussieht, wie, erstmals in der Geschichte der Menschheit, einfache Leute, deren Leben nicht nur von körperlicher, sondern auch von Bücherlesen und anderer geistiger Arbeit geprägt ist, das Problem Leben bedenken. Und das Problem Tod, mit dem jeder Mensch früher oder später konfrontiert wird. Ich möchts wissen, liebe Genossen. Denn ich bin ja nicht die einzige Frau auf der Welt, der liebe Menschen wegsterben. Aber wenn ich mich umseh, kann ich keine Kopflosigkeit entdecken, die meiner gleicht. Oder verstecken die Leute ihren Kummer besser? Oder haben sie das, was gebraucht wird und wofür ich bisher noch keinen Namen weiß, vielleicht schon gefunden?

Mit sozialistischem Gruß
Laura Salman
Triebwagenfahrerin

40. Kapitel

Laura sucht Gift und Tod

Im Antwortbrief der Redaktion »Neue philosophische Blätter« las Laura Salman, daß der Mensch in seinen Taten weiterlebe.
Laura sah sich also einige Wohnblocks im Berliner Hans-Loch-Viertel an. Denn Benno Pakulat war gelernter Zimmermann gewe-

sen und hatte zuletzt in Friedrichsfelde Wohnungen aus Fertigteilen montiert.
Als der erhoffte Stimmungswandel ausblieb, suchte Laura Abhilfe durch Flucht. Da die absolute Flucht auf eine Hinterland-Insel verbaut war, mußte sich die Frau mit relativer begnügen: mit Stadtteilwechsel. Laura ließ eine Anzeige im Wohnungstauschanzeiger veröffentlichen. Erfolgreich.
Aber auch nach dem Umzug vom Prenzlauer Berg in die Leipziger Straße spürte Laura keine Besserung. Ihre Lebenskräfte, durch die Teilung auf die Hälfte reduziert, waren aufgebraucht. Sie fühlte nur noch Last. Und Sehnen, ihr zu entkommen, der steten Pflicht- und Verantwortungsmaschinerie einmal zu entfliehen, ein einziges Mal der Müdigkeit nachgeben zu dürfen, dem Verlangen nach unbegrenzter Ruhe. Außer Dienst Sucht nach der Erleichterung, den Ohnmachten herstellen.
Nie kam Laura dieses lösende Nichts entgegen. Nur die Welt verfinsterte sich von Zeit zu Zeit.
Nach großen Anstrengungen oder atomwaffenpolitischen Nachrichten – nie im Nachtdienst – verlor Laura bisweilen das Sehvermögen. Die Schwäche kündigte sich nur kurz durch Lichtempfindlichkeit und Augenschmerz an. Die dienstärztliche Pflichtuntersuchung stellte keine verminderte Sehkraft an Lauras Augen fest. Sie brauchten keine Brillengläser. Und dennoch fürchtete Laura ständig, irgendeinen der für die Fahrtüchtigkeit erforderlichen Gesundheitswerte nicht mehr vorweisen zu können, was hieß, ausgemustert zu werden, absteigen zu müssen in den Rangierdienst oder gar in den Proviantdienst und statt hinter dem Fahrschalter hinter der Theke einer Betreuungsstelle von der Art der »Buletten-Schmiede« auf dem Ostbahnhof stehen zu müssen. Schrecklich die Vorstellung, daß die Kräfte so schwinden könnten. Noch schrecklicher die Vorstellung eines plötzlichen Zusammenbruchs, der Wesselin auch tagsüber allein ließe. Von Großvater Salman war keine Hilfe in Form von Kinderbetreuung zu erwarten. Kinderbetreuung war für ihn Frauensache. Und andere Verwandte oder Freunde, die Wesselin ein Zuhause geben konnten, hatte Laura nicht. Und Unterbringung des Sohnes in einem Wochenheim verbot sich Laura. Sie durfte nicht schlappmachen. Sie mußte weiter wie bisher, seit Bennos Tod, ausschließlich Nachtdienst fahren. Denn Frühdienst dauerte etwa von fünf bis vierzehn Uhr, Nachmittagsdienst von dreizehn oder vierzehn bis zweiundzwanzig Uhr. Allein der Nachtdienst von

einundzwanzig Uhr bis sieben Uhr war geeignet, Wesselin früh in den Kindergarten zu bringen und nachmittags abzuholen. Kindergärten waren von sechs bis achtzehn Uhr geöffnet. Nachts war Wesselin ein Schlüsselkind. Die Nachbarin Stadler hatte den Schlüssel und die Aufgabe, nachts ein Ohr für Wesselin zu haben. Bis zum vierten Lebensjahr war er jeden Abend schlafend in seinem Bettchen in die Stadlersche Wohnung getragen worden. Jetzt, da Wesselin dem transportablen Bettchen entwachsen war, schlief er allein in der Salmanschen Wohnung, wenn er nicht kränkelte.
Er kränkelte also gern. Noch lieber aber war er so krank, daß die Mutter keinen Dienst machen konnte und nachts zu Hause war. Wesselins nächtliche Verlassenheit verfolgte Laura in steten Schuldgefühlen. Aber wenn sie nicht durchhielt, wurde seine halbe Verlassenheit zu einer ganzen. Laura durfte nie vergessen, sich nicht fallenzulassen. Nur sie?
Wenn sie in Bahnhöfe einfuhr, sah sie ständig Menschen, die vergessen durften. Die kurzzeitig ihre Sorgen mit Alkohol wegschwemmten. Torkelnde Männer an den Bahnsteigkanten besonders abends. Wer Triebwagen sicher durch Berlin fahren will, darf die Gefahr, daß der Suff jeden Augenblick irgendeinen Mann vor den Zug werfen könnte, nur wissen, nicht empfinden. Lauras Hinfälligkeit stumpfte nicht ab, sondern machte empfindlicher. Laura nahm wahr, als ob sie abgehäutet wäre. Nie torkelnde Frauen. Und vor einem besoffenen Mann ekelte sich Laura. Aber die stete Angst, so einen überfahren zu müssen, wurde zur Nervenfolter. Oft führten solche Unfälle zum Tode und Selbstmordversuche zu Verstümmelung. Ein Selbstmörder, der sich 1969 bei der Einfahrt in den Bahnhof Warschauer Straße vor Lauras Zug geworfen hatte, war derart elendig verstümmelt worden, daß die Triebwagenfahrerin Salman noch heute belastete, ihn nicht erlöst zu haben. Ja heute spürte sie auch diese Last stärker als früher. Sie fürchtete die S-Bahn-Selbstmörder mehr als je zuvor und beneidete Benno im nachhinein, daß er sich jeden Abend einem Menschen hatte in die Arme werfen können. Laura war Muttterersatz für ihn gewesen. Daß er für sie nicht Vaterersatz war, hatte Laura damals noch nicht vermißt und nur undeutlich bemerkt. »Du meine Starke«, pflegte der aufgefangene Benno erleichtert seufzend zu sagen. Laura war sich nie stark vorgekommen. Nur unerschöpflich.
Plötzlich dieses Gefühl von Schwäche. Plötzlich ununterdrückbar: Aufgefangenwerdenwollen.

Laura zog die Uniform über ihr Gebrechen und hielt es unerkannt. Handelten Kolleginnen ihres Alters ähnlich? Verstießen die Triebwagenführerinnen deshalb nicht gegen die Dienstvorschrift, nur in vollständiger Uniform den Führerstand zu betreten?
Bei einhundertvierzig Disziplinarverfahren, die im SBW Lichtenberg, Lauras Dienststelle, vergangenes Jahr verhandelt werden mußten, hatten sich einhundertsechsundreißig männliche und vier weibliche Mitarbeiter zu verantworten. »Wennch aus meinem SBW einen Frauenbetrieb machte, hättch überhaupt keine Disziplinschwierigkeiten«, pflegte der Dienststellenvorsteher bisweilen scherzhaft zu sagen. Zu Lauras Brigade gehörten zwei Frauen mit drei und eine mit vier Kindern. »Mehr als vier Stunden Schlaf pro Tag kann ich mir nicht leisten«, antwortete die Triebwagenführerin Herta K., als sie gefragt wurde, weshalb sie den Dienstbeginn nie verschliefe. »Ich bin diszipliniert, weil ich ein Charakterathlet bin, sondern weil eine Mutter mit vier Kindern keine Wahl hat.«
Laura schämte sich, daß sie seit einiger Zeit mehr Schlaf brauchte als Herta K. Verfluchte Müdigkeit besonders nachmittags. Außer Dienst war ihr jede Bewegung eine Plage, jede Antwort, jede Entscheidung. Sie schwitzte in der Schwäche. Nur hinterm Fahrschalter mobilisierten sich in ihr irgendwelche geheimen Reserven. Als ob die Konzentration auf eine Tätigkeit, ungeteilte Aufmerksamkeit auf eine einzige Aufgabe erholsam wäre. Als ob die Abfahrtsbefehle über Funk, die Viadukte, die Waldstrecken, die Nacht aus der Pflichtmaschinerie in Freiräume abriefen. War Laura ein Nachtmensch geworden? Sie fuhr am liebsten »Emil« (Züge der Gruppe E nach Strausberg) oder »Berta« (die Strecke Erkner–Friedrichstraße) oder »Nordpol« (womit in den Abfahrtsbefehlen die Strecke Bernau–Königs Wusterhausen bezeichnet wurde). Außer diesen Lieblingsgruppennamen lagen Laura aber auch andere wie »Gustav«, »Heinrich«, »Konrad«, »Cäsar«, »Fee« und »Richard« angenehm in den Ohren.
Erst wenn sie Zug und Nacht verließ und die S-Bahn-Schicht beendet hatte, spürte Laura wieder Erschöpfung, Verletzbarkeit, Schutzbedürfnis. Und sie schleppte sich zur zweiten Schicht.
Die zweite Schicht, in der sie die Arbeiten der Hausfrau und Mutter versah, bewältigte sie nur noch unter stärkstem Selbstzwang. Für Spiele mit Wesselin konnte sie keine Kraft mehr erübrigen. Der Sohn begegnete dem Mangel, indem er sich Haare ausriß. Sein Elend verzehrte den letzten Rest ihres Lebenswillens.

Sie erbat ärztliche Hilfe.
In Form von Sterbehilfe für sich und den Sohn.
Drei Ärzte versagten Laura solche Hilfe.
Sie wandte sich an die Verfasserin des Beatriz-Romans, der Laura das geteilte Leben zerstört hatte.
Die Autorin entzog sich ihrer Verantwortung und verweigerte das Gift.
Die S-Bahn schied aus Gründen der Ehre, der kollegialen Solidarität und wegen Unzuverlässigkeit als Tötungsmittel aus.
So auch in ihrer letzten Not auf sich gestellt, wurde Laura Salman zur Selbsthelferin.
Da Oberteufel Kolbuk ihre alchemistischen Folianten zerstört hatte, mußte sie improvisieren. Die Küche hatte einen Rauchabzug. Was Laura drunter kochte und braute, erprobte sie an Versuchstieren. Den Knollenblätterpilz und ähnliche bekannte Naturgifte verschmähte Laura. Nicht für sich. Aber dem Sohn, dem sie zu gern ein schönes Leben hatte bereiten wollen, sollte wenigstens ein angenehmer Tod sicher sein. Laura wollte den Mord auf sich nehmen, um Wesselin nicht ohne mütterlichen Beistand der Welt aussetzen zu müssen.
Als Laura ein Absud gelungen war, an dem Mäuse schnell und ruhig starben, kochte sie die Flüssigkeit in einer Phiole sirupdick.
Am Nachmittag des 19. Februar 1976 löste sie den Sirup in Rotwein und warf die Phiole in den Müllschlucker.
Am Abend tranken Laura und Sohn den Punsch und legten sich gemeinsam unter den Eßtisch, wo Wesselins liebste Höhle war.

41. Kapitel

Der Delphische Orakelspruch wird entschlüsselt

Am Friedrichsfelder Schloß wird gebaut. Es steht im Tierpark, nicht weit von meiner Höhle. Da ich als Contessa geboren bin, hängt mir eine gewisse Vorliebe für Schlösser an. Ich beobachtete die Restaurierungsarbeiten mit Neugier. Die Fassade war bereits frisch abgeputzt und getüncht. Die Tünchfarben – Weiß und Rosa – erinnerten mich an gewisse Zaubersteine in gewissen mythologischen Goldtöpfen. Die Attikafiguren stellten den Sieg des Herakles über archaische

Fabelwesen dar. Sein rechter Arm ringt geflügelte Schlangen nieder, der linke Sirenen.
Vor dem Schloß ein Wasserbecken, dessen Grund mit Geldstücken verschiedener Währungen belegt war. Hoffnungssaat von Parkbesuchern, die wiederkehren wollten. Wieviel von ihr ging auf? War ich auch Hoffnungssaat? Sollte ich mich als Vorbotin verstehen?
Arke verlangte es, seitdem sie den Orakelspruch entschlüsselt hatte. Mit Goethes und Chariklias Hilfe. Arkes Orakeldeutung: Prometheus kann seine Denkgleise, die ihn zu bewundernswerten Werken führten und jetzt der Selbstvernichtung zu gerichtet sind, nicht aus eigener Kraft verlassen. Sirenen müssen ihn aus seiner Bahn tragen. Von deren Gesang außer sich gebracht, wird er Pandora unverstellt von Gerüchten erinnern. Und er wird befähigt sein, sich und sein Werk erstmals als Fragment zu begreifen und ohne Zukunft. Erhaltungstrieb und Vollendungssehnsucht leiten ihn dann, Pandora um ihre Rückkehr zu bitten. Und das vierte Menschengeschlecht, das von beiden in Liebe gezeugt werden wird, könnte das erste sein, das friedensfähig ist: imstande, seine Interessen- und Meinungsverschiedenheiten unblutig zu bewältigen und Sitten zu entwickeln, die Kompromisse höher schätzen als Siege und den Krieg tabuisieren.
Mir erschien die Orakeldeutung schlüssig. Ich akzeptierte sie und die Aufgabe, die sie mir zuwies.
Die metaphorische Definition der Aufgabe befremdete mich nicht. Für Dichter gibt es keine Definitionsform, die die metaphorische übertrifft.
Bestimmtes Ziel leichterte die Last meiner Mühen.
»Wenn die Theorie klar ist, bleibt die Praxis ein Problem der Organisation«, schwadronierte Arke flott.
Sie las, was ich schrieb, nun mit zunehmender Zufriedenheit. Sie wertete es als erfolgversprechende Beweise meines Erinnerungstrainings.
In sieghafte Stimmung gelangten wir beide.

42. Kapitel

Laura findet sich wieder und aufgesucht

Laura erwachte in Rauch. Wesselin, auch wach, hustete. Die Mutter sah den Rauch als Wolken und sich mit Sohn im Himmel oder dergleichen.

Jedenfalls auferstanden.

Selber Beweis für ein Fortleben nach dem Tode.

Laura brauchte eine Weile, um die Überraschung zu fassen. »Schöne Überraschung«, sagte Laura jetzt und meinte so, weil das ewige Leben ihr die Mordlast vom Gewissen hob.

»Schöne Überraschung«, sagte Laura später und meinte anders, da sich das ewige Leben als Wiederholung des endlichen erwies.

Denn der ewige Ort glich dem endlichen.

Mit einem Unterschied: Der ewige war eingenebelt. Kein Vorteil, wie Wesselins Husten bewies. Laura fühlte sich wie in gewissen Pop-Konzerten, wo auf der Bühne Nebelwerfer wirken, um von der Musik abzulenken. Diesem Elend. Aber endlich. Wer's nicht aushält, kann da fliehen. Jeder Konzertsaal hat Notausgänge. Aber die Ewigkeit?

Laura war nicht von ein paar Wolken abzulenken angesichts des ewigen Elends, das da gähnte. Schon von einem Frauenleben übersatt sprach Laura: »Das hab ich nicht gewollt.«

»Ein Müllschluckerbrand«, antwortete der Nebel, »die Feuerwehr plagt sich seit Stunden. Ich schrie ihn aus mit einem Wort. Was steht zu Diensten?«

Laura wechselte von Jammer in Erschrecken. Die Nebelwand öffnete sich. In der Öffnung ein Gesicht, das Laura sogleich erkannte.

»Wo bin ich, wie, was, du auch hier, ich glaubte dich noch immer im Hörselberg«, stammelte Laura.

Antwort: »Dort bin ich stationiert. Doch wenn du mich beschwörst, bin ich schon bald zur Stelle.«

Forsche Antwort. Freudiges Gesicht als Zutat um den Mund versammelt. Der groß. Und größer noch erschien er, weil er die Mimik fokussierte.

»Zur Stelle?« Laura setzte Feindseligkeit gegen forsche Freude. »Zur Stelle – nicht mal tot hat man Ruhe vor deinen Nachstellungen? Mein Erdenleben ruiniert – das reicht dir nicht? Willst du mir auch das ewige Leben noch vermasseln?«

Übergroßer Mund im Nebel jetzt. Seine Lippen konnten Nuancen falten, die gemeinhin nur durch Augen ausdrückbar sind. Jetzt falteten die Lippen Verblüffung ums Gebiß. Es war kräftig und lückenlos. »Tot«, murmelte der übergroße Mund, ». . . Himmel . . . ewiges Leben . . .« Um ihn fielen die Nebel und entblößten den Teppich, auf dem Laura mit Sohn saß. Wesselin hustete und spuckte. Laura reckte den Kopf unterm Tisch hervor und fand mit Einzelheiten bestätigt, was grob bereits errochen war: Das Double. Laura weinte.

»Ich geh in mein Zimmer spielen«, sagte Wesselin und verschwand.

»Scheißwohnung«, schluchzte Laura.

Der Mund des Besuchs schlug Staunfalten, äußerte Wohlgefallen über die Wohnung und erinnerte, daß auch Laura vom Hochhaus in der Leipziger Straße bisher nur angetan gewesen wäre.

»In der Leipziger Straße war ich gut bedient«, stammelte Laura, »eignes Gehäuse, groß genug und warm: Auf Zeit Berlin ist schön. Auf Zeit und Ewigkeit jedoch . . .« Laura zog die Tischdecke herab, um Tränen und Rotz bewältigen zu können.

Der Besuch stand trocken und sah Laura ähnlich in den Zügen. Das körperliche Volumen beider etwa gleich, nur gegensätzlich geordnet. Lauras Figur wirkte gestaucht, die andere gezogen. Auffälligster Unterschied der beiden wie gesagt: die Münder.

Vergleichsweise erschien Lauras Mund als schlichte Einrichtung zum Essen, Sprechen, Küssen.

Der andere spielte jetzt Erleuchtung auf. »Versteh«, sprach er auch gleich, »der Arbeitsrausch, das Experimentierfieber schlaucht, da kann plötzlicher Sieg fällen wie Niederlage. Dich hat er in Ohnmacht und Alptraum verschlagen. Egal – du lebst. Und wirst bald besser leben dank der Erfindung.«

»Welcher?«

»Deiner. Eine Glanzleistung für sich, jedoch noch höher zu bewerten, weil du sie unangefüttert vollbrachtest. Als Großmutter Selma die Phiole mit dem Hexenbeschwörungselixier wegschmiß, war ja nicht nur der äußere Beistand verspielt, sondern auch der innere. Dieser innere, der auf Befehl Isebels dem Säugling in seiner dritten Lebenswoche täglich früh, mittags und abends mit einem Tropfen aus der Phiole verabfolgt werden sollte, hätte auf Waghalsigkeit Appetit und zu genialen Kurzschlüssen geneigt gemacht. Ob das Hexenbeschwörungselixier auch vor der Teilung bewahrt hätte, bleibt ungewiß. Fest steht jedenfalls, daß du es mit eigner Geistes-

und Entschlußkraft destilliert hast – so eine originalgetreue Nachbildung ist bisher noch keiner diesseitigen Hexe gelungen. Ich gratuliere dir und bin stolz auf dich, daß auch du die Teilung nicht länger hinnehmen willst. Der Aufstand, der uns die Wiedervereinigung bringen wird, kann beginnen.«
Laura fühlte sich stürmisch umarmt und fragte: »Welcher Aufstand, Amanda.«
»Gut gefragt«, triumphierte Amanda, klemmte sich Metall zwischen die Lippen und erzeugte damit Töne. Dann nahm sie es aus dem Mund wie eine Zahnprothese und erklärte, daß Dummstellen zur konspirativen Klugheit gehöre. Weil erfolgreiche Aufstände lautlos begännen. Mit Vorbereitungen., »Je sorgfältiger die Vorbereitungen, desto sicherer der Sieg. Er erfordert praktische und theoretische Schlagfertigkeit. Für die praktische bist du verantwortlich. Kaufe also zum Beispiel möglichst oft montags Zutaten für ein schwieriges Gericht in einer Kaufhalle ein und setze dein Improvisationstalent auch noch anderen ähnlichen Härtetests aus, um dich zu trainieren. Ich werde die Eroberung des goldenen Topfs derweil im Kopf, im Sandkasten und auf der Trommel variantenreich durchspielen. Der goldene Topf, auch Gral genannt, wird strenger bewacht als irgendein Staatsschatz. Wenn wir den Sieg mit Trinksilber begießen, werden wir wieder zusammengefügt. Vorwärts!«
»Wohin«, fragte Laura verstört.
»Wohin du willst«, sagte Amanda und hielt Laura das Metall unter die Nase, das zwischen Amandas Lippen geklemmt die Töne hervorgebracht hatte. Seine Form erinnerte Laura an den Griff ihres von Großmutter Selma geerbten Korkenziehers. Der nach der Silhouette einer Birne gebogene Eisengriff war – um im Bilde zu bleiben – von der Blüte bis zum Stiel halbiert. Von einem dünnen Stahlband, das am Blütenorte angeschweißt war. Am Stielort lief es in einen Widerhaken aus. Amanda hatte nur den schlanken Birnenhals zwischen die Lippen geklemmt. Jetzt bewegte sie ihn vor Lauras Augen wie eine Waagenzunge. »Dein Elixier hat mich nicht nur beschworen, sondern auch beflügelt. Der Rest, der in der Phiole klebte und mit ihr in den Müllschlucker flog, hätte leicht das ganze Hochhaus wegbrennen können, wenn ich die Flammen nicht gebändigt hätte. Gegen Beschwörungselixiere sind Feuerwehren machtlos. Auch werden Morseapparate für mich und alle anderen Hexen jetzt entbehrlich, wenn du noch ein paar Liter destillierst. Das erleichtert die Kommunikation zwischen den Hälften. Und du

kannst deinen Morsesender wegwerfen – ein Vorteil aus Sicherheitsgründen. Wo ist der Apparat versteckt?«
»Im Herd«, plapperte Laura und begann somnambul ihre Wohnung zu belaufen, gefolgt vom Besuch, »im Herd in einer Gänsepfanne – daß ich noch erleben muß zu leben – mir bleibt auch nichts erspart.«
Die Wohnung hatte zwei Zimmer, Küche und Bad. Das Nordzimmer mit Blick auf den Platz der Akademie, die Straße Unter den Linden und die Stadtbezirke Mitte, Prenzlauer Berg, Wedding, Reinickendorf, Pankow und Niederschönhausen gehörte Wesselin. Küche und Ostzimmer mit Blick auf die Fischerinsel, den Palast der Republik, das Rote Rathaus, die weiße Grenzmauer und die Stadtbezirke Friedrichshain, Schöneberg, Neukölln, Lichtenberg und Treptow gehörten Laura.
Das Ostzimmer war dem Küchenfenster vorgelagert und deshalb als Kinderzimmer ungeeignet. Die anderen Fenster hatten Zimmerbreite. Vor den Fenstern ein schmaler Balkon. Er war so schmal, daß er selbst wenig nützte. Aber den Zimmern war er ein Gewinn. Seine Brüstung nämlich bewahrte nicht nur vor Schwindelgefühl. Sie verstellte auch die Sicht zum Grund. Vom Fenster aus waren nur die Dächer und Auffaltungen der Stadt zu sehen und der Himmel und das obere Viertel des gegenüberliegenden Hochhauses. Seine Fassade stand in der Stadt wie ein Flußpfeiler. Er schied grob das östliche Berlin vom westlichen.
»Der Sender war der Schlüssel zu meinem Unglück«, sprach Laura zum Pfeiler, der ihr die irdische Orientierung jäh oktroyierte. »Die Krönung: Der Roman mit meinem Namen, den du auf dem Gewissen hast. Wenn du der Welt jetzt wieder was Aufsässiges mitteilen willst, mußt du dir eine andere Dumme suchen, die lanciert.«
»Gut getrommelt ist doppelt gepfiffen«, sagte Amanda.
»Auch du also mit Pauken und Trompeten«, sagte Laura. »Ich kann solches Getrommel nicht ausstehen.«
»Und solches«, fragte Amanda und gab einige Töne auf ihrem Mundeisen zum besten.
»Lenk nicht ab mit Zirpen, wenn von Knüppelkrach die Rede ist.«
»Ich spiele Maultrommel«, entgegnete Amanda.
Laura lauschte. Als sie Bezauberung verspürte, riß sie Amanda das Instrument aus dem Mund und sprach: »Ich bin für dich nicht mehr zu sprechen.«

»Was? Wie? Du hast mich doch beschworen. Du hast doch Amanda gerufen.«
Laura erklärte die Beschwörung als Mißverständnis und Irrtum auf dem Weg zum Ziel. Das Ziel wäre der Tod. Genauer gesagt: das Nichts.
Amanda raufte ihr Haar, das rot war und derart dick und gelockt und gesträubt wie die Afrolook-Aureolen von Jimi Hendrix oder Angela Davis.
»Ich wollte Gift«, skandierte Laura in das begriffsstutzige Gesicht des Besuchs. Dann gab sie zu verstehen, daß Amanda, wenn sie nun schon mal da wäre, wenigstens behilflich sein könnte.
»Die Beschaffung von etwas Gift ist für eine Hexe mit Führungsambitionen sicher eine Kleinigkeit«, sagte Laura schließlich spitz.
Amanda gab ebenso zurück, daß Laura mit sich nach dem stoischen Rezept »wenn ich keine Schuhe habe, schlag ich mir die Füße ab« zu verfahren gedächte. »Aber nicht mit mir«, schrie Amanda, »veto.«
Da Laura nicht verstand, mußte Amanda das Vetorecht erläutern. Ein Gewohnheitsrecht. Die Hexen pochten drauf im Ernstfall. Als Ernstfall gälte, wenn eine Hälfte über Leben oder Tod allein entscheiden wolle. Da der Tod einer Hälfte den der anderen nach sich zöge, verlange das Gewohnheitsrecht, daß über Leben und Tod nur gemeinsam entschieden werden dürfe. Einstimmig.
Amanda beantragte also eine entsprechende Abstimmung, sagte: »Wer gegen Umbringen ist, gebe das Handzeichen«, und hob ihren Arm.
Als sie ihre Stimme ausgezählt und das Abstimmungsergebnis bekanntgegeben hatte, sprach Amanda: »Die Abstimmungsniederlage zwingt dich zu deinem Glück. Mach es optimal mit Trinksilber.«

43. Kapitel

Laura verabschiedet die Folgen einer Hexenbeschwörung auf Nimmerwiedersehen

Laura fügte sich dem Lebenszwang, den das Vetorecht über sie verhängte. Aber sie ließ nicht über sich verfügen. Und zu irgendwelchem Glück ließ sie sich schon gar nicht zwingen. Darüber hatte sie ihre eigenen Ansichten. Von Erfahrung geprägt: also nicht optimale, sondern praktische.

Dennoch gab der Besuch Laura – obgleich sie sich lieber die Zunge abgebissen hätte, als Amanda das einzugestehen – neuen Lebensmut.

Weil Amanda Erinnerungen wachrief. An die Zeit der ungeteilten Existenz, an die Hexenküche . . .

Laura wies die Erinnerungen zurück und Amanda aus der Wohnung.

»So unwürdig verabschiedest du deine bessere Hälfte«, sagte Amanda deprimiert.

»Ich bin müde«, sagte Laura.

»Das Trinksilber besiegt alle Leiden, auch Müdigkeit, alles oder nichts . . .«

»Danke«, entgegnete Laura, »diese hochtrabende Alternative ist keine Losung für unsereinen. Schuster bleib bei deinen Leisten. Und überlaß gefälligst mir, nach welchem Witz ich meine Latschen bau. Leb wohl auf Nimmerwiedersehen.«

Amanda entflog, von Wut und Trauer außer sich.

Laura versammelte Tiegel und Gläser unterm Rauchabzug. Der Anblick der Utensilien weckte in Laura vergeßne Lust und Lebensgeister. Und bald fühlte sie den Zauber des Kalkulierens und Kochens und Spekulierens, ja längst verbotnen Tatendrang. Und sie wollte den Tod überhaupt nicht mehr. Sie wollte jetzt was kochen gegen Müdigkeit. Was, das ihr Schlafbedürfnis reduzierte. Oder gar befriedigte: ideal.

Laura setzte sich ihrem zweiten praktischen Leben gemäß ein praktisches Ideal zum Ziel: das Schlafersatzelixier.

Aber auch praktische, ebenerdige Ideale sind ohne hochgemute Ideenspiele nicht zu verwirklichen.

Laura wußte aus längst verbotner Erfahrung, daß sie ohne Komplettierung nicht auskommen würde. Da sie sich die optimale Komplettierung durch Amanda versagen mußte, grübelte sie, wie sie zu einer anderen kommen könnte.

44. Kapitel
Geschichte

Wider besseres Wissen begann Laura zunächst ohne Komplettierung zu experimentieren. Erfolglos natürlich. Aber mit Versuchstieren. Wesselin schenkte den Mäusen sofort seine Liebe. Und er riß sich keine Haare mehr aus. Und er bedachte seine Mutter mit Bewunderung und Applaus, wenn sie in der Küche Gestank und Knallerei machte.

»Mamel, du stänkerst herrlich wie Silvester«, schrie Wesselin jetzt fast täglich begeistert und hüpfte und sang:

»Meine Mamel, die kracht gut . . .«

Und Laura genoß den natürlichen Beistand dankbar und begann zu glauben, daß aus der Begeisterung des Sohnes die Komplettierung erwüchse.

Wenn Wesselin der Mutter nicht beim Kochen zusah, spielte er am liebsten auf dem Baugelände. Laura mißfiel das, weil sie Unfälle befürchtete. Die Baugruben waren zehn Meter tief. Beim Baggern kamen alte Fundamente zutage. Daneben breiteten sich offene Materiallager aus, Schutt, Halden. Wesselin trug Schuhe und Hosentaschen sandgefüllt heim. »Wenn du so weitermachst, wird unten bald kein Sand mehr sein«, pflegte Laura zu sagen, »wo treibst du dich bloß rum.«

»Auf den Sandbergen«, pflegte Wesselin zu antworten.

Laura nannte die Sandberge »Dreckhaufen« und Wesselin »Dreckbartel«. Ein Jahr nach dem Umzug vertraute Wesselin seiner Mutter an, daß er eine Expedition wäre. Laura versprach, verschwiegen zu sein.

Später weihte Wesselin die Mutter ein in die Geheimnisse seiner Expedition, deren Leiter und einziges Mitglied er war. Erste Einweihstufe: Wesselin hängte sich auf Lauras Rücken wie ein Rucksack und verlangte drei Runden Gepäckmarsch durch sein Zimmer. Das Trainingspensum wurde täglich um eine Runde verlängert. Als Laura einundzwanzig Runden geschafft hatte, ernannte Wesselin sie zum zweiten Expeditionsmitglied und zeigte ihr seine Schätze.

Er lagerte sie in einem durchlöcherten Stahlhelm unterm Bett. Der Stahlhelm, ebenfalls ein Fund, war in einen Gardinenlumpen eingewickelt. Laura mußte Steine, Scherben, leere Patronenhülsen, ver-

rostete Granatsplitter bewundern und versprechen, Entbehrungen auf sich zu nehmen. Sie versprach.
Als beim Baggern ein Blindgänger gefunden wurde, schmückte Laura die Fensterbretter mit Pflanzen, um Wesselin von den Bauplätzen abzubringen. Auch bot sie Spaziergänge an. Aber nur Besuche beim verlorenen Freund konnte Wesselin als Ersatz anerkennen.
Der verlorene Freund hieß Götz. Wesselin und Götz hatten sich auf den Umzug gefreut, weil sie annahmen, daß sie gemeinsam umziehen würden. Andere Umstände hatten sie gar nicht für möglich gehalten. Und beider Erziehungsberechtigte hatten die Kinder im guten Glauben gelassen, um dem Abschied Dramatik zu nehmen. Erst als Wesselin ein anderer Kindergarten zugeteilt wurde, wo er neben sich keinen Platz für Götz freihalten durfte, war der Betrug offenbar geworden. Götzens Eltern verboten gegenseitige Besuche »aus erzieherischen Gründen«.
Laura mißachtete das Besuchsverbot aus solidarischen Gründen und schlug Wesselin einen geheimen Trainingsmarsch zum Freund vor. Hingerissen vor Freude, ernannte Wesselin die Mutter zum Hilfsforscher.
Götz war in einem Altbaugebiet zurückgeblieben. Schmale Straßen, Läden, die so klein waren, daß die Waren bis auf den Fußweg quollen, gestickte Fahnen, die frische Wurst anzeigten. Großväter und Großmütter saßen auf Haustürtreppen und sonnten sich. Kinder preschten mit Kinderwagenchassis. Große Torwege mit Durchblicken in drei, vier Hinterhöfe. Eckkneipen.
Das Haus, in dem Götz aufgewachsen war, hatte eine Kastanie im Vorgarten. Als sie in Sicht kam, hüpfte Wesselin mehrmals am Ort, bevor er losrannte. Angekommen, umarmte er den dicken Stamm und behauptete, der stünde hier seit der Ritterzeit. Dann schrie er Götz herbei, warf sich mit ihm in die Ziersträucher des Vorgartens und verschwand dann im Müllhaus, das »Burg« genannt wurde.
Laura wartete auf der Hausbank neben Küchenabfallkübeln und flatternder Wäsche. Ab und zu erschienen die Ritter mit Zweigen, die Schwerter darstellten, und trugen Turniere aus.
»Du bist die braune Prinzessin vom weißen Pferd«, entschied Götz, »du mußt den Sieger bestimmen.«
»Woher weißt du, wer ich bin«, fragte Laura.
»Das Haar seh ich, das Pferd denk ich mir«, erwiderte Götz.

Im Hochhaus an der Grenze spielten die Kinder Grenzsoldaten. Wesselin spielte zunächst nicht mit. »Kein Wunder, daß du keinen neuen Freund findest«, sagte Großvater Johann, der mitunter zu Besuch kam, »wer sich ausschließt, steht allein da.«
»Ich hab jetzt keine Zeit zum Spielen«, erwiderte Wesselin, »ich muß erst forschen.« Großvater Johann wollte wissen, was. Wesselin verriet ihm nichts.
Laura verriet er, daß er das Meer erforschen müßte.
»Welches Meer«, fragte Laura.
»Das Meer, auf dem das Hochhaus steht«, sagte Wesselin.
Zweite Einweihstufe: Wesselin überreichte eine handtellergroße Muschelschale zur Identifikation. Laura bezeichnete sie als Austernschale und fragte, wer sie geschenkt hätte.
»Ich habe sie gefunden«, sagte Wesselin.
»Im Müll«, fragte Laura.
»Auf dem Meeresgrund«, antwortete Wesselin. »Wo Sand ist, muß mal Meer gewesen sein, hat der Großvater gesagt, ganz früher in der Urzeit war hier bestimmt Meer, und deshalb gibt es hier Austernschalen und andere Reste von Urtieren.«
Laura widersprach, die Auster wäre kein Urtier, sondern eine Delikatesse südlicher Meere, und wertete den Fund als Zufall.
Wesselin baute Grabgeräte aus Baukastenteilen. Mit ihnen durchsuchte er Baugelände und Sandhalden, wann immer er Zeit erübrigen konnte. Unermüdlich, als ob er einem Instinkt folgen würde.
Lauras Vater Johann beschwerte sich mit den Interjektionen »ha« und »bh«. Der pensionierte Lokführer reiste nicht aus Sachsen an, um in einem Hochhaus herumzudösen. Langweilig, diese Komfortställe, unbewohnbar geradezu. Einen Bau, in dem nicht mal Ofenheizen, Holzhacken oder andere schöne Arbeiten anfielen, die das Leben abwechslungsreich machen, konnte Johann Salman nur als »Hornzie« bezeichnen. Auch wurde er hier nicht früh ordentlich aus dem Schlaf gerissen. Er schlief nämlich bei offenem Fenster und war unempfindlich gegenüber Maschinenlärm. Nur Vogellärm weckte ihn. Zu Hause konnte er sich jeden Morgen darüber ärgern. »Verfluchte Spatzenviecher«, pflegte er da zu schimpfen. »Pfietschgesellschaft, verdammte.« In Berlin blieb der Ärger aus. »Keine Spatzen, keine Bäume, hm, von Gottswelt nischt«, klagte Johann. Schon das Aufstehen begann eintönig.
Nur vom Enkel war also Abwechslung zu erwarten. Abwechslung hieß: ins Naturkundemuseum gehen. Wesselin hatte den Großvater

einst für diese Abwechslung gewonnen. Plötzlich wollte der Junge nicht mehr. »Hackstock«, sagte Johann Salman beleidigt.
Laura wurde von Wesselins Fleiß angesteckt. Auf dem Weg zur Kaufhalle begann auch sie unwillkürlich zu suchen. Sie fand nur Muschelbruch. »Zufall«, fragte Wesselin grinsend. Laura vermutete jetzt Abfall aus der Zeit zwischen den Weltkriegen, da die Leipziger Straße von Leuten bewohnt war, die sich Delikatessen leisten konnten.
Mitbewohner wunderten sich über Lauras seltsame Beschäftigung. Laura wunderte sich über deren Räsonieren. In den Fahrstühlen wurde die öde Umgebung beklagt. Nachbarn nannten das Hochhaus Wohnmaschine. Laura erinnerte sich wehmütig an das Altbaugebiet, das sie verlassen hatte.
»Der Wohngegend fehlt Geschichte«, sagte der Etagenbeauftragte während einer Versammlung, auf der sich die Mieter zu je sechzehn freiwilligen bezahlten Arbeitsstunden im Rahmen der Aktion »Schöner unsere Hauptstadt« verpflichteten.
Wesselin suchte verbissen. Unter seiner Anleitung gewann Laura auch Blicke für andere Raritäten. Bald hatten Mutter und Sohn den Stahlhelm mit Muschelschalen, Schneckenhäusern, Donnerkeilen, Seeigeln, Eberzähnen und Knochen gefüllt. Laura vermutete Tierknochen. Wesselin vermutete Menschenknochen.
Mutter und Sohn sortieren die Funde gemeinsam. Laura brachte die wie ihre Utensilien zur Gewinnung des Schlafersatzelixiers in Butterschachteln unter.
Eine Schachtel reservierte Wesselin für Saurierknochen.
Laura erschien das Hochhaus wohnlicher, seitdem sie unter sich Ablagerungen wußte: Geschichte. Und mit solcher Vorgabe und dem natürlichen Beistand Wesselins ahnte sie schließlich nach langem Grübeln, daß sie zur Gewinnung ihres ebenerdigen Ziels noch einen anderen natürlichen Beistand zur Komplettierung brauchte.

45. Kapitel
Ein erstaunliches Stellenangebot

Am ersten April 1976 veröffentlichte die Berliner Zeitung auf der Anzeigenseite ein Stellenangebot, dem eine Leserin nicht widerstehen konnte. Es lautete: »Narr ges. 1 mal wöchentl. 1–2 Std. Bildzuschr. mit Lebensl. erw. an Fil. 978787 DEWAG 1054 Bln.«
Die Leserin wählte für ihre Zuschrift eine Fotografie, die auf einem Kappenfest abgenommen worden war. Das Begleitschreiben war mit i. A. und einer unleserlichen Unterschrift unterzeichnet und vermerkte Hilde Felber als Namen der Bewerberin. Der Lebenslauf fehlte.
Die Leiterin der DEWAG-Filiale wunderte sich, daß die Anzeige nur eine Zuschrift erbracht hatte. »Schade«, sagte sie zur Kundin, »für Ihr gutes Geld hätten Sie was mehr Spaß verdient. Aber die Leute werden halt von Jahr zu Jahr gebildeter. Wissensexplosion. Unsere wissenschaftlichen Menschen fallen immer schwerer auf Aprilscherze rein.«
Die Kundin hieß Laura Salman. Sie fluchte. Denn der Zuschrift fehlte außer dem Lebenslauf auch die Bitte um einen Vorstellungstermin. Statt dessen ließ die Bewerberin bitten. Zur nächsten Besuchszeit ins Prießnitzkrankenhaus Mahlow.
Da Laura nicht wählen konnte, wechselte sie vom Fluch zum Mitleid, entschuldigte die Fehlposten mit Krankheit und folgte der Vorladung.
Der Ort war mit der Bahn erreichbar.
Neben Laura Fahrgäste, die auch dem Prießnitzhaus zustrebten und Schilderungen über Leiden, Laster und Erlebnisse ihrer dort zur Kur weilenden Angehörigen austauschten. Laura hörte von einem Vierzentnermann, der zwei Bettstellen brauchte und zwei Zudekken, und von Saftkuren, Sport sowie Bettruhe zur Reduzierung des Übergewichts. Laura bezweifelte laut, daß sich der Mensch mager liegen kann. Sie wurde belehrt, daß Bewegung an Lebensmittelläden vorbeiführen könnte. Oder an Restaurants. Der Aufenthalt in Lebensmittelläden oder Restaurants wäre zwar den sogenannten Saftern bei Strafe verboten – Strafe hieße in diesem Fall Abbruch der Kur und Zahlungsbefehl für deren Kosten. Aber Süchten wäre durch Strafen kaum zu begegnen. Und etliche Patienten litten an Freßsucht. Sie würden natürlich nicht müde, das zu bestreiten und

irgendwelchen nicht richtig funktionierenden Drüsen die Schuld an der Fettansammlung zu geben. Alle überschweren Frauen und Männer des Prießnitzhauses, für die mitunter Bettarrest als letzter Therapieversuch vor der Ausweisung angeordnet würde, beschuldigten ihre Drüsen. Nicht selten jedoch, beim sogenannten Mittagessen, das aus einer Tasse ungesalzener, fettloser Gemüsebrühe bestünde, brächen die angestauten Leidenschaften los. Sie artikulierten sich in Bekenntnissen, die alle Aussagen vor Ärzten zu Meineiden werden ließen. Vom Lärm angelockte Schwestern würden übersehen, die primitivsten Regeln der Konspiration mißachtet in diesen rauschhaften Zuständen, wo der Appetit wortungewandte Leute zu Dichtern machte. An der Beschreibungsorgie nähmen alle Enthusiasten gleichzeitig teil. Die Stimme einer bestimmten Safterin wäre übrigens immer herauszuhören. Sie beschriebe die Lust, sonntags sechs Schnitzel zu essen. Das Weib wäre allerdings nicht nur träge, sondern geradezu stinkendfaul, also notverordnungsreif und sicher auch inzwischen im Bett. Die Beschreibungsorgien dauerten nicht länger als eine halbe Stunde. Dann räumten die Patienten erleichtert den Essenraum, dessen Stirnseite mit der Losung »Was Saft alles schafft« und zwei entsprechenden didaktischen Karikaturen versehen wäre.

Als der Ort Mahlow erreicht war, der in einer Landschaft von Rieselfeldern lag, hatte Laura Gewißheit über die närrische Fündigkeit der Krankenhausbelegung. Sie zweifelte freilich, ob Qualitäten, die zur Freßsucht beflügeln, noch anders verwertbar sind. Dennoch erreichte sie das Krankenhaus an der Spitze des Besucherhaufens.

Da die Bewerberin ihre Zimmernummer nicht angegeben hatte, mußte sich Laura zu ihr durchfragen. Über Pförtner, Aufnahmeschwester, Stationsärztin. Alle Befragten kannten Frau Felber. Alle unterstrichen ihre Auskünfte mit mimischen Kommentaren. Im Flur des Waldhauses einer Dépendance vom Haupthaus, Frauen, die Laura für die neue Bettnachbarin der Patientin hielten, Beileid zutuschelten und mit Daumen hinter sich auf eine geschlossene Tür wiesen. Alle anderen Türen standen offen. Keine der tuschelnden Frauen, die ihre Besucher in Kleidern erwarteten, wog unter zwei Zentner.

Die gewonnenen Nachrichten und Eindrücke bewogen Laura, das Kappenfestfoto als Jugendbildnis, den fehlenden Lebenslauf als Trägheitsbeweis und die Vorladung als bettarrestbedingt zu werten. In Erwartung der legendären Schnitzelfresserin öffnete Laura die Tür Nummer drei.

Hinter der Tür ein Zweibettzimmer mit Balkon und eine Frau mittleren Alters und Gewichts.

Die Frau saß mit Kopfhörern im Bett, die dem Gesicht Biederkeit zufügten. In Maßen, nicht in Fülle wie auf dem Foto, das ein Rotkäppchen vorstellte.

Als Laura eine Weile hinterm Fußbrett gestanden hatte, nickte die Frau. Später warf sie die Kopfhörer aufs Bett, begrüßte Laura, teilte ihr die rechte Schrankhälfte für den Mantel zu und notierte etwas in ein Heft. Als Laura abgelegt hatte, sagte Hilde Felber: »So eine schöne Bluse hab ich auch«, bot einen Stuhl an und stellte Laura Fragen zur Person. Über Herkunft, Beruf, Politik und Familie. Laura antwortete verblüfft, als ob sie die Bewerberin wäre. Hilde Felber nickte schließlich zufrieden, schloß ihr Notizheft in eine Kassette, steckte den Kassettenschlüssel in die Schlafanzugjacke, setzte nochmals für eine kleine Weile die Kopfhörer auf und sprach dann: »Meine Spezialität sind nämlich eine gewisse Art von Nachrichten, die meine großen Söhne ›Weltnachrichten‹ nennen. Höhnisch natürlich. Eben diese Meldungen aus dem Betrieb sowieso und über die Brigade sowieso und die Erfolge des Forscherkollektivs sowieso, ni. Für meine Söhne ist das Provinzgewäsch. Auf deutsch gesagt: ›Branz‹. Und ich nehm den Mannsen ihr unflätiges Gähnen darüber nicht mal krumm. Mein Standpunkt: Ich an ihrer Stelle würde auch gähnen. Aber ich an meiner Stelle – für mich gibts nichts Interessanteres als solche Meldungen. Weil ich die meisten Betriebe in unserm Land kenn und haufenweis Leute, Hinz und Kunz. Und wenn ich dann zum Beispiel erfahr, daß im Fritz-Heckert-Werk Karl-Marx-Stadt vollautomatisch mit der Herstellung von Werkzeugmaschinen begonnen worden ist, dann helfen natürlich die Kopfhörer nicht. Dann muß ich die Gusch aufmachen und erzählen, wie das war, als wir den Prozeßrechner dort ausprobiert haben und so weiter. Ohne Erinnerungen und Anekdoten geht das nicht ab, nach so ner Meldung laß ich nicht gleich einen anderen zu Wort kommen. Auch hier nicht. Meine Bettnachbarin hat geweint. So was wie mich hält sie nicht aus, hat sie gesagt. Haben Sie auch schwache Nerven?«

Laura hätte bejaht, wenn sie zu Wort gekommen wäre. So saß sie hinter einer Holzbarriere, die an amtliche Schreibtische erinnerte, und fühlte sich geprüft und belehrt. Wobei die Gegenstände der Belehrung für Laura nicht nur interessant, sondern als Lebenslaufersatz wie gerufen kamen. Freilich errichtete die Art der Übermittlung in Laura unwillkürlich Sperren. Sie wurden niedergerissen durch Elemente eines gewissen anheimelnden Wortschatzes. Doch sie wuchsen nach. Abriß und Aufbau in gleichstarker Bewegung. Als sich Laura endlich doch zu Gehör bringen konnte, reichte sie das Foto, worauf ein pfiffiges Gesicht mittels Kappe bravgefälscht war, zurück und deutete an, daß die angebotene Arbeit nicht von einer Kopfbedeckung erledigt werden könnte.

»Ich hab auch ganze Kostüme«, versicherte Hilde Felber, »selbstgeschneidert. Zwei davon passen bestimmt noch. Vielleicht sagt Ihnen so was Zeitloses wie Pierrot oder Zigeunerin zu . . .«

Laura seufzte: Präludium ihrer Testbefragung.

Hilde Felber rechnete solche Laute zu den Anzeichen von Ratlosigkeit. »Eine Situation, die einen ordentlichen Leiter nicht in Verwirrung stürzen kann«, sagte die Felber. »Als ich vor etlichen Jahren mit fünf meiner Mitarbeiter vom Ministerium nach R. fuhr, um mit der neuen Rechenmaschine ein geheimes Programm zu testen, und die Maschine rechnete achtzehn Stunden statt einer, stand ich auch vor Rätseln. Und nicht nur ich – echa, meine Mitarbeiter auch, aber ich hatte die Verantwortung. Ich allein. Was tun? Weiter rechnen lassen? Rechenmaschine anhalten? Wenns nur ums Geld gegangen wäre – eine Rechenstunde kostet immerhin 1500 Mark –, aber es ging noch um ganz andere Größen. Die Rechenmaschine war nämlich eine IBM. Und der Betrieb hatte drei Spezialisten von IBM in seinen Mauern, seit drei Jahren, die unsere Spezialisten einzuarbeiten hatten. Aber: Wer EDV im Betrieb macht, kennt den ganzen Betrieb, alles. Und diese Einblicke mußten den IBM-Fachleuten, die sicher nicht nur IBM-Fachleute waren, aus begreiflichen Gründen so gut wie irgendmöglich verwehrt werden, ni. Ein schwieriges Unterfangen, nor. Aus den angedeuteten begreiflichen Gründen waren wir also damals gezwungen, nachts zu rechnen. Wenn die IBM-Leute aus dem Bau waren. Wir haben auch kein Licht gemacht. Nur die Lampen der Rechenmaschine blinkten in der Finsternis – ein herrlicher Anblick. Der beste Sonnenuntergang ist Schruz dagegen. Die Nacht – verflucht, die wär ein poetisches Fressen für Schriftsteller und Konsorten gewesen. Aber ein Schriftsteller kommt natürlich an so was nicht ran, kann nicht rankommen, kann nicht rangelassen werden: mein Standpunkt. Diese Schreiberseelen hätten ja auch nur die Oberfläche sehen können, das großfreßsche Bild auf deutsch gesagt. Aber wie uns damals zumute war – verdammich. Drei Varianten sollte die Maschine rechnen. Und dreihundert hat sie gerechnet. Ein Programmierungsfehler, wie sich herausstellte. Nach achtzehn Stunden. Die IBM-Leute hatten mit guten Vorwänden daran gehindert werden müssen, pünktlich zur Arbeit zu erscheinen. Neben den Nerven, die das Risiko, weiterrechnen zu lassen, gekostet hatte, war folglich auch unsere Phantasie in diesen achtzehn Stunden reichlich gefordert worden. Eine schöne Strapaze. Wenn ich ›schön‹ sage, meine ich ›schön‹. In diesem Fall. Mein Standpunkt: Ein Leiter braucht den Mut zum Risiko.«

Laura pflichtete bei. Sympathiebewegt. Verantwortungsmutige, unerschrockene Frauen gefielen ihr. Selbstbewußtsein imponierte ihr immer. Aber Großsprecherei . . . Dieses Erfolgsgerede . . . Und außerdem brauchte sie natürlich keineswegs einen Leiter zur Komplettierung, sondern im Gegenteil sowie endlich Klarheit über die ambivalente Erscheinung im Bett, die immer rätselhafter wurde. Die Schnitzelfresserin war das mit Sicherheit nicht. Bettarrest war auch unwahrscheinlich. Am unwahrscheinlichsten aber erschien Laura, daß ein Leitungskader wöchentlich ein bis zwei Stunden Arbeit als Narr nehmen wollte.

Sie hatte sich die Bewerberin ganz anders sowie viel älter oder viel jünger vorgestellt.

Hilde Felber gab einen kurzen Abriß ihrer beruflichen Erfolge und musterte dabei die Frisur der kleinen, dicken Frau. Dauerwellen, Lockwell vom Fließband, das über jeden Kopf gleich wegläuft und über jedes Alter. Vorausgesetzt, man hält seinen Kopf hin. Zweckmäßiger Hosenanzug. Präzise, glaubwürdige Antworten. Ordentlichkeit in Herkunft, politischer Haltung und Berufswahl. Diese Erscheinung entsprach ganz und gar nicht den Erwartungen, die in Hilde Felber von der Annonce erweckt worden waren. Hilde Felber hatte sich diese Laura Salman auf sehr dumme oder sehr kluge Weise einfältig vorgestellt.

Die beiden Frauen saßen einander verdutzt gegenüber.

Und Laura hätte die Flucht ergriffen, wenn nicht diese gewissen Vertrauen erweckenden Elemente heimatlichen Wortschatzes gewesen wären. Diese Nachreden auf die stereotype Wendung »auf deutsch gesagt« zum Beispiel, die auf sächsisch gesagt meinte und die stereotype Wendung »mein Standpunkt« neutralisierte.

Da Laura nicht wußte, wie sie ihre Verlegenheit überspielen sollte, erklärte sie ihr Anliegen mit Leonardo da Vinci.

»Ach Sie sind Maler«, sagte Hilde Felber erleichtert, »meine Kinder haben auch alle in Zeichnen eine Eins. Mein Mann . . .«

Laura schnitt Hildes neue Rede mit »Nein« ab und begleitete die folgenden Sätze über Leonardo da Vinci mit jähen Kopfbewegungen und Handwürfen, um Hilde Felber auf Dompteurart eine Weile in Schweigen zu halten. Als nämlich Francesco del Giocondo den berühmten Maler beauftragt hätte, wäre Leonardo in einer ungleich günstigeren Situation gewesen als jeder normale Künstler heutzutage, der von staatlichen oder kommunalen Aufträgen lebe, die Mona Lisa, del Giocondos Ehefrau, wäre schön gewesen. »Harmonisch schön«, sagte Laura, »eine Qualität, damals wie heute nur ungeteilten Frauen möglich. Und dennoch reichte dem Meister die Inspiration des Augenblicks nicht den Glanz der Schönheit, der nur in der Bewegung aufblüht – flüchtig, sekundenkurz – im Gedächtnis zu halten. Selbst das Genie Leonardo brauchte Hilfsmittel. Während er malte, mußte immer jemand zugegen sein, der sang, spielte und Scherz trieb, damit Mona Lisa fröhlich blieb. Nur so konnte uns Leonardo dieses unergründliche Lächeln schenken, das eher von zaubrischer als von menschlicher Hand geschaffen scheint. Wenn Sie nun bedenken, daß sich Leonardo unter so günstigen Umständen viele Jahre um das Bild bemühte und es sodann doch unvollendet ließ, werden Sie begreifen, in welcher aussichtslosen Position sich unsereiner befindet.«
Hilde Felber entschied, daß die naive Malerei für das volkskünstlerische Laienschaffen geeignetere Vorbilder böte. Als Abteilungsleiterin im Ministerrat käme sie viel rum und hätte deshalb Verbindungen überallhin. Auch zu Kulturhäusern, auch zu Laienzirkeln. Ein Leiter ohne gutes Personen- und Namensgedächtnis hätte seinen Beruf verfehlt. Eine Leiterin müßte stets Sorge tragen, daß der dienstliche Charakter ihrer Verbindungen gewahrt bliebe. Diesen Tip hätte ihr eine alte Genossin gesteckt, als Hilde Felber in den Staatsapparat berufen worden wäre. Vor dreizehn Jahren. Ministerratsbeschluß von wegen Frauen in leitenden Funktionen. »Achtundfünfzig Frauen nahmen damals zu diesem Zweck an einem Vorbereitungslehrgang teil«, sagte Hilde Felber, »fünf sind davon noch heute im Amt. Ich mitgerechnet, ni. Die alte Genossin hat gesagt: ›Einem weiblichen Leiter dürfen nie und nirgends auch nur Anflüge von Affären zu Mitarbeitern oder dergleichen unterlaufen: Schwächen.‹ Ich werde also mit einem Zirkelleiter sprechen.«
»Ich brauch keinen Zirkelleiter«, sagte Laura schwitzend. »Ich brauch Inspiration.«
»Hämpflich«, sagte Hilde Felber, »wer jahrzehntelang in entspre-

chenden Funktionen gearbeitet hat, kriegt einen Riecher für Führungsqualitäten. Schon als der bewußte Ministerratsbeschluß von 1963 mich auf den bewußten Lehrgang delegierte, der für leitende Positionen vorbereiten sollte, war dieser Riecher bei mir entwickelt. Nicht nur bei mir, ni. Andere, die auch ein gehöriges Quantum Praxis hinter sich hatten, spürten ebenfalls sofort, wer Chancen hatte und wer nicht. Wobei Chancenlosigkeit für diese Arbeit keinesfalls mit Dummheit gleichgesetzt werden darf. Die mit Riecher haben sich übrigens auf diesem Lehrgang damals instinktiv zusammengeschlossen. Und die konnten sich auch halten bis heute – vorausgesetzt, daß ihre Gesundheit sie nicht im Stich ließ. Höhere Gewalt nennen manche diese gesundheitlichen Staucher. Besonders hier in diesem Prießnitzstall, von dessen Patienten sich achtzig Prozent krankgefressen haben. Mit mir wurde ein achtundzwanzigjähriger Mann eingeliefert, der drei Zentner und sechzig Pfund wog. Was ein Mann in meinem Rang, den man früher als Ministerialrat bezeichnete, sozusagen auf künstlichem Wege mit Rauchen, Saufen, Sportfaulheit und anderen Disziplinlosigkeiten seinem Kader antut, schaffen bei einer Frau sozusagen auf natürlichem Wege Haushalt und Kinder. Ich hab zum Beispiel vier Kinder, nor. Zwanzig Zigaretten am Tag wären da schon mein Untergang. Deshalb kann ich nur lachen, wenn Leute meine Disziplin bewundern. Als ob es für mich Alternativen gäbe!«

Laura erfuhr, daß der Nomenklaturkader Hilde Felber in regelmäßigen Abständen zur Kur geschickt würde. Begründung: Herzinfarktverdacht. Auflagen: Hungern, bis Normalgewicht erreicht ist, Kreislauftraining, Erholung. Hungern und Kreislauftraining hätte Hilde Felber mittlerweile mit ärztlicher Hilfe oder der entgegen optimiert. Nur die Erholung hätte sie noch nicht entsprechend im Griff. In vier bis fünf Tagen wäre das Schlafdefizit weggeschafft. Da der Beruf reichlich mündliche Kommunikation erfordere, hätte sie sich während der Kur reichlich schriftliche Kommunikation mit dem Notizbuch auferlegt. Statt Autofahren und ähnlichen körperunterfordernden Bewegungsarten Sport und Spaziermärsche – arztchinesisch Terrainkur genannt. »Woher aber nehm ich den Kontrast für die optimale Erholung meines Nischels«, sagte Hilde Felber. »Für mein sekundäres Produktionsmittel wird hier bestens gesorgt, aber für mein primäres Produktionsmittel . . .« Hilde Felber deutete seinen Standort an, indem sie die rechte Hand vor die Stirn schlug.

Die Geste verhalf Laura zu Erleuchtungen, mit denen sie sich

Gründe für Hilde Felbers Bewerbung enträtselte. Laura Salman versicherte also, daß die angebotene Stelle für die Lösung des letzten Optimierungsproblems geradezu ideal geeignet wäre, erklärte kurz Art und Sinn ihrer Experimente, bot fünfzehn Mark pro Stunde und verlangte eine Probe.

»Was für eine Probe«, sagte Hilde Felber.

Laura fragte, ob sie die Närrin im Sack kaufen solle. Dann zog sie eine Schüssel aus ihrem Handgepäck. Die Schüssel war mit Quark gefüllt.

Laura stellte die Schüssel auf Hildes Nachttisch.

Hilde glotzte auf den Quark. Sprachlos. Eine Weile.

Plötzlich hieb sie hinein. Mit der Faust. Sie hatte ausgeholt wie auf dem Jahrmarkt, wenn sie zu ihrer Kinder Freude das Kraftmeßgerät »Haut den Lukas« bedienen mußte. Auf dem Jahrmarkt hatte sie selten die geforderte Höhe erreicht. In Zimmer drei des Waldhauses flog der Quark bis zur Decke.

Laura starrte erleichtert zum Gewände hinauf, machte sich auf eine Malerrechnung gefaßt und erklärte die bekleckerte Decke zum Gesellenstück und die anfallende närrische Arbeit für leicht.

»Arbeit in Form von leichtem Gesang und Lautenspiel wie bei Leonardo da Vinci«, fragte Hilde Felber.

»Arbeit in Form von Einfalt«, antwortete Laura. »Für den Anfang wäre eine Brockengeschichte zur Beförderung meiner Experimente gewiß günstig. Kennen Sie eine?«

»Jede Menge«, behauptete Hilde Felber und entschied, daß die Narrengeschichten in der Wohnung ihrer einstigen Sekretärin Vilma Gommert stattfänden. Von Mahlow aus innerhalb der Terrainkurzeit unauffällig erreichbar. Außerdem könnte der Rauchabzug in Lauras Küche nicht besser sein als der in Vilmas Küche.

Laura nahm die neuerliche Überraschung bereits abgehärtet. Die beiden Frauen verabredeten sich für Mittwochnachmittag.

46. Kapitel

Laura findet die Welt erträglich und Wesselin gerüstet

Laura versah die nächsten Nachtdienste fidel. Linke Hand auf dem Fahrschalterknopf, rechte am Führerbremsventil, vor sich das Schienenband, das der Zug in sich hineinfraß, mit sechzig, mit achtzig Stundenkilometern – schön war die Nacht.

Laura stand wie gewohnt während der Fahrt, um den Zug besser zu fühlen. Sie fühlte den Schienenstoß unter den Füßen und die Geschwindigkeit des Zuges und wie er besetzt war – von Müdigkeit fast keine Spur.

Brücken drängten sich auf, steile Bahndämme, braun vom Rost des Bremsstaubs, Bahnhöfe, auch verrostet, Häuser, Signalaugen grün gelb rot, Kais, Silos – erträgliche Sicht allerwegen. Außer der Stadtbahn war auch die Nacht wieder erträglich und die Welt drumherum.

Dank dieser Hilde Felber. »Solangs noch solche Frauen gibt, solangs noch solche Frauen gibt, ist unser Polenland, ist unser Polenland, ist Polen nicht verloren . . .« sang Laura dienstags auf dem Heimweg. Den wählte sie über den Alexanderplatz, wo bereits Kauflustige auf Bänken und der Springbrunnenmauer Platz genommen hatten. Die Kaufhäuser öffneten erst in drei Stunden. Die weitgereisten Kauflustigen versicherten Laura ihre Sympathie, umringten sie und boten Złoty und günstige Wechselbedingungen an. Laura floh unter die Kolonnaden der Liebknechtstraße und weiter stracks nach Hause zu Sohn Wesselin.

Er lag gerüstet im Bett. Mit angeschnalltem Harnisch und Helm. Schwert und Schild lagen vor dem Bett neben den Schuhen.

Als Laura den Sohn weckte, sagte er: »Ich bin ein Mühchen.«

Laura entdeckte weiße Flecken an der Hose, die für Wesselin bereitgelegt war. Hatte Laure die Flecken gestern abend übersehen? Waren sie Spuren dieser Nacht?

Alle anderen Hosen hingen am Trockengestell im Bad. »Ich bin geliefert«, entgegnete Laura und knäulte das Kleidungsstück. Den Verdacht, mit der vom Etagenbeauftragten gebrachten Fensterfarbe gemalt zu haben, räumte Wesselin aus, indem er sein Haar vorwies. Rechts vom Wirbel noch schwache, klebrige Spuren, gestern war

Montag gewesen, hatte die Mutter vergessen, daß die Kindergartenspeisung montags Dessertquark liefert, ein Nachtisch, unbeliebt zum Essen, aber ideal zum Werfen.
Wesselins Bett roch nach der Plasterüstung. Laura konnte sich nicht aufhalten mit derlei. Von der Küche her trieb sie zur Eile, richtete dabei Frühstück, löste das Hosenproblem durch Trockenbügeln und entschied nach dem Außenthermometer für den dünnen Anorak.
Wesselin entschied für den dicken, weil er Reißverschlüsse satt hätte. »Entweder sie gehen nicht zu oder nicht auf. Wenn sie unten aufplatzen, steckst du fest und alle lachen. Bei Keilereien platzen sie immer auf, ich will Knöpfe, oder ich bin ein Mühchen.«
Laura bewilligte den dicken Anorak, weil Kinder in den Kindergarten gehen, Mühchen nicht. Richtige Mühchen verstehen auch keine Menschensprache. Kein Befehl erreicht sie, keine Schelte. Laura bewilligte den dicken Anorak, solange Wesselin noch kein richtiges Mühchen war. Denn sie brauchte ein paar Stunden Schlaf für den nächsten Dienst.
Sie ermahnte also zur Eile, indem sie den Namen des Sohnes rief. Der zeigte durch gleichbleibende Gemächlichkeit, daß er noch eine Weile ein Mühchen zu bleiben gedachte.
Er pflegte der Welt diese Verwandlung, die äußerlich nicht sichtbar war, stets ruhig mitzuteilen. Mitten in Lärm, Streit, Schelte und Rauferei, auf dem Höhepunkt von Aufregung, Zorn, Wut konnte er von Stammelgeschrei plötzlich in ruhige, gemessene Rede wechseln und seiner Umgebung erklären: »Ich bin ein Mühchen.« Solche Erklärungen machte Wesselin, seitdem er in den Kindergarten ging. Die Kindergärtnerinnen und Gefährten der Gruppe waren anfangs davon befremdet und reagierten mit Gegenmaßnahmen. Die Kinder lachten oder prügelten. Die Erzieherinnen bemühten sich, den »Bock« zu brechen. Ihre Bemühungen blieben ohne Erfolg. Schließlich gewöhnten sie sich an das seltsame Gebaren, das sie »Bock« nannten. Auch Wesselins Gewohnheit, am Kindergartenfenster zu stehen und zu winken, bis die Mutter außer Sicht war, respektierten sie schließlich. Als Extrawurst. Natürlich konnten nicht für alle Kinder Extrawürste gebraten werden. Wenn alle Kinder am Fenster stehen und winken wollten, statt am Tisch zu sitzen und das Frühstück einzunehmen, wie es sich gehört, könnte der Stundenplan nicht erfüllt werden. Ganz klar. Aber alle Kinder hatten gottlob auch nicht das stete Bedürfnis nach Winken. Außer Wesselin weinte

kein Kind der Gruppe, wenn ihm Winken verboten wurde. Außer Wesselin pflegte kein Kind der Welt mitzuteilen »ich bin ein Mühchen«, sich plötzlich in eine Ecke zurückzuziehen und was anderes zu spielen. Irgendwas anderes, was die Gruppengefährten gerade nicht spielten.

Den »Beschäftigungsplan« hielt Wesselin jedoch ein. Am liebsten beim Malen mit Temperafarben. Freilich wartete er nie, bis das Malthema durchgesprochen war. Sobald die Erzieherin das Thema genannt hatte, konnte er nicht weiter zuhören, sondern raffte Farben und Papier und begann.

Da der seltsame »Bock« und die Winkgewohnheit Eigenarten waren, die nur die Prinzipien der Erzieherinnen strapazierten, nicht ihre Nerven, wurde nur zu Beginn von Wesselins Kindergartenzeit zu einigen pädagogischen Aussprachen gebeten.

»Holst du mich heute vor dem Schlafen ab«, sagte Wesselin beim Abschied.

»Nach dem Schlafen«, sagte Laura.

»Warum«, sagte Wesselin, »warum kann ich nicht zu Hause schlafen, wenn du schläfst. Andere Eltern schlafen immer, wenn ihre Kinder schlafen. Andere Kinder müssen nachts nie allein sein . . .«

»Elia pum pum
unser kleiner Jung
will noch nicht alleine schlafen
will sich noch rumpumpeln lassen.
Elia pum pum«, sagte Laura, versprach, Wesselin so zeitig wie möglich abzuholen, wandte sich schnell und winkte auch nur zweimal zurück.

Hundemüde. Aber das von Wesselins Wunsch erzeugte schlechte Gewissen oder der Lärm der Baumaschinen rund ums Hochhaus oder der Straßenverkehr oder Übermüdung rissen immer wieder aus dem ersehnten Schlummer. Trieb Übermüdung Laura in Schlafunfähigkeit?

Laura stand schließlich so gut wie unverrichteter Dinge auf und begab sich zunächst in die Kaufhalle, weil sie in diesem Zustand Einkaufen und Fragenbeantworten schwer bewältigen konnte. Wenn Wesselin aus dem Kindergarten kam, überschüttete er seine Mutter unerbittlich mit Fragen. Nicht weil er um jeden Preis Wissen suchte. Er wollte den totalen Kontakt, der mit Anfassen allein nicht herzustellen war. Manchmal steckte er auch einen von Lauras Fingern in den Mund und sang: »Meine Mama, die schmeckt gut.«

Manchmal behauptete er auch, seine Beine täten weh, als ob er getragen werden wollte.
Und als Laura mit vollen Netzen zum Abholen kam, stand er prompt wieder winkend am Fenster.
Ein Junge, den Laura Salman übers Jahr einzuschulen hatte! Einschulung hieß für Laura Nachtdienst fort und fort und für Wesselin fort und fort Alleinschlafen unter verschärften Bedingungen.
Denn die Nachbarin Stadler hatte ihre Kinder inzwischen so groß, daß eine geräumigere Wohnung für die Familie gebraucht wurde. Frau Stadler hatte auch schon einen Tauschpartner: ein Rentnerehepaar. Behindert: Die Frau war schwerhörig, der Mann lief an Krücken. War körperbehinderten Rentnern die nächtliche Verantwortung für ein Kind zumutbar? Was nützte der Schlüssel in der Verwahrung einer Frau, die nicht hören konnte, wenn sie gerufen wurde? Auf die zukünftigen Nachbarn zur Rechten durfte Laura wohl nicht setzen. Der linke Nachbar war ein alleinstehender Dienstreisender. Und Etagenbewohner, deren Wohnungen außer Rufweite lagen, waren für ein nächtliches Schlüsselkind ein zu dürftiger Beistand. Was tun?
»Kommt Zeit, kommt Rat«, sprach Laura zu sich und gegen alle Vernunft, doch mit der Gewißheit, daß die alchemistische Erfindung des Schlafersatzelixiers auch dieses Problem und wer weiß was noch lösen würde.

47. Kapitel
Präliminarien

Hilde Felbers Entscheidung, die Narrenschichten bei ihrer einstigen Sekretärin stattfinden zu lassen, war Laura zunächst als Frechheit erschienen. Später als Willkür. Schließlich als Weisheit.
Den mitunter aufglimmenden Gedanken, Hilde oder Vilma oder die fremde Wohnung könnten eine Falle sein, verbat Laura aus gesundheitlichen Gründen ihrem Kopf. Wenn sie der Drohung des Oberteufels, seine Agenten überwachten die geteilten Frauen, nicht nur Glauben, sondern auch Bewußtsein geschenkt hätte, wäre sie längst in psychotischen Zuständen gewesen.
Und doch fühlte sich Laura erleichtert, sobald ihre alchemistischen Utensilien aus ihrer Wohnung geschafft waren. Für den Transport reichten vier Einkaufstaschen.

Die Wohnung dieser Vilma Gommert war gegenüber dem Tierpark gelegen. Im neunten Stock einer Neubauwohnung.
Laura mußte ihn ersteigen. Da sie in der Leipziger Straße im einundzwanzigsten Stock gemietet hatte, trafen sie Fahrstuhldefekte physisch und psychisch trainiert.
Dennoch rang sie nach Luft, als sie klingelte. Betroffen vom Namenschild über der Klingel.
Eine Frau in Lauras Alter öffnete und führte durch einen dunklen Korridor und ein dunkles Wohnzimmer in die Küche. Die Küche war ausgeleuchtet. Ein Würfelraum. Eine kleine Frau. Blond. Außerdem dünn und offenbar nicht nur bei Licht besehen blaß. Sie stand in Küchenmöbeln derselben Serie, die auch Laura alltäglich umgaben. Der Würfelraum hatte ein Fenster, das die Dunkelheit des Wohnzimmers zeigte. Ein schlechter Küchenstuhl. Ein guter Rauchabzug. Keine Hilde Felber.
Laura nahm auf dem Stuhl Platz und wartete. Das dürftige Frauchen schwang sich auf den Küchentisch, der neben dem Herd stand, teilte mit, daß die Chefin heute leider verhindert wäre, und bot Ersatz an.
»Ersatz«, wiederholte Laura entrüstet, »eine hochqualifizierte Arbeit läßt sich doch nicht durch x-beliebigen Ersatz erledigen.«
»Ich bin kein x-beliebiger Ersatz«, entgegnete Vilma Gommert in einer Aussprache, die eher an Einsprache erinnerte, »ich saß neun Jahre am Schreibtisch ihres Vorzimmers, über den alles ging. So lange hat noch keine Sekretärin bei Hilde ausgehalten. Natürlich bin ich kein Ökonom. Und im Leiten Dilettant. Aber im Dienen . . .«
Vilmas befremdliche Sprechweise erinnerte Laura an Bauchrednerei. Auch Gesicht und Gestalt erschienen eingestülpt. Die vom Namenschild bezeugte Unruhe schwand. Laura war sicher, daß der zweite Familienname, den diese Vilma führte und den Hilde Felber unerwähnt gelassen hatte, auf nichts anderes hindeutete als auf kuriosen Zufall. Eine derart eingezogene Person war weder als Ehefrau eines Konrad Tenner noch als närrischer Beistand auch nur denkbar. Laura packte ihre vier Einkaufstaschen und wandte sich.
Vilma sagte »halt«. Mit einer Stimme, die im schmächtigen Leib dröhnte. Laura unterdrückte die Verwunderung mit einer sachlichen Frage nach Hildes Verhinderung.
»Hilde sagt: Herz«, antwortete Vilma, »ich sag: die Gesellschaft. Nie bekommt ihr die Gesellschaft in diesem Krankenhaus. Deshalb fährt sie immer wieder hin. Sie hatte stets mehr Feinde als Freunde.

Daran ist sie gewöhnt. Heute läßt mich das kalt, sagt sie. Aber daß auch die meisten Frauen sie nicht mögen, läßt sie nicht kalt.«
Laura lauschte der Rede, die nicht aus dem Munde kam, aber im Gegensatz zur Technik des Bauchredens vom Mund sichtbar gebildet wurde, mit Neugier.
Vilma erzählte, daß sie in Mahlow Hildes Freundin geworden wäre. »Weil du mich auch nicht leiden konntest«, sagt Hilde. Sie rannte nach der Mittagsruhe schnurstracks in die Rieselfelder. Ich mußte mit. Wir begegneten kaum Patienten, bei Regen nie. Ich rannte und keuchte. Hilde rannte und redete. Nur während der Visiten und auf der Toilette waren mir Zuhörpausen sicher. Abends floh ich in den Aufenthaltsraum, wo die Patienten vor dem Fernsehapparat saßen. Die weiblichen Patienten strickten und häkelten, die männlichen lagerten ihre Hände auf den Bäuchen. Ich hieb meine Hände verzweifelt auf die Sessellehnen. Und ging weiter mit Kilometer machen und zuhören. Warum? Hilde sagte: ›Du bist auf der Flucht.‹ Und die Weiber, die mit Stricken die Zeit totschlugen, statt sie beispielsweise zum Lesen zu nutzen, waren ja wirklich auch danach. Verfettung macht nämlich vorm Kopf nicht halt. Jetzt hat Hilde eine neunundzwanzigjährige Zimmergenossin mit einhundertfünfundvierzig Kilo, die ihre Kur strickend im Bett verbringt. Halbliegend, denn am Sitzen hindert der Bauch. Und zwar kein Bauch von Schwangerschaften. Die Frau ist kinderlos. Ich war damals die einzige Patientin, die nicht hungern mußte. Und Hilde war damals die einzige Patientin, die mir beim Essen zusehen konnte. In Mahlow war ich nie wieder. Aber auch in anderen Kurhäusern sind mir mehr strickende als lesende Frauen begegnet. Viele Strickerinnen hatten zu Hause Strickmaschinen. Hilde sagt, ›du bist meine Sekretärin geworden, weil du von diesen Strickerinnen den Kanal voll hattest‹.«
»Und was sagen Sie«, fragte Laura und stellte die Einkaufstaschen auf den Küchentisch zurück.
»Ich sag, Hilde sagt immer, ich tät sagen, ›Hilde, du verlangst zu viel. Von allen Frauen verlangst du, daß sie so zäh, gesund, gescheit, diszipliniert, leidenschaftlich und selbstbewußt sind wie du. Und das ist unreal‹.«
»Und was sagen Sie selber zu sich selber«, fragte Laura.
»Zu mir selber sag ich, die Jahre mit Hilde waren eine gute Schule.«
Laura fühlte sich von Vilmas Antwortweise an die einer Etagenmitbewohnerin in der Leipziger Straße erinnert. Die Mitbewohnerin

eröffnete jede Antwort mit der Wendung: »Mein Mann sagt . . .« Der Mann war Trainer. Laura fragte sich stumm, wer die spezielle Bauchrednerin Vilma trainierte.
Vilma fragte laut, ob sie beim Auspacken helfen dürfe, und griff zu. Auch hörte Laura Geräusche aus dem Wohnzimmer, das mit Übergardinen abgedunkelt war.
Die Geräusche und Vilmas unverhohlene Neugier brachten Laura wieder auf gewisse Gedanken, die sie sich aus gesundheitlichen Gründen verbot.
Vilma legte ihre Hand auf Lauras Unterarm, als ob sie Gedanken lesen könnte. Dabei äußerte sie die Überzeugung, daß sich die Staatssicherheit heutzutage nichts mehr aus Hexen mache.
Laura war nicht so sicher. Denn sie gewahrte einen Mann im dunklen Zimmer. Er saß vor fünf Fernsehgeräten. Drei zeigten bunte Bilder und zwei schwarz-weiße.
»Mein Mann ist Archivar«, sagte Vilma.
»Ja«, sagte Laura, »ja, warum nicht.« Sie lauschte dem Wortgewirr, das deutlich durchs geschlossene Küchenfenster drang. Sie beugte sich vor und sah alle fünf Programme mit einem Blick. Und einen Haarschopf. Er war ergraut, aber üppig. Laura verspürte Lust, ihn zu zausen. Aber sie fragte nur, ob der Mann Hilde Felbers Schichtarbeit in seiner Wohnung billige.
»Er kennt sie nicht . . .«
»Aber er hört uns doch . . .«
»Mich nicht«, sagte Vilma und deutet auf ihren Bauch.
Die Eröffnung ließ Laura aufhorchen und in eine der vier Einkaufstaschen langen.
Vilma öffnete beflissen ihre geleerten Küchenschränke. Laura zog ein Buch aus der Tasche und las: »Sehet doch zurück in die Welt, was Gott hat oft für einfältige Leute zu seinem Werke gebraucht . . . St. Paulus war ein Schriftgelehrter, aber als er ein Christ ward, so mußte er erste in seiner Kunst und Weisheit ein Narr werden, auf daß die göttliche Weisheit in ihm möchte stattfinden . . .«
Vilma ordnete das Zitat dem Werk Jakob Böhmes zu und bezeichnete Böhme als ihren Lieblingsphilosophen, mit dem sie sich im zweiten Leben ausführlich beschäftigen wolle.
Laura bedauerte, daß es ihr unmöglich wäre, an ein zweites Leben nach dem Tode zu glauben. »Leider«, sagte sie, »wenn ich wüßte, daß ich meinen Benno dereinst wiedersehen würde, ginge mirs besser.«

»Sie mißverstehen mich«, entgegnete Vilma, »wo denken Sie hin. Ich brauch keinen Gott. Ich brauch bloß etwas Stützung meines Selbstvertrauens. Weil ich mir nämlich gesagt hab: Bis vierzig vertagst du dich. Und ich war vierundzwanzig, als ich mir das gesagt hab, mit drei gesunden Kindern und zwei abgetriebenen – was heißt gesagt? Beschlossen hab ich. Ich weiß es noch wie heute. In Leipzig wars, in einer Vorlesung Geschichte der Philosophie. Da redete ein Professor über Hegel, und ich grübelte immerzu über Kinderschuhe und Klempner. Damals waren die Kinderschuhe bekanntlich noch knapper als heute, und ich konnte doch meine Töchter nicht barfuß im Kindergarten abgeben. Und dreckig auch nicht. Der Sohn lag noch in Windeln. Aber schlepp mal jeden Abend das Badewasser für drei Kinder vom Hof in den vierten Stock, weil sich kein Klempner findet, der den Wasserrohrbruch behebt. Und deshalb hab ich damals bei Hegel beschlossen, bis vierzig steck ich auf und Schluß.«

»Schluß womit«, fragte Laura erschrocken.

»Schluß mit dem ersten Leben natürlich, darin ich abarbeiten mußte, was Geschichte und Gewohnheit unsereinem aufgeladen haben. Spezialisierung. Das erste Leben hat mich spezialisiert auf Dienstleistungen und Verzicht. Das zweite gehört mir und der Wissenschaft.«

Was Laura leise hörte, wurde laut gesprochen. In Vilmas kleinem schmächtigem Körper dröhnten die Worte. Laura spürte Lust, ihr Ohr an den Schallraum zu legen.

Und sie erklärte Vilma zu würdigem Ersatz für Hilde Felber und die erste Narrenschicht für eröffnet.

48. Kapitel
Erste Narrenschicht

»Ich und meine Küche, wir wollen Laura Salman dienen«, sprach Vilma zur Eröffnung der ersten Narrenschicht.

Die begann mit dem Verstauen der Arbeitsmittel in den Küchenschränken.

Später roch Vilma Johanniskraut. Da waren die Kochplatten des elektrischen Herds bereits mit Phiolen und Tiegeln besetzt. Aus einem Tiegel stiegen grüne Gasschwaden in den Rauchabzug.

»Johanniskrauttee beruhigt«, sagte Laura. »Meine Großmutter hat welchen getrunken, wenn sie nicht schlafen konnte.«
Vilma entgegnete, daß sie immer schlafen könne, wenn sie wolle, das heißt Zeit hätte. Aber daran eben fehle es, weshalb ihr Johanniskraut für Schlafersatzelixier ungeeignet erschiene.
»Im Gegenteil«, erwiderte Laura, »wir müssen nur das Vorzeichen ändern. Ein Problem, vor dem Wissenschaftler, die sich mit der Erschließung der Schwerkraft als Energiequelle beschäftigen, auch stehen. Stimmts?«
»Hilde sagt immer ›nower‹ oder ›nor‹, wenn sie ›stimmts‹ meint. Und wenn sie Schrippe meint, sagt sie ›Brodel‹, und wenn sie Scheuertuch meint, sagt sie ›Hader‹, und zu Kartoffelpuffern sagt sie ›grüne Klitscher‹ und zu Schornstein ›Esse‹ und zu Wirsing ›Welschkraut‹ und zu Bonbon ›Malzel‹, und wissen Sie, wie sie meine Sommersprossen tituliert?«
»Roßmucken«, sagte Laura.
»Woher wissen Sie das?«
»Weil ich aus der gleichen Stadt stamme«, sagte Laura. »Dachten Sie etwa, ich vergebe eine Vertrauensstellung an Ausländer?«
Vilma versicherte, daß sie nicht nur »icke« sagen könnte, sondern auch »eiju«. Selbständig. Hilde wolle selbständige Mitarbeiter. Ihren Vorgängern wären oft willige lieber gewesen. Und die plötzliche Umstellung auf den anderen Stil hätte mitunter das Maß zum Überlaufen gebracht. Weil die plötzliche Umstellung auf einen weiblichen Vorgesetzten ja schon schwer genug gefallen wäre. Auch weiblichen Mitarbeitern. Und den Sekretärinnen besonders. Wenn Vilmas männlicher Chef von ihr Kaffeekochen verlange, erledige sie die Arbeit selbstverständlich, wenn Hilde von ihr Kaffeekochen verlangt hätte, wäre Vilma anfangs zu dieser Arbeit nur widerstrebend bereit gewesen. Ja, Hilde hätte viele unselbständige Mitarbeiter durch andere ersetzt und sich schon dadurch reichlich Gegner geschaffen. Aber in einer Frau, die nebenbei noch die Verantwortung für vier Kinder trage, könnte der Hunger, soviel wie möglich Verantwortung ihres Arbeitsbereichs an sich zu binden, was hieße, soviel wie möglich Macht, schwerlich aufkommen. In der Familie wäre der große Sohn für die Haushaltskasse verantwortlich, weil Vater nicht wirtschaften könnte, und der kleine Sohn fürs Brot. Wenn der Junge vergäße, Brot einzukaufen, könnte die Familie keins essen. Und wer koche, brauche nicht abzuwaschen und umgekehrt. »Hilde sagt immer: ›Ich versteh nicht, wie dus in einer

Redaktion aushalten kannst, bei diesen Branzkübeln. Sobald ich Zeit hab, muß ich deine Sache mal in die Hand nehmen‹, sagt sie. Aber sie hört trotzdem auf mich. Haben Sie schon mal mit meinem Chefredakteur korrespondiert?«
Laura deckte einen Jenaer Glastopf, in dem eine Kröte kletterte, mit einem Teller ab und wollte wissen, ob Vilma Hilde Felber zugeraten habe, sich auf die Annonce hin zu bewerben.
»Ich glaube, ich hab Ihnen schon mehr als einen Brief geschrieben«, sagte Vilma.
Auf dem Küchentisch Butterschachteln und Quarkschachteln. Dutzende. Beschriftet. Die meisten Schranktüren standen noch offen. An deren Innenseiten hatte Laura Tabellen mit Zahlen, Pilznamen und Pflanzennamen befestigt.
»Wenn die Zahl der Kombinationsmöglichkeiten nicht Legion wäre, käme ich natürlich auch mit Mathematik zum Ziel«, sagte Laura. »Mit Mathematik und Computern kommt heutzutage jeder Dummkopf zum Ziel, wenn es ebenerdig ist. Meins aber liegt drunter. Und deshalb brauch ich Einfalt als Inspiration. Vilma, sind Sie bereit?«
Vilma nickte, obgleich sie Mühe hatte, die Anfangssätze der eingepaukten Brockengeschichte im Kopf zu behalten. Vilma hatte von Hilde Felber am Sonntag während der regulären Besuchszeit im Krankenhaus Mahlow die Auflage erhalten, für bestimmte Zwecke eine Brockengeschichte zu beschaffen und auswendig zu lernen. Die bestimmten Zwecke hatte Hilde Felber flüchtig erläutert und gebeten, den Vorgang als GV zu behandeln. Vilma hatte keine Verwandten im kapitalistischen Ausland und konnte geheime Verschlußsachen bearbeiten, weil sie als entsprechend vertrauenswürdig anerkannt war. Jetzt lauschte sie gespannt auf das Startzeichen. Vergeblich. Deshalb behauptete Vilma, daß sie einen Besen fräße, wenn der Brief, der ihr wie selten einer in Erinnerung geblieben wäre und der sich wochenlang auf dem Schreibtisch ihres Chefredakteurs herumgedrückt hätte, nicht mit Lauras Unterschrift geschmückt gewesen wäre. »Mit sozialistischem Gruß Laura Salman Triebwagenführerin – stand unter dem Brief – ich bin ganz sicher. Aber ich hab trotzdem nachgesehen. Und wissen Sie, was sich herausgestellt hat: der Brief fehlt. Aus der Korrespondenzmappe, die von mir geführt wird, hat jemand ihren Brief entwendet. Und die Antwort, die mir der Chef diktiert hatte, gleich mit. Verständlicherweise. Und natürlich stellen sich jetzt alle dumm und keiner will es gewesen sein. Aber die Sache

kriegt trotzdem ein Nachspiel. Würden Sie sich in ihrer Arbeit rumpfuschen lassen? Glücklicherweise ist mein Gedächtnis gut. Auch wenn der Groschen mitunter nicht sofort fällt. Aber daß der Brief weg ist, beweist nun geradezu schlagend, daß er von Ihnen geschrieben sein muß. Haben Sie von der Zeitschrift ›Neue Philosophische‹ Blätter‹ eine Philosophie für Nichtfachleute verlangt, ja oder nein?«

»Ich verlang sie von allen Freunden der Weisheit«, sagte Laura und nahm auf dem Küchenstuhl Platz.

»Gut orakelt«, lobte Vilma. »Orakeln ist der Hexen weiße Kunst. Die andere ist die schwarze.«

Laura erschrak.

Vilma beobachtete ungeduldig, wie Laura rote Flüssigkeit aus einer Phiole in zwei Reagenzgläser goß. Die Flüssigkeit dampfte. Vilma plagte Lampenfieber. Unter der Küchendecke Rauch. Im Küchenfenster wieder Finsternis und fünf Programme. Auch der Mann war wieder undeutlich zu erkennen.

Im Küchenlicht deutlich Vilmas Haaransatz, der verriet: Die Frau war blondiert. Außer der Redeweise und der Orakelantwort die dritte Merkwürdigkeit, die Lauras anfängliche Sicherheit untergrub und ihre Ahnungen verstärkte.

Zwischen den Fernsehapparaten und dem Mann eine Tischplatte. Der Mann legte Spielkarten drauf aus. Laura wollte wissen, was das für ein Spiel wäre, das da draußen gespielt würde.

»Konrad legt eine Patience«, antwortete Vilma, »vielleicht weil er wissen will, wie ein Wahlkampf ausgehen wird oder eine Flugzeugentführung oder der kalte Krieg. Er legt immer Patiencen, wenn er seinem Denktrieb folgt. Nüchtern sagt er: Zwar weiß ich viel, doch möcht ich nichts mehr wissen . . .«

»Ellerli, sellerie, zippe di ra, rippel di rappel di knall«, sprach Laura da. Konrad Tenner also in der Dunkelheit und sicher nicht irgendein Konrad Tenner. Die Patience-Spielerei und die Eigenheiten seiner Ehefrau gaben Laura die Gewißheit, daß vor den fünf Fernsehgeräten der Konrad ihrer Jugend saß. Der mit den uralten oder zeitlosen Augen. Der Polyhistor. Hatte er der Religion Wissenschaft abgeschworen?

Als sich Laura wieder gefaßt hatte, erklärte sie Alfblut zur Grundflüssigkeit, in der die zu machende Erfindung gelöst werden müßte.

»Alfblut, auch Elfenblut oder Elbenblut oder Johannisblut genannt, ist roter Saft, der den Blüten des Johanniskrauts abgewonnen

werden kann. Woher nehmen und nicht mausen? Sammeln, meine Liebe, ins Haus gebracht wird unsereinem nichts. Geschenkt auch nicht. Und selbst im Tierpark, der mir schon einige Kröten geliefert hat, würden Sie vergeblich suchen. Die Kröte gilt übrigens in Vietnam bis heute als weises Tier. Von Vietnam lernen heißt siegen lernen! Außerdem gibt es vier Sorten Johanniskraut, das zu den Hartheugewächsen gehört: liegendes Hartheu, rauhhaariges Hartheu, Tüpfelhartheu und Kantenhartheu. Liebe und Schlafersatz sind wahrscheinlich am ehesten mit Tüpfelhartheu (hypericum perforatum) zu erhoffen. Es muß in der Johannisnacht gepflückt werden, wenn es magisch wirken soll, also zur Sommersonnenwende. Wie Sie sehen, erfordert bereits die Grundflüssigkeit erheblichen Aufwand. Von den Zutaten gar nicht zu reden.« Laura redete von ihnen, indem sie die Familie der Nachtkerzengewächse und drei Pilzsorten erwähnte.
Die Familie der Nachtkerzengewächse, Onagraceae, der das unscheinbare, weißblühende Hexenkraut, Circaca, zugehöre, wäre über die ganze Welt verbreitet. In über fünfhundert Arten, die alle in die engere Wahl kämen. Einzeln? Kombiniert? Und wenn ja kombiniert, wie kombiniert? Sortenmäßig . . . anteilmäßig . . .« Laura hob die Klarsichtdeckel von drei Quarkschachteln, handelsübliche runde Form, Plaste, und zeigte Dörrgut des netzstieligen Hexenpilzes oder Hexenröhrlings Boletus luridus, des fleckenstieligen Hexenpilzes Boletus miniatoporus und des Satanspilzes Boletus satanas. Es erinnerte Vilma an Kaffee-Ersatzmischung. Die Kräuter in den Butterschachteln – handelsübliche rechteckige Form – waren gerebelt.
Vilma beugte sich über eine Schachtel, um zu riechen.
Laura verbot Anfassen, weil von manchen Giften bereits Spuren gefährlich wären.
Die beiden Frauen rollten ihre Augen, Laura braune, Vilma graue.
Laura fiel dabei natürlich ein, daß Verbote auf Kinder von beschränkter beziehungsweise gegenteiliger Wirkung sind. Und also verlangte Mutter Laura Aufklärung über die unverantwortliche Situation, die entsteht, wenn in einem Haushalt mit Kindern Gifte herumstehen.
»Meine Kinder sind aus dem Haus«, sagte Vilma. »Aus dem Haus, aber natürlich nicht aus dem Sinn. Die Sorgen verlassen unsereinen nie.«
»Ong dong dre Katterlemmersee«, entgegnete Laura und stocherte

mit einer Pinzette in verschiedenen Butterschachteln. Als sie die Pinzette danach in kochendes Wasser geworfen hatte, konnte sie ihre Sorge um Konrad nicht länger verbergen. Und sie bat, alle Giftbehälter vorschriftsmäßig mit dem weltweit eingeführten Symbol des Totenkopfes zu versehen, damit die Sicherheit des Ehemannes gewährleistet wäre.
»Konrad betritt keine Küche«, sagte Vilma.
»Weil er nicht darf«, fragte Laura.
»Weil er nicht will«, antwortete Vilma.
»Nie?«
»Ich glaube nie.«
»Und wenn er doch eines Tages . . .«
»Umgotteswillen«, rief Vilma nach außen, »wenn wir entdeckt würden, wär ich verloren.«
Laura konnte sich nicht erklären, weshalb Vilma, die nicht entdeckt werden wollte, plötzlich nach außen schrie und selbst die primitivsten Grundsätze der Konspiration mißachtete.
»Unterm Schreibtisch des Detektivs sitzt der Täter am sichersten«, entgegnete Vilma leise wie gewöhnlich.
Dann brachte Laura den Rest der roten Flüssigkeit in der Phiole zum Kochen. Als das Gefäß mit einer Zange, die deren Hals umfaßte, von der Kochplatte gehoben wurde, räusperte sich Vilma.
Als Laura der Flüssigkeit Pulver und Sirup aus den Tiegeln zufügte, hub Vilma an und sprach: »Es gab vordem viele Feen und Elben . . .« und so weiter siehe Kapitel 49. Laura lobte den genauen Einsatz.

49. Kapitel

Elbische Brockengeschichte

Es gab vordem viele Feen und Elben. Sie hatten Gemächer in den Tiefen der Erde oder im Innern der Berge. Dort lebten sie im Verkehr mit den geheimen Kräften der Natur, machten Edelsteine, ließen Blumen wachsen und Springbrunnen plätschern und geboten der Macht des unterirdischen Feuers. Die Feen und Elben oder Elfen waren entweder sehr jung und schön oder sehr alt und häßlich. Sie handelten entweder übermäßig edel oder übermäßig boshaft. Alle besaßen Schlösser und die Unsterblichkeit.

So stand auch im Inneren des Brockens ein herrliches Schloß, das einer Zauberin gehörte. Sie beherrschte die Unterwelt weit und breit. Alle anderen Feen und Elben da waren ihr untertan, die Kobolde sowieso. Kein Nebel ohne ihren Befehl. Sie haßte die Kälte.

In milden Sommernächten aber, wenn Mondschein auf den Fluren lag, stieg die Brockenfee mit ihren Dienerinnen herauf an die Oberwelt und vergnügte sich. Meist mit Baden. Oder sie besuchte die Wohnungen der Menschen und ließ schöne oder häßliche Geschenke zurück. Am liebsten aber saß sie unter einer Erle.

Dort, wo einstmals ein Mann geschlafen hatte. Ein junger Mann mit rotem Schnurrbart. Die Brockenfee hatte ihn unvermutet entdeckt und konnte ihn seitdem nicht mehr vergessen. Und sie sehnte sich nach dem schönen Sterblichen. Und sie suchte vergeblich. Und sie lockte vergeblich. Und schließlich schmiedete sie Pläne, darin den Traumgeistern große Aufgaben zufielen.

Die Traumgeister lockten also den schönen jungen Mann, der selbstverständlich ein Prinz war, eines Nachts zum Brocken. Dann geleiteten sie ihn an eine silberne Pforte und rieten ihm, zu klopfen.

Der junge Mann folgte dem Rat. Die beiden Flügel der silbernen Pforte öffneten sich. Dahinter so weit das Auge reichte Licht, Reichtum, Schönheit.

Als schönste Schönheit trat die Brockenfee selber auf.

Geblendet stotterte der Mann: »Wer bist du?«

»Nenne mich dein, und du sollst meinen Thron mit mir teilen und alle Freuden und Weiten der Welt«, antwortete die Fee.

»Ja«, stöhnte der Mann. Und er ließ sich von der Fee durch die gläsernen Säle und die silbernen Gänge geleiten. Und er wandelte an weiblicher Hand durch diamantenbesetzte Gärten, Kräuterküchen, Musik. Auch Wasserkünste, Blumenduft und prächtige Möbel waren zu genießen. Der Mann fühlte sich schöner und edler denn je.

Nur das Wort »teilen« lag quer in seinen Ohren. Er erinnerte sich deshalb dankbar seiner Braut und sprach: »Ich muß ziehen.«

Die Fee wandte sich schweigend und ließ den Prinzen von Dienerinnen verwöhnen.

Er brütete.

Sie kochte Kräuter und Nebel.

Nach einer Weile hatte die Fee ihre schöne Schönheit noch schöner gezaubert und zeigte dem Prinzen außerdem, was sie gekocht hatte.

Der Prinz sprach: »Weiche, schöne Hexe.«
Die Fee wandte sich beleidigt ab und ließ den Prinzen von Dienerinnen bewachen.
Er fluchte.
Sie hütete das Feuer.
Als der Rauch sie geschwärzt hatte, zeigte sie sich dem Prinzen mit leeren Händen.
Er sprach: »Weiche, alte Hexe.«
Sie wandte sich wütend ab und ließ die Zauberrute holen. Mit ihr berührte sie den Prinzen. Bleierner Schlaf befiel sogleich seinen Leib. Dann verließ die Zauberin das Schloß.
Da erstarrten die Springbrunnen zu Wassersäulen. Die Blumen dufteten nicht weiter. Die Lichter in den Sälen und die Feuer unter den Kräutertöpfen erloschen. Die Sphärenmusik erstarb. Nie mehr ging die Brockenfee durch die silberne Pforte in das verwünschte Schloß.

50. Kapitel

Eingriff

Als Arke an einem schönen Sommermorgen in meiner Höhle erschien und fragte, ob ich bei der Lösung der mir metaphorisch gestellten Aufgabe auch technisches Versagen wie zum Beispiel Computerrechenfehler berücksichtige, die allein schon einen Kernwaffenkrieg auslösen könnten, vermochte ich nicht zu antworten.
Ich sperrte den Mund, spreizte die Federn, flatterte mit den Flügeln – vergebens. Weder Konzentration noch Kraft oder die Unterstützung von Gesten konnten einen der hohen Töne hervorbringen, mit denen ich seit meiner sirenischen Existenz Verständigung betreiben mußte. Als Trobadora in stimmlichem Wohlklang heimisch, war mir die Gewöhnung an die ultrahohe Stimmlage schwer genug gefallen. Daß mein derzeitiges primitives Stimmorgan auch indisponiert sein konnte, wunderte mich.
Arke erzählte aufgeregt von einer in der Berliner Zeitung abgedruckten Korrespondentenmeldung, die eröffne, daß die Militärbehörden der USA zwischen Januar 1979 und Juni 1980 in einhunderteinundfünfzig Fällen durch »falschen Computeralarm« über einen sowjetischen Raketenangriff Gegenmaßnahmen eingeleitet hätten.

In vier Fällen sei die Situation so ernst gewesen, daß Atombomben-einheiten vom Typ B-52 und Abschußbasen für interkontinentale ballistische Raketen alarmiert worden wären. Die Meldung gründe auf einer Darstellung der »New York Times« unter Berufung auf einen Bericht des Streitkräfteausschusses des USA-Senats.
Ich konnte meine Bestürzung nur durch Nicken andeuten. Und die Gefahr menschlichen Versagens – etwa durch einen psychotisch erkrankten Entscheidungsträger einer solchen Militärmaschinerie – konnte mich in diesem Zusammenhang auch nur nachdenklich machen, nicht gesprächig.
Ich vermutete Heiserkeit. Wenn im Tierpark der Tau fiel, drang in meine Höhle feuchte Kühle, die mich frösteln machte. Eine Erkältung, dachte ich. Arke schien den gleichen Verdacht zu hegen, gebot mir, den Mund so weit wie möglich zu öffnen, und inspizierte wie ein Hals-Nasen-Ohren-Arzt.
Schnell sagte sie: »Herausgerissen.«
Dann: »Herausgeschnitten.«
Schließlich: »Gerissen oder geschnitten oder wer weiß – deine Zunge ist weg.«
Ich glaubte Arke nicht, denn ich war weder durch Schmerz noch durch Besuch, der sich an mir zu schaffen machte, geweckt worden. Meine Krallenhände langten unwillkürlich in meinen Mund. Sie ertasteten den Verlust.
Arke erklärte meine Verstümmelung als Attentat und Ende aller Hoffnungen, die Mutter Erde laut Orakelspruch in meinen künftigen Gesang gesetzt hätte.

51. Kapitel
Mangelerscheinungen

Die erste Narrenschicht hatte zu allerlei Überraschungen geführt und zu keinerlei alchemistischen Ergebnissen. Laura lastete die experimentelle Vergeblichkeit sich und dem Ersatzbeistand an. Als unangenehmste Überraschung empfand Laura, daß sie von Konrad Tenner nicht wiedererkannt worden war. Er hatte sie flüchtig gegrüßt, wie dienstbotengewohnte Menschen Aufwartungen oder dergleichen begrüßen.
Vilma riet Laura, nicht zu verzagen.

Die Kindergärtnerin riet Laura, Wesselin zu trainieren. Und nicht zum ersten Mal. Seine Selbstverteidigungskräfte müßten gestärkt werden, behauptete die Gruppenerzieherin. Sie ermunterte Wesselins Aggressivität, damit er nicht zu oft in einem Haufen Raufender zuunterst zu liegen kam. »Heute habe ich wieder eine Niederlage erlitten«, teilte Wesselin seiner Mutter nach solchem Erlebnis deprimiert mit. Dann pflegte er in sein Zimmer zu gehen und sich detaillierte Beschreibungen von Waffen zu liefern. Laura hörte von Kanonen, die mit Gewehren gespickt waren. Auf den Gewehren steckten Messer. Und auf den Messern steckten Nadeln. Und die Nadeln waren so spitz, daß sie alle Feinde durchbohren konnten und alle Erwachsenen und alle Panzer . . .

Wesselin beschrieb auch seine Spiele detailliert, wenn er spielte. Er sprach gern. Er spielte mit Gegenständen und mit Worten. Er liebte schwierige Worte und lange, komplizierte Sätze. Und er hatte immer noch nicht begriffen, daß in einer Rauferei mit Reden nichts zu gewinnen ist. Wesselins Gruppenerzieherin, die Mühe hatte, ihre rauflustigen Schützlinge zu besänftigen, stachelte Wesselin an. Sie erzählte Laura, daß er, statt sich ein Plüschtier zur erkämpfen, so lange wünschend auf ein Mädchen eingeredet hätte, bis er von ihr in die Nase gebissen worden wäre. Laure gestand sich Erziehungsfehler ein. Und Weltfremdheit: Als sie Wesselin zum Beispiel den ersten Spielzeugpanzer gekauft hatte, war ihr elend zumute gewesen. Als eine Mutter auf einer Elternversammlung im Kindergarten sagte: »Die Jungen kämpfen alles sauber mit den Fäusten aus, die Mädchen sind zickig«, konnte Laura nicht mitlachen. Auch weil sie an Benno denken mußte, mit dessen Hilfe Wesselin sicher besser aufs Leben vorbereitet worden wäre. Benno hatte sich gern mit Kindern rumgebalgt. Laura mußte sich zwingen. Ihr fehlten entsprechende Antriebe. Aber sie resignierte nicht. Als sie von Judozirkeln hörte, sprach sie zu Wesselin: »In der Schule gibts Arbeitsgemeinschaften, wo gelehrt wird, wie ein Kleiner einen Großen besiegen kann.«

Wesselin wollte das gern glauben, konnte aber nicht.

Die Mutter versuchte, das Wesen der Kunst der Selbstverteidigung einfach zu erklären.

Der Sohn lauschte und freute sich auf die Schule.

52. Kapitel

Neue Etappe

Als Laura zur zweiten Narrenschicht antrat, fehlte Hilde Felber wieder. Und eine schriftliche Entschuldigung fehlte auch. Statt dessen mündliche Entschuldigungen von Vilma wie gehabt, nur inständiger. Sie konnten nicht verhindern, daß sich der ambivalente Eindruck, den Hilde Felber auf Laura gemacht hatte, verlor und eindeutig Abneigung aufkam.

»Bloß gut, daß man nicht weiß, von welchen unzuverlässigen Leuten man geleitet wird«, schimpfte Laura. »Bei mir ist ja auch kein Ruhm zu ernten, wovon die Sorte nicht genug kriegen kann. Vielleicht haben wir so wenige Frauen auf solchen Posten, weil weibliche Großschnauzen selten sind? Oder muß man sich das Renommieren angewöhnen, um sich unter Männern behaupten zu können? Ich möchte bloß wissen, wie dieses Weibsen auf die Schnapsidee gekommen ist, sich bei mir zu bewerben.«

»Ich nehm mir immer mal Schnapsideen raus«, entgegnete Vilma beschwichtigend. »Und wenn Hilde gute Laune hat und ich gut einblase, verleibt sie sich meine Schnapsidee unauffällig ein und gibt sie der Welt als Felbersche Initiative zurück. Denn Initiative ist Hildes Ressort. Und sicheres Ressortgefühl gehört zur unabdingbaren Qualifikation der Sekretärin. Ich hab es von der Pieke auf trainiert. Als Ehefrau. Die Kunst des Einblasens läßt sich auch in der Ehe am leichtesten erlernen. Wenn ich zum Beispiel mit Konrad verreisen möchte und sagen würde, ich möchte mit dir verreisen, würde er sagen: ›Ich hab keine Zeit.‹ Funktionsfremdes Verhalten führt zu Fehlschlägen. In der Funktion der Ehefrau oder Sekretärin müssen Wünsche genährt werden, nicht vorgetragen.«

»Haben Sie etwa in Hilde Felber den Wunsch genährt, bei mir Arbeit zu nehmen«, fragte Laura aufgebracht.

»Ach wo, ach wie, ach was, ich habe lediglich den Bewerbungsbrief geschrieben. Nach Diktat, versteht sich. Vom Prießnitzbett aus. Im Amt marschiert Hilde beim Diktieren im Zimmer rum wie mein Chefredakteur. Inzwischen hab ich Hilde schon so weit, daß sie seine Zeitschrift, die ›Neuen Philosophischen Blätter‹, ›Käseblätter‹ nennt. Und wie nennen Sie die Zeitschrift?«

»Hitze hat se, sagt se, meint se, hätt se«, murmelte Laura und daß sie

ihren Brief an die Redaktion und das Abonnement der Zeitschrift bedaure.
»Wie«, fragte Vilma.
»Wenn der Zweck, / der den Zweck hat, / daß er den Zweck, / den er bezwecken soll, / bezweckt, den Zweck, / den er bezwecken soll, / nicht bezweckt, / so ist dieser Zweck / ein zweckloser Zweck«, antwortete Laura.
Vilma versicherte, daß Hilde Felber jederzeit für jede Situation einen Spruch bereit hätte. Hilde schöpfe hauptsächlich aus den Quellen der marxistischen Klassiker. »Und aus welchen Klassikern schöpfen Sie«, fragte Vilma.
»Aus meiner Großmutter Selma«, antwortete Laura. »Sie hatte jederzeit für jede unübersichtliche Situation einen unübersichtlichen Spruch.«
Die Auskunft gab Vilma Gelegenheit, apropos von Hildes Großmutter zu erzählen, die auch ein Unikum gewesen wäre. Und bei dieser Großmutter wäre Hilde aufgewachsen. »Aber bis zur zweiten Klasse hat Hilde nicht gewußt, daß die Frau, zu der sie ›Muttel‹ sagte, nicht ihre Mutter war«, erzählte Vilma in sich hinein. »Der Klassenlehrer muß ein Aas gewesen sein. Jedenfalls hat er eines Tages gefragt: ›Wer von euch ist Waise.‹ Und niemand hat sich gemeldet. Und da hat der Lehrer ›na du‹ zu Hilde gesagt. Vor der ganzen Klasse hat er gesagt: ›Na du lebst doch bei deinen Großeltern.‹ Und da wurde es offiziell, daß Hilde ein uneheliches Kind ist. Skrofulös und unehelich: Seitdem wurde sie von den Mitschülern gemieden. Und seitdem vermied sie auch möglichst Anreden zu Hause. ›Muttel‹ jedenfalls hat sie die Frau, die ihre Großmutter ist, nie wieder nennen können. Heute sagt Hilde zu ihrer Großmutter ›unsre Oma‹.«
Laura polterte während des Berichts mit Tiegeln und schnitt ihn ab, indem sie vom närrischen Ersatz die neue Brockengeschichte anforderte.
»Welche neue Brockengeschichte«, fragte Vilma erschrocken.
Laura fragte aufgebracht zurück, ob Vilma dächte, daß närrischer Beistand von schönen Augen geleistet werden könnte.
Der Ersatz Vilma bot Spruchweisheit als Ersatz für die fehlende Brockengeschichte an.
»Aus Hildes Klassikerschatz«, fragte Laura.
»Aus meinem Kindheitsschatz«, behauptete Vilma. »Meine Kindheit ging nämlich vergleichsweise glimpflich ab. Aber Hilde hat bis

zu ihrem zwölften Lebensjahr so gut wie nicht gelacht, haben die Hausbewohner bestätigt, die noch leben. Als Hilde nämlich eines schönen Tages dienstlich in ihrer Heimatstadt zu tun hatte, blies ich ihr ein, zum Brühl zu fahren. Und da Hilde gute Laune hatte, wurde meine Schnapsidee der Welt auch bald als Felbersche Überraschung mitgeteilt. Ich zollte Beifall. Und wenn in der ärmlichen Straße, in der Hilde aufwuchs, ein Wolga vorfährt, hängen natürlich die Leute den Kopf aus dem Fenster. ›Wo wollnsen hin‹, wurde neugierig gefragt. Es dauerte eine ganze Weile, bis die Alteingesessenen erkannten und sagten: ›Das ist doch unsre Hilde‹ und zum Kaffee einluden und staunten.
Aber nicht genug, weshalb Hilde fragte: ›Dürfen mein Chauffeur und meine Sekretärin auch mitkommen?‹
Hilde ist nämlich keine Freundin von Halbheiten, nicht beim Arbeiten, nicht beim Renommieren, nicht beim Feiern. Und als die alten Hausbewohner wie gesagt übereinstimmend bestätigten, daß Hilde als Kind immer ein bißchen traurig gewesen wäre und bis zu ihrem zwölften Lebensjahr so gut wie nie gelacht hätte, sagte sie: ›Is war? Escha?‹ – erinnerte sich wieder und feierte ihren Aufstieg in einem geradezu triumphalen Kaffeetrinken. Ich dagegen hatte als Kind mehr zu lachen als jetzt, weshalb ich Ihnen als Ersatz für die fehlende Brockengeschichte Kindersprüche zum Beflügeln aufsagen könnte. Mögen Sie?«
»Meinetwegen«, sagte Laura, weil sie den Weg zum Tierpark nicht umsonst gemacht haben wollte, und begann mit der alchemistischen Arbeit. Dabei hörte sie:

»Punkt, Punkt,
Komma, Strich,
fertig ist das Mondgesicht.
Ein Paar Ohren,
wie die Mohren,
einen Hals
wie Schmalz
einen Bauch
wie Rauch
ein Paar Beine wie ne Sechs,
fertig ist die Hex.
Mach mer noch Paar Henkel dran,
daß mans besser tragen kann.«

Laura erhitzte Alfblut und tat ihr Mißfallen durch Schnaufen kund. Vilma erzählte, daß Hildes Großvater auch oft mißfällig zu schnaufen pflegte. Weil Hilde äußerlich keinerlei Ähnlichkeit mit ihrer Mutter gehabt hätte. Sie hätte schon immer ausgesehen wie ihr Vater, der vom Großvater als Mörder seiner Tochter empfunden worden wäre.
Laura kochte und mischte.
Vilma fügte Brocken aus Hildes Biographie zu. Die Brocken kamen bei Laura in folgender Reihenfolge an: Großvater SPD. Eisendreher bei Bernhard-Escher-Maschinenfabrik. Hatte Kurbelwellen für Schiffe zu drehen, da kams auf ein tausendstel Millimeter an, Arbeit in zwei Schichten. Pro Schicht gab es nur einen Arbeiter, der in solcher Präzisionsarbeit ganz firm war, weshalb der Meister die Hand über den Großvater hielt, wenn gegen den mal was Politisches vorlag. Hilde mußte täglich zum Großvater Essentragen gehen. Mit einem emaillierten Henkeltopf. Im Sommer barfuß. Ab Oktober gabs Schuhe. Wenn die zu klein waren, wurden sie vorn aufgeschnitten. Hildes Sommergarderobe: ein roter Badeanzug, reichlich gestopft und verblichen, und ein schwarzer Turnanzug. Sie kann sich nicht erinnern, daß beides mal gewaschen worden wäre. Es wurde nur häufig naß gemacht: Hilde badete damit. In einem verrosteten Teerfaß, das im Garten stand. Im Sommer wohnten die Großeltern im Schrebergarten in Glösa. Also: Schule bis elf Uhr. Eine halbe Stunde nach Glösa, Essen holen. Zurück Essentragen zu Bernhard Escher bis zwölf, aber das war nicht zu schaffen. Hilde kam immer zehn Minuten zu spät, da wartete der Großvater schon am Werktor und schnaufte mißfällig. Zurück nach Glösa selber essen. Dann nachmittags wieder zur Schule. Alles barfuß wie gesagt: Hilde hat noch heute an den Füßen Huf vom Barfußlaufen und von den aufgeschnittenen Schuhen. Die Schulferien verbrachte sie an der Kohlenbahn, die das Elektrizitätswerk beschickte. Schmalspurstrecke. Hilde an der Kurve, wo von den Loren Kohlen abfielen, und Hilde so fix wie möglich, denn da lauerten noch mehr Kinder, deren Ferienarbeit Kohlenlesen war. Tagessoll für Hilde: ein Eimer. Feriensoll: vier Zentner, die Winterkohle für den Haushalt. Dazugekauft wurden nur Briketts – das mußte reichen. Hilde kennt sich aus in Steinkohlesorten. Der Großvater war von 1929 bis 1936 arbeitslos und starb 1943 an Tuberkulose. Sein Sohn war auch daran gestorben. Ein halbes Jahr nach der Tochter, Hildes Mutter.
». . . und weiter«, sagte Laura emsig hantierend.

Vilma entschuldigte sich für die neuerliche Abschweifung, schalt sich unverbesserlich und zog alle ihr verfügbaren Vortragsregister. Laura hörte:

»Morgens früh um sechs
kommt die kleine Hex,
morgens früh um sieben
schabt sie gelbe Rüben,
morgens früh um acht
wird der Kaffee gemacht,
morgens früh um neune
geht sie in die Scheune,
morgens früh um zehne
holt sie Holz und Späne,
feuert an um elfe,
kocht dann bis um zwölfe
Fröschebeine, Krebs und Fisch,
hurtig, Kinder, kommt zu Tisch!«

Vilma hörte »Larifari, Mumpitz, weiter, weiter . . .«, fühlte sich derart gerügt, daß sie in Emsigkeit verfiel, und stattete den folgenden dritten Spruch mit Raumtoneffekten aus, die an Stereo erinnerten und durch den Einsatz der Bauchrednertechnik erzeugt wurden. Der dritte Spruch lautete:

»Hexe, Hexe tanze
wie die Kaffeewanze.
Hexe, Hexe, hippe
wie die Kaffeedippe . . .«

»Zum Teufel mit dem Hexenfirlefanz«, schrie Laura, »woran Hildes Mutter gestorben ist, will ich wissen.«
»Auch an Tuberkulose«, antwortete Vilma beflissen, »haben Sie schon mal einen Totenschein gesehen, auf dem zu lesen war, daß ein Mensch an Kummer gestorben ist? Hildes Mutter hat sich achtzehnjährig die Pulsadern aufgeschnitten. Hochschwanger. Unverheiratet. Hildes Vater behauptet noch heute, er hätte nicht gewußt, daß ihre Mutter schwanger war, als er ihr den Abschiedsbrief schrieb. Aber er gibt auch heute noch zu, daß seine Familie ihm die Einheirat in eine TBC-Familie verbot. Und Hildes Mutter war klein und

schwächlich und als Kind tuberkulös gewesen. Die Geburt hat die Mutter derart überanstrengt, daß sie danach nur noch krank war und die alte TBC wieder aufbrach. Aber sterben wollte die Mutter jetzt nicht mehr. Sie hat immerzu für ihr Kind gehäkelt und gestrickt und starb, als Hilde ein dreiviertel Jahr alt war. Als Hilde sechsunddreißig Jahre alt war und sich aus ganz anderen Gründen das Leben nehmen wollte, hat nur der Tod der Mutter sie zurückgehalten. Genauer: seine Folgen. Hilde hatte damals drei Kinder, und sie wollte nicht, daß die auch ohne Mutterliebe aufwachsen müssen. Das vierte Kind, ein Mädchen . . .« Vilmas Stimme wurde von Zischen übertönt. Plötzlich ein explosionsähnlicher Knall. Die beiden Frauen standen in Rauch, der den Atem beklomm wie Spray-Wolken. Die Frauen husteten. Echohusten von fern. Dann eine Männerstimme mit der Frage: »Ist was passiert?«
Antwort: »Die Kartoffeln sind angebrannt.« Vilma-Antwort nach außen.
Laura versprach sich von derlei dreisten Lügen keine Ruhe für die Schicht. Im Gegenteil. Als der Rauch vom Abzug so weit geschluckt worden war, daß die Frauen einander wieder erkennen konnten, erlaubte sich Laura zu bemerken, daß eine Frau einen Konrad Tenner nicht für dumm verkaufen dürfe.
»Ich will ihn nicht verkaufen«, erwiderte Vilma. »Ich will mich scheiden lassen.«
Laura verbarg ihre Bewegung, indem sie Phiolen und Reagenzgläser reinigte und Butterschachteln in den Küchenschrank zurücksortierte. Das Dörrgut vom netzstieligen Hexenpilz und vom Tüpfelhartheu war beim flammenwerfenden Experiment verglüht. Das Bein einer Kröte war angesengt. Laura kühlte es mit Wasser und erkundigte sich abgewandten Gesichts nach dem Scheidungstermin.
»Vor der Immatrikulation«, sagte Vilma.
»Verstehe«, sagte Laura, »als Studentin suchen Sie was Jüngeres.«
»Nein.«
»Was Schöneres?«
»Oh nein.«
»Was Klügeres?«
»Gibts nicht. Konrad ist durchaus mein Geschmack. Aber ich bin nicht seiner, wenn ich mein zweites Leben beginne. Ich bin keines Mannes Geschmack, wenn es soweit sein wird«, sagte Vilma.
Laura tat erstaunt.
Vilma versicherte ihr, daß kein Mann auf die Dauer eine Frau

ertragen könnte, deren Lebensmittelpunkt nicht er wäre. Konrad Tenners Lebensmittelpunkt zum Beispiel wäre die Wissenschaft. Genauer gesagt: Verschiedene Wissenschaften, denen er mit manischer Leidenschaft fröne. Ferner interessierten ihn Politik, die Freunde, die Frau, die Kinder und so weiter. In der Reihenfolge der Aufzählung. Aber von seiner Frau verlange er selbstverständlich eine andere Reihenfolge. Da verlange er sich an erster Stelle. Erst über die weitere Reihenfolge wäre Großzügigkeit zu erwarten.

Lauras Gesicht war verrußt. Die Haarspitzen waren abgesengt. Die Schürze hatte ein faustgroßes Brandloch. Und außerhalb der Tiegel waberten noch immer grüne Flammen. Als die Frauen den Ofenbrand mit Hand- und Geschirrtüchern gänzlich gelöscht hatten, rief Laura eine neue Etappe aus.

Vilma blinzelte befremdet.

Laura nannte die neue Etappe »Feuerstadium«. Weil beim Experimentieren zum ersten Mal eine Stichflamme erzeugt werden konnte.

»Dank närrischen Beistands«, fragte Vilma lauernd.

»Wenn der Ernst bitter wird, kommt er dem Gelächter am nächsten«, antwortete Laura und bot Vilma in Anerkennung ihrer Verdienste um die Herstellung schöpferischen Leichtsinns das schwesterliche »Du« an.

Vilma nahm an, dankte und erkundigte sich nach dem voraussichtlichen Termin für den Sturz der Schlaftyrannei.

Laura mußte den Unterschied zwischen Stadium und Ziel erklären. Aber das Ziel wäre mit Sicherheit flammenwerfend, versicherte die Frau. Feuer wäre also auf jeden Fall gut und ein Zeichen, daß in erfolgversprechender Richtung experimentiert würde. »Oder kannst du dir eine Stoffumwandlung ohne Feuer vorstellen?«

Vilma überlegte.

Laura lobte die elbische Brockengeschichte, obgleich die nicht gewirkt hatte.

»Und was hat dir am besten dran gefallen«, fragte Vilma.

»Der rote Schnurrbart«, antwortete Laura und wünschte sich für eine der nächsten Schichten von Hilde Felber eine Brockengeschichte aus eigner Anschauung.

53. Kapitel
Arke will nach Attentätern fahnden

Da ich meine Zunge schmerzlos verloren hatte, erschien Arke sicher, daß das Verbrechen mit Hypnose oder Zauberei begangen worden war. Von Mächten, die das Interesse der Menschen für die Luftgestalten aus der Büchse der Pandora erhalten und das Streben nach den Gütern mit Fittichen verhindern wollten.
Ich entsann mich der Parnaß-Mythologie, und mir fielen meßbare Reichtümer und Wahrheiten, Besserwissen, Sinn für Recht und Nutzen, Unbeugsamkeit, Vaterlandsliebe, Eroberungen, Siege und Wohlstände als Luftgestalten ein. Als Güter mit Fittichen erinnerte ich Erdenliebe, Sinn für Harmonie und Hegen, Kompromißfähigkeit und Frieden.
Das zweite, von Prometheus aus Erde geschaffene Menschengeschlecht hatte nach den Luftgestalten gehascht und die Güter mit Fittichen davonfliegen lassen. Das dritte, vom Prometheussohn Deukalion und der Epimetheustochter Pyrrha aus Steinen geschaffene Menschengeschlecht hatte diesen Gütern auch nicht nachgestellt. Welche Mächte wollten verhindern, daß die Nachkommen des dritten Menschengeschlechts – die heutige Erdbevölkerung – sirenisch angetrieben wurden, die Güter mit Fittichen ein- und heimzuholen?
Arke wußte nicht, wie und wo sie nach den Attentätern suchen sollte.
Deshalb entfaltete sie ihre Siebenmeilenflügel. Sie brauchte Nachrichten und Rat von ihren serpentischen Schwestern, den anderen Gajatöchtern.
Vor dem Abflug bruchstückhafte Äußerungen über Stationen der Weltfahrt, die in Etappen bewältigt werden sollte. Ich erfuhr oder reimte mir zusammen, daß Arke die frei gewordenen Schwestern besuchen wollte. Alle acht frei gewordenen und Mutter Gaja hatten sich selbst befreien können. »Wo meine Schwestern am meisten verachtet sind, kommen sie sehr leicht frei oder ganz schwer«, sagte Arke. »Verachtung kann zu Unterschätzung oder Überschätzung führen. Unterschätzung ist für Selbstbefreiung günstig. Mein Land scheint mich einigermaßen real zu taxieren, weshalb meine Befreiung zwar Hilfe erforderte, aber gelang. Vielen meiner eingekerkerten Schwestern aber kann Hilfe noch nicht helfen.«

Als Aufenthaltsorte der befreiten Schwestern wurden von Arke Loch Ness, Ganges, Mekong, Himalaja, das Bermuda-Dreieck, der Tunguskische Krater, die Urwälder des Amazonas und die Wüste Sahara genannt. Mutter Gaja residiere in Delphi unterm Stein Omphalos.

Arke wollte von ihren Schwestern erfahren, ob die drei anderen Sirenen, die sie in Delphi gesehen hatte, bereits zu Stimme gekommen waren und meinen Part mit übernehmen konnten. Oder ob auf diese Sirenen auch Attentate verübt worden waren. Oder ob inzwischen noch mehr Sirenen ausgetrieben worden wären. So viele vielleicht gar, daß von denen eine, in mein Gebiet abgegeben, meine verlorene Zunge ersetzen könnte.

Ich konnte keine Kräfte für Suchaktionen erübrigen. Ich brauchte meine Kräfte, um die Folgen der Verstümmelung zu bewältigen. Während dieser Arbeit erinnerte ich mich an Verluste, die mich noch schwerer getroffen hatten. An den Tod meiner Mutter erinnerte ich mich so genau wie möglich und an den meines Lieblingsbruders. Wie hatte ich diese Tode überlebt? Indem ich sie nicht verdrängte, sondern die Trauer durchlitt wie eine schwere Krankheit. Und derart vom Verlust durchschüttert, war eine Art Gewinn aus dem Verlust erwachsen. Nachdem die Tiefen durchlebt waren, fühlte ich mich fähiger als zuvor, Höhen zu durchleben. Damals bereits ahnte ich: Dem Leid aus dem Wege gehen zu wollen heißt, sich einem wesentlichen Teil des menschlichen Lebens zu entziehen. Als Laura meine Spielfrau war, lernte ich bei ihr eine alte Dame kennen, die als junges Mädchen in selbstmörderischer Absicht aus dem Fenster gesprungen war, sich das Rückgrat gebrochen hatte und dann mit einer Querschnittslähmung ein würdiges Dasein als Biologin führte. Kein zweiter Suizidversuch. Das schwer überwindbare Hindernis des Körperschadens muß der aus Langeweile verzweifelnden Tochter eines Bankiers das Leben wieder lebenswert gemacht haben. War meine Zungenlosigkeit ein so schwer überwindbares Hindernis für eine Sirene, daß sie dennoch und vielleicht gar besser als zuvor ihre Mission erfüllen konnte?

Arkes Abflug zur ersten Etappe ihrer Weltfahrt am 3. August 1980.

54. Kapitel
Zaubernüsse

Nach Beginn der neuen alchemistischen Etappe wurde das Grundmaterial für Lauras Experimente durch Zaubernüsse ergänzt. Vilma beschaffte die Zaubernüsse von einer Freundin, die als wissenschaftliche Mitarbeiterin im Arboretum Berlin-Baumschulenweg angestellt war. Frische Kröten und Wisentwolle besorgte Vilma vom Tierpark. Die Frau war überhaupt bemüht, Laura weitgehend von organisatorischen Lasten zu befreien, damit die Experimentatorin ihre Kräfte auf die parawissenschaftlichen Lasten konzentrieren konnte. Im Arboretum Baumschulenweg wuchsen fünfzehn Vertreter der Zaubernußgewächse, nämlich:

Corylopsis glabrescens
platypetala
sinensis
spicata
Fothergilla gardenii
major
Hamamelis japonica
»Zuccariniana«
vernalis
mollis
»Feuerzauber«
virginiana
Liquidambar styraciflua
Parrotia persica
Parrotiopsis jacquemontiana.

Vilma erschien die Auswahl groß. Laura mußte widersprechen, da die Familie der Zaubernußgewächse in etwa sechsundzwanzig Gattungen mit insgesamt ungefähr hundert bis hundertfünfzehn Arten aufträte. Freilich nicht hierzulande, wo diese floralen Erscheinungen nur noch als Ziergehölze in Parks und Gärten zu bewundern wären, schätzungsweise in zwölf Gattungen mit dreißig Arten.

»Einige davon sind allerdings nicht winterhart und bedürfen daher winterlichen Schutzes in Kalthäusern«, erklärte Laura. »Die Zaubernußgewächse besitzen ein disjunktes Areal, dessen Schwerpunkt in den tropischen und subtropischen Gebieten unserer Erde liegt. Allein das mittlere und südliche China beherbergen zirka fünfund-

dreißig Arten aus elf Gattungen. Japan, Sumatra, Hinter- und Vorderindien gehören ebenso zum Areal der Familie wie Madagaskar, Südafrika und Kleinasien. Das östliche und südliche Nordamerika ist Heimat einiger Sippen der Gattungen Zaubernuß (Hamamelis), Flaschenbürstenstrauch (Fothergilla) und Amberbaum (Liquidambar), während Australien nur im tropischen Queensland die Gattung Ostrearia beherbergt. Zaubernußgewächse fehlen also in wichtigen Teilen der Erde; so auch in Europa. Aus Fossilfunden wissen wir, daß Vertreter der Zaubernußgewächse in der Kreidezeit, das heißt vor etwa hundertvierzig Millionen Jahren, im Gebiet von Europa vorkamen. So besaßen die Gattungen Amberbaum, Zaubernuß und Flaschenbürstenstrauch in der Kreidezeit und im Tertiär neben ihren amerikanischen und asiatischen Wohngebieten auch europäische Vorkommen. Die Gattung Scheinhasel (Corylopsis) ist ebenfalls fossil aus Europa bekannt. Und vom Eisenholzbaum (Parrotia), der heute nur im Nordiran wild vorkommt, kennen wir Fossilien aus dem Tertiär Spitzbergens. Durch die Vereisung Europas wurden die Vertreter der Zaubernußgewächse nach Süden und Südosten abgedrängt. Infolge der Ost-West-Richtung der europäischen Gebirge konnten sie mit Abschmelzen des Eises nicht wieder nach Norden vordringen., Eine Wiederbesiedlung von Amerika aus konnte nicht erfolgen, da die Trennung Amerikas und Eurasiens als Folge der Kontinentalverschiebung sich vollendete. Die europäische Flora verlor folglich die Zaubernußgewächse wie viele andere Gewächse im Gefolge der Eiszeiten.
Die Vertreter der Familie der Zaubernußgewächse (Hamamelidaceae) zeichnen sich durch die eigentümliche Schönheit ihres Habitus und ihrer Blüten oder Blütenstände aus.«
Die Zaubernüsse wurden wie alle anderen alchemistischen Materialien in etikettierten Butterschachteln verwahrt.
Da Konrad Tenner sich vor Mäusen ekelte und Wesselin ihnen heftig zugeneigt war, mußte Laura bald auf Versuchstiere verzichten und sich mit sich selbst begnügen. Die Selbstversuche nach der neuen Etappe bewirkten, daß Laura mehrmals beinahe den Dienstbeginn verschlief.

Statt der vorgeschriebenen fünfzehn Minuten, die ein Triebwagenfahrer vor Dienstantritt in der Kaue Ostkreuz zu verbringen hat, konnte Laura an den drei Abenden, da sie den Wecker überhört hatte, nur zehn oder fünf Minuten Aushänge lesen. Und sie hatte Glück, daß der Dispatcher – der das Ablösungspersonal in dieser

Viertelstunde, die zur Dienstzeit gehört und bezahlt wird, oft konsultiert oder kontrolliert – an den drei Abenden nicht nach ihr telefonierte.
Die Kaue war ein winziger Altbau aus gelben Klinkern, innen noch armseliger als außen. Außer den Anschlagbrettern und -kästen, die angenehm Sicht auf die vergilbten Tapetenmuster nahmen, gehörten wild gemusterte Gardinen, eine Holzbank aus einem Uraltzug, ein kleiner Boiler, ein Miniwaschbecken, ein Besenschrank, ein Mülleimer und ein Tisch mit Konservendosen – Aschenbecher und Telefon zum Inventar. Während der Ablösungszeiten früh, mittags und abends war das Gehäuse gestopft voll Menschen und Palaver. Schwer, sich da bis zu allen Dienständerungsblättern, Sonderschichtangeboten, Fahrplananordnungen, Fahrplanänderungen, Themenübersichten für Dienstunterricht, Versammlungsaufrufen von SED, Gewerkschaft und FDJ und Mitteilungen der Ferienplatzkommission durchzudrängeln. Jeder Mitarbeiter des SBW Lichtenberg stand alle sechs bis sieben Jahre für sich und seine Angehörigen ein spottbilliger FDGB-Ferienplatz zu. Laura, Mitarbeiterin seit fünfzehn Jahren, war bereits zweimal so verreist. Die nächste Reisegelegenheit mit symbolischem Preis erwartete sie in vier bis fünf Jahren, wenn sie weiterhin Dienstbeginne höchstens mal unmerklich verschlief und ihr auch sonst keine anderen Disziplinarverstöße durch Konzentrationsschwäche unterliefen. Im Berufsverkehr zum Beispiel, den Laura ab und zu mit einer Sonderschicht unterstützte, hat ein Zug auf dem Bahnhof Friedrichstraße vier Minuten Wendezeit. In der Frist alle Handgriffe, die beim Verlassen des Führerstandes nötig sind, auszuführen und sich durch die Menschenmenge von einem Ende des Bahnsteigs zum anderen zu wühlen, ist trainiert knapp zu schaffen. Wer einen Handgriff vergessen hat und zurück muß, macht Verspätung. Nicht nur für seinen Zug. Die Fahrpläne der ganzen Strecke werden gestört. Und die Anschlußzüge anderer Strecken können von Fahrgästen nicht mehr erreicht werden. Vergeßlichkeit muß keine Disziplinlosigkeit sein. Aber wenn Vergeßlichkeit derartige Folgen hat, wird sie wie Disziplinlosigkeit geahndet. Bei der S-Bahn jedenfalls.
Laura fürchtete bei ihren Selbstversuchen nach der neuen Etappe besonders, vergeßlich werden zu können.
Und dennoch fühlten sich Vilma und Laura durch die Versuchswirkungen in ihren Ansichten bestärkt.
Vilma sagte: »Wer sich nicht auf seine Kräfte verläßt, ist verlassen.«

Laura sagte: »Wenn die Murmeltierschlafquantität erreicht ist, erfolgt der Umschlag in die neue Qualität.«
Hilde Felber fehlte zum dritten Mal.
Aber das wunderte Laura schon nicht mehr. Sie wollte auch keine Entschuldigung hören. Sie wollte nur wissen, ob Hilde Felber den Korn Harry gekannt hatte. Korn Harry vom Eltwerksviertel, der immer ein bißchen verfroren ausgesehen hätte. Auch im Sommer. Und besonders auf FDJ-Tanzabenden. So ein Blonder und jetzt »außerordentlicher und bevollmächtigter Botschafter« genannt, früher »Schnittlauch«, oder »Leitungsschnittlauch« . . .
Vilma versprach, entsprechende Erkundigungen einzuziehen. Laura entgegnete, daß ihr entsprechende Erkundigungen nicht reichten. Sie brauche genaue Erkundigungen und reichlich, ausführlich, so ausführlich wie möglich. Auch über Hilde.
»Hilde weiß ich auswendig«, sagte Vilma, »vielleicht besser als mich. Als ich sie neulich besuchte und ihre Großmutter öffnete, war ich sogar einen Augenblick unsicher, ob das Hildes Großmutter war oder meine. Hilde hat das Weibel vor zwölf Jahren zu sich genommen und nicht ins Altenheim geschickt, weil diese Großmutter Hilde früher nicht ins Kinderheim geschickt hat. Aus Dankbarkeit hat Hilde sich so entschlossen und ohne Illusionen darüber, was auf die Familie zukommen würde. Die ganze Familie zittert, wenn Großmutter ihre Krückstöcke schwingt. Kann kaum stehen mit zwei Stöcken, aber in der Wut wirbelt sie die Hölzer wie ein Äquilibrist und rennt noch dabei. Berlin bringt sie in Wut. ›Ich will nach Hause‹, wettert sie jede Woche mindestens einmal, ›ich will ham.‹ Berlin kann sie nicht als Stadt anerkennen. Sie kann überhaupt keinen Ort anerkennen außer eben C., genauer gesagt: den Brühl von C., wo sie aufgewachsen ist und achtzig Jahre gelebt hat. Jetzt ist sie zweiundneunzig. Ihre Wohnung in C. war ein Loch, und bei Hilde hat sie ein großes sonniges Zimmer, dampfgeheizt, ihre Möbel haben alle drin Platz gefunden, denn viele hatte sie nicht – aber nein: Berlin ist ein ›Kriwatsch‹ und das Zimmer eine ›Bucht‹ und im Sommer zu heiß. Und wenn meine Hilde ›heiß‹ hört, und gar ›heiß‹ auf ihre Wohnung oder irgendwelche Räume im Gebäude des Ministerrats bezogen, dann schlägt sie zurück mit der Laube.
Im Schrebergarten in Glösa stand nämlich eine Laube, die die Großmutter im Sommer als Kantine einrichtete, um zuzuverdienen. Dort trafen sich die Kommunisten der Gartenkolonie. Großmutter unterschied zwischen ›Kommunisten‹ und ›Edelkommunisten‹. Die

abgeholt wurden, waren ›Edelkommunisten‹. Einer ist nach der Haft ins Strafbataillon 999 gekommen und hat überlebt. Im Gerümpelschuppen hatten die Großeltern den Druckapparat der kleinen kommunistischen Widerstandsgruppe versteckt. In einem Sack. 1938 fand Hilde den Sack zufällig. Und wußte sofort, daß man darüber schweigen muß, noch bevor sie dem Großvater von ihrem Fund erzählt hatte und strenge Verschwiegenheit befohlen war. Die Großmutter verkaufte in der Kantine Fischsemmeln, Brathering, saure Gurken und Bier. Die Ware, die Großmutter verkaufte, war zu teuer zum Selberessen. Brathering war viel zu teuer. Bratheringsbrühe und Kartoffeln waren ein Mittagessen. Im Teerfaß, in dem Hilde zu baden pflegte, wurden für Herrn Doktor Winter Wasserflöhe gezüchtet. Die Laube war von einem Staket umgeben, an dem Stangenbohnen rankten: was Nahrhaftes. Zweimal im Sommer wurde an diesem Staket ein Papiermond aufgehängt, und dazu gabs Waldmeisterbowle. Natürlich nicht für Hilde. Die hatte auf dem Heuboden zu verschwinden, auf ihren Strohsack, der nach Tabak stank, denn unten qualmten Großmutters Gäste. Durch einen Bretterspalt konnte Hilde den Mond und die lärmenden Gäste beobachten. Und als die Kommunisten abgeholt wurden, konnte sie sehen, wie sie getreten wurden und mit Knüppeln geschlagen. Mücken und Flöhe und Wanzen war Hilde gewöhnt. Aber die Hitze da oben! Deshalb kann Hilde nur lachen, wenn jemand in Wohnungen über Hitze klagt. Laut lachen kann sie nur und vom Strohsack über der Kantine erzählen, der ihr Kinderbett war, und zum Schluß kommt der Satz: ›Leute, ihr seid nischt Guts gewöhnt.‹«
Laura lauschte gespannt und verbot sich zu klagen über Ofenhitze und Müdigkeit. Hilde wurde ihr zunehmend vertrauter, Vilma zunehmend fremder. Schließlich gestand Laura ihre Befremdung über Vilmas erzählerisches Verhalten.
Vilma war befremdet, daß Laura befremdet war, und antwortete mit verschiedenen Hildeantworten.
»Verfluchter Personenkult, elender, hast du denn keine Vilmaantworten in deinem Schädel«, schrie Laura.
Vilma war bestürzt, daß ein Mensch, der nach einem Narren inserierte, sich derart daneben benahm. Den eigenen Schädel entleeren könne schließlich jeder Dummkopf. Sich auskotzen wäre keine Kunst. Sich auslegen auch nicht. Aber andere auslegen – das verlange Schule. Hochschule. Vilma habe Hermeneutik und Exegese an der Universität gelernt und in der Redaktion der Zeitschrift

»Neue Philosophische Blätter« täglich Gelegenheit, diese Künste zu vervollkommnen. Aber kaum anzuwenden. In der Position der Sekretärin wäre für die Anwendung auf bekannte Klassiker wenig Gelegenheit. Vilma hätte sich deshalb einen unbekannten Klassiker suchen müssen, um ihre inzwischen zur Gewohnheit gewordene Fertigkeit nutzen zu können. Sie triebe Felber-Exegese . . .
Laura lehnte beschämt am Ofen, bat um Verzeihung für unverzeihliche Borniertheit und erklärte Vilma zum außerordentlichen und bevollmächtigten närrischen Beistand.

55. Kapitel

Wesselin weiß auch schon zu viel

Als Laura ihre siebte Narrenschicht beendet hatte, mußte sie den Rückweg übers Treppenhaus antreten. Der Fahrstuhl ließ sich nicht rufen. Das Haus, in dem Vilma gemietet hatte, machte überhaupt einen abgewohnten Eindruck. Es war ein Jahr alt. Laura stieg abwärts und fand den Fahrstuhl zwischen dem sechsten und dem fünften Stockwerk. Im erleuchteten Fahrkorb schlief ein junger Mann. Laura klopfte an der verschlossenen Tür. Vergeblich. Da ihr Nachtdienst bald begann, konnte sie nur vom Umstand Nachricht geben.
Anderen Tags fragte Wesselin: »Wie wars bei der Volkssolidarität.« Laura sagte ihm nämlich immer, sie hätte eine Sitzung bei der Volkssolidarität, wenn sie eine Narrensitzung bei Vilma hatte.
»Schön wars bei der Volkssolidarität«, sagte Laura wie gewohnt. Und Wesselin fragte weiter wie gewohnt: »Hast du auch nicht vergessen, deiner Volkssolidarität zu erzählen, daß ich beim Umzug einen Freund verloren habe.«
Laura versicherte, es nicht vergessen zu haben. Der Sohn seufzte. Laura auch. Sie hatte gehofft, daß der verlorene Freund schnell durch einen neuen ersetzt und der Schmerz schnell vergessen sein würde. Jetzt schämte sie sich ob dieser törichten Hoffnung. Denn ihr war zu spät eingefallen, daß ein Kind auch ein Mensch ist, also ein Wesen, das sehr schwer und sehr selten ein Wesen findet, welches zu ihm paßt. Um Wesselin zu trösten, erzählte Laura ihm die Geschichte vom schlafenden Mann im Fahrstuhl.

Wesselin hörte gelassen zu und erklärte seiner Mutter dann, was sie am Fahrstuhl demolieren muß, wenn sie drin ungestört schlafen will.
»Woher weißt du das«, fragte Laura erstaunt.
»Das weiß doch jeder«, antwortete Wesselin. »Der Bruder von Karsten hat eine Woche im Fahrstuhl gepennt. Karsten aus der mittleren Gruppe, kennst du meinen Kindergarten nicht? Der Bruder heißt Dirk, und die Eltern haben ihn verdroschen wegen Klauen in der Kaufhalle und ihm Sand mit Katzenscheiße übern Kopf geschüttet. Da hat er aus Rache die Wohnung unter Wasser gesetzt und ist abgehauen. Wenn du bis ins letzte Stockwerk fährst und die innere Fahrstuhltür aufbrichst, bist du nachts so gut wie sicher.«
Laura mußte sich eingestehen, daß sie ihren Sohn kindlicher im Kopf hatte.

56. Kapitel

Geschluckte Wahrheiten

Als die Selbstversuche Laura in einen Zustand der Schlafsucht versetzt hatten, gegen die selbst Kaffee wenig ausrichtete, verglich Vilma die Nebenwirkungen des erstrebten Schlafersatzelixiers mit denen der Antibabypille.
»Was ich destilliere, hat keine Nebenwirkungen«, behauptete Laura.
»Aber es muß überanstrengen«, sagte Vilma. »Es dämpft zum Beispiel sicher die Sexualität durch Überanstrengung. Ständiges Wachsein und ständiger Gleichmaßzwang durch simulierte Schwangerschaften anstelle zyklischer Lebensgangart, die Frauen natürlich ist, überanstrengen die physischen und psychischen Kräfte.«
»Ständige Schwangerschaftsangst überanstrengt auch«, wandte Laura ein.
Vilma stimmte ihr zu, fragte aber, ob es gerecht wäre, ein Problem des menschlichen Zusammenlebens nur auf Kosten einer Menschenart zu lösen. Vor der Produktion der Pille und der Abschaffung des Paragraphen zweihundertachtzehn hätten die Männer diesbezüglich relativ sorglos gelebt. Danach lebten sie absolut sorglos. Dank der Forschungsrichtung, die eingeschlagen worden wäre. Eine von

Männern bestimmte Forschungsrichtung, wie das Ergebnis bewiese. Aber es wäre natürlich auch eine andere Richtung denkbar gewesen. Eine, die das Problem auf Kosten der männlichen Menschenart gelöst hätte. Beide Richtungen erschienen Vilma unbefriedigend. Sie plädierte für eine Lösung, die Mann und Frau gleich belastet, falls Belastung als Nebenwirkung nicht auszuschließen wäre.

Laura erinnerte sich eines Gesprächs mit Beatriz de Dia über den gleichen Gegenstand. Es fand 1972 statt, nachdem das Gesetz über die Unterbrechung der Schwangerschaft von der Volkskammer der DDR mit Mehrheit beschlossen worden war. Laura sprach damals, von Amanda inspiriert: »Ohne die Abschaffung des Paragraphen zweihundertachtzehn war die Pille eine Lösung für den Übermenschen. Also für Leute, die nie irren, vergessen, fehlen. Das Medikament allein konnte die Frau nur relativ von Angst befreien, nicht prinzipiell. Erst jetzt gehört uns wirklich, was uns gehört. Die Auswirkungen sind unübersehbar. Jedenfalls wäre mein Leben gänzlich anders verlaufen, wenn ich von Jugend an im Besitz meines Körpers gewesen wäre. Ich hätte beruflich nicht nur unter Vorbehalt geplant, weniger Zeit mit sublimierten Romanen vergeudet, heftigere Liebhaber gewählt, Uwe nicht geheiratet. Überhaupt wachsen Persönlichkeiten, die unter Angst leben, wenn überhaupt, ganz anders als andere. Denken anders, fühlen anders, produzieren anders mit Händen und Köpfen. Physische Unfreiheit verkrüppelt gewiß kaum weniger als politische. Und von Krüppeln sind keine originären Leistungen zu erwarten. Die Männer haben bisher bei den Frauen Schicksal gespielt. Das ist vorbei. Aber es wird sicher noch eine ganze Weile dauern, bis das weibliche Geschlecht gelernt hat, die Produktivkraft Sexualität produktiv zu nutzen. Zuzüglich aller frauenfreundlichen Maßnahmen und Gesetze vorher ist mit dem neuen Gesetz in unserem Staat die rechtliche Gleichberechtigung verwirklicht. Auf der allein die sittliche Chancen hat zu wachsen, verordnen kann man sie nicht.« Die Erinnerung stimmte Laura melancholisch. Denn der naive Fortschrittsglaube, der diese Äußerung trug, war ihr verlorengegangen. Dennoch konnte sie nicht derart entschieden aus Erfahrung sprechen wie Vilma in folgender Leibrede: »Die Pille hat uns von einer physischen Unfreiheit in die andere gestürzt«, sprach Vilma, indem sie schluckte. Laura legte ihr Ohr an Vilmas Bauch, um zu hören. »Die Angst sind wir los, aber die Produktivkraft Sexualität gleich mit. Denn die Pille dämpft. Und wir verlieren auf diese Weise nicht nur die Lust auf den Spaß, was schon ungeheuer viel ist, wir verlieren auch die Triebfeder der Unruhe, die aller schöpferischen Arbeit physischer und psychischer Urgrund ist. Früher waren die Frauen durch die traditionellen Pflichten der Haushälterei und der Erziehung von Kinderscharen an wissenschaftlicher und anderer kreativer Arbeit gehindert. Heute kann die Fluguntüchtigkeit schon durch zwei Kinder plus Pille hergestellt werden. Früher war es einer Frau erlaubt, sich zu müde zur Liebe zu fühlen. Heute wird von jeder anständigen Frau zu jeder Tages- und Nachtzeit Lust erwartet. Präparation sowieso. Präparation ist plötzlich nur noch Frauensache. Kannst du das Gleichberechtigung nennen? Ich nenne es Ausbeutung. Eine neue Form der Ausbeutung, mit der wir in unserer naiven Fortschrittsgläubigkeit nicht gerechnet hatten. Von proletarischer Solidarität keine Spur. Forschung, die eine kommunistische Lösung des Problems anstrebt, kann nur einen Weg einschlagen, der das Wohl beider Geschlechter berücksichtigt.«

Laura stimmte zu und schlug zusätzlich die Entwicklung und Produktion einer Männerpille vor, wodurch die Partner sich abwechseln könnten, zum Beispiel ein Jahr schluckt die Frau, ein Jahr schluckt der Mann und so weiter.

Vilma lachte, weil sie sich vorstellte, mit welchen gewaltigen ideologischen Konstruktionen Konrad die Männerpille zurückweisen würde.

»Benno hätte sich vielleicht bereit gefunden«, sagte Laura und wollte wissen, weshalb Vilma ihre Wahrheiten schluckte.

Vilma antwortete mit einer Leibrede über die Erfindung der Leibrede.

57. Kapitel

Leibrede über die Erfindung der Leibrede

»Es verdrießt mich«, sagt Diderot in seinen philosophischen Schriften, »daß man die Leidenschaften immer nur von der schlechten Seite betrachtet. Man glaubt wohl, die Vernunft zu beleidigen, wenn man ein Wort zugunsten ihrer Rivalin sagt; doch nur die Leidenschaften, und zwar die großen Leidenschaften, können die Seele zu großen Dingen erheben. Ohne sie gibt es nichts Erhabenes mehr, weder in den Sitten noch in den Werken, ohne sie sinken die schönen Künste auf die Stufe der Kindheit zurück und wird die Tugend kleinlich.«

Mein Mann Konrad ist mit großen Leidenschaften ausgezeichnet. Sein historisches Archiv ist ihm keine Dokumentensammlung. Er hütet keinen Wissensschatz. Für ihn ist Geschichte die Königin der Gesellschaftswissenschaften, und er geht mit ihr um, wie ein Mensch seines Charakters mit Königinnen umgeht: königlich. Seine Mitarbeiter wissen, daß er Geschichte geradezu personifiziert liebt und verehrt. Und keiner grinst, wenn der Doktor Tenner von »Frau Königin« spricht. Selbst in offiziellen Reden wird ihm diese Schrulle nachgesehen. Angestellte des historischen Instituts greifen dankbar jede Andeutung einer neuen tennerschen Bizarrerie auf, um sie klatschweis zu verbreiten. Sie erwarten von ihrem Chef Exzentrik. Und Tenner weiß, was er sich und seinen Leuten schuldig ist. Er bedient sie also nicht nur, weil er sich gibt, wie er ist. Er gibt mitunter auch mehr, als ihn drängt, um die Truppe nicht zu enttäuschen. Die Anschaffung von fünf Fernsehgeräten, die Tenner nur gleichzeitig anschaltet oder nicht, halte ich nicht für eine natürliche Schrulle, sondern für eine artifizielle. Sie wurde im Institut so schnell und mit solchem Vergnügen rumerzählt, daß Tenners plötzliche Wahl als BGL-Mitglied nur die biederen Seelen verwundern konnte. Den anderen gefällt der Umgang mit Qualität. Er beschwingt, er beflügelt. Diese anderen, die Mehrheit dort, wissen nämlich, daß geistige Qualität sich als Originalität zeigt, das heißt in Denkbewegungen, die die Normgleise verlassen: in Absonderlichkeit also, in Exzentrizität. Nur Leidenschaft kann aus den Gleisen tragen. Solche Denkbewegungen sind also keineswegs Unterfangen, die allein den Kopf strapazieren. Die ganze Persönlichkeit wird von ihr ergriffen und gezeichnet. Wenn Konrad bei Frau Königin weilt, neigen seine Augen zu Silberblick und sein Gesicht erscheint starr oder verklärt. Er weilt meist bei Frau Königin. Ich richte mich danach – Konzentrationsstörung wird mimisch wie physischer Schmerz abgebildet und macht ja auch welchen, wie ich aus eigener Erfahrung weiß. Meine Kinder spürten alle schon ganz früh, wenn Vater unansprechbar war, und verhielten sich entsprechend. Andernfalls warf Konrad mit dem nächsten Gegenstand, der zur Hand war. Er hatte diese Gewohnheit von Newton übernommen. Konrads Argument: »Wenn selbst so ein genialer Kopf wie Isaak Newton auf ungestörte Konzentration nicht verzichten konnte, muß mein dürftiger Kader drauf pochen, wenn er irgendwas Brauchbares zustande bringen will.« Ein gutes Argument. Schöne leidenschaftliche Entschiedenheit, die jeden Mann offiziell zur Ehre gereicht und jede Frau offiziell ruiniert. Denn uns Frauen wird Leidenschaft nur in der Liebe zugebilligt. Auf allen anderen Gebieten hält uns die Knute der Bravheit nieder. Konrad und die Welt erwarten von mir entspannte Züge, ausgeglichenes Wesen, Zurückhaltung, Anpassung. Eine »Rabenmutter«, die sich ihren Kindern als unansprechbar zu erkennen gäbe. Pflichtvergessen wäre ich gewesen, wenn ich den Schmerz, der bei Konzentrationsstörung entsteht, nicht verbissen hätte. Die Kinder hätten sich zurückgestoßen gefühlt. Und sie wären ja auch psychisch krank geworden auf die Dauer, wenn sie nicht gefühlt hätten, daß für sie jemand da war. Jemand muß da sein. Ein Zuhause braucht der Mensch. Ich bin das Zuhause von Konrad und den anderen Kindern. Und wo ist mein Zuhause? Wohin konnte ich gehen mit mir und meinen Leidenschaften? »Die Leitung eines Haushalts bringt kaum weniger Ärger als die eines ganzen Staates«, sagt Montaigne. »Von jeder Sache wird man gleich ganz in Anspruch genommen; Geschäfte, die weniger wichtig sind, brauchen deshalb noch nicht weniger lästig zu sein.«

Eine Frau, die mit einer verehrlichen Wissenschaft Umgang pflegt, als ob die personifiziert wäre, würde für krank erklärt. Man würde sagen: Sie spinnt. Die Variante des Wahnsinns, mit dem Hölderlin sich, wie gewisse Theoretiker meinen, die Welt vom Leibe gehalten hat, damit sie seine Kreise nicht zerstörte, ist für Frauen vernichtend.

Die Geschichte wäre mir freilich auch als Königin undenkbar. Denn die Geschichtsschreibung hat die Frauen historisch expropriiert. Und die nicht als aufschreibenswürdig erachtete Geschichte ist eine Geschichte von Verbrechen am weiblichen Geschlecht.

Daß die ungeschriebene Philosophie meine Königin ist, mußte ich aus mehreren Gründen geheimhalten. Leidenschaften geheimhalten – wie das? Mitunter floh ich auf die Toilette, um Störungen meiner inoffiziellen Arbeit zu verzögern. Oft verbiß ich mir dort den Störungsschmerz, um meinen Pflichten beziehungsweise den sittlichen Erwartungen zu genügen.

Konrad hat große Entbehrungen auf sich genommen, seine wesentlichen Fähigkeiten aus sich herauszutreiben. Ich habe große Entbehrungen auf mich genommen, meine wesentlichen Fähigkeiten in

mich hineinzutreiben. Die meisten Kräfte, die mir das Leben abverlangte, hab ich für Anpassung aufbringen müssen.
Aber ich hab keine Pillen gefressen. Kein Rudotel oder Faustan oder wie diese Psychopharmaka so heißen, die heute jede moderne Frau neben der Antibabypille in der Handtasche trägt. Früher wurde das Hexenwesen mit Scheiterhaufen bekämpft, heute mit Scheißegaltabletten.
Meine Erfindung stammt aus der Studentenzeit, da meine heimlichen philosophischen Studien noch wenig fortgeschritten waren. Mal glaubte ich, auf dem rechten Wege zu sein. Mal zweifelte ich. Mal folgte ich den Quellen mit Leidenschaft. Mal mußte ich leidenschaftlich widersprechen. Aber wie? Wo?
»Abgetötete Leidenschaften erniedrigen die Menschen«, sagt Diderot. »In der Dichtung, in der Malerei gibt es nichts Hervorragendes mehr, wenn der Hang zur Kleinlichkeit auf das Temperament ebenso gewirkt hat, wie es das Alter zu tun pflegt.«
Die besten Erfindungen werden aus Not geboren. »Man muß sich mit Kunststücken durchzuwinden suchen, wenn es mit einem schönen, geraden Leben nicht geht«, sagt Kafka.
Die Kunst des Essenschluckens gilt als natürlich.
Ich erfand die Kunst des Wortschluckens. Sie lindert alle Frauenleiden. Sie setzt eine Menge Kräfte frei, die sonst zur Anpassung aufgebracht werden müssen. Sie qualifiziert.
Wenn Konrad eine Idee kam oder kommt, hatte oder hat er das ununterdrückbare Bedürfnis, sie mitzuteilen. Wenn die Idee zu Hause kommt, teilt er sie mir jetzt durchs Küchenfenster mit. Wenn sie im Archiv kommt, wird sie ein Mitarbeiter aufzunehmen haben, wenn sie bei seinen Séancen kommt, wohl ein Freund. Solche Mitteilungen sind Eruptionen der Freude. Geteilte Freude, doppelte Freude. Und Freude ist gesund. Und aus Erfolgserlebnissen erwachsen neue Kräfte.
Meist bleibt das Erfolgserlebnis nach der Mitteilung einer Idee natürlich aus. Weil sie keine war. Wirkliche Ideen sind selten. Mitunter erweisen sie sich schon als Talmi, wenn sie über die Zunge gebracht werden. Andere werden vom Zuhörer als Talmi erkannt. Konrad braucht die Mitteilung, um sich von falschem Reichtum zu entlasten. Sprachlich ungeprüfte Gedanken nennt er »falschen Reichtum« oder »Kopfwolken«. Und für Kopfwolken stellt er keine Speicherplätze zur Verfügung. Er sieht drauf, daß sein Gehirn rationell belastet wird. Er beruft sich auf Schiller,

der ohne die Kommunikation mit Freunden nicht dichten konnte.
Ich bin eine Erfinderin geworden, weil mein Kommunikationsbedürfnis dem Konrads ähnelt. Die Erfindung der Leibrede erlaubt mir und allen Frauen, ihr Kommunikationsbedürfnis selbst zu befriedigen. Keine Anhäufung von falschem Reichtum mehr, keine Kopfwolken. Aber auch keine Abstinenzerscheinungen, weil die Sitten den Frauen Ideen nur dann nachsehen, wenn die Umwelt damit nicht belastet wird.
Sobald ich einen philosophischen Gedanken habe, spreche ich ihn aus und schlucke. Die Technik des Redeschluckens ist leicht erlernbar. Geschluckte Rede, geprüfte Rede. Selbstprüfung kann zwar Fremdprüfung oder geistige Geselligkeit nicht ersetzen, aber sie kann bei Verstand halten. Ohne die Kunst des Leibredens hätte ich mein vierundzwanzigstes Jahr nicht bei Verstand erreicht. Ohne Leibreden wäre ich damals zur Selbstmörderin geworden. Meine These: Die Leibrede der Frau – ein stabilisierender Faktor unseres Arbeiter- und Bauern-Staates.

58. Kapitel

Vilma wird ordentlich akkreditiert und nimmt von einer närrischen Harzreise Abstand

Laura gab Vilmas Leibrede-Erfindung den Gütetitel »Närrische Erfindung erster Klasse«.
»Wir sagen: ›Närrische Aktion‹«, entgegnete Vilma.
Laura wollte wissen, wer »wir« ist.
Vilma antwortete:

»Ringel ringel Rosenkranz,
Fuchsschwanz,
saß auf einer Weide,
spann klare Seide,
so klar wie ein Haar,
spann wohl über sieben Jahr.
Sieben Jahr sind um und um,
alte Hexe dreh dich rum.«

Laura verbat sich den Namen Hexe.
Vilma pflichtete begeistert bei und sprach sich prinzipiell für natürliche Mittel aus.
Laura bezweifelte, daß der Gebrauch natürlicher Mittel ohne Nebenwirkung ließe. »Kann ein Mensch ganz bleiben, der ständig schluckt«, frage sie sich und Vilma.
»Ich schlucke mich doch selber«, antwortete Vilma, »einen Teil von mir hab ich zwanzig Jahre weggeschluckt, aber doch in mich rein. Da liegt er gut aufgehoben. Gestundet. Wirst staunen, wenn ich auspacke . . .«
»Und was sagt Tenner zur Scheidung?«
»Nichts«, entgegnete Vilma, »was er nicht ernst nimmt, beredet er nicht. Vor einigen Jahren, als ich zum ersten Mal den Wunsch äußerte, sprach er wochenlang nur darüber. In Eifersucht. Denn er vermutete natürlich einen Rivalen. Weil kein Mann wie Tenner von einer Frau weggehen würde, bevor er nicht Ersatz sicher hätte, Unterschlupf. Als seine Recherchen ergaben, daß er keinen Rivalen zu fürchten hatte, wertete er meinen Scheidungswunsch als Grille. Und er hält meinen Scheidungswunsch bis heute für ein Mittel weiblicher Diplomatie, das zu mehr Liebesaufmerksamkeit ermahnt.«
»Tragisch«, sagte Laura, »und warum wollte sich Hilde Felber mit sechsunddreißig Jahren das Leben nehmen?«
Vilma bat, sich die allgemeine Situation eines Nomenklaturkaders vor Augen zu führen, der nicht kündigen könne. Dieser Kader mit drei Kindern in der Aspirantur. Thema über materielle Interessiertheit. Hilde hätte damals nur schreiben können, wie dem Problem nicht beizukommen wäre. Und bis heute wisse man dazu nicht viel mehr. Aber Hilde hätte damals viele befriedigte Gesichter sehen müssen. Genugtuung darüber, daß ihr mal was nicht gelang. Dazu ein Parteiverfahren wegen eines Schreibtischschlüssels, den Hilde nach Ansicht ihrer Parteigruppe nicht sicher genug verwahrt hatte. Und außerdem die normale Leitereinsamkeit, denn ein Mensch in der Position von Hilde hätte ja ständig über Gegenstände zu entscheiden, die der Geheimhaltung unterlägen. Alle Lasten einsam auf dem Buckel, und dazu plötzlich wieder mal Kritik von oben wie ein Hammer – und zu Hause hat natürlich auch niemand mit ihr über Familiäres gesprochen, weil sich alle von ihr kritisiert fühlten. Klar, Druck, den man abkriege, gäbe man nach dort weiter, wo abladen erlaubt ist. Ein Mensch könne doch nicht alles in sich reinfressen

... Vilma erinnerte apropos an ein exemplarisches Ereignis aus der Geschichte, über das sie mal referiert hätte. Auf der Grundlage eines Manuskripts ihres Ehemanns Konrad, der viel über das Attentat auf Ludwig XV. von Frankreich am 5. Januar 1757 geschrieben hätte. Konrad empfände den Fall als exemplarisches Grundmuster für individuelle und gesellschaftliche Reaktionen unter Druck. Der Königshaß des französischen Volkes hätte sich damals bekanntlich nicht in Solidarität für den Attentäter Damiens, sondern in Sadismus gegen ihn Luft gemacht. Auf dem Hinrichtungsfest, das die Todesqualen des Opfers mit allen Raffinessen der Folterkunst einen Tag lang vorführte, hätten die Zuschauer ihre Aggressionen in erlaubter Form ausgelebt. Solidarität, die unerlaubte Form, wäre den Zuschauern von den Zuständen versagt gewesen.
»Hast du Hilde nicht in der Kunst der Leibrede ausgebildet«, fragte Laura.
»Papperlapapp«, antwortete Vilma.
Laura beauftragte Vilma, Hilde Felber absolut sicher bei Kur zu halten und dafür zu sorgen, daß die Bewerbung der Frau nie ruchbar werde. Eine Anstellung als närrischer Beistand käme selbstverständlich erst recht nicht in Frage. Laura hätte Hilde Felber nie gesehen und wolle sie nie sehen. Sie wolle die Frau im Ministerrat angestellt und Vilma bei sich. Die Leibrede gälte als Anstellungsprobe. Vilma wurde vom außerordentlichen und bevollmächtigten närrischen Beistand zum ordentlichen befördert.
Vilma dankte.
Aber sie sah sich außerstande, eine Brockengeschichte aus eigner Anschauung zu schreiben. Denn der Brocken war im Sperrgebiet gelegen, und das durften Zivilisten nicht betreten. Vilma kannte nur die Brockengegend, in die einreisen kann, wer vier Wochen vor Reiseantritt bei seiner zuständigen Polizeidienststelle einen Antrag stellt, dem stattgegeben wird.
Vilma war 1972 über diesen Amtsweg nach Schierke gelangt. Ins Hotel »Heinrich Heine«, wo sie als Sekretärin der Zeitschrift »Neue Philosophische Blätter« ausländische Redaktionsgäste organisatorisch zu betreuen hatte. Bei Ankunft war Vilma von der Hotelrezeption eine schriftliche Belehrung ausgehändigt worden, deren Kurzfassung folgenden Wortlaut hatte: »Belehrung der Urlauber über das Verhalten im Grenzgebiet. Werte Gäste! Wir begrüßen Sie im Kurort der Werktätigen in Schierke und heißen sie recht herzlich willkommen. Sie haben das Vertrauen erhalten, in einem Kurort

unmittelbar an der Staatsgrenze zur BRD Ihren Urlaub zu verbringen, und wir erwarten, daß Sie dieses während Ihres Aufenthaltes hier stets rechtfertigen.
Wie können Sie als Urlauber im Sinne der Grenzordnung und ihrer Durchführungsbestimmungen zu einer hohen Sicherheit und Ordnung in unserem Grenzort beitragen?
Tragen Sie bei Verlassen Ihrer Unterkunft stets den Personalausweis und den gültigen Passierschein bei sich, der nur für die Orte Schierke und Elend Gültigkeit hat und nur für diesen Teil der Sperrzone.
Außerhalb der Sperrzone können Sie jede beliebige Wanderroute wählen. An der der Staatsgrenze abgewandten Seite finden Sie auch die schönsten Wanderwege. Näheres wollen wir Ihnen gern vermitteln.
Innerhalb der Sperrzone benutzen Sie bitte die Wanderwege, die mit Schildern der Aufschrift ›Schutzstreifen! Betreten und Befahren verboten‹ gekennzeichnet sind, nie. Diese Schilder sind übersichtlich angebracht und bei Benutzung von Wanderwegen nicht zu übersehen.
Beim Betreten des Schutzstreifens bilden auslaufende Wege sogenannte Sackgassen, die sich in unmittelbarer Nähe des Schutzstreifens befinden. Auf diesen Wegen treffen Sie auf Schilder mit der Aufschrift ›Ende des Wanderweges‹. Diese Wege sollten Sie meiden.
Beim Betreten des Schutzstreifens haben Sie mit sofortiger Ausweisung aus der Sperrzone zu rechnen. Ihr Urlaub ist ohne jede Rückvergütung abzubrechen.
Schlagbäume, die Sie bei Ihren Wanderungen sehen, sind nur für den Fahrzeugverkehr bestimmt. Sie als Fußgänger sollten Ihr Augenmerk den schon erwähnten Schildern schenken.
Haben Sie die Absicht, eine Tageswanderung zu machen und wollen deshalb nicht an einer Mahlzeit teilnehmen, melden Sie sich bitte beim Empfang ab. Es ist im Interesse der eigenen Sicherheit, und Sie vermeiden aufwendige Suchaktionen.
Noch ein Wort zu den Urlaubern, die mit dem Pkw anreisen: Die Fahrzeuge sind nur auf den angewiesenen Parkplätzen oder in den gemieteten Garagen abzustellen.
Fahrten innerhalb der Ortschaften sind nicht gestattet. Schierke kann jederzeit, aber nur über die Straße Schierke–Stern– Wernigerode verlassen werden. In Richtung Elend bitte nur zu Fuß gehen.
Diese Belehrung ist von Ihnen bei Anreise zu unterschreiben und

Ihre Unterschrift ist die Verpflichtung, die o. g. Grenzordnung und ihre Durchführungsbestimmungen einzuhalten.«

Als Vilma die mit ihrer Unterschrift versehene Belehrung, die ihr beim Durchblättern der Reiseaufzeichnungen in die Hände gekommen war, zum zweiten Mal zur Kenntnis genommen hatte, fühlte sie sich in ihrer Überzeugung bestärkt: Selbst die besonderen Anforderungen, die Narrentätigkeit an einen Menschen stellt, können ihn nicht der Verpflichtung entheben, die Grenzordnung und deren Durchführungsbestimmungen einzuhalten.

Vilma machte also keine Harzreise, sondern Gänge in die Stadtbibliothek.

Nach etlichen vergeblichen Bemühungen handelte sie gegen einen ihrer Grundsätze. Indem sie Tenners Arbeitszimmer in dessen Abwesenheit betrat und seine Bibliothek durchsuchte. Mit wenig Hoffnung, denn sie wußte, daß sich Tenner außer für Geschichte hauptsächlich für Naturwissenschaften interessierte. Um so größer war Vilmas Erstaunen, als sie ein ganzes Regal mit Brockenliteratur gefüllt fand. Historische Bücher, kulturhistorische, legendäre. Viele abgegriffen, einige mit Randnotizen versehen. Vilma wunderte sich, daß Konrad über diese Studien bisher nichts hatte verlauten lassen, da er über alle Gegenstände seines Interesses gern und regelmäßig zu sprechen pflegte. Eine Notiz in Tenners Handschrift, die einem Brockenmärchen zugefügt war, lautete: »Vergl. Amanda am 13. 7. 1971«, eine andere erwähnte verschiedene Rabensorten. Ein Büchlein versprach einen gewissen Ersatz für die von Laura geforderte eigene Anschauung. Das Impressum versicherte, daß die Sammlung »von mehreren Sachkundigen« verfaßt worden wäre. Titel: »Sagen und Geschichten aus der Vorzeit des Harzes und der Umgegend«. Erschienen im Verlag Lindquist und Schönrock Halberstadt 1847. Vilma las, prüfte, verglich und entschied sich für eine Geschichte, die die Sachkundigen »die Walpurgisnacht auf dem Brocken« genannt hatten. Da das Werk nicht für Narrenschichten geschrieben war, mußte Vilma es einrichten. Sie trug es in der Fassung vor, die im nächsten Kapitel nachzulesen ist.

59. Kapitel
Sachkundige Brockengeschichte

Hoch und majestätisch hebt aus der Mitte der niederen Harzberge der Brocken, ein gewaltiger Bergriese, sein Haupt. Schneegekrönt. Ringsum die Waldberge, an denen doch auch schon mancher Wanderer ermattet, ehe er den Gipfel erreicht. Steht man auf ihrer Höhe und schaut aufwärts zur Brockenstirn, erscheint nur der Brocken als Gebirg und der übrige Harz als Ebene. Einsam, ernst ragt es empor, das Haupt oft mit Wolken verschleiert, während die Wälder am Fuße im Sonnenlicht glänzen. Die Brust weiß von Schnee, indes drunten in den Tälern Lenz-Blumen blühen. Der Scheitel kahl, während tiefer riesige Schwarztannen ragen und Eichen die umliegenden Berge bekleiden. So, weit aufsteigend über dem Harz, gleicht der Brocken einer gewaltigen Felsenburg, die über Hügelland gebietet. Und wie Wallgräben umschließen ihn die Felstäler, die seine Granitmauern vom übrigen Gebirge trennen: die Täler der Ecker, der Ocker, des Mönchsbachs, der schwarzen Schluft, der kalten Bode und der Ilse.
Weithin sichtbar ist seine erhabene Stirn. Vom Thüringerwaldgebirge, vom Strande der Elbe und der Weser wie noch von entfernteren Orten sehen die Bewohner ihn ragen am Horizonte. Und ein wunderbarer Zauber zieht sie alle näher zu ihm, so daß alljährlich Tausende den Wanderstab ergreifen, um einen Tag auf seinem Gipfel, in der Nachbarschaft des Himmels, zu verweilen.
Willst auch du, mein freundlicher Leser, in die mächtige Wolkenburg hinaufwandern, so komm und folge mir. Ich will dein Führer sein. Ilsenburg mit seinen Hütten und seinem Schlosse liegt hinter uns. Das schöne Ilsetal nimmt uns auf. Zwischen steil aufsteigenden, dicht belaubten Bergen führt ein geebneter Weg an den Blumenufern der Ilse hin, deren Wasser unter schattenden Zweigen hingleiten. Ein herrliches Landschaftsbild umgibt uns. Rechts die aufgetürmten Klippen des Westerberges, links die schroffen, senkrechten Schichten des Ilsensteins mit dem Kreuz darauf. Um uns ein liebliches Tal mit Blumen, Amseln und Zeisigen.
Doch nur eine kurze Strecke behält das Tal diesen milden Charakter. Haben wir die Brücke überschritten, in deren Nähe Bänke zur Rast einladen, ändert sich die Szene. Die Ilse, bisher friedlich und sanft, braust plötzlich wild über Fels. Weiß leuchtet der Gischt, laut

schlägt das Tosen ans Ohr. Und von den Klippen in die Tiefe stürzt die Flut, in das dunkle Flußbett, wo die Strömungen in wildem Gewühl durcheinanderdrängen und sich fortwälzen. Wasserfall reiht sich an Wasserfall, und berauscht vom Gebraus und Gefunkel des Wasserstaubs folgen wir dem Weg. Er führt uns allmählich höher. Beiderseits gewaltige Tannen. Dazwischen verstreut Felsblöcke. Manche kahl, manche überdeckt von fußhohem Moos, manche von Wurzeln umklammert. Die Ilse aber ist unsichtbar geworden. Sie zieht jetzt unter den Klippen hin, auf denen wir wandern. Wir hören ihr Gemurmel unter unseren Füßen. Nur selten springt sie empor, kurz, und verschwindet sogleich in den Felskanälen.

Allmählich wird fühlbar: Wir haben die untere Region verlassen. Die Luft wird rauher, der Wind schneidend. Nebelbilder umschleichen uns. Die Vegetation verliert die Üppigkeit. Weniger schlank und groß ist jetzt der Baumwuchs, ärmer das Blumensortiment. Nur die Krammetsbeere und die Bärentraube bedecken den Boden, und hier und da schimmert weiß die Trientalis und die winterliche Pyrola. Um die Granitblöcke rankt sich der Bärlapp. Überall massenhaft Brockenmoos. Und immer niedriger und krüppelhafter werden die Tannen, immer dicker gewandet sie das fahle Bartmoos. Schließlich ersticken die Bäume unter der Last. Wir wandern nur noch durch knorriges Gestrüpp. Dann hört auch das auf.

Der kahle Berg beginnt, die eigentliche Region des Brocken. Denn hier ist die Heimat der Stürme. Hier hausen sie frei und zügellos, unablässig im Kampf mit der Sonnenwärme, die auch die Bergstirn beleben möchte, oder mit den Bergnebeln, die sich aus den Sümpfen erheben und ihre Mäntel über die Bergfläche breiten. Weithin ist der Boden brüchig und mit Sümpfen bedeckt. Einzelne Felsen ragen aus dem Moorboden empor.

Tief, tief unter uns liegen die grünen Harzberge und die sanften Ebenen. Um uns blühen nur die Immortelle und die Alpenanemone, deren Fruchtbüschel hier Hexenbesen genannt werden. Auf den Gräsern Reif. Neben uns in den Schluchten und Vertiefungen Schnee. Vor uns ein dichtes Nebelmeer.

Nur mutig hinein, wir sind bald am Ziel. Hundegebell, Kuhglokkengeläut. Ein dunkler Fleck im Nebel. Das Brockenhaus ist erreicht. Da wohnt Nehse, an dessen Speisen und Weinen wir uns aufwärmen wollen.

Und dann rauf auf den Turm, der die Brockenfläche noch um

fünfzig Fuß überragt. Zwar lagern noch Nebel. Aber Sonne und Wind haben sich jetzt vereint, sie zu vertreiben und das gibt ein herrliches Schauspiel.

Vom Sturm gefegt, jagt eine Nebelmasse nach der anderen an uns vorüber, bald höher, bald tiefer, bald entfernter, bald näher. Die Nebelbildungen versetzen uns in Ossians phantastische Welt, wo die Geister der Helden auf Wolken reiten und Schlachten schlagen. Bisweilen, wenn der Sturm die Schleier auseinanderreißt, blitzt Himmel durch die dunklen Massen, die sich jedoch sogleich wieder schließen. Bald öffnen sie sich jedoch aufs neue, schließen und öffnen sich immer wieder und immer auf etwas längere Zeit, bis endlich die Wolkenbilder sich tiefer und tiefer ins Tal senken und nur unten noch herumjagen. Über uns blanker Himmel. Schon sehen wir über den Nebel hinweg die entfernten Punkte. Bald gehen die Dunstmassen in den Tälern ganz zur Ruhe, und der Blick wird frei.

Welch ein Blick!

Zahllose Berge und Wälder und Schluchten, friedliche Dörfer und glänzende Städte hat das Panorama. Da ragen die Städte der Welfen, Wolfenbüttel, Braunschweig, Hannover und Göttingen; die Wilhelmshöhe bei Kassel, das Schloß in Gotha und daneben die Wartburg; ferner die Gebirge des Thüringer Waldes, der Rhön und des Hunsrück; der Possenturm bei Sondershausen, der sagenreiche Kyffhäuser, die Cyriaksburg bei Erfurt, die Höhen bei Leipzig, der Petersberg bei Halle, Magdeburg und die Höhen der Mark, kurz über neunundachtzig Städte und Flecken, über sechshundertachtundsechzig Dörfer und Weiler schweift unser staunender Blick.

Komm nun und laß uns umherwandeln auf der kahlen Oberfläche des Brocken. Zwar bietet sie wenig Sehenswertes. Einige Felsblökke, ein Brunnen: das sind Gegenstände, die man überall sehen kann. Aber dennoch wallen Tausende hierher. Denn diese Felsblöcke, dieser Brunnen, diese kahle Fläche sind der Spielraum der Sage von der Walpurgisnacht.

Das ist die erste Nacht des schönen Maimondes. Das ist eine Festnacht, die ihresgleichen nicht hat im ganzen Jahr. Eine Festnacht für Hexen und Zauberer und für alle Anhänger des Gottseibeiuns. Denn in dieser Nacht gibt der Teufel, dem die Menschen da unten wenigstens öffentlich nicht zu huldigen wagen, den Seinen hier oben in der Abgeschiedenheit ein Gelage.

Und sie kommen alle, die ihm und seinem finsteren Reiche verfallen

sind, gleich ob sie noch unter den Lebenden wandeln oder ob ihre Geister schon ihm gehören.
Es kommen die Verbrecher, auch wenn sie noch in den Mantel der Tugend gehüllt und mit Macht und Ansehen begabt, da unten das Leben genießen. Es kommen die Verbrecher, die in Ketten die Kerkernacht erleiden, und die, deren Gebeine auf der Richtstätte bleichen. Denn der Zauber dieser Nacht löst die Fesseln des Kerkers und des Todes bis zum ersten Hahnenschrei.
Am liebsten aber und am eifrigsten besuchen die Favoritinnen des Bösen, die Hexen, das laute Gelage.
Wenn die Mitternachtsstunde herankommt, zieht ein feuriger Strahl durch die Nacht. Das ist das Zeichen für den Festbeginn, und alle Gästen rüsten sich zur Fahrt. Seltsam und mannigfach sind die Equipagen und Gerätschaften zur Reise.
Manche Hexen zünden einen Haufen Werg auf dem Küchenherd an. Steigt dann der Rauch durch den Schornstein, so umhüllen sie sich mit dem Gewölk und schweben davon. Andere wählen einen Ziegenbock zum Reitpferd. Noch andere Besen und Ofengabeln, die sich erheben, sobald die Hexen ihren Zauberspruch getan. Jauchzend, wilde Freude im Gesicht, jagen die Hexen mit ihren seltsamen Rossen gedankenschnell durch die Luft. Das Hexenheer weht. Die Gewänder flattern. Hoch über die schlummernde Erde, über schaurige Schluchten, über Berge und Klippen geht die Fahrt. Kein Schwindel erfaßt die Reiterinnen.
Drüben wetterleuchtet schon der Gipfel. Drüben schallt schon verworren Freudengetümmel. Hinüber, hinüber, jede Sekunde ist kostbar!
Den Reiterinnen folgt Rasseln, Geklapper. Da kommen die Verbrecher, die durch Henkershand ihre Strafe gefunden. Sobald der feurige Strahl durch die Nacht zuckt, fügen sich die zerstreuten Gebeine aneinander. Der Gehenkte galoppiert, an den Galgen geklammert, der Hexensippschaft nach. Wer aufs Rad geflochten ist, rollt es über Graben und Bach, über Fels und Kluft bis zum Versammlungsort, wo die Gäste bereits durcheinanderdrängen. Ein Gewühl von hunderttausend Geschöpfen aller Art. Denn nicht alle Hexen erscheinen in Menschengestalt auf dem kahlen Berg. Viele kommen als feurige Drachen, als Basilisken, Unken, Eulen oder Fledermäuse.
Der Festplatz ist eine Halle, um die die Brockennebel eine dichte Wand gezogen haben, daß kein Luftzug hineindringen kann. Au-

ßerhalb dieser Nebelwand aber hausen, der Gesellschaft gleichsam zu Schutz und Wacht, die Stürme so fürchterlich, daß kein Ungeweihter es wagen kann, sich zu nähern. Die Tannen, aus ihren Wurzeln gerissen, krachen zur Erde. Die Klippenwände dröhnen. Ungeheure Steinblöcke rollen und springen donnernd zu Tal. Kälte fällt.

Innerhalb der Wolkenwand Jubel und Lust. Unzählige Irrlichter erleuchten die Halle. Sie hüpfen zwischen Schwefel- und Erdpechflammen, die rings aus dem Boden züngeln.

Zu Beginn des Festes legen die Hexen auf dem Hexenaltar Opfer und Geschenke nieder. Der Hexenaltar ist ein Felsblock. Die Opfer und Geschenke sind dem Herrn und Meister zugedacht. Er besteigt in vollem Wichs, den feuerroten Mantel um die Schultern, die Hahnenfeder auf dem Haupte, den Pferdefuß umhüllt, den anderen Felsen: die Teufelskanzel. Dort hält er eine Rede an seine Getreuen. Ist sie zu Ende, folgen Lustbarkeiten der rohesten Art. Der Teufel selbst eröffnet den Tanz. Ihm nach wirbeln verknotet Paare von Hexen, Zauberern und Verbrechern. Stürme pfeifen die Tanzmusik. Unbändiges Jauchzen tönt dazwischen, unflätiges Gelächter. Und immer zügelloser wird die Lust. Seitwärts auf den Herden unterdes siedet in Kesseln Getränk. Aus giftigen Bergnebeln gebraut, bringt es die Gäste in Rausch und Raserei. An denselben Herden kauern auch Hexen, die Zaubersprüche murmeln und ihre Zaubertränke fürs künftige Jahr bereiten.

Aber siehe, wer kommt dort noch in wilder Eile den Berg herauf, über die Tannen, die Abgründe hinweg? Gellender Hörnerklang verkündet seine Ankunft. Rüden mit feurigen Augen springen ihm heiser heulend voran. Ihm nach folgt der Troß mit Hallo! Errätst du den neuen Gast? Es ist Hackelnberg mit der wilden Jagd.

Unmäßiger Jubel begrüßt den Ankömmling, der sich mit seiner Schar sogleich unter die Hexen mischt und die schönsten zum Tanze führt.

Immer lauter braust der Jubel, wilder wird der Tanz, toller das Gewühl. Bis die Irrlichter bleicher schimmern und hier und da erlöschen. Fernher glänzt von Osten rötlicher Schimmer, Die Genossenschaft sieht's und schaudert. Die Irrlichter verschwinden. Die Flammen erlöschen. Eilig huschen die Gäste zu Besen und Ziegenbock und Ofengabel und sausen in Gedankenschnelle hin, von wannen sie gekommen.

Verschwunden alle Spuren des höllischen Fests.

Den Morgen des ersten Mai empfängt der Brockengipfel.
Ihr lächelt über die Mär? Ihr haltet sie höchstens für Gebilde eines phantastischen Traums? Aber die Fabel von der Walpurgisnacht hat Tausenden das Leben gekostet. Abertausende von schuldlosen Frauen sind den Flammentod gestorben, weil sie beschuldigt und durch die Folter geständig wurden, das Hexenfest auf dem Brocken besucht zu haben. Um den Martern zu entgehen, gestanden sie, was gewünscht wurde und gaben sogar genaue Beschreibungen. Solchen aktenkundigen Hexengeständnissen sind die meisten der obigen Angaben über den Verlauf des Fests entnommen.
Wie aber ist die Mär von der Hexenversammlung entstanden? Der Ursprung läßt sich ziemlich genau ermitteln. Als Karl der Große nämlich seine Macht und mit ihr das Christentum in Deutschland immer weiter ausbreitete, fand er besonders bei den Sachsen hartnäckigen Widerstand. Mehrmals unterjocht, erhoben sie sich wieder und wieder. Und als sie endlich ganz unterdrückt und zu dem neuen Glauben scheinbar übergegangen waren, blieben sie gleichwohl insgeheim dem Glauben ihrer Vorfahren treu und feierten in einsamen Gegenden die Feste ihrer Götter. Deren höchstes war das Frühlingsfest. Es wurde am ersten Mai begangen.
Man wählte zur Feier hochgelegene, freie Aussicht bietende Berggipfel. Der Brockengipfel hatte außerdem den Vorteil, weit abgelegen zu sein von menschlichen Wohnungen. So versammelten sich also dort in der Festnacht viele Tausende der Sachsen. Karl der Große aber wollte auch das verhindern und ließ die Zugänge zum Brocken besetzen. Weil aber die Götter der Sachsen in den Augen der christlichen Franken teuflisch waren, erschien ihnen auch das Fest, das sie verhindern sollten, teuflisch und die Besucher, die sie aufhalten sollten, wurden als Anhänger des Teufels gesehen. Als nun die Sachsen in der Stille der Nacht scharenweise zum Berge zogen, zum Teil vermummt, zum Teil mit Gerätschaften zum Wegfegen des Schnees und zum Schüren der Opferfeuer versehen, mochten die Wanderer den ausgestellten Wachen wohl unheimlich und abschreckend erschienen sein. Also, daß Karls Krieger mitunter entflohen. Um aber ihre Flucht zu rechtfertigen, fügten sie dem, was sie gesehen, Übernatürliches zu. So entstand die Sage von der Walpurgisnacht auf dem Brocken.

60. Kapitel

Spuknachrichten vom Platz der Akademie

Die »sachkundige Brockengeschichte«, die als närrische Unterstützung während der zwölften Schicht vorgetragen wurde, beflügelte Laura zu grellen Würfen. Sie schleuderte die Tiegel äquilibristisch und die Gedanken surrational. Sie tanzte auch am Ort, der vor dem Ofen war. Sie pfiff auch.

In den Tiegeln eine Mixtur, die auch Alchemilla vulgaris (gemeiner Frauenmantel) enthielt. Die zehn bis dreißig Zentimeter hohe, ausdauernde Pflanze mit fünf bis zehn lappigen, im Umriß nierenförmigen, gefalteten Blättern, gehört – wie Prunus spinoza – zur Gattung der Rosengewächse. Sehr kleine grüngelbliche Blüten ohne Blumenkrone mit krugförmigem Kelch und endständiger Trugdolde. Einsamig, nußartige Frucht, in Kelchröhre eingeschlossen. Blütezeit Mai bis September. Häufig in feuchten Wäldern, Gebüschen, an Wiesen und Weiden. Laura pflegte die Arzneipflanze am Templiner See zu sammeln. In der Nähe von Einsteins Blockhaus. Als Vilma das Ende der »sachkundigen Brockengeschichte« gesprochen hatte, verschüttete Laura die neugewonnene Mixtur!

Die stank gewaltig.

Vilma schüttelte Ekel.

Laura erklärte zufrieden, daß nunmehr im Freien verkostet werden müßte, und bat um Vorschläge für einen geeigneten Ort. Auch fragte sie, von Dankbarkeit und Neugier erfüllt, so lange nach der Quelle der »sachkundigen Brockengeschichte«, bis Vilma das Buch für einen Abend entlieh.

Laura schloß sich damit ein in ihrer Küche.

Wesselin klopfte.

Später schlug er mit den Fäusten gegen die Tür und trampelte mit den Füßen.

»Was ist los«, fragte Laura.

»Nichts«, sagte Wesselin beleidigt.

»Es gibt gleich Abendbrot«, sagte Laura.

Wesselin wollte wissen warum. Laura sah sich außerstande, das Gelesene in eine für Kinder geeignete Fassung zu bringen. Sie behauptete deshalb: »Das Buch ist für Erwachsene.«

»Ja«, sagte Wesselin, »und was steht drin?«

»Schönes.«
»Und was noch?«
»Gutes!«
»Und außerdem?«
Als Laura merkte, daß die Zeit bis zum Abendbrot nicht mit Ausflüchten zu bewältigen war, gab sie zu, daß im Buch auch Hexen vorkämen.
»Hexen für Erwachsene«, fragte Wesselin erstaunt.
Laura gab zu bedenken, daß es ein altes Buch wäre, für Erwachsene, die heute uralt wären, wenn sie noch lebten.
»Glaubst du an Hexen«, fragte Wesselin.
»Ich bin doch nicht uralt«, entgegnete Laura.
»Uralt nicht, aber vierzig bestimmt«, sagte Wesselin. »Der Detlef aus unserer Gruppe hat eine Mutter, die zwanzig ist, und die glaubt garantiert dran. Alle in unserem Kindergarten glauben dran. Jeder, der nicht hinterm Mond ist, weiß, daß es in den Domen spukt.«
»In welchen Domen«, fragte Laura verblüfft.
»Na in den Domen am Platz der Akademie. Der Detlef ist allein zu Hause wie ich, aber ich hab auch Freunde, die große Geschwister haben, ganz große, die abends lange aufbleiben dürfen und die nicht raufkommen müssen, wenns finster wird, und die rauchen. Und zum Rauchen gehen sie eben in die Dome. Und dann kommen die Gespenster . . .«
»Woher?«
»Von den Birken«, sagte Wesselin.

61. Kapitel

Arke berichtet Sirene Beatriz von der ersten Etappe der Weltfahrt

Ankunft nach der ersten Etappe am 7. August 1980. Ich war verblüfft, daß Arke so schnell zurückgekehrt war, und hätte dem Gefühl gern Laut gegeben. Seit dem Verlust meiner Zunge konnte ich jedoch lediglich mit Federplusterei und Flügelschlägen reagieren. Ansichten kundtun war mir seit der Verstümmelung nur noch schriftlich möglich. Ich mußte in Konversationshefte schreiben, die mir Arke vom Blocksberg beschafft hatte.

Jetzt fragte ich schriftlich, was Arke auf der Weltfahrt Interessantes gesehen hätte.
»Abgeholzte Landstriche«, antwortete Arke. »Der tropische Regenwaldgürtel der Erde hat sechzig Millionen Jahre gebraucht, bis er sein einzigartiges biologisches System herausgebildet hatte. Dieses System, das auch die Wiege der Menschheit beherbergte, ist heute bereits zur Hälfte abgeholzt. Überhaupt verschwinden die Erdwälder bereits derzeit in einem Umfang von der zweieinhalbfachen Größe meines Landes pro Jahr. In zwanzig Jahren wird rund die Hälfte aller Wälder verschwunden sein, wenn die Entwicklung nicht außerordentlich unterbrochen wird. Andernfalls wird die Konzentration von Kohlendioxyd und ozonabbauenden Chemikalien in der Atmosphäre in solchem Maße zunehmen, daß sich das Klima der Erde entscheidend verändert.«
Nun erklärte ich mir die hurtige Heimkehr mit kriminalistischem Erfolg und schrieb: »Hast du die Attentäter gestellt?«
Arke erzählte, daß sie ständig zwischen Hitze und Kälte hin und her getaumelt wäre. Die Siebenmeilenflügel könnten mit wenigen Schlägen von Norden nach Süden und von Westen nach Osten tragen, so daß sich Arke bald im Tage und bald in der Nacht, bald im Sommer und bald im Winter befunden hätte. Ohne Hemmflügel, die – in der Wirkung Bremsfallschirmen ähnlich – das Flugtempo verlangsamten, wäre Feinfahndung unmöglich. Die Siebenmeilenflügel wären lediglich für Grobfahndung geeignet. Alle Fahndungsarten hätten jedoch bisher zu keinem greifbaren Ergebnis geführt. Einzige Ausbeute der Strapaze: Vermutungen. Die drei Schlangenschwestern, die Arke besucht hätte, vermuteten die Attentäter unter den Brüdern. Eine in Schottland seßhafte Schwester, der die Menschen den Namen »Ungeheuer von Loch Ness« gaben, mutmaßte Einschüchterungsterror, weil die Brüder fürchteten, von ihren Zauberbergen gestürzt zu werden wie Kolbuk und Zacharias vom Blocksberg. Eine andere Schwester, die in der Wüste Sahara zu Hause ist und von den Menschen »Fata Morgana« genannt wird, verdächtigte Zacharias als Anstifter. Tatmotiv: Rache. Die dritte besuchte Schwester, im Urwaldgebiet des Amazonas zu Hause und von den Menschen »grünes Ungeheuer« benamt, argwöhnte, daß Zacharias selbst der Täter sein könnte. Als tatbegünstigend wertete die Schlange seine Unsichtbarkeit. Ja die Amazonasschwester witterte in Zacharias geradezu die graue Eminenz der Emigrantenreaktion, mißtrauisch selbst gegen die

Raben, die als Blocksberg-Dissidenten auf andere Zauberberge emigriert sind.

Ich unterbrach Arkes Bericht und fragte rundheraus:

»Kann ich zum Blocksberg übersiedeln? Dieser Aufenthaltsort bietet vor Attentätern doch zweifellos mehr Sicherheit als der Tierpark Berlin. Und überhaupt . . .«

Arke antwortete: »Auf Zauberbergen kann über das Mögliche von übermorgen nachgedacht werden. Sirenen aber haben jetzt die Aufgabe, über das Nötige von heute nachzudenken und diesem unaufschiebbar Nötigem Stimme zu geben. Bevor sich Sirenen wieder um Zukunft kümmern können, müssen sie erst mal ihre Stimmgewalt so schnell wie möglich dafür zurückerinnern und einsetzen, daß der Zukunft die Zukunft bewahrt wird. Diese profane Aufgabe ist nur an einem profanen Arbeitsort zu bewältigen. Ihre Lösung jedoch könnte nicht nur die alltägliche Realität des Planeten bewahren helfen, sondern auch seine zaubrische. Denn der Atomtod bedroht selbstverständlich auch die Zauberberge. Alle Arten von Tälern und Höhen haben von den Stimmen der wiedererstandenen Sirenen Beistand zu erhoffen.«

»Sind inzwischen noch mehr Sirenen auferstanden«, fragte ich schriftlich.

»An den Orten, wo ich war, nicht«, antwortete Arke. »Auf der ersten Etappe meiner Weltfahrt hab ich nur eine einzige Sirene getroffen. Eine, die damals mit dir auferstanden und nach Delphi geflogen war. Yetunde heißt das Wesen. Und ihm fehlt seine Stimme auch noch. Aber Zunge ist da. Sirene Yetunde hat es mit der vorerst nur bis zur Fähigkeit des Lispelns gebracht. Laute, die einer Sirene jammervoll zu Gesicht stehen. Freilich besser als stumm.«

Arke erzählte einiges, was ihr von Sirene Yetunde zugelispelt worden war. Von Benin erzählte Arke zum Beispiel, Yetundes Geburtsland. Geburtsjahr: 1516. Ich erfuhr, daß Yetunde als Rhapsodin ihres Stammeshäuptlings und als Bäuerin gearbeitet hatte. Benin war seit Ende des fünfzehnten Jahrhunderts mit Portugal durch Handelsverträge über die Lieferung von Sklaven, Pfeffer und Elfenbein verbunden. Das Handelsmonopol gehörte dem König. Als Vertreter von ihm, darunter Yetundes Häuptling, 1540 den portugiesischen Hof besuchten und neue Verträge abschlossen, wurde den Spaniern Yetunde als Gastgeschenk überreicht. Die Spanier aber, denen die Stammessprache der Rhapsodin unverständlich war und Preisgesang über Geschichte und Heldentaten aus weiblichem Munde Perversion, sperrten das Gastgeschenk zu den anderen Sklaven, die gerade frisch aus Benin angelandet worden waren. Später wurde die Sklavenladung nach Brasilien verschifft, dessen Küste der Portugiese Capral im Jahre 1500 »entdeckt« hatte. Die Hälfte der Ladung starb während der Überfahrt. Yetunde starb kurz nach der Landung.

Als sie in Sirenengestalt aus der Urwalderde getrieben wurde und sich bald Krokodilen gegenübersah, verspürte sie Flugtrieb. Sie folgte ihm. Er leitete sie nach Norden. Über dem Gebiet der Vereinigten Staaten von Amerika erlahmte er plötzlich. Und als sie nun gemächlich zu kreisen und zu segeln begann und nicht mehr vorausspähte, sondern hinab, wurde ihr augenfällig, daß sie dringend gebraucht wurde. Hier, da, dort – eigentlich an allen Orten, die sie besah. Hin und her gerissen entschied sie sich schließlich für Arizona. Auf einer verlassenen Ranch nahm sie Quartier. Daß eine Rhapsodin als Sirene wiederkehren kann, erschien ihr nicht befremdlich, weil mit den ihr bekannten Benin-Sagen vereinbar. Yetunde trainierte unter Anleitung und Kontrolle der Gajatochter mit dem Menschennamen »Grünes Ungeheuer«. Trainingsmethode: Yetunde versuchte sich der Sirenenstimme zu erinnern, indem sie ihre alte Lebensweise erinnerte und die wieder aufnahm. Kurz gesagt: Sie arbeitete körperlich auf dem Feld und geistig unter Dach wie zu ihren Lebzeiten. Nur so eine Beschäftigungskombination erscheint ihr erfolgversprechend. Mit Attentätern rechnet Sirene Yetunde wie mit Schakalen, Skorpionen und den Gläubigern des pleite gegangenen einstigen Ranchbesitzers.

Sie erzählte Arke vorwurfsvoll, daß Yetunde von ihrer zuständigen Schlange bereits bei der ersten Begegnung über alle möglichen Gefahren unterrichtet und entsprechend beraten worden wäre. Die Ratschläge hätten sich bewährt. Sobald Yetunde Unheil wittere, flöge sie in die Cañons und verberge sich dort. »Und welche Fluchtvarianten hast du für deine Sirene Beatriz ausgearbeitet«, fragte Yetunde mehrmals. Die insistierenden Fragen machten Arke Schuldgefühle. Yetunde behauptete, daß auch Sirenenattentäter sich an den landesüblichen Attentatsstil hielten. Da ihr der landesübliche Stil der DDR unbekannt wäre, fühle sie sich von Arke überfragt. Aber den USA-Stil kenne sie natürlich genau. Als landesübliche Attentatsformen und von ihr vermutete landesübliche Tatmotive erwähnte Yetunde:

1. Kidnapping, um Gaja zu erpressen, alles Erdöl des Planeten in die USA umzuleiten.
2. Entführung aus Gewinnsucht, um Sirene Yetunde als Sensation zum Beispiel in Disney-Land ausstellen und die Eintrittspreise erhöhen zu können.
3. Tätliche Bedrohung durch drogensüchtige Jugendliche, die auf diese Weise Geld für Stoff erzwingen wollen.
4. Raub für militärwissenschaftliche Zwecke mit verschiedenen Zielen. Nahziel: Isolierung der potentiellen Friedenshetzerin. Erstes Fernziel: Operation, um das Organ, das für Friedenshetze trainierbar ist, isolieren und studieren zu können. Zweites Fernziel: Umpolung und Transplantation des Organs in einen US-Journalisten, der einen Atomkrieg für gewinnbar hält. Drittes Fernziel: Künstliche Herstellung des Organs und seine Transplantation in Journalisten anderer Erdteile.
5. Mordversuche durch Mitglieder einer Sekte, die sich von Gott für so auserwählt halten, daß sie mit Klapperschlangen tanzen und sich berufen fühlen, alle ihnen unbekannten Wesen als Erscheinungsformen des Anti-Christ umzubringen.
6. Mordversuche von gemieteten Totschlägern gewisser Bauunternehmen, die Supergeschäfte mit der Angst machen und diese Geschäfte durch Sirenen bedroht fühlen müssen. Manager solcher Unternehmen kauften Wüstengebiete spottbillig auf, ließen dort unterirdische Städte bauen und verkauften Parzellen plus Bungalows mit ungeheuerlichen Gewinnen. Die »Überlebe-den-Tag-AG« zum Beispiel, deren Vertreter sich auch eine Weile in Yetundes Nähe herumgetrieben hätten, wäre auf unterirdische Städte für tausend Personen spezialisiert und verlange für einen unterirdischen Bungalow ohne Extras dreißigtausend Dollar. Unterirdische Städte dieser Art garantierten – laut Prospekt der AG – ein Jahr Überleben nach einem Atomschlag. Das heißt, ein Jahr sollen Luft-, Wasser- und Stromversorgung sowie entsprechende Lebensmittelvorräte gesichert sein. Die Lebensmittelkonserven würden jedoch nicht etwa trist in Kisten gelagert, sondern gemütlich entsprechend dem individuellen Geschmack des Bungalowkäufers. Also entweder in hochmodischen Möbelattrappen oder in Stilmöbelattrappen oder auch – für Musikliebhaber etwa – in Gehäusen von Klavieren und Konzertflügeln. Ferner wäre jede Stadt der »Überlebe-den-Tag-AG« mit einer Bar, einem Kosmetiksalon, einem Krankenhaus und reichlich Bewaffnung ausgestattet, die die Bungalows gegen hilfe-

suchende Menschenschwärme sicher verteidigen und schützen könne.
Kurzum: Yetunde erschienen Attentate auf Sirenen derzeit als natürlichste Sache von der Welt und Gajatöchter unverantwortlich naiv und dumm, die nicht mit Attentaten rechnen.
»Aber die DDR ist ein Land, dessen Gesetze Kriegs- und Völkerhetze verbieten«, schrieb ich ins Konversationsheft.
»Gesetze werden nicht aus Schönheitsgründen beschlossen«, entgegnete Arke und riet mir, in unheilschwangerer Lage unverzüglich auf dem Bunkerberg Friedrichshain – auch Mont Klamott genannt – oder auf den Müggelbergen Versteck zu beziehen. »Yetunde hält zum Beispiel für möglich, daß irgendwelche Feinde der DDR Gaja mit deiner Zunge erpressen wollen, dem rohstoffarmen Land die letzten Reserven abzugraben: die Braunkohlen. Der Verlust der Braunkohlen wäre der ökonomische Ruin des Landes.«
Ich versprach Arke, mich hinfort ihren Ratschlägen entsprechend zu verhalten und nahm mir vor, nicht zuzulassen, daß der Verlust meiner Zunge mein seelischer Ruin werden könnte.
Die Erinnerung an die Biologin, die nach einem Suizidversuch in ihrer Jugend ein würdiges Leben geführt hat, ermutigte mich.
Nach meiner Verstümmelung konnte ich nicht mehr auf die Gewinnung der Singfähigkeit hoffen, spürte aber den Singtrieb nicht schwächer als zuvor, sondern stärker, geradezu zwingend.
Ich beschrieb die paradoxe Neigung im Konversationsheft.
Arke las deprimiert. Mich erfüllte Zuversicht. Und ich schämte mich. Denn diese Zuversicht gründete auf nichts, das ich mir hätte erklären können. Schlechtes Gewissen meldete sich prompt. Es sortierte mich den Gesundbetern zu.

62. Kapitel

Blutiges

An Wesselin war im Babyalter ein doppelter Leistenbruch diagnostiziert worden mit der ärztlichen Weisung, die Operation vor der Einschulung erledigen zu lassen.
Eineinhalb Jahre vor der Einschulung begab sich Laura in verschiedene Kinderkrankenhäuser, um einen Operationstermin vormerken zu lassen. Ein Jahr zu spät, wurde ihr mitgeteilt. Die noch verfügba-

ren Betten müßten für dringende Fälle reserviert bleiben. Ein Leistenbruch, der nicht eingeklemmt wäre, könnte nicht als dringender Fall angesehen werden, sondern als planbarer. Gewissenhafte Eltern würden für ihr Kind einen Operationstermin vormerken lassen, sobald der Bruch diagnostiziert wäre.

Laura Salman errang schließlich ein Bett im Krankenhaus Dimitroffstraße, dessen chirurgische Station ein Kinderzimmer eingerichtet hatte. Einweisungstermin: 20. Juni 1976.

Zwei Tage vor dem Termin begann Laura den Sohn vorzubereiten. Mit Erzählungen, deren Stoffe sie eigenen Erlebnissen und der Phantasie abgewann, versuchte sie, Wesselin die Angst zu nehmen. Dem Bericht über die Blinddarmoperation der Mutter lauschte Wesselin hingerissen, jedoch nicht zufriedengestellt. Der Bericht war ihm zu allgemein. Er verlangte größere Genauigkeit. Er verlangte mehr Einzelheiten.

Laura hatte die Einzelheiten mit Bedacht umgangen. Wesselin erfragte sie. Er wollte die Form und die Schärfe des Skalpells geschildert haben, er erkundigte sich, mit welchen Fäden genäht würde und ob die Arztnadeln so krumm wären wie Sacknadeln. Schließlich wollte er wissen, ob er so ein scherenähnliches Instrument, mit dem Gefäße abgeklemmt werden, mitnehmen könnte.

»Wozu«, fragte Laura verblüfft.

»Für die Kinder im Kindergarten, die kein Blut sehen können. Wenn ich bei der Operation nicht muckse, bietet mir der Arzt hinterher bestimmt ein Bonbon an, beim Zahnarzt krieg ich auch immer hinterher ein Bonbon, und da nehm ich es auch, weils keine Rollmöpse gibt. Aber nach der Operation werde ich sagen: Nein danke – ich möchte eine Klemme.«

Am Morgen des zwanzigsten Juni überlegte Wesselin laut, daß er die Klemme auch zum Schnipselkleben verwenden könnte und also selber behalten. Auf dem Weg zum Krankenhaus brachte Laura dem Sohn einen Abzählvers bei, mit dem sich Schmerz wegzaubern ließe. Beim Abzählen müßte der Zeigefinger zuerst auf die schmerzende Stelle gelegt werden und dann auf die Stirn und dann wieder auf die schmerzende Stelle und wieder zurück und immer so hin und zurück wie bei gewöhnlichen Abzählversen auch. Der Zaubervers lautete:

»Ubi katschi montapi
ubi katschi montapi
monta dema, sone pük,

sone pük – todema!
inta patsche stinta pu!
inta patscha stinta pu!
semi sonta, plidli far,
pidli far – mi sonta!«

Wesselin lernte den Vers in der Straßenbahn. Als er ihn im Kopf hatte, sagte er: »Die Straßenbahn bummelt aber.«
Das Krankenhaus war gegenüber der Straßenbahnhaltestelle Prenzlauer Allee gelegen. Ein kasernenähnlicher Bau. Sobald Laura es betrat, konnte sie die Tränen nicht länger zurückhalten.
»Warum weinst du«, fragte Wesselin erstaunt. Die Frau in der Anmeldung sah Laura strafend an. Der Arzt in der Aufnahme bezeichnete Lauras Benehmen als verantwortungslos. Die Reinemachfrau, die Mutter und Sohn im Korridor den Weg zum Kinderzimmer beschrieb, murmelte: »Flennzicke.« Das Kinderzimmer war im Erdgeschoß zu finden. Schwester Helga wies Wesselin das freie Bett am Fenster zu, ordnete an, daß der Kofferinhalt ordentlich und schnell im Spind Nummer drei zu verstauen wäre und drängte ungehalten auf Abschied.
»Wann kann ich meinen Sohn besuchen«, fragte Laura tränenblind.
»Zu den Besuchszeiten, wenn Sie sich vernünftig verhalten«, entgegnete die Schwester, »die Zeiten sind am Pförtnerhaus groß und breit angeschrieben.«
Der 20. Juni 1976 war ein Sonntag, die nächste Besuchszeit Donnerstag siebzehn bis achtzehn Uhr.
Laura verbrachte die Zeit mit Diensten und Grübeln. Und sie wünschte sich für ihren Sohn den Stein der Weisen erster Ordnung, auch Trinkgold genannt und im Ruf, alle Schmerzen und Krankheiten heilen zu können.
Am Donnerstag hatte der Sohn die Operation bereits einen Tag hinter sich. Er lag platt in seinem Gitterbett und erzählte von seinem Sandsack auf seinem Bauch und daß der Abzählvers nicht stark gewirkt hätte. Aber jetzt brauche er den Abzählvers sowieso nicht mehr. Jetzt brauche er ganz was anderes mit einer Schere und einem Messer drauf und auf dem Messer eine Nadel.
»Hat dir der Arzt keine Klemme geschenkt«, fragte Laura.
»Sie hat gesagt: So ein großer Junge«, murmelte Wesselin.
»Nach der Operation?«

»Bei der Visite, ich will eine Schere mit einem Messer drauf und auf dem Messer eine Nadel.«
»Für dich?«
»Für Schwester Helga, ich muß sie in ein Schwein verwandeln.«
»Mit der Schere und dem Messer und der Nadel?«
»Mit einem Zaubervers, der spitzer ist als alle Scheren und Messer und Nadeln der Welt. Kennst du so einen?«
Laura überlegte.
Wesselin erzählte von der schrecklichen Nacht nach der Operation, in der er immer und immer wieder gerufen hätte, denn im Kinderzimmer gäbe es keine Klingeln. Aber die Nachtschwester hätte ihn nicht gehört. Und die anderen Kinder im Zimmer wären auch alle frisch operiert gewesen und hätten nicht aufstehen können und den Schieber holen. Und seine Not wäre immer größer geworden und immer schrecklicher. Und schließlich unerträglich. So wäre es gekommen, daß er in Dreck und Gestank hätte liegen müssen bis zum Morgen. »Bis Schwester Helga gekommen ist. Wütend natürlich. Ich hab ihr alles erklärt, aber sie hat gar nicht hingehört, nur ›Ferkel‹ geschimpft und mein Nachthemd herumgezeigt. Und während der Visite hat sie mich beim Arzt verpetzt, so laut, daß es alle hören konnten. ›So ein großer Junge‹ hat sie gesagt, die Sau, ich muß sie in ein Schwein verwandeln.«
Wesselins Kummer überzeugte Laura, daß sie sofort das Schlafersatzelixier brauchte, um den Sohn nach seiner Entlassung Tag und Nacht pflegen zu können.

63. Kapitel

Der Brand auf dem Platz der Akademie

Der natürliche Beistand Vilma wußte keinen direkten Vorschlag für einen geeigneten Ort zur alchemistischen Verkostung zu machen. Dem indirekten Vorschlag des natürlichen Beistands Wesselin folgte Laura gern. Denn der Platz der Akademie war ihr als Ort der Auferstehung längst vertraut. Wegen seiner Dom-Birken.
Die Ruine des Französischen Doms wußte Laura durch die höchsten Birken ausgezeichnet. Beiderseits des Ziergiebels an der Apsis wuchsen zwei, die gewiß zehn Meter hoch waren. Von diesen schön gebildeten Exemplaren ließ sich Laura die Nähe des Frühlings

anzeigen. Nirgendwo erschien ihr die Ankündigung der lieblichen Jahreszeit eindringlicher. Es war sogar vorgekommen, daß Laura angesichts der zarten Blatttriebe, die das Kuppelgerüst bereits überragten, in Gesang gefallen war. »Birkengrün und Saatengrün wie mit bittender Gebärde« und so weiter. Klassengesang also. Laura verfügte über ein stattliches Repertoire an Arbeiter- und Kampfliedern, das sie während ihrer FDJ-Zeit an Oberschule und Universität erworben hatte. Außer in gewissen sentimentalen Augenblicken kam sie auch bei Ärger drauf zurück. Zum Beispiel ärgerte sie sich über gewisse Westberliner Autobusse, die zu den Domen fuhren, damit sich die Touristen mal richtig an Ost-Ruinen sattgruseln und -knipsen konnten. Für dieses Publikum wählte Laura mit Vorliebe Textstellen aus, deren Form schroff war. Also: »Es steht ein Mann, ein Mann / so fest wie eine Aijche . . . vielleicht ist er schon morgen eine Laijche . . .« und ähnliche Schocker. Westfotoreporter, von denen das Ruinenmotiv ebenfalls umschwärmt wurde, hatte Laura auch bereits mit Gesang bedacht.

Am 19. Juli 1976 füllten Laura und Vilma sieben gewonnene Flüssigkeiten in Reagenzgläser ab, verkorkten die, verstauten die Mixturen sorgfältig in einer Handtasche, verließen die Wohnung am Tierpark und fuhren mit der U-Bahn nach Berlin-Mitte zum Platz der Akademie.

Die Frauen erreichten die menschenleere Gegend kurz vor Mitternacht.

Leichter Regen. Baustellenbeleuchtung. Laura winkte ihren Birken auf dem Französischen Dom. Auch die anderen Bäume und Sträucher trugen Nässeglanz. Die Hälse der geköpften Domstatuen stützten den Nachthimmel. Zinkeimer vorm Französischen Dom. Aus dem Schornstein einer Baubude vom VEB Stuck- und Naturstein Friedrichsfelde wölkte Rauch. Laura rann Wasser vom Scheitel abwärts in die Stirn. Vilma schauderte.

»Du hättest einen wärmeren Mantel anziehen sollen«, sagte Laura und kündigte Vilma Poesie von der Art an, die der siebzehnjährige Arthur Rimbaud in einem Brief als Dichtung der Zukunft pries: »Die Dichtung wird die Tat nicht mehr besingen, sie wird ihr vorauseilen«, hatte Rimbaud am 15. Mai 1871 an Paul Demeny geschrieben.

Hundertfünf Jahre später versprach Vilma ein Steinpilzgericht, wenn sich Laura entschlösse, die Verkostung zu verschieben.

»Aufgeschoben ist nicht aufgehoben«, entgegnete Laura.

»Dann laß mich dein Mundschenk sein«, sprach Vilma mit dem Mute der Verzweiflung.
Laura aber beruhigte die Freundin mit Händen und Worten und begann mit dem Versuchsprogramm. Es war von beiden Frauen ausgearbeitet und beschlossen worden und legte Verantwortung und Tätigkeiten beider während der Versuche genau fest. Das Programm beauftragte Laura zu kosten, zu fühlen und simultan über Geschmack und Empfindung so präzise wie möglich zu berichten. Vilma war beauftragt, genau zu beobachten und eventuelle äußere Veränderungen sowie die Berichte der Selbstversuchsperson schriftlich zu fixieren.
Die Reagenzgläser waren mit Etiketten beklebt, auf die Nummern geschrieben waren. Die Nummern zeigten die geplante Verkostungsfolge an. Als Laura Reagenzglas Nummer eins entkorkte und zum Munde führte, zitterten Papier und Stift in Vilmas Händen. Laura schluckte und lauschte in sich hinein. Vilma beobachtete so angestrengt, daß ihr die Augen übergingen. Aber sie sah nur, was sie kannte. Und sie hörte nur ein einziges Wort zum Fixieren. Sie schrieb also unter Ziffer eins das Wort »Wasser« und »keine besonderen Vorkommnisse« (k. b. V.).
Als unter die Ziffern zwei und drei gleiche oder ähnliche Notizen gesetzt werden mußten, wurde Vilma ruhig und Laura unruhig. Nachdem das vierte Reagenzglas ausgetrunken war, sprach Laura: »Glut strömt durch meine Adern und erfüllt mich mit dem Gefühl unbeschreiblichen Wohlseins. Siehst du es?«
»Ich sehe dich schön wie immer«, sagte Vilma.
Nach dem fünften Schluck, der an Anis erinnerte, zerrte Laura eine Fackel aus ihrer Handtasche. Sie entzündete die Fackel mit einem Feuerzeug, schluckte, gurgelte und spie in die Flamme.
Die Lohe hob die beiden Domruinen klar aus der Dunkelheit. Putzentblößtes Gemäuer, vor und hinter den sandsteingefaßten Fensterlöchern Gesträuch, auf dem Dachgesims des Hugenottendoms Birkenpracht.
»Bravo!« sagte Vilma als Dank für die Beleuchtung, die genaue Beobachtungen an der Versuchsperson erleichterte.
Laura spie abermals Feuer und leuchtete damit schon die gesamte Gegend bis zum Diplomatenviertel Leipziger Straße aus.
Vilma wunderte sich, daß noch keine der Polizeistreifen, die in diesem grenznahen Gebiet Dienst hatten, aufmerksam geworden war. »Bravissimo!« sagte Vilma und verlangte noch mehr Feuer.

Immer mehr forderte sie und immer größeres. Aber Laura hörte nicht auf sie. Sie gurgelte nicht mehr. Sie spie auch nicht mehr. Sie goß den Inhalt des siebten Reagenzglases aus über ihrem Kopf und entzündete sich dann.
Vilma stand einen Augenblick wie gelähmt. Dann schrie sie um Hilfe, riß sich die Kleider vom Leibe und versuchte, den Brand mit den Fetzen zu ersticken.
Vergeblich. Die Feuersäule stieg haushoch und spiegelte sich in den Fenstern des Akademiegebäudes.
Vilmas Hilferufe verhallten ungehört.
Laura verging ohne Schmerzenslaut.
Als das Feuer gefallen war, stand Vilma vor einem Hügel Asche. Er glimmte.

64. Kapitel

Glück im Unglück

Nachdem Arke in ihrem Lande zwei Tage vergeblich nach Attentätern gefahndet hatte, ging sie am Morgen des 10. August 1980 erneut auf Weltfahrt.
Ich blieb allein zurück in meiner Höhle. In guter Stimmung. Sie verbesserte sich noch, sobald ich am Buch Amanda weiterschrieb. Seltsame Gefühls- und Gedankenbewegung. Treiben auf ein undeutliches Ziel zu.
Goethes Festspiel »Die Wiederkehr der Pandora« begleitete. Und nun erst fiel mir auf, daß der Dichter das Werk schrieb, als er die politische Welt in schlimmen Zuständen sah. Sie bewirkten, daß Goethe übel wurde. Er kränkelte sieben Jahre hin und schwieg als Poet. Als er wieder zu dichten begann, waren die Zustände keineswegs gebessert. Goethe überwand seine Krise nicht, weil die Weltlage plötzlich zu Hoffnung Anlaß gab. Nicht politische Besserung beendete seine Verdrossenheit, sondern ein Vorsatz. Goethe beendete seine Krise, indem er das alltägliche Hoffen zum Weltgrundsatz erhob und den Pandora-Stoff dazu fand.
Mythen von gewesenen Paradiesen sind häufig, solche von deren Wiedergewinnung rar.
Der Pandora-Mythos ist zunächst ein Stoff über die Frau. Ihr Bild hat seit Urzeiten zwei Gesichter. Es bringt ein Gefäß, dessen Bauch

letztlich kein anderer ist als der weibliche; und dem Gefäß entquellen, je nach der Meinung, die von der Frau gehegt wird, alle Gaben oder alle Übel.
Außer dieser Entscheidung fordert der Pandora-Stoff aber auch eine über den mutmaßlichen Sieg des Heils über das Unheil – über die Rettbarkeit der Welt.
Goethes Festspiel zeigt bereits im Titel, wie er sich entschieden hatte. Das Stück handelt von der Verwandlung der Sehnsucht, der Hoffnung nach hinten, in Hoffnung nach vorn und Tatenmut.
Ein Gedankendrama, dessen Abstraktheit sich wohl aus den ungeheuren Entfernungen ergab, die Goethes Ahnung zu durchmessen hatte. Unsere Gegenwart hat ihn noch längst nicht eingeholt. Seine Größe überwältigt. Aber sie deprimiert nicht.
Mein Treiben auf ein undeutliches Ziel zu endete dort, wo ich begriff: Auch ein Buch könnte Mittel zur Bekanntmachung von Hindernissen sein, die überwunden werden müssen, soll die Menschheit nicht zugrunde gehen. Die Chance des Sirenengesangs war für mich vertan. Die schriftliche Sirenenstimme war mir geblieben. Sie war freilich keine überwältigende Form der Mitteilung und vergleichsweise von bescheidener Wirkungskraft. Aber ich mußte nicht auf die Fähigkeit dazu warten. Ich verfügte über diese Stimme, weil ich zwei Leben als Trobadora verbracht hatte.
Worte gegen die Zündung von drei Tonnen Sprengstoff pro Kopf der Erdbevölkerung mögen weniger sein als ein Hauch. Aber ich konnte das Wenige sofort einsetzen. Und meine trobadorische Identität war mir noch dazu wiedergegeben. Glück im Unglück!
Wie erlöst schrieb ich am Buch Amanda fort. Und die Trauer über meine Verstümmelung verließ mich.
Und die Abneigung hiesiger junger Leute gegen die offiziell geschätzte Gewohnheit, private Geschichten als Metaphern für Weltgeschichten zu verkaufen, wurde mir immer verständlicher. Wesselin wird diese Abneigung gewiß teilen, wenn er ins entsprechende Alter kommt. Denn die Menschwerdung eines Menschen, die in der Generation seiner Mutter zufällig mit der Staatwerdung eines Staates zusammenfallen konnte, muß in Wesselins Generation in Gegebenheiten stattfinden, die soziale Metaphern weltgeschichtlicher Größenordnung nicht natürlich hergeben. Ich mied deshalb den sozialmetaphorischen Erzählstil, in dem selbst Liebesaffären nie einfach stattfinden, sondern stets bedeuten. Ich blieb geradezu, das heißt picaresk, und nannte Asche Asche und einen Topf einen Topf.

Vilma Tenner, die auf Asche nicht vorbereitet war, reagierte ähnlich panisch wie Laura Salman bei meinem und bei Bennos Tod. Je rationaler die Weltsicht, desto irrationaler das Weltgefühl. Der Wunderglaube an Gott wurde verbreitet abgeschafft und durch den platten Wunderglauben an die Medizin und andere Wissenschaften ersetzt. Zuwachs an Wissen muß nicht Zuwachs an Weisheit erbringen. Alle Religionen haben weise poetische Gebäude zur Integration des Todes in das Ereignis Leben. Diese Gebäude sind Vorsorgeeinrichtungen für seelische Gesundheit. Wer die Gebäude abreißt, kann doch den Baugrund nicht eliminieren. Viele Tierparkbesucher, die ihre Kümmernisse auf den Bänken rund um meine Höhle besprachen, ließen ihre Angehörigen in Krankenhäusern sterben. Bei »Spezialisten«. Die Leute redeten sich und anderen ein, auf diese Weise »alles« getan zu haben. Tatsächlich haben sie alles unterlassen, was für Sterbende und Überlebende wichtig ist. Die Spezialisierung feiert allerorten verheerende Triumphe.
Als ich mit achthundertdreiundvierzig Jahren starb, erstickte Laura ihre Panik, indem sie ein Auto kaufte.
Wer ein Auto kauft, kauft den Autounfall. Nicht mit hundertprozentiger Sicherheit. Mit zehnprozentiger Sicherheit. Jeder Autokäufer hofft natürlich, daß es nicht ihn trifft, also: daß es den anderen trifft. Laura und Benno bauten auch darauf, daß sie so Glück hätten.
Als Benno verunglückt war, wurde Laura wieder vom Tod ganz und gar unvorbereitet getroffen. Sie mußte tanzen, um nicht den Verstand zu verlieren. Nach der Beerdigung, als die Verwandten, die Freunde und Arbeitskollegen von Benno und Laura die Wohnung füllten und halfen und tranken, mußte Laura tanzen, um nicht überzuschnappen. Sie rannte plötzlich zum Radio, warf es an und tanzte nach dem ersten besten Schlager, der herausdröhnte, durch den Korridor. Allein. Sie hüpfte. Sie stampfte. Wesselin war drei Jahre alt – sie konnte ihn nicht allein lassen und sich in eine psychiatrische Klinik retten. »Ich hab ein Pi-Pa-Paddelboot«, sang der Schlagersänger. Eine schreckliche Szene.
Die Menschen müßten über den Tod genausoviel nachdenken wie über die Liebe.
Rechtzeitig, nicht erst, wenn sie bereits geschlagen sind und gequält und geschwächt von animalischer Angst. Und nicht nur im stillen Kämmerlein müßten sie über ihn nachdenken. Auch öffentlich.
Als die verstörte Vilma ihre Panik äußerlich bezwungen hatte,

schaufelte sie Lauras Asche vom Platz der Akademie in einen Zinkeimer, der vorm Eingang des Hugenottendoms stand, und verließ den Ort des Schreckens.
Den Eimer stellte sie in Lauras Wohnung ab. Den inzwischen von seiner Operation genesenen Wesselin holte sie zu sich nach Hause.
Wenn der Westwind die Pappeln am alten Eingang des Tierparks drückte, konnte ich Vilmas Wohnung von meiner Höhle aus erkennen.

65. Kapitel
Tenner in Eifersucht

Als Vilma im Morgengrauen des zwanzigsten Juli 1976 in ihre Wohnung zurückkehrte, wurde sie erwartet.
Solange Vilma beschäftigt war, Wesselin ins Bett zu bringen, wütete Konrad Tenner gegen die Teppiche, indem er sie trat. Dann konnte er die Wut seiner Frau zuwenden.
»Sobald ich den Rücken drehe, treibst du dich rum«, spektakelte Konrad. »Und du glaubst, ich bin so dumm und merk das nicht? Aber ich merk es schon seit einiger Zeit. Wenn ich den Kerl erwische, bring ich ihn um.«
»Welchen Kerl«, fragte Vilma.
»Jedesmal, wenn ich zu Séancen bin, fliegst du aus. Weil du denkst, ich komm sowieso spät. Aber diesmal bin ich früh gekommen. Früher als du. Und weil du geahnt hast, daß du ertappt werden könntest, hast du das Kind als Alibi mitgebracht . . .«
»Das Kind ist kein Alibi, sondern Lauras Sohn . . .«
»Ich kenne keine Laura.«
»Jetzt ja, früher hast du die Frau geliebt . . .«
»Ich liebe keine Frau verdammich außer dir – wenn ich dir auf die Schliche komme . . .»
Vilma war trainiert, alle Stimmungsstürze Konrads zu bewältigen. Selbst in Trauer, die sie verstecken mußte. Seine Eifersuchtsszenen konnte sie ihm nicht verzeihen. Grundlose Eifersucht empfand Vilma als Beweis latenten Mißtrauens und als Vertrauensbruch, der beleidigt. Konrad wertete alle Arten von Eifersucht als elementare Liebesbeweise und zitierte apropos einen Brief, den Schiller am 14. 4. 1783 an Reinwald schrieb: »Gleichwie keine Vollkommenheit einzeln existieren kann, sondern diesen Namen nur in einer gewis-

sen Beziehung auf einen allgemeinen Zweck verdient, so kann keine denkende Seele sich in sich selbst zurückziehen und mit sich begnügen. Der ewige innere Hang, in das Nebengeschöpf überzugehen oder dasselbe in sich hineinzuschlingen, es an sich zu reißen, ist Liebe. Und sind nicht alle Erscheinungen der Freundschaft und Liebe vom sanften Händedruck und Kuß bis zur innigsten Umarmung so viele Äußerungen eines zur Vermischung strebenden Wesens?«

Zwölf Stunden später hatte Konrad Tenner den Hausvertrauensmann in Verdacht. Als Vilma den angeforderten Kaffee servierte, erklärte Tenner, daß der Hausvertrauensmann sein Leben verwirkt hätte. Konrad Tenner sprach zu den fünf Fernsehapparaten, die vor ihm standen. Tenner entschuldigte die Müßigkeit des einen Apparats mit Wackelkontakt und nannte den Hausmeister Hurenbock. Die Bildschirme zeigten von links nach rechts die Kindersendung Sesamstraße, ein Autorennen, ein Haus für geschlagene Frauen und die Aktuelle Kamera. Auf dem Tisch vor den Fernsehgeräten ausgelegte Patience-Karten und ein gefüllter Aschenbecher.

»Die Patience beweist, daß du mit dem Kerl unter einer Decke steckst«, sagte Konrad Tenner und zeigte auf die Bildschirme.

Vilma versuchte ihn mit Beteuerungen zu beruhigen. Er nannte Vilma »verworfen« und »geil«. »Noch geiler als andere Weiber«, sagte Tenner, »du hast immer nur eins im Kopf. Wenn ich dich mit ihm erwische, werf ich euch vom Balkon.«

Vilma hatte Urlaub genommen, um Wesselin pflegen zu können. Konrad hatte den Tag mit einer Konferenz verbracht. Seiner Ehefrau war unklar, ob er Laura nicht hatte wiedererkennen können oder wollen. Wesselin mied er jedenfalls und hielt sich noch mehr als gewöhnlich ans Fernsehen.

Auf den Bildschirmen waren jetzt das Krümelmonster, ein Haus für geschlagene Frauen in Westberlin, ein Rennfahrer und ein Kalikumpel zu sehen. Der Kalikumpel verpflichtete sich zu höheren Leistungen aus Anlaß, der Rennfahrer brannte wie eine Fackel, das Krümelmonster gierte nach Keksen, und das Haus für geschlagene Frauen wurde kommentiert. Von einer Insassin. Mit verhängtem Gesicht sagte sie aus, daß sie von ihrem Mann auf der Straße zusammengeschlagen worden wäre. Etliche Passanten, die ihre Hilferufe gehört hätten, wären auch gekommen und hätten sich erkundigt. Als die Leute erfahren hätten, daß die bewußtlos Geschlagene die Ehefrau des betrunkenen Schlägers ist, wären sie

weitergegangen. Die Polizei würde die Mißhandlung von Ehefrauen auch als Familienstreit werten und nicht eingreifen.
Tenner kommentierte den Kommentar, indem er die männliche Art als von Natur zu Aggressivität und Brutalität neigend charakterisierte. Unselig, daß diese Art geschichtsprägend geworden wäre. Die Erfindung des Krieges ginge ihr zu Lasten, die Erfindung aller Kriege und des Weltuntergangs. Sprachs, rauchte dabei, spielte Patience dabei und kündigte an, bei der Aufwartung Laura über Vilmas nächtliche Sausen Erkundigungen einziehen zu wollen.
Vilma erzählte zu Tenners Besänftigung eine Geschichte, die im nächsten Kapitel nachzulesen ist.

66. Kapitel

Orendel von Brabant

Orendel von Brabant, liebeskrank war er, unersättlich in seiner Gier nach Beweisen. Die Frau gab ihm Bisse, schwierige Umarmungen, ihre Gedanken, alle Tage. Ungetröstet blieb Orendel. Mißtrauen magerte ihn. Nachts floh ihn der Schlaf. Konnte die Frau zusehen, wie er im Glücke verkam?
Sie erinnerte sich des Störtebeker von Hamburg. Etliche seiner Getreuen soll er gerettet haben, als er kopflos an ihnen vorbeischritt.
Die Frau mietete einen Scharfrichter.
Als der sie geköpft hatte, legte sie den Kopf auf ein Tablett und brachte ihn Orendel.
»Oh Unglück«, rief Orendel und küßte den Kopf. Und Orendel traute dem süßen Geschmack des Blutes.
Und der Trost überwältigte ihn.

67. Kapitel

Die Apokalypse des Konrad Tenner

Am anderen Morgen teilte Tenner seiner Ehefrau mit, daß ihre Aufwartung Laura wohlauf wäre. Er hätte sie in Gesellschaft angetroffen und gemeinsame Erinnerungen aufgefrischt. Von einer alten Freundin könne ein Mann gar nichts erfahren oder alles.

Vilma wertete die Eröffnung als Erfindung, die einschüchtern und ihre Trauer um den Verlust der Freundin entblößen sollte, und sprach: »Wenn ich mit dem Studium beginne, werde ich oft nicht zu Hause sein.«
Konrad erbleichte. Bräunlicher Teint modelte die Veränderung stets als Vergilben. Da aber die Tönung der Leichenfarbe ähnelte, war Vilma von einem Wiederholungsfall kaum weniger bestürzt als vom ersten. In Wut pflegte Konrad den Anblick der Verelendung, den zu bieten er sich bewußt war, gezielt einzusetzen. In Depression versuchte er drüberwegzuwitzeln. In Verzweiflung spielte er sein Erscheinungsbild durch Effekte an die Wand. Bevorzugter Effekt: Salz in eigne Wunden streuen.
War Konrad Tenner vom Verlust Lauras so erschüttert, daß er ihren Tod nicht anerkennen konnte? War der Brand auf dem Platz der Akademie demnach doch beobachtet worden? Hatte der Beobachter den Brand offiziell gemeldet? Mußte sich Vilma auf eine Zeugenvernehmung gefaßt machen? Seit wann wußte Konrad, daß Laura verunglückt war?
»Ich bin der Erste und der Letzte«, murmelte Tenner und daß Vilma zum Studium wolle, um sich rumtreiben zu können.
Die Äußerung erleichterte Vilma um ein Rätsel und lud ihr ein anderes und eine Sorge auf. Führte Konrad, der befähigt war, willige Personen zu hypnotisieren – Vilma ausgenommen –, neuerdings sogar mit Toten Gespräche? Ein Rätsel so belastend wie das andere. Die Sorge dagegen, den Verdacht, nahm Vilma jetzt auf sich, als wärs Erleichterung. Unsinniges Unterfangen freilich, dem Mann in diesem Zustand seinen Verdacht ausreden zu wollen. Vilma wußte, daß Tenners Eifersucht mit Argumenten nie auszuräumen war. Mit Schweigen natürlich auch nicht. Aber Schweigen hatte Vilma als die Reaktion in Erfahrung gebracht, die am wenigsten anrichten konnte. Vilma schwieg also. »Eifersuchtswahn«, haderte sie in einer kurzen Leibrede, »ganz alltäglicher, sich regelmäßig wiederholender Wahnanfall von der gewöhnlichen Sorte.« Bei solchen Ereignissen hatte sie schon seit langem nicht mehr mit Tränen zu kämpfen, sondern mit Eis. Mit Vereisung, die, vom Hinterkopf abwärts sich ausbreitend, alle Gefühle wegfror. Vilma schwieg und ließ sich von der Gefühlstaubheit vereinnahmen.
Das Weiß der Augäpfel glitzerte aus Tenners gelb bespannter, edler Schädelform. Im rechten Mundwinkel wie stets die Zigarette. Aus dem linken Gemurmel. Vilma war trainiert, es zu überhören. Die

vereinnahmende Erstarrung half zusätzlich, daß Worte nur wie Laute streiften. Als Vilma Konrad nur noch leiblich gegenübersaß, wurde ihr Ohr von einem Wort erreicht, das sich in den Schädel bohrte: »Apokalypse«. Die Trepanation machte Vilmas tauben Kopf soweit aufnahmefähig, daß sie Tenners derzeitigen Anfall als nicht gewöhnlich und nicht grundlos erkannte. Es dauerte jedoch eine Weile, bis sie begriff: Konrad Tenner war eifersüchtig, weil er außerstande war, sich vorzustellen, daß Wissenschaft für einen gescheiten erwachsenen Menschen von Vilmas Format heute noch verlockend sein konnte.

Gründete Konrads Rigorosität auf einer melancholischen Laune, auf diesem ihm eigenen läßlichen Verhalten gegenüber allgemein geltenden Normen, auf seiner unbezähmbaren Lust, wider den Stachel zu löcken – auch wider den eigenen?

War die abrupte Abkanzelung des von ihm geradezu geheiligten Phänomens Wissenschaft ein Ausfall von der atemberaubenden Sorte, die Vilma bei der ersten Begegnung mit Tenner wie Geniestreiche getroffen und unentrinnbar fasziniert hatte? War ernstes Spiel im Spiel oder blutiger Ernst?

Vilma suchte Konrads Augen. Sie entzogen sich nicht. Keine Lachfältchen: diese Barrikade der Unverbindlichkeit, hinter der Tenner seinen Stolz zu verteidigen pflegte. Entwaffnetes Gesicht. Nackter Blick. Nackter als nackt. Vilma hielt ihn nicht aus. Wich schaudernd. Hatte noch nie solche Entblößung sehen müssen.

»Wer Ohren hat, der höre«, murmelte Tenner.

Vilma, von Frost in Flammen gerissen, suchte nach Trost für den Geliebten. Und weil in todernster Lage nur Lächerlichkeiten einfallen, konnte sie nichts anderes einsetzen. Sie setzte also irgendwelche Lobreden über die Geschichtswissenschaft ein, die Tenner geradezu personifiziert liebte, als Königin der Gesellschaftswissenschaft verehrte und mit »Frau Königin« anzusprechen pflegte.

»Entthront«, stieß Tenner aus dem linken Mundwinkel hervor.

Vilma erinnerte an seine polyhistorischen Träumereien, mit denen er die Studentin Gommert angesteckt und die er sich und ihr bewahrt hätte bis heute – »nur Spießer verachten ihre Jugendträume«.

»Ein scharfes, zweischneidiges Schwert«, flüsterte Tenner.

»Freu dich doch, daß ich deine leidenschaftliche Liebe zu den Wissenschaften nicht nur verstehe, sondern ihr selbst verfallen bin.«

»Und der Rauch der Qual wird aufsteigen wie die Wissenschaft in Verrücktheit«, raunte Tenner.
»Du bist verrückt«, schrie Vilma aus sich heraus statt in sich rein und bereute sofort.
»Gewiß«, sprach Tenner leise wie bisher und lächelnd, »ganz gewiß, wer in einer verrückten Welt gesund ist, muß krank sein.«
Kein Lächeln mit entzogenem Blick. Gewöhnlich berührte er den Angelächelten nicht. Da konnte Tenner selbst Erzfeinde anlächeln, ohne sich schmutzig zu machen. Diesmal berührte Tenner. Nacktes Lächeln. Abhäutend. Vilma ertrug es nicht. Wandte sich. Hatte noch nie zusehen müssen, wie einer sich mit Lächeln das eigene Fell über die Ohren zieht.
Tenner schaltete seine fünf Fernsehapparate ein und erinnerte Vilma daran, daß sich heute alle zwölf bis fünfzehn Jahre das Wissen der gesamten Menschheit verdoppelte. Und morgen würde die Verdoppelung noch rascher geschafft sein. Wollte Vilma mitschaffen? Wenn sich der Zuwachs an wissenschaftlich Arbeitenden weiterhin exponentiell ereigne wie bisher, würde die Zahl der Wissenschaftler im Jahre 2300 größer sein als die der Erdbevölkerung. Und wenn die Menge der wissenschaftlichen Publikationen weiterhin so wüchse wie bisher, würde das Gewicht des wissenschaftlichen Schrifttums in vierhundert Jahren das Erdgewicht übersteigen.
Konrad Tenner zitierte gegen die Bilder und Geräusche der fünf Fernsehapparate aus den Frühschriften Kants: »Eben derselbe Trieb, der die Bäume wachsen macht, bringet ihnen den Tod, wenn sie ihr Wachstum vollendet haben. Wenn die Fasern und Röhren keiner Ausdehnung mehr fähig sind, so fängt der nährende Saft, indem er fortfähret, sich den Teilen einzuverleiben, das Inwendige der Gänge an zu verstopfen und zu verdichten und das Gewächs durch die gehemmte Bewegung der Säfte endlich absterben und verdorren zu machen. Eben der Mechanismus, wodurch das Tier oder der Mensch lebt und aufwächst, bringt ihm endlich den Tod, wenn das Wachstum vollendet ist. Denn, indem die Nahrungssäfte, welche zu dessen Unterhalte dienen, die Kanäle, an die sie sich ansetzen, nicht mehr zugleich erweitern und in ihrem Inhalte vergrößern, so verengen sie ihre inwendige Höhle, der Kreislauf der Flüssigkeiten wird gehemmt, das Tier krümmt sich, veraltet und stirbt.«
Vilma hörte verstört zu.
Tenner eiferte: »Weist nicht das gegenwärtig zu beobachtende Phänomen der Wissens- und Informationsexplosion genau diesel-

ben Symptome auf? Muß nicht derselbe Trieb nach immer mehr Erkenntnis, der ein exponentielles Wachstum des Wissens bewirkt, der Wissenschaft endlich den Tod bringen, da der sie nährende und zu ihrem Unterhalt dienende Informationsstrom beginnt, die Kanäle zu verstopfen und deren Kapazität zu erschöpfen? Muß die Wissenschaft durch den dergestalt gehemmten, aber doch für sie lebenswichtigen Kreislauf der wissenschaftlichen Information nicht endlich absterben und verdorren? Sind nicht wir es gerade, die Zeugen dieser Krise der Wissenschaft und ihres beginnenden Verfalls sind? Ist folglich nicht jene Strömung, die als ›Anti-Science-Movement‹ bekannt ist und sich gegen die ständig wachsenden Ausgaben für Wissenschaft und Forschung wendet, im Recht und in Wirklichkeit ein ›Pro-Science-Movement‹?«

»Ja, wenn Entwicklung der Wissenschaft nur extensives Wachstum der Menge wissenschaftlicher Informationen und der personellen, finanziellen und materiell-technischen Voraussetzungen wissenschaftlicher Tätigkeit bedeutet«, rief Vilma mit dem Mut der Verzweiflung.

Und Konrad rief, daß er Wissenschaft nur noch verantwortbar gelten lassen könnte, insofern sie die angehäuften, unübersehbaren, also wesentlich unbrauchbaren Wissensschätze bewirtschafte. »Willst du eine Bewirtschafterin werden?«

»Nein«, schrie Vilma, »Beschränkung auf Bewirtschaften ist der geistige Tod der Menschheit.«

»Ja«, schrie Konrad Tenner zurück, »die Welt ist geistig unbewohnbar, bevor sie auch physisch unbewohnbar ist. Die atomare und ökologische Apokalypse sehen wir als Schreckensbild der Zukunft. Aber die geistige Apokalypse hat bereits begonnen.«

Vilma stand wie gelähmt. Wie lange? Das Zeitgefühl war ihr mit dem Boden unter den Füßen verlorengegangen. Als der Tabakrauch so dicht geworden war, daß ihre Augen tränten, fiel ihr Tenner ein. Und dann wurde sie auch wieder an sich erinnert und an ihren Kopf und einiges, was drin verwahrt war. Kant zum Beispiel war drin verwahrt. Eine Konsequenz des Entwicklungsgedankens aus der »Allgemeinen Naturgeschichte und Theorie des Himmels« beispielsweise, die da lautete: »Alles, was endlich ist, was einen Anfang und Ursprung hat, hat das Merkmal seiner eingeschränkten Natur in sich; es muß vergehen und ein Ende haben.« Also auch die Wissenschaft, da auch sie Anfang und Ursprung hat, somit endlich ist . . .?

Vilma schluckte das Zitat wie eine Leibrede, weil es Tenner und ihr nicht helfen, sondern seine Verzweiflung bestärken konnte.
Vilma suchte weiter. Neuer Fund: Erinnerungsreste vom Studium der »Kritik der reinen Vernunft«, die geneigt machten zu glauben, Kant spräche der Wissenschaft überhaupt die Möglichkeit eines äußerlichen, extensiven Wachstums ab, denn das Ganze der Wissenschaft ist für ihn »gegliedert und gehäuft; es kann zwar innerlich, aber nicht äußerlich wachsen.« – »Auch unbrauchbar«, redete Vilma in sich hinein und schluckte das Zitat nach.
Schließlich aber förderte sie doch was aus sich raus, das die Arbeit der Wissenschaft als unendlich beschrieb, da ihr Objekt unerschöpflich wäre. »Denn«, zitierte Vilma nun laut aus den »Träumen eines Geistersehers«, »es ist bestimmt kein den Sinnen bekannter Gegenstand der Natur, von dem man sagen könnte, man habe ihn durch Beobachtung oder Vernunft jemals erschöpft, wenn es auch ein Wassertropfen, ein Sandkorn oder etwas noch Einfacheres wäre; so unermeßlich ist die Mannigfaltigkeit desjenigen, was die Natur in ihren geringsten Teilen einem so eingeschränkten Verstande wie der menschliche ist, zur Aufklärung darbietet.«
»Wahr«, bestätigte Tenner, wobei er das »r« nicht rollend sprach wie gewöhnlich, sondern schnarrend, was an Rabenkrächzen erinnerte, »wahr, wahr, eine Stimme wie Wasserrauschen. Wissenschaft und Technik haben bisher nichts Annäherndes von der Größenordnung hervorgebracht, das in zwanzig Tagen in einem befruchteten Hühnerei sich heranbildet. Wahr, wahr, wahr, eine Stimme wie von einer Posaune – keiner hört. Denn da wir wissen, wie blaß wir aussehen bei einem Vergleich mit der Natur, sehen wir über sie hinweg. Wir müssen die Wunder der Natur gering achten, um die Erfindungen der Wissenschaft und Technik als Wunder anbeten zu können. Nicht die Schöpfungen der Natur, sondern Nachschöpfungen, in denen der Mensch versucht, erkannten Naturgesetzen folgend nachzubauen, werden verehrt. Angebetet und gehegt wird nicht das den Menschen natürlich Geschenkte, sondern das von ihnen mit ungeheurem Aufwand künstlich Geschaffene. Eine raffinierte Methode der Selbstanbetung, die teuer zu stehen kommt. Eine gerissen ausgedachte Weise, Minderwertigkeitsgefühle in Überwertigkeitsgefühle zu modeln. Denn wie steht ein Mann da gegenüber einem Menschen, der Menschen gebären kann? Arm steht unsereiner da unter den Frauen, von denen jede, dumm oder gescheit, häßlich oder schön, klein oder groß, eine Schöpferin sein

kann. Jede ist fähig, Einmaliges aller Welt sichtbar hervorzubringen. Ich dagegen? Die Männer mußten die Natur als Hure und schwangere Frauen als befleckt verteufeln, um von Ohnmachtsempfindungen in Übermacht zu gelangen. Diese Übermacht konnte nur errungen und gesichert werden, wenn hinfort einzig Künstliches als menschliche Schöpfung hochgeachtet wurde. Urgrund aller männlichen Wissenschaft: Gebärersatz.« Gelächter durchschüttelte Tenner. Er blickte wild um sich. Gesträubte Haarpracht.
Dennoch wagte Vilma aus sich raus zu fragen, welchen Urantrieb er bei einer Wissenschaftlerin vermute.
»Es gibt keine weibliche Wissenschaft«, krächzte Tenner, »es gibt nur männliche Wissenschaft – von menschlicher ganz zu schweigen.«
»Und weil du und deinesgleichen dich nach der Denklust, die der Dichter Brecht das größte Vergnügen der menschlichen Rasse nennt, plötzlich am Ende glaubst, soll ich gar nicht erst anfangen? Soll dieses Vergnügen meiner Art versagt bleiben, nur weil die andere glaubt, es zugrunde gehunzt zu haben?«
Tenner stieß sich aus dem Stuhl, wankte auf Vilma zu und umarmte sie.
Später sagte er: »Ich habe meine Wissenschaft entthront. Die Geschichte ist keine Königin. Sie ist eine Horde Könige in Gestalt von Apokalyptischen Reitern, die mit Krieg, Hunger, Krankheit und Tod seit Jahrtausenden die Menschheit martern. Die Fortsetzung dieser Tradition, Meinungsverschiedenheiten mit Gewalt zu lösen, heißt: Atomkrieg. Die Geschichte bietet keine andere Tradition, die im Denken und Handeln beistehen könnte, ihn abzuwenden. Deshalb habe ich die Königshorde entthront und die Vorgeschichte als Königin inthronisiert. Denn die Zeit ist nahe . . .«

68. Kapitel

Wie Phönix aus der Asche auf circensisch

Konrad Tenners Angaben über ein Treffen mit Laura – sinnlich oder übersinnlich – erschienen Vilma unglaubwürdig. Aber sie nährten Hoffnung. Als die sich bis zu irrationaler Größe ausgewachsen hatte, fuhr Vilma in die Leipziger Straße.
Laura hatte im Hochhaus Nummer fünfundvierzig gewohnt.

Vilma hatte den Wohnungsschlüssel aus der Asche klauben können, die von Laura übriggeblieben war.
Als Vilma jetzt mit ihm die Tür öffnete, hörte sie Stimmen. Zunächst streitend erregt, dann ängstlich erregt. Aus dem ängstlichen Palaver waren Vilma die Worte »Einbruch« und »Agent« verständlich. Der Frau erschien deshalb Rückzug durch Flucht unangebracht. Sie entschied sich für die Flucht nach vorn. Wenn sie Begegnungen mit der Polizei gewärtigte, entschied sie immer so. Außerdem hielt sie in diesem Fall Dummstellen für günstig.
Sie legte also ihre Garderobe im Korridor ab, rief dabei den Namen der verstorbenen Freundin, teilte rufweis mit, daß in der Markthalle schöne Konserven angeboten würden und lud ein zum Einkaufsbummel.
Da trat Laura aus der Küche und sprach: »Wo ist Wesselin?«
»Bei mir«, stammelte Vilma. Dann fiel sie der Erscheinung um den Hals und in Ohnmacht.
Wiedererwacht fand sich Vilma noch immer in Lauras Wohnung. Im Ostzimmer gebettet und doppelt bedient.
Eine Bedienung war Laura. Die andere sah ihr ähnlich in den Zügen. Das körperliche Volumen beider etwa gleich, nur gegensätzlich geordnet. Lauras Figur wirkte gestaucht, die andere gezogen. Auffälligster Unterschied der beiden Erscheinungen: ihre Münder. Vergleichsweise erschien Lauras großer Mund herb, ja verkniffen. Der andere konnte in allen Gefühls- und Spekuliertonarten aufspielen.
Als Laura die Frau als Amanda vorstellte, schlug der Mund bewundernde Falten und behauptete, über Vilmas Taten wohlunterrichtet zu sein.
»Welche Taten«, fragte Vilma erschrocken.
Amanda rüsselte ihren Mund in Küchenrichtung, wo der Zinkeimer stand. Jetzt leer.
Laura richtete ihren Blick auf die Natur. Hochhausbewohner sind verhungert nach Natur. Deren einziger Repräsentant ist hier der Himmel. Erst seitdem Laura im Hochhaus wohnte, würdigte sie den Himmel aufmerksamer Blicke.
Vilma fühlte sich hängen wie in Lüften. Der Stadthimmel schien das Gehäuse zu stützen wie die Schwingen der Vögel. Nur größere Vögel flogen in solchen Höhen: Möwen, Tauben, Krähen.
Amanda rügte das Stehenlassen von Zinkeimern vor dem Hugenottendom wörtlich und durch Haarraufen. Der Ton der Rüge und des

nachfolgenden Wortwechsels war wie der vor Vilmas Ohnmacht ernst.
Amanda warf Laura Praktizismus vor.
Laura bat, auch den zweiten Schnitzer zu entschuldigen. Dem Streit konnte Vilma nach und nach entnehmen, daß Laura bei dem Versuch, das Schlafersatzelixier zu gewinnen, versehentlich das Phönixelixier destilliert und auf dem Platz der Akademie erprobt hatte.
Das Elixier hatte Laura verbrennen und zwölf Stunden später aus ihrer erkalteten Asche steigen lassen. Mit Amanda.
Lauras Phönixelixier war ebenso wie das Hexenbeschwörungselixier keine neue Erfindung, sondern nur Wiederholung einer alten.
»Scheißalchemie«, sagte Vilma und schluckte das Wort so gründlich in ihren Leib hinab, daß auch nicht der geringste Lautrest für die Ohren übrigblieb.
»Ich hab nichts gegen die Trial-and-Error-Methode«, sagte Amanda. »Die sogenannte Delphi-Methode wird neuerdings von Wissenschaftlern auch gern benutzt. Bisher vorwiegend für die Entwicklung von Prognosen. Wie dem auch sei, Laura – du hast dich jedenfalls enorm angestrengt. Was du mit deinen reduzierten Kräften geleistet hast, ist auch diesmal wieder bewundernswert. Aber auch du mußt endlich begreifen, daß von halbierten Wesen keine originären Erfindungen zu erwarten sind. Kein Vergnügen, das erkennen zu müssen: ich weiß. Oder glaubst du etwa, ich hätte nicht versucht, mit dem Kopf irgendwie durch die Wand zu kommen? Ich hab auch Lehrgeld zahlen müssen. Und im Hörselberg gibt es immer noch viele Hexen, die in ihrer Verzweiflung das Unmögliche im Alleingang erzwingen wollen wie du. Sogar ein Rabe versucht eine Privatlösung. Er ahnt nur nicht, daß ich was ahne. Außer mir ahnt niemand was von seinen Plänen. Und ich verrat ihn nicht. Aber die Ergebnisse solcher Anstrengungen sind bestenfalls anachronistisch. Da heute keine Hexen mehr auf Scheiterhaufen verbrannt werden, macht das Phönixelixier, mit dem früher viele Frauen ihre Verbrennung überleben konnten, höchstens noch circensischen Effekt. Glaub mir, Laura: Es gibt keinen dritten Weg in Gestalt irgendeines Schlafersatzelixiers oder dergleichen. Ein spezielles Schlafersatzelixier ist alchemistisch nicht machbar. Es wäre auch Flickerei. Die Müdigkeit hat nämlich in der Teilung ihren Grund. Logischerweise, weil ein halber Mensch nicht über so viele Kräfte verfügt wie ein ganzer. Erst wenn du die Ganzheit wiedergewinnst, bist du deiner

Konditionssorgen ledig. Vertrau mir doch endlich! Ich schenk dir nicht reinen Wein ein, um dich zu ermutigen. Im Gegenteil. Und ich nehm dir den zweiten Schnitzer auch nicht übel. Diese Zirkusnummer. Obgleich mir der Schandpfahl sicher wäre, wenn mich der Oberteufel Kolbuk oder einer seiner Agenten bei dir ertappt. Egal – die Wiedersehensfreude vertreibt mir alle Ängste. Gelobt sei der Schnitzer, der uns wieder zusammengeführt hat, was?« Amanda griff ihre Maultrommel mit Daumen und Zeigefinger und spreizte den kleinen Finger ab. Der kleine Finger erinnerte Laura an die Haltung, in der Kaffeegenießer Tassen zum Mund oder vom Mund befördern.

Als das Instrument zwischen den Lippen eingepaßt war, begann Amanda aufzuspielen.

Laura lauschte.

In einer Spielpause erinnerte Amanda Laura an den Bleichplan am Mittag nach der bedingungslosen Kapitulation. Die beiden beschrieben einander inbrünstig den Aufstand in Schutt und Asche. Rundum Ruinen, die ganze Stadt ein Trümmerhaufen, und Maisonne nach dem Kalender. Aber tatsächlich hochsommerlich und schamlos und krachend, als die Paukerpyramide auf den Kopf gestellt war und der Zaun überklettert werden konnte und der Bleichplan erobert.

»Vierzehn ungezwiebelte Tage in der Sonne«, sagte Laura.

»Bis wir schwarz wurden«, ergänzte Amanda. »In Eisenbahneruniform und schwarz wie ein Negus und ungeteilt. Wer in seinem Leben mal solche Tage erlebt hat, der bleibt ungeeignet für Dressuren. Willst du, daß wir beide uns Orplid gewinnen?«

»Indem wir uns Orplid destillieren«, sagte Laura erinnerungsgepackt. »Die zweite Sphäre, wo ich nicht mit einer Uniform vor anderen und mir bemänteln muß, daß ich eine halbierte Frau bin; die Insel, wohin ich mich ausgepumpt werfen kann, wie Männer sich in die Arme einer Frau werfen; mein Hinterland, wohin ich mich flüchten kann mit Wesselin, um meine Arbeitskraft zu reproduzieren. Allein zwar, aber ungezwiebelt und unauffindbar.«

»Destillieren ist nicht möglich – wir müssen uns Orplid erobern«, sagte Amanda.

Laura beschrieb die Eroberungsbestätigung des Bleichplans, die auf den Klärgrubendeckeln stattgefunden hatte. Mit Holzschuhen. Und alle Balkone besetzt. Und kein Befehl, aus der Sonne zu gehen. Keine Drohung mit dem lieben Gott oder dem Teufel. Nicht mal

Spucken oder Vogelzeigen. »Und wo ist der andere Bleichplan«, fragte Laura traumverloren.

»Der Brocken könnte Orplid werden«, sagte Amanda und setzte sich wieder die Maultrommel ein. Ihr großer Mund war für das Instrument wie geschaffen. Die schön gepolsterten Lippen faßten es sicher. Amanda hielt den Rahmen mit der rechten Hand und riß mit dem linken Daumen am Widerhaken der Stahlzunge. Brachte die so in Schwingung wie eine Saite. Ein Saiteninstrument wars also, das Amanda da spielte. Wie eine Gusla einsaitig. Guslen waren Laura als Begleitinstrumente der Guslaren bekannt, dieser Volkssänger der Balkanvölker. Amanda spielte die Maultrommel als Soloinstrument. Zirpgeräusche in vielerlei Tonlagen und Tonfarben. Laura kamen Variationen über den Jazz-Traditional »When The Saints Go Marching In« und das Volkslied »All mein Gedanken, die ich hab« zu Ohren. Die Frau wollte nicht glauben, daß eine Saite so vielfältigen Wohlklang erzeugen kann. Amanda erklärte, daß er durch Vergrößerung oder Verkleinerung des Mundraums gebildet würde, bezeichnete das menschliche Gaumengewölbe als idealen Resonanzbau und reichte Laura das Instrument.

Laura probierte. Sie brachte zunächst ein Geräusch hervor, das an Besteckkratzen auf Tellern erinnert. Dann gelang ihr einförmiges Schnarren.

»Wenn der Brocken instandbesetzt ist, lernst du auf der Maultrommel spielen wie Maria Callas gespielt hat auf ihrer Stimme«, sagte Amanda.

»Instandbesetzt«, fragte Laura mißtrauisch nach.

»Wie David Oistrach gespielt hat auf seiner Geige, wenn dir der Vergleich besser gefällt«, sagte Amanda. »Der Ausdruck ›Instandbesetzen‹ ist deshalb nicht sehr falsch, weil der Zauberberg unseres Landes seit einiger Zeit im wörtlichen Sinne sozusagen kein Berg mehr ist. Sein kann – aus plausiblen Gründen, die ich einem politisch gebildeten Wesen wie dir nicht mit Argumenten erklären muß. Du verstehst, was ich meine. Und deshalb verstehst du auch, daß die Bezeichnung ›Brocken‹ für den Ort, wo sich Kolbuk mit seinen Raben jetzt zu treffen pflegt, ungenau geworden ist. Das Wort ist ein alter Zopf sozusagen. Ein irreführender dazu. Genaugenommen: falsch. Grundfalsch sogar, muß die Volksarmee sagen. Denn warum? Der Brocken gehört, wie jeder Bürger dieses Landes weiß, zum Grenzgebiet, das den Grenztruppen untersteht. Ihnen allein – wo kämen wir hin, wenn ihre militärischen Aufgaben dort von irgendwelchen Raben behindert würden und Offiziere sich mit Kolbuk und Zacharias herumstreiten müßten. Seitdem die Westgrenze unseres Landes eine Gegend ist, wo sich die Streitkräfte der NATO und des Warschauer Pakts direkt gegenüberstehen, sind alle Landstriche da militärisch unverzichtbar. Die Erhebungen besonders. Alle Erhebungen beiderseits der Grenze sind als wichtige strategische Punkte mit Radar und anderer Militärtechnik bebaut. Der Brocken kann da keine Ausnahme machen. Deshalb wurde der Brocken vom Brocken evakuiert – klar?«

»Klar wie Kloßbrühe, würde Hilde sagen«, antwortete Vilma und schluckte restlos wie zuvor.

»Klar«, insistierte Amanda deshalb nochmals in die von Vilma rein bewahrte Stille.

Amanda schob eine Schlummerrolle unter Vilmas Haupt.

Laura bediente Vilma mit Hoffmanns-Tropfen und Kamillentee.

Als Vilmas Augendeckel wieder geschlossen waren, giftete Laura zu Amanda: »Wenn du bisher nicht für nötig gehalten hast, mich von der Evakuierung und so weiter zu unterrichten, halt ich auch nicht für nötig, mich mit dem Umdenken übermäßig zu beeilen. Vielleicht ist Umdenken auch gar nicht nötig? Vielleicht reicht Umreden?«

»Umreden«, schrie Amanda entsetzt, »Umreden, Menschenskind, Umreden könnte als staatsfeindliche Handlung verstanden werden, als Ermunterung von Leuten, die von der Eroberung des Brocken reden und die Eroberung der Militärmacht, also der Arbeiter-und-Bauern-Macht meinen da und dort und überhaupt. Wenn du nicht umdenkst, kommst du unweigerlich in konterrevolutionären Verdacht.«

»Bei wem«, fragte Laura.

»Bei mir«, antwortete Amanda. »Deshalb laß dir gesagt sein, wie die Evakuierung vonstatten ging und hör gut zu. Wann hatten wir denn bisher mal Zeit zum Erzählen? Nie – mußt du zugeben. Und was du jetzt erfährst, ist nicht irgendeine Version, sondern verbindlich. Aufgemerkt nun also . . .«

»Lieg ich im Bett eines Aufklärungslokals«, fragte Vilma in sich hinein und wälzte sich.

Amanda stimmte Laura mit einer Maultrommel-Suite in vier Sätzen ein: Allemande, Courante, Sarabande, Gigue.

Dann schilderte Amanda die Evakuierung, die unter optimalen Bedingungen stattgefunden hätte, mit ähnlichen Worten etwa so:

An einem Tage, dessen Datum selbstverständlich der militärischen

Geheimhaltung unterliegt, kamen die drei für das Brockengebiet verantwortlichen Generäle überein, die Zustände auf dem Berg für unhaltbar zu erklären. Die Anwesenheit von Truppen und Militärtechnik behinderte die Arbeit der Raben. Die Anwesenheit von Raben behinderte die Armee-Einheiten und stellte ein unverantwortbares Sicherheitsrisiko dar. Besonders Oberteufel Kolbuk und Oberengel Zacharias mußten als spionageverdächtig eingeschätzt werden. Da Zacharias unsichtbar ist, fiel seine Beurteilung am negativsten aus. Schutzmaßnahmen waren also dringend erforderlich. Wie vorgehen?

Die für das Gebiet verantwortlichen Generäle berieten. Nicht über die Tätigkeit des Oberteufels, des Oberengels und der Raben. Was dieser übersinnliche Schwarm trieb, erschien den Militärs befremdlich. Aber sie hatten weder Zeit noch Befehl, sich in dieses Befremdliche einzuarbeiten und sein Wesen zu ergründen. Übersinnliche Erscheinungen liegen außerhalb militärischer Kompetenz. Nur insofern sich solche Erscheinungen partiell als Störfaktoren der Landesverteidigung erweisen, erfordern sie entsprechende Aufmerksamkeit. Die Generäle berieten also nur über einen Teil, und auch die späteren Maßnahmen waren nur teilgerichtet, nie das Ganze berührend. Obgleich das Ganze natürlich wegen seiner störenden Teile bewegt werden mußte. Wohin?

Alle strategischen und taktischen Beratungen wurden unter der Losung »keine Einmischung in innere Angelegenheiten von Übersinnlichkeiten« geführt.

Der Operationsstab beschloß schließlich, einem Vorschlag zu folgen, der von dem im Harz gebürtigen General eingebracht worden war. Der General, belesen in Heimat- und Weltliteratur, hatte seine Strategie und Taktik dieses eine und gewiß einzige Mal in seiner militärischen Laufbahn nicht auf militärwissenschaftlichen Grundlagen erarbeitet, sondern aus einer Legende entwickelt.

Bibelfest und auch in der Bildersprache anderer Religionen bewandert, wußte der Befehlshaber, daß allen Legenden ein historischer Kern innewohnt. Die Bilder der Sintflut zum Beispiel, die in vielen Religionen erscheinen, wären sicher poetische Nachrichten in einer ungeheuren Naturkatastrophe, die viele Völker betroffen hätte und deshalb von Generation zu Generation weitererzählt worden wäre, argumentierte der General. Die Sintflutsage wäre vielleicht legendärer Bericht von einem verheerenden Seebeben oder von der Explosion einer vulkanischen Insel, etwa des Vulkans Santorin auf der

Mittelmeerinsel Thera vor etwa dreitausendfünfhundert Jahren. Folge der Santorin-Explosion: eine Flutwelle, die noch auf Kreta dreißig Meter hoch gewesen sein dürfte und wahrscheinlich die minoische Kultur hier und auf den ägäischen Inseln – eine Hochkultur von der matristischen Sorte – vernichtet und alle anderen Küsten des Mittelmeeres, selbst die entferntesten, verwüstet hätte. Außer der Sintflut führte der General noch Atlantis und die Walpurgisnacht als Beispiele an. Kurze Abschweifung zu den beiden Walpurgisnacht-Fassungen, der sogenannten nordischen und der klassischen, die Goethe in seinem »Faust« vorstellt. Dann erst rückte der General mit seiner Harzlegende heraus.

Mit der Legende vom Prinzen Rotbart nämlich, die dem General im Kindesalter von seiner Großmutter väterlicherseits erzählt worden war – märchenkundige Großmütter waren damals noch Normalfälle, nicht Ausnahmen wie heute. Was aber im Kindesalter in Köpfe gelangt, entfällt ihnen nimmer. Der General konnte sich sogar an den Wortlaut erinnern, den die Großmutter bei der Legende bevorzugt hatte. Wortlaut des Schlusses etwa: »Nie mehr setzte die Brockenfee ihren Fuß in das verwünschte Schloß. Und noch jetzt liegt es wohl drunten in grauser Erstarrung. Und noch jetzt schläft Prinz Rotbart in einem kostbaren Zimmer. Aber die silberne Pforte am Fuße des Brocken hat niemand je wieder entdeckt.«

»Niemand – das ist durchaus möglich«, sagte der General. »Niemand hat vielleicht Pech gehabt. Beim Suchen braucht man auch Glück. Oder Herr Niemand war nicht gründlich genug. Ich jedenfalls heiß nicht Niemand. Und ich hab bis jetzt ziemlich oft Glück gehabt. Meine Schlußfolgerung demnach: Gründlich, behutsam und respektvoll vorgehen.«

Um das erforderliche Maß an Respekt vor den übersinnlichen Gütern des Harzes zu gewährleisten, wurden die sorgfältig ausgewählten Kader vor Beginn der Operation geschult.

Schulungsstoff: Goethes »Faust« erster und zweiter Teil. Schwerpunkte: Alle Szenen, die an Orten spielen, wo heute die Gesetze der Grenzordnung beziehungsweise der Sperrzone gelten.

Die verschiedenen Etappen der Operation wurden von der Mehrheit des Führungsstabes eher skeptisch verfolgt.

Aber nach wochenlanger Sucharbeit unter erschwerten Bedingungen gelangte der ausgesandte Spähtrupp tatsächlich ans Ziel.

Die silberne Pforte war von Geröll und Gestrüpp fast völlig

verdeckt. Als die Grenzsoldaten sie freigelegt und aufgesprengt hatten, wurde befehlsgemäß ein Schloß vorgefunden.
Die Grenzsoldaten brachten einen dreifachen Hurra-Ruf aus, bevor sie es betraten.
In den Lichtkegeln ihrer Taschenlampen: Dreck, Reichtum und Schönheit.
Nach den ersten Schritten bereits wurde die Truppe von Staubhusten geschüttelt. Der Truppenführer befahl: »Gasmasken anlegen!«
So geschützt kämmten die Männer das Objekt mit entsicherten Maschinenpistolen durch und arbeiteten sich über gläserne Säle und silberne Gänge vorwärts. Die Grenzsoldaten durchsuchten prächtige Möbel, diamantenbesetzte Gärten und Kräuterküchen. Nirgendwo Waffen oder andere verdächtige Gegenstände. Überall Kälte. Die Springbrunnen waren zu Wassersäulen erstarrt. Keine Spinnweben. Keinerlei Spuren von Getier. Die Soldaten froren. Als sie schlotternd dem Ausgang zustrebten, um vom erfolgreichen Abschluß des Spähtruppunternehmens Meldung zu machen, entdeckten sie in einem kostbaren Zimmer einen Mann. Er lag auf einem Bett, sah aus, als ob er schliefe und war steif gefroren.
Die Soldaten bedauerten, daß der Frostfund keine Frau war, vermaßen ihn und fügten der Meldung über das Schloßobjekt eine genaue Personenbeschreibung an. Besonderes Kennzeichen: roter Schnurrbart. Bekleidung: Theater- oder Faschingskostüm.
Kriminalisten transportierten die gefrorene Person ab. Pioniere der Grenztruppen fuhren ein Stromaggregat an, verlegten im Schloß elektrische Leitungen für die Licht- und Wärmeversorgung und renovierten. Bausoldaten schrubbten die jahrhundertedicke Staubschicht aus der unterirdischen Anlage.
Als auch die silberne Pforte mit Sicherheitsschlössern und einer modernen Alarmvorrichtung einbruchsicher umgerüstet war, übergaben die Unteroffiziere der an der Instandsetzung beteiligten Einheiten den drei Generälen das Objekt als schlüsselfertig.
Die Generäle dankten und prüften.
Die elektrisch modernisierten Leuchter brachten die gläsernen Säle und silbernen Gänge erst richtig zur Geltung. Die Heizanlage mit Thermostat hatte alle Räume angenehm durchwärmt. Die kupfernen Töpfe und Tiegel, die gläsernen Kolben und Phiolen und der goldene Rauchfang der Kräuterküche blitzten.
»Und die Springbrunnen«, sagte der harzgebürtige General.
»Und die Blumen«, sagte der andere General.

»Und was ist das«, sagte der dritte General, als ein Sesselpolster wölkte, nachdem er seine Hand draufgeschlagen hatte.
Der Unteroffizier der Bausoldaten nahm Haltung an, entschuldigte sich und kommandierte seiner Truppe: »Stillgestanden, ganze Abteilung kehrt, wegtreten zum Ausklopferholen.«
Da die Ausklopfer mitsamt den anderen Reinigungs- und Reparaturgerätschaften bereits aus dem Schloß geschafft und auf Lastwagen abtransportiert waren, beschimpften die Männer einander tuschelnd. Keiner wollte der Schuldige sein, der diesen Sessel beim Großreinemachen vergessen hatte. Alle ärgerten sich, daß unter Hunderten gesäuberter Sessel die prüfende Hand des Generals ausgerechnet den schmutzigen treffen mußte.
Den einzigen schmutzigen, wie derweil der betroffene Unteroffizier durch Vorführung beweisen konnte.
Die Bausoldaten suchten ratlos weiter. Einer von ihnen wußte sich zu helfen. Er entdeckte auf dem Bett, wo der rotbärtige Mann gelegen hatte, eine Gerte und schlug mit ihr den Staub aus dem ertappten Sitzmöbel.
»Ah«, sagte der Harz-General.
»Oh«, sagte der andere General.
»Warum nicht gleich hundertprozentige . . .«, sagte der dritte General. Aber er konnte seinen Satz nicht zu Ende sprechen.
Alle Versammelten standen sprachlos.
Denn als die Gerte den Gobelin-Bezug berührt hatte, wurden nicht nur die Farben seines Drachenmusters aufgefrischt. Auch Sphärenmusik ertönte. Feuer entflammten unter den Kräutertöpfen. Die Blumen dufteten plötzlich betäubend. Und die Springbrunnen, bisher trotz der vom Thermostat garantierten Lufttemperatur von zweiundzwanzig Grad noch immer zu Wassersäulen erstarrt, begannen zu plätschern.
Kein Wunder, daß die Abnahmekommission nach Beendigung des Rundgangs alle Arbeitsbrigaden mit Urkunden belobigte.
Als den Brockenraben mit Kolbuk an der Spitze das neue Domizil übergeben war – Symbol des feierlichen Vorgangs wie bei jeder ordentlichen Bauübergabe der Größenordnung: ein armlanger Zierschlüssel –, wurde neben der silbernen Pforte eine silberne Tafel enthüllt. In Reliefbuchstaben auf der Tafel der Schloßname: »Blocksberg«.
»Langer Rede kurzer Sinn: Wenn ich oder andere Hexen oder Kolbuk oder seine Raben heute vom Brocken reden, wird – wie dir

nunmehr sonnenklar ist – nur einer Gewohnheit nachgeplappert. Wer heute exakt vom Zauberberg Brocken sprechen will, muß ›Schloß Blocksberg‹ sagen. ›Blocksberg‹ allein genügt auch.« Amanda beschloß ihre Schilderung mit einem Menuett für Maultrommel und Fußdrum.

»Und wer hat dir die verbindliche Version erzählt, die du mir erzählt hast«, fragte Laura.

»Meine Version basiert auf genauen Informationen. Die meisten beziehe ich von meinem Stammkunden«, sagte Amanda. »Er ist der bestinformierte Rabe, den ich kenne. Klar: Als Hofnarr Kolbuks sitzt er an der Quelle. Und was ihm im Amt nicht zufällt, reimt er sich zusammen. Hofnarr Kuonrat ist ein scharfsinniger Kombinierer. Eine Spielernatur, die jeden Gegenstand für ihre Leidenschaft gebrauchen kann, verbrauchen muß, zwanghaft, der Spieltrieb des Raben ist unersättlich. Am liebsten spielt er mit Schachfiguren oder mit Informationen.«

»Und der Umzug«, fragte Laura. »Hat dir dein Stammrabe auch einen verbindlichen Umzugsbericht gegeben?«

»Ehrensache«, antwortete Amanda. »Der Umzug verlief auch unter optimalen Bedingungen. Kolbuk und die Raben brauchten dabei keinen Finger zu rühren. Pioniere der Grenztruppen sind mit moderner Technik vorgefahren und haben abgebaut, aufgeladen, transportiert, abgeladen und aufgebaut in weniger als drei Stunden.«

»Wo denn aufgebaut«, rief Laura.

»Im Schloß nach den Wünschen und Anweisungen Kolbuks.«

»Wohin denn mit dem Rabenkrempel? Wurde er etwa in die gläsernen Säle gestellt, zwischen die Springbrunnen und edlen Möbel, in die diamantenbesetzten Gärten, in die Kräuterküche? Oder hat der staatliche Kunsthandel inzwischen das elbische Inventar für den Export reserviert? Deinem Bericht von der feierlichen Übergabe war zu entnehmen, daß die Generäle das Schloß quasi unter Denkmalsschutz gestellt hatten.«

Amanda erklärte, daß Denkmalsschutz in diesem Fall nur als Empfehlung hätte ausgesprochen werden können, nicht als Vorschrift. Denn Vorschriften für das Schloß wären Einmischungen in seine inneren Angelegenheiten; und solcher Einmischung in Übersinnliches enthielte sich die Volksarmee strikt – wie gesagt: Hätte Laura etwa die springenden Punkte überhört? Von dem jetzigen innerarchitektonischen Zustand des Schlosses wäre Amanda nichts

Detailliertes bekannt. Der Rabe nenne ihn stillos oder verludert, wenn Amanda Gelegenheit zum Lausen hätte.
Vilma erhob sich vom Bett und fragte aus sich heraus, ob der Brocken für immer vom Brocken evakuiert wäre.
»Ich dachte, Vilma liegt in Ohnmacht«, flüsterte Laura bestürzt Amanda zu, »du hast eine Außenstehende zur Mitwisserin gemacht – um Himmels willen, was soll jetzt werden . . .«
Amanda winkte ab – eine Handbewegung, die allgemein Läßlichkeit oder Bagatellverhalten anzeigt beziehungsweise anrät. War das Ausplaudern von Brockeninternita neuerdings eine Bagatelle? Für Laura war von Amanda in Brockenangelegenheiten von je die höchste Geheimhaltungsstufe angeordnet. Unwiderrufen.
»Ist Quasseln um Kopf und Kragen die neue Linie«, fragte Laura.
»Wieso Quasseln? Ich rede beschwingt«, sagte Amanda. »Jedes Wiedersehen mit dir beschwingt mich. Die Raben haben es natürlich im Schloß jetzt wesentlich gemütlicher als auf einem von Stürmen und Nebeln heimgesuchten Berg. Deshalb möchte die Rabenmehrheit auch am liebsten dort bleiben, wo sie schön warm steckt. Aber das Schloß ist nur Interimsdomizil, haben die Generäle gesagt. Wenn Weltzustände eingetreten wären, die Grenzbewachung und Militär überflüssig werden ließen, müßten die Raben zurück marsch-marsch und ›Schloß Blocksberg‹ würde Touristenhotel. Haben die Generäle gesagt. Klipp und klar.
Und ich sage klipp und klar: Wir können nicht nur auf solche Weltzustände warten. Wir müssen sie auch befördern helfen. Indem wir das Interimsdomizil erobern helfen. Brockeneroberung heißt für uns Hexen heute: Eroberung von Schloß Blocksberg. Ein Hexenheer unter Führung von Amanda und Laura kann Kolbuk und seine Regime sicher bald stürzen, den goldenen Topf erringen und den Trinksilberschatz an die Bedürftigen verteilen.« Amanda fügte mit beiden Zeigefingern und Daumen ein Dreieck mit der Hypotenuse nach oben. »Die umgestürzte Pyramide soll unser Ziel und Zeichen sein.«
Da Laura das Zeichen nicht nachbildete, ergriff Amanda Lauras Hand. Laura schwankte einen Augenblick wie betrunken. Dann erstarrte sie plötzlich, entzog ihre Hand und zitierte hellwach folgende Stätze von Thoreau: »Die Philanthropen umgeben nur zu oft die Menschheit mit der Erinnerung an den eigenen vergangenen Kummer wie mit einem Dunstkreis und nennen das Mitgefühl. Wir sollten dafür sorgen, daß wir andere nicht mit unserer Krankheit

anstecken ... Wenn ein Mensch irgendwie leidet, ja, wenn es ihn nur im Unterleibe ein wenig schmerzt – denn dort ist der Sitz des Mitgefühls –, gleich fängt er an, die Welt umzubilden. Da er selbst ein Mikrokosmos ist, so entdeckt er – es ist wirklich eine Entdekkung und er der Mensch dazu, sie zu machen –, daß alle Welt unreife Früchte gegessen hat. In seinen Augen ist der Erdball selbst ein großer unreifer Apfel, und schon der Gedanke, daß die Menschenkinder Gefahr laufen, ihn anzubeißen, bevor er reif ist, ist ihm schrecklich. So stürzt sich denn seine handfeste Philanthropie geradewegs auf die Eskimos und Patagonier und erbarmt sich der volkreichen indischen und chinesischen Dörfer. Ein paar Jahre solcher Geschäftigkeit, während welcher die Allmacht ihn natürlich zu ihren eigenen Zwecken verwendet, heilen ihn von seinen Verdauungsbeschwerden. Der Erdball bekommt auf einer oder beiden Seiten eine leichte Rötung, als ob er reif werden wolle; das Leben verliert seine Herbheit und wird wieder einmal süß und bekömmlich ... Ich glaube, den Weltverbesserer bewegt nicht eigentlich das Mitgefühl mit seinen Mitmenschen im Unglück, sondern – und wäre es der heiligste Gottessohn – nur sein persönliches Leiden.«

Da Amanda verständnislos starrte, zitierte Laura weiter. Nunmehr Oscar Wilde: »Egoismus besteht nicht darin, daß man sein Leben nach seinen Wünschen lebt, sondern darin, daß man von anderen verlangt, daß sie so leben, wie man es wünscht. Selbstlosigkeit erkennt die unendliche Vielfalt des Typus als etwas Kostbares an, stimmt ihr zu, geht darauf ein, ja, erfreut sich daran. Wer nicht an sich denkt, denkt überhaupt nicht. Es ist äußerst egoistisch, von dem Mitmenschen zu verlangen, daß er in derselben Weise denken, dieselben Meinungen haben soll.«

Amanda glaubte das Zitat nicht gegen sich, sondern gegen den Oberteufel Kolbuk gerichtet, und empfand das Wort »Egoismus« als Begründung für die Teilung mit dem Richtschwert als generös. Mit Generosität aber wäre gegen den Blocksberg nichts auszurichten. Er wäre ausschließlich von Männern regiert. »Findest du das richtig?«

»Die ganze Welt ist derzeit ausschließlich von Männern regiert. Glaubst du, ich bin so hirnverbrannt, mich deshalb mit der ganzen Welt anzulegen«, entgegnete Laura aufgebracht. »Schon wenn mir irgendwie entfallen würde, daß ich in schwachen Augenblicken auch nur derartige Gedanken hegte, würde ich unverantwortlich han-

deln. Denn ich habe nicht nur mich zu ruinieren. Ich habe ein Kind durch die Welt zu bringen.«
Amanda griff ihre Maultrommel und zerschlug damit das Küchenfenster.
Laura stand schaudernd.
Vilma fiel aufs Bett zurück.

69. Kapitel
Vilma ab

Als Vilma sich von den angenehmen und unangenehmen Schrecken erholt hatte, erklärte sie Amanda zur Hochstaplerin. Denn Amanda wäre noch nie im Hugenottendom gesehen worden. Und selbst wenn sie dort verkehren würde, wollte Vilma nichts mit ihr zu tun haben. Zur Hexenfraktion pflege sie keinerlei Verbindung. Die hexische wäre von der närrischen durch Welten getrennt.
Amanda nannte diese Welten »Feigheit« und sich »Brockenhexe«. Die Bezeichnung »Blocksberg-Hexe« hätten alle drei Hexenfraktionen vom Hörselberg nicht in Gebrauch, um sich von geschichtspessimistischer Ideologie zu distanzieren. Die Bezeichnung »Brockenhexe« hielte den Zukunftsglauben an eine Welt ohne kriegerische Auseinandersetzungen, ohne militärbesetzte Berge, wach.
»Wir Brockenhexen sind die Avantgarde der Hexenbewegung«, sagte Amanda mit arrogant gefaltetem Mund. »Wer sich für Geld eine halbe Närrin zur Komplettierung mietet, wo er gratis eine halbe Eule haben könnte, opfert dem Masochismus.«
Vilma nahm den Begriff »Hochstaplerin« zurück, ersetzte ihn durch »Terroristin« und verließ Laura und Amanda grußlos.

70. Kapitel
Kopfkissenkunde

Amanda hatte die Enttäuschung so erschöpft, daß sie sich legen mußte. Sie zog ein Kissen aus ihrer Rocktasche, warf es auf den Estrich und bettete ihren Kopf drauf.
»Warum verschmähst du den Teppich«, fragte Laura.

»Ein gutes Kissen ist ein sanftes Ruhgewissen«, entgegnete Amanda kissenklopfend. Blauweißkarierter Bezug. Etwa vierhundert Quadratzentimeter Ausmaß. Amanda knöpfte ihn auf, dann das Inlett. Es war mit Haaren gefüllt.
Laura griff unwillkürlich nach der Sammlung und walkte, als wärs ein Material, das, geballt unter Ballen, in der Stoffabteilung eines Warenhauses ausläge. »Echtes Haar«, sagte Amanda, nachdem Laura ihrer Gewohnheit eine Weile gefolgt war, »ein Kissen mit Weisheit gestopft. Wieviel Stück Weisheit schätzt du?«
Laura stutzte und begann Kindheitserinnerungen zu durchsuchen. Als sie eines gewissen Erlebnisses beim Skispringen auf dem Hexenkessel gedachte, sagte Amanda: »Unschätzbar« und daß ein kleines Kopfkissen als ständig mitgeführtes Utensil für Frauen und Militärs außerordentlich nützlich wäre. Denn beide Menschengruppen könnten normalerweise ihren Pflichten nicht genügen, wenn sie nicht überall und zu jeder Tages- und Nachtzeit in der Lage wären, pflichtlose Zeitschnipsel zur Konditionsbeschaffung schlafweis zu nutzen.
»Warum bevorzugt Weisheit rotes Haar«, fragte Laura.
»Alle bevorzugen es«, antwortete Amanda, »die meisten: indem sie es verachten. Eine alte ästhetische Tradition.«
»Glaubst du, daß mein Wesselin rote Haare hat«, fragte Laura.
»Jeder Mensch hat welche, wenn er geboren wird«, sagte Amanda. »Mindestens drei hat jeder. Aber den meisten kommen sie abhanden. Manchen werden sie ausgerissen. Manche reißen sie sich selber aus ... Prinz Rotbart – du weißt schon: der Mann, den die Kriminalpolizei kurz nach Wiederentdeckung des Schlosses abtransportierte –, ist bald wieder zurückgeliefert worden. Aufgetaut versteht sich. Kerngesund. Er gehört heute zu meiner historischen Kundschaft. Mein Salon steht aber vorwiegend Zeitgenossen offen ...«
»Salon«, fragte Laura nach.
»Gute Frage«, sagte Amanda, »Absteige wäre genauer. Der ganze Hörselberg ist eine einzige Absteige, in der jeder Hexe ein Raum zur Verfügung steht. Möblierung: Bett, Bidet, Spiegel, Fellteppich. Im Hexenjargon heißen die Räume »Fronverließe«, im Rabenjargon »Fitneßhöhlen« oder »Entspannungsremisen« oder »Sexbunker«. Nur ein einziger Rabe, mein Stammkunde, redet meinen Bumskerker mit ›Salon‹ an und spricht von ›Séance‹, wenn er mich besucht. Und da mir das Wort ›Salon‹ wegen häufiger ›Séance‹ oft in den Ohren liegt, gebrauch ich es mitunter ironisch.«

»Haben deine Kunden alle rote Haare«, fragte Laura.
»Wer nicht mindestens drei vorweisen kann, hat zum Brocken respektive Blocksberg keinen Zutritt und ist folglich auch kein Hörselbergbesucher. Schloß Blocksberg und Puff Hörselberg sind durch einen unterirdischen Gang miteinander verbunden. Durch einen unterirdischen Gang mit Tunnelbahn. Früher sollen die auf Schienen laufenden Beförderungswagen von straffällig gewordenen Hexen gezogen worden sein. Jetzt wird der zweigleisige Verkehr elektrisch betrieben. Die eine Endstation – früher Brocken, heute Blocksberg – heißt ›Vernunfttempel‹ und ist auch entsprechend ausgeschildert; die andere heißt ›Lusttempel‹. Wagenfolgezeit Tag und Nacht zehn Minuten. Kannst dir vorstellen, was unsereinem bei der Verkehrsdichte für Haarmengen durch die Finger gehen.
»Verrat mir die besten haarigen Stücke«, bat Laura.
»Die besten Stücke sind von Konrad Tenner und Konsorten«, sagte Amanda.
Laura streckte jäh die Zunge raus. Dann Gemurmel: »Dacht ich mirs doch. Hab den Braten längst gerochen. Aus Holz müßte man sein . . .«
Als Laura ihre Fassung wiedergewonnen hatte, drängelte sie: »Gib mir eine Probe der besten Antworten.«
»Tat ich bereits – oder hast du den Evakuierungsbericht schon wieder vergessen?« Amanda ergänzte, daß diese Herren zu Anfang stets das Gleiche antworten würden wie alle anderen Männer auch, die von Brockenhexen gerupft werden, nämlich: »Ei, wenn sies wüßten . . .«
»Würde ich auch so antworten, wenn du mich rupftest?«
»Freilich«, sagte Amanda, die Aussagen, die sich nach dem Rupfen ereigneten, unterlägen nicht der Kontrolle des Verstandes. Das kupferne Haar wäre bekanntlich sehr stark, der Schmerz, der beim Ausreißen verursacht würde, nicht vergleichbar mit Empfindungen, die der Verlust anderer Haare bewirke. Der Entwurzelungsschmerz eines einzigen kupfernen Haares genüge, um den Menschen für Augenblicke außer sich zu bringen. In diesem Zustande befragt, wäre er zu Gedankenverbindungen fähig, die er sich normalerweise bewußt oder unbewußt versage. Er vergäße sie auch sofort, nachdem sie ausgesprochen wären.
Laura wollte wissen, über welche Gegenstände nach dem Rupfen bevorzugt gesprochen worden wäre.
»Über Internita«, sagte Amanda. »Internita vom Alltag der Herren,

den sie als unauffällige Männer nach Landessitte und Gesetz werktätig verbringen. Und Internita vom Schloß natürlich. Über die derzeitigen Fraktionskämpfe zum Beispiel.« Wie im Hörselberg bestünden auch im Blocksberg drei Fraktionen. Zwischen den drei Rabenfraktionen – den Gysotikern, den Neokonstruktivisten und der konservativen Avantgarde – fänden erbitterte Auseinandersetzungen statt. Die Richtungskämpfe hätten sogar schon zu Unruhen geführt. Rabenunruhen im Blocksberg, die den Willen zu einer Revolution von oben anzeigten; Hexenunruhen im Hörselberg, die eine Revolution von unten anstrebten. Um den Status quo zu behaupten, strenge der Oberteufel Kolbuk gerade ein Ablenkungsmanöver an. In Form eines Hexenprozesses. Die Ankündigung des Schauprozesses bereits ließe erkennen, daß die amtierende Oberhexe als Einbläserin verurteilt werden solle: Das heißt verantwortlich für alle Mißstände. Ein Oberteufel, der die sklavischste, das heißt idealste Oberhexe aller Zeiten zu opfern gezwungen wäre, säße nicht mehr sicher auf dem Thron. Der labile Zustand des Blocksberg-Systems verbessere die Siegeschancen für die Hörselberg- respektive Brockenhexen. Denn Siege würden bekanntlich nicht allein durch subjektive Faktoren begünstigt, sondern vor allem durch objektive. Dem subjektiven Faktor – Lauras und Amandas Wiedervereinigungswille – käme der objektive Faktor in Gestalt der Rabenzwietracht entgegen. Die Fraktionskämpfe der Hörselberg- respektive Brockenhexen verliefen vergleichsweise milde. Ein von allen Fraktionen aufgestelltes Hexenheer unter Führung von Amanda und Laura hätte durchaus Chancen.

»Woher willst du das wissen«, fragte Laura spitz.

»Von meinen Kunden«, antwortete Amanda. »Alles Wesentliche, was ich weiß, habe ich mir durch Rupfen erarbeitet. Manchmal waren die Informationen direkt brauchbar; manchmal mußte ich kombinieren wie Konrad. Im Bett konnte er von mir lernen, im Kombinieren ich von ihm.«

»Internita vom Alltag der Herren würden mich mehr interessieren«, entgegnete Laura barsch.

Amanda erwähnte Unterweisungen zum Erwerb der Kenntnis aller Landessprachen. Ferner: Wissenschaften, Hilfswissenschaften, Agitation, Propaganda und Kunst. Spielanleitungen auf den Instrumenten Klavier, Flöte, Harfe, Posaune und Politik hätten stattgefunden, außerdem Unterweisungen fürs Reiten von Elefanten, Pferden und Autos und für den Waffengebrauch. Auch hervorragende Leitfäden zum Lügen, zum Stehlen, zum Falschspiel und zu anderen Künsten des Betrugs sowie Nachrichten über die früheren und derzeitigen Beschäftigungen der Raben wären nach dem Rupfen bisher anstandslos zu Ohren gebracht worden. Die früheren Beschäftigungen und Vergnügungen der Raben, die auch heute noch vereinzelt betrieben würden – zum Beispiel ab und zu von Tenner –, wären bedeutend gewesen. Amanda klassifizierte Konrad Tenner als Nebelkrähe und sprach: »Die Nebelkrähen (corvus corone cornix) gehören zu den gemeinen Raben wie die Rabenkrähen (corvus corone corone), die Saatkrähen (corvus frugilegus) und die Dohlen. Aber bis in die sechziger Jahre ist Konrad noch ein Kolkrabe gewesen.

Die Kolkraben (corvus corax) repräsentieren die Elite, die Nebelkrähen deren melancholische Variante, Kolkraben und Nebelkrähen stellen jetzt die Fraktion der sogenannten ›konservativen Avantgarde‹.

Früher hat die Rabenelite auf dem Brocken allein der Maßlosigkeit gefrönt und dem idealen Entwurf. Die idealen Entwürfe verdienen unsere Beachtung insofern, als sie einen Teil des menschlichen Wesens überdeutlich machen und uns auffordern, ihn in uns nicht verkümmern zu lassen. Daß sie durch Einseitigkeit eitel und in ihrem Ausschließlichkeitsanspruch irdisch undurchführbar sind, versteht sich. Das faustische Ideal ist etwas Ungeheures, aber Goethe konnte natürlich nicht ununterbrochen maßlos sein. Er konnte das nur auf dem Brocken oder auf dem Parnaß oder auf einem anderen Zauberberg. Goethe kannte und besuchte wahrscheinlich mehrere Zauberberge. Ich kenne nur einen von fern. Der historische Faust muß auch ein Kolkrabe gewesen sein. Und die Anfänge der Menschheit sind mit diesen Bergen wohl geradezu verquickt.« Amanda verweilte bei diesen Anfängen, indem sie Laura ein Zitat aus einem Essay von Peter Hacks sinngemäß zu Gehör brachte. Wörtlich zitiert lautet die Essaypartie: »Vor den Menschen waren Tiere: solche, die Kopf und Hand zu gebrauchen wußten und im Rudel auftraten. Es sind dies die beiden Vorbedingungen der Menschwerdung. Geschicklichkeit steigerte die Möglichkeiten der Zusammenarbeit, Zusammenarbeit die Ausbildung der Geschicklichkeit. Man schlug ein wenig Feuer, tötete mit Faustkeilen, stellte Fallen auf; man hätte es lange so fort treiben können, ohne daß Außerordentliches sich ereignet hätte. Der erste wirkliche Fortschritt der Rasse aus dem Tierreich war die Erfindung des Zauberns.

Das Besondere am Menschen ist seine Gabe, die Nase in Dinge zu stecken, die ihn nichts angehen. Die Welt des Tiers enthält keine Frage, auf die es nicht die Antwort schon hätte. Die Welt des Menschen enthält zu viele Fragen, mehr als er beantworten kann. Er muß denkend die heile Welt erringen, die das Tier durch Eingerichtetheit hat. Die Eiszeitleute begaben sich auf die Suche nach dem Wesen der Dinge, die sie nichts angingen, und fanden – wen denn sonst – sich: Sie bevölkerten die Welt mit Geistern und lehrten Weisen, dieselben zu beeinflussen. So war, was den Menschen im strengen Sinne zum Menschen machte, eine falsche Annahme, Irren ist das Menschliche.

Erst jetzt, die Natur durch ein Geisterreich durchblickt, kam man ernstlich in ihr zurecht und voran. Man baute Städte, erhöhte die Häuptlinge zu Königen und die Geister zu Göttern. Man errichtete ein Großreich mit einem Großkönig und schuf, nach dessen Abbild, Gott. Auf die Art gelangte man zu der Vorstellung eines Urgrundes sämtlicher Erscheinungen, einer Gesamtursache. Die Zauberei auf der Stufe der Religion ist das früheste Wagnis eines übers Ersichtliche hinaus vollständigen und durchaus ordentlichen Seinsentwurfs.

Der Herr Gordon Child aus England, der über unsere alten Tage die liebenswürdigsten und lesbarsten Bücher geschrieben hat, vertritt die Ansicht, die Religion hätte besser nicht erfunden werden sollen, und es wäre vernünftiger gewesen, das Nachdenken den Schmieden, Baumeistern und Oxfordprofessoren zu überlassen. Er sieht natürlich, daß der Aberglaube den Bestand der Menschheit überhaupt nur ermöglichte, mag ihn aber nicht loben, allenfalls entschuldigen. Er sieht den untrennbaren Zusammenhang zwischen der Religion und dem Staat, und ihm wäre wohler, wäre auch der Staat unerfunden geblieben. Der Positivismus ist einmal der Tradeunionismus der Philosophie.

Das große Denken über die Welt war nicht anders als in Form einer frommen Abbildung in die Welt zu holen. Es sagt ja keiner, daß die Einführung des großen Denkens den Leuten stets förderlich gewesen sei. Die Leitschnur wurde oft zur Fessel, und manche Kleinigkeit hätte sicher bei minder gründlichem Herangehen rascher und leichter sich erledigen lassen. Aber in allen Höhepunkten der Geschichte wird das große Denken plötzlich benötigt. Es führt beispielsweise ein gerader Weg vom östlichen Gottverständnis über die griechische Weltweisheit zur bürgerlichen Umwälzung in Frankreich.

Es legen also diejenigen eine bestehende Verknüpfung nur falsch aus, die den Marxismus als einen Glaubenssatz darstellen. Das Bild ist schon nicht verkehrt, man hat es bisher nur immer verkehrt herum gehalten, bevor man es an die Wand hing. Der Marxismus, gewiß kein Ersatz für Religion, hat mit ihr doch das als Gemeinsames an sich, daß er ein vollständiges System ist. Das Hegelsche System war ein vorläufiger Ersatz für das Marxsche und das des heiligen Thomas ein kindlicher und notdürftiger Ersatz für das des Hegel: so wie ja auch wieder Marxens Inbegriffnahme der Welt eines nicht nahen Tages selbst ein Vorläufer künftiger Inbegriffnahmen geworden sein wird.«

Laura schloß nach dem Gehörten, daß Amanda ein Kolkrabe werden wollte.

»Ich«, rief Amanda bestürzt, denn Lauras Schlußfolgerung bewies ihr, daß wieder nichts begriffen worden war, »ich, eine arme Hexe vom Hörselberg, ein Halbmensch wie du, und wer weiß, wer schlimmer dran ist von uns beiden . . .«

»Aber du nennst dich doch selber ›bessere Hälfte‹«, warf Laura ein.

»Arroganz«, gab Amanda zu, »stinkende Überheblichkeit nach patriarchalischer Denkertradition – du hast Recht. Nur wiedervereinigt kann aus uns werden, was die Natur exponiert hat. Du denkst folglich in den gleichen alten Gleisen wie ich eben, wenn du glaubst, daß die Rabenform die einzig mögliche, optimale und also erstrebenswerte Form für die Brocken- respektive Blocksberg-Population ist. Die alte Rabenform hat die uralte Eulenform vergessen gemacht. Die Bezeichnung ›alte Eule‹ ist nur noch als Schimpfwort in Gebrauch.«

Laura erkundigte sich, wie ein Mensch sich zum Raben wandeln und zum Blocksberg fliegen könnte.

»Gewisse männliche Zeitgenossen gehen tags ihren Geschäften nach und nachts unter die Raben«, sagte Amanda. »Ihre Tierhäute tragen sie gewöhnlich überm Arm oder über der Schulter wie vorsorglich mitgeführte Regenmäntel. Die Federbekleidungen werden erst unmittelbar vorm Start angelegt. Ich glaube, in Berlin wird vorzugsweise der Arnimplatz als Startplatz gewählt.«

»Auch von Tenner«, fragte Laura.

Amanda legte den Zeigefinger quer zu ihrem großen Mund.

»Wieso? Weiß Vilma etwa nicht, daß er den Blocksberg besucht?«

»Entweder sie weiß es nicht, oder sie will es nicht wissen. Jedenfalls

mußt du schwören, gegenüber Tenner, Vilma und überhaupt das Wort Hörselberg nicht zu gebrauchen.«
Laura schwor. »Und von welchem Berliner Platz starten gewisse Frauen«, fragte Laura dann.
Amanda erklärte, daß auf Schloß Blocksberg selbstverständlich keine Eulen zugelassen wären. Auch nicht besuchsweise. Unter den Hörselberg- respektive Brockenhexen gäbe es aber schon einige Exemplare verschiedener Eulenarten. Hälften vorerst bloß – versteht sich.
»Bist du etwa auch eine halbe Eule«, fragte Laura.
»Wenn wir das Trinksilber erobert haben, werden wir beide eine ganze sein«, antwortete Amanda. »Halbeulen sind Provisorien. Aber jemand mußte schließlich den Anfang machen. Dorothea Christiane Erxleben hat auch in einer reinen Männergesellschaft als erste deutsche Doktorin der Medizin promoviert.«
»In unserer Poliklinik praktizieren mehr weibliche Mediziner als männliche«, entgegnete Laura. »Mit deinen Plänen rennst du offene Türen ein.«
»Hier vielleicht«, sagte Amanda, »aber auf dem Schloß sind uns noch alle Tore verbarrikadiert. Willst du sie mit aufbrechen?«
»Es ist immer nur eine Lebensform, die die Menschen rühmen und als erfolgreich ansehen«, entgegnete Laura. »Aber warum denn durchaus den Wert einer einzigen auf Kosten aller anderen überschätzen?« Laura wiederholte ihre Abneigung gegenüber Weltverbesserern. Weil sie etliche kenne, die im Weltmaßstab Glück schaffen wollten und nicht mal in der Lage wären, einen einzigen Menschen glücklich zu machen.
Amanda glotzte verständnislos.
Laura erinnerte sie an Kurt Fakal. Außerdem müßten Weltverbesserer, um ihre Ziele durchzusetzen, ihre Gedanken in so viele Köpfe wie möglich pflanzen, das heißt, an einer Vereinheitlichung des Denkens interessiert sein. Laura dagegen schätze denkerische Vielfalt und die Fähigkeit des Zuhörens.
Amanda wandte sich mit Ekel. Dann erbat sie von Laura wenigstens die Destillation von neun Litern Beschwörungselixier und entflog durch den Rauchabzug, wie sie gekommen war.

71. Kapitel

Wesselin kennt seine Mutter

»Destilliert euern Mist selber«, rief Laura nach einer Weile in den Trichter des Rauchabzugs.

Dann wurde die erschöpfte Frau von Sehnsucht und Verantwortung zu Wesselin getrieben.

Vilma war etwa vierzig U-Bahn-Fahrminuten von Lauras Wohnung und etwa fünfzehn Fußmarschminuten von Lauras SBW Lichtenberg entfernt zu Hause.

Der Junge begrüßte Laura normal. Das heißt, indem er den Gruß wegließ und auch voraussetzte, daß seine Mutter alles wußte, was er inzwischen erlebt und gebaut hatte. Er war nämlich immer in Eile und konnte für Vorreden keine Zeit erübrigen. Laura mußte also eine Maschine, die sie nicht kannte, sofort beurteilen und handhaben. Wesselin hatte die Maschine konstruiert, um Konrad Tenner die Arbeit des Rauchens abzunehmen. Konrad rauchte täglich achtzig bis hundert Zigaretten. Wesselin behauptete, daß seine Maschine in einer Stunde die doppelte Menge wegschaffen könnte. Mit einem komplizierten Förderbandsystem. Es transportierte die Zigaretten aus der Schachtel über drei Sofakissen, Jo-Jo, Holzlokomotiven, Spielzeugindianer, zwei Kochtöpfe und einen Rauchverzehrer in einen Aschenbecher und von da direkt in den Mülleimer. Wesselin erzählte, daß im neunten Stock zu hören wäre, wenn Onkel Tenner das Haus beträte. Und wenn der Onkel in der Wohnung huste, würde der Hamster wach, der doch am Tag schlafen müßte.

Wesselins Hamster war ein Weibchen und hieß Hannibal. Das Tier und alle Spielsachen und viel Anziehzeug waren mitgenommen worden, als Vilma den Jungen aus der Wohnung Leipziger Straße geholt hatte. Begründung: »Deine Mutter mußte verreisen.« Aber Wesselin glaubte der Begründung nicht. Weil seine Mutter noch nie verreisen mußte. Und ein paar Wochen schon gar nicht. Und ohne Wesselin erst recht nicht. Der Junge wußte inzwischen, daß nicht nur Kinder, sondern auch Erwachsene mitunter lügen. Biestige und fetzende Kinder und biestige und fetzende Erwachsene. Wesselin zählte Vilma zu den fetzenden Erwachsenen, das heißt zur angenehmen Sorte. Aber auch von der ließ er sich nicht in Zweifel setzen darüber, daß seine Mutter Triebwagen durch Berlin fuhr und zurückkehrte, sobald ihr Dienst beendet war. Diesmal eben ein langer Dienst. Kein gewöhnlicher, der nur eine Nacht dauerte und fertig. Na und? Wesselin hatte aus seiner Mutter nach und nach rausgefragt, daß sich nur auf ganz wenigen S-Bahnhöfen Toiletten befänden, die noch dazu von den Pächtern selten bewirtschaftet würden. Außerdem erlaube der Fahrplan ohnehin nur »Geschäfte« auf Wendebahnhöfen. Und bei kurzen Wendezeiten müßte auch da verkniffen werden. Getränke könnte das Fahrdienstpersonal rund um die Uhr bekommen, aber loswerden wäre kompliziert. Deshalb müßten Triebwagenführer auch auf diesem Gebiet trainiert sein. Und Triebwagenführerinnen noch mehr. Wie Chirurgen, die lange Operationen durchstehen müßten, wie Herzchirurgen etwa. »Wenn ich auf den Führerstand steige, weiß mein Bauch, daß er sich in den nächsten acht Stunden nicht melden darf und arbeitet wie ein Hühnerbauch«, hatte Laura ihrem neugierigen Sohn mal gesagt. Unvergeßlich für Wesselin. Er bewunderte seine Mutter seitdem noch mehr.

Er versuchte ihr nachzueifern, indem er sich im Kindergarten weigerte, oft auf die Toilette zu gehen. Und er war überzeugt, daß ein Mensch, der seinen Bauch acht Stunden verschließen kann, auch andere Heldentaten durchsteht. Zum Beispiel Dienste, die eine Nacht, einen Tag und noch eine Nacht lang dauern. Noch nichts von Arbeitskräftemangel gehört, von Sonderschichten, Aktivisten?

»Bist du Aktivist geworden«, fragte Wesselin, als Laura die Raucherentlastungsmaschine bewundert hatte.

»Hat nicht geklappt«, antwortete Laura.

»Glaubst du, daß Onkel Tenner mit mir mal Fußball spielt, wenn ich ihm die Maschine schenke?«

Laura schwieg.

»Oder mal kampeln? Bei uns im Kindergarten haben alle Väter zum Kampeln, bloß ich sitz da . . .«

Laura setzte sich zu Wesselin. Und sie wollte auch antworten. Aber noch bevor sie ein Wort hervorbringen und die Wiedersehensfreude mit dem Kind recht genießen konnte, war sie eingeschlafen.

Lauras Erschöpfungszustand, vom alchemistischen Eifer zeitweilig überdeckt, wurde wieder offensichtlich. Die gewöhnliche Realität setzte sich wieder durch.

Vilma half, die zu bewältigen, indem sie Laura ehrenamtlich schwesterlichen Beistand gewährte.

Wesselin hielt sich gern bei Vilma auf, weil er da nachts nicht allein in einer Wohnung schlafen mußte.

72. Kapitel
Trostlosigkeit und Trotz

Arke mußte die zweite Etappe ihrer Weltfahrt abbrechen, bevor noch die Landesgrenze der DDR überflogen war. Ein Siebenmeilenflügel war gebrochen.

Ich glaubte die Schlange trösten zu können, indem ich ihr die bisherigen Teile des Buches Amanda als schriftliche Sirenenstimme vorzeigte.

Erwartungsvoll beobachtete ich, wie Arke las und blätterte. Doch auf freudige Überraschung wartete ich vergeblich. Die Schlange blieb untröstlich.

Ich notierte etwas über meine Enttäuschung ins Konversationsheft.

Arke aber sprach: »Literatur braucht Zukunft. Sie ist eine langsam wirkende Stimme. Gute Literatur überlebt den Dichter nicht nur deshalb, weil Gutes Bestand hat, sondern weil sie vorauseilt und von vielen erst nach geraumer Zeit verstanden wird. Im zweiten Teil des Faust schrieb Goethe seine Vision von der fragwürdigen, ja zerstörerischen Konsequenz der Faustfigur. Jedoch erst heute, da die Zerstörbarkeit der Erde jedem offenkundig ist, erreicht Goethes Botschaft in den Wahnversen des sterbenden Faust manchen Leser. Goethe hat seine Faustdichtung wachsen lassen mit der Überzeugung, achtzig Jahre alt zu werden. Und er hat sie am Ende seines Lebens abgeschlossen und hinterlassen in der Gewißheit, daß sie irgendwann in der Zukunft verstanden werden wird.

Ein literarisches Werk kann nur reifen und ausreifend zu Stimmgewalt kommen, wenn es in solcher Zukunftsgewißheit geschrieben wird. Und eben über die verfügt derzeit kein Schreiber, keine Schreiberin . . .«

Ich hielt fest an meiner Aufgabe, die der Orakelspruch metaphorisch gestellt hatte. Denn ich wußte aus meinen beiden trobadorischen Existenzen: Wenn der Mensch den Glauben an die Zukunft verliert, verliert er den Sinn des Lebens. Das heißt, etwas, das er sich erfinden mußte, weil ihm im Gegensatz zum Tier Instinkte fehlen, die sinnfreies Werden und Vergehen ermöglichen.

Zunächst schrieb ich trotzig im Konversationsheft gegen Arkes Verzagen an, indem ich eine KZ-Begebenheit schilderte. Die Geschichte eines Dachau-Häftlings, der den Typhus nur überlebte, weil er sich wachhielt. Der Mann, ein Arzt, wog damals noch vierunddreißig Kilo. Und er wußte, daß er in dieser Körperschwäche einen Kreislaufkollaps erleiden würde, wenn er schliefe. Seine Zukunft – der Tod – war ihm schon so gut wie gewiß. Aber er gab den Glauben nicht auf: Er hielt am Lebenssinn fest. Dergestalt, daß er ein medizinisches Buch rekonstruierte, das er kurz vor seiner Verhaftung fertig geschrieben hatte und das von der Gestapo wie alle seine Schriften beschlagnahmt worden war. Die Buchrekonstruktion rettete ihn.

Arke las skeptisch. Ich schrieb zusätzlich über Ähnlichkeiten zwischen Faust und Prometheus, die Lieblingsfiguren von Goethe waren und an deren gewaltiger Fähigkeitsskala er nicht nur die genial-schöpferischen, sondern auch die zerstörerischen und selbstzerstörerischen Anzeichen wahrnahm.

Der Orakelspruch von Delphi in der Auslegung von Arke machte die Zukunft der Erde von der Aussöhnung zwischen Prometheus und Pandora abhängig.

Goethes Festspiel verband die Hoffnung auf Heil und Erneuerung der gefährdeten Menschenkultur wesentlich auch mit den Beziehungen zwischen Prometheus und Epimetheus.

»Pandoras Wiederkehr« handelt vom Gegensatz zwischen dem Tatenleben und dem Leben in Betrachtung sowie der Versöhnung dieser einander ausschließenden Haltungen in den folgenden und belehrteren Menschengeschlechtern. Dabei wagt Goethe eine erstaunliche Entscheidung: Er gibt dem dichtenden Titanen Epimetheus Recht und dem tätigen Titanen Prometheus Unrecht. Prometheus wird in die Segensherrschaft der Pandora nicht einbezogen. Er bleibt, mürrisch ins Abseits tretend, am Rande und auf der Erde, während Epimetheus seinen durch Liebe erwirkten Anspruch bekommt und als Pandoras Gatte ins Götterreich aufgehoben wird. Ein Essay des Dichters Hacks zu dem Thema erschien mir geeignet, Arke über die Größe des Goethe-Werks zu unterrichten. Wörtlich zitierte ich: »Vom Standpunkt des reifen Sozialismus her läßt die mögliche Einheit von Tat und Entwurf als Hoffnung sich wieder beschreiben: Das ist die Utopie, die Goethe in der beendeten Entzweiung und Hochzeit der Epimetheus-Tochter und des Prometheus-Sohnes erledigt. Aber die Utopie des triumphierenden Epimetheus, die Utopie der Kapsel und des Schreins, ist ein Vorgriff, der selbst das heute Denkbare übertrifft. War jenes der lange Vorgriff, ist dies der unendliche. Es ist leicht einzusehen, daß es

zwischen der klassischen und der proletarischen nie eine ernsthafte Infragestellung des Kapitalismus gegeben hat. Epimetheus' Sieg indessen zeigt, daß die klassische Kapitalismuskritik bis noch jetzt die weiterreichende geblieben ist und über die des Sozialismus hinausgeht; die Verklärung des Epimetheus ist die unverfrorenste und aufregendste aller Vorwegnahmen.«
Arke bastelte fieberhaft am Siebenmeilenflügel. Gegen Abend des zehnten August 1980 war die Reparatur erfolgreich abgeschlossen. Arke startete noch vor Einbruch der Dunkelheit.

73. Kapitel
Das Weltwibel

Vilma stand Laura schwesterlich bei, indem sie half, Wesselin mütterlich zu umsorgen. Dem Jungen gefiel das. Im Kindergarten erzählte er: »Zwei Mütter hab ich schon. Zwei Väter krieg ich auch noch.«
Wenn er auf der Straße spazierte, zog er alle vorübergehenden männlichen Personen, die Jeans trugen, in die engere Wahl.
Wenn die Personen Benno nur etwas ähnlich sahen, musterte er sie aus. Auch wenn Laura von Benno sprach, redete der Sohn ein anderes Thema dazwischen. Hatte das Bild des betrunkenen Benno dem Jungen alle anderen Erinnerungsbilder an den Mann verstellt?
Wesselin versicherte seiner Mutter ab und zu, daß er lieber allein in der Wohnung schlafen wolle als mit einem besoffenen Vater. Auf der Straße oder in Verkehrsmitteln floh der Junge vor Besoffenen. Er fürchtete ihre Glotzaugen und das unberechenbare Verhalten und das Gelall und Gebrüll und Gefuchtel. Er ekelte sich vor Alkoholgerüchen. So sehr, daß sie bei ihm Erbrechen auslösen konnten.
Tenner, der auch mitunter Jeans trug, war ausgemustert, weil der Mann zu viel Schweigen verlangte. Reden war nämlich Wesselins Leidenschaft. Mit Worten spielte er am liebsten. Besonders mit schwierigen. Und am allerliebsten natürlich mit neuen schwierigen. Die neusten schwierigen, die er in Vilmas Wohnung am Tierpark gern oft über die Zunge gelassen hätte, waren: Stethoskop, Suppositorium, Pseudokrupp. Er hatte den Wortschatz beim letzten Arztbesuch erbeutet. Und Wesselin konnte sogar seine Angst vor

Spritzen besiegen, weil er wußte: Auf seinen Kinderarzt war Verlaß. Ein Stich in den Hintern, drei neue Worte. Mindestens.

Aber wohin mit den schönen neuen Worten, wenn dieser Onkel Tenner ständig Mundhalten anordnete?

Am unangenehmsten erschien Wesselin die Anordnung, wenn er Konrad und Vilma gegenübersaß.

Im kleinsten Zimmer der Wohnung bestellte Vilma nämlich morgens, abends und an den Wochenenden auch mittags einen Tisch mit Essen. Konrad bestellte ihn mit einem Kofferradio. Der Apparat spielte zu diesen Zeiten Nachrichten und Berichte. Konrad aß abwesend und hörte aufmerksam zu, weshalb bei Tisch nicht gesprochen werden durfte. Wesselin gab Vilma mit Handzeichen und Fratzen zu verstehen, worauf er Appetit hatte. Manchmal schmatzte er. Oder er klimperte mit dem Löffel in der Tasse. Oder er übertönte die Apparatgeräusche mit Stuhlkippen. Dann legte Konrad einen Zeigefinger quer über die Lippen und rollte die Augen nach links. In die Richtung, wo das Gerät stand. Und wenn das nicht half, sagte er »pst« dazu. Und wenn das auch nicht half, sagte er: »Hört bloß, was in der Welt passiert.«

Wesselin hörte viele umständliche Worte, die ihn ärgerten, und einige, die ihn neugierig machten, fragelustig. Da aber bei Tische nicht gesprochen werden durfte, mußte er seine Fragen aufheben. Und dazu fehlte ihm die Geduld. Und er vergaß auch Fragen schnell. So kam es, daß er sich ein störendes Geräusch vorstellte, wenn er von »Welt« sprechen hörte. Und er nannte das Radio »Weltkiste«.

In den Gute-Nacht-Märchen, die Vilma Wesselin mitunter erzählte, durfte das Wort »Welt« nicht nackt vorkommen. »Weltall« war erlaubt.

Eines Abends, als das Essen wieder auf geschilderte Weise vonstatten ging, bestellte Wesselin den Tisch mit einem Schuhkarton und schüttete seine Milch ins Radio. Es schwieg sofort. Konrad schlug sich die Hände vor die Augen und schrie wutgeschüttelt. Vilma stellte Wesselin zur Rede.

Wesselin schwieg.

Als er gefragt wurde, was ein Schuhkarton auf dem Tisch zu suchen hätte, sagte er: »Das ist eine Wohnung.«

»Und wer wohnt darin«, fragte Konrad, riß den Deckel runter und warf sein Besteck in den leeren Karton.

»Das Weltwibel«, antwortete Wesselin.

74. Kapitel
Nachtseiten des Hugenottendoms

Am Morgen des 7. September 1976 fand Laura den Hamster Hannibal tot in seinem Käfig. Da der Anblick schon die Mutter jammerte, überlegte sie lange sorgenvoll, wie sie dem Sohn den Verlust seines Lieblings so schonend wie möglich mitteilen könnte. Als sie endlich eine milde Form erdacht hatte und anhub, konnte sie ihre Trostrede nicht loswerden. Sobald Wesselin die Nachricht aus dem befremdlich verschlungenen Gerede deutlich war, schnitt er der Mutter das Wort ab und begann zu singen und zu spielen wie gewöhnlich. Morgens begleitete er nämlich sein Spiel nicht mit gesprochenen, sondern mit gesungenen Erklärungen. Diese Erklärungen waren an niemanden gerichtet, sondern Teil des Spiels. Laura befürchtete mitunter: der Hauptteil. Jedenfalls wollte Wesselin von seinem Hannibal, den er zärtlich geliebt und gehegt hatte, weder hören noch sehen. Er wollte nur, daß Laura das Tier begraben sollte.

»Wo«, fragte Laura mühsam gefaßt.

»An den Domen«, entschied Wesselin.

Als er in den Kindergarten abmarschiert war, konnte sie endlich losweinen. Und sie ersparte sich die Prozedur des Begrabens, weil sie nicht in Tränen aufgelöst von irgendwelchen Leuten auf dem Platz der Akademie gesehen werden wollte. Oder gar befragt. Kann ein Mensch in einer Welt, in der täglich achthunderttausend Kinder verhungern, noch für normal gelten, der einen Goldhamster beweint?

Um ihre Normalität zu befördern, warf Laura den Tierkadaver in den Müllschlucker und nahm ihren Dienstweg über den Platz der Akademie, um Hannibals Grabort auszusuchen.

Kühler, regnerischer Abend. Der Verkehr war schon fast aus den Straßen von Berlin-Mitte gewichen. Laura bestimmte das Tiergrab unter einem Holunder an der Ruine des Deutschen Doms und prägte sich den Strauch ein, um genauen Fragen gewachsen zu sein und sich bei einem gewünschten Grabbesuch nicht durch Unentschlossenheit verdächtig zu machen.

Als Laura den Holunder hinter sich lassen wollte, gewahrte sie drei Frauen in der Nähe. Sie erschrak und blieb unwillkürlich stehen, als ob sie sich ertappt fühlte.

Die Frauen, die Eimer und Besen trugen, blieben auch stehen. Einen Augenblick. Dann eilten sie weiter und verschwanden im Französischen Dom.

Auf einem abendlichen Dienstweg wenig später gewahrte Laura wieder Frauen mit Eimer und Besen. Deshalb hielt sie den Französischen Dom für einen Stellplatz des Straßenreinigungsdienstes.

Bei anderer Gelegenheit, da Laura abermals die gleiche Beobachtung machte, aber weniger in Eile war, sah sie sich den Stellplatz an.

Klassizistischer Zentralbau. Turm anstelle der Kuppel mit einem Dach aus Holz und Teerpappe abgedeckt und mit Blitzableitern gespickt. Der figürliche Schmuck erinnerte an Bäume nach einem Waldbrand. Die äußerste Säule des östlichen Portikus stach hell ab vom schwarzen Gemäuer. Auf den ersten Blick war sie die einzige heile Stelle im Verfall. Näher gekommen erkannte Laura jedoch, daß die unterm Eingangsbogen versteckten korinthischen Kapitelle ebenfalls neu ergänzt und die Pilaster mit Putz ausgebessert waren, nicht getüncht. Frischverputzte Wand auch da, wo Platz für ein Portal war, drei Quadratmeter ausgenommen. Dort befand sich eine Tür, die einem Mietshaus der Jahrhundertwende entlehnt sein mußte. Außerdem machte Laura zwei Schilder aus, die an einem Eisenstaket an der Domtreppe angebracht waren. Auf dem linken Schild stand: »Consistorium der Französischen Kirche (Hugenottenkirche)«, auf dem rechten:

Hugenottenmuseum.

Ausstellungen:

»Hugenotten in Deutschland«

»Reformation und Gegenreformation in Frankreich«

Geöffnet Montag–Freitag 10–17 Uhr.

Die Information bewog Laura, die seltsamen Gestalten nunmehr für Angestellte des Berliner Dienstleistungsbetriebs »Putzbären« zu halten und das Hugenottenmuseum für ein blitzsauberes Unternehmen.

Lauras Interesse erlosch.

Von Wesselin keinerlei Fragen die sterblichen Überreste seines Hamsters Hannibal betreffend.

75. Kapitel

Dunkles Domkapitel

Eines Abends, als Laura nicht auf dem Weg zum Dienst war, sondern zu einem Mann, fiel ihr auf, daß die Frauen, die im Hugenottendom verschwanden, Bücher und Flaschen in ihren Eimern trugen.

Der Mann war einer von Lauras nächtlichen Fahrgästen, die auf Wendebahnhöfen anzubandeln versuchen. Laura hielt im Prinzip nicht viel von der Sorte, aß aber die Pille weiter, weil sie nicht ausschloß, daß im Gros der Annäherungsversuche auch mal einer versteckt sein könnte, der nicht wirklich plump war, sondern sich nur so äußerte. Um Schüchternheit zu überspielen vielleicht. Linkisch aus Mangel an Routine war auch denkbar. Für solche Fälle aß Laura die Pille weiter wie gesagt – denn auch positive Ausnahmen verlangen heute von einer modernen Frau, daß sie jederzeit gewappnet ist. Das heißt: Sofort bereit und derart, daß die Qualität des Vorgangs beim Mann nicht durch Ablenkung gemindert wird. Durch Interruptio etwa oder Verantwortung für irgendwelche Folgen wie Schwangerschaftsabbruch – von anderen, unzeitgemäßen Zumutungen zu schweigen.

Laura hatte schon verschiedene Nachtdienstfreier so nach der Hauruck-Methode durchprobiert. Nicht weil ihr diese Methode gefiel. Im Gegenteil – Laura hatte von Liebeseröffnungen ganz andere Vorstellungen. Idealvorstellungen, redete sie sich ein und nahm die Wirklichkeit hin. Spaßeshalber? Der Sexspaß blieb fast immer aus. Laura machte ihr Alter für den Mangel verantwortlich. Ihre Gynäkologin, der sie sich alle halben Jahre zur Reihenuntersuchung vorzustellen hatte, behauptete, die Pille verringere die Libido.

Wie dem auch sei – Laura besuchte Nachtdienstbekanntschaften hauptsächlich, weil sie einen Vater für Wesselin suchte. Nicht nur, damit Wesselin durch nächtliche Einsamkeit nicht länger psychisch überfordert war. Vor allem, weil Laura in medizinischen Fachzeitschriften gelesen hatte, daß Jungen unbedingt eine männliche Identifikationsperson brauchen. Bei Jungen, die ohne aufwachsen müßten, wären negative Folgen zu gewärtigen. Beschriebene Folgen: Beispiele von Patienten mit neurotischen beziehungsweise psychotischen Krankheitsbildern oder mit homosexueller Entwicklung.

Laura war deshalb wieder mal bereit, für einen Mann eine dienstfreie

Nacht zu opfern. Sie hatte das neueste Kleid angezogen. Sie war sorgfältig geschminkt.
Aber die Beobachtungen am Hugenottendom fütterten die Neugier der feingemachten Laura derart an, daß sie den Frauen mit Eimern nachging.
Der Hugenottendom stand in Sandwolken, die der Wind von der Baustelle des alten Schauspielhauses herüberwehte. Laura war solche Sandbewegung gewöhnt, weil die bereits bei leichter Brise zwischen den Hochhäusern Leipziger Straße stattfand. Laura nannte diese Bewegung, die dafür sorgte, daß normalerweise mindestens einer der drei elektronisch gesteuerten Hochhausfahrstühle defekt war und die Bewohner auch Schlange stehen mußten, wenn sie heimkehren wollten, Samum.
Als eine Böe vorüber war und der Rock vom neuesten Kleid wieder sittsam herabhing, schritt Laura auf das Domgemäuer zu.
Hinter einer verrotteten Säule hing ein Kasten mit noch blühenden Geranien. Er hing an der Brüstung eines kolossalen Kirchenfensterlochs, das mit Laubenfensterflügeln längs und quer verbarrikadiert war. Das dichte Sprossengitter erinnerte an die gewöhnliche Fadenführung beim Stopfen. War die Ruine bewohnt? »Ein verrücktes Gemäuer«, murmelte Laura unwillkürlich, bevor sie durchs offenstehende Gittertor schritt und nach der Türklinke langte.
Ein Luftzug oder dergleichen kam der Frau zuvor. Die Tür flog auf. Laura riß ihre Taschenlampe aus dem Mantel, nahm Druckpunkt und zielte.
Ein kleiner, nach frischem Kalk riechender Vorraum ergab sich im Lichtkegel. Links eine Tür mit Glasfüllung. Daneben ein Klingelknopf, Messing, und zwei Pappschilder. Auf dem obersten stand: »Sekretariat des Consistoriums«, auf dem untersten: »Museum«. Sollte Laura klingeln? War die Tür verschlossen? Laura lauschte an der Tür. Stille. Messingtürklinke. Laura langte danach.
Ein Luftzug oder dergleichen kam ihr zuvor. Die Tür flog auf, ohne zu klirren. Das Lichtbündel der Taschenlampe tastete einen Korridor mit Rechtsbiegung ab. Gerahmte Stiche an den Wänden. Dazwischen ein Schild mit Pfeil. »Zum Museum« war auf dem Schild zu lesen. Links Türen, ein Tisch mit Ansichtskartenauslage, Gästebuch und Spendenbüchse, in einer Korridornische ein Küchenbüfett, Jahrhundertwende. Laura hielt sich rechts, in Pfeilrichtung. Stufen. Zuerst zwei. Dann viele. Eine Art Treppenhaus. Holzgeländer. Weißgetünchte Wände, wieder mit gerahmten Sti-

chen behängt. Laura tritt zart auf. Die Stufen knarren trotzdem. Wenn sie stehenbleibt, Stille. Absolute, unheimliche Stille.
Laura steigt weiter. Tappt und tappt und fragt sich, wohin ein Treppenhaus führen kann in einer Ruine, in der kein Lichtschein zu sehen und kein Laut zu hören ist. Pfeile, Stiche, eine altertümliche Fahne, wieder Stiche, wieder Pfeile, Laura tappt und schwitzt. Den Tatbestand des Museumseinbruchs hat sie formal bereits erfüllt. »Wesselin« murmelt Laura unwillkürlich in die unheimliche Stille und Finsternis.
Da fliegt durch Luftzug oder dergleichen eine dritte Tür auf. Laura steht geblendet in ohrenbetäubendem Lärm. Eine Stimme überschreit ihn noch.
»Und erinnert ihr euch des großen Sturms, der dem Richter, als er zur Nachtzeit über die Gertraudenbrücke wandelte, den Hut vom Kopfe hinunter in die Spree warf«, schrie eine Stimme. Unflätiges Gelächter antwortete. »Ähnliches steht im Rabelais und im Hoffmann«, schrie die Stimme weiter, »doch war es eigentlich nicht der Sturm, der dem Richter den Hut raubte, den er, indem er den Mantel dem Spiel der Lüfte preisgab, mit der Hand fest auf den Kopf gedrückt hielt, sondern eine Frau riß mit dem lauten Ausruf ›Es weht ein großer Wind, mein Herr‹ vorüberlaufend, schnell den feinen Velours dem Richter vom Toupet. Und nicht dieser Velours war es, der in die Wellen der Spree hinabgeschleudert wurde, sondern Margaretes Kopftuch führte wirklich der Sturmwind in den feuchten Tod. Ihr wißt auch, Leute, daß in dem Augenblick, als der Richter ganz verblüfft dastand, eine zweite Frau, nämlich Herta, mit dem gleichen Ausruf ›Es weht ein großer Wind, mein Herr‹ vorüberrennend den Mantel des Richters beim Kragen packte und ihn herabriß von den Schultern, und daß gleich darauf eine dritte Frau, nämlich Barbara, mit dem gleichen Ausruf ›Es weht ein großer Wind, mein Herr‹ vorbeilaufend, ihm den japanischen Taschenschirm aus den Händen wand. Der Vernehmungsrichter schrie aus allen Kräften, warf Barbara sein Toupet nach und ging dann barhäuptig ohne Mantel und Schirm mit der Beteuerung, den fälligen Prozeß gegen die Heiratsschwindlerin nicht länger unter den Teppich zu kehren, ihr wißt alles, Leute.«
Ja-Gebrüll.
Lauras Augen hatten sich gewöhnt. Sie erkannten, daß die angesprochenen Leute Frauen waren. Die Frauen tafelten an den Tischvitrinen in der Mitte eines riesigen Raumes: an der Lichtquelle. Die

Neonröhren unter den Glasplatten bestrahlten die Gesichter wie Rampenbeleuchtung die Akteure vergangener Theater. Grünlichgrelle Hälse und Mundpartien, lang, am deutlichsten die Nasenspitzen, die Augen schwarze Löcher, düstere Stirnbeinansätze.
Laura war die Leichenfarbe, die Neonlicht vermitteln kann, von neuen S-Bahnzügen bekannt. Hier steigerten jähe mimische Bewegungen die harten Züge ins Fratzenhafte. Ein Alptraum.
»Willst du Lachsaft, Mutsaft oder Kraftsaft«, fragte die Rednerin, als ob Laura allerseits bekannt wäre und zur Truppe gehörte. Laura lehnte ab. Die Rednerin füllte ein Glas, drängte es Laura auf und prostete ihr zu. Die Runde prostete mit. Laura trank. Der Saft gerbte wirklich ihre Mundhöhle, lief scharf durch den Schlund, wärmte den Magen. Die Wärme war wirklich. Das Glas. Die Hand, die es hielt. Ein Alptraum?
Laura suchte unter den Fratzen nach irgendwelchen bekannten Gesichtern. Aber je angestrengter sie suchte, desto weniger sah sie. Das war schon unter normalen Umständen bei Laura normal gewesen. Sie hatte nie jemanden erkannt, wenn sie einen menschengefüllten Raum betrat. Sie war stets wie von Blindheit geschlagen gewesen bei solcher Gelegenheit, wie erst bei dieser.
Der Raum war übrigens nicht riesig, wie Laura jetzt erkannte. Er war nicht größer als die Foyers der Typenbauten von Kindergärten. Damit verglichen spärlich von Schriftstücken und Bildern verhängte Wände. Keine Losungen. Die Wandzeitung fehlte auch. Auf den Vitrinen, die wandentlang aufgestellt waren, Flaschen, Würste, Torten und Broschüren. Vorm Eingang links zwei Eimertürme und fünfzehn bis zwanzig Besen, aufgestellt wie Gewehre in Kasernenkorridoren. War der Museumsraum die Mannschaftsstube einer Terrororganisation? Lauras Glas wurde wieder gefüllt. Die Runde prostete erneut. Wollte sie Laura besoffen machen? Wurden hier etwa unter dem Deckmantel der französischen Kirche Agenten geworben?
»Ri ra runzel, schwarz ist der Schwunzel«, murmelte Laura voll Angst und Abscheu und ergriff die Flucht.
Eine gewisse Barbara holte sie ein und zurück.
»Ich freue mich«, sagte Barbara zur Begrüßung.
»Ich freue mich nicht«, zischte Laura.
»Das wird sich ändern«, erwiderte Barbara gelassen, paßte Laura ein in die Tafelrunde und nahm als Nachbarin Platz.
Zunächst änderte sich jedoch gar nichts. Im Gegenteil. Die Zecherei

wurde immer zügelloser. Lachsaft auf Ex, Mutsaft auf Ex, Kraftsaft auf Ex – Laura wurde an corpsstudentische Trinksitten erinnert. Scharfe sexuelle und politische Witze, kakophonische Gesänge, teils mit vollen Mündern gesungen, denn die Frauen tranken ja nicht nur hemmungslos, sie aßen ja auch so. Lauter Kalorienschwergewichte aßen sie: ungarische Salami, Eisbein, Schlagsahne, Konfekt. Fühlten sie denn keine persönliche Verantwortung für ihre Figur, keine gesellschaftliche Verantwortung für die Gesunderhaltung ihrer Arbeitskraft? Und was das Erstaunlichste war: Wurden diese Frauen denn gar nicht müde? Laura war hundemünde. Machten diese Typen die Nächte durch, weil sie tagsüber schliefen? Laura vermutete Hausfrauen um sich. Keine echten natürlich, die Haushalt, Mann und Kinder zu bedienen hatten – nominelle mit Haushälterin. Die ungeheure Nachfrage nach dieser Dienstleistung und der ungeheure Widerwillen, sie zu tun, hatte einen Dienstpreis entwickelt, der für normale Verdiener unbezahlbar war. Nur Handwerker und dergleichen konnten mitbieten.
Laura kämpfte mit dem Schlaf. Die Tafelrunde erhob sich und begann zu tanzen. Paarweis. Einzeln. Singsang mit Nonsens-Texten als Tanzmusik. Zuckende Schatten an den Wänden, an der Decke. Zunahme des Tempos. Zunahme der Lautstärke. Die Rednerin sprang auf die mittlere Vitrine und stampfte das Glas mit den Schuhen. Rasen. Geschrei. Grell erleuchtete Schuhe wirbelten Laura vor den Augen, ein knöchellanger Rocksaum, Waden, Knie. Laura sprang auf, um sich vor den Glassplittern in Sicherheit zu bringen, die im nächsten Augenblick die Tanzenden spicken mußten. Ein Wunder überhaupt, daß die Tänzerin nicht sofort eingebrochen war. Eine kräftige Frau. Warum gab das Glas nicht nach unter ihrem Gewicht? Sie stampfte immer stärker, immer wütender, wie eine rasende Flamencotänzerin stampfte sie.
Dann springt sie ab. Die Tanzenden verstummen, begeben sich an ihre Plätze, anstelle des erwarteten Glasklirrens Klingeln einer Tischglocke. Barbara verweist auf einen Stapel hektographierter Schriften, der rechts neben dem Eingang auf dem Fußboden lagert, und erteilt einer gewissen Anna das Wort.
Sie eröffnet die Diskussionsgrundlage der sechsundvierzigsten Tafelrunde mit den Worten: »Die Philosophen haben die Welt bisher nur männlich interpretiert. Es kommt aber darauf an, sie auch weiblich zu interpretieren, um sie menschlich verändern zu können.«

76. Kapitel

Striga

Laura hörte die Eröffnungssätze mit letzter Kraft. Danach fiel sie in Schlaf.

Als sie von Barbara geweckt wurde, war die Versammlung entschwunden, der Raum spurenlos sauber. Barbara drängte zu Eile.

»Wo sind die anderen«, frage Laura.

»Zu Hause Frühstück machen, Kinder in die Schule schicken, Männer aus dem Bett schmeicheln und so weiter, manche werden auch schon unterwegs sein zu ihren Orten.«

»Welche Orte«, fragte Laura.

»Universität, Fließband, Charité, Büro, Musikhochschule, Redaktion, Heiratsschwindelbude, Akademie, Dichterstube und so weiter.«

»Heiratsschwindelbude, Akademie ...« Laura traute ihren Ohren nicht.

»Aber gewiß doch, bei uns ist jeder willkommen«, wurde entgegnet. Da traute Laure ihren Augen nicht.

Die Entgegnung war nämlich von Vilma gesprochen worden.

Laura war jeoch außerstande, von ihrer Freundin ungünstig zu denken. Deshalb nahm die Triebwagenfahrerin die Schuld für allen Wirrwarr vor ihren Augen und Ohren auf sich und sprach: »Ich bin verrückt.«

»Im Gegenteil«, protestierten die beiden Frauen und bewerteten Lauras Erscheinen im Hugenottendom als genial. »Ein kluges Weib in seinem dunklen Drang ist sich des rechten Weges wohl bewußt«, sprachen die beiden einstimmig. Dann vertraten sie gegensätzliche Ansichten. Vilma verteidigte die närrische Fraktion, Barbara die hexische, die diesmal den Vorsitz gehabt hätte. Die beiden Fraktionen wechselten sich bei der Ausrichtung der Veranstaltungen, die Unsinnskollegien genannt würden, ab.

»Verkehrst du schon lange in diesen Kreisen«, fragte Laura verstört.

»Nun«, antwortete Vilma.

»Und warum hast du mir nichts von diesen Heimlichkeiten erzählt?«

»Jenun«, antwortete Vilma.

»Weiß Konrad, daß du in diesen Kreisen verkehrst?«

»Entweder er weiß es nicht oder er will es nicht wissen«, entgegnete Vilma. »Jedenfalls mußt du schwören, gegenüber Konrad und überhaupt das Wort ›Hugenottendom‹ nicht zu gebrauchen.«
Laura schwor. Daß sie saß, bezweifelte sie nicht. An der Tischvitrine, die noch immer innen beleuchtet war, saß sie: zwiefach vereidigt nun. Das Neonlicht blendete. Laura konnte die Bücher und Bilder in der Vitrine nur undeutlich erkennen. Auf der Glasplatte vor ihr lag DIN-A4-Papier, hektographisch beschriftet. Text des Deckblatts: »Die Heiratsschwindlerin – oder: Warum muß Barbara vergeblich auf ihren Prozeß warten?« Laura las, ohne zu begreifen.
»Mein Werk«, murmelte Barbara, rollte das Papier und klemmte es unter Lauras Achsel.
Vilma schlug Laura ermunternd den Rücken.
»Und warum hast du mich nicht mal mitgenommen«, fragte Laura die Freundin.
»Das Unsinnskollegium vergibt keine Einladungen«, entgegnete Barbara, »wer den Weg zu uns nicht allein findet, eignet sich nicht. Das Wegfinden ist die Aufnahmeprüfung. Ohne Aufnahmeprüfung keine Teilnahmeberechtigung. Ohne Teilnahmeberechtigung keine Lizenz für Aktionen.«
»Was für Aktionen«, lallte Laura.
»Närrische oder hexische«, sagte Vilma. »Wie du weißt, lehne ich die hexischen ab. Was du auf dem Papier unter deinem Arm beschrieben findest, ist eine Mischform. Barbara hat als närrische Dilettantin begonnen und ist dann in die Hexerei reingeschlittert. Laßt dir ihr Beispiel zur Warnung dienen.«
»Zum Ansporn«, sagte Barbara, ergriff den letzten Besen, der von der Besenbatterie neben der Tür übriggeblieben war, und den letzten Eimer und führe Laura und Vilma aus dem Zimmer.
Laura fühlte sich durch dunkle Gänge dirigiert, über Treppen, knarrende Dielen, Stein. Sie folgte widerstandslos – wo kein Wille ist, ist auch kein Weg.
Plötzlich Stolpern. Barbara riß sich los und sprach: »Meine Klienten wollen ihre Ordnung. Der jetzige verlangt Punkt sieben frische Brötchen, Kaffee und die Berliner Zeitung auf dem Frühstückstisch. Seit sechs versuche ich, Laura wach zu kriegen. Unsre Tafelrunden dauern nie länger als bis fünf, damit Zeit bleibt zum Aufräumen. Schlamperei würde uns verraten und diffamieren. Geeignete Versammlungsräume sind rar. Die Museumsleitung scheint nach wie vor ahnungslos. So spät kommt ihr nur von oben weg.«

»Oben«, lallte Laura.
Barbara verlangte Ruhe und dirigierte Laura und Vilma durch dunkle Gänge, über Treppen, Dielen, Stein, Schutt aufwärts. Höher und höher.
»Wohin«, fragte Laura ängstlich.
»Aufs Dach«, sagte Vilma, »die City ist schon zu belebt. So spät kann Barbara nicht mehr von der Straße starten. Mitunter ist die närrische Fraktion auf die Hilfe der hexischen angewiesen. Wesselin wird vielleicht bereits auf uns beide warten. Aber daß Konrad auch schon erwacht ist, will ich nicht hoffen.«
Laura bekannte Vilma später, daß sie beim Erklimmen des Turmdachs mehr Angst ausgestanden hätte als beim Flug selbst.
Barbara steuerte den dreifach besetzten Besen über Werderschen Markt, Marx-Engels-Platz, Mühlendamm, Alexanderstraße, Interhotel Berolina, Leninplatz direkt zum Friedrichshain, wo Barbaras jetziger Klient wohnte. Laura staunte, wie sicher Barbara ohne Schienen den Weg fand. Die Triebwagenfahrerin konnte unter sich nur Dächer ausmachen.
Als Barbara sich vergewissert hatte, daß noch kein Wohnungsfenster des Klienten erleuchtet war, steuerte sie über den Bunkerberg und die Anlagen des SBW Friedrichsfelde, wo neben dem Dienststellengebäude wie stets der Hilfszug bereit stand, zunächst auf die Gedenkstätte der Sozialisten zu, später nach Süden und setzte Vilma und Laura unbemerkt auf dem Parkplatz hinterm Bärenschaufenster ab. Dann flog Barbara zwei Abschiedsrunden über dem Tierpark und verschwand in nordöstlicher Richtung.

77. Kapitel
Scherbengericht

Wesselin erwartete die beiden Frauen im Schlafanzug vor der Wohnungstür. Hinter der Tür Lärm und Verwüstung. Tenner war nämlich auch erst vor einer Stunde heimgekehrt. Als er Vilma weder im Schlafzimmer noch in den anderen Räumen vorgefunden hatte, war er schließlich entgegen seinen Gepflogenheiten in die Küche vorgedrungen. Verzweifelt. Von Depression gelähmt. Sobald die Depression in Angst und Panik überging, wußte sich seine Natur nicht anders zu helfen, als in Streßsituationen gewöhnlich. Ge-

wöhnlich umgaben ihn Bücherschränke, und er konnte sich Erleichterung verschaffen, indem er Bücher gegen die Wand warf.
Jetzt umgaben ihn Küchenschränke. Konrad Tenner riß die Schranktüren auf, griff zu und zerschmiß.
Sämtliches Geschirr ging in Scherben. Aber der Scherbenberg befriedigte ihn nicht. Und auf der Suche nach neuem Wutfutter kam ihm mehr Unzerschmeißbares in die Hände, als sein Zustand vertrug. Die Butter- und Quarkschachteln aus Plaste ließen sich noch zertrampeln, aber die Papiere . . .
Als Tenner plötzlich Bücher in die Hände gerieten, stutzte er einen Augenblick. Dann warf er auch die gegen die Wand, riß Seiten raus, knüllte: Die Einbände widerstanden. Der unerwartete Widerstand brachte ihn in Raserei, und er konnte seine Qual nicht anders lindern, als auf die Bände zu pissen. Nach der Erleichterung erkannte er, daß er auf Leder gepißt hatte. Auf alte Bücher, die sich, ernüchtert besehen, als alchemistische Experimentierschriften und Rezeptsammlungen erwiesen. Den Fund wertete Tenner als Beweis für Vilmas Untreue. Denn ihre ehelichen Pflichten hatte Vilma stets ohne Aphrodisiaka erfüllt. Wozu also diese ganze Giftsammlung in Kraut und Schrift? Tenner konnte sich den Stein der Weisen der weiblichen Alchemie nur als Aphrodisiakum vorstellen.

78. Kapitel
Farbensinn

Der Anblick des frierenden Wesselin vor der Wohnungstür und der zerstörten Alchemistenküche dahinter befähigte Laura, den tobenden Tenner zu ohrfeigen.
Wesselin feierte die Tat seiner Mutter frenetisch.
Vilma gestand, daß ihr zu derartigen Handgreiflichkeiten der Mut fehle.
Konrad Tenner verharrte einen Moment blicklos, als ob er dem Schlaggeräusch nachlauschen wollte. Dann verließ er die Wohnung gemessenen Schritts.
Laura verbarg ihre Freude. Eingedenk des Schwurs, den Laura bei Kopfkissenkunde geleistet hatte. Und sie kehrte die Trümmer der alchemistischen Ausrüstung, mit der sie auf Amandas Befehl neun

Liter Beschwörungselixier destillieren sollte, nicht in den Müll, sondern in einen Karton.
Daß der Sohn nach diesem Erlebnis länger in Vilmas Wohnung bleiben wollte, erschien Laura freilich ausgeschlossen.
Vilma hatte Wesselin nämlich seit einer Woche tagsüber mit in die Redaktion genommen, wo er zeichnend die Zeit verbrachte.
Wesselin war seit einer Woche wieder gesund und vom Kindergarten ausgesperrt. Aussperrungsgrund: Scharlach-Quarantäne. Vorher hatte Wesselin drei Wochen gehustet wie Konrad Tenner. Denn wenn der Winter kommt, grassiert die Bronchitis in den Kindergärten. Laura hatte drei Wochen krankgeschrieben werden müssen, um den Sohn pflegen zu können. Er genoß die Zeit, da er Tag und Nacht die Mutter um sich wußte. »Schöner als Weihnachten«, hatte Wesselin mehrmals gesagt. Und er bejubelte auch die Quarantäne auf unbestimmte Zeit. Scharlach-Quarantäne endet erst, wenn zehn Tage lang keine Neuerkrankung im Kindergarten festgestellt wird. Den Kindern, die in der Einrichtung weilen, wenn der erste Infektionsfall ärztlich festgestellt wird, kann auch weiterhin Einlaß gewährt werden. Die anderen müssen wegen Infektionsgefahr fernbleiben. Und zu den anderen gehörte diesmal Wesselin, der vor Beginn der Quarantäne an Bronchitis erkrankt war und also am Stichtag fehlte.
Wintersorgen.
Aber da der chronische Personalmangel durch den jahreszeitlich bedingten erhöhten Krankenstand wieder einmal zum Notstand geworden war, hatte sich die Triebwagenfahrerin Laura Salman den flehentlichen Bitten ihres Dienstplanchefs nicht verschließen können und diese Bitten an Vilma weitergereicht.
Vilma half wie immer.
Wesselin weilte gern bei ihr in der Redaktion, weil er da mit Papier nicht sparen mußte. Er zeichnete im November 1976 nur Saurier. Rennende, schlafende, fressende und in Mustern angeordnete. Die Tiere waren ihm vor drei Jahren erstmals im Naturkundemuseum begegnet. In Skelettform und gemalt. Die Körperflächen von Wesselins gemalten Sauriern waren stets mit Mustern ausgefüllt. Sooft sein Großvater Johann Salman in Berlin zu Besuch weilte, konnte der sich über diese Malgewohnheiten ärgern. Denn Johann war es doch gewesen, der Wesselin auf dessen Drängen regelmäßig ins Naturkundemuseum begleitet hatte, damit der Junge etwas lernen konnte. Lokführer i. R. Salman hatte sogar das Buch »Weltall,

Erde, Mensch« gekauft – obgleich er normalerweise nie Bücher kaufte –, um den Enkel von seinen Unarten abzubringen. Aber alle Bemühungen des Großvaters hatten nicht gefruchtet. Und wenn der Großvater sagte: »Bh, hm, hast du denn keine Ogen im Kopp, meine Fresse, tust du denn nich erkenn, daß ein Saurier grün aussieht oder braun Sakradeixel«, antwortete Wesselin: »Meine Saurier sehen bunt aus« und ließ sich von seiner Gewohnheit, die Körperflächen der Tiere mit bunten Mustern auszufüllen, keinen Augenblick abbringen.
Der aufgebrachte Großvater pflegte seiner Tochter nach solchen Ärgernissen regelmäßig mitzuteilen, daß ihr Sohn ungezogen wäre und nie ein brauchbarer Mensch werden könnte, wenn die Mutter nicht endlich andere Saiten aufzöge.
Deshalb protestierte Wesselin auch, als ihm Laura jetzt vorschlug, für die restliche Quarantänezeit den Großvater nach Berlin zu holen. Zu Lauras Erstaunen wollte Wesselin sogar den schockierenden Mann Tenner ertragen, wenn die Saurier bunt sein durften.
Laura Salman war mit Bedenken einverstanden.
Erst Tage später fand sie Gelegenheit und Kraft, die Schrift zu lesen, die ihr eine gewisse Barbara im Hugenottendom unter den Arm geklemmt hatte. Der Inhalt der Schrift ist im folgenden Kapitel wiedergegeben.

79. Kapitel

Die Heiratsschwindlerin – oder Warum muß Barbara auf ihren Prozeß warten?

I

Meine Mutter war eine Frau, wie sie im Buche steht: tüchtig in allen Rollen. Mein Vater spielte keine Rollen: er lebte. Aber mit schlechtem Gewissen. Das hatte er seiner Frau zu verdanken. Sie arbeitete in der ersten Schicht als Dispatcher, in der zweiten und dritten gratis. 1960 ließ mein Vater Frau, schlechtes Gewissen und Tochter hinter sich und ging von Dessau nach Hamburg. Ich folgte ihm bald, weil ich von der Gleichberechtigung die Nase voll hatte. Ich wollte kein Arbeitstier werden wie meine Mutter. Ich wollte was anderes.

In Hamburg fühlte ich mich in der Fremde. Um das üble Gefühl loszuwerden, heiratete ich achtzehnjährig einen Mann mit Eigentumswohnung. Er hieß Arwed, arbeitete als Vertreter und haßte seinen Beruf. Während unserer Partnerschaft hat er vielleicht ein Dutzend Firmen vertreten, Bürobedarf, Nähmaschinen, Lexika, Scherzartikel, Versicherungen, Schuhe und was weiß ich, er beneidete mich um mein sorgloses Leben, schließlich empfand ich jeden seiner Arbeitstage als stummen Vorwurf.
Ich gebar zwei Kinder, versorgte sie, Haushalt und Arwed und bedauerte den Mann. Nach vierzehnjähriger Ehe ließ er sich scheiden und heiratete in ein Polstermöbelgeschäft ein. Das Vermögen seiner neuen Frau erlaubte ihm täglich drei, vier Stunden Freizeit. Er verwandte sie für archäologische Studien.
Da Arwed die Kinder nur an den Wochenenden gesehen und nie mit ihnen gespielt hatte, sprach das Gericht die sechsjährige Tochter und den siebenjährigen Sohn mir zu. Unter der Bedingung, daß ich den Kindern eine ordnungsgemäße Erziehung angedeihen ließe. Die monatliche Unterhaltszahlung des Mannes betrug sechshunderfünfzig Mark. Das reichte nicht ganz für die Miete.
Da ich über keine hilfreiche Verwandtschaft oder Bekanntschaft verfügte und für die Kinder keine Ganztagsschulplätze fand, mußte ich nachts verdienen. Mit Gelegenheitsarbeit als Putzfrau, Barhilfsfrau, Babysitter. Ich konnte nicht wählerisch sein. Ich hatte auch keinen Beruf erlernt. Obgleich ich eigentlich weder tags noch nachts Schlafzeit erübrigen konnte, wenn ich meinen Verpflichtungen ordnungsgemäß nachkommen wollte, stellten sich doch bereits nach wenigen Tagen Versäumnisse ein. Dergestalt, daß die Kinder im Treppenhaus lärmten, Wasser aus dem Fenster schütteten und in Strümpfen vor der Haustür spielten, während die Mutter schlief. Der Hausbesitzer brachte seine Beschwerden ultimativ vor. Die meisten Mieter hielten sich reserviert, seitdem sie wußten, daß ich eine geschiedene Frau war. Als die Versäumnisse andauerten, setzte der Hausbesitzer den Vater der vernachlässigten Kinder in Kenntnis. Da ich die Bedingung, unter der mir das Erziehungsrecht im ersten Scheidungsverfahren zugesprochen war, nicht erfüllen konnte, wurde es mir in einem zweiten Verfahren abgesprochen. Die Kinder wurden ins Polstermöbelgeschäft überführt.
Das erste Scheidungsverfahren hatte dem Vater Umgang mit den Kinder alle vier Wochen zugestanden. Das zweite räumte der Mutter ein Besuchsrecht im gleichen Zeitabstand ein. Als Besuchs-

ort wurde das Polstermöbelgeschäft bestimmt. Aus pädagogischen Erwägungen. Nach dem ersten Besuch, da wir, die Kinder und ich, uns mit Augenwasser, Umarmungen und Geschrei eine Art Schlacht lieferten, erarbeitete ich einen detaillierten Mordplan. Er sah den Scheidungsrichter als Opfer vor. Nach dem zweiten Besuch kaufte ich für 57,30 Mark Tabletten. Nach dem dritten floh ich über die Grenze und bat um politisches Asyl.
Die Formalitäten wurden bald, aber herzlich erledigt.

2

Da meine Mutter in Dessau, wo ich gebürtig bin, verstorben war, erschien mir die Stadt kurz als Ort meiner Sehnsucht. Hauptsächlich wegen der Wörlitzer Brücke.
Sie beginnt in respektvollem Abstand zum Fluß. Eine Schmalspurstrecke, die Planken für Fußgänger begleiten, ist von Deich zu Deich über die Muldwiesen gespannt. In der sichelförmigen Kurve liegt das plankennahe Gleis niedriger als das äußere. Genormte Pfeiler wie bei anderen Flutbrücken der Umgebung stützen das Eisengerüst. Schritte klopfen Töne aus ihm. Am besten, wenn Plankenschrauben locker sind oder fehlen. Füße und Wetter haben die Holzmaserung erhaben gemacht. Blankgewetztes Eisengeländer. Nur von Flußufer zu Flußufer wird es von einer Bogenkonstruktion überwölbt. Das Wasser stinkt nach Apotheke. Schaum dreht sich in Strudelkreisen.
Die Brücke unterschlägt die Stämme der Eichbäume, so daß ich zunächst nur zu den gewaltigen Armen der Kronen aufzuschauen hatte. Das ermunterte mein Zutrauen zur Gegend. Auch als ich von der Brücke auf die Deichkronen wechselte, erschien mir die Stadt als Wohnort noch geeignet.
Der Eindruck änderte sich, als mir eine entfernte Verwandte begegnete, die mich als Versager entlarvte. Wer aus einem Lande, wo dem Tüchtigen die Welt gehöre, zurückkehre, wäre untüchtig. Die Tüchtigen führen jedes Jahr nach Italien oder Mallorca und schickten ihren Verwandten Pakete.
Da mir Dessau nicht groß genug erschien, um sicher vor einer Wiederbegegnung zu sein, war mir die Stadt verleidet. Ich verließ sie also und fuhr nach Berlin zurück.
Wieder aus sentimentalen Antrieben. Hier, wo ich um politisches

Asyl gebeten hatte, wußte ich nämlich eine Schulfreundin wohnen, die »etwas Großes« geheiratet hatte. So jedenfalls war mir in brieflichen Berichten meiner Mutter über meine Schulfreundin Irene erzählt worden. Hamburgisch geprägte Maßstäbe ermunterten mich, mir die Wohnung eines erfolgreichen Wissenschaftlers als Villa vorzustellen. Mit Besuchszimmern also, von denen mir Irene gewiß eines zur Verfügung stellen würde. Vorübergehend, bei Irenes Charakter glaubte ich Hilfsbereitschaft garantiert.

Mein Glaube wurde auch diesbezüglich nicht enttäuscht. Ich erhielt selbstverständlich Unterkunft. In einer Zweizimmerwohnung. An der Wohnungstür stand: Möbius. Das war Irenes Mädchenname. Kurz und grob: zwei geschiedene Frauen und zwei Kinder in einer Zweizimmerwohnung. Zu grob, denn das eine Kind war längst eine Frau: siebzehnjährig. Der Junge war zwölf und hieß Thomas.

Während des ersten Mitmieterjahres arbeitete ich im Glühlampenwerk. Dreischichtbetrieb. Irenes Schichtplan und meiner mußten da so abgestimmt sein, daß Thomas täglich einen von uns beiden sah. Er war nämlich versetzungsgefährdet. Wir Frauen sahen uns so gut wie nie. Das mißfiel mir.

Außerdem kam meine Gesundheit immer mehr herunter, weil ich nicht zu jeder Tages- und Nachtzeit schlafen konnte. Vielen Kolleginnen ging es ähnlich. Wir beklagten oft vor Spiegeln unsere von Müdigkeit verwüsteten Gesichter und ratschlagten. Auf einem Betriebsausflug riet mir meine Brigade, eine Heiratsannonce aufzugeben. Ich fand den Vorschlag albern. Die Frauen behaupteten, ich würde mich nicht trauen und wollten wetten. Wettpreis: sechs Flaschen Weißwein von dem, der uns gerade schmeckte.

Da ich vom Heiraten die Nase voll hatte, nahm ich die Wette an. Irenes Haushalt hatte keine Zeitungen abonniert, die Heiratsannoncen druckten. Ich hatte keine Lust, für die Herstellung des Textes Geld und Mühe aufzuwenden. Deshalb griff ich auf eine Komposition zurück, die eine Hamburger Freundin einst für sich publiziert hatte und die mir in Erinnerung geblieben war, weil niemand geantwortet hatte. Ich annoncierte in der »Wochenpost«: »Kleine Frau (35/1,55), unauffäll. Schönh., anschmiegs., schüchtern, möchte einen tücht. Mann bewundern u. verwöhnen als aufmerks., arbeits. Hausfrau, zärtl. Bettgef. u. alles verzeih. Mutter. Nur seriöse Zuschr. erb. an BZ 67983.«

Ich erhielt hundertneunzehn Zuschriften, die ich nach Umfang ordnete. Die längsten erschienen mir am seriösesten. Ich beantwortete sie und verabredete einundzwanzig Treffen.
Während des neunten Treffens erkannte ich die Marktlücke. Aus dem Spaß wurde Ernst.
Ich kündigte also im Glühlampenwerk und wechselte den Beruf. Der neunte Herr wurde mein erster Klient. Ein geschiedener Mann wie seine Vorgänger. Der erste, der seiner Frau weggelaufen war. Den anderen waren die Frauen weggelaufen. Alle waren reizbar. Schon das Wort »Emanzipation« genügte, um sie in Wut zu bringen. Ich staunte und entschied mich für den neunten, weil aller Anfang schwer ist und ein leichter Fall zum Einarbeiten günstig.
Weibliche Heiratsschwindler konnten sich damals noch auf keinerlei gesicherte Berufserfahrungen stützen. Ich war ein Pionier.
Mein Instinkt sagte mir, daß ein Mann, der Rache in Form einer Scheidungsklage hatte nehmen können, von ausgeglichenerem Wesen sein müßte als ein Rachebrüter. Anstrengende Klienten mußte ich mir zunächst versagen, da meine Nerven von vierzehn Ehejahren und den anschließenden Prozessen ruiniert waren. Nummer neun hatte außerdem die meisten gesellschaftlichen Funktionen.
Die neue Arbeit verschönerte nicht nur mein Leben. Vormittags versorgte ich für den Klienten den Haushalt. Mittags wirtschaftete ich etwas in Irenes Wohnung. Die Nachmittage verbrachte ich mit Thomas und seiner Schwester Rosa, die Abende mit Irene, wenn sie Früh- oder Normalschicht hatte. Mein Klient Alfred hatte abends meist Sitzungen, so daß ich ihm nur nachts zur Verfügung stehen mußte. Und da auch meist lediglich schlafweis. Alfred war dankbar, weil ich keine Forderungen an ihn stellte. Er genoß, langweilig sein zu dürfen. Wenn er früh mit bewundernden Reden, seine Arbeitsdisziplin betreffend, aus dem Bett geschmeichelt, nach der Dusche frottiert, in bereitgelegte Wäsche komplimentiert und abgefrühstückt war, krönte er mitunter den routinemäßigen Abschiedskuß mit dem Satz: »Du machst mich glücklich.« Ich kannte den Satz von meinem geschiedenen Mann. Ich brauchte mich nicht umzustellen. Ich hatte vierzehn Jahre in dieser Branche gearbeitet. Anpassung war mein Fachgebiet, das ich gelernt hatte von der Pike auf. Warum sollte eine Facharbeiterin als Anlernling am Fließband arbeiten?
Als ich Alfred drei Monate kostenlos bedient hatte, wollte er diesen ungewöhnlichen Zustand durch Heirat in gewöhnliche Form brin-

gen. Ich willigte ein, entschwand mit seinen Ersparnissen (2376 Mark), wechselte Frisur und Haarfarbe und erteilte mir in Irenes Wohnung Stubenarrest.

3

Als ich nach zwei Monaten noch immer keine polizeilichen Nachforschungen an mir spüren konnte, gab ich die nächste Heiratsannonce erwähnten Stils auf. Mit noch größerem Echo. Ich entschied mich diesmal für einen Klienten mit Leitungsfunktion, der viel Druck aushalten mußte. Da er den Druck, der von oben kam, weder nach oben noch auf seine ihm unterstellten Arbeiter abzugeben wagte, brauchte er eine Frau als Ventil. Seine Ehefrau hatte die Bedeutung ihrer Ventilfunktion für die Reproduktion der Arbeitskraft ihres Mannes unterschätzt und sich scheiden lassen. Ich erkannte meine Funktion sofort und nahm auf mich nach Kräften. Wenn die Wutausbrüche über meine Kräfte gingen, leitete ich sie in die Küche ab, wo jederzeit Stühle zum Zerhacken bereitstanden. Ich arbeitete dergestalt siebenundsechzig Tage unentgeltlich und verschwand nach erfolgtem Heiratsantrag mit sechstausend Mark. Die Summe mag horrend erscheinen, verliert aber an Größe relativ, wenn man sie mit der Zahl der mir vom Klienten verabfolgten Veilchen und anderen blauen Flecken vergleicht. Ich wechselte wieder Frisur und Haarfarbe, erließ mir aber den Stubenarrest.
Bald erließ ich mir auch die Frisurprozeduren. Und die Arbeitspausen bemaß ich nur noch nach meinem Erholungsbedürfnis.
Das war nach dem Ventil-Klienten größer als nach den folgenden, weil eine Heiratsschwindlerin nur topfit arbeiten kann. Das heißt in makellosem körperlichem Zustand. Blaue Flecke, Biß- oder Kratznarben und dergleichen lassen außerdem auf Vergangenheit schließen. Eine Eigenschaft, die meine Kundschaft nur bei Männern und Freundinnen gern sah. Von der idealen Ehefrau, die ich vorzustellen hatte, wurde so wenig wie möglich Vorleben erwartet. Am erfolgreichsten war ich, wenn ich mich als Wesen vorstellte, das nach dem frühen Tod der Mutter dem Vater die Wirtschaft geführt hätte und so streng von ihm bewacht worden wäre, daß ich nicht mal hätte tanzen gehen können, von anderen Vergnügungen ganz zu schweigen. Je tyrannischer das Bild des fingierten Vaters, desto mehr Sympathie für ihn und mich.

In drei Jahren erwirtschaftete ich als Heiratsschwindlerin vierzigtausend Mark, Schmutz- und Unfallzulage inbegriffen. Fast die Hälfte des Geldes versteuerte ich als Wirtschafterin. Irene Möbius hatte nämlich mein Berufsgeheimnis bald erraten und sich bereit gefunden, es zu decken. Indem sie mich offiziell als ihre Wirtschafterin engagierte. Irene arbeitete als Elektroingenieurin.
Auch als ich bei den Hexen im Hugenottendom zu verkehren begann, blieb Irene liberal.
Bei den Hexen lernte ich, wie man Leute entrückt und hinter unsichtbaren Zäunen gefangen hält. Sobald ich das Gelernte perfekt beherrschte, kaufte ich mir eine morsche Datsche mit großem verwildertem Grundstück und verwischte die Spuren meiner Arbeit. Indem ich die Klienten auf die Datsche entführte und hier arbeiten ließ.
Die Zäune waren nicht nur selbst unsichtbar, sondern konnten auch unsichtbar machen. Über das ganze Anwesen nordöstlich von Pritzwalk war eine Tarnkappe gestülpt.
Zuerst bauten sich die Männer die Datsche als Unterkunft aus. Dann kultivierten sie das Grundstück. Als es einem Garten ähnelte, arbeiteten zwölf Männer auf dem Anwesen, als es einer Gärtnerei ähnelte, neunzehn.
Ich entrückte in Begleitung. Aber ich begleitete stets unsichtbar und legte auch auf Pritzwalker Boden meine persönliche Tarnkappe nie ab.
So wurde mir die erstaunliche Erfahrung, daß keiner der Zugänge von erlittenem Diebstahl oder Betrug sprach. Auch die inzwischen seßhaft Gewordenen beklagten nichts dergleichen. Alle erzählten von Erfolgen, manche sachlich, manche renommierend.
Eine gewisse psychische Stabilität, die ich durch Bewunderung, Unterwerfung, Gluckenliebe, Selbstlosigkeit und ähnliche nostalgische Frauentugenden als Heiratsschwindlerin aufgebaut hatte, fand ich zu meiner Freude allgemein mehr oder weniger erhalten geblieben. Die Klienten selbst nannten diese Frauentugenden vor der Entrückung offiziell nicht »nostalgisch«, sondern »überlebt« oder »reaktionär«. Ich war der inoffizielle Ort ihres Lebens, wo sie sich von ihren ideologischen und moralischen Überanstrengungen ausruhen konnten. Viele Herren gesundeten schon, sobald sie das schlechte Gewissen loswurden. Ich kannte das Leiden von meinem Vater. Er hatte die Bequemlichkeiten, die Bedienung durch meine Mutter erbrachte, nicht genießen und also wirklich nutzten können,

weil er sich mit schlechtem Gewissen bedienen ließ. Das psychotherapeutische Geheimnis meiner Heiratsschwindelei gründete auf Wiederherstellung des guten Gewissens gegenüber Gewohnheiten. Eine gewisse Uniformität der Therapie wurde übrigens nach der Entrückung durch eine gewisse Uniformität des Vorlebens seltsam komplettiert.

Als nämlich der zweite entrückte Klient dem ersten Gesellschaft leisten konnte, erzählte der bereits Eingesessene dem Neuankömmling, daß ihm in Anerkennung seiner hervorragenden Verdienste der Wunsch, als Robinson neuen Tpyus zu leben, erfüllt worden wäre. Der Neuankömmling versicherte, die gleiche Auszeichnung erhalten zu haben. Jedem Neuankömmling wurde die Auszeichnungsgeschichte zu Ohren gebracht. Und jeder verleibte sie sogleich seiner Biographie ein.

Als das Anwesen einer Baumschule ähnelte, begann Abneigung gegen diese beiden Uniformitäten aufzukommen. Sie wuchs in mir unaufhaltsam. Schließlich bis zum Ekel. Also, daß ich die Tarnkappe vom Pritzwalker Mißstand riß und gegen mich Anzeige wegen Heiratsschwindelei erstattete.

»Können Sie Zeugen beibringen, die gegen Sie aussagen«, fragten die Genossen meines zuständigen Polizeireviers.

»Siebenundzwanzig«, antwortete ich und gab den derzeitigen Aufenthaltsort der Zeugen an.

Nach einiger Zeit wurde mir mitgeteilt, daß sich am angegebenen Ort eine Gärtnerische Produktionsgenossenschaft befände, von deren Mitgliedern sich keiner in der von mir angezeigten Weise geschädigt wüßte.

80. Kapitel

Linsengericht in der Bärenschänke

Am Andreastag 1976 (30. November) erhielt Laura von Dr. Konrad Tenner ein Schreiben, darin er für die erhaltene Ohrfeige dankte und zum Abendessen ins Operncafé einlud. Das Schreiben wurde Laura von einem Boten überreicht, der Tenners Auto fuhr, sich als Mitarbeiter vorstellte und bat, die Antwort gleich mitnehmen zu dürfen.

Da Laura an Lostagen Linsen zu speisen pflegte und dieses Gericht auf der Speisekarte des Operncafés mit Sicherheit nicht zu finden ist, bestimmte die Frau die Bärenschänke als Treffpunkt.
Lauras Großmutter hatte an Lostagen wie Lichtmeß, Mariä Verkündigung, Gründonnerstag, Walpurgis, Pfingsten, Himmelfahrt, Mariä Kräuterweihe, Andreastag und an den Äquinoktien stets Linsensuppe mit Rauchfleisch auf den Tisch gebracht. Die Großmutter hatte natürlich nicht gesagt, warum. Und Laura hatte nicht gefragt als Kind, da hatte sie nur zugelangt, weil ihr das Gericht schmeckte. Später konnte sie die Großmutter nicht mehr fragen, weil die gestorben war. Und Lauras Mutter hatte auch versäumt, sich nach der Bedeutung zu erkundigen. Zebre, bebre, bu, Laura schätzte Bedeutungen gering und Bräuche hoch. Zum Teufel mit diesen Vernunftsaposteln, die alle Tage als gleich erkennen und also keine Veranlassung haben, sich zu baden. Da zog Laura Herren vor, denen irgendeine Religion oder ein Brauch das Baden vorschrieb. Ein sauberer Glaubensbruder war ihr im Bett lieber als ein stinkender Atheist. Wenn alle Tage gleich sind, muß man sie ungleich machen. Die Menschen bemühten sich jahrtausendelang darum. Mit schönen Ergebnissen, die Dummköpfe natürlich immer wieder zerstören wollten. Laura gehörte nicht zu diesen Dummköpfen. Ihre Großmutter auch nicht: Die konnte überhaupt nicht logisch denken. Die hatte »Zebre, bebre, bu« und andere Sprüche gesagt und ihre Wege gemacht. Sonntags in Sonntagskleidern und Sonntagsschürzen, wochentags in Wochentagskleidern und Wochentagsschürzen. Und der Andreastag und noch mehr der Abend galt bei Großmutter Selma als der für Wahrsagung in Eheangelegenheiten günstigste Lostag.
Laura, die den Aberglauben öffentlich belächelte, um seinen poetischen Reiz in Ruhe schätzen zu können, war mehr als neugierig. Zumal sie die Liebe Tenners dereinst nicht durch die Garrotte der Gewohnheit verloren hatte, sondern durch das Richtschwert des Oberteufels Kolbuk. Gewalt aber stachelt Charaktere zu Widerstand. Mindestens aus Widersetzlichkeit schon blieb sie Konrad Tenner zugetan, weshalb sie den Dank für die Ohrfeige als Galanterie wertete und sich gut gekleidet und geschminkt auf den Weg machte.
Zu Fuß. Die Gaststätte ist in der Friedrichstraße gelegen.
Tenner war vorgefahren. Geraume Zeit vorm verabredeten Termin.

Die Gaststätte war überfüllt. Dennoch überwand Tenner den Einlaßdienst und erwirkte im Gang zwei Plätze. Er hinterließ seine Visitenkarte mit Lauras Namen beim Rauswerfdienst. Anstelle einer Personenbeschreibung gab er eine hohe Stimme als Identifikationsmerkmal an.
»Quieken tun se alle«, sagte der Rausschmeißer. Tenner brachte die Entgegnung derart in Wut, daß ihm Blitze aus den Augen fuhren, durch die Brille hindurch. Der kleine Tenner verbat sich Schurigeleien mit gewaltigen Argumenten. Der Schwerathlet, auch nicht faul, verbat sich Nutten. Die Bezeichnung schien Tenner romantisch in den Ohren zu klingen. Er knitterte dem Riesen einen Geldschein in die Hand und befahl, die zu erwartende Dame mit Blumenstrauß zu empfangen. »Chrysanthemen wenn ich bitten darf«, sagte Tenner.
»Sehr wohl der Herr«, sagte der Rausschmeißer.
Als sich eine Frau mit Chrysanthemenstrauß näherte, nahm Tenner die Brille ab. Als Laura Salman plaziert war, schmiegte Tenner sich an den Tisch. Dann hob er die rechte Augenbraue und bestellte Sekt. Da sein Blick unverwandt auf Laura gerichtet war, glaubte sie, er würde ihr Gesicht nach Runzeln oder Mitessern durchmustern.
Aber sie erinnerte sich doch bald seines Augenfehlers, der ihn bereits in jungen Jahren so behindert hatte, daß er bei solcher Schummerbeleuchtung brillenlos nicht einmal Lauras Mund hatte erkennen können. Damals pflegte er zu gestehen, nur einen roten Fleck und zwei dunkle Flecke und einen runden Halbrahmen erkennen zu können. Jetzt gestand er: »Ich sehe dich schön wie in alten Tagen.« Und die Kenntnis vom Augenfehler erlaubte Laura, dem Geständnis zu glauben. Auch erinnerte sie sich des Komforts, der ihr oft als Studentin aus dem Gebrechen entstanden war: Wenn sie sich durch Schlafmangel oder Schnupfen schlecht aussehend gefühlt hatte oder zu faul zum Schwimmen gewesen war, hatte sie Tenner lediglich seiner Brille berauben müssen, um das Aussehen zu verbessern. Tenner aber ließ sein Gesicht gern entblößen. Er genoß den Vorgang als eine Art Stripteaase, weil er nicht nur durch Laura wußte, daß es ohne Gläser wesentlich ausdrucksvoller war. Die Zutat bemäntelte seine verwegenen Züge, an denen sich Laura nun und während des ganzen Abends so gut wie unbeobachtet vom Besitzer ergötzen konnte. Die Frau prostete hochgemut und bestellte Linseneintopf.
Tenner beteiligte sich am Gericht und wünschte Laura guten Appetit und sich Vertrauen. Die Tradition verböte nämlich einem

Mann, sich einem anderen ernstlich anzuvertrauen. Von einem richtigen Mann verlangten die Sitten, daß er alles mit sich allein abmache. Auch für die viel gerühmten und besungenen Männerfreundschaften gelte dieses ungeschriebene Gesetz. Unwürdig noch heute, wer es durchbräche. Frauen dürften einander ohne weiteres gestehen, daß sie arme Schweine wären, was ja der Wahrheit entspräche; von Männern dagegen würde Erfolg verlangt oder doch wenigstens die Haltung von Erfolg. Ein Mann, der sein Ansehen nicht ruinieren und sich als Waschlappen werten lassen wolle, wäre zum Lügen gezwungen. Frauen, die ihre Männer um deren Stammtische und ähnliche Geselligkeiten beneideten, hätten keine Ahnung, wie an solchen Orten gelogen würde. Selbst enge Freunde lögen einander die Hucke voll. Im Grunde würden bei den niederen männlichen Freuden der Geselligkeit ebenso wie bei den höheren der Wissenschaft nur Quantitäten verhandelt. Nur Quantitäten gälten hier wie dort als Realitäten. Qualitäten – zum Beispiel alle Spielarten des Gefühls – würden, weil nicht meßbar, als unseriös empfunden. Der stete Austausch von diesen »seriösen« Realien führe zu extremer Ausbildung von Rationalität, das Fehlen von Kommunikation über die sogenannten »Unrealien« zu gänzlichem Mangel an dem, was man früher Herzensbildung genannt hätte. Bezeichnenderweise gäbe es kein modernes Wort für diese menschlichste aller Bildungen, die heute höchstens noch als Weiberressort eine belächelte Existenz friste. Aber dieser Mangel an Herzensbildung verwüste ja nicht nur die Charaktere und die Sitten und die Politik und die Wissenschaften und so weiter, er verwüste ja auch die Gesichter. Ein Twengesicht würde vielleicht noch von Jugend mehr oder weniger mild retuschiert, aber man sehe sich doch mal die verrohten Züge der Männer über vierzig an! Jedes Gesicht eine Tragödie. Leider keine zur Erbauung, wie Laura sicher bestätigen könnte. Würde sie auch bestätigen, daß Aphrodisiaka diesbezüglich erbaulicher machen?

»Welche Aphrodisiaka«, fragte Laura kauend.

Tenner schöpfte sich einen Nachschlag vom Linseneintopf auf den Teller.

Am Nebentisch Volksarmee und Studenten. »Auf wieviel Jahre habt ihr euch verpflichtet«, fragte ein Student in Stimmengewirr und Gelächter. »Auf zehn Jahre«, antwortete einer in Uniform, »dann kam ein Brief des Ministers für Verteidigung, der alle zehnjährig Verpflichteten zu Fünfundzwanzigjährigen umüberzeugte, was,

Fred, wir bleiben bei der Fahne.« Prostsprüche bei der Volksarmee und den Studenten.
Tenner versicherte, daß Leben ohne Vertrauen wertlos wäre und ein älterer Mann ohne Aphrodisiakum schwerlich zwei Frauen gleichzeitig bedienen könnte.
Laura gestand, daß ihre Großmutter bessere Linseneintöpfe gekocht hätte.
Tenner hatte aufgegessen.
»Den ganzen Ärger hätt ich mir schenken können«, tönte es von nebenan in einer Lautstärke, die für ein Meeting reichlich gewesen wäre. »Ich hätt mein Diplom längst in der Tasche, wenn ich mich damals zu drei Jahren verpflichtet hätte und fertig. Aber nein, ich bestand auf achtzehn Monaten, ich Ochse sparte achtzehn Monate Fahne ein, mußte fünf Jahre auf Zulassung warten, jetzt bin ich der Älteste im Seminar, und gestern hab ich mich verpflichtet, Reserveoffizier zu werden, alle Jungs, die nicht ihre drei Jahre abgemacht haben, haben sich verpflichtet, ich könnt mich kaputtlachen.«
Tenner lachte auch. Außerdem behauptete er, daß er Frauen höher schätze als Männer und Vilma viel nachsehen könnte.
Laura legte den Löffel aus der Hand.
Tenner legte seine Hand auf Lauras freigewordene und sagte: »Ach.« Dann einige Satzstücke, die seine Vorurteilslosigkeit zu verstehen geben sollten.
Laura schwieg, entzog aber nicht ihre Hand.
Konrad flüsterte, daß ihm schweigsame Frauen gefielen. Oh Lust, eine schweigsame Frau gegen ihren Willen zum Sprechen zu verleiten. Von seinen Séancen wisse er schöne Geschichten von gewissen Frauen. Täte Laura nur so schweigsam, weil sie es faustdick hinter den Ohren hätte? So faustdick vielleicht wie gewisse Damen ringsum, von denen möglicherweise einige zum ersten Mal in gewissem Sinne unterwegs wären. Eine Frau, die zum ersten Mal auf den Strich ginge, bedienen, wäre so aufregend wie ein Mädchen entjungfern. Der Grad des Vergnügens könnte also entscheidend von Geschichten bestimmt werden, zumal in diesem Land, wo die Prostitution offiziell verboten wäre. Also exotisch. Pikant. Sozialistische Geschichten wären wirklich pikanter als andere: keine Heldin, die nicht berufstätig wäre, manche nähmen nicht mal Geld. Oder sie würden bezahlt von Helden nur für Geschichtenerzählen, ach ihr armen, hilflosen, kleinen Geschöpfe am Bahnhof Friedrichstraße und so weiter. Konrad teilte mit, daß ihn solche Geschichten

geistig beflügeln könnten – aber das bedeute keineswegs, daß er von Laura nur solche Geschichten hören wolle. Ihn interessiere verständlicherweise auch, wie es ihr seit der Trennung, die Tenner als unverzeihliche Torheit seinerseits bezeichnete, ergangen wäre und ob Laura oft mit Vilma die Bärenschänke besuche. Der Mann legte Fältchen um seine uralten oder zeitlosen Augen. Lächeln mit entzogenem Blick. Müde wie je und zäh hinter der Barrikade der Unverbindlichkeit, wo Tenner und andere Zigeuner von Charakter oder Geblüt ihren Stolz verteidigen. Auch das Haupt, das in Form und Grandezza wie je an afghanische Windhundschädel erinnerte, war entgegen seiner Theorie über das Aussehen von Männern jenseits der Vierzig noch nicht verdorben. Graue Lockenfülle. Braunes, verrottetes Gebiß, nikotinbrauner Streifen zwischen Oberlippe und rechtem Nasenloch, weil im rechten Mundwinkel außer während des Essens eine Zigarette klemmte, die auch beim Sprechen nicht entfernt wurde. Rechtes Auge deshalb gewöhnlich halb oder ganz zugekniffen, um es vor dem aufsteigenden Rauch zu bewahren, aus dem linken Mundwinkel, da Laura schwieg, nach dem pikanten Intermezzo wieder seltsame Theoriegebilde. Diesmal über Literatur. Tenner behauptete, daß die männlichen Schreiber, die seit einiger Zeit mit Vorliebe weibliche Helden wählten, nur scheinbar mutig wären. Zumal in diesem Land, da gewisse Stoffmassen sich – von historischen und ökonomischen Zwängen begünstigt – nicht nur quantitativ, sondern auch qualitativ derart angesammelt hätten wie in keinem anderen Land sonst. Die hiesigen Dichter könnten also mit Sicherheit zu Weltruhm gelangen, wenn sie ihre beachtlichen Talente einsetzten für Beschreibungen der Partner ihrer weiblichen Helden. Und um sich diesem bisher literarisch noch völlig unentdeckten Gegenstand zu nähern, wäre nicht einmal erforderlich, sich auf die Straße zu begeben, wo er natürlich auch läge. Die Herren brauchten nur in den Spiegel zu sehen. Und für Ruhm wäre Dichtern bekanntlich keine Anstrengung zu groß. Keine – bis auf diese, wie die Literatur des Landes bewiese.
Die Schmerzen, die die Menschwerdung der Frauen den Männern zufüge, wären wohl von einer Größenordnung, gegen die vorerst nur die Kraft des Verschweigens aufgebracht werden könnte. Zumal Verschweigen ohnehin zu den angestammten alten Männertugenden gehöre. Nicht zu den uralten. Die Helden Homers hätten wenigstens noch klagen dürfen. Die Helden der Gegenwart hätten die Ängste zu schlucken. »Immer schlucken«, sagte Tenner paffend,

»immer fressen, immer eine Angst nach der anderen in dich reinfressen, und wenn du dir dann eines schönen Tages deine Angstneurose zusammengefressen hast oder deine Angstpsychose, mußt du auch diese Krankheiten noch verschweigen solange irgend möglich. Denn sie kann sich nicht sehen lassen neben einem Magengeschwür oder einer Säuferleber oder einer ähnlichen ordentlichen Krankheit. In diesem Land, wo jeder jeden Schnupfen kostenlos beim Arzt begutachten und behandeln lassen kann und Hämorrhoiden und Prostatitis unverfängliche Gesprächsstoffe hergeben, spricht sich ein Mensch, der sein geistiges, seelisches Leiden nicht mehr verheimlicht oder verheimlichen kann, das letzte Urteil. Und nicht etwa nur unter sogenannten einfachen Leuten. Auch die sogenannten Gebildeten, die ständig die Worte Fortschritt und Wissenschaft im Munde führen, verhalten sich derart mittelalterlich. Die Säuferleber, meist das Sekundärleiden einer Neurose oder dergleichen, ist salonfähig, die Primärerkrankung stempelt zum Idioten. Also schlucken, schlucken . . .«
»Man kann auch Reden schlucken«, sagte Laura.
»Freche Reden ja und Schnaps und Aphrodisiaka. Und sind die Herren dann gut, die ihr so füttert?«
»Welche Herren«, fragte Laura.
»Ach ihr treibt es mit einem – um so schlimmer.«
»Welcher eine«, fragte Laura.
»Welcher, welcher – mir hat Vilma jedenfalls nie einen Tropfen von den Gebräuen angeboten.«
»Weil du wahrscheinlich keine benötigst«, entgegnete Laura endlich begreifend.
»Und wer benötigt sie dann, wenn ich fragen darf?«
Tenner schwoll die Zornesader, die vom Scheitel gerade über die Stirn zur Nasenwurzel verlief. Laura erinnerte sich, daß dieses Anzeichen Gleichmut gebot. Sie zwang sich also wieder an ihre Linsen, die ihr diesmal nicht mundeten, weil der Geschmacksreiz von stärkeren Reizen überlagert war.
Tenner rauchte ohne Lungenzüge. Die Zigarettenasche streifte er nie ab. Er ließ sie abfallen und blies ab und zu über Tisch und Hosen. Jackett und Hosen waren von Brandlöchern gesprenkelt.
Als Tenner sich mit drei Zigaretten wieder in Ruhe gepafft hatte, erzählte er von einer kleinen, brünetten Französin, die mit Flittersternen und -monden benähte Höschen getragen hätte und lila gefärbtes Schamhaar – unglaublicher Kitsch, wie? Und der Puff, in

den ihn ein italienischer Genosse während eines Kongresses geführt hätte – zu Studienzwecken, nicht was Laura dächte –: also schlimm. Die Männer stünden parterre rum vor einem Gitter, so eine Art Bahnhofsschranke, und die Mädchen böten sich dahinter in Dessous nackter als nackt an, und die Besitzerin dränge die Kunden mit rüden Worten zur Entscheidung, weil Ansehen geschenkt ist und eine Puffmutter nichts zu verschenken hätte: also schrecklich. Diese Zustände: einfach furchtbar. Aber die Frauen ... »Alle Frauen sind schön«, sagte Konrad träumerisch, »in der Liebe sind alle Frauen schön, auch die häßlichsten. Die häßlichsten gerade, die müssen Feuer zeigen, um geliebt zu werden. Die Hübschen haben das nicht nötig. Schönheit macht träge. Ich kenne keine Schönheit, die wirklich verworfen ist.« Er sagte »verrworrfen« mit Zungen-R und lauschte dem Wort nach wie einer Musik.
Laura sagte: »Ong, drong, dree, katterlemmersee ...«
»Wie«, fragte Konrad.
»Icke, dette, kiekemal, / Oogen, Fleesch und Beene, / wenn de döst, valierst de se, / wieda kriegste keene ...«
Konrad Tenner schob sich Lauras Hand links unters Jackett. Herzgegend. Laura fühlte Wärme, sachtes Klopfen. Sah auf Lattengerüste, die die Bärenschänke in Kojen gliederten. Die Ambivalenz ihrer Empfindung verwirrte Laura. Sie fühlte sich schroff abgestoßen und jäh angezogen. Unfaßbar für sie, wie in diesem Charakterkopf Lebenskitsch neben Lebensweisheit einträchtig nisten konnten. Oder war die Sehnsucht nach dem Ordinären Erholung für den Scharfsinn? Oder klopfte Tenner nur ordinär und feministisch auf den Busch, weil er glaubte, Laura auf diese Weise besser zum Ausfragen präparieren zu können? Mußte Laura auf der Hut sein und den Sekt meiden oder durfte sie trinken?
Laura entschied sich für Trinken und verschaffte sich so Mut zu der Frage: »Warum verfolgst du jeden Schritt deiner Frau kleinlich, da du doch mit dir großzügig bist?«
Konrad ließ seufzend Lauras Hand aus dem Jackett und bezeichnete Männer als grobe Wesen. Ungeschlacht genug, um Sumpftouren unbeschadet überstehen zu können. Frauen dagegen wären verletzbarer. Schon eine einzige wilde Tour könnte da seelisch ruinieren auf Lebenszeit ... Tenner raufte seine Haarpracht.
Dann verlangte er von Laura Händefalten. Laura folgte. Konrad beobachtete mit Genugtuung, daß dabei der linke Daumen über den rechten zu liegen kam.

»Natürlich«, sagte er, »bist du etwa sogar Linkshänder?«
»Nein«, sagte Laura.
»Versteckte Linkshändigkeit«, murmelte Konrad, »sehr interessant, hochinteressant. Es gibt zwar Linkshänder und versteckte Linkshänder, die keine Alchemisten sind; aber Zuhälterinnen ohne offenbare oder versteckte Linkshändigkeit gibt es nicht.«
Laura schlug sofort zurück. Mit der Hand und besser als bei der ersten Ohrfeige.
Der Lärm in der Schänke nahm einen Moment ab. Vom Nebentisch Anfeuerungsrufe aus männlichen und weiblichen Kehlen für Laura und Konrad. Als Konrad sich erhob, wurde ihm aus Bierseideln zugeprostet. Als er die Hand küßte, die ihn geschlagen hatte, wurde er ausgepfiffen. Tenner verneigte sich zu den Pfeifern hin wie ein Schauspieler vorm Vorhang, der den Applaus seines Publikums entgegennimmt. Dann floh er hinter den imaginären Vorhang zu Laura, dankte ihr für den Beweis ihrer Unschuld und bat inständig um einen ebenso überzeugenden Beweis für die Unschuld Vilmas.
»Willst du noch eine Ohrfeige«, fragte Laura.
»Hundert Ohrfeigen würde ich gern ertragen, tausend, Millionen, wenn die mich von meinen Ängsten befreien.«
»Wovor hast du 'n Angst«, fragte Laura.
»Wovor – dumme Frage. Wer so viel geschluckt hat wie ich, kann nur sagen, daß er Angst hat und daß er mit der nicht allein sein kann. Zu einer Frage kann er das sagen, obgleich auch du schon schwer bist von Begriff oder so tust als ob. Mensch, ist denn wirklich so schwer verständlich, daß ich ohne Vilma verrecke?«
»Bei einer Scheidung kann ein Mann eine Frau als Gattin verlieren und als Freundin gewinnen«, entgegnete Laura.
»Ja, aber der Verlust«, sagte Konrad.
»Ja, aber der Gewinn«, sagte Laura und daß die Gewinnvorhersage so gut wie sicher wäre, weil sie am Andreastag gemacht wäre, dem Lostag, der sich bekanntlich für Weissagungen in Eheangelegenheiten als besonders günstig erwiesen hätte.
Tenner blies die Tabakasche vom Tischtuch.
Später behauptete er, im Grunde seines Wesens immer eine Frau gewesen zu sein. Als Beweis erwähnte er Fettpolster unterm Schamhaar, Rückengrübchen und seine kräftiger ausgebildete linke Körperfläche. Zwar käme beim Händefalttest sein rechter Daumen über dem linken zu liegen. Aber alle anderen Indizien sprächen für eine starke weibliche Komponente in seinem Körper. »Die linke Seite

repräsentiert immer das andere Geschlecht«, erklärte Tenner, die Richtigkeit der Theorie beweise sich auch an Vilma aufs Schönste: Die linke Brust wäre kleiner als die rechte. Außerdem bewundere Tenner einige Schnurrhaare auf Vilmas Oberlippe, die sie mit Wasserstoffsuperoxyd gebleicht hätte, um den Normen des Marktes zu genügen. Tenner identifizierte die Bewachsung als Beweisstück der männlichen Komponente und pries die schöpferische Spannung, die aus der Spannung zwischen den beiden deutlich ausgebildeten geschlechtlichen Polen in einer Person entstünde. Hundertprozentige Männer oder Frauen wären keine Künstler in Kunst, Wissenschaft, Alchemie oder Politik. »Hast du vom Aphrodisiakum auch probiert?«

Laura erklärte angeheitert, daß sich Vilma eine alchemistische Ausrüstung angeschafft hätte, um Tenners kulinarischen Ansprüchen ohne Delikatläden und Intershops befriedigen zu können. Da er alles wisse, wisse er selbstvertändlich auch, daß die Filets der Rindviecher dieses Landes nur für die Restaurants und den Westexport reichten. Dennoch bestehe der Herr Doktor jeden Sonntag auf Filetsteak provencal. Und da die Gattin an den Wochenenden ungern erlebe, daß ihre Gerichte aus dem Fenster geworfen würden, hätte sie eine Weile gemeines Schmorfleisch mit alchemistischen Weichmachern auf Filet gequält. Nach der Zertrümmerungsaktion freilich müßte Tenner Grillgerichte wieder entbehren.

»Gern«, rief Tenner und umarmte und küßte Laura. Dann verließen sie das Lokal Hand in Hand. Laura wäre gern in Tenners Auto gestiegen. Tenner wollte laufen.

Da sie auf der Friedrichstraße oft überholt wurden, wußten sie, daß Mitternacht bevorstand: Der Ablauftermin für Passierscheine. In dem Anblick des Sternhimmels vertieft teilte Konrad mit, daß ein solcher Abend Jahre aufwöge und zehn solcher Abende ein Leben ausfüllen könnten, alles andere wäre Redundanz. Das Neonlicht des Bahnhofspavillons für Westreisende strahlte den Sternhimmel weg. Das Gedränge von Männern orientalischen Aussehens vorm Eingang brachte in Erinnerung, daß Wochenende war. Lauras dienstfreie Tage beziehungsweise Nächte fielen selten auf Wochenenden, weshalb sie geradezu feiertäglich gestimmt war. Viele Gastarbeiter verbrachten in Westberlin ihre Arbeitszeit und in Ostberlin ihre Freizeit. In allen Lokalen der City waren sie anzutreffen, in vornehmen allerdings häufiger als in einfachen, zu denen die Bärenschänke gehörte. Unter der Bahnhofsbrücke, wo Konrad wieder zwei gewisse Frauen romantisch ins Auge fielen, gestand er, daß er Vilma für einen richtigen Menschen hielte, was ihm bei Frauen selten zugestoßen wäre. Er hätte deshalb auch selten in Feuer geraten können anläßlich einer Frau, in Hitze schon, örtlich jederzeit, aber in Feuer? Jeder ordentliche Mann fliehe eigensinnige Weiber, weshalb Konrad als einziger ernstlicher Gegenstand der Liebe für den Mann im Prinzip nur der Mann denkbar wäre. Keine Angst, er hätte solchen Enthusiasmus nie physisch abwickeln müssen. Für die physischen Bedürfnisse hätten ihm glücklicherweise immer Frauen genügt. Aber der Mensch lebe schließlich nicht vom täglichen Brot allein, in dieser Beziehung gäbe es ehrwürdige Traditionen, die bis in die Antike zurückreichten, und daß ein Feuerkopf wie der Dichter Schiller keine Frauenrollen hätte schreiben können, bewiese nur seine Wahrhaftigkeit. Ein Feuerkopf wie Schiller hätte nichts Leichtgewichtiges hervorbringen können, und die Rolle der Jeanne d'Arc wäre ihm deshalb gelungen, weil er sie jünglinghaft gedacht hätte. Mit einem Jüngling hätte sich der Dichter Schiller identifizieren können, sagte Konrad, nannte Vilmas Erscheinung »ephebisch« und bestand darauf, Laura nach Hause begleiten zu dürfen.

81. Kapitel

Indische Stellung am Deutschen Dom

Als das Paar die Straße Unter den Linden überschritten hatte, küßte Tenner Laura. Unter den Kolonnaden der Kronenapotheke küßte Laura zurück.

Später warf sich Konrad Tenner durchs Gesträuch, das den Deutschen Dom wild umwucherte, und suchte nach einem geeigneten Winkel. Schließlich wählte er eine ionische Säule als Stütze und erinnerte laut eine gewisse Abbildung vom indischen Devi Dschagadamba-Tempel. Die betrunkene Laura kannte sie und brachte sich entsprechend in Stellung. Die Abbildung zeigt einen Mann, der mit Schultern und Fersen an einer Mauer lehnt. Sein Kopf ist geneigt oder von den Armen der Freundin herabgezogen, ihr Kopf liegt im Genick, Standbein mit durchgedrücktem Kniegelenk. Das andere Knie liegt seitlich auf der Hüfte des Freundes, er hält ihre Wade mit der rechten Hand, mit der linken schiebt er am Rücken die

Halbkugeln Bauch und Brust gegen seinen konvex gebogenen Leib. Das Paar aus Stein ist nackt. Das andere hatte mit den Unbilden der Kleidung und der Witterung zu kämpfen. In der Hast wurden sie nur undeutlich wahrgenommen. Das Blätterdach gab Nieselregen in schweren Tropfen wieder. Das Luftschachtgitter in der Rasenanlage nebenan lieferte Schienenschläge als Zeitmaß. Zu dieser Stunde verkehrten die U-Bahn-Züge zwischen Pankow und Thälmannplatz alle zwanzig Minuten.

Nach zwei oder zehn Zügen verabschiedeten sich Laura und Konrad, und jeder begab sich an seine Statt.

82. Kapitel

Sirene Beatriz in der Voliere

Am Morgen des 13. August 1980 krochen zwei Männer in meine Höhle, überwältigten meinen schlaftrunkenen Körper und zerrten ihn in eine Voliere.

Sie war von Sträuchern und Bäumen fast gänzlich erfüllt.

Ich floh in ein Versteck aus Astgewirr und weinte meine Federn naß.

Besucher äugten durchs Gitter und sagten zu sich oder zueinander, daß in der Voliere noch unlängst ein schöner Vogel vom Himalaja gehaust hätte. Der Vogel wurde als »abgängig«, die Voliere als leer bezeichnet.

Sie war von einem Steingarten umgeben, darin der Phlox blühte.

Die Nacht war noch schrecklicher. Sternlos. Der Verlust meines postum begonnenen Lebenswerks peinigte mich schlimmer als der meines besten Liebhabers zu trobadorischer Zeit. Da der Tau fiel, überwand mein Jammer das Hindernis der Verstümmelung und brach als Wimmern aus meinem zungelosen Mund. Es vermischte sich mit dem Geschnatter von Wasservögeln.

Der Anblick des vergitterten Himmels, den ein zunehmender Mond beleuchtete, erweckte, was die Schreibbesessenheit verschüttet hatte: die Sehnsucht zu fliegen. Als der Morgen graute, wuchs die Sehnsucht zur Gier. Eingepfercht wurde ich vom Verlangen gepeinigt, mit meinen Schwingen den Bodennebel zu schneiden. Sollte mein Federkleid, dessen Pracht das der Schneeeule übertraf, unter Dickicht und Maschendraht verkommen?

83. Kapitel
Weihnachtsspäße

Die Weihnachtszeit war für Wesselin die schönste Zeit des Jahres. Denn sie war voll von schönen Aufregungen und Ungewißheiten. Am Morgen des ersten Advent durfte er die Kartons mit den erzgebirgischen Weihnachtsfiguren aus dem Abstellraum wühlen, die Pyramide zusammenbauen und alle Tüllen mit Kerzen bestekken. Am Abend durfte er die Kerzen anzünden und dem Räuchermann einen glühenden Weihrauchkegel in den Bauch schieben. Der Räuchermann war ein Türke. Er stand auf dem Eßtisch. Einen Lichtermann und den Weihnachtsengel durfte Wesselin aufs Fensterbrett stellen. Der männlichen Holzfigur war die Bergmannsuniform vollständig auflackiert, die weibliche trug Uniform nur auf dem Kopf.

»Und warum muß der andere Lichtermann im Karton bleiben«, fragte Wesselin.

»Weil nur noch ein Mann in unserer Familie ist«, antwortete Laura, »Erzgebirgsbrauch: so viele Mannsen, so viele Lichtermänner, so viele Weibsen, so viele Weihnachtsengel.«

»Aber bei uns ist doch Berlin und kein Erzgebirge«, sagte Wesselin.

»Ja«, sagte Laura, »Berlin ist bei uns zu jeder Woche. Aber zu Weihnachten ist bei uns Erzgebirge.«

»Und Nikolaus«, ergänzte Wesselin, »und Julklapp im Kindergarten und Weihnachtsfeier bei der S-Bahn und der Vierundzwanzigste selber. Aber wo zwei Lichtermänner im Fenster stehen, ist vielleicht Weihnachten noch schöner.«

Wesselins Behauptung rief wieder sämtliche Beispiele aus Lauras Gedächtnis ab, die sie aus verschiedenen medizinischen Zeitschriften zusammengelesen hatte. Die Beschreibungen von neurotischen und psychotischen Krankheitsbildern und homosexuellen Entwicklungen als Folge von Identifikationsmangel verfolgten Laura bis in die Träume. Daß Homosexualität eine Art Krankheit sein soll, glaubte Laura den Zeitschriftenartikeln nicht. Aber sie wollte ihrem Sohn selbstverständlich ersparen, als Außenseiter leben zu müssen. Die Sitten des Landes – nicht die Gesetze – diskriminierten männliche Homosexualität unerbittlich. Weibliche wurde erst gar nicht zur Kenntnis genommen.

Über das Fehlen einer weiblichen Identifikationsperson für Mädchen hatte Laura noch nie was in diesen Zeitschriften lesen können. Wurde das Problem von niemandem erkannt, weil solcher Mangel allgemein war – mithin »normal«? Nur ausnahmsweise kann sich ein heranwachsendes Mädchen mit der Mutter identifizieren. Normalerweise ist die Mutter auch heute noch der benachteiligte Elternteil. Auf den meisten Wohnungsschildern in Lauras Hochhaus stand nicht der Name der gesamten Familie, sondern Vor- und Familienname des männlichen Elternteils, von Johann Salman »Haushaltungsvorstand« genannt. Ein Mensch, unbekannt mit den Landessitten, müßte nach den Schildern schließen, daß Lauras Hochhaus überwiegend von alleinstehenden Herren bewohnt war. Heranwachsende Menschen aber – männlich oder weibliche –, die gerade zu fühlen beginnen, wie die Kräfte sich in ihnen sammeln und versammeln und rumoren, wählen sich keine zurücksteckende Identifikationssperson, sondern eine, der Vorwärtsgehen zusteht.
Lauras Mutter mußte vor jedem ihrer Schritte, jeder Entscheidung, entweder die Zustimmung ihres Ehemanns einholen oder Johann Salman so hintergehen, daß er sie nicht ertappen konnte. Mit Olga Salman oder anderen Frauen, die so unwürdig als Menschen zweiter Garnitur existieren mußten, konnte sich Laura nicht identifizieren. Johann Salman und andere Männer, die ihren Frauen meist unbewußt solche Existenz zumuteten, waren für Laura – obgleich Menschen erster Garnitur – auch keine Identifikationspersonen. Sie hatte sich aber in ihren Pubertätsjahren und auch später dennoch ohne Notstandsgefühle zu helfen gewußt, indem sie nicht nach ihr imponierenden Repräsentanten der Art suchte, sondern nach ihr imponierenden Charakteren – Geschlecht war Nebensache. Lauras wichtigste Identifikationscharaktere ihrer Jugend: Oberstudiendirektor Dr. Erp, genannt »Erbse«, Don Juan und Faust.
Könnte das Geschlecht auch dann Nebensache sein, wenn der Identifikationscharakter einem Menschen zweiter Garnitur zugehört? Laura zweifelte.
Die Weihnachtszeit war für sie die Zeit, die sie so schnell wie möglich hinter sich wünschte. Und nicht erst seit Bennos Tod. Denn für sie wie für die meisten Frauen des Landes hieß Weihnachten: überfüllte Geschäfte, verbissene, oft vergebliche Jagd nach passenden Geschenken und Besuche mit Erwartungen. Johann Salman, Lauras Hauptbesuch, erwartete zu Heiligabend Neunerlei und am

ersten Feiertag Gänsebraten, grüne Klöße und selbstgebackene Stolle.
Wesselin erwartete außer Geschenken und Feierlichkeit Schnee. Als der sich am 18. Dezember einstellte, rannte Wesselin auf den Balkon, starrte fasziniert in den Flockenwirbel und schrie: »Aahr, Mamel, guck mal die Flocke. Und die dort ist noch größer. Aber die erst, Mamel, guck bloß mal.« Wenn er gegenüber Laura oder einem Gegenstand Zärtlichkeit fühlte, sagte er statt Mama – Mamel. Auch der Großvater mußte sich bei Zuneigung ihm oder einem zur Rede stehenden Ding oder Wesen gegenüber ein »L« gefallen lassen. Er pflegte dann regelmäßig »Opel, Opel – ich bin doch kein Auto« zu sagen. »Omel« konnte Wesselin nicht mehr sagen, weil seine Großmutter gestorben war oder so ähnlich. Es war ihm bis jetzt noch nicht gelungen, die Umstände genau zu erfragen. Der Großvater tat bei dem Thema, als höre er schwer. Die Mutter machte dunkle Andeutungen. Die letzte, dunkelste lautete: »Vielleicht ist Oma wiederholbar?«
Wesselin verlangte seinen Schlitten. Denn er konnte nicht hinabsehen zum Grund. Die Balkonbrüstung war aus Sicherheitsgründen so hoch und breit, daß er nur den Himmel sehen konnte. Und der war schneevoll. Wesselin konnte sich nicht vorstellen, daß der Grund noch kahl war, naß und kahl wie bei Regen. Laura hatte Mühe, den Sohn von der Kurzlebigkeit der fetten Flocken auf Straßen zu überzeugen.
Wesselin zog sich beleidigt in sein Zimmer zurück.
Am 19. Dezember gegen Mittag reiste Johann Salman an.
Am 20. Dezember gegen Abend bat Vilma, bei Laura baden zu dürfen, weil die Warmwasserversorgung in den Wohnblocks am Tierpark infolge einer Havarie im Heizkraftwerk ausgefallen war.

84. Kapitel

Vilma wird gerupft

Laura war der Freundin beim Rücken- und beim Haarwaschen behilflich. Als Laura Vilmas Haar fönte, konnte sie nicht widerstehen. Und sie begann zu suchen.
Vilma begann zu erzählen. Von Hilde Felber natürlich. »Hilde geht jede Woche zum Friseur«, erzählte Vilma, »jede Woche einmal zur

Kosmetik. Sie sagt, ein Mann kann auch mit der Glatze überzeugend argumentieren, einer Frau mit Glatze hört niemand zu. – Ich leid ebenfalls unter Haarausfall. Aber nicht so schlimm wie Hilde. Eine Redaktion ist ja auch nicht so eine Nervenmühle wie der Ministerrat. Und ich hab ja auch ein Kind weniger aufgezogen – was suchst du auf meinem Kopf?«
»Haare«, sagte Laura.
»Weiße«, fragte Vilma.
»Kupferne«, sagte Laura.
»Ich hab keine kupfernen Haare«, entgegnete Vilma schroff, »ich hab blonde oder weiße und Schuppen, und Hilde hat ihre Haarpracht schon nach dem ersten Kind verloren, sagt sie. Wenn ihr etwas fehlt, muß sie wenigstens behaupten, daß der Mangel nicht ursprünglich war, sondern erworben. Dieser typisch felbersche Charakterzug ist sicher auch nicht angeboren, sondern erworben. Das erste Kind hat Hilde als Studentin geboren. Eine schwere Geburt. Und die Studierstube von Hilde Felber, ein Zimmer im Studentenheim, war gleichzeitig Kinderstube und Elternwohnung. Von wegen lustiges Studentenleben . . . unbeschwerte Studien . . . Für Hilde war die Studentenzeit nicht weniger hart als die Lebensabschnitte vorher und danach. Die Felber hat diesbezüglich nie umlernen müssen. Und als der Kindesvater Hilde bei seinen Eltern vorgestellt hat, soll die Schwiegermutter die Schwangere von oben bis unten gemustert haben wie eine feilgebotene Kuh und zum Sohne gesagt haben: ›Was, so ein Mensch, das sich vor der Ehe von einem Kerl ein Kind andrehen läßt, bringst du mir in meine Wohnung?‹ Die Schwiegermutter hatte nämlich als Aufwartung das Schulgeld für den einzigen Sohn zusammengekratzt, damit der ihren Wunsch nach was Großem befriedigen und ein Studierter werden konnte. Und Willi hat nach dem Realgymnasium im Krieg auch noch drei Semester Jura studiert – die Mutter dachte, mein Willi wird Rechtsanwalt, und dann ist er eine gute Partie und kann bei Geldleuten einheiraten und eine gute Partie machen. Ja, die Frau wollte hoch hinaus mit ihrem Goldsohn und vertraute ganz seinem guten Geschmack, der ihr was Feines aus gutem Haus garantierte. Blindes Vertrauen wie gesagt brachte die Mutter Willi entgegen. Und was brachte er? Ein Mensch aus der ärmsten Gegend einer Dreckstadt und aus einer TBC-Familie und unehelich und Vollwaise auch noch. – Sooft Hilde die Geschichte erzählte, richtete sie die Aufmerksamkeit auf die Mensch-Form der Schwiegermutter bei der

Begrüßung. Willi brachte nicht ›einen Menschen‹, sondern ›ein Mensch‹, das sich vor der Ehe mit einem Kerl und so weiter. Der Artikel ›das‹ spricht dem Wort ›Mensch‹ das menschliche fast ab, der Artikel ›die‹ würde es sicher ganz absprechen, wenn er in Gebrauch gekommen wäre. – Hilde, derart beschimpft, wollte sofort wieder gehen. Aber der Schwiegervater, Wagenmeister bei der Eisenbahn, hat gesagt, komm, setz dich erst mal bißchen ann Ofen und wärm dich. Und wenn die Mutter erst den Enkel hat, bringt sie sich um vor Liebe. Und da ist meine Hilde dann doch geblieben. Und die Schwiegermutter hat sich keineswegs umgebracht vor Liebe und wohnt heute in Westberlin. Das heißt, sie ist heute eine Person, die ein Nomenklaturkader nicht ungenehmigt treffen darf. Mit dem Ausdruck ›Kind andrehen‹ hatte die Schwiegermutter allerdings genau getroffen. Hilde sagt: ›Ein Kind wollte ich schon damals, weil ich mich einsam fühlte – aber nicht von Willi. Ich hab ihn nicht geliebt, und ich liebe ihn auch heute nicht‹, sagte sie. ›Ich achte ihn – er war nie mehr als mein Kumpel; aber frech. Rotzfrech – er hat mich damals einfach überrumpelt. Und ich – einmal mit ihm geschlafen und gleich ein Kind auf deutsch gesagt. Kaum zehn Tage später schon das große Kotzen, das anhielt bis zum vierten Monat.‹ Meine Hilde nahm nur ab statt zu, und die Parteigruppe hat den Fall beraten und unter Berücksichtigung gewisser Gebote der kommunistischen Moral und Ethik beschlossen: Ihr müßt heiraten. – ›Und da mußten wir innerhalb einer Woche heiraten‹, sagt meine Hilde – au, du kämmst aber grob.«

Laura tat, als ob sie nicht verstünde, und kämmte weiter.

Vilma tat, als ob sie nicht blondiert wäre, und erzählte weiter. Denn sie haßte unerledigte Reste bei der Exegese. Ja sie zog sogar Kurzfassungen der Resterwirtschaft vor. Die restlichen drei Kinder von Hilde wollte Vilma wenigstens noch der Kategorie Zufall zuordnen dürfen, um bei besserer Gelegenheit ohne Exposition darauf zurückkommen zu können. Vom Arzt, der Hilde vom ersten Kind entbunden hätte, wäre jedenfalls versichert worden, daß sie frühestens in fünf Jahren wieder auf eine Schwangerschaft hoffen dürfe. Aber nicht fest und möglicherweise überhaupt vergeblich. »Worte wie ›möglicherweise‹ kann meine Hilde natürlich nicht ausstehen«, erzählte Vilma, »ihr Standpunkt: was möglich ist, ist auch machbar. Direktive also: Möglichmachen. Die Direktive mit dem Planziel ›vorfristig‹ vorrangig an Willi – nehme ich an. Losung: Viel hilft viel. Aber veralbern läßt sich meine Hilde nicht. Schon gar

nicht vom eigenen Körper. Schluß mit der Warterei, sagte sie deshalb, als der Sohn viereinhalb Jahre alt war, und adoptierte ihm eine Schwester. Ein rundum schwieriges Kind, das sich auch in der Schule nicht konzentrieren konnte und mit Mühe acht Klassen geschafft hat. Als die Tochter das zweite Mal sitzengeblieben war, kam plötzlich noch ein Sohn. Und vor acht Jahren: noch eine Schwangerschaft. Aber die lehnte Hilde ab. Weil sie inzwischen staatlicher Leiter war mit Sechzehnstundentag. Weisungsberechtigt gegenüber Betrieben und Verwaltungen – nicht ihrem Körper gegenüber. Eine Kommission entschied über den Schwangerschaftsabbruch. Positiv. Überweisung ins Regierungskrankenhaus. Der beauftragte Gynäkologe redete auf Hilde zwei Stunden ein, statt zu operieren. Obgleich Hildes Beruf die Fähigkeit voraussetzt, wohlüberlegt Beschlüsse zu fassen und an denen festzuhalten. Als sich Hilde entsprechend verhielt, erklärte der Arzt die Schwangerschaft für bereits zu weit fortgeschritten. Und Hilde konnte ihm nicht beweisen, daß er Unrecht hatte. Nicht sofort jedenfalls. Erst als sich statt acht zwölf Wochen Schwangerschaftsurlaub vor der Geburt ergaben, war bewiesen, daß der Arzt Hilde betrogen und ihr im vierzigsten Lebensjahr in Gestalt eines vierten Kindes den Abbruch der Leitungstätigkeit verordnet hatte. Hilde hätte die Verordnung nicht negieren können, wenn sie untrainiert gewesen wäre: nestwarm gewachsen oder von Harmonie begleitet. Aber ohne die kleine Tochter wäre sie jetzt wahrscheinlich Staatssekretär oder stellvertretender Minister. Laura, du traktierst meinen Kopf.«
»Ach«, entgegnete Laura, berauscht von der blondierten Fülle, die der Haaransatz als kupfern gewachsen auswies.
Vilma blieb auf der Hut.
Laura aber gelang das Rupfen trotzdem. In der Hast jedoch ging sie grob vor und riß nicht ein Haar aus und auch nicht drei, sondern eine ganze Strähne. Laura entschuldigte sich sofort.
Vilma hörte es schon nicht mehr. Sie hatte bereits die Augen geschlossen und erwartete die Frage.
Welche Frage sollte Laura als erste wählen? In einem Land, in dem selbst die Journalisten die Kunst des Fragens verlernt hatten, war Laura keine Gelegenheit gegeben worden, sich an Vorbildern zu schulen. Sie überlegte gefährlich lange und entschied sich in letzter Sekunde, als Vilmas Lider bereits zitterten, für die Unsinnsfrage.
Sie sprach also: »Wer nimmt am Unsinnskollegium teil, und welcher Unsinn wird verhandelt?«

»Ei wenn sies wüßten«, antwortete Vilma. Was sie außerdem unwillkürlich in somnambuler Rede erzählte, deren Singsang an alte, continuobegleitete Opernrezitative erinnerte, kann im nächsten Kapitel zusammengefaßt nachgelesen werden. Der Singsang wurde ab und zu mit Koloraturen ausgeschmückt.

85. Kapitel

Informationen über ein Unsinnskollegium

Einleitend lobte Vilma die Kinder. Deren Spukgeschichten vom Französischen Dom und andere phantastische Weltbilder gäben genauere Beschreibungen von Realitäten als mancher Realismus Erwachsener.

Obgleich eine Hexen- beziehungsweise Narrenrunde natürlich nicht mit einer Gespensterversammlung verwechselt werden dürfe. Gespenster wären Phantome. Die Runde, die sich bei unwirtlichem Wetter in der Abenddämmerung oder nachts im Hugenottendom versammelte, wäre aus mehr als lebendigen Menschen gebildet. Denn sie unterschieden sich von normalen Menschen durch die Fähigkeit, das Schlafbedürfnis mittels autogenen Trainings auf ein Minimum reduzieren zu können. Zur Erlangung dieser Fähigkeit wären außerordentliches Konzentrationsvermögen, tägliches Training, unmäßige Disziplin und Willenskraft sowie Talent erforderlich. Hildequalitäten auf deutsch gesagt ... »Denn uns bleibt nur die Nacht für gesellige Kommunikationen«, redete Vilma zuzüglich einer Koloratur aus dem Wort »Nacht« gebildet, »die Männer gehen nach der Arbeit in die Kneipe oder auf irgendwelche Séancen auf den Blocksberg, weil der Mensch ohne gesellige Kommunikation verdörrt. Natürlich ist auch ein seelisch verdörrter Mensch verwendbar. Zu bestimmten Arbeiten sogar besonders gut, weshalb an Fließbändern hauptsächlich Frauen anzutreffen sind. Aber schöpferische Arbeit kann ein an geselliger Kommunikation gehinderter Mensch natürlich nur bedingt leisten. Jedenfalls bleibt er weit unter seinen Möglichkeiten. Die Tafelrunde im Hugenottendom ist ein Unternehmen, das die derzeitigen sittlichen Möglichkeiten berücksichtigt, ohne aufzustecken.« Die aus dem Wort »aufstecken« gebildete Koloratur dauerte drei Minuten.

Laura belustigten die Koloraturen, die Vilma ebensowenig schluckte wie die ganze somnambule Rede. Die an Continuo erinnernde Begleitung erzeugte sie, indem sie ihren Bauch rhythmisch mit Fingerkuppen klopfte.
Laura spürte wie bei den Leibreden Lust, ihr Ohr an den Resonanzkörper zu legen. Aber die Koloraturen erschwerten die Verständlichkeit der Mitteilungen derart, daß die Frau ihre Aufmerksamkeit nicht teilen konnte, wenn sie ihre Neugier befriedigen wollte.
Vilma behauptete somnambul, daß nicht nur Reden geschluckt werden könnten, sondern auch Hälften.
»Ich zum Beispiel hab meine störende Hälfte verschluckt«, trillerte Vilma stolz. »Sie ist dort, wo sich meine Leibreden befinden: sicher. Das Leibreden und das Hälftenschlucken sind Erfindungen, die mir sogar von der Tafelrunde patentiert wurden.
Das Hälftenschlucken ist in Kreisen, die direkt oder indirekt zur Tafelrunde des Hugenottendoms gehören, allgemein unter der Bezeichung ›Vilma-Methode‹ bekannt. Also bekannt bei Frauen, deren störende Hälften zu widerstandsfähig sind, um mit der Zeit irgendwie von selbst abfallen und verschwinden zu können – aber Kolbuk nicht durch feurigen Eigensinn zu teuflischer Teilung reizen.
Die närrische Fraktion schwört auf die ›Vilma-Methode‹, die hexische Fraktion auf die ›Barbara-Methode‹, die ohne Tarnkappe nicht funktioniert. Das heißt: die Mitglieder der hexischen Fraktion mußten Aufwand treiben. Die Mitglieder der närrischen Fraktion kamen billiger weg. Dank meines Patents. Wer es benutzt, hat seine störende Hälfte weg und doch stets bei sich. Nichts geht verloren. Und sobald ich mir leisten kann, ganz zu sein, kotz ich die verschluckte Hälfte aus und fertig.
Die Mitglieder der Hexenfraktion mußten sich die störenden Hälften selber abtrennen – mit Geflügelscheren oder Tranchiermessern, eine ziemlich schmerzhafte Prozedur –, und bewahren ihre Abschnitte unter Tarnkappen auf. Relativ sicher, aber nicht so sicher wie im eigenen Leib. Eine Tarnkappe kann verrutschen, wenn man dran stößt. Oder das Gedächtnis läßt nach beziehungsweise der Versteckplatz ist so sicher wie der von Geschenkheimlichkeiten für Weihnachten, die man nie wieder findet – dann ist die Hälfte pfutsch.
Die größte Gefahr aber droht durch unreines Material, durch Fehler bei der Berechnung des Mischverhältnisses und bei zu viel oder zu wenig Ober- beziehungsweise Unterhitze.

Die Tarnkappen werden nämlich gebacken. Aus Leitartikeln und Zucker nach einem von der Hugenottendom-Hexe Barbara erfundenen Geheimrezept. Als Zucker eignen sich alle handelsüblichen Raffinaden. Aber nur zweihundertfünfzigprozentige Leitartikel sind verwertbar. Zweihundertfünfzig Prozent als Minimum – so was läßt sich heute nur noch sehr selten aus unseren Zeitungen schneiden. Bestimmte Künste kommen aus der Mode, verschwinden und werden durch neue ersetzt. Ungünstig, auf alte Künste angewiesen zu sein. Ich bin überhaupt gegen Abhängigkeit von Künstlichkeiten. Ich bin für Natur und gegen künstliche Hexerei. Deshalb hab ich meine beiden natürlichen Schluckmethoden erfunden.«
Laura hörte aber neben Befremdlichem auch Schauriges. Zum Beispiel, daß außer Beschäftigten aus Betrieben, Forschungseinrichtungen, Universitäten und Dichterstuben auch desertierte Puffhexen an den Kollegien teilnähmen, genauer gesagt: ihre Schamteile. Alles andere würden diese Hexen im Hörselberg belassen. Und da bei ihrer Arbeit dort außer Hüten mit Schleier keine Kleidung getragen werden dürfe, wäre der Verlust ihrer Schamteile, als die bei den Puffhexen die Köpfe gälten, bisher noch nicht bemerkt worden. Tagsüber wären die Hexenköpfe unter Sträuchern vergraben. Vorzugsweise unter Gewürzsträuchern in Schrebergärten.
Die Kollegien verliefen stumm, ausgelassen, verspielt oder essayistisch, kurz gesagt in solchen Qualitäten, die im normalen Frauendasein heute noch fehlen. Stumme Veranstaltungen fänden besonders häufig statt.
Laura wunderte das.
Vilma begründete mit folgendem Zitat eines gewissen Gelehrten des Landes, dessen Namen sie verschwieg, um seine gemästete Eitelkeit nicht noch mehr zu belasten: »Eine Persönlichkeit, die keine Zeit hat zum Nachdenken, hat es niemals gegeben und wird es niemals geben.«
Die essayistischen Veranstaltungen würden sich mit Gegenständen der buchtraditionsreichen Domänen Wissenschaft, Kunst und Religion beschäftigen und mit den buchtraditionsarmen, praktisch-geistigen Aneignungsarten. Vilma verwies auf Marx, der bekanntlich vier menschliche Aneignungsarten der Realität unterschieden und für bedeutsam erachtet hätte: 1. die wissenschaftliche, 2. die künstlerische, 3. die praktisch-geistige und 4. die religiöse. Die strikte Arbeitsteilung zwischen Mann und Frau und zwischen

körperlicher und geistiger Arbeit hätte in der von Männern getragenen Kultur zu imposanten Leistungen geführt. Da strikte geistige Arbeit weiblichen Menschen weder möglich wäre noch erstrebenswert, hätte die Frau als geistige Lebensform bisher nicht stattgefunden. Die Hexen vom Hugenottendom und die Eulen vom Hörselberg trieben für diese Lebensform Vorstudien. Nicht nur, weil sich das Monopol der Erklärung der Welt bis auf den heutigen Tag in männlichen Händen befände: ein Machtmonopol. Da der Mensch in zwei Formen ausgebildet wäre, müßte jede einförmige, sozusagen einstirnige Denkentwicklung natürlicherweise zu engstirniger Weltsicht führen. »Aufs Ganze gesehen verhält es sich so«, sprach Vilma bei Erinnerung ihrer Domfreundin Annemarie, »daß sich der Essay dann und dort in Bewegung zu setzen pflegt, wo es um allzu komplexe, in einer Analyse schwer faßbare, vielleicht auch um übergroße Themen oder Gegenstände geht, deren systematische Erkundung eine Vielzahl von Jahren und Kräften beanspruchen würde. Über die aber den Betroffenen schon im gegenwärtigen Moment eine Orientierung erwünscht ist.«
Vilma unterschied zwei Arten von Vorstudien: praktische und theoretische. Die praktischen nannte sie »närrische« oder »hexische Aktionen«. Die theoretischen hätten die Hexen nach einem bekannten historischen Vorbild »Unsinnskollegien« getauft, die liberal und nach sokratischem Vorbild geleitet würden.
Vilma nannte lallend folgende Motti von Kollegien:
Goethe: »Alles, was der Mensch zu leisten unternimmt, es werde nun durch Tat oder Wort oder sonst hervorgebracht, muß aus sämtlichen vereinigten Kräften entspringen; alles Vereinzelte ist verwerflich.«
Einstein: »Mir scheint es das Schlimmste, wenn eine Schule prinzipiell mit den Methoden der Angst, der Gewalt und künstlichen Autorität arbeitet. Solche Behandlungsmethoden zerstören die gesunden Gefühle, die Aufrichtigkeit und das Selbstvertrauen der Schüler. Damit produziert man den unterwürfigen Untertanen.«
Swift: »Die Stoiker gegen uns den Rat, unsere Bedürfnisse zu befriedigen, indem wir unsere Wünsche ausschalten. Ebenso könnten wir unsere Füße abschneiden, wenn wir Schuhe brauchen.«
Engels: »Die Gesellschaft kann sich . . . nicht befreien, ohne daß jeder Einzelne befreit wird.«
Flugzeugkonstrukteur Tupolew: »Die beste Informationsquelle ist die Inspiration.«

Volksmund: »Geschwindigkeit ist keine Hexerei.«
Marx: »Der wahre Reichtum eines Volkes ist zu messen an der Zeit, die nicht durch unmittelbare produktive Arbeit absorbiert wird, sondern frei bleibt zum Enjoyment, zur Muße, so daß sie zur freien Tätigkeit und Entwicklung Raum gibt. Die Zeit ist der Raum für die Entwicklung der fakulties etc.«
Rimbaud: »Die Liebe muß wieder erfunden werden.«
Einstein: »Der Urquell aller technischen Errungenschaften ist die göttliche Neugier und der Spieltrieb des bastelnden und grübelnden Forschers und nicht minder die konstruktive Phantasie des technischen Erfinders.«
Schiller: »Es ist ein Verbrechen gegen sich selbst, Mord der Talente, wenn das nämliche Maß von Fähigkeit, welches dem höchsten Interesse der Menschheit würde gewuchert haben, an einen minder wichtigen Gegenstand undankbar verschwendet wird.«
Volksmund: »Ein Narr macht viele.«

86. Kapitel

Arke berichtet Sirene Beatriz von der zweiten Etappe der Weltfahrt

Hatte mein Wimmern Arke zurückgerufen? War die zweite Etappe ihrer Weltfahrt just am Abend des dreizehnten August 1980 beendet, und mir ward Beistand durch Zufall?
»Das zweite Attentat«, fistelte die Schlange durch mein Gitter, indem sie ihre Siebenmeilenflügel einholte und zusammenfaltete. Wie Fallschirmspringer ihre Fallschirme falten. Fallschirme sind natürlich vergleichsweise winzig. Die Siebenmeilenflügel erinnerten wie Arkes gewöhnliche Flügel an die Flossen von Schleierfischen, waren auch durchsichtig, unterschieden sich also nur in der Größe. Die Faltpäckchen der Siebenmeilenflügel – etwa hundertmal kleiner als Fallschirmpakete – fanden unauffällig unter den gewöhnlichen Schlangenflügeln Platz.
In den Sandboden ritzte ich die Beschreibung, wie ich überwältigt und eingesperrt worden war.
»Und warum bist du meiner Anordnung nicht gefolgt, bei Gefahr unverzüglich ein Versteck auf dem Mont Klamott oder den

Müggelbergen zu beziehen«, entgegnete die Schlange aufgebracht.
Ich versuchte mit meiner Schreibkralle ritzend verständlich zu machen, daß der Überfall unverhofft geschehen und ich keine Hellseherin wäre.
»Keine Hellseherin«, höhnte Arke. »Und warum hats dich ausgetrieben? Warum hats dich nach Delphi geflogen, um den Orakelspruch in Empfang zu nehmen, der da verkündete, daß ein Zeichen gesetzt werden muß jetzt oder nie. Wetterzeichen. Warnzeichen. Bannzeichen. Sirenen und Gaja-Töchter wittern elementare Gefahren. Ungeheuerlich, daß du auch nur einen Augenblick an unserer Fähigkeit zweifeln kannst, da doch sogar manche Menschen Erdbeben vor Ausbruch erspüren können. Bulgarische Wissenschaftler haben diese Fähigkeit an Menschen eindeutig festgestellt und darüber sogar in Zeitungen geschrieben. Es ist publiziert, daß völlig gesunde Menschen zwischen einer und sechs Stunden vor den Erdstößen ein unbegründetes Angstgefühl, Kopfschmerzen, Herzklopfen, Schwindelgefühl und Schwäche empfunden hätten. Einzelne Befragte berichteten über Ohrensausen und eine angeschwollene oder trockene Zunge. Mögliche Ursachen wären in der Einwirkung des Infraschalls oder in Anomalien des Geomagnetfeldes zu suchen, behaupten die Wissenschaftler.«
Ich empfand die Erwähnung von angeschwollenen oder trockenen Zungen vor einem zungenlosen Wesen als Taktlosigkeit. Und ich ritzte Entsprechendes.
Arke konnte es nicht lesen. Oder sie tat so als ob. Machte das Gitter für die Unlesbarkeit verantwortlich. Zwängte sich in mein Drahtgehäuse und räsonierte über die Zumutung, sich als befreite Gaja-Tochter in ein Gefängnis begeben zu müssen. »Nur weil du nicht wachsam gewesen bist«, schimpfte Arke.
Dann erfragte sie aus mir Einzelheiten über das Vorgehen der Männer, die meinen schlaftrunkenen Körper am Morgen des dreizehnten August 1980 überwältigt und in die Voliere verbracht hatten.
Aus der Schilderung folgerte Arke, daß Feinde des Staates DDR für alle Attentate verantwortlich zu machen wären. Denn was auch immer für oder wider eine sozialistische Ordnung vorgebracht werden könnte – eines wäre unzweifelhaft: Rüstung und Krieg liefen sozialistischen Wirtschaftsinteressen zuwider. Wer versuche, eine Friedenssängerin mundtot zu machen, verstieße gegen ein Landes-

gesetz, das Kriegs- und Völkerhetze verböte. Arke schwor den hiesigen Strafverfolgungsbehörden Hilfe zu und begann, von der zweiten Etappe der Weltfahrt zu berichten.

Ich – in peinvoller Sorge um meine Papiere und deshalb kaum aufnahmefähig – tat dennoch neugierig, um Arke nicht noch mehr zu reizen.

Arke hub allgemein an mit der rhetorischen Frage: »Was hab ich gesehen?« Und sie antwortete sich sofort: »Beängstigendes hab ich gesehen. Zum Beispiel: Die vier großen biologischen Systeme, von denen die Menschen abhängig sind – die Meeresfauna, die Wälder, das Weideland und das Ackerland – sind bereits überlastet. Die für das Überleben der Menschheit und ihrer dauerhaften Entwicklung unabdingbaren organischen Ressourcen werden in immer kürzer werdenden Zeiträumen zerstört beziehungsweise aufgebraucht, die Nachfrage nach diesen Ressourcen steigt. Wenn die Verschlechterung der Böden so weitergeht wie bisher, wird im Laufe der nächsten zwanzig Jahre ein Drittel des Ackerlandes der Erde unbrauchbar sein. In dieser Zeit dürfte die Erdbevölkerung sich um die Hälfte vermehren. Eine wachsende Zahl menschlicher Wesen benötigt also Ressourcen, die immer knapper werden. Die Menschen haben die alten Mythen über Bord geworfen und sich in die Falle eines neuen Mythos' begeben: das des ewigen exponentiellen Wirtschaftswachstums . . .«

Ich zauste nervös meine Federohren und scharrte im Sand.

Arke erzählte fort von ihrem Flug über Asien. Zunächst hätte sie dort drei ihrer Schwestern besucht: Eine haust als Flußdrache im Mekong und bewacht ihn als guter Wassergeist. Eine hat selber Wassergestalt, ist allgemein unter dem Namen »Ganges« bekannt und von den Hindus so verehrt, daß die Fluten und ein Bad in ihnen als heilig gelten. Die dritte Schwester bewohnt den Fluß Tunguska in der mittelsibirischen Taiga und ähnelt einem fliegenden Fisch.

Als sich diese Schwester am 30. Juni 1908 kurz nach acht Uhr Ortszeit befreite, hätte sie sich gegen den Widerstand ihrer Brüder derart zur Wehr setzen müssen, daß Funken gestoben wären. Große Funken natürlich, gewaltige – wie bei einer Gaja-Tochter nicht anders zu erwarten. Sie hätten den Wald in einem Umkreis von vierzig Kilometern versengt. Urwaldbäume wären auch entwurzelt worden im Kampfgewühl. Wissenschaftler hätten nachträglich errechnet, daß bei der Auseinandersetzung eine Energie von 10^{23} bis 10^{24} erg freigeworden wäre, was der Sprengkraft von vierzig Millio-

nen Trotyl oder einer großen Wasserstoffbombe entspräche. Die tunguskische Schwester würde die Rechnung bezweifeln und den Bombenvergleich als diffamierend ablehnen. Immerhin hätten die Parteien aber doch so gerungen, daß ein Loch in die Erde getrampelt worden wäre. Ein Krater, der seitdem unter der Bezeichnung »Tunguskischer Krater« den menschlichen Geist zum Spintisieren anrege, statt zum Denken. Die Vertiefung wäre die Folge eines natürlichen, irdischen Geschehens. »Aber vieles Natürliche fassen die Menschen ungern ins Auge«, sagte Arke. »Viele Leute, Wissenschaftler sogar und besonders, deuten das Phänomen deshalb nach wie vor als außerirdisch verursacht. Und die Herren gründen ihre Theorien keineswegs nur auf Theorien, sondern auch auf Augenzeugenberichte. Alle Augenzeugen berichten übereinstimmend, einen Flugkörper gesehen und ein donnerartiges Getöse gehört zu haben. Die Behauptung der Augenzeugen, daß der riesige Körper niedergegangen sein soll – ein Beobachtungsirrtum, Verwirrung des Gesichtssinns durch Peinigung des Gehörsinns –, regte Wissenschaftler zu mehr als hundert Hypothesen für die Erklärung des Vorgangs an. Die populärste Hypothese deutet den Feuerball als Meteor. Eine andere stellt vor, daß ein außerirdisches Raumschiff eine Havarie erlitten haben könnte. Eine dritte, von Kernphysikern erdachte, schlußfolgert, daß an der steinigen Tunguska – der Fluß ist zweiarmig, der nörliche Arm heißt ›untere‹, der südliche ›steinige Tunguska‹ – 1908 eine Kernexplosion stattgefunden hätte.
Alle Erklärungen blieben bis heute unbewiesen. Müssen schon deshalb unbewiesen bleiben, weil damals vor zweiundsiebzig Jahren nichts niederging, sondern aufstieg. Hochstieg. Sich rausssprengte aus jahrtausendelangem Kerker.
Kein Wunder, daß noch heute lieber von ›rätselhafter Tunguska-Katastrophe‹ und allerlei Hypothesen als von der Wahrheit geredet wird.«
Arke musterte mich erwartungsvoll. Ambivalentes Lächeln wie immer. Korenähnliche Ruhe, ja Steifheit auch sonst. Nur die Schwanzspitze zuckte. Verriet Ungeduld, zeigte an, was sich beim Menschen in Fingergetrommel sichtbar macht.
Die Schlange war nervös, weil sie meine mangelnde Neugier als Geringschätzung ihrer Strapazen empfinden mußte.
Aber ich war auch nervös. Ich empfand die Ausführlichkeit des Berichts, für den sich Arke wie selbstverständlich Zeit nahm, als Geringschätzung meiner unersetzbaren Papiere. War es Arke

gleichgültig, daß ich den bisher geschriebenen Teil des Buches »Amanda« nicht mehr bei mir hatte: meine schriftliche Stimme. Die einzige Stimmform, die mir möglich geblieben war. Stimme auf Seiten. Wo waren die vielen jetzt, meine Arbeit, mein Lebenswerk? Interessierte Arke nicht mal, daß die Materialien des Blocksberg-Archivs fehlten? Und Fragen stellen zu müssen ohne Konversationshefte, war sowieso ein Witz. Ein schlechter.
Arkes Schwanzspitze schlug den Sand in meiner Voliere, daß Körnchen mein Federkleid trafen.
Ich sah mich erneut genötigt, Neugier zu heucheln.
»Schließlich unternehme ich die Weltfahrt ja auch für dich«, sagte Arke prompt, »für dich gerade, um dir weitere Attentate zu ersparen. Wenn dir zum Beispiel die Krallen gezogen werden wie manchen Zirkuslöwen, kannst du nicht mal mehr schreiben. Dann ist Sirene Beatriz ganz und gar mundtot gemacht, nicht mal mehr fähig, schriftlich anzudeuten, in welche Richtung sich die Menschheit in Bewegung setzen müßte, um die Güter mit Fittichen aus der Pandora-Büchse wieder einfangen zu können.«
Ich nickte brav mein gefiedertes Haupt und fragte sandritzend, wen die drei asiatischen Schwestern als hiesige Attentäter in Verdacht hätten, wer ihre Sirenen verfolge und ob dort eine Sirene entbehrlich wäre, die meine Singarbeit übernehmen könnte.
»Auch auf der zweiten Etappe meiner Weltfahrt habe ich nur eine Sirene getroffen«, antwortete Arke, »eine einzige, die natürlich unabkömmlich ist. Die asiatischen Schwestern vermuten die hiesigen Attentäter in den Kreisen, die Europa als Austragungsort eines sogenannten begrenzten Atomkriegs zwischen den beiden Großmächten USA und Sowjetunion ausersehen haben. Und da die Schwestern Europa als eine Halbinsel Asiens betrachten, kann ihnen selbstverständlich nicht gleichgültig sein, wer im Westteil Eurasiens sein Unwesen treibt.
Am Mekong allerdings, am Ganges, an der Tunguska und im Nordkaukasus sind bisher keine Aktivitäten von Attentätern bemerkt worden.
Im Nordkaukasus ist die Sirene ansässig, die von den drei asiatischen Schwestern trainiert wird. In einem Tal des Nordkaukasus haust sie, in der Region Stawropol, wo Ratan 600 steht: das größte Radioteleskop der Welt. 600 – das ist, in Metern, der Durchmesser seiner riesigen Ringantenne. Katharina – das ist der Name der Sirene, die in der Nähe von Astrophysikern und Astronomen Quartier bezogen

hat. Ein noch eigensinnigeres Wesen als Yetunde – mit dir gleich gar nicht zu vergleichen. Jetzt weiß ich erst, was ich an dir habe. Denn eine vergleichsweise demokratische Ausfertigung, die mir in deiner Gestalt untergekommen ist, läßt sich natürlich viel leichter trainieren als diese kaukasische Unumschränktheit.

Zu Lebzeiten Katharina II. von Rußland, gestorben 1796, umgedreht im Grabe und schließlich ausgetrieben wie du 1980. Als Sirene Katharina.

Als Zarin blieb sie in ihren Großtaten und Untaten sicher nur wenig hinter Zar Peter I. zurück. Über Peter I. habe ich in einem Lexikon meines Landes eine achtungsvolle Würdigung gelesen, über Katharina II. eine ironische. Schönster Satz: ›Sie gefiel sich in der Rolle der aufgeklärten Monarchin, förderte die französischen Enzyklopädisten, korrespondierte mit führenden Aufklärern u. a. mit Voltaire, Diderot – und betätigte sich selbst schriftstellerisch.‹ – Gefiel sich in einer Rolle: eine Schauspielerin also bloß auf dem Thron, von dem sie den rechtmäßigen Zaren 1762 mit Hilfe der Garde in einer Palastrevolution gestürzt hatte. Den ungebildeten und trunksüchtigen Zaren Peter III., der ihr Mann war – eine Schauspielerin bloß? Eine Frau, die ihren rechtmäßigen Ehemann so behandelt, kann sich für kulant bedient halten, wenn Geschichtswissenschaft ironisch urteilt. Gefällt sie sich etwa heute bloß in der Rolle der aufgeklärten Sirene, da sie die Nähe von Astrophysikern und Astronomen sucht?

Zur Rolle der aufgeklärten Monarchin werden Vorlieben für mathematische Köpfe gezählt: Zarin Katharina II. hatte zum Beispiel die Brüder Bernoulli und den von Friedrich II. von Preußen außer Landes geekelten Euler nach Rußland geholt und den genialen Männern dort materielle Voraussetzungen für deren wissenschaftliche Arbeit schaffen lassen.

Jetzt als Sirene schafft Katharina mit Zunge nicht viel mehr als du ohne. Kann trotz Training bisher nur Piepgeräusche hervorbringen, die an die Lautzeichen des Telefons erinnern. Das Piepen – auch in Wortformen als eine Art Piepsprache oder Sprachpiepen geäußert – deprimierte mich. Wachstum von Sirenengesang daraus erschien mir unvorstellbar.

Sirene Katharina ist hoffnungsvoller und hoffnungsloser als ich . . .« Arkes Schwanzende hob sich. Gespannte Haltung, bevor es skandierend die Rede fortbegleitete.

Ich unterbrach Rede und Begleitung. Konnte mich nicht länger

bezwingen. Forderte endlich und sofort, daß die Schlange die unersetzbaren Papiere suchen sollte, die nach meiner Verschleppung in die Voliere in der Höhle zurückgeblieben waren.
Arke sah keinen Grund zur Eile: Sie hielt den Raub der Papiere für das Hauptanliegen des zweiten Attentats.

87. Kapitel
Schlafknochen

Im Februar rodelte Wesselin mit anderen Hochhauskindern auf Sandhaufen. Manche Schlitten waren größer als die Haufen. Die umkämpften Gipfel konnten den Schnee nicht lange halten. Und was für eine Strapaze, den Schlitten oben zu balancieren, bis aufgesessen war. Von Lauras Balkon aus bewunderte Vilma die wilde Entschlossenheit der Kinder, selbst der geringsten Erhebung Spaß abzutrotzen.
Von solcher Rodelschlacht brachte Wesselin Anfang Februar einen verstauchten Daumen nach Hause und die Nachricht, daß die Schwester seines Freundes im Krankenhaus läge. Schädelbruch. Irgendwelche Kinder oder Erwachsenen hätten Bierflaschen vom Balkon geworfen. Von welchem, hätte die Polizei noch nicht rausgekriegt. Nur ein Balkon der höheren Etagen käme in Frage, hätte Wesselins Gruppenerzieherin gesagt, und daß das Mädchen eine Bierflasche auf den Kopf gekriegt hätte und vielleicht sterben müßte.
Laura bandagierte Wesselins linken Daumen. Aber die Schwellung verlor sich nicht. Während die Mutter etwas Kondition für den nächsten Nachtdienst zusammenschlief, führte Vilma Wesselin in die Kinderpoliklinik. Die war im Zwischengeschoß des Hochhauses eingerichtet. Die Anmeldungsfrau wies die chirurgische Abteilung zu. Der Warteraum dort war mit kunsthandwerklich geformtem Spielgerät komfortabel ausgestattet und menschenvoll. Mehr als eine Stunde Wartezeit. Weniger als fünf Minuten Behandlungszeit, weil die Ärztin ohne Röntgenaufnahme keine Diagnose stellen konnte. Überweisung in die ebenfalls im Hause befindliche Röntgenabteilung, deren Warteraum überfüllt war. Wesselin lief weg. Vilma konnte ihn nur zur Rückkehr bewegen, als sie versprach, seinen Herzenswunsch zu erzwingen. Wesselins Herzenswunsch

war das Röntgenbild. Vom Daumen des Jungen wurden zwei Aufnahmen gemacht. Wesselin wartete nun auch geduldig, bis der Film entwickelt und getrocknet war. Die Röntgenassistentin erlaubte Wesselin, die Tüte mit der Aufnahme selbst in Empfang zu nehmen und der Chirurgin selbst zu übergeben. Die Ärztin besah die Negative im Gegenlicht, stellte Verstauchung fest, verschrieb eine Salbe und entschied, den Daumen in einer Woche wieder sehen zu wollen.

»Und die Bilder«, fragte Wesselin und schob Vilma vor.

Vilma haspelte Erklärungen herunter, weil der nächste Patient schon von der Sprechstundenhilfe hereingeführt wurde.

Die Ärztin telefonierte.

Als sie sich dem nächsten Patienten zuwandte, stampfte Wesselin mit dem Fuß und schrie: »Mein Daumen gehört mir oder ich komm nie wieder, und ich will meine Knochen, und wenn ich nicht endlich mein Skelett sehen kann, glaub ich kein Wort mehr, und die Scheißsalbe könnt ihr euch an den Hut stecken . . .«

Der Auftritt brachte Wesselin die Sympathie der Ärztin, den Unwillen der Sprechstundenhilfe und beide Negative ein.

Zu Hause besah er die Aufnahmen in Eile und verbrachte den Rest des Tages mit Zeichnen. Als seine Mutter sich für den Dienst uniformiert hatte, waren siebenundzwanzig Saurierskelette fertig gezeichnet. Wesselin nahm sein Schlaftier und die Röntgenaufnahmen mit ins Bett. Das Schlaftier war eine blaue Plüschkröte, deren Haar inzwischen fast völlig abgeliebt war.

Vilma nannte Wesselin »närrisch belastet«.

Laura seufzte besorgt und bat Vilma, endlich mal eine ihrer närrischen Aktionen erzählweis zum Besten zu geben. Das nächste Kapitel berichtet von Vilmas Bericht.

88. Kapitel

Närrischer Dienst bei einem Sonderling aus Altfriedrichsfelde

Die meisten Aktionsbittsteller kamen aus Künstlerkreisen. Aber auch Wissenschaftler suchten häufig Vilmas närrische Dienste. Da Vilma sehr neugierig war, setzte sie diese natürlichen Interessenten meist auf die Warteliste und fertigte Sonderlinge bevorzugt ab.

Der erste Sonderling, dessen Angebot Vilma nicht widerstehen konnte, war ein philosophierender Schneider, der für Exquisit Hosen nähte. Nur Hosen. Die Eintönigkeit der Hosenschneiderei hatte in ihm den Wunsch nach Umgang mit der Ewigkeit geweckt. Er vermißte diesen Umgang, seitdem er die katholische Kirche aus Überzeugungsgründen verlassen hatte. Er wollte Vilma mieten, weil er bisher keinen Menschen gefunden hatte, der seinen Wunsch ernst nahm. Bisher hatte ihm nur Gelächter geantwortet oder Mitleid oder der Verdacht, nicht mehr auf dem Boden der materialistischen Weltanschauung zu stehen. Kein Wunder, wenn einer auf Meetings den Einsatz von Weihrauch, Orgel oder wenigstens unverständlichen Passagen in den Reden politischer Propagandisten ersehnte. Die Unverständlichkleit wollte Exquisitschneider Grün nicht durch schlechten Stil hergestellt haben, sondern durch eine neue synthetische Sprache – Esperanto wäre schon zu bekannt. »Unverständliches Gemurmel müßte die Leute ab und zu aus ihrem Trott reißen«, sagte Tobias Grün, »dunkle Stellen müßten die Reden unserer Arbeiterführer erhellen. Junge Frau, Sie sind meine Hoffnung.«
»Ich glaube, ich verstehe nicht recht«, entgegnete Vilma während des ersten Sondierungsgespräches.
»Wer glaubt, nichts zu verstehen, ist klüger als einer, der glaubt, alles zu verstehen«, sagte Grün und wiegte sich auf seinen Säbelbeinen. Er trug Jeans, die die Beinform voll zur Geltung brachten. Das erste und einzige Sondierungsgespräch fand in Altfriedrichsfelde statt. Unterm Dach eines Hauses, das bald abgerissen werden sollte. Grün sagte: »Ick steh selber uff Abriß.« Er sah auch so aus. Und er verkündete, nicht außen exquisit sein zu wollen, sondern innen. Platte Aufgeklärtheit könne nämlich die beste Philosophie um ihren Ruf reden. Und er sähe schon eine mystische Gegenbewegung aufkommen, die dem Dogma verstandesüberschätzenden Fortschrittglaubens durch renegatische Flucht in religiöses Dogma zu entkommen suche. Auch ein gewisser Lernekel, den Tobias Grün bei Kindern und Jugendlichen beobachten wollte, könne durch Übersättigung mit antiseptischem Wissen entstanden sein. Und die stete Mahnung »lernt, lernt« provoziere wohl ähnliche Abwehrhaltungen wie die Mahnungen »eßt Spinat, Spinat ist gesund« und »trinkt Milch«. Wer bei der Wahrheitsfindung wie bei der Arbeit kleine und große Menschen davor bewahren wolle, sich schmutzig zu machen, behindere die Arbeit. Seine Mutter hätte den Knaben Grün nur in einen weißen Anzug zu stecken brauchen, um seine

Spiellust zu lähmen. Je geordneter das Spielzeug, desto größer der Drang, es zu verwirren. Perfektes Spielgerät würde prinzipiell abgelehnt. Je zugerichteter das zur Vermittlung bereitgehaltene Wissen, desto größer der Verdacht, Vorgekautes schlucken zu müssen. Der Magen des Menschen aber sträube sich gegen Vorgekautes. Erbrechen sei schon häufig zu beobachten. Wenn gesichertes Wissen bewußt durch Dunkelheiten angereichert würde, könne der Aversion begegnet werden, meinte Grün, räumte allerdings ein, weder Vater noch Pädagoge zu sein, sondern Junggeselle. In der Schneiderei freilich kenne er sich aus. Da wüßte er, was bekömmlich wäre. Nähen allein jedenfalls nicht, der Mensch lebe nicht vom Hosennähen allein. Das Bewußtsein, anderen Leuten etwas Gutes zu tun, nützlich zu sein, genüge aber auch nicht, weil Bewußtsein ein Kopfprodukt wäre und nicht den ganzen Menschen erfasse. Grün suche ein natürliches Amalgam aus Verstand und Gefühl, das ihn nicht nur mit den Menschen seines Landes oder der Erde verbinde, nicht nur mit der Tier- und Pflanzenwelt und der unbelebten Natur unseres Planeten, sondern auch mit dem unwägbaren Universum. »In den Feuern der Liebe reißen wir mitunter – ruff – das Universum für kurze Zeit in unsere Sterblichkeit«, sagte Grün. »Nur: Die Feuer sinken. In den Augen der Kinder hier im Haus bin ich mit meinen einunddreißig Jahren ein alter Mann. Und die Kinder haben Recht, wenn ich mich bescheide und Hosen nähe Tag für Tag, Monat für Monat, Jahr für Jahr – bin ich eine Maschine? Bei den pawloschen Hunden wurde durch eine Kombination von Nahrung und Geräusch ein bedingter Reflex erzeugt, der eine physische Reaktion auslösen konnte: Speichelfluß. Ich erträume einen bedingten Reflex durch eine Kombination von Schneiderei und Ritual, die eine psycho-physische Reaktion auslösen könnte: Lebenslust. Wären Sie in der Lage, mir dabei behilflich zu sein?«

Vilma versprach, ihr Bestes zu tun, und versenkte sich während der nächsten dienstfreien Nacht in die Dichtungen der Hethiter.

In einem mythologischen Text über den Mondgott, der vom Himmel fiel, fand sie ein Ritual. Der Priester hatte ihm nach dem Vortrag der Mondgott-Geschichte zu genügen. Die Beschreibung des Rituals lautete übersetzt: »Danach aber trinkt der Priester den beiden Stieren, dem Wagen, der Lanze, kurz, den Schlachtgeräten des Wettergottes dreimal zu; drei gewöhnliche Brote bricht er. Danach aber trinkt er dem Donner, den Blitzen, den Wolken, dem Regen des Wettergottes dreimal stehend zu; er bringt drei gewöhnli-

che Brote. Danach aber trinkt er den Ängsten und den Schrecken des Wettergottes neunmal zu; er bricht neun gewöhnliche Brote . . . Danach aber trinkt er der Siebengottheit des Wettergottes stehend einmal zu; elf gewöhnliche Brote bricht er.
Und der Mann des Wettergottes geht weg in seinen Tempel, und er libiert vor dem Wettergott des Himmels.«
Vilma las dem Schneider Grün das hethitische Ritual vor und fragte, ob es im Prinzip nach seinem Geschmack sei.
»Erste Anprobe okay«, antwortete der Schneider Grün.
Vilma erarbeitete nach dem hethitischen Muster folgende Variante:
1.) Vortragstext, im Schneidersitz zu sprechen:
Der Mond fiel als Bombe vom Himmel, und er fiel auf den Markt. Es sah ihn aber niemand, und ein Schneider schickte ihm Nadeln hinterher. Ein Pfund Stecknadeln schickte er ihm hinterher. Den Schneider ergriff Furcht, ihn ergriff Schreck.
Da trat die schöne Pantachalija zu ihm. Und die große Ruschekampa sah vom Himmel herab. Den Schneider ergriff Furcht, ihn ergriff Schreck. Aber die schöne Pantachalija beschwor ihn. Und die große Ruschekampa sprach: Es sollen weggehen die Ängste und Schrecken.
2.) Ritual, vor Arbeitsantritt:
Der Philosoph trinkt den Nadeln, dem Zwirn und der Elle, kurz den Arbeitsgeräten des Schneiders dreimal zu; drei gewöhnliche Brote bricht er. Danach aber trinkt er den Gedanken, den Träumen, den Flüchen und der Hoffnung des Schneiders dreimal stehend zu; er bricht drei gewöhnliche Brote. Danach trinkt er den Ängsten und den Schrecken des Schneiders neunmal zu; er bricht neun gewöhnliche Brote. Danach trinkt er der Utopie des Schneiders stehend einmal zu; elf gewöhnliche Brote bricht er. Und der Philosoph Schneider geht in die Werkstatt, und er näht, was ihm zugeschnitten ist.
Als Vilma Tobias Grün die Variante vorgetragen hatte, sagte er: »Zweite Anprobe ideal, aber wer ist die schöne Pantachalija?«
»Ich weiß nicht«, sagte Vilma.
»Und wer ist die große Ruschekampa«, fragte er.
»Ich weiß nicht«, antwortete Vilma.
Grün nickte zufrieden. Dann erkundigte er sich, woher er die vielen Brote nehmen sollte und was für ein Getränk geeignet erschiene.
Vilma bezeichnete Kaffee als durchaus geeignet. Das Brotproblem

löste Grün experimentell, indem er das Ritual erprobte. Nach sieben Versuchen wählte Tobias Grün Cornflakes als Brotersatz, zahlte Vilma den versprochenen Lohn aus und lobte die Paßform ihrer Arbeit.

89. Kapitel

Anita

Vilmas Bericht ermunterte Laura. Und da bereits die Schilderung der närrischen Aktion so lustvoll empfunden wurde, daß die Müdigkeit eine Weile wich, war Laura überzeugt, daß Betätigung der geschilderten Art den Mangel an Schlafersatzelixier zwar nicht beheben, aber doch ein wenig lindern könnte.
»Wenn du die Antibabypille absetzen würdest, könntest du auch Kraft und Schlaf sparen«, entgegnete Vilma.
Laura wähnte die Behauptung auf Vorurteilen und Aversion gegründet. Diese närrische Fraktion der Hugenottendom-Runde schien gegen alle Künstlichkeiten Aversionen zu hegen, also auch gegen die Antibabypille.
Hormonell erzwungene Statik anstelle zyklischer Dynamik wertete Vilma als Vergewaltigung der weiblichen Natur. Als unverantwortlichen Eingriff in einen wunderbaren, kreativen Bau. Als Verletzung einer Verehrenswürdigkeit.
Vilma hatte gut reden. Sie litt nicht unter Menstruationsschmerzen. Laura dagegen . . . Bevor sie sich für die Pillenfresserei entschieden hatte, war ihr jeden Monat elend gewesen. Mindestens zwei Tage. Aber krankschreiben lassen konnte sie sich natürlich nicht. Menstruationsschmerzen zeigen ja keine Krankheit an, sondern Gesundheit. Natur. Normal funktionierende Natur.
»A.p.« (ante pilulam: Lauras Privatbezeichnung für die Zeit vor der Pillenfresserei) hatte die Triebwagenfahrerin aller vier Wochen einen schlechten Tag beziehungsweise eine schlechte Nacht zu befürchten – und zu erhoffen. Zu befürchten war, daß der Beginn der Menstruation im Dienst begann. Zu erhoffen war, daß nicht ein ungewolltes Kind ausgetragen werden mußte – bis 1972 wurden die Bäuche der DDR-Frauen noch staatlich verwaltet.
»P.p.« (post pilulam: Lauras Privatbezeichnung für die Zeit nach Beginn der Pillenfresserei) fühlte sich Laura doppelt befreit. Vom

Vormund und vom Schmerz. Die Last, ständig etwas als schicksalspielend dringlich erwarten und als leistungsschwächend fürchten zu müssen, war von Laura p. p. genommen.
Wobei die Furcht vor den wehenähnlichen Schmerzen fast noch größer gewesen war als die Schwangerschaftsangst. Denn die Beschwerden hatten die Triebwagenfahrerin schon mehrmals am Führerstand ohnmächtig gemacht. Meist bei Kälte – in Winternachtdiensten. Hochsommertagsdienst, wenn die Temperaturen auf dem Führerstand fünfzig Grad erreichen können, überstand Laura ohne Zwischenfälle.
Die Triebwagenfahrerin hatte sich angewöhnt, Sifa – den Sicherheitsfahrschalter – vor Dienstbeginn besonders sorgfältig auf Funktionstüchtigkeit zu prüfen. Vor jedem Dienst. Nicht nur in den »kritischen« Tagen.
Die Themen »Überwachungseinrichtungen Sifa und Fahrsperre« und »Störungen und Schäden an Sifa und Fahrsperre« standen in regelmäßigen Abständen auf den Dienstunterrichtsplänen. Diese Pläne hingen in der Kaue Bahnhof Ostkreuz aus, wo die Ablösungen sich treffen. Teilnahme am Dienstunterricht ist Pflicht. Laura kam ihr gern nach und befolgte technische Vorschriften willig – im Gegensatz zu anderen Vorschriften, die in ihr Privatleben einzugreifen versuchten.
Die besondere Sorgfalt bei der Überprüfung von Sifa fiel bald auf. »Pingelig« nannten manche Fahrer, die Laura ablösten, sie deshalb. Laura verriet selten weiblichem und nie männlichem Personal, weshalb sie »pingelig« war. Und wenn sie, aus ihrer Ohnmacht erwacht, von den Männern, die sie vom Führerstand getragen hatten, gefragt worden war: »Was ist denn, Kollegin Salman, wo fehlts denn«, hatte sie geschwiegen. Schämte sich.
Sollte sie etwa noch stolz sein auf diese Natur, die sie derart im Stich ließ?
Vom »pingelig« überprüften Sifa war zwar immer dafür gesorgt worden, daß Lauras Krämpfe nicht die Verkehrssicherheit gefährden konnten. Aber der planmäßige S-Bahn-Betrieb war natürlich auf der gesamten Strecke bei jedem dieser Zwischenfälle gestört worden. Mit leistungsunzuverlässigem Personal kann kein Verkehrsbetrieb seine Pläne erfüllen.
P. p. war Laura leistungszuverlässig geworden. Körperlich gleichbleibend fit und wettbewerbsfähig wie ihre männlichen Kollegen. Gesellschaftlich besser brauchbar. Aber privat auch: Laura konnte

das Triebwagenfahren, das sie über alle Maßen liebte, endlich selbstsicher betreiben. Souverän.
Und deshalb antwortete sie auf den Rat ihrer Freundin Vilma: »Ich kann wegen Wesselin nur Nachtdienst machen, nachts ist es oft kalt, ohne Pille bin ich da jeden Monat einmal aufgeschmissen. Fahruntüchtig. Wer nicht aufgeschmissen ist wie du, kann gegen Künstlichkeiten leicht Aversionen hegen. Welche mit Ausnahmebäuchen wie du können sich leisten, Natur anzubeten. Ich nicht. Ich hab einen normalen Bauch. Eine feine Einrichtung. Unfähig oder böswillig, wer sich diese weibliche Konstruktion ausgedacht hat. Hingehunzt, denn was einem mindestens zwölf Tage im Jahr vermurkst, wird ja wohl Fehlkonstruktion genannt werden dürfen.«
»In Männergesellschaften lehnen Frauen ihren Körper immer ab, direkt oder indirekt«, entgegnete Vilma, »schämen sich seiner. Verbergen seine Eigenschaften, wenn die behindern, bestimmte Leistungsparameter der menschlichen Norm zu erreichen. Diese Norm stellt der Mann vor. Daß die Frauen bei uns im Beruf und privat ihren Zyklus nicht leben dürfen, sondern gleichförmig fortarbeiten müssen, als hätten sie keinen, ist zum Beispiel ein indirekter Beweis dafür, daß auch wir noch in einer von Männern dominierten Gesellschaft leben. Direkter Beweis: Anteil der Frauen im Ministerrat.«
»Papperlapapp«, schrie Laura.
»Nur innerhalb der Wahrheit kann ich vergnügt und ruhig sein«, flüsterte Vilma.
»Die Frau mit normalem Bauch möchte ich sehen, die sich danach sehnt, vergnügt und ruhig endlich ihre Zykluskrämpfe ausleben und genießen zu können«, höhnte Laura. »Jeder Esel kann sich ausrechnen, wie viele Tage eine Frau in ihrem Leben abschreiben muß, wieviel Lebenszeit jeder Frau wegen diesem Pfusch gestohlen wird – und so was soll ich als ›wunderbaren, kreativen Bau‹ verehren? Als unantastbar? Die Pille kann schon deshalb kein unverantwortlicher Eingriff sein, weil Pfusch nicht verletzbar ist. Höchstens verpfuschbar. Oder ein wenig erträglicher zu richten. Im Zweifelsfall pflege ich immer der für mich günstigeren Variante Glauben zu schenken.«
»Ich würde dir gar zu gern wünschen, daß dich dein guter Glaube nicht trügt«, sagte Vilma.
Laura wiederholte ihren Wunsch, sich auch närrisch betätigen zu wollen, in Zimmerlautstärke.

Vilma erwiderte etwas, das sie schluckte.
»Nichts hat mich bisher so ermuntert wie dein Bericht vom närrischen Dienst in Altfriedrichsfelde«, sprach Laura versöhnlich.
»Einbildung«, sagte Vilma.
»Einbildungsarbeit«, sagte Laura. »Der Mensch kann offenbar alles um und an und in sich wegarbeiten, selbst Müdigkeiten«, sprach sie und erbat von Vilma einen närrischen Auftrag.
»Von einem Auftraggeber oder von einer Auftraggeberin«, fragte Vilma.
»Von einer Auftraggeberin«, entschied Laura.
Vilma durchsuchte ihre Kartei und mußte feststellen, daß gegenwärtig nur ein Auftrag von einer Frau vorläge. Laura nahm ihn an. Aber der Auftrag wirkte nicht erholsam. Obgleich Laura etwas zu tun hatte, das nur unter widrigen Umständen als Arbeit bezeichnet wird.
Anita freilich, die Auftraggeberin, bezeichnete die Tätigkeit als Fron. Ihrem Wesen und ihrem Alter nach war Anita eher ein Kind als eine Frau. Mode aber forderte von ihr die Lüste eines reifen Menschen. Als sich die Schülerin Anita der Mode drei Jahre gebeugt hatte und deren Forderungen nachgekommen war, versuchte sie siebzehnjährig, ihr Leben mit Schlaftabletten zu enden. »Und ich werde es wieder versuchen«, sagte sie Laura aufsässig, »ich werde es wieder und wieder versuchen, wenn mir die Sache keiner abnimmt. Im ersten Jahr fand ichs ja auch ganz lustig, die ersten Male sogar steil – mein Maker hat Tränen gelacht über mich –, aber dann wollte er nur noch Bums, am liebsten von früh bis abend Bums, und die anderen wollten auch nichts anderes, auf der Disco wirst du gleich gefragt, ob du die Pille nimmst oder nicht, und wenn nein, tanzt erst gar keiner mit dir, und wenn gar raus ist, daß du dir sowieso nichts draus machst, also wenn sich das herumgesprochen hat, bist du ruiniert. Mich haben alle geschnitten, als ob ich aus dem Zeitalter des Handwagens käme, über mich haben alle gelacht, auch die Mädchen, auch die, von denen ich weiß, daß sie dieses Geschiebe auch nicht mehr hochbringen kann – alles wird eben früher oder später langweilig. Scheißleben. Ich seh nicht ein, weshalb ichs ewig hinziehen soll. Ich schmeiß es weg, wenn Sie mir nichts abnehmen, ich dreh durch, wenn ich den Sven auch wieder verlier: einwandfrei.«
Laura sah sich unversehens und unerbittlich in zusätzliche Verantwortung gestellt und genügt, weil von Elternseite keine Hilfe zu erwarten war.

Anita und Sven haßten ihre beruflich überforderten Eltern. Die jungen Leute vermißten bei ihnen Zuwendung und suchten Geborgenheit früh außerhalb der Familie. Da Anita und Sven jedoch selbst zu wenig Liebe empfangen hatten, waren sie auch unfähig, Liebe zu geben – greif mal einem Nackten in die Tasche!
Laura stellte also der Oberschülerin Anita ihre künstliche Fitneß ehrenamtlich zur Verfügung, indem sie sieben Nachmittage in einer von VEB Hochbau Berlin vergessenen Baubude schwarzgekleidet hinter einer Spindtür Stellung bezog und Anita im entscheidenden Moment doubelte. Die vorausgehenden und die nachfolgenden Zärtlichkeiten Svens waren Anita angenehm, ja unter den neuen Bedingungen geradezu ein Genuß. Die Kostümidee verdankte Laura einer Aufführung des Prager Theaters am Geländer. Sven störte sich, da der Einstieg gewährleistet war, weder am Kostüm noch an der schwarzen Maske. Er nahm das Double für echt, in der Hitze erschienen ihm alle Frauen schwarz, erklärte er später, nachdem er zum ersten Mal als Gast mit Anita am Unsinnskollegium teilgenommen hatte. Im Hugenottendom wurde er eines besseren belehrt und schnell förderndes Mitglied der Hexenfraktion. Anita wurde aktives Mitglied, wodurch sich Lauras närrische Arbeit erübrigte.

90. Kapitel

Papiere gerettet –
Verzweiflung von Sirene Beatriz verflogen

Arke fand alle verlorengeglaubten Papiere in der Höhle. An der Stelle, wo ich sie immer und auch am Morgen der Entführung versteckt gehalten hatte.
Arke brachte den Fund verwirrt.
Als ich den bisher fertiggestellten Teil des Buches »Amanda«, das Archivmaterial vom Blocksberg sowie einen Vorrat an Konversationsheften in meiner Voliere verstaut hatte, war meine Verzweiflung verflogen. Ähnlich wie zu Lebzeiten: Da fühlte ich mich auch überall zu Hause, sobald ich als Trobadora arbeiten konnte.
»Es gibt auch dumme politische Verbrecher«, sagte Arke. Dann verkroch sie sich in meine Remise und grübelte.

Ich hielt mich tagsüber meist vor der Remise auf, die der Voliere angebaut war. Hier schrieb ich ungestört in Deckung. Kein Gedanke an Fliegerei oder Besucher, keinerlei Aufmerksamkeit für die Frage, ob ich beobachtet wurde oder nicht. Ich schrieb im Gesträuch, als wäre ich ein Teil von ihm. Auch dem Wind, dem Regen und dem Gestein der Remise fühlte ich mich verwandt.
Nachts fühlte ich mich zu Arke hingezogen. Nicht zu ihrer Grübelei. Der Schlange war ihre eigene Erklärung, es gäbe auch dumme Verbrecher, bald zu simpel erschienen. Und sie suchte nach anderen Erklärungen für die Tatsache, daß die Attentäter die Papiere nicht gestohlen hatten. Weder beim ersten noch beim zweiten Anschlag.
Ich kroch nachts in die Remise, suchte aber nicht mit. Mich interessierte nicht, weshalb meine Papiere da waren, sondern einzig, daß sie da waren. Und ich setzte mich drauf und plagte die Schlange mit Fragen über die zweite Etappe der Weltfahrt. Mit den Papieren war auch meine Neugier zurückgekehrt.
Arke, vorher erzürnt, daß ich zu wenig Anteilnahme für ihre Reiseabenteuer gezeigt hatte, war nun verstimmt über zu viel. Ich mußte alle Informationen über Sirene Katharina förmlich aus Arke herausmelken. Hier mein Melkergebnis komprimiert, die Butter sozusagen:
Zunächst über den bisher erreichten Trainingszustand der Sirene. Die Piepgeräusche, die Katharina hervorbringen konnte und die Arke an die Lautzeichen des Telefons erinnert hatten, waren tatsächlich Nachahmungen von Funksignalen.
Arke hatte sich geniert, eine Zarin postum so kläglich heruntergekommen zu hören. Sirene Katharina piepste würdegebläht, als hielte sie Thronreden. Mit der Tonqualität war sie zwar noch unzufrieden, nicht mit der Tonart. Denn entgegen den Anweisungen ihrer Trainerinnen – der Gaja-Töchter von Mekong, Ganges und Tunguska – strebte Katharina nicht Lautfolgen an, die Menschen verständlich sind.
Menschen verachtete Sirene Katharina. Als unselige Art, deren Vorfahren primitive Kannibalen waren. Das heißt, Wesen, die ihre Artgenossen nicht nur in Hungerzeiten fressen wie Raubtiere, sondern normalerweise. Den Fortschritt vom primitiven zum kultivierten Kannibalismus sah Sirene Katharina in der Erfindung des Raubkriegs, in dem Menschen ihre Artgenossen aus Besitzgier töten. Verfeinerung dieser Erfindung: der Religionskrieg, der Besitzgier mit Rechthaberei und Besserwisserei bemäntelt oder ver-

quickt oder gar ersetzt. »Als Zarin habe ich alle Spielarten dieser verfeinerten Sorte durchzuspielen gelernt«, soll Sirene Katharina zu Arke so oder so ähnlich gepiept haben. »Theoretisch und praktisch bin ich in dieser Epochekultur sattelfest. Will sagen: Ich durchschaue die politischen Spiele, die gegenwärtig gespielt werden. Sie unterscheiden sich nur graduell von denen zu meinen Lebzeiten. Das Leistungsvermögen der Kriege, die während meiner Regierungszeit von mir und anderen Herrschern geführt wurden – ich nenne die Bataillen mit all ihren phantasievollen Etiketten der Einfachheit halber Religionskriege –, war freilich niedrig. Mit dem jetzigen Leistungsvermögen verglichen geradezu lächerlich. Zu meinen Lebzeiten konnte ein Herrscher, wenn er perfekt war, nur einzelne Landstriche oder Völkerschaften vernichten. Der wissenschaftlich und technisch hochgezüchtete Kannibalismus der Gegenwart erlaubt absolute Perfektion: Vernichtung der Artgenossen plus Selbstvernichtung.
Fortschritt und Kultur haben den Menschen also nicht von seinem kannibalistischen Kern weggeführt, sondern auf den zu. Stete Bewegung über Jahrtausende auf den Kern des Kerns zu. Ende der Bewegung respektive Ankunft: der Kernwaffenkrieg.
Den Untergang dessen, was sich ›Krone der Schöpfung‹ nennt und Ausschuß der Schöpfung ist, kann ich nicht bedauern. Ich würde ihn begrüßen, wenn er die Erde nur von ihrer schlimmsten Geißel befreite. Leider zöge der nukleare Selbstmord dieser unseligen Art aber auch die Ermordung der anderen Tierarten und der Pflanzen nach sich und die Vernichtung des Lebensraums Erde. Und diese Todesapotheose möchte ich der verdammten Menschheit denn doch versalzen.«
»Hassen Majestät die Menschen erst, seitdem sie keiner mehr sind«, will Arke hier etwa dazwischen gefragt haben.
»Seitdem ich keiner mehr bin, hasse ich die Menschen weniger«, soll Sirene Katharina geantwortet haben. »Einfach erklärlich: Ich bin nicht mehr Teil des Machtmechanismus. Auch wer an dessen Spitze steht, ist Teil. Ein privilegierter zwar, aber in keineswegs angenehmer Position. Als Zarin war ich von einem Höchstmaß an Reichtum, Perfidie und Lebensgefahr umgeben. Da ich zeitlebens Tag und Nacht Attentate zu gewärtigen hatte, bin ich unvergleichlich trainierter als jedes Tier in freier Wildbahn. Mit sieben Sinnen hätte ich mich keine Woche als Zarin auf dem Thron halten können. Um zu überleben, mußte ich einen achten entwickeln: den Wahn-Sinn.

Dieser achte Sinn ist ein Witterungs- und Konterorgan für Bösartigkeiten aller Spielarten. Von der gemeinen Erpressung bis zur Hinrichtungsvorbereitung entgeht und widersteht ihm nichts: heute noch. Einige menschliche Sinne sind mir als Sirene verlorengegangen; der achte ist mir unversehrt geblieben. Jetzt wittert und kontert er durchschnittliche Geschäftigkeit: nicht mehr und nicht weniger Attentatsversuche auf mich als zu meinen Lebzeiten. Will sagen: Attentate sind nicht mein Problem – verschont mich mit Gerede darüber.«

An dieser Stelle etwa will Arke Sirene Katharina gefragt haben, ob sie den Menschen die Todesapotheose versalzen und die anderen Arten in Fauna und Flora retten wolle, indem sie die Frauen mit sirenischer Stimmgewalt in Marsch zu setzen gedenke. »Die Fähigkeit zu hegen, eine beiden Menschenarten von Natur mehr oder weniger gegebene Eigenschaft, hat die herrschende Spezialistenkultur seit einigen Jahrtausenden allein bei Frauen hochentwickelt«, will Arke etwa so gesagt haben. »Hegen als Weiberressort für private Zwecke. Plötzlich ist der historische Punkt erreicht, da diese Fähigkeit bei Strafe des Untergangs für die größten öffentlichen Zwecke unentbehrlich wird. Alleinherrschendes Eroberungsdenken in Gesellschaft, Wissenschaft und Technik haben die Erde an Abgründe geworfen. Eroberungsdenken von Männern – eine Kulturzüchtung, nicht Männernatur. Diese Züchtung wurde bis zur Perversion, die Selbstvernichtung einschließt, hochgetrieben.

Nur wenn die andere Hälfte der Menschheit, die Frauen, bestimmte, bisher nur für private Zwecke entwickelte Fähigkeiten und Tugenden in die große Politik einbringen, können atomare und ökologische Katastrophen abgewendet werden.

Nur wenn die Männer und die von Männern geführten progressiven Regierungen erkennen, daß sie die Probleme der Weltpolitik und Ökologie und ihre eigenen ohne gewisse Fähigkeiten und Tugenden der Frauen nicht bewältigen und entsprechend handeln, kann der Planet gerettet werden.

Wer Kinder aufzieht, hat täglich unaufschiebbaren und unabschiebbaren Pflichten ins Auge zu sehen; und für Versäumnisse ist die Abrechnung im Kleinen unerbittlicher, weil überschaubarer als im Großen. ›Die Leitung eines Haushalts bringt kaum weniger Ärger als die eines ganzen Staates‹, soll der Dichter Montaigne geschrieben haben, ›von jeder Sache ist man gleich ganz in Anspruch genommen;

Geschäfte, die weniger wichtig sind, brauchen deshalb noch nicht weniger lästig zu sein.‹

Frauen sind also hochtrainiert, Verantwortung zu tragen. Sie und die Männer müssen sich der Tatsache nur endlich bewußt werden und entsprechende Schlußfolgerungen ziehen. Schnell: das heißt von sirenischer Stimmgewalt aus Trott und Stupor gezwungen. Wenn die Frauen sich länger mit privater Verantwortung bescheiden und öffentliche an Spezialisten delegieren, handeln sie unverantwortlich. Daß eine Sirene, die zu Lebzeiten Kaiserin war, eine Basiserhebung von Frauen und deren Verbündeten gegen Selbstmordstrategien anstrebt, erscheint mir geradezu natürlich.«

»Dummheit als natürliche Eigenschaft einer weiblichen Herrscherin«, soll Sirene Katharina höhnend gepiept haben. »Wenn die Sirenen ihre Stimmen wiederfinden sollen, um sie für schöne Illusionen zu verplempern, arbeiten sie der nuklearen Apotheose zu. Aber ohne mich. Mir können nicht mal Gaja-Töchter einreden, daß irgendwelche Basiserhebungen mit der strategischen Macht von Kinderkreuzzügen gegen Militärmaschinen mit dem Vernichtungspotential von einer Million Hiroshima-Bomben irgend etwas ausrichten. Ist etwa gar Gaja selbst schon der Illusion aufgesessen, daß Frauen gleich Einfluß auf Menschengeschichte haben, nur weil sie in manchen Ländern etwas mehr reden und arbeiten dürfen? Reden und mitarbeiten dürfen führt nicht automatisch in die Kommandozentralen der Macht. Im Gegenteil. Viel Emanzipationsgerede ruft als Gegenreaktion Aggressionen auf den Plan.

Ich hätte mich keine Woche auf dem Thron halten können, wenn ich als Frau unter Männern hätte regieren wollen. Als Zarin und androgyner Mensch – alle begabten Menschen sind androgyn – mußte ich meine weiblichen Eigenschaften verbergen und meine männlichen kultivieren. Eine andere Wahl haben auch die wenigen Frauen nicht, die heute in höheren politischen Positionen agieren. Als Mitarbeiterinnen. Wie in den niederen Positionen. Je größer die Entfernung von der Machtspitze, desto größer der Anteil der weiblichen Mitarbeiterinnen. Ein solches Heer von politischen Kleinarbeiterinnen gab es zu meinen Lebzeiten natürlich nicht. Überhaupt nichts gab es von der Art. Und dennoch war der weibliche Einfluß auf die Politik zu meinen Lebzeiten und davor größer als heute. Mittelbar natürlich, über die Boudoirs und Betten. Aber auf diese indirekte Weise konnten die Mätressen der Potentaten zum Beispiel direkten Einfluß auf die Regierungsgeschäfte nehmen. Die Kunst der politischen Einbläserei war bei den Mätressen und anderen Frauen, die mit Männern der Machtspitze Umgang pflegten, hochentwickelt. Regieren fand derzeit häufig in geselligen Formen statt. Heute findet es in Versammlungsformen statt. Ohne weibliches Dekor, weshalb die Kunst der politischen Einbläserei nichts mehr ausrichten kann. Hohe Politik war nie so absolut Männersache wie im Zeitalter der Frauenemanzipation.«

Arke berichtete von Sirene Katharina mit grimmiger Abneigung und Respekt.

Wenn ich Arke richtig verstanden habe, will Sirene Katharina nur zu Stimme kommen, um die Menschen an der Vernichtung der Tiere und Pflanzen und deren Lebensraum zu hindern. Und Menschennähe nimmt Katharina lediglich in Kauf, weil sie ohne die Wissenschaftler von Ratan 600 nicht auf Funkkontakt zu Schwestern im All hoffen kann.

Vertreter verschiedener Wissenschaften beschäftigen sich nämlich seit einiger Zeit mit dem Problem, ob es Brüder im All gibt. Symposien wurden schon abgehalten, und man gründete sogar ein internationales Komitee für Verbindung mit außerirdischen Intelligenzen, genannt CETI (Communication with Extra-Terrestrial Intelligence). CETI nimmt als wahrscheinlich an, daß irgendwo in der Unendlichkeit des Alls außer unserer Erde noch andere »ökologische Nischen« bestehen.

»Bedenke«, soll Sirene Katharina Arke etwa zugepiept haben, »daß es allein in unserer Galaxis hundert Milliarden sowie im gesamten, mit den technischen Augen der heutigen Menschen erfaßbaren Universum noch etwa zehn Milliarden mal mehr Sterne gibt. Und da sollten diese Menschenkreaturen, abseits des galaktischen Zentrums liegend, eine Allerweltsausnahme bilden, die einzigen Vernunftbegabten in der Unendlichkeit des Alls sein?

Ich glaube im Gegenteil, daß diese unseligen Menschen die einzigen Nichtvernunftbegabten sind.

Und: Wenn es extraterrestrische Zivilisationen gibt, so müßten sie uns in ihrer Entwicklung Millionen Jahre voraus sein.«

»Aber weshalb haben sich deine offensichtlich mit kolossalen technischen Möglichkeiten ausgestatteten Fremden noch nicht gemeldet«, will Arke zurückgefragt haben.

»Hochstehendes Leben ist im Weltall weit verbreitet«, soll Sirene Katharina etwa geantwortet haben, »doch nehmen diese Wesen deshalb keinen Kontakt mit uns auf, weil unser Abschnitt für sie einen kosmischen Monster- oder Naturschutzpark darstellt. Die Wissenschaftler der Erde werden nie außerirdische Zivilisationen entdecken, weil diese das nicht wollen; vielmehr tun die alles, um jede Fühlungnahme zu verhindern, damit unser Krähwinkel des Alls unberührt bleibt. Nur Sirenen könnten die Chance haben, von extraterrestrischen Wesen als kontaktwürdig empfunden zu werden. Am 16. November 1974 sandten amerikanische Wissenschaftler in Arecibo auf Puerto-Rico ein kosmisches Radiogramm in den interstellaren Raum. Die Botschaft, ist, nach dem Binärsystem zu Funksignalen verschlüsselt, in der Sprache der Mathematik abgefaßt und besteht aus eintausendsechshundertneunundsiebzig Zeichen. Was mitgeteilt wird, lautet im übertragenen Sinne: Hier sind wir – so sehen wir aus – wir sind ebenfalls vernunftbegabt – wir vermögen zu rechnen. Abgesehen davon, daß ein Viertel der Botschaft aus Lügen besteht – nicht die Absender, sondern bestenfalls ferne Nachfahren können eine eventuelle ›Rückantwort‹ empfangen: im Jahre 51 948. Der Adressat heißt nämlich Messier 13 und ist ein vierundzwanzigtausend Lichtjahre von der Erde entfernter, kugelförmiger Astralhaufen mit rund dreißigtausend Sternen. Je näher diese Menschheit dem Tode ist, desto mehr Zeit glaubt sie zu haben. Ich habe nicht fünfzigtausend Jahre Zeit. Ich werde von diesen Wissenschaftlern in diesem Nordkaukasus stehlen, was ich an Radiogramm-Technik zur Entwicklung sirenischer Funksignale gebrauchen kann und dann von extraterrestrischen Zivilisationen einholen, wie die Menschenart zu entmachten ist. Auf daß die Tiere ihre angestammten Rechte wieder zurückerhalten. Und ihren Lebensraum, will sagen: Das Maß an Bewegungsfreiheit, das nötig ist, um Entwicklung zu ermöglichen. Vielleicht sogar die eines vernunftbegabten Wesens ...«

Mir erschien der Plan von Sirene Katharina plausibel, aber fremd. Arke verurteilte ihn und hatte noch immer keine Antwort auf die Frage gefunden, weshalb die Papiere von den Attentätern nicht gestohlen worden waren.

Weder Katharinas noch Arkes Überlegungen hatten Chancen, weiter als zu meinen Ohren vorzudringen. In meinem Kopf war nur Platz für mein Buch Amanda.

Arke muß sich wohl auch bald davongemacht haben – ich weiß nicht wann. Meine Sympathie gehörte den zitternden Erlen- und Pappelblättern jenseits des Drahtgeflechts, und ich sah mich nicht ausgeschlossen. Ich hatte meine eigene Sonne und meinen eigenen Mond

und reichlich Insekten. Größere Tiere wie Frösche, Schafe, Hyänen, Wölfe, Pferde, Löwen und Menschen waren mir lautlich nahe. Vogelschwärme breiteten Baldachine über mir. Und im Steingarten ringsum stand der Lavendel in Frucht. Dürftiger als in meiner Heimat Provence. Aber niemals fand ich zu Lebzeiten einen Menschen so gesellig zu mir wie diese Einsamkeit. Ich war nicht einsamer als die Königskerze, das Wollgras, der Sommerflieder, der Nachtschatten und alle anderen Steingartengewächse. Am verblühenden Sommerflieder Behang von Fuchsschmetterlingen und Pfauenaugen.
Der am Volieregitter befestigte Metallrahmen für den Gattungsnamen des Exponats war leer.

91. Kapitel

Vorbildliche Improvisation

Lauras erste närrische Aktion hatte gegen die Müdigkeit der Frau so wohl gewirkt, daß Lust auf eine zweite erwuchs. Die zweite fand ohne Auftrag statt. Laura schilderte Vilma die spontane närrische Aktion in einem schriftlichen Bericht, der folgenden Wortlaut hatte:
Seitdem ich an der Grenze wohne, liebe ich den Tierpark Friedrichsfelde. Ich besuche ihn mit Wesselin, wenn Hast und Beton mich in die Flucht treiben.
Aber ich weiß natürlich, daß dieser Ort mir nicht angemessen ist. Den meisten Besuchern ist dieser idyllische Ort nicht angemessen. Sie genießen ihn als Oase.
Nur Rentner können sich hier zu Hause fühlen. Ich weiß noch nicht lange, daß solches Können gelernt sein will.
Ich mied gewisse Bänke instinktiv. Eines schönen Märzentages handelte Wesselin meinen Instinkten zuwider. Er sagte, »mir tun meine Beine weh«, und schob mich auf die Ecke einer Bank, die mit Rentnern besetzt war. Die alten Leute rückten zusammen, um auch der Mutter Platz zu machen. Auf vier Bänken wurden mir Plätze angeboten. Die Bänke gehörten zu den gewissen, die am Ende der Allee hinter den Hirschgehegen stehen. Gegenüber das Gartenrestaurant und die Musikbühne. Die Selbstbedienungsbuden für Bockwurst, Bier, Schnaps und Kaffee waren schon bewirtschaftet.

Eine Kapelle des Ministeriums des Innern eröffnete den Frühling mit Berliner Weisen. So laut klingt nur Blasmusik. Meine von Disco und Alterserscheinungen verschont gebliebenen Ohren schmerzten wirklich. Das Argument, mit dem ich mir einen guten Abgang verschaffen wollte, brauchte ich nicht zu erlügen.
Aber als ich es vorbringen wollte, machten die Musiker Pause.
»Altberlin«, seufzte die Oma neben mir und stieß die Handtasche auf die Oberschenkel. Und der Opa und Ehemann sang: »Man mü-stenochmal zwanzig sein . . .«
Ich entgegnete, daß ich diesen Wunsch nicht hätte. Und mit diesem Geständnis saß ich fest. Zwei Stunden.
Das war nun Wesselin auch nicht recht. Denn er hatte noch längst nicht alle Tiere abgesessen. Das Beste am Tierpark war für Wesselin nämlich das Viehzeug aus Metall. Er nannte die Skulpturen, die zwischen Gartenanlagen, Freigehegen und Urnatur in Form von Baumriesen Kunst zu repräsentieren hatten, »Denkmäler«.
»Ich will zu den Denkmälern«, sagte Wesselin und konnte nicht verstehen, warum die alten Leute ihn beneideten.
Ich versuchte Details zu übersehen, die mich peinlich berührten: ballengebeulte Lackschuhe, faltenschlagende Strümpfe, ein roter Rock, ein geschwärzter Schnurrbart, die Hüte.
Ich wollte mich an meinem dienstfreien Tag mit Frühling volltanken. Mit nahem grünem Gras und Krokussen und Narzissen und den Blütenexzessen der Magnolienbäume. Das Gras zwischen der Grenzmauer und dem Denkmal für den erschossenen Grenzsoldaten Reinhold Huhn, das ich von meinem im einundzwanzigsten Stockwerk gelegenen Balkon besichtigen konnte, war noch grau.
Die Hüte hatten entweder grelle Farben und Formen oder gar keine. Graue Gesichter drunter, verrunzelt, pigmentfleckig, von Farben, Unfarben und der Märzensonne mißhandelt. Verschiedene Dialekte. Berlinisch zunächst vorherrschend. Eine Veteranengeschichte reizte mich, mein Geständnis zu wiederholen. Dem rüstigen Mann, der sie erzählt hatte, war es unverständlich. Er hatte das Abenteuer selbst erlebt. 1946. Da war er als Schriftsetzer jäh mit unübersehbarer Verantwortung beladen worden. Auf Befehl eines sowjetischen Kulturoffiziers mußte er bunten Rockstoff für die Tanzgruppe der Druckerei beschaffen. An den männlichen Tänzern galten irgendwelche Eigentumshosen als politisch vertretbar. Aber an die Frauen sollte Bunt ran, einheitliches, Optimismus. Der Schriftsetzer erhielt einen Berechtigungsschein für dreißig Meter bunten Stoff und einen

Termin. Zwischen dem Papier und dem Termin riesige Räume, die der schwerfällig Mann irgendwie zu bewältigen hatte. Zunächst mit der Eisenbahn. Als sich herausstellte, daß aus der ihm angegebenen Weberei weder bunter Stoff noch anderer zu holen war, da Garn fehlte, mußte der Mann sich und dem geforderten Gewebe auf den Grund gehen. In der Reihenfolge der Aufzählung waren Zähigkeit, Selbstbewußtsein, Verwegenheit, ein beschlagnahmtes Auto, Baumwolle, Garn, Stoff, Farbe und eine Druckwalze aufzubringen. Die Beschaffung von dreißig Metern bunten Kattuns hatten einen Berliner damals durch ganz Thüringen und Sachsen getrieben und weit über die eigenen Ränder. Jetzt sagte er: »Mit solcher Qualität kannste unserer Jugend natürlich heute nicht mehr kommen. Die verlangen Importstoff. Die verlangen und kriegen und nehmen. Aber zufrieden? Wenn ick denke, wie ick mir damals jefreut hab ...«
»Über den riesigen Bewegungsraum«, fragte ich.
»Über den Kattunfetzen natürlich«, fragte der Mann, »Martha, du hast schon wieder deinen Hut verkehrt auf.«
»So«, erwiderte die angesprochene Sächsin würdig, »ich habn hin und her gedreht und hin und her, aber die alte Stürz paßt ehm nä.«
Widerstand gegen die sogleich zugreifenden und filzrückenden Nachbarinnen. Aktuelle Krankengeschichten, Jugenderinnerungen, Kriegs- und Nachkriegserlebnisse in Stichworten. Zu wenig für mich, um Vorstellungen zu gewinnen. Mehr als genug für die alten Leute, die voneinander unterrichtet waren.
Als mich der Herr mit dem geschwärzten Schnurrbart zu einem Schnaps einlud, dachte ich unwillkürlich: Seh ich schon so aus, als ob ich auf so was angewiesen bin?
Aber ich konnte die Einladung natürlich nicht abschlagen. Umzug von der Bank auf Gartenstühle. Bald zogen uns auch die anderen Rentner nach. Und die brauchten ebenfalls nicht viel Stoff, um munter zu werden. Als sich eine alte Schlampe mit Sackmantel auf die Tanzfläche begab und dort nach einer Musik, die niemand hörte, allein Walzer zu tanzen begann, schickte ich Wesselin zum Säbelzahntiger.
Diese Bronzefigur war Wesselins Lieblingstier. Die Nachbildungen ausgestorbener Arten waren ihm überhaupt lieber als die anderen. Von den anderen bevorzugte er den Fuchs, der an der Treppe gegenüber der Kamelwiese aufgestellt war.
Wesselin schlürfte davon. »Heb die Füße«, schrie ich ihm nach,

»nimm dir am Schuhschnabel ein Beispiel.« Ich hätte auch den Storch oder den Sekretär oder den Kranich für meine pädagogischen Zwecke benutzen können. Aber der Schuhschnabel war das einzige Tier im Park, dem Wesselin nachsah, daß es lebend war. Das heißt: nicht anfaßbar.

Wesselin stakste anklagend.

Der Opa mit dem geschwärzten Schnurrbart, der mich zum Schnaps eingeladen hatte, sagte nach dem dritten doppelten: »Für uns gibts keine Vorbilder.«

Ich lachte.

Der Mann nickte ernst sein leeres Glas an.

Seine Frau murmelte: »Dich begreift hier sowieso keiner.«

Aber nach kurzer Zeit schon hatten ihn alle begriffen. Bis auf mich alle.

Ich lächelte irritiert. Da ich keine Lust hatte, mich witzweis politisch abklopfen zu lassen, rief ich nach Wesselin.

Die Rentner bedauerten ernstlich, daß ich den Mangel nicht beklagte.

Mir war er bisher nicht ernstlich aufgefallen. Nun fand ich ihn sofort ideal.

Hohngelächter. Die Sächsin mit dem verkehrt sitzenden Hut fragte, ob ich schon mal eine Geburtstagswürdigung in der Zeitung gefunden hätte, in der zu lesen gewesen wäre: Der Jubilar sieht so alt aus, wie er ist. Oder gar: Der Jubilar sieht älter aus, als er ist. Immer würde behauptet, sieht jünger aus, ist jung geblieben und ähnliche Lügen. Warum? Weil die Wahrheit als Beleidigung empfunden würde. Das Alter wäre besonders deshalb eine unangenehme Lebenszeit, weil es versteckt werden müßte. Die Feststellung: Du siehst älter aus, als du bist, gälte als vernichtendes Urteil.

Ich beobachtete bewegt die Vogelschwärme, die über dem Tierpark kreisten. Über den Hochhäusern Leipziger Straße kreisten keine. Ich teilte das mit.

Dann wurde mir mehrstimmig vorgerechnet, daß die Kinder die Kosmonauten hätten und die Pioniere Thälmann und die Jugendlichen irgendwelche Matheexperten oder Popsänger, und für die Männer würden immer neue Helden der Arbeit bereitgestellt, und für die Frauen gäbs Feldbaubrigadierinnen mit acht Kindern und Sportlerinnen und die Modefrisur der Saison – allen Menschen würden heutzutage leuchtende Vorbilder zum Nacheifern vor die Nase gesetzt, bloß den Rentnern nicht, jawohl!

Neuerlich irritiert vermutete ich nun Altersschwachsinn und entgegnete: »Mensch, seid doch froh, daß euch niemand mehr Vorschriften macht.«
Wesselin kam und beschwerte sich, weil der Säbelzahntiger immer besetzt wäre.
»Wenn wir für den Staat interessant wären, würde er für uns Vorbilder ausarbeiten«, sagte der Kattun-Odysseus. »Kennen Sie welche? Können Sie mir sagen, wie ein schöner alter Mann oder Genosse aussieht? Oder eine schöne alte Frau? Oder gehören Sie auch zu denen, die glauben, schöne alte Frauen gibts gar nicht? Geht ein Rentner mit der Mode, macht er sich lächerlich. Kümmert er sich einen Dreck drum, macht er sich auch lächerlich. Wer keine Vorbilder kriegt, ist abgeschrieben. Hab mir mein arbeitsfreies Lebensende schöner vorgestellt.«
Wesselin strebte zum Urzeitmammut.
Die Rentner versicherten, jeden Tag auf den Bänken gegenüber der Musik anzutreffen zu sein. Bei schönem Wetter jeden Tag.
Ich verabschiedete mich und dirigierte Wesselin zum Ausgang. Er zeigte seinen Protest, indem er beim Gehen den Hintern schwenkte. Ein winziger Hintern, der keine Konfektionshose zu füllen vermochte. Aber Abnäher allein halfen auch nicht. Und für Gürtel fehlte Fleisch. Wesselin ist so dünn, daß ich Hostenträger zu Hilfe nehmen muß. Er läßt sich die gefallen. Er läßt sich widerspruchslos alles anziehen. Außer seinem Lieblingsnicki alles. Das Lieblingsnikki hat er wie ein Bild in sein Zimmer gehängt. »Damit ich es sehen kann«, sagt er. Er hat den Spiegel noch nicht als Autorität entdeckt. Was andere Kinder anhaben, ist Wesselin keineswegs gleichgültig. An mir kann er Grün nicht ausstehen.
Ich ließ den Sohn und einen Kopf voll verstörender Aussagen mit der U-Bahn nach Hause befördern. Als Wesselin im Bett war, sichtete ich die Ausbeute des Märzentags unterm »Tausendjährigen Reich«.
Benno hatte mir kurz vor seinem Tode die Reproduktion des Bildes von Hieronymus Bosch geschenkt. Das dreiflüglige Bild hängt im Korridor. Wenn ich die Wohnungstür öffne, fällt mein Blick auf die Vision. Sobald ich sie sehe, fühle ich mich verstanden. Bosch malte die Dämonen phantastisch als Fratzen des Krieges und der Inquisition. Heute können die Dämonen, die die Menschheit plagen, exakt in Megatonnen beschrieben werden. Es ist gegenwärtig auf Erden so viel Sprengstoff gelagert, daß zehn Jahre lang Tag für Tag der

gesamte Bombenhagel des zweiten Weltkrieges auf den Planeten niedergehen könnte. Diese Drohung auf einer ihrem Wesen nach friedlichen Gesellschaftsordnung übergipfelt Boschs visionäre Kontraste.

In unserem Alltag teilen sich diese Kontraste Kindern und Erwachsenen als Hektik mit, als Streß, als Strenge. Ich lindere den mir hieraus entstehenden Mangel durch Bäder an idyllischen Orten. Im Tierpark Friedrichsfelde bade ich am liebsten. Wesselin lindert seinen Mangel an Lebewesen, die in einer Hochhauswohnung nicht zu halten sind, indem er »Denkmäler« abliebt. Dieser Mangel und die Art seiner Linderung wird allgemein anerkannt, wie die goldglänzenden Schnauzen, Ohren, Rücken und Schwänze der Skulpturen zeigen.

Der Mangel, den die alten Leute bei Schnaps äußerten, erscheint bizarr.

Ich versuchte, ihn zu berücksichtigen, indem ich bei meinem nächsten Parkbesuch jedem Rentner der Gruppe heimlich ein Päckchen zusteckte und sprach: »Nicht hier auswickeln. Nicht unter vier Augen auspacken. Wenn das Vorbild, das ich Ihnen überreiche, von mehr als zwei Augen gesehen wird, wirkt es nicht. Wenn es verraten wird, wirkt es auch nicht. Es kann nur wohltätig sein, wenn Sie über das Befremdliche schweigen. Sollten Sie jedoch – was ein Wunder wäre und so gut wie ausgeschlossen – etwas Bekanntem ins Auge sehen, müssen Sie tapfer sein und sich Ihres außerordentlichen Schicksals würdig erweisen.«

Die alten Leute dankten und versprachen oder beeideten absolute Verschwiegenheit.

Wesselin war verstimmt.

Als er auf dem Vorzeitelch saß, sagte er: »Und warum kriegen diese ollen Omas und Opas alles und ich krieg nischt?«

»Wenn du mal einen Spiegel brauchst, kriegst du auch einen«, sagte ich.

92. Kapitel
Voliere als geistige Lebensform

Erst in der Voliere merkte ich, daß der regelmäßige Anblick eines größeren Stücks Natur während meiner Arbeit unverzichtbar war. Ich sage, den Gepflogenheiten des zwanzigsten Jahrhunderts folgend, Natur, obgleich einem Wesen, das im Mittelalter aufwuchs, die Bezeichnung »Wurzgärtlein« angemessener erscheint.
Himmel und Jahreszeiten sind weniger modifiziert, man sagt bis heute: erobert. Aber auch die Restbestände sind als Beistand für die Bewältigung großer Stoffe unerläßlich. Für eine Sirene mit trobadorischer Vergangenheit jedenfalls.
Für eine Sirene mit zaristischer Vergangenheit, an Weltreich-Umgang gewöhnt, kommt nur der Weltraum als Kommunikationspartner in Frage. Dies bedenkend war ich meinem Schicksal dankbar, als Trobadora geboren und vor unmenschlicher Hoffart gefeit zu sein.
Lauras Beschimpfung der Romanautorin – im Blocksberg-Material überliefert – bewog mich, deren Zustand mit dem meinen zu vergleichen. Mir gefiel meiner besser. Auch mein Aufenthaltsort erschien mir günstiger als der normaler Schriftsteller. In einer Voliere hätte die Morgner keinen Rufmord begangen. Der Einwand, daß eine Voliere ein Käfig wäre und Schreiben ein freiheitheischendes Geschäft, erscheint mir albern. Denn ein Gehäuse aus Maschendraht ist durchlässig für die Naturkonstanten Himmel, Jahreszeiten, Vegetation, Getier, Tag und Nacht und andere natürliche Maßstäbe. Ein Gehäuse aus öffentlicher Meinung dagegen, das aus einem mit Büchern und Zeitungen beladenen Schreibtisch leicht gebildet werden kann, ist undurchlässig und nach ausgerufenen Maßstäben bemessen. »Wir haben heute Philosophieprofessoren, aber keine Philosophen«, schrieb – ich erinnerte mich genau – Henry David Thoreau in der Mitte des neunzehnten Jahrhunderts indirekt zu dem Thema. »Wie einst derjenige bewundert wurde, der seiner Philosophie lebte, so heute derjenige, der sie vorträgt. Ein Philosoph sein, heißt aber nicht so sehr feingeistige Gedanken haben und eine Schule gründen, sondern der Liebe zur Weisheit ganz und gar sein Leben widmen: ein Leben der Schlichtheit, Unabhängigkeit, der Großmut und des Vertrauens. Einige Lebensfragen wollen nicht theoretisch, sondern praktisch gelöst werden. Der Erfolg großer Gelehrter und Denker ist oft genug ein Höflingserfolg ...

Sie drücken sich stets bereit zur Anpassung an das Bestehende nur wieder nach Art ihrer Väter durchs Leben und sind in keinem Sinne die Erzeuger eines edleren Geschlechts. Der Philosoph eilt seiner Zeit gerade auch in der äußeren Lebensform voraus.«

93. Kapitel

Teuflischer Heiratsantrag (erster Teil)

Am 27. Februar 1977 stand ein Mann vor Lauras Wohnung, der ihre Zeitungsannonce vom 1. April 1976 ausgeschnitten vorwies und die angebotene Stelle beanspruchte.
»Sie ist längst vergeben«, sagte Laura belustigt und wollte ihre Wohnungstür schließen.
Der Mann aber hinderte sie, indem er seinen linken Fuß in die Tür stellte. Dann widersprach er.
Die Erscheinung des Mannes veranlaßte Laura, ihn zu der Sorte zu rechnen, die ihre Aggressionen regelmäßig als Zuschauer auf Fußballplätzen austobt.
Seitdem Laura nur noch Nachtdienst machte, hatte sie die Sorte beruflich nicht mehr zu fürchten. Lauras Kollegen aber, die in verschiedenen Schichten arbeiteten, hofften alle, daß ihnen der Dienstplan die Zumutung ersparen möge.
Der Dienstplan war viele Monate im voraus festgelegt, die Ortsderbys und andere Spiele auch. Wer die Zuschauermassen zum Fußballplatz fahren mußte, war noch vom Zufall begünstigt. Die Triebwagenführer aber, die die rivalisierenden Anhänger der rivalisierenden Fußballmannschaften nach den Spielen abtransportieren mußten, waren beklagenswert.
Von Männern überfüllte Bahnsteige. Einfahrt in eine Atmosphäre von Gewalttätigkeit und Fanatismus. Geschiebe. Sieg- und Drohgesänge. Hup- und Tut-Lärm. Alkoholisierte Sprechchöre, Schlachtgebrüll. Die Triebwagenführer mußten auf Bahnhöfen halten, wo mitunter geradezu Pogromstimmung herrschte. Sie hatten Fahrgäste zu befördern, die Züge demolierten. Nach jedem Ortsderby oder dergleichen war mindestens ein Zug so zugerichtet, daß er aus dem Verkehr gezogen werden mußte.
Triebwagenpersonal, das seinen Beruf liebt und seine Züge pfleglich behandelt, empfindet derartigen Vandalismus als Verletzung der

Berufsehre und Beleidigung. Laura haßte und fürchtete die Fußballganoven.
Deshalb vermied die Frau jetzt Reize, auf die Händelsucht zu warten pflegt. Sie erklärte dem Mann vor ihrer Wohnungstür nur, daß die angebotene Arbeit inzwischen längst getan wäre und die Annonce sich mithin erledigt hätte. Den sanften Worten wurde mit sanften Ellenbogenbewegungen Nachdruck verliehen. Aber der Belästiger ließ sich nicht abschieben. Er schob sich im Gegenteil immer näher und nestelte dabei herausfordernd an seinem Schal, der in den Farben einer Oberliga-Fußballmannschaft gehalten war. Die fransengeschmückten Schalenden reichten bis zu den Turnschuhen. Speckiger Jeansanzug. Jesusfrisur. Nickelbrille.
»Solche Annoncen erledigen sich nie«, sagte die Erscheinung vom Stil Uraltgammler, als sie sich an Laura vorbei in die Wohnung drängte und die Tür hinter sich schloß.
Laura, deren berechnete Sanftheit in unberechnete Wut umschlug, beschuldigte den Eindringling des Hausfriedensbruchs.
Der Mann entschuldigte sich und sprach: »Ich bin ein Un-Mensch, Unter-Mensch wie Sie, wie jede Frau.«
»Raus«, sagte Laura.
»Untergrund«, sagte der Mann, »underground – verstehen? Eigentlich müßte mich eine Frau wie Sie sofort verstehen. Wir leben doch beide im Schatten.«
»ZDF-Korrespondent«, fragte Laura.
»Ach«, sagte der Mann.
»Südfunk Stuttgart.«
»Ach was«, sagte der Mann.
»Frankfurter Rundschau?«
»Ach woher«, sagte der Mann. »Ich verstehe gar nicht, warum Sie so mißtrauisch sind. Ich bin keine zwielichtige Figur. Mein Anwesen wird von den Grenztruppen der DDR ausgezeichnet bewacht. Ins Grenzgebiet dürfen nur unbescholtene Personen einreisen. Sie, Madame, brauchten eine Genehmigung, die Sie vier Wochen vor Reiseantritt bei Ihrer zuständigen Volkspolizeidienststelle beantragen müßten. Ich brauch keine. Gibt es einen besseren Beweis für meine Redlichkeit.«
Laura, die deutlich Bedrohung fühlte, undeutlich jedoch, von welcher Größenordnung, reagierte unwillkürlich den Sitten des Landes gemäß, indem sie Legitimation mittels Personalausweis oder Dienstausweis oder Reisepaß verlangte.

Der Mann senkte die Lider und streichelte seine Jacke, die mit Aufnähern besetzt war. Köpfe und Losungen. Unter den Köpfen fiel Laura Martin Luther King auf, unter den Losungen: »Make love, not war.«
Während Laura mit der Sichtwerbung beschäftigt war, hielt der Mann um ihre Hand an.
Laura vergewisserte sich, ob sie richtig gehört hatte, bevor sie lauthals loslachte.
Der Mann flüsterte, daß er an ihrer Stelle den Hals nicht so voll nähme.
Laura lachte Tränen.
Der Mann reichte ihr zum Abtrocknen ein Taschentuch und bat, darauf aufmerksam machen zu dürfen, daß Lauras Benehmen als unangemessen erschiene, weil eine Teufelsbeschwörung eine ernsthafte Angelegenheit wäre. Die von Laura gewählte Annoncenform wäre von ihm auch durchaus als zeitgemäß empfunden worden und keineswegs schuld an seinem verzögerten Eintreffen. Für den Zeitverzug wären lediglich innere Angelegenheiten des Brockenreichs verantwortlich, die seinen Fürsten unabkömmlich hätten werden lassen und scheinbar ungalant. Denn ein Gentleman, der den Ruf einer Dame überhöre, hänge sich unweigerlich den Leumund eines Rüpels an. Und übler Leumund wäre heutzutage selbst Herren der Unterwelt unangenehm. Er hoffe jedoch, daß die Enttäuschung, die er Laura durch überlanges Warten bereitet hätte, vom Antrag vergessen gemacht worden wäre. Mit einem solchen Preis hätte Oberteufel Kolbuk schließlich noch nie Schmerzensgeld gezahlt. Wann also wäre Laura Salman die Hochzeit recht?
»Nie«, murmelte Laura schreckensbleich.
»Daß du erröten würdest, hätte ich auch nicht erwartet. Wer es an Domruinen treibt und in Baubuden, ist von Scham nicht mehr geplagt. Aber ein wenig reichlicheren Dank mußte ich wohl erwarten bei so viel Aufmerksamkeit meinerseits. Oder hast du vor lauter Freude übersehen, daß ich meine äußere Erscheinungsform gänzlich deinem neusten Geschmack anpaßte?« Kolbuk latschte ins Ostzimmer und warf sich aufs Sofa. Laura wankte hinterdrein und sank auf einen Stuhl.
Die Lampe schaukelte. Nicht in Lauras Einbildung – dafür lieferte das Gehör der Frau Beweise. Der Wind blies auf der Hochhausflöte. Die Windstärke konnte in den oberen Stockwerken am Pendelaus-

schlag von Deckenlampen und Zuggewicht-Uhren abgelesen werden. Laura saß im schwankenden Betonturm und erwartete, des verbotenen Umgangs mit ihrer anderen Hälfte Amanda überführt und abgeurteilt zu werden.

94. Kapitel

Die Walpurgisnacht auf dem Blocksberg (Intermezzo in Dur)

Als Laura in die Küche flüchten wollte, die dem Ostzimmer vorgelagert war, verstellte ihr Oberteufel Kolbuk den Weg. Mit einem Videorecorder.
Anschalten des Geräts durch Blitz, den Kolbuk aus seinem linken Auge schoß. Das rechte war auf Laura gerichtet.
Laura war froh, dem Blick unverdächtig ausweichen und sich dem Recorderfilm zuwenden zu können. Color.
Vorspanntext: »Die Walpurgisnacht auf dem Blocksberg. Originalreportage von den Feierlichkeiten des Jahres 1976. Kommentar oberteuflisch autorisiert. Regie oberteuflisch ermächtigt. Eine Kolbuk-Kertelsmann-Produktion. Zensiert und freigegeben von Satan persönlich Lizenz Nr. 1796525.«
Der Vorspanntext lief – von Discosound begleitet – über einem Bild, das Laura als Weitwinkelabbild eines Felsenkellers für die Lagerung von Bier oder Wein annahm. Vorherrschende Farbe: Grün. Kamerafahrt aus der Totale zum Kellereingang hin.
Nahaufnahme: metallbeschlagene Pforte. Detailaufnahme: Hiebkratzer über einem Ziselierungsmuster, das Doppeläxte variiert. Kamerawendung von der silbernen Pforte zur silbernen Tafel daneben, auf der in Reliefbuchstaben »Blocksberg« zu lesen ist. Bildschnitt: Goldene Tafel mit der Aufschrift: »Vernunfttempel«. Tonschnitt: Marschmusik. Kameraschwenk von der goldenen Tafel auf einen Bahnhof. Bahnsteig: Wiese.
Marschmusik schwindet zu Hintergrundgeräusch. Vordergrundgeräusch: Reporterstimme. Kommentartext: »Liebe Hörselberg-Hexen daheim an den Bildschirmen, liebe Festsportfreunde. Wir melden uns heute wie jedes Jahr – gleiche Zeit, gleiche Stelle, gleiche Welle – von Schloß Blocksberg, vom Vorplatz des Amtssitzes

unseres Oberteufels Kolbuk, vom Bahnsteig unserer bewährten Tunnelbahn, von der Festwiese. Der Mond ist aufgegangen, liebe Hörselbergerinnen, die goldnen Sternlein prangen am Himmel hell und klar, der Wald steht schwarz und schweiget, und aus den Wiesen steiget kein weißer Nebel wunderbar, hahaha, keineswegs Nebel, meine Lieben vom Hörselberg, was ist ein bißchen Nebel verglichen mit der imposanten Tribüne, die sich heute wie in jedem Jahr aus der Wiese erhebt. An traditionsreicher Stätte von den vielen fleißigen Händen unserer vielen fleißigen Hörselberg-Hexen erbaut auf dem Bahnsteig ›Vernunfttempel‹. Zwischen den Bahnhöfen ›Vernunfttempel‹ und ›Lusttempel‹, wo normalerweise Zehn-Minuten-Verkehr herrscht, wurden wie immer in der Walpurgisnacht zusätzlich Sonderzüge eingesetzt. Hut ab vor unseren Tunnelbahnerinnen, diesen Gigantinnen der unterirdischen Gleisstraße. Ein herzliches Dankeschön an ihrem Ehrentag von dieser Stelle aus allen Tunnelhexen für die zuverlässigen Leistungen im Zubringerverkehr. Vergessen wir nicht, daß diese Leistungen keineswegs nur an Festtagen vollbracht werden, sondern kontinuierlich – sechs – sieben – acht – neun – Klasse. Alltäglich befördern unsere tapferen Bahnhexen ihre Fahrgäste vom Blocksberg zum Hörselberg und zurück. Alle Tage im Jahr fahren ausschließlich Raben als Fahrgäste – bis auf einen. Bis auf diesen einen Tag, oder genauer gesagt: diese eine Nacht. Eine Nacht der Superlative – das kann ich auch diesmal wieder versprechen, obgleich die Delegation noch längst nicht vollständig ist. Ich stehe mit meinem Mikrofon zwischen Schloß Blocksberg und seinem Bahnhof, hinter mir die Weltklassetribüne, vor mir der reibungslose Verkehr, der das Hexenmaterial in Zwei-Minuten-Schüben heranschafft – eine scheinbar endlose Anlieferung, eine Spitzenleistung der Organisation, meine lieben Walpurgisnachtfreundinnen daheim an den Bildschirmen, walle walle manche Strecke haha, Tunnelbahnstrecke, hahaha, daß zum Zwecke Hexen fließen, hahahaha, und noch immer ist kein Ende abzusehen. Wie aus gut unterrichteten Kreisen verlautet, sollen in diesem Jahr für tausend Hexen Teilnahmeberechtigungen erteilt worden sein. Eine Hexendelegation von sage und schreibe eintausend Stück – liebe Festsportfreunde – unser Oberteufel Kolbuk hat sich wieder einmal selbst übertroffen. Und er würde sich gewiß noch weiter übertreffen und auch für alle Delegiertenkarten ausgeben lassen, die das Spitzenfest der Freude heute nur an den Bildschirmen verfolgen können; aber der Großzügigkeit unseres Oberteufels sind bekanntlich Grenzen gesetzt. Räumliche Grenzen. Vorübergehend, versteht sich. Ein Bahnsteig ist kein Bergplateau, liebe Festsportfreunde. Wie der Bahnhof schwillt, wie sich unser Bahnsteig voll mit Hexen füllt. Stehe, stehe, denn wir haben dieser Gaben voll gemessen, möchte ich sagen wie der Zauberlehrling, hahaha, ich stehe mit meinem Mikrofon jetzt mitten im Gedränge, ich bin vollkommen eingekeilt und muß um Kabel und Mikrofon fürchten, hallo, Technik, hallo, Übertragungswagen, hallo, hallo – nein, noch nicht, Ton wieder okay, alles okay, ist das eine Bombenstimmung, so was hat die Wiese noch nicht erlebt. Ich schwimme mit auf der Woge des Enthusiasmus, reizend eingekeilt, wie sich jeder denken kann, bezaubernd gezwängt, ah, ich lasse mich treiben, herrlich, atemberaubend, oh, aus technischen Gründen müßte ich zwar sagen, stehe, stehe, denn wir haben deiner Gaben voll gemessen, aber der Spruch würde mir so wenig nützen wie dem Zauberlehrling aus dem Deutschlehrbuch achte Klasse – außerdem bin ich leider kein Hexenmeister olala, ich werde fortgerissen im Strom der Begeisterung und benutze die Gelegenheit für ein paar Fragen an unsere freudestrahlenden Delegierten. Hallo, Hexenfreundinnen, als Reporter des Blocksberg-Fernsehens würde ich gern eure Meinung ... Arschloch ... danke ... Dreckschleuder ... besten Dank ... Schandschnauze ... vielen herzlichen Dank auch im Namen unserer Zuschauerinnen im Hörselberg-Fernsehraum, denen die Kurzinterviews sicher beweisen, daß ich auch diesmal wieder nicht zu viel versprochen habe ... Die Nacht ist da, entzückt ist meine Seele ... ich schaue dir ins tiefe dunkle Auge ... Hymnen an die Walpurgisnacht müßte man schreiben können, liebe Festsportfreunde, aber ich muß jetzt versuchen, so schnell wie möglich meine Reporterkabine zu erreichen, wie bloß, wie, aber das ist eine andere Frage, mein Problem sozusagen, über mir ein prima Sternenzelt, unter mir quietschnasse Wiese, um mich unsere breiten Hexenmassen – vor mir die schwierigste und reizvollste Aufgabe meines Lebens. Ich wünsche Ihnen an den Bildschirmen und uns auf dem Bahnhof ›Vernunfttempel‹ gute Unterhaltung, gebe inzwischen zurück ans Studio im Schloß und melde mich nach kurzer Pause wieder.«

Marschmusik erneut volle Lautstärke.

Der Recorderbildschirm, der während des Kommentars in gleichbleibender Totale-Einstellung das Geschehen auf dem Bahnhof abbildete, wodurch außer Bewegung nichts zu erkennen war, bot

nun Abwechslung. Laura konnte beobachten, wie sich neben den Gleisen drei Marschzüge formierten.
Die Hexen des ersten Zugs tragen rote Röcke und Trommeln, Maschinenpistolen und ein eingerolltes Transparent. Die Hexen des zweiten Zugs tragen grüne Röcke und ein eingerolltes Transparent. Die Hexen des dritten Zugs tragen Eulenkostüme.
Die Formierung erfolgt unter Anleitung von Ordnern in Rabenkostümen.
Vor jedem Zug – etwa im Abstand von zwei Metern – eine Führungshexe. An jedem Zugende ein Planwagen. Als sich die Ordner mit ihren Aufsehern formieren, bricht die Marschmusik jäh ab. Abmarsch der Ordnergruppe im Gleichschritt. Laura hört Wasserglucksen und schließt daraus, daß die Wiese sehr naß sein muß.
Die drei Aufseher der Ordner erstatten bei einem Raben mit Allongeperücke Meldung. Laura hört verschiedene Variationen des Lauts »wau-wau«. Dann sieht sie, daß der Allonge-Rabe einen etwa zweieinhalb Meter langen Stock dreimal in den Rasen stößt. Großaufnahme des Zeremonienstocks, dessen oberes Ende mit einem vergoldeten Phallus verziert ist. Großaufnahme des Zeremonienmeisters.
Bildschnitt: die drei Marschsäulen der Hexen setzen sich in Bewegung unter Absingen des Liedes:

»Es lacht der Mai!
Der Wald ist frei
von Eis und Reifgehänge.
Der Schnee ist fort;
am grünen Ort
erschallen Lustgesänge.
Ein reiner Schnee
liegt auf der Höh;
doch eilen wir nach oben,
begehn den alten heilgen Brauch,
Allmutter dort zu loben.«

Der Gesang wird von Marschmusik begleitet und schließlich völlig übertönt. Die Marschzüge bewegen sich in einem Spalier, gebildet aus Raben, die in Ein-Meter-Abstand Aufstellung genommen haben. Das Spalier geleitet die Hexen vor die Tribüne.
Sie ist leer. Das Gerüst hat die Form einer Pyramide. Die Pyramidenspitze wird von einer Kanzel gekrönt.

Laura bemühte sich, vor ihrem Besuch durch gleichgültiges Verhalten zu verbergen, daß sie bereits zwei der drei Führungshexen erkannt hatte: Amanda und Isebel.
Tonschnitt von Marschmusik nach Opernmusik. Laura konnte sie als Potpourri aus »Fra Diavolo« von Daniel François Auber identifizieren.
Die Wirkung des sonderbar regelmäßigen Musikbaus, der sich viereckig in die Ohren klemmt und vermuten läßt, Auber komponierte ihn zu Pferde, wird durch Zufügung gleichförmigen Chorklatschens noch gesteigert. Die Hexen setzen sich auf die Wiese. Die Tribüne wird von unten nach oben besetzt.
Während des feierlichen Einzugs werden der Oberteufel und seine Raben von den Hexen stürmisch begrüßt. Zuletzt nimmt Kolbuk Platz. Unter der Teufelskanzel. Zur Rechten neben ihm eine Frau. Zur Linken ein Mann mit einem roten Schnurrbart. Die übrige Tribüne rabenschwarz.
Hexenbegrüßung hinauf mit den Worten: »Mistkrücken – Dreckdampfer – Stinktiere – Saubatzen – Bettscheißer – Arschkriecher – Windbeutel – Stumpfzähne – Tagediebe – Lümmel – Krachwedel – Hosenhuster – Hundsfötter – Lausewedel – Flohbeutel – Galgenschwengel – Rotzlöffel – Schindäser – Maultaschen – Saufnickel – Prahlhänse – Taugenichtse – Flegel – Rotzer – Laffen – Deppen – Freßbälge – Vogelscheuchen – Bärenhäuter – Pinsel – Glatzköpfe – Kaulquappen – Galgenvögel – Hornochsen – Raubritter – Halsabschneider – Lumpen – Erzgauner – Ausbeuter – Mannsbilder – Rabenväter – Teufelspack.«
Teufels- und Rabenbegrüßung hinab mit Klatschbeifall und Kußhandwürfen.
Plötzlich verlöschen alle auf das Tribünenpublikum gerichteten Scheinwerfer. Nur die Teufelskanzel bleibt erhellt. Und Kolbuks Finger leuchten.
Kolbuk erklärt die 3781. Walpurgisnacht für eröffnet und begrüßt Satan im Ehrenpräsidium.
Nahaufnahme Teufelskanzel. Wappenverziert. Vergoldet. Wappensymbole: Pferdefuß, Hörner, Löwenschwanz, Phallus.
Die Kanzel ist nicht mehr leer, sondern von einem Lautsprecher besetzt.
Die Stimme Kolbuks kündigt eine Rede seines Herrn und Gebieters an.
Nahaufnahme Lautsprecher.

Lautsprecherrede:

»Die Böcke zur Rechten
die Ziegen zur Linken!
Die Ziegen, sie riechen,
die Böcke, sie stinken.
Und wenn auch die Böcke
noch stinkiger wären,
so kann doch die Ziege
des Bocks nicht entbehren.«

Klatschbeifall von den Rängen. Auf der Wiese wird ein Transparent entrollt mit der Losung: »Eine Frau ohne Mann ist wie ein Fisch ohne Fahrrad.«
Lautsprecher fortfahrend:

»Euch gibt es zwei Dinge
so herrlich und groß:
Das glänzende Gold
und der weibliche Schoß.
Das eine verschaffet;
das andre verschlingt;
drum glücklich, wer beide
zusammen erringt.«

Lang anhaltender Klatschbeifall von den Rängen. Auf der Wiese wird ein Transparent entrollt mit der Losung: »Seitdem wir die Menschen kennen, lieben wir die Frauen.«
Lautsprecher fortfahrend:

»Für euch sind zwei Dinge
von köstlichem Glanz:
Das leuchtende Gold
und ein glänzender Schwanz.
Drum wißt euch, ihr Weiber,
am Gold zu ergetzen
und mehr als das Gold
noch die Schwänze zu schätzen.
Seid reinlich bei Tage
und säuisch bei Nacht,
so habt ihr's auf Erden
am weitsten gebracht.«

Stürmischer, nicht enden wollender Klatschbeifall von den Rängen, die jetzt wieder mit Scheinwerfern aus der Dunkelheit gehoben sind. Oberteufel Kolbuk, die Frau zu seiner Rechten, der schnurrbärtige Mann zu seiner Linken und die Raben erheben sich von den Plätzen und winken zum Lautsprecher hinauf und zu den Hexen hinab. Buh-Rufe vom Wiesenpublikum. Alle Hexen heben die Arme und formen aus Zeigefinger- und Daumenpaaren das Zeichen der umgestürzten Pyramide. Dann fliegen Grasbatzen auf die Tribüne. Die Raben haschen nach den Batzen und verlangen nach mehr. Der Zeremonienrabe beendet die allgemeine Ekstase und die »Fra Diavolo«-Musik mit drei Stockschlägen auf den Rasen.

Laura, abermals verwundert darüber, daß geschlagener Rasen dröhnt, vermutete jetzt, daß der Zeremonienstock elektronisch mit Cathedralsound ausgerüstet und an eine Verstärkeranlage gekoppelt war. Oberteufel Kolbuk fläzte sich auf dem Sofa des Ostzimmers und nuschelte: »Wa, Puppe, meine Filme sind stark. Aber es kommt noch steiler, Süße, es kommt noch viel geiler.« Laura schwitzend vor Neugier und Angst vor dem Videorecorder.

Auf dessen Bildschirm jetzt Detailaufnahmen des dreigeteilten Hexenhaufens. Die Hexen lagern nicht mehr auf der Wiese. Sie haben sich erhoben und machen sich an den Planwagen zu schaffen. Laura sieht Amanda, Isebel und die andere Führungshexe in Großaufnahme. Amanda trägt ein Eulenkostüm und spielt Maultrommel. Isebel trägt eine Maschinenpistole vor der Brust und schlägt eine Blechtrommel. Die dritte Führungshexe trägt einen grünen Rock. Alle drei Führungshexen dirigieren die Umwandlung der Planwagen zu Theaterkarren. Die Maul- und Blechtrommelei wird von Discosound übertönt, der den Cathedralsound des Zeremonienmeisters abgelöst hatte.

Als die drei Spielbretter so weit hergerichtet sind, daß sie die Welt bedeuten können, meldet sich die Reporterstimme wieder. Discosound schwindet zu Hintergrundgeräusch. Vordergrundgeräusch Schnaufen und Kommentar.

Der Kommentar hatte folgenden Wortlaut: »Hallo, liebe Hörselberg-Hexen daheim an den Bildschirmen, oha, da bin ich wieder, br, leider nicht nach kurzer Pause, br, br, war das ein Ritt, Manomann, ein Durchqueren des Urwalds ohne Machete ist ein Kinderspiel verglichen mit dem, was ich von den Gleisen bis zu meiner Reporterkabine am Mast der Flutlichtanlage durchgemacht habe, Teufel noch mal, ein kurzer Weg, werden Sie sagen, liebe Festsportfreunde, mit Recht, der Weg ist ein Katzensprung entfernungsmäßig. Aber stimmungsmäßig, verkehrsdichtemäßig . . . wer reitet so spät durch Nacht und Wind, es ist der Reporter mit seinem Kind, er hält das Mikro wohl in dem Arm, er faßt es sicher, er hält es warm, br, br, br, warm für Sie, liebe Hörselbergerinnen, verzeihen Sie mir bitte meine Verspätung und danken Sie Kolbuk, daß Sie daheim bleiben durften, vom Bildschirm haben Sie einen viel besseren Überblick, er gewährt Ihnen eine viel höhere Erlebnisqualität, er garantiert Ihnen eine gemütliche Walpurgisnacht – und die Objektivität der Berichterstattung versteht sich wie immer sowieso von selbst. Ihre Delegierten dagegen sind der feuchten Kälte der Frühlingsnacht ausgesetzt, den scharfen Winden, den Nebeln, die zu tückischen Erkältungen führen können. Wenn die Atmungsorgane betroffen werden oder das Schamteil Kopf, ist die Unpäßlichkeit noch zu verkraften. Was für ein Handicap aber, wenn durch kalte Füße das Berufsorgan zu Schaden kommt, liebe Hörselbergerinnen, ein Nasenschnupfen kann Sie wenig hindern, da er unter Ihrer Berufskleidung – Hut und Schleier – leicht zu verbergen ist. Aber ein Lochschnupfen . . . Nicht auszudenken, wenn die gesamte Hörselberg-Population zu Walpurgis derart erkrankte . . . Die Delegierten tragen zwar heute wie stets zu Walpurgis nicht die Berufsuniform Nacktheit, sondern Oppositionslook. Und eine angezogene Hexe ist natürlich ein Widerspruch in sich – zünftig für das heutige Fest. Dennoch: Dem Fortschritt sei Dank, daß nicht mehr alle Hexen in der Walpurgisnacht unterwegs sein müssen wie früher, wie in grauer Vorzeit, br, ich weiß, was es heißt, jetzt unterwegs sein zu müssen, br, br, ich zittre noch immer vor Kälte, ich kann Ihnen glaubwürdig versichern, daß gewisse Kolkraben-Nostalgiker, die am liebsten die uralten Zustände wieder etwas herstellen würden und sich mit dieser Neigung bei den Hexen einzuschmeicheln versuchen, nicht Freunde, sondern in Wahrheit Feinde der Hexen sind, br, br, br, liebe Zuschauerinnen im warmen Hörselberg, meine nassen Füße spüre ich noch immer nicht, meine Hände sind noch immer kältestarr, aber ich nehme die Beschwerden gern auf mich – die Männernatur ist auch robuster, und als Kavalier würde ich noch ganz andere Strapazen auf mich nehmen, um Ihnen, liebe Hörselbergerinnen, an Ihrem Ehrentag optimale Freude in Ihren gemütlichen Fernsehraum zu zaubern.

Das Hexentheater auf den drei Brettern, die die Welt bedeuten sollen, hat übrigens bereits begonnen. Eine Art Pantomime wie immer, wir blenden uns in das Geschehen auf den Brettern ein, viel

Spaß also und gute Unterhaltung bei unserer Reportage vom Walpurgisnachttheater, sehen Sie selbst, liebe Zuschauerinnen, hören Sie selbst, urteilen Sie selbst. Ich werde mich ab jetzt wie immer auf die Kommentierung von sportlichen Höchstleistungen beschränken.« Discosound lauter und lauter werdend. Als normale Discolautstärke erreicht ist, Tonschnitt auf Auber-Musik in gleicher Phonstärke.

Protestgebrüll auf den Tribünenrängen. Gefuchtel von Oberteufel Kolbuk. Die viereckige Opernmusik wird augenblicklich so leise, daß alle Schimpfworte von der Bühne deutlich hörbar sind. Der Bildschirm-Kolbuk trägt Schwarz. Laura kann an ihm einen spanischen Reitzylinder mit roter Feder erkennen, an seiner Begleiterin zur Rechten eine kammgestützte rote Mantille. Der schnurrbärtige Mann links neben Kolbuk ist wie ein Opernprinz gekleidet.

An dem Kolbuk, der sich auf Lauras Sofa lümmelt, konnte die Triebwagenfahrerin verdreckte Hände erkennen.

»Müssen Sie Ihre Dreckpfoten unbedingt an meinem Sofa abwischen«, sagte Laura unwillkürlich im Ton der vom Recorder übertragenen Hexensprache und schlug die Hand vor den Mund, als der Raunzer entfahren war.

»Meckern gefällt mir nur einmal im Jahr«, sagte Uraltgammler Kolbuk, beschmierte mit seiner linken Dreckhand auch noch die Tapete und wies mit der rechten auf den Videorecorder.

Der Recorderbildschirm zeigt zunächst den ersten Theaterwagen, auf der eine als Tod verkleidete Hexe mit einer anderen tanzt, die als Erdball kostümiert ist. Hoch über den Brettern stangengestützt ein Stoffband mit der Aufschrift: »Das große Welttheater«.

Auf dem Stoffband des zweiten Theaterwagens steht »Das kleine Blocksberg-Theater«, auf dem des dritten: »Probebühne«.

Den Totentanz des »großen Welttheaters« begleitet der Reporter mit dem Kommentar: »Allemande, Wurfaxel, dreifacher Rittberger, Gigue, Menuett mit Doppellutz und eingesprungener Sitzpirouette, Sarabande, Doppelflipp, Dreifachkombination und Courante mit höchstem Schwierigkeitsgrad.«

Das Bühnengeschehen des »kleinen Blocksberg-Theaters« wurde so auf den Bildschirm gebracht, daß Laura einen Stammtisch mit Roboterbedienung erkennen konnte.

Um den Tisch sitzen als Raben verkleidete Hexen, die Karten spielen. Die Karten werden auf eine intarsiengeschmückte Tischplatte geknallt. Intarsienmuster: Rhombus mit Diagonale. Detail-

aufnahmen von Kartenfächern, dann von einzelnen Karten. Die Außenseiten der Karten schwarz. Die Innenseiten gelb, orange oder zinnoberrot. Alle Innenseiten mit schwarzen Formeln aus Zahlen und Buchstaben, technischen Zeichnungen und Thesen bedruckt. In den rechten oberen Ecken aller Karten Kreise mit Schriftinhalt. Großaufnahme von drei verschiedenen Kreisen. In den gelben steht »Gysotik« zu lesen, in den orangefarbenen »Neokonstruktivismus«, in den zinnoberroten »konservativer Avantgardismus«.
Die gleichen Kreise, nur faustgroß und aus Blech, konnte Laura an den Rabenkostümen erkennen – auf der Bühne und auf der Tribüne. Die Blechplaketten erinnerten Laura an die Sticker, die Wesselin mitunter ertauschte, aber im Kindergarten nicht anstecken durfte, weil die Erzieherinnen Sticker als Westeinfluß werteten.
Die Theaterraben mogeln und streiten gewaltig. Die Roboterbedienung trägt leere Gläser ab und volle mit Bier und Schnaps auf. Die Kolbukdarstellerin mit spanischem Reitzylinder, Teufelsschwanz und Pferdefuß schlichtet die Streitigkeiten oder facht sie an. Während dieser Tätigkeit leckt eine mit kammgestützter Mantille kostümierte Darstellerin dem Kolbuk vom Blocksberg-Theater den Pferdefuß und küßt seinen Hintern. Bildschnitt.
Der Satan vom »großen Welttheater«, der mit der Teufelsgeige zum Totentanz aufspielt, wird verprügelt. Bildschnitt.
Der Kolbuk von der »Probebühne« rennt über die Bretter, von einem Heer bewaffneter Hexen gehetzt.
Alle drei Bühnen ernten Beifall von den Tribünenrängen. Die Raben trinken aus Flaschen und prosten den Schauspielerinnen zu.
Die Exorzismusszene, in der dem großen Welttheater der Teufel ausgetrieben wird, reißt das Rabenpublikum zu Bravo- und Dacapo-Rufen hin. Der Satandarstellerin werden Kußhände zugeworfen. Dacapo wird verlangt für die Anwendung der klassischen Folterwerkzeuge: Daumenschraube, spanische Stiefel und Garrotte und für die modernen elektrischen. Der Reporter preist Hulle, die Delegationsleiterin der Holletöchter-Fraktion, als talentierte Satansdarstellerin.
Als Kolbuk-Darstellerin des »kleinen Blocksberg-Theaters« hat Laura Isebel erkannt.
Kommentar zur Rabenschlägerei auf dem »kleinen Blocksberg-Theater«: »Unter den Hörselberg-Hexen gibt es auch Fraktionskämpfe. Die HUU- oder Rotrock-Fraktion mit Isebel an der Spitze schätzt die von Männern entwickelte Kriegskunst für ihre Zwecke

und ist männerfeindlich. Die Grünröcke oder Holletöchter mit Hulle an der Spitze wissen nur, was sie nicht wollen, nämlich: wie Männer sein. Das heißt, sie wissen nicht, was sie wollen. Die Eulenfraktion mit Amanda an der Spitze ist androgyn und in der Lage, gefährliche Tendenzen in ihre Rabenkundschaft hineinzutragen. Deshalb läßt Kolbuk Amanda von seinem Hofnarren Kuonrat ständig überwachen.«

Bildschnitt Probebühne: Das bewaffnete Hexenheer hat die Darstellerin von Oberteufel Kolbuk in einem Käfig gefangengesetzt und zieht ab. Die Kamera begleitet das Hexenheer. Die Truppen tragen Kopfbedeckungen in Form von Kronen, Trichtern, Profilkondomen und Geschoßhülsen, alle umgekehrt aufgesetzt.

Als das Heer das »große Welttheater« erreicht hat, beendet es den Exorzismus, indem es Satan in Ketten abführt. Der Tanzpartner der Erde fällt als Knochenhaufen nieder. Ende des Totentanzes.

Erde tanzt allein weiter. Zu Maultrommelmusik. Die Anführerin spielt die Maultrommel. Melodie: »Ça ira«. Nach einer Weile marschiert das Heer ab und Erde tanzt ohne Musik fort und fort.

Die Kamera begleitet den Heereszug zurück auf die »Probebühne«, wo gerade ein Autodafé im Gange ist. Es wird aber nicht mit Feuer, sondern mit Gelächter durchgeführt. Totgelacht werden in der Reihenfolge der Aufzählung:

Der Paukerpopanz
Der Sexpopanz
Der Gysotikpopanz
Der Neokonstruktivismuspopanz
Der Faust-Popanz
Der Don-Juan-Popanz
Der Rabenvater-Popanz
Der Kolbukpopanz
Der Hörselberg-Höllen-Popanz
Der Prometheus-Popanz
Der Gott-Vater-Popanz
Der Satans-Popanz

Nach dem rituellen Gelächter der Hexen, von Freudengelächter und Juchzen des Oberteufels und seiner Raben begleitet, wird der Theatersatan in Ketten zum Theater-Kolbuk in den Käfig gesperrt. Das Einsperren besorgt die Hexenheerführerin im Eulenkostüm. Nach getaner Arbeit spielt sie wieder auf der Maultrommel. Großaufnahme des Mundes, in dem die Maultrommel klemmt.

Laura hatte Mühe, ihre Freude beim Anblick des schönen Amandamundes zu verbergen. Kolbuk auf dem Sofa schnalzte mit der Zunge und sprach: »Für Fellatio nicht übel, aber kalter Kaffee gegen die Lustbarkeiten, die schließlich geboten werden.«
Großaufnahme Theater-Satan. Großaufnahme Theater-Kolbuk. Als Kolbuk einen Schlüsselbund durchs Käfiggitter reicht, werden ihm die Handschellen abgenommen.
Mit einem Schlüssel des großen Schlüsselbundes öffnet die Eule Amanda einen aufrecht stehenden Sarg mit der Aufschrift: »Arke«. Auf springt der Sargdeckel und heraus fährt eine blaue Schlange. Sie entfaltet zwei Flügel, die an die Flossen von Schleierfischen erinnern, erhebt sich über der Festwiese, segelt drei Runden über der Tribünen-Pyramide und scheißt hinab.
Oberteufel Kolbuk fängt die Scheiße in seinem spanischen Reitzylinder auf und frißt sie. Seine Begleiterin zur Rechten stößt spitze Lustschreie aus. Die Raben jauchzen.
Als die Schlange wieder gelandet ist, schließt sie mit einem anderen Schlüssel vom Schlüsselbund eine Falltür auf. Die Eule Amanda hebt einen goldenen Topf mit der Aufschrift »Gral« aus der Versenkung. Unter Hurra-Rufen des Hexenheeres entzieht die Führungseule dem Topf eine Phiole mit der Aufschrift »Trinksilber«, führt das Gefäß zu ihrem großen Mund, nimmt einen Schluck und läßt es dann unter den Hexen wandern. Frenetischer Umtrunk.
Frenetischer Beifall von der Tribüne, der nicht endet, bevor sich die Begleiterin Kolbuks erhebt und redet: »Im Namen des Oberteufels, meines Gemahls und Gebieters, spreche ich, Oberhexe Asta und Mutter Venus vom Hörselberg, der Hexendelegation für die geleistete Arbeit bei der kulturellen Ausgestaltung der 3781. Walpurgisnacht den herzlichsten Dank aus und gewähre als Auszeichnung wie in jedem Jahr die wohlverdiente Prämie.«
Der Zeremonienrabe hebt den Phallusstock. Trommelwirbel. Großaufnahme Prinz Rotbart. Großaufnahme Kolbuk. Der Oberteufel packt den Prinzen am Genick und schleudert ihn auf die Bretter der »Probebühne«. Die Kamera begleitet die Flugbewegung des Körpers bis zur Ankunft.
Oberhexe Asta schreitet über einen roten Teppich von der Tribüne hinab. Auf ihren mit Gold und Diamanten behängten Unterarmen trägt sie einen Zweihänder.
Das Schwert kam Laura bekannt vor. Der Griff funkelte Feuer von geschliffenen Topasen, Rubinen, Amethysten und Smaragden.

Die Ordnungsraben reißen dem Prinzen die Kleider vom Leibe. Auf nacktem Boden jetzt die nackte Prämie. Die Hände auf dem Rücken. Bedeckt nicht das Gesicht und nicht die Scham.
Rhythmisches Klatschen von den Rängen.
Hexengesang aus den Schimpfwörtern gebildet, mit dem der Einmarsch des Tribünenpublikums begleitet wurde.
Unter dem Befehl der Oberhexe Asta führt Isebel das Schwert. Der Kopf fällt ab. Das Blut springt.
Das rhythmische Klatschen des Tribünenpublikums geht in Jubelgebrüll über.
Hexenschreichor: »Wir wollen Trinksilber und man wirft uns Köpfe vor.«
Unter dem Befehl der Oberhexe Asta errichten die Rotröcke einen Scheiterhaufen. Isebel krönt ihn mit dem Stückwerk des rotbärtigen Prinzen.
Der Zeremonienmeister winkt mit dem Phallusstab den Trommelwirbel ab und Opernmusik an.
Wieder »Fra Diavolo« mit der geradtaktigen, rhythmischen Struktur. Bei einer gefälligen Quadrille entzündet Isebel den Scheiterhaufen.
Der Jubel auf den Tribünenplätzen wird orgiastisch.
Dreistimmiger fugenähnlicher Schrei der Hexen.
Erste Chorstimme: »Rabenväter, Oberteufel, Satan raus.«
Zweite Chorstimme: »Arke dem Hörselberg, Blocksberg den Hexen.«
Dritte Chorstimme: »Gaja der Erde. Holt Pandora heim.«
Nicht enden wollende Bravo-Rufe von den Rängen.
Die Hexen singen das französische Revolutionslied »Ça ira« in deutscher Übersetzung. Laura hörte:

»Ja, das geht ran, das geht ran, das geht ran,
Rabenväter, Teufel an die Laterne.
Ja, das geht ran, das geht ran, das geht ran,
die Aristokraten, hängt sie dran.
Und wenn sie alle alle alle alle hängen marsch
hauen wir ihnen die Schippe vor den Arsch.
Ja, das geht ran, das geht ran, das geht ran,
Rabenväter, Teufel hängt sie dran.«

Nicht enden wollende Dacapo-Rufe von den Rängen.

Oberteufel Kolbuk und die Raben werfen den Hexen einzelne Blumen, Sträuße und prächtige Buketts zu. Nahaufnahme eines Rosenbuketts. »Ça ira«-Gesang schwindet zu Hintergrundgeräusch. Vordergrundgeräusch: Kommentatorstimme. Timbre wieder diese Mischung von Sportreporter und Frontberichterstatter. Laura erschien die Stimme verstellt.
Nahaufnahme des niedergebrannten Scheiterhaufens.
Kommentatortext: »Hahahaha, huhuhuhu, hihihihi, der Freudentaumel hat auch den Reporter nicht kalt gelassen, mein Bauch, mein Bauch ... er wird mir die Lachkrämpfe spätestens morgen mit Muskelkater heimzahlen, und Ihnen, meine lieben Zuschauerinnen im Hörselberg, wird es nicht besser ergehen. Morgen. Aber Morgen ist Morgen und Heute ist Heute, und Muskelkater ist gesund, liebe Festsportfreunde. Muskelkater ist ein Anzeichen für Kräftezuwachs. Kraft durch Freude also, meine lieben Zuschauerinnen daheim im gemütlichen Hörselberg. Sie brauchen gute Bauchmuskeln für Ihre ehrenvolle Tätigkeit, und Ihre Kunden werden jede neue Spitzenleistung von Ihnen dankbar zu genießen wissen. Und für eine amüsante Walpurgisnacht ist uns allen sowieso kein Muskelkater zu schmerzhaft und kein Hemd zu naß. Mein Hemd ist pitschnaß von Freudentränen und Freudenpisse, mein Kopf ist noch immer high, verzeihen Sie, liebe Hörselbergerinnen, daß auch ich hingerissen bin. Hingerissen mit Ihnen. Nicht zuletzt von der Fairneß, die alle unsere Walpurgisfestlichkeiten auszeichnet. Und die beweist: Die Blocksberg-Ordnung ist die freiheitlichste aller Ordnungen. Oder kennen Sie irgendwo eine Obrigkeit, die sich derart beschimpfen läßt? Nirgendwo anders gibt es eine so hochdemokratische Regierung, die erlaubt, gegen sich den Aufstand zu proben und diese Proben nicht nur toleriert, sondern sogar bejubelt und prämiiert.«
Abspanntext läuft überm Abbild des rauschenden, knochengespickten Aschehaufens.

95. Kapitel
Teuflischer Heiratsantrag (zweiter Teil)

Nach dem Recorder-Intermezzo setzte Kolbuk sein Kadergespräch fort und sprach: »Was du hier gesehen hast, war natürlich nur der Bahnhof, Puppe, bißchen Bahnhofatmosphäre, kleiner Spaß vor der Tür. Feierst du vor deiner Tür? Hast du schon mal vor deiner Haustür richtig ne Sau rausgelassen? Siehst du, ich auch nicht. Richtig feiern kann man nur zu Hause. Und deshalb sag ich dir: Reich mir die Hand, du Süße, komm auf mein Schloß mit mir und so weiter. Schloß Blocksberg ist einsame Spitze. Garantiert hochmodische Einrichtung mit tausend technischen Extras: Magnetkissengepolsterte Couchgarnituren, Roboterschrankwände, Zwanzigtausend-Watt-Verstärkeranlage, Korg- und Yamaha-Synthesizer, Zehntausend-Watt-Lichtorgeln, Lasergartengrill . . .«
Laura versuchte wieder, aus dem Ostzimmer in die Küche zu flüchten.
Kolbuk packte Laura am Genick und sprach: »Natürlich habe ich in meinem Schloß auch Räume für andere Geschmäcker. Antike Zimmer, Schnecke, superecht nostalgisch eingerichtete Säle in den Stilen Barock, Rokoko, Chippendale, Louis-Seize, Empire, Biedermeier, Jugendstil, Bauhaus. Außerdem eins-a-original Renaissance-Truhen aus Buchsbaum, reinseidene Tapeten, Geschirr aus Zinn, Silber, Gold und Meißen, Berliner Eisen . . .«
Als Laura sich losreißen wollte, bekräftigte Kolbuk den Griff. Die Frau sah dem Tod durch Erdrosseln entgegen. Der Oberteufel wies mit seinen Dreckpfoten aufs Fenster des Ostzimmers, zeigte die Fischerinsel, den Palast der Republik, das Rote Rathaus, die weiße Grenzmauer und die Stadtbezirke Friedrichshain, Schöneberg, Neukölln, Lichtenberg und Treptow und sprach: »Daß dich die ganze Kulturscheiße kalt läßt, hab ich geahnt, Schnalle. Dieses ganze autoritäre Gerümpel. Dieser Zivilisationsschrott, dieser verdammte Frust der aufgeräumten Buden. Deshalb hat mein Schloß auch knallharte Scheunen im Punk-Stil. Unheimlich leer. Unheimlicher Dreck, unheimlich speckige Matratzen, unheimlich beschißne Wände mit Sprüchen aus Spraydosen-Farben, unheimlich harte Hard-Rock-Instrumente aus Autowrackklumpen, Kiff aller Sorten . . .«
Als Laura, wiewohl bereits halb ohnmächtig vom Würgegriff, noch

immer Widerstand leistete, schleuderte Kolbuk sie gegen die Ostzimmertür und schrie: »Du verführst neuerdings junge Männer?«
»Ja«, entfiel Laura in ihrer Angst, sie grapschte nach der Frage wie eine Schiffbrüchige nach Planken, Kolbuk fläzte sich wieder aufs Sofa, Laura war willig, alles zuzugeben bis auf das eine, »ja«, wiederholte sie beflissen und haspelte zusätzlich eine Erläuterung herunter, die ihre sexuellen Beziehungen zu Sven als garantiert harmlosen Freundschaftsdienst für Anita beschrieb.
Der Oberteufel hörte kaugummikauend zu. Als er den Namen »Sven« vernahm, spie er Laura den Gummiklumpen gegen die Stirn und schnauzte, welche Unverschämtheiten Madame dem Oberteufel Kolbuk noch zuzumuten gedächte. Die Hexenrunde im Hugenottendom, die er sich seit Jahren schon gefallen ließe – bitte schön. Ein aufgeklärter Teufel hätte für vieles Verständnis, sogar für Hexen außerhalb des Hörselbergs, und mit einem tüchtigen Sicherheitsdienst ausgerüstet ließen derlei Frechheiten kalt. Der Hexenzuwachs Anita könnte einen Oberteufel nicht kratzen. Aber ein Sven als förderndes Mitglied wäre der Gipfel der Unverschämtheit, weshalb der Kerl auch inzwischen rein zufällig von einem Sattelschlepper geköpft worden wäre. Die Urheberin des Gipfels freilich hocke nach wie vor gemütlich auf der Oberwelt herum. Und sogar in Reichweite . . .
Kolbuk raffte mit beiden Händen glühende Kohlen aus beiden Hosentaschen, hieb die Kohlen zwischen die Zähne und überfraß sich derart, daß ihm die Lohe aus dem Munde schlug. Sie schmolz Laura ein Loch in den Polyester-Pullover. Es hatte die Größe des Vorderteils.
Kolbuk versetzte der Anblick von Grimm in Lust, weshalb er auf sein Angebot zurückkam.
Laura versuchte, sich zu bedecken. Kolbuk aber schmolz ihr auch das Dederonhemd herunter, warf Wolfsblicke, die noch unter die Haut gingen, und schwärmte von der gemeinsamen Zukunft. »Du mußt endlich wieder auf andere Gedanken kommen«, näselte der Oberteufel. »Todesgedanken gehören nicht in den Kopf einer schönen, vitalen Frau. Und der hysterische Haufen vom Hugenottendom ist auch kein passender Umgang für dich. Genieß das Leben, solange es noch frisch ist. Komm zu mir!«
»Aufs Schloß«, fragte Laura.
»Als erste Oberhexe aller Zeiten: ja. Deine Vorgängerinnen residierten im Hörselberg. Du darfst beide Gebirge bewohnen.«

»In Rabengestalt«, fragte Laura.
»In Hexengestalt«, antwortete Kolbuk. Die Rabengestalt wäre kein attraktives Ziel. Oder gehöre etwa neuerdings Laura zu den Frauen, die den Mann als Norm für den Menschen empfänden? Wer nötig hätte, sich zu verkleiden, wäre allemal unfrei. Als Gattin des Oberteufels und Oberhexe müßte Laura jegliche Kleidung verschmähen. Eine schöne Frau wäre am schönsten nackt.
»Das heißt, als Oberhexe sind mir Verjüngungstränke und andere Steinelixiere sicher«, warf Laura ein.
»Das heißt, als Oberhexe sind Sie auf Tricks nicht angewiesen, Madame«, entgegnete der Teufel. Überhaupt wäre jeder Mensch so jung oder alt, wie er sich fühle. Und Laura hätte allen Grund, sich geradezu blutjung zu fühlen. Kolbuk warf bewundernde Wolfsblicke.
Laura wollte wissen, was sie als Oberhexe nackt auf dem Blocksberg zu arbeiten hätte.
»Ach Mädchen«, seufzte der Oberteufel und beklagte Lauras Mißtrauen. Dann setzte er umständlich auseinander, daß Kolbuks derzeitige Oberhexe wirklich unmöglich wäre. Zurückgeblieben wie viele Ehefrauen, deren Gatten sich qualifizierten und mit der Zeit gingen und mit dem Fortschritt. Vom Recorderfilm wäre Laura gewiß deutlich spürbar gemacht worden, daß Asta sich nicht mitentwickelt hätte, wodurch die Kluft zwischen ihr und ihrem Herrn immer größer geworden wäre und schließlich unerträglich. Astas Benehmen zu Walpurgis 1976 wäre wirklich blamabel gewesen. Und als Oberhexe hätte sie ja nicht nur ihren eigenen Ruf ruiniert, sondern auch den ihres Gebieters befleckt mitsamt Raben und Schloß. Die Originalreportage von den Walpurgisfeierlichkeiten des Jahres 1976 würde selbst jeder unemanzipierten Frau beweisen, daß Asta Ravil als Oberhexe nicht länger tragbar wäre und abgelöst werden müßte. Weshalb Laura als emanzipierte Frau nicht überredet zu werden brauche, sondern die Nachfolge in selbstverständlicher Pflichterfüllung anträte – um die künftigen Walpurgisnächte endlich zu dem werden zu lassen, was sie wirklich sind: Jahrestage.
Außerdem wäre Kolbuk zur Erreichung dieses Ziels bereit, Laura sogar noch weiter entgegenzukommen, indem er Möbel aus dem Hörselberg nach Schloß Blocksberg holen lasse. Spezialmöbel von Puff-Mutter Venus alias Asta. Alles würde Kolbuk holen und beschaffen lassen, um der neuen Oberhexe im Schloß Gemütlichkeit

zu machen. Für das Wohlbefinden seiner neuen Oberhexe gäbe es keins seiner von ihm selbst erlassenen Teufelsgesetze, das er nicht zu verletzen bereit wäre. Das Möblierungsgesetz zum Beispiel verböte pornographische Möbel im Schloß Blocksberg. Doch für eine qualifizierte Gattin wäre Kolbuk gern sein eigener Gesetzesbrecher.

Er versprach Sitzmöbel und Tische, nach nackten Männer- und Frauenkörpern naturalistisch modelliert, supernaturalistisch, besonders in den Details, die die primären und die sekundären Geschlechtsorgane abbildeten. Auch allerlei Sexmaschinen, komplette Sadismus- und Masochismus-Ausstattungen mit Hifi-Schreiverstärkeranlagen sowie original japanische Beischlafgerätschatullen und dergleichen könnten für die Oberteufelsgattin in spe vom Hörselberg importiert werden. Überflüssig zu erwähnen, daß eine Oberteufelsgattin, die sich auf dem Schloß aufhalten dürfe, selbstverständlich ebenso nicht zu arbeiten brauche wie alle anderen Blocksberg-Bewohner auch.

»Aber was verlangen Sie als Gegenleistung für die Faulenzerei«, insistierte Laura wieder.

»Ihre Hand und Ihren Namen«, gestand der Teufel.

»Wollen Sie wie vereinzelte Herren meines Landes den Namen Ihrer Frau annehmen«, fragte Laura, »würden Sie lieber Salman heißen, weil Ihnen der Name Kolbuk nicht mehr gefällt?«

»Als meine Frau wirst du Turandot heißen«, sagte Kolbuk. »Turandot ist ein Name, der bei einer gewissen Männerwelt schon irgendwie in der Luft liegt – ein Oberteufel hat einen Riecher für unterschwellige Bedürfnisse. Turandot wie gesagt . . . weshalb der Name Salman in Wegfall käme. In Abfall, direkt gesprochen, und für den Müll wäre er eigentlich wirklich zu schade, weshalb der Oberteufel von einem Buch berichtete, das fertig wäre. Fertig bis auf den Autorennamen. Ein progressives Buch selbstverständlich. Werbewirksamer Titel, seriöser Verlag, Übersetzungsangebote – alles da bis auf die Autorin. Laura brauche wie gesagt nur ihren ohnehin bald überflüssigen Namen zu geben, um als Oberhexe in der Unter- und Oberwelt Ruhm zu ernten.

Kolbuk unterbreitete ein Papier und deutete mit dem Fingernagel auf die Stelle, wo Laura ihren Namen hinzusetzen hätte.

Laura verweigerte die Unterschrift.

Der Oberteufel aber sprach: »Wer meine Hand ausschlägt, kriegt die Polizei auf den Hals. Nicht meine. Ich brauch lediglich deinen

Behörden bei Gelegenheit mitzuteilen, daß du nicht nur die sozialistische Presse mit Annoncen verhöhnst beziehungsweise Stellenangebote aufgibst, die nicht bedeuten können, was sie vorgeben, mithin anderes, daß heißt Subversives – sondern, daß du auch den jungen hoffnungsvollen FDJler Sven aus Eifersucht unter den Sattelschlepper gestoßen hast. Zeugen für alle Untaten beizubringen, dürfte einem Herrscher mit meinen Fähigkeiten und Agenten nicht schwerfallen – und schon ist dir Knast sicher. Und deinem Sohn Heim. Du armer Wesselin . . . Oder glauben Frau Salman etwa im Ernst, einen Untersuchungsrichter zu finden, der ihr einen Oberteufel als Täter abnimmt oder die Anstellung eines Narren oder gar das Märchen von dero Hochwohlgeborenen Teilung . . .«

96. Kapitel

Sirene Beatriz wird hypothetisch betrachtet

Obgleich ich mich von Besuchern und deren Palaver nie stören zu lassen pflegte, wurde meine Aufmerksamkeit doch eines Tages vom Schreiben ab auf einen Menschenpulk gelenkt. Er hatte vor meiner Voliere Aufstellung genommen. Seine Struktur erinnerte an die klassischer Visitetrupps in Krankenhäusern. Das Zentrum, unverkennbar die Spitze der Hierarchie, um die sich die Menschen gruppierten, war ein kleiner Mann in einem Hosenträgeranzug. Auf den Mann sprachen Mitarbeiter in weißen Kitteln und blauen Monturen ein. Stolze und spekulierende Worte. Der kleine Mann schnitt sie bald ab wie Militärdirigenten Präsentiermärsche, erklomm den Sockel meiner Voliere und verkrallte seine Finger im Maschendraht. Zwei blaue Pupillen richteten sich auf mich. Nicht transparent-blau, sondern dem Türkisstein ähnlich. Der Knopfblick, zunächst schmal, rundete sich, wurde voll, dann von Fäusten gerieben, wieder voll, wieder von Fäusten gerieben und schließlich übervoll. Als dem kleinen Mann die Augen übergegangen waren, ließ er die Hände wieder aus dem Maschendraht, um sie für eine Geste schaudervoller Verwunderung oder wundervollen Schauders zu gebrauchen, und er wäre gewiß rücklings vom Volieresockel gestürzt, wenn ihn seine Mitarbeiter nicht unter Ausstoßung von Beschwörungsworten – »Professor« und »Chef« die häufigsten – aufgefangen hätten.

Der Professor dankte und tupfte seine Glatze mit einem Faltquadrat aus Taschentuch.
Die Wortführer des Stolzes, zwei Gärtner, kommentierten in die Runde, daß auch sie vom Anblick des Tiers zunächst geschockt worden wären. »Ick dachte, mir streiftn Bus, wa Rudi, ick nischtahnend und jäte meine Quecken und mache und fummel und du ooch nich faul, und uff emal stehn mir vor die Höhle und sehn . . . also so was von Viech habch überhaupt noch nie und mein Rudi ooch nich und niemand von die Herrschaften, wenn ick so sagen darf, denn wir haben den Fund natürlich sofort gemeldet. Aber keener wollte uns glooben, wa, Rudi, alle ham gedacht, wir sind bekloppt respektive besoffen, und mit die Gegenbeweise hätten wir doch viel zu viel Zeit . . . da hätte uns doch det Prachtviech inzwischen glatt durch durch die Lappen . . . wir also zurück zur Höhle und den Fund erst mal uff Nummer sicher. Wenn die Voliere nicht zufällig frei gewesen wäre, hätte Rudi den zugeflogenen Vogel glatt bei sich zu Hause, bis unser Professor von seine Dienstreise zurück respektive eine Suchanzeige des Vogelbesitzers – warum denn nich? Wien Hund, jawoll, ins Schlafzimmer, wie ick mein Rudi kenne, für sein Tierpark setzt der sogar seine Ehe uffs Spiel, Professor, alles tät der geben für Ihrn Laden, bloß, watn Hund frißt, weeß jeder. Aber ne Mammut-Eule – also bis jetzt hatse gar nischt gefressen. Kein Aas hat uns natürlich sagen können, was wir vorsetzen sollen, die Tierpfleger füttern nicht ohne Anweisung, und die Wissenschaftler fanden Nullkommanischt in ihre kluge Bücher respektive Köppe, woraus Anweisungen sagen wir mal entwickelt . . . ja weil ehmd nich nur bei die Insekten noch nich alles erforscht ist, sondern ooch . . . also wir haben eigenverantwortlich und risikobewußt haben wir von lebenden weißen Mäusen über Freibankfleisch bis zu Rinderfilet komplette Fleischfresserkost und von Heu über Mohrrüben bis Bananen komplette Pflanzenfresserkost geboten: nischt. Kein Happ gefressen und trotzdem mopsfidel, wie Sie sehen. Wissense, wat die Beobachtungen von mir und mein Kollegen Rudi, welche Tag und Nacht in eigener Initiative durchgeführt und eine Prämie wert, aber davon ganz abgesehen – also det Viech frißt Papier. Nicht Zeitungen – ungedrucktes, Mangelware, ja ich weiß. Aber wenn zum Beispiel alle Mitarbeiter des Tierparks in ihren Kaufhallen jeden Tag einen Schreibblock . . .«
Der Professor faßte sich links am Hosenträger und schüttelte mit der rechten Hand nacheinander die rechten Hände der beiden emsigen

Gärtner. Applaus von mehreren blautragenden Männern und Frauen und einem Weißkittel.
Dieser Weißkittel stützte die Vermutung, nicht nur bei den Insekten könnten noch nicht alle Arten erforscht sein, und hielt für möglich, daß die Gärtner etwas von der Größenordnung Yeti oder gar den Yeti selber gefunden hätten.
Alle anderen Weißkittel erklärten die Fauna-Wissenschaft für fortgeschrittener und mich für nicht natürlich gewachsen.
Derart einig unterschieden sich die Wissenschaftler jedoch in ihren Mutmaßungen über die Verursachung meiner Unnatur. Eine Gruppe hielt mich für das Ergebnis einer Transplantation, eine andere für ein Produkt von Human Engineering, eine dritte für ein Kind von Sodomie.
Der braungekleidete Professor hörte den Mutmaßungen zu, indem er seine Hände in den Hosentaschen vergrub und seinen türkisfarbenen Knopfblick gen Himmel richtete. Am Himmel Schäfchenwolken und eine Dampflokwolke von der Biesdorfer Eisenbahnstrecke.
»Wenn Versuchsreihen laufen, in denen Köpfe einer Tierart den Rümpfen einer anderen aufgesetzt werden, muß man sich nicht wundern, wenn eines Tages auch mit Menschenköpfen experimentiert wird oder mit Menschenrümpfen – an Verkehrstoten, die Transplantationsmaterial liefern können, fehlt es bekanntlich nicht«, erklärte der Sprecher der ersten Gruppe.
Der Sprecher der Human-Engineering-Hypothese sprach: »Der Zugang ist entweder das Ergebnis eines Forschungsunfalls oder ein eklatantes Beispiel von Forschungsmißbrauch. Die Virenforschung zum Beispiel schließt Katastrophen nicht aus. Bei dem gewaltigen Forschungspotential und der gewonnenen Entwicklungshöhe der Wissenschaften kann eine Weltkatastrophe bekanntlich nicht nur militärisch, sondern auch wissenschaftlich verursacht werden. Das Vieh ist aber sicher nur ein Fall von Forschungsmißbrauch. Forschungsmißbrauch einer Größenordnung, die das amerikanische Experiment, den abgetrennten Kopf eines Affen durch einen Maschinenpark am Leben zu erhalten, vielleicht an Grausamkeit noch übertrifft.«
Der Sprecher der Sodomie-Hypothese räumte ein, daß derlei Unzucht unter normalen Umständen kein Leben zeugen könne. Radioaktive Stoffe jedoch, bei Atombombentests oder der Havarie eines Atomkraftwerks freigesetzt, würden vielleicht nicht nur zu krebsi-

gem Wachstum anregen, sondern auch – durch Störung des genetischen Steuerungssystems, das Artvermischung verhindert – sodomistisches. Als Frucht der Kopulation eines Eulenmännchens mit einer Menschenfrau oder eines Eulenweibchens mit einem Menschenmann befremde das vorliegende Ergebnis allerdings. Denn in der griechischen Mythologie, die fruchtbare Sodomie reichlich dulde, würde keine geringere als Helena als eine derartige Frucht beschrieben. In Gestalt eines Schwans hätte Zeus bekanntlich mit Leda gezeugt. Sie, Helena, um deren Schönheit der trojanische Krieg geführt worden sein soll ...! Der Sprecher verglich mein Gesicht mit dem mythischen Maßstab und qualifizierte es ab.
In der anschließenden Diskussion waren sich die Vertreter aller drei Gruppen einig, daß ich ein Westprodukt sein müßte und Nostalgie-Fanatiker ihre Hände im Spiel gehabt haben könnten. Eine aktivistisch-romantische Abart der Anti-Science-Movement-Richtung etwa, die nicht nur den Zeiten nachtrauert, da die Menschen die Welt mythologisch erklärten, oder die bemüht ist, die tote Mythologie wieder geistig lebendig zu machen, sondern die versucht, unser Zeitalter der Wissenschaft durch gezielte Schaffung mythologischer Tatsachen in Gestalt von Fabelwesen zu erschüttern.
Der Professor zog seinen türkisfarbenen Blick vom Himmel ab auf seine Schuhspitzen.
Der Yeti-Hypothetiker belachte den Begriff »wissenschaftliches Zeitalter« und bezeichnete ihn als Lieblingsschlagwort der Massenmedien. Denn was noch immer fehle, wäre die Wissenschaft vom Menschen, die ergründe, was zu einem menschenwürdigen Leben außer Nahrung, Kleidung, Wohnung noch nötig wäre und was gar nicht. Für Sokrates wäre der Grundsatz aller wissenschaftlichen Forschung gewesen: »Erkenne dich selbst.« Heute gälten Forscher für seriös, die alles wissenschaftlich betrachteten, ausgenommen sich selbst.
Die Mitarbeiter in den blauen Schutzanzügen scharrten mit ihren Gummistiefeln. Alle wissenschaftlichen Mitarbeiter versicherten einander, daß die vorgetragenen Hypothesen den Fund als politisch hochbrisant erkennbar machten. Besonders tagespolitisch. Deshalb wäre auch nicht damit zu rechnen, daß der Besitzer eine Suchaktion starte oder sich irgendwie anders zu seinem Werk bekenne. Was tun?

»Propagandistisch auswerten«, wurde gerufen, »verschweigen, verstecken, verschwinden lassen, untersuchen lassen, ausstellen, wegstellen . . .«
Der kleine Professor dirigierte abermals »Schluß« und sagte: »Ausstellen wie bisher.«

97. Kapitel
Not befähigt

Der nächtliche Besuch hatte Laura in Panik versetzt. Derart, daß sie sich, nachdem er verschwunden war, zunächst keinen anderen Rat wußte, als das Begebnis für unmöglich zu erklären. »Ich spinne«, sprach sie erstmals in der Kunst der Leibrede, die ihr sofort gelang, »also normal ist das nicht. Mit sich reden, ist überhaupt nicht normal. Ich muß schleunigst wieder normal werden. Mit autogenem Training und mehr Schlaf werde ich wieder normal, ich werde schon wieder, es wird schon wieder, es wird schon, es wird . . .«
Die Worte stützten. Wortkrücken. Satzkrücken. Als sich Laura mit solcher Hilfe ein wenig erholt hatte, begann sie durchs Zimmer zu schreiten – drei Schritte hin, drei Schritte zurück – und sagte: »Ich werde niemals wieder heiraten.« Sie wiederholte den Satz mehrmals und schluckte ihn in verschiedenen Tonlagen und Lautstärken.
Als sie ihm den Zusatz »ich werde hinfort nur noch mir selbst gehören« anhing, stellte sich Angst ein. Ganz gewöhnliche Angst, der mit Schreiten nicht zu begegnen war. Sie peinigte die Frau kurz in Bewußtlosigkeit.
Daraus erwachte Laura mit dem Gedanken, daß der Oberteufel Kolbuk gar nicht heiraten wollen kann, weil Teufel keine Frauen haben, sondern Großmütter, und der Besuch ein verspäteter Faschingsscherz Svens gewesen sein müßte. Eine von seinen hexischen Aktionen, die eigentlich auf Anitas Konto gingen. Aber Anita führte lediglich aus, was er initiierte. Und Svens Initiative war beängstigend. Ja, sie trug durchaus mitunter satanische Züge. Kein Wunder bei der Kindheit. Wenn ein Mensch bei Eltern aufwachsen muß, die wegen Streß und öffentlicher Tüchtigkeit den Mangel an zärtlicher Zuwendung durch propagandistische Zuwendung ersetzen, sind Verhaltensstörungen unausbleiblich. »Unausbleiblich«, sprach Laura und schluckte und begann wieder durchs Zimmer zu schrei-

ten, um die aufkommende nervliche Beruhigung durch rhythmische zu unterstützen. Zusätzlich brachte sich die Frau noch andere hexische Aktionen Svens in Erinnerung, gegen die der mitternächtliche Auftritt fast ein harmloser Witz war. Ein sadistischer freilich – aber haben Stubenarrest und Prügel mit Vaters Leibriemen wegen schlechter Zensuren und monatelanger Fernsehentzug wegen mangelhafter FDJ-Arbeit nicht auch sadistische Züge? Derart von Macht unheilbar verletzte Menschen rächen sich seltener an ihren Peinigern als an ihren Wohltätern. Laura konnte zu Svens Gunsten in sich hineinreden, daß der junge Mann bisher diesbezüglich sogar als löbliche Ausnahme erschienen wäre – wenn Reaktionen, die auf psychischen Verletzungen oder Erkrankungen gründen, moralisch bewertet werden dürften, was medizinisch unstatthaft ist. »Vielleicht hat mich Sven gepiesackt, weil er sich vor mir schämte«, redete und schluckte Laura nach Vilmas Vorbild schon perfekt – befähigt Not etwa besser als Wohlergehen? »Vielleicht wußte er nicht, wie er sein Unbehagen wegen des aus seinem Leben, aber nicht aus seinem Gedächtnis gewichenen Sexpragmatismus anders loswerden sollte? Die masochistische Komponente in Gestalt des abgefahrenen Kopfes stützt diese Vermutung und entspricht Svens Vorliebe für schwarzen Humor.«

So fortgeschritten, versuchte Laura nunmehr, den hartnäckigen Rest ihrer Angst mit der Erinnerung anderer Aktionen Svens zu verdrängen. Die hexische Aktion gegen einen Kunzmann-Schüler zum Beispiel erschien für den Zweck wie geschaffen.

Der Gynäkologe Kunzmann nämlich, erklärter Gegner der Abschaffung des Paragraphen zweihundertachtzehn, praktizierte zwar nicht mehr und war auch als Professor emeritiert, hatte aber reichlich Anhänger, die die gesetzlich erlaubte Unterbrechung der Schwangerschaft innerhalb von zwölf Wochen nach deren Beginn als Mediziner ethisch verurteilten und praktisch sabotierten. Etwa indem sie die Schwangerschaften zu spät erkannten oder schon für älter als zwölf Wochen bezeichneten. Von einem dieser kaum belangbaren, aber effektiven Gesetzesbrecher war Svens Schwester die Austragung eines ungewollten Kindes aufgezwungen worden. Der Arzt hatte auch mit psychischen Druckmitteln nicht gespart.

Sven ließ ihm hexisch ein vier Monate altes Embryo implantieren und lieferte den Herrn der Ethik der Kunzmann-Jünger sowie der Öffentlichkeit aus. Die Öffentlichkeit wurde durch Flugblätter vom Ereignis und seiner Entwicklung unterrichtet. Als der Arzt im

fünften Monat von seinen Abtreibungsgegnern hatte abtreiben lassen, lagen eines Morgens auf etlichen Straßen Berlins Flugblätter, die vom gesetzwidrigen Eingriff der Kunzmann-Schüler berichteten und weitere Implantationen für Saboteure ankündigten.
Die Erinnerung an das öffentliche Gelächter und die leichternde Drohung erleichterte Laura, Sven zu verzeihen. »Eine Dummheit macht auch der Gescheiteste«, sprach Laura schließlich und verschaffte sich sogar eine Nachtruhe ohne Angstträume, indem sie sich vorm Einschlafen auf die Bewunderung von Svens hexischem Einfallsreichtum konzentrierte.

98. Kapitel

Der Salman-Bericht des ZDF-Korrespondenten Schwill

Laura, keine Liebhaberin der Konsumeinrichtung Fernsehen, nutzte sie regelmäßig. Jedoch knapp und fast nur, um sich Informationen aus politischen Sendungen oder aus Dokumentarfilmen zu verschaffen.
Da Wesselin, angeregt von seiner Erziehung im Kindergarten, seiner Mutter nur DDR-Fernsehen gestattete, schaltete Laura erst auf andere Kanäle, wenn der Sohn im Bett war.
Wesselin schlief längst, als Laura am 7. März 1977 alle fünf Tasten ihres Gerätes mehrmals in verschiedener Reihenfolge durchspielte. In der Art, wie Großvater Clemens auf seiner Konzertina probweis präludiert hatte, damit sich seine Finger vertraut tasten konnten. Laura tastete sich aufs zweite Westprogramm fest, das einen Bericht des ZDF-Korrespondenten Schwill bot. Der Bericht war von der Ansagerin als sensationell angekündigt worden. Der Korrespondent meldete sich aus Berlin. Er kommentierte einen Dokumentarfilm, der abwechselnd Herrn Schwills Brustbild, ein Buch, ein Straßenschild, Neubaufassaden und den Tierpark Friedrichsfelde zeigte. Herr Schwill stand zunächst vor dem Straßenschild und sprach in ein Mikrophon, das er vor der Brust hielt wie ein inständiger Gratulant den Blumenstrauß. Dann wurde Schwill gefilmt, wie er lief, wie er eine Straße überquerte, wie er an der Tierparkkasse eine Karte

kaufte, wie er die Karte vom livrierten Einlaßdienst entwerten ließ und wie er im Tierpark spazierte. Der Schwillsche Kommentar zu diesen Tätigkeiten hatte folgenden Wortlaut: »Bücher haben Schicksale wie Menschen. Zumal in unserer geteilten Welt. Erst recht in dieser geteilten Stadt. Die Menschheit hat zahllose anonyme Helden hervorgebracht. Anonyme Bücher sind selten geworden. Wird sich dieser Zustand ändern? Eine sensationelle Meldung aus Ostberlin spricht nur scheinbar dagegen. Kennen diese Menschen, die im Tierpark für kurze Zeit der Gräue ihres von Arbeits- und Wettbewerbsdruck eingeebneten Alltags entfliehen, das Buch schon? Geht es schon heimlich von Hand zu Hand – unter den Müttern, die ihren Kindern auf dem Heimweg von der Krippe noch einen erfreulichen Anblick verschaffen wollen; unter alten Frauen, die sich von ihrer Rente einen Bankplatz in der Märzensonne geleistet haben. Denn es ist ein Buch über Frauen. Die Frankfurter Rundschau verglich es mit dem Kapital von Marx. Ein Kommentator der Süddeutschen Zeitung nannte es ›Bibel des Feminismus‹. Und bei Bibeln erwartet man keine Autorennamen auf dem Titelblatt. Die Öffentlichkeit schien sich schon mit dem Phänomen abgefunden zu haben. Und hier in Ostberlin und in anderen Ostblockstaaten, wo es keine Öffentlichkeit gibt, sind Bücher ohne Autorennamen sogar begehrter als andere. Verbotene Früchte schmecken süß. Wird das berühmt-berüchtigte Buch süßer schmecken, wenn sein Geheimnis gelüftet ist? Normalerweise: nein. Aber dieses Buch entzieht sich der Norm. Es ist nicht dort entstanden, wo die Experten bislang vermuteten: unter den Emanzen der USA oder Frankreichs oder der BRD, wo der Männerhaß Triumphe feiert. Es ist in dieser Stadt entstanden, an diesem Ort vielleicht, wo ich jetzt stehe, auf einer dieser Bänke womöglich sogar, die heute von Touristen aus Ostblockländern besetzt sind. Kennen diese Menschen das Buch? Ich möchte sie nicht fragen, um sie nicht zu gefährden. Ich möchte nur hoffen, daß sie bald kennenlernen, was eine Frau aus Berlin-Mitte bei ihrer Freundin in Friedrichsfelde geschrieben hat. Die Frau heißt Salman und arbeitet als Triebwagenfahrerin. Frau Salmans Freundin Vilma Tenner ist verheiratet mit dem bekannten Archivar Dr. Konrad Tenner, hat drei bereits erwachsene Kinder und arbeitet als Sekretärin in der Redaktion der Zeitschrift ›Neue Philosophische Blätter‹. Wie aus gut unterrichteten Kreisen verlautet, soll der Sohn von Vilma Tenner, der gegenwärtig seinen Militärdienst ableisten muß, wegen der freundschaftlichen Beziehungen seiner Mutter zu Frau

Salman nicht befördert worden sein. Die Bildzeitung veröffentlichte gestern ein Foto der Freundin der Autorin mit der Schlagzeile: ›Die Feministin der DDR‹. Kann sich Pankow eine Feministin leisten?«

99. Kapitel
Lauras dritte närrische Aktion

Nach der Sendung eilte Laura sofort zum nächsten öffentlichen Telefon, das im Parterre des Hochhauses angebracht war, und wählte Vilmas Nummer.
Konrad Tenner meldete sich. Er verweigerte zunächst jede Auskunft. Dann erklärte er, daß sich Vilma auf einer Dienstreise befände. Im Ausland, er wisse nicht wie lange und es wäre ihm auch egal.
»Egal«, wiederholt Laura verständnislos, begriff aber doch dann schnell. Sie beeilte sich also, Tenner zu versichern, daß sie ganz und gar verstünde und ihm auch nicht übelnähme, wenn ihm Lauras Dreck egal wäre. Im Gegenteil, sich damit den Kopf zu belasten, wäre nicht nur unnötig, sondern geradezu sinnlos, weil Laura von dem Quatsch nichts zu fürchten hätte. Denn was könnte einer Triebwagenführerin, der irgendwelche Westpropaganda irgendeine Schwarte andichte, schon passieren? Falls Lauras Kaderleiter zufällig von der Ente erfahre – direkt gehört hätte er sie gewiß nicht, eine Genosse seiner Art höre keine Sendungen des Klassenfeindes – wenn der Kaderleiter Stanke also zufällig indirekt unterrichtet würde, wäre er höchstens zu einigen undruckbaren Schimpfworten auf die imperialistischen Hetzer aufstachelbar. Ansonsten vertraue er seinem Klassenbewußtsein und seiner Menschenkenntnis. Und auf eine Triebwagenfahrerin mit zwölf Dienstjahren, die noch nie einen Unfall gebaut hätte und stets zuverlässig wäre und trotz starker häuslicher Belastung und schlechten Gesundheitszustands Sonderschichten fahre, ließe er garantiert nichts kommen. Könne er auch gar nichts kommen lassen bei dem Personalnotstand. Ein Kaderleiter eines Verkehrsbetriebs, der wegen irgendwelcher Lügenpropaganda Facharbeiter entlasse, würde der Erfüllung des Plans, der ja bekanntlich Gesetz wäre, zuwiderhandeln und sich strafbar machen. Für den Kaderleiter eines ideologischen Betriebs freilich gälten andere Kriterien, weshalb der Propagandatrick Vilma durch-

aus in Schwierigkeiten bringen könnte. Laura fragte, was Konrad inzwischen zu unternehmen gedenke.

»Nichts«, sagte er.

»Aber du kannst doch unter diesen Umständen nicht warten, bis Vilma von der Dienstreise zurück ist«, sagte Laura.

»Die Umstände sind nicht meine«, entgegnete Tenner.

»Aber Vilma ist deine Frau.«

»Ich bin nicht mit ihren Dummheiten verheiratet«, sagte Tenner.

»Hältst du Vilma für dumm«, fragte Laura.

Tenner erwiderte, daß Menschen undurchschaubar wären und Frauen ganz besonders. An Orten, wo die Waffen ruhten, würden die weltpolitischen Kämpfe gern mit politischen Skandalen angeheizt. Der Skandalverbrauch wäre hoch, die Nachfrage weit größer als das natürliche Angebot. Deshalb müßten Fälle, die sich für Skandale eignen, produziert werden. Ehrgeiz, Ruhmsucht und Eitelkeit wären ein guter Nährboden für die Produktion. Ein Dichter zum Beispiel hätte heute so gut wie keine Chance, mit seinem Lebenswerk weltberühmt zu werden. Ein politischer Skandal schaffe Weltberühmtheit über Nacht, ohne daß ein dichterisches Werk vorliegen müßte.

»Vilma ist keine Dichterin«, sagte Laura.

»Aber ehrgeizig«, sagte Tenner.

»Sie hat bisher nur zurückgesteckt«, entgegnete Laura.

»Sie ist ungern Sekretärin«, sagte Tenner. »Unzufriedenen Frauen ist alles zuzutrauen.«

»Auch mir«, fragte Laura.

»Du bist auch bloß eine Frau«, sagte Tenner und daß von ZDF-Schwill weder Lauras Vorname erwähnt worden wäre noch Familienstand oder Arbeitsstelle. Vilmas Personalien dagegen wären in allen Details über den Sender gegangen plus Titel und Position des Gatten, um den um seine Stellung zu bringen oder in den Genuß gesiebter Luft.

»Was«, schrie Laura entsetzt in den Hörer, »wie«, schrie sie empört, »du bist fähig zu denken, daß deine Frau über Westmedien gegen dich intrigiert, zu so was bist du Aas fähig, und kannst du mir vielleicht auch noch sagen, welche Vorteile sich das Weib deiner Vorstellung nach mit der Schurkerei verschaffen will?«

»Die Scheidung«, tönte aus der Hörmuschel, »um anhängliche Männer abzuhängen, die der Karriere hinderlich sein könnten, ist ehrgeizigen Frauen jedes Mittel recht.«

»Wenn deine Eifersucht dich nur verblenden würde – halb so schlimm; aber du kennst deine Frau nicht«, schloß Laura, um keine Zeit für das nächste Telefongespräch zu verlieren.
Laura führte es mit einem Nachrichtenredakteur vom Fernsehen der DDR. Sie verlangte von ihm eine Meldung in der Aktuellen Kamera, die den Salman-Bericht des ZDF-Korrespondenten Schwill Lügen strafen sollte.
Der Redakteur sprach, man könnte einer großen politischen Dummheit nicht mit einer gigantischen politischen Dummheit begegnen.
Laura verlangte den Chefredakteur.
Der Redakteur sprach, der Chefredakteur wäre in einer Sitzung, und das von Laura geforderte Dementi käme einem Eigentor gleich. Weil es indirekt Propaganda für einen Westsender mache und die Fernsehzuschauer der imperialistischen Propaganda in die Arme treibe. Wenn Laura dementieren wolle, könne sie das bei den für solche Delikte zuständigen Stellen tun. Persönlich. Frau Tenner in solcher Sache vertreten zu wollen, erschiene ihm allerdings befremdlich. »Wissen Sie überhaupt, für wen Sie sich da einsetzen«, fragte der Redakteur.
»Ja«, schloß Laura, um keine Zeit für eine närrische Aktion zu verlieren. Mit der wollte sie Vilma zu Hilfe kommen.
Die Idee zur Aktion war von der Nachricht, daß sich der Chefredakteur zur Aktuellen Kamera in einer Sitzung befände, ausgelöst worden.
Zur Aktion benutzte Laura einen Text, den sie 1974 »in spielfraulichem Auftrag der Trobadora« für die Wochenzeitung »Sonntag« geliefert hatte. Damals war Beatriz de Dia schon über ein Jahr tot. Aber das hatte sich noch nicht in allen Redaktionen und Verlagen herumgesprochen. Laura gingen sogar noch heute mitunter Aufträge und Einladungen für die Trobadora zu.
Laura hatte die Gelegenheit 1974 genutzt, da sie knapp bei Kasse war, und den »Sonntag«-Auftrag an Amanda weitergeleitet. Über Funk wie in alten Spielfrauenzeiten. Das Morsegerät, mit dem Amanda dereinst Laura ausgerüstet hatte, war mit weltlichen Mitteln nicht zu orten und mit unterweltlichen kaum. Dem unterweltlichen Sicherheitsdienst mangelte es an Spezialisten. Von Ortungstechnik hatten nur wenige Agenten Ahnung, schwierige Codes entschlüsseln konnte offenbar keiner. Jedenfalls nicht so schwierige wie die von Amanda ausgetüftelten. Die Zustellung der Manuskrip-

te, die Amanda für Laura schrieb und Laura für Salmansche ausgab, besorgten desertierte Brockenhexen. Sendeanlage und Morsegerät bewahrte Laura früher wie heute im Küchenherd auf. In der Backröhre, weshalb sie sich angewöhnt hatte, privates Kuchenbakken als Zeitverschwendung zu bezeichnen und Konsumkuchen als schmackhaft. Zu Hilfsaktionen für Vilma war die in einer Gänsepfanne versteckte Funkanlage jedoch nicht zu gebrauchen. Lauras dritte närrische Aktion berührte nämlich wie die erste die Zeitschrift »Neue Philosophische Blätter«. Die Frau wandte sich diesmal jedoch nicht brieflich an die Redaktion, sondern persönlich. Chefredakteur Schramm wurde jäh mit einem Manuskript konfrontiert, das ihm Laura Salman als Vilmas Original auf den Schreibtisch legte.

Laura verlangte von Dr. Schramm Sofortlesen, damit er sich von der Redlichkeit des Textes überzeugen könnte. »Ein kleiner Text, propagandistisch zum Buch aufgeblasen«, sagte Laura, »Sie müssen ihn sofort drucken, um der Hetzkampagne den Wind aus den Segeln zu nehmen. Einen Originalabdruck sind Sie Ihrer Mitarbeiterin schuldig.«

»Wir haben acht Wochen Vorlauf«, sprach Dr. Schramm.

»Lesen Sie«, sagte Laura.

»Die Sekretärin Tenner fehlt seit zwei Tagen unentschuldigt«, sprach Dr. Schramm.

»Lesen Sie.«

»Über das Verhalten der Sekretärin Vilma Tenner werden Kaderabteilung und Redaktionskollegium entscheiden«, sprach Dr. Schramm im fünften Stock eines neuen Bürohochhauses. Er vermutete Vilma bereits jenseits der Westgrenze.

Laura verbat sich die Verdächtigung.

Dr. Schramm forderte Beweise, die ihn vom Gegenteil überzeugen könnten.

»Ich fühle, daß Vilma hier ist«, sagte Laura. »Ich habe sofort gespürt, bei der ersten Begegnung bereits, daß man sich auf diese Frau politisch und überhaupt verlassen kann. Ich beurteile Menschen nicht. Ich setze auf sie. Für Vilma Tenner wäre ich bereit, alles zu setzen.«

Dr. Schramm bezeichnete Laura zum Abschied als romantisch, versicherte, daß ihm lebensfremde Frauen gefielen und gab das Manuskript ungelesen zurück. Es war der Text, den Laura 1974 der Wochenzeitung »Sonntag« geliefert, aber nicht verkauft hatte. Sein

Untertitel lautete: »Zufallbegünstigte Aufzeichnungen über den Oberbauleiter vom Palast der Republik nebst Adjutanten und Ehefrau.«
Laura schrieb Vilmas Namen und den Text auf ein weißes Nachthemd, zog es an und wandelte mit ihm durch Berlins Straßen. Der Text hatte folgenden, in Kapitel einhundert wiedergegebenen Wortlaut:

100. Kapitel

Bis man zu dem Kerne zu gelangen das Glück hat

I

Die Lebensäußerung Schreiben ist nicht weniger als das Leben selbst von Zufällen abhängig. Auf deren Gunst baut der Selbsterhaltungstrieb des Menschen. Kurz nach dem Umzug innerhalb Berlins fragte die Redaktion Sonntag an, ob ich einen Mitarbeiter am Palastbau porträtieren möchte. Nun bin ich eigentlich Unternehmungen, die auf Stippvisiten gründen, prinzipiell abgeneigt. Und den Wunsch der Redaktion nach einem Parteisekretär-Porträt hielt ich deshalb gleich für unerfüllbar. Denn mir erscheint unmöglich, einen Menschen mit solcher, auf Ausdauer und Geduld beruhender, schwer meßbarer Tätigkeit zu beschreiben, ohne ihn längere Zeit erlebt und auf irgendeine Weise mit ihm gearbeitet zu haben. Daß der Bauplatz vom Palast der Republik nicht jeglicher Neugier beliebig geöffnet sein kann, war mir allerdings auch selbstverständlich. Also: Irgendeine Arbeit, die nebenbei Studien ermöglicht, konnte ich da nicht nehmen. Aber die Flutlichtanlage der Palastbaustelle erleuchtet meine Küche. Und wenn ich die Balkontür öffne, kann ich die Baugeräusche Tag und Nacht hören. Und das Prinzip des Baus, daß unter einem Dach gleichzeitig national und international versammelt, gut gegessen, getanzt, politisch gearbeitet, Bowling und Theater gespielt, getrunken, konzertiert, repräsentiert, agitiert, gestritten, geklönt und gefeiert werden kann und die Volkskammer tagt, muß einfach jedem, der gern lebt, sowieso geradezu ideal erscheinen. Am 2. November 1973 war die Grundsteinlegung für dieses ambivalent lustige Haus, das neben Staatsrat und Außenministerium auf einstigem Schloßgrund wächst: Das ist der richtige Platz für so was. Ende des ersten Quartals soll es für Zehntausende Besucher täglich empfangsbereit sein. Und in Goethes »Wilhelm Meister«, dem ich mich zufällig wieder zugewandt hatte, las ich: »In einem jeden neuen Kreise muß man zuerst wieder als Kind anfangen, leidenschaftliches Interesse auf die Sache werfen, sich erst an der Schale freuen, bis man zu dem Kerne zu gelangen das Glück hat.« Der Umzug, wodurch ich die Stadt an einem anderen Zipfel zu fassen kriegte, hatte mich in die von Goethe beschriebene Lage versetzt. Ich entschloß mich für den Versuch, »die Schale« eines Bauleiters beschreiben zu wollen. Da wurde mir der Weg zum Oberbauleiter geebnet.

2

»Das ist auch so eine Sache, wo mir die Schnürsenkel aufgehen«, sagte der Mann am Schreibtisch, als ich zum vereinbarten Termin in der Baubude eintraf. Pünktlich. Der Schreibtisch war umstanden von behelmten Männern, deren tragende Stimmen den Raum stopften. Der Mann am Schreibtisch sprach, ohne die Stimme zu heben, in Sätzen, die er stets abschloß und nie korrigierte. Eine gewisse sprachliche Präzision und Entschiedenheit, wie sie etwa der Offiziersberuf ausbildet, fiel mir gleich auf. Als der Mann aufstand, wuchs er wenig. Die behelmten Männer verließen den Raum. Ich sagte Namen und Anliegen. Der Mann sagte »Zirbel« und daß er informiert wäre und bereit, Rede und Antwort zu stehen. »Wie lange wird es denn dauern«, fragte er, indem er verschiedene Terminpläne, Listen, Bauzeichnungen und Protokollbücher von der Schreibtischmitte an die Ränder räumte, »eine Stunde, zwei Stunden?« Damit war das Rede- und Antwortstehen zunächst auf mich zurückgefallen. Ich hatte die stets ins Blaue führenden Expeditionen der Schreiberei und deren nicht vorausberechenbare Zeitverbrauche und Ergebnisse vor dem Leiter eines Systems von Arbeitsorganisation zu rechtfertigen, der termingebunden für ein genau vorausberechnetes Ergebnis im Werte von zweihundertsiebzig Millionen Mark persönlich verantwortlich zeichnete. Ich gab mir Mühe. Er würdigte sie mit Nachsicht. Wie mir schien, vielleicht suchte ich auch nur nach irgendwelchen versteckten herrscherlichen Anzeichen, weil ich offensichtlich zunächst keine entdecken konnte. Entschiedenheit, Kühnheit, Energie sind Peter Zirbel nicht vom

Gesicht zu lesen. Außerordentliche Merkmale fehlen seinen regelmäßigen Zügen. Die kleine Statur unterstützt den flüchtigen Eindruck von Unauffälligkeit. Dieser Mann also regiert ein mir unübersehbar erscheinendes Gewimmel von Arbeitskräften, aus allen Teilen der Republik delegiert, dazu Soldaten unserer Volksarmee, bei Tiefbauarbeiten helfen auch Rotarmisten – ist es da verwunderlich, daß man sich so einen Mann unanständig genau und immer wieder ansieht? Langes kurzes Haar. Mittelblond. Synthetikkleidung. Zwischen zwei Anweisungen, die er ausrief, murmelte er in einem Nebensatz, daß seine Kopfschmerzen wieder mal nicht von den schlechtesten Eltern wären. »Bei mir gings von der Pike auf«, sagte er dann auch bald, »durch alle Stufen gings beruflich, keinerlei Sprünge.« Nun suchte ich nach äußeren Anzeichen für Solidität. Und unwillkürlich erschien mir angebracht zu erwähnen, daß ich auch auf dem Bau gearbeitet hätte. (Wenn man einander bekannt macht, versucht jeder, Seiten herauszustreichen, die Sympathie und Vertrauen erwecken sollen.) Peter Zirbel sah mich prüfend an, traf telefonisch zwei, drei Entscheidungen, nahm den Bericht eines Schichtleiters entgegen, »Informationsfluß ist der halbe Sieg«, sagte Zirbel dann, und mein Wunsch, erst einmal einen Vormittag von einem Stuhl in der Ecke aus zusehen zu dürfen, war genehmigt. Zirbel bestellte für mich Kaffee. Bei einer Frau natürlich. Im Zimmer saß nämlich auch noch eine Frau. Ich hielt sie für Zirbels Sekretärin. Wegen der Bestellung und weil ich nicht mit ihr bekannt gemacht worden war. Da Zirbels Schreibtisch derart an ihren gestellt war, daß der Oberbauleiter ihr gegenüber saß, konnten Papiere und Pläne mühelos hinüber und herüber wechseln. Hinüber wechselten sie mit Anweisungen, herüber mit Erklärungen. Perlonstores vorm Fenster. Blick auf einen Aluminiumbau mit der Aufschrift: »Hier versorgt Sie Konsum Berlin Handelsbetrieb Bauarbeiterversorgung«. Dampfheizungsrohre. Ich saß auf rotbezogenem Schaumgummipolster. Die weißen Aktenschränke, darauf weiße Helme mit roten Streifen ausgerichtet lagen, glichen den Einbauschränken meiner Neubauwohnung. Blanker, billardgrüner Fußbodenbelag. Schreibtische und Anbaumöbel furniert mit handelsüblicher Holzimitation. Da erinnerte ich mich natürlich an die Baubuden, in denen ich während meiner Bauarbeiterjahre gehaust hatte. Die fahrbaren Verschläge standen meist auf Holzrädern. Der wohltemperierte Bau, in dem ich jetzt saß und für den der Name »Bude« vergleichsweise wirklich unzutreffend ist, stand auf einem Rest der alten »Schloßfreiheit«, der in die Spree ragt. »Vom Nebenfenster aus könnse angeln«, sagte Zirbel. Er stellte seiner Arbeitsnachbarin die Aufgabe, auszurechnen, wieviel Beton für einen bestimmten Fundamentabschnitt verbraucht würde. Sie griff zum Rechenstab und lieferte schnell das Ergebnis. Diese und andere Beobachtungen ließen Zweifel an meiner bisherigen Vermutung aufkommen. Als Peter Zirbel den Raum für eine Kurzbesprechung verließ, nutzte ich die Gelegenheit zu einer schwesterlichen Anfrage. Ich erfuhr, daß der dienstbare Geist mit Namen Inge Petri die Qualifikation eines Bauleiters besitzt. Peter Zirbel sagte bei Gelegenheit: »mein Adjutant«.

3

»Die Geschichte des Menschen ist sein Charakter«, steht im »Wilhelm Meister« zu lesen. Goethe hat in dem Buch viele Lebensgeschichten versammelt, wodurch auf natürliche Weise das Zeitgemälde erwächst. Die Spannungsfelder zwischen den Charakterbildern sind Räume, in denen die Phantasie des Lesenden das Wunderbare einer Epoche ahnungweis finden kann. Die Lebensgeschichte von Peter Zirbel jedenfalls ist von der Art, daß ich sie gern in einem Roman sehen möchte. Nicht nur aus Gründen spontaner Sympathie, die sich einstellt, wenn man Leuten mit Startbedingungen begegnet, die den eigenen ähnlich sind. Als die Mittagessenszeit mich verabschiedete, bat ich um einen Gesprächstermin. »Wie lange soll das Gespräch dauern«, fragte Zirbel und blätterte im Terminkalender, »eine halbe Stunde, eine Stunde.« – »Eine Stunde«, sagte ich erschrocken.

4

Um von der Stunde nichts zu verlieren, stellte ich mich etwas zeitiger am wasserumflossenen Ort. Schlag neun übergab Zirbel Inge Petri die Telefone, entschied, daß er bis zehn unauffindbar wäre und schloß sich mit mir im vorübergehend unbewohnten Nebenzimmer ein. Ich bat gleich um den Lebenslauf. Er lieferte bereitwillig, was folgend in Stichworten mitgeteilt wird: 1939 geboren. Berliner. Vater Ende 39 eingezogen, 41 vermißt, später für tot erklärt. »Ich hab ihn gar nicht kennengelernt«, sagte Zirbel, »bin mit Schwester bei Muttern aufgewachsen, son richtiges Kriegskind eben. Mutter gelernte Blumenbinderin, arbeitete dann beim Stadtgericht Littenstraße, Geld war immer knapp, aber sie hat uns trotzdem gut durchgebracht, kann mich nicht beklagen. 1953 Schinkeloberschule, mathematisch-naturwissenschaftlicher Zweig, 57 Abitur. Ich hatte keine Ahnung, was beruflich für mich passen und erreichbar sein könnte, meine Mutter natürlich auch nicht, ich wußte nicht, was ich werden sollte«, gestand Zirbel. – »Genauso ging mirs«, sagte ich, wir tauschten ein paar groteske Details solcher Lage aus, saßen uns plötzlich bekannt gegenüber. Gelächter. Die berlinische Dialektfärbung in Zirbels Mitteilungen nahm zu, er erzählte ausführlicher. Zum Beispiel, daß er durch Zufall in Gestalt eines Freundes zwei Monate vor der Angst auf den Trichter gekommen wäre. Bauingenieur könnte man machen, hatte der Freund behauptet. »Ich hatte keine Ahnung, was Bauingenieur so ist«, sagte Zirbel. »In Mathe war ich gut, aber mit der Form haperte es, Zeichnungen und dergleichen. ›Mit soner Form könnse nie Ingenieur werden‹, hatte mein Mathelehrer gesagt. – Nu erst recht, dachte ich. Die Ingenieurfachschule verlangte eine Facharbeiterausbildung. Also hin zu VEB Tiefbau, auch ohne Ahnung natürlich, Brunnenbauer gelernt. Zwei Jahre, ich, so kleen und schmächtig wie ich war, und damals ging alles noch von Hand, mein lieber Mann. Aber vom Klotzen hab ich dann doch ein bißchen zugenommen. Hochschule in Dresden wär mir natürlich lieber gewesen. Aber als Angestelltenkind (die Einstufung wurmt mich heute noch) hatte ich hundertfünfundzwanzig Mark Stipendium für Miete, Essen, Kleidung und so weiter zu vertun und von zu Hause nichts zu erwarten, seitdem meine Mutter wieder geheiratet hatte, gar nichts – kurz und gut, fünf Jahre Dresden unter diesen Bedingungen waren nicht drin. Also wie gesagt: Ingenieurfachschule für Bauwesen Berlin. Studienzeit drei Jahre. Ein Semester hamse uns geschenkt. Von sechsunddreißig Studenten sind achtzehn durchgekommen. Mit Nachhilfestunden hab ich das Nötigste zuverdient. Hatte als Ausbildungsrichtung konstruktiven Ingenieurbau erwischt. Das kam mir bald schon sehr zustatten.«

5

Beim Zuhören, das durch häufiges Türklopfen gestört wurde, erinnerte ich mich hartnäckig eines gewissen Abschnittes im »Wilhelm Meister«, der zitiert lautet: »Es ist gut, daß der Mensch, der erst in die Welt tritt, viel von sich halte, daß er sich viele Vorzüge zu erwerben denke, daß er alles möglich zu machen suche; aber wenn seine Bildung auf einem gewissen Grad steht, dann ist es vorteilhaft, wenn er sich in einer größeren Masse verlieren lernt, wenn er lernt, um anderer willen zu leben und seiner selbst in einer pflichtmäßigen Tätigkeit zu vergessen. Da lernt er erst sich selbst kennen, denn das Handeln eigentlich vergleicht uns mit anderen.« Daß Zirbels berufliche Entwicklung der im zweiten Teil des Abschnitts beschriebenen Richtung ähnlich war, erschien mir außer Zweifel. Aber die im ersten Teil beschriebenen Voraussetzungen dafür, woher sollte das Kriegskind Peter Zirbel solche Voraussetzungen nehmen? – »Als Schüler hab ich meine Freizeit zu neunzig Prozent auf der Straße verbracht«, sagte Zirbel. »Gaudystraße, Cantianstraße, Prenzlauer Berg. Auf jedem Stückchen Pflaster, das gerade frei war, haben wir geknödelt. Ich war schon immer sportlich interessiert. Mit zwölf wollte ich einem Fußballverein beitreten, aber man hat mich nach Hause geschickt. Nicht mal unter die Zehnjährigen hamse mich eingereiht. Mußt erst noch paar Butterstullen essen, hamse gesagt. Das war schlimm. Kann sein, das hat bei mir einen Stachel zurückgelassen, genauso einen wie die disqualifizierende Bemerkung des Mathelehrers über meine Zeichenkünste. Wenn man n Kopp größer als n Dackel, muß man zäh sein. Ab fünfzehneinhalb hab ich dann aktiv Fußball gespielt. Und wenn ich nicht Fußball gespielt hab, hab ich gelesen. Als Ausgleich. Karl May, Hans Dominik, John Knittel, eben die Bestände von meinem Vater noch, der war nämlich Buchbinder gewesen.«

6

Der Ingenieur, dessen Zimmer wir besetzt hielten, kehrte zurück. Die genehmigte Stunde war fast um. Für die Schilderung seiner steilen beruflichen Laufbahn blieb Zirbel wenig Zeit. Aber es fällt ihm leicht, sich kurz zu fassen, er trainiert das täglich. Allgemeine politische oder philosophische Bekenntnisse fehlen seinen Berichten. In dem, wofür er seine Kräfte gibt ohne zu geizen, liegt seine Konfession. Er präsentiert sein Herz nicht auf der Zunge, sondern in termingerechten, ohne Verlust abschließenden Bauübergaben. – »Nach abgelegter Ingenieurprüfung erste Arbeitsstelle: Tierpark. Objekt Alfred-Brehm-Haus und Cafeteria. Für die Cafeteria kein Bauleiter da. ›Nu mach mal‹, sagte der Meister. Dann wurde der auch noch krank. Da stand ich vor dem Salat«, sagte Zirbel, »ohne praktische Kenntnisse sozusagen. Mußte lernen, wie man sich mit Brigaden auseinander- und zusammenrauft, wie man den Arbeitern entgegenkommen muß und wie man sich durchsetzt. So was formt. Dann: im Sanierungsgebiet Karlshorst monatlich für dreißig, vierzig Objekte verantwortlich. Dann: neues Wasserwerk Johannisthal. Ein technisch sehr kompliziertes Objekt. Da konnte man fachlich viel lernen. Nach anderthalb Jahren wurde der Chef abgezogen und ich zum verantwortlichen Bauleiter des Objekts berufen. Alles gut gegangen. Auszeichnung als Aktivist. 1967 eigenverantwortlich für einen Baukomplex mit dreiunddreißig Teilvorhaben in Rahnsdorf, Wert achtzehn Millionen. Eigenverantwortlich heißt: Bau selbständig vorbereiten, selbständig ausführen, alle Verträge selbst abschließen und so weiter. Mitten in der Arbeit zum Berliner Stadtzentrum berufen. Als Generalauftragnehmer für Hotel Stadt Berlin. Zehn Ingenieure waren wir dort: eine dufte Mannschaft. Vom Fundament bis zum Kaffeelöffel waren wir zuständig, da wird man gefordert, das macht Spaß. Dort hab ich ausgelernt. Zweimal Aktivist dort. Dann Abschnittsbauleiter (heute heißt das Oberbauleiter) für das Heizwerk Buch. Dann Werner-Seelenbinder-Halle für den achten Parteitag in zwei Monaten und zwei Wochen vorbereitet. Partner: HZK der SED. Von 1971 bis 73 zwei Jahre im Orgkomitee für die X. Weltfestspiele der Jugend und Studenten stellvertretender Hauptabteilungsleiter Bauwesen. Angebot, im Ministerium für Bauwesen mitzuarbeiten. Aber ich hab das Angebot ausgeschlagen. Mitarbeiter ist nichts für mich. Lieber an einem kleinen Objekt der erste als an einem großen der zweite. – Schließlich kam ich zum Palast. Ich brauch den täglichen Umgang mit Menschen, die an was ganz bestimmtem Sichtbaren, Meßbaren arbeiten, ich muß gefordert sein, mich rumquälen mit ihnen, streiten, verschiedene Temperamente und Ansichten unter einen Hut bringen, voll Verantwortung tragen, auch Macht natürlich: Das ist mein Spaß. Ich brauch Erfolgserlebnisse. Ich bin sehr ehrgeizig.«

7

»Ich bin nicht sehr ehrgeizig«, sagte Inge Petri im anschließenden Gespräch, dessen Zweck sie abgeneigt war. Meinen selbstverständlichen Wunsch, den schönen Zufall zu nutzen und sie gleich mit porträtieren zu wollen, hatte sie zunächst rundweg zurückgewiesen. Sie brachte dann allerhand Argumente vor, die ihre Haltung stützen sollten. Das deutlichste: »Zirbel ist viel prägnanter.« Dieser Behauptung widersprach allerdings schon der flüchtige äußere Eindruck, für den die Bezeichnung »unscheinbar« ganz und gar nicht zutrifft. Mit diesem erzählerischen Zugriff entspreche ich natürlich dem Klischee, das Männer von ihren Taten ausgehend ins Licht setzt und Frauen von ihrer körperlichen Erscheinung. Aber in Klischees sind Aussagen über Zustände eingeschlossen. Über gesellschaftliche Zustände, die auch charakterbildend sind. Zwangsweise. Und in meinem zu beschreibenden Fall hätte das Klischee geradezu poetische Prägnanz, wenn es keins wäre. Ich fragte also, Zirbels ungebrochene Äußerungen über Ehrgeiz und Macht noch im Ohr: »Und warum entsagen Sie dieser Tugend Ehrgeiz?« – »Och«, sagte Inge Petri und zeigte ihr Lächeln. Es entblößte ideale Zahnreihen und schwemmte Sanftmut übers Gesicht. Sanfte Offensive auf groben Angriff. Wirkung vergleichbar dem Überraschungseffekt beim Öffnen einer Schatztruhe. Kunststück. Die auffällige Schönheit der Frau gründet weniger auf beschreibbaren Details (obgleich man ziemlich selten das Glück hat, derart gute Augen, Grasbüschelwimpern, Brauenbögen und dergleichen ohne kosmetisches Tablett zu besichtigen), sondern auf versteckten: den Geheimnissen der Persönlichkeit. Mittelgroße, schlanke Gestalt, Jeans als Kleidungsstück getragen, nicht als Weltanschauung, ungezierte Bewegungen, keinerlei Mache. Aber »och« auf meine Frage und Näherrücken wie beim Mitteilen von Intimitäten, bevor ich von Inge Petri erfuhr, daß man sich als Frau Ehrgeiz nur bedingt leisten könnte, Familienrücksichten und so (die Abstinenz von besagter Tugend ist eine Dressurleistung) wissen Sie? – Ich stelle mich dumm. Ihren Lebenslauf lieferte Inge Petri nicht bereitwillig, ich mußte ihn rausfragen, weil sie immer gleich fertig war. Die wichtigsten Vorgänge erwähnte sie in Nebensätzen. Was ich da unterm Scheffel sozusagen rausholte, war, in Stichworten vermerkt: Jahrgang 34, Vater Bankangestellter, Mutter Kontoristin, meist Hausfrau. Scheidung der Eltern. Inge Petri mußte von der zehnten Klasse abgehen und Geld verdienen.

Sekretärin im Finanzministerium. Die Arbeit da war ihr zu trocken. Mit einundzwanzig Jahren Heirat. Mann im Bauwesen tätig. Seine Arbeit interessierte sie. Nach der Geburt der Tochter drei Jahre beruflich ausgesetzt und in der Volkshochschule Abitur nachgeholt. Dann Maurer gelernt in einer Abiturientenbrigade (außer Inge Petri war noch ein Mädchen drin), Lehrzeit ein Jahr. »Mein Mann hat mir damals auch sehr zugeredet«, sagte Inge Petri, »mir Mut gemacht, versprochen, helfen zu wollen und so, aber in der Praxis sieht das dann immer ein bißchen anders aus« (wieder das bereits beschriebene Lächeln). »Meine Mutter hat sich in der Zeit und später aber viel um meine Tochter gekümmert und mir überhaupt manches abgenommen, sonst wärs nicht zu schaffen gewesen. Jetzt ist die Tochter vierzehn, technisch sehr interessiert, Leistungsdurchschnitt einskommazwei, möchte auch mal im Bauwesen tätig sein« (kurze Lächeleinlage). Von ihrer Arbeit nach dem Fachschulabschluß erfuhr ich von Inge Petri, daß sie seit sechs Jahren bei Ingenieur-Hochbau Berlin arbeitet, zuerst als Bauführer, dann als Bauleiter. Das erste Objekt, für das sie eigenverantwortlich zeichnete, war ein Kindergarten-Kinderkrippen-Komplex. Nachdem der Bau mit Gewinn abgeschlossen war, arbeitete sie als Bauleiter am Objekt Haus der Berliner Verlage. Seit Dezember 73 ist sie beim Palast. – »Wie gefällt Ihnen die Arbeit hier«, fragte ich. – »Gut«, sagte Inge Petri, »gute Organisation und alles, aber mein Arbeitsgebiet ist noch nicht genau abgesteckt, ich muß bald wissen, was genau mein Arbeitsgebiet ist und wofür ich persönlich die Verantwortung trage.« – »Sind Sie lieber auf einem kleinen Bau die erste als auf einem großen die zweite?« – »Ich arbeite am liebsten in einem kleinen Team«, antwortete Inge Petri, »mit zwei, drei Leuten, die mich verstehen, was schaffen, das ist schön.« – »Würden Sie, wenn Sie sichs wünschen könnten, auch mal gern als Oberbauleiter arbeiten?« – »Nein«, sagte Inge Petri ohne Zögern. »Sowieso nein, aber auch wenn ich fachlich viel besser wär, ganz groß, wärs nicht drin. Ich kann zum Beispiel nur in der Normalschicht arbeiten, nicht im Dreischichtsystem, was Sonnabend- und Sonntagsarbeit einschließt – das setzt meiner Verwendbarkeit deutlich Grenzen. Meinem Mann bin ich sowieso schon zu emanzipiert, der fragt immer wieder, kannst du nicht verkürzt arbeiten, sechs Stunden oder wie. Er kommt nie siebzehn Uhr nach Hause, und an Wochenenden ist er oft auf Tagungen unterwegs, und jetzt ist er zur Kur; aber wenn ich abends und über Wochenend auch unterwegs sein wollte, würde die

Ehe in die Brüche gehen, das ist doch klar. Als Frau muß man zurückstecken, oder . . .« Und als sie jetzt ihr Lächeln zeigt, ahnte ich, daß weise Gelassenheit dahinter stecken mußte, Souveränität, historisches Verständnis, Widerstand. Und große Kraft. Wer so sanft Härten einstecken kann ohne den geringsten Anflug von Bitterkeit, muß viel leisten. Aber nur die meßbaren Leistungen werden gewogen . . .

8

Erst nach dem Gespräch mit Inge Petri fielen mir wieder ein paar sogar schriftlich vorbereitete Fragen ein, von denen mich Bewunderung für Zirbels berufliche Entwicklung abgebracht hatte. Ich erkundigte mich also zwischen zwei Besprechungen schnell noch etwas nach dem Privatleben. Ich erfuhr: Verheiratet, seit anderthalb Jahren, in zweiter Ehe. Frau zwölf Jahre jünger, ebenfalls Bauingenieur. »Ich war ihr Mentor für die Abschlußarbeit«, sagte Zirbel augenzwinkernd, »sie hat von mir einen Brocken verpaßt gekriegt, an dem sie sich ganz schön die Zähne ausbeißen mußte. Kinder? Ja, zwei Söhne aus erster Ehe, acht und elf Jahre alt.« Die erste Ehe wäre an seinem Ehrgeiz und an den Anforderungen gescheitert, erklärte Zirbel. Der Hotelbau hätte die Krise und schließlich die Scheidung gebracht. Die Frau wäre Hausfrau gewesen und hätte auch Hausfrau sein wollen, und es hätten ihr bestimmte außerfamiliäre Interessen gefehlt, Leidenschaften, berufliche, um Alleinsein durch mangelnde Freizeit des Ehepartners nicht als Verlassensein oder Leere zu empfinden. An Freizeit hapere es natürlich nach wie vor, aber seine neue Frau hätte durch ihren Beruf Verständnis für seinen, wäre auch gefordert (keine Gefahr für Langeweile also), und nur wer wenig Zeit hätte, könnte deren Kostbarkeit wirklich ermessen. Die wenige Freizeit, die beiden bliebe (an den arbeitsfreien Tagen, sonst ist nichts drin), würden dann eben auch maximal genutzt, intensive Erlebnisse wären das. »Brauch ich«, sagte Zirbel, »deshalb möcht ich beruflich nicht höher steigen, denn je höher die Position, desto weniger Freizeit. Ich bin nämlich leidenschaftlicher Dauercamper. Und Sport brauch ich auch. Unbedingt. Als Ausgleich. Aktive Erholung. Beim Fußballspielen zum Beispiel bin ich beschäftigt, aber gehindert, an meine Arbeit zu denken, an Arbeitskräftedispositionen, Rechnereien und was einem sonst noch so dauernd im Kopf rum geht, ich spiel beim FC Vorwärts Oberligareserve. Mein Betriebsleiter riet mir natürlich dringend, den Sport aufzugeben. Und das Studium zu unterbrechen (ein Fernstudium hab ich nämlich auch noch nebenbei), damit ich täglich noch bißchen länger machen kann. Aber ich hab gesagt: nein. Daraufhin wollte der Betriebsleiter mit meiner Frau sprechen. Hab ich gesagt: zwecklos, und du kriegst außerdem Ärger mit ihr. 1972 hab ich mit dem Fernstudium an der TU Dresden angefangen. Jetzt im Sommer ist Halbzeit. Ich konnte doch nicht wissen, daß der Palast auf mich zukommt. Wenn ich jetzt das Studium abbrech, geb ich dreiviertel auf. Oder ganz, denn Oberbauleiter sein zehrt ganz schön. Es gibt wenige, die über vierzig sind. Natürlich ist es jetzt egal, ob ich Fachschulingenieur bin oder Diplomingenieur, was gilt, was bezahlt wird, ist die Leistung. Aber später, wenn ich mal nicht mehr so kann . . . Der Palast steht dann, aber ich hab aufgegeben – nein, aufgeben kommt nicht in Frage. Und natürlich wurmt michs doch irgendwie, daß ich bloß Fachschulingenieur bin . . .«

9

Nun interessierte mich natürlich auch, wie ein Oberbauleiter mit so großen Verdiensten beim Stadtzentrumsbau von Berlin und vielen Auszeichnungen selber wohnt. Ich bat also um einen Hausbesuch. »Wie lange soll er dauern«, fragte Zirbel, »eine halbe Stunde, eine Stunde.« Wir vereinbarten Donnerstag siebzehn Uhr bis siebzehn Uhr fünfundvierzig. Die Beschreibung der Wohnlage und der zu ihr führenden Verkehrswege unterstellte, daß ich Fußgänger bin und ließ bei Zirbel auf gleichen Status schließen. Kopernikusstraße, zwischen Frankfurter Tor und S-Bahnhof Warschauer Straße gelegen. Ich fragte mich zu einem von Altbauten umgebenen Lückenbau durch, der seinesgleichen gewiß lange suchen muß. Ein Vorderhaus mit Hinterhauseingang. Im Flur des Nebenhauses hängt eine schwarze Tafel, auf die eine Lageskizze des Bauwerks und der verschlungenen Wege zu ihm über Treppen, Hof und Winkel gekreidet ist. Eingang erinnert an Kellertür. Alt erscheinendes Treppenhaus mit raumfressendem Kernschacht, niedriges Geländer, wer hier Kinder hat, muß aus der Angst, daß sie sich zu Tode stürzen könnten, nicht rauskommen. Ich stieg hinauf ins fünfte Stockwerk. Zu zeitig. Aber bald hörte ich leichte, hastige Schritte.

Eine kleine, kindhafte Frau mit dauergewellter Erwachsenenfrisur, Ingrid Zirbel, schloß die Wohnungstür auf, an deren Türschild zu lesen steht: »Peter Zirbel«. Eine Einzimmerwohnung. An der Garderobe im winzigen Vorraum bauschen sich Kleidungsstücke, weil für einen Schrank kein Platz ist. Ein langes Perlonkleid von Frau Zirbel hing auch da – wenn ichs anziehen will, muß ichs waschen, sagte die Frau. Das Wohn-, Arbeits-, Eß- und Schlafzimmer ist fünfeckig geschnitten. So, daß die Wohnzimmerschrankwand, Hochglanz, Mahagonidekor, geteilt an drei kurzen Wänden untergebracht werden mußte. An der vierten Wand Schlafcouch, Sesselgarnitur und Kachelofen. Fenster mit Blick auf einen Kohlenplatz. Fünfte Wand: Balkontür. Blick auf Neubauten und Fernsehturm. Der Balkon, winzig, schief geschnitten, mit einem Wort nicht weniger verbaut als die ganze Wohnung, ist nur für die Kohlenbevorratung verwendbar. Auch Kochnische und Toilettenraum entsprechen dem geschilderten architektonischen Stil. Einrichtung trotz der grotesken Gegebenheiten adrett. Da ich von Peter Zirbel weder durch Klagen noch durch andere, der Wohnung angemessene Bemerkungen vorbereitet worden war, konnte ich meine Überraschung nicht lange verbergen. Frau Zirbel zeigte mir ruhig den Ort, wo im nächsten Jahr das Kinderbett stehen soll – für nächstes Jahr wäre nämlich Nachwuchs geplant, eine Familie ohne Kinder wäre keine. Bei BMK Ingenieurhochbau würden die Wohnungen streng nach Schlüssel und Warteliste verteilt, siebzig Prozent der zur Verfügung stehenden Wohnungen bekäme A-Personal (Arbeiter) und die übrigen dreißig Prozent B-Personal (Angestellte). Ihr Mann ärgere sich zwar, daß er als Angestellter gerechnet würde, aber 1976 hofften sie, eine HAWG-Wohnung zu bekommen. Da Peter Zirbel noch nicht eingetroffen war, blieb Gelegenheit für eine kleine Unterhaltung mit seiner Frau. Ich erfuhr, daß sie Bauzeichner gelernt hatte, bevor sie die Ingenieurfachschule besucht hatte. Interesse für den Beruf weckte bei ihr der Vater, der Zimmermann ist und im gleichen Betrieb beschäftigt wie der Mann. Ingrid Zirbel arbeitet bei IPRO (Industrieprojektierung). Sie beneidet ihren Mann um die Baustellenatmosphäre, die sie der unterm Dach entschieden vorzieht. »Ich bin überhaupt gern draußen«, sagte Ingrid Zirbel, »unter Menschen, ja. Über Wochenend zu Hause, da komm ich um. Von klein auf bin ich Dauercamping gewöhnt. Im Betrieb stinkt man zwar ab, wenn man kein Grundstück hat, Zelten ist nicht angesehen. Aber das ist mir wurscht. Auf einem Grundstück fehlen den Kindern die Spielgefährten, und ne Frau hat nur Arbeit, am meisten, wenn Besuch kommt. Aber Geselligkeit ohne Last, Umgang mit vielen Leuten zum Reden, Baden, Volleyballspielen fehlt: Gemeinschaft. Nein, die Mölle ist das Schönste«, sagte Ingrid Zirbel begeistert (gemeint ist der Möllensee in Grünheide). »Da haben sich zwei Camping-Fanatiker gesucht und gefunden«, werfe ich ein. »Wieso«, erwidert Ingrid Zirbel schmunzelnd, »mein Mann ist erst Camping-Fanatiker, seit er mich kennt. Ich hab ihn dazu gemacht. Kennse die Mölle? Ideal! Und: Es gibt kein Fernsehen! Kein Fernsehen ist herrlich. Ich finde nämlich, daß Fernsehen ungesellig macht, ich finds gemeinschaftsstörend im Prinzip. Das heißt nicht, daß ich mir nicht mal n Fernsehspiel anseh oder ne aktuelle Sendung oder so – aber diese Sucht . . .« – »Und Sportsendungen«, fragte ich. »Mein Mann sieht möglichst alle Sportsendungen im Fernsehen, ›die Olympiade wird ne Prüfung für dich‹, hat er gesagt, als wir uns kennenlernten. Und da konnte ich wirklich auch nur vollen Teller hinstellen, leeren abholen und so weiter. Alle Fußballspiele muß er sehen, wenn ein Kasten verfügbar ist. Er kann nicht warten, bis die Oberligaergebnisse am anderen Morgen in der Zeitung zu lesen sind. Er muß wachbleiben, bis sie im Fernsehen gesendet sind. Er interessiert sich für alle Sportarten außer Motorsport, kennt alle Spitzenleistungen. Ich interessiere mich auch für Sport, stand jahrelang aktiv im Wettkampfbetrieb, Schwimmen, Federball, aber ich interessier mich mehr aktiv für Sport, weniger als Zuschauer, und nicht für alle Sportarten. Leichtathletik als Leistungssport interessiert mich zum Beispiel nicht, eine Zehntelsekunde zum Lebensinhalt zu machen, dafür erscheint mir das Leben zu kostbar. Aber meinem Mann imponieren eben Leistungen, in jeglicher Form. Ja, diese Fußballeidenschaft . . . und das Fernstudium noch . . . Also manchmal ist es schon schwer. Solange er das Fernstudium hat, kann ich natürlich gar nichts von ihm verlangen, da ist nichts mit Helfen, da nehm ich ihm alles ab. Ich hab ja auch mehr freie Zeit als er. Abends hör ich mitunter ein Hörspiel mit Kopfhörern. Oder ich les. Die Bücher von meinem Mann les ich jetzt, John Knittel, Hans Dominik und so. Da meine Eltern das Schlafzimmer nie abgedunkelt hatten, fällt es mir nicht schwer, bei Licht zu schlafen. Die Zeit, in der mein Mann Zeit erübrigen kann zu helfen, gabs noch nicht. Aber ich bin überzeugt, daß sie mal kommen wird.« – »Könnten Sie sich vorstellen, daß ein Mann sich so nach einer Frau richtet, wie Sie sich nach Ihrem Mann richten«, fragte ich. – »Nein«, antwortete Ingrid Zirbel, »das hat er auch gleich gesagt, als wir uns kennenlernten, ›so was ist bei mir nicht drin‹, hat er gesagt. Aber ich weiß natürlich auch, was ich will, und manchmal nennt er mich dann ›meine kleine emanzipierte Zicke‹. Nur: Einen Mann, der weniger kann als ich, der unter mir steht sozusagen, so einen tät ich nicht nehmen.«

10

Kurz nach Verkündung dieser Konfession konnte Ingrid Zirbel zärtlich ihren Mann begrüßen. Er bat, sich schnell frisch machen zu dürfen, da sie zu einer Geburtstagsfeier geladen wären, und hatte bald die Synthetiks gewechselt, weißer Pullover jetzt. Ingrid Zirbel zog sich (dazu passend) auch um. Da die erforderlichen Blumen noch nicht besorgt waren und die Ladenschlußzeit näher rückte, beendete ich meinen Besuch mit Stichfragen.

Ich: In welcher Art Wohnung möchten Sie wohnen?

I. Z.: In einer Neubauwohnung, nicht zu hoch, fünf Stockwerke etwa ist gut. Ein Haus, wo man seine Nachbarn noch kennen kann, verkehrsgünstige Lage ist auch wichtig. Obgleich ein Trabant geplant ist. Fürs Camping vor allem, und für den Großeinkauf einmal in der Woche und für die Kinder natürlich.

Ich: Was machen Sie im Winter in der Freizeit?

I. Z.: Seit meinem vierzehnten Lebensjahr hab ich Theateranrecht. Dadurch kenn ich so etwa das ganze Repertoire, viel mehr als mein Mann. Also: Wir gehen ins Theater, in alle Berliner Theater eigentlich. von der Distel sehen wir alle Programme. Dann kriegen wir vom Palast oft Karten, auch zu Vorträgen, das ist schön.

Ich: Gehen Sie auch allein ins Theater, wenn Ihr Mann verhindert ist?

I. Z.: Nein.

Ich: Könnten Sie sich vorstellen, mit einer Frau, die Oberbauleiter ist, verheiratet zu sein?

P. Z.: Nein.

Ich: Warum nicht? Würde Sie stören, wenn eine Frau so ehrgeizig wäre wie Sie?

P. Z.: Ja. Die Frau muß der Ausgleich sein. Der ruhende Pol.

Ich: Ist Ihre Mutter stolz auf Ihre berufliche Entwicklung?

P. Z.: Meine Mutter ist 1957 republikflüchtig geworden, sie hat sich

gegen ihren Mann nicht durchsetzen können. Unsere Beziehungen waren bereits seit ihrer zweiten Verheiratung wegen des Mannes gestört. Jetzt habe ich so gut wie keine Verbindung mehr zu ihr.
Ich: Wie fühlt man sich, wenn man als Baufachmann und Baufachfrau mit Leidenschaft für Perfektion in so einem Hunzbau wohnen muß?
Das Ehepaar Zirbel sieht sich an und bricht in Lachen aus. Ich bewundere ihre Bescheidenheit.
Ich: Gibt es Bücher unserer Gegenwartsliteratur, die Ihnen besonders gefallen?
P. Z.: Wenn ich nach Hause komm, bin ich fertig. Da hab ich nicht mehr die Kraft. mich mit einem guten Buch zu beschäftigen. Höchstens was Leichtes ist mal möglich, was keine Anforderungen stellt . . .
Ich: Und wenn Sie noch mal wählen könnten, für welchen Beruf würden Sie sich entscheiden?
P. Z.: Für meinen, unbedingt. Etwas mehr Ruhe wäre natürlich gut. Aber die Art der Arbeit, der Publikumsverkehr, die Möglichkeit, Großes zu entscheiden, jedermann sichtbare, lebenprägende Ergebnisse hinterlassen zu können, auch, daß man sehr gefragt ist in seinem Beruf: Das ist schön. Allerdings: Die gleiche Arbeit als Befehlsempfänger – da würde ich verzweifeln.
Ich: Und was gefällt Ihnen am Fußball, der doch ein Gemeinschaftssport ist?
P. Z.: Daß man auf Sieg spielt. Da machts nichts, daß ich kein Starspieler bin.
Auf dem Heimweg erinnerte ich mich an einen Ausspruch Jarnos aus »Wilhelm Meisters Wanderjahren«: »Daß ein Mensch etwas ganz entschieden verstehe, vorzüglich leiste, wie nicht leicht ein anderer in der nächsten Umgebung, darauf kommt es an.«

II

Die zufallsbegünstigte, im Vorbeigehen erworbene Erfahrung mit Peter Zirbel, Ingrid Zirbel und Inge Petri, mit deren erstaunlicher Schale sozusagen, hat mir einige exemplarische Rätsel aufgegeben. Und allerhand Zündschnuren ausgeteilt. Werden wir bald Zeit und Gelegenheit haben, die anzustecken? Bei einer Molle in einer der beiden Spreestuben im fertigen Palast womöglich? Oder beim neuerlichen Lesen von »Wilhelm Meister«, diesem unerschöpflich schönen und weisen Buch? Werde ich irgendwann »bis zu dem Kerne zu gelangen das Glück haben«?

101. Kapitel

Wette auf dem Blocksberg

Zaun des Schlosses Blocksberg. Hinterm Eisenzaun die silberne Pforte, der Bahnhof »Vernunfttempel« und die Bahnsteigwiese. Vorm Eisenzaun Oberst Manfred Fakal. Drei Adjutanten. Später Oberengel Zacharias und Oberteufel Kolbuk. Drei Adjutanten treten vor.

ERSTER ADJUTANT: Nur hinterm Zaun ein Treffen wäre statthaft.

ZWEITER ADJUTANT: Ja und unmöglich: Kein Oberteufel läßt nen Oberengel in sein Territorium.

DRITTER ADJUTANT: Das andre Territorium ist unsren treuen Waffen anvertraut. Mein Kompromißvorschlag: ein Treffen auf dem Zaun.

Oberst Manfred Fakal zieht den rechten Handschuh aus und prüft die Zaunspitzen mit der Zeigefingerkuppe. Gelächter der Adjutanten. Oberst Fakal winkt es ab und reibt sich das Kinn mit der nackten Hand. Adjutanten nehmen Haltung an.

FAKAL *(hinschreitend):* Wir müssen prinzipienfest sein.

Augen der Adjutanten folgen ihm hin.

FAKAL *(herschreitend):* Wir müssen flexibel sein.

Augen der Adjutanten folgen ihm her.

FAKAL *(vor den Adjutanten stehenbleibend):* Wir müssen souverän sein.

Augen der Adjutanten geradeaus.

FAKAL: Wenn ich den Antrag abschlägig beantworte, steht meine Antwort morgen als Schlagzeile in der Kertelsmann-Presse.

Kolbuk und Zacharias haben über Satan und Herrn Gott gute Verbindungen zu den Westmedien. Damit müssen wir rechnen und fertig werden, Genossen. »Nein« wäre wie gesagt für die Lappalie zu teuer. Bleibt: »ja«. In Form von »Jein«, versteht sich. Also: Ich gewähre für das Treffen Kolbuk/Zacharias einen Gesprächsstreifen von zwei Metern Breite und zehn Metern Länge vor dem Zaun und einen Posten. Zwanzig Quadratmeter Großzügigkeit kann ich verantworten.

Fakal zieht seinen rechten Handschuh wieder an. Adjutanten rechts um und ab. Auftritt Oberengel Zacharias (von oben) und Oberteufel Kolbuk (zwängt sich zwischen zwei Zaunstangen durch). Oberengel unsichtbar, Oberteufel sichtbar.

BEIDE *im Gleichschritt zu Oberst Fakal. Melden:* Mächte der Ober- und Unterwelt zu genehmigter Besprechung angetreten.

OBERST FAKAL: Stehen Sie bequem – ich bin in Eile. Der Brocken hier steht unter meiner militärischen Verantwortung. Zwanzig Quadratmeter davon sind genehmigt für ihre Besprechung, das sind zwanzig Quadratmeter zuviel, wie Sie wissen. Ich verlange also, daß Sie sich des in Sie gesetzten Vertrauens würdig erweisen und sich entsprechend benehmen. Wer diskutieren will, kann sich an meinen Bruder Heinrich halten. Gelehrter er. Oder wozu gibts Staatssekretäre für Kirchenfragen.
Ich sag nur soviel: Revolutionsexport – wir sind dagegen. Prinzipiell. Und für die Ober- und Unterwelt gibts keine Extrawürste. Wenn Sie sich ebenfalls jeglicher Einmischung in unsere inneren Angelegenheiten enthalten, können Sie besprechen, soviel Sie wollen – wegtreten!

Oberst Fakal winkt einem Posten mit Gewehr und aufgepflanztem Bajonett, der während des folgenden Gesprächs zwischen Oberengel und Oberteufel patrouilliert. Oberst Fakal militärisch grüßend ab.

KOLBUK: Sie hat ihren Namen für unser Buch nicht gegeben.

ZACHARIAS: Gefiel ihrs nicht?

KOLBUK: Sie hat es nicht gelesen.

ZACHARIAS: Zu faul – du wolltest mir nicht glauben, als ich sagte: Frauen lesen heute keine dicken Bücher mehr. Wir hätten uns viel

Mühn und Ärger sparen können, wenn du einmal auf deinen Herrn gehört hättst.

KOLBUK: »Mein Herr«? – die Zeiten sind vorbei. Wir sitzen längst im gleichen Boot, das sinken kann, ja muß, wenn wir die alten Streite nicht begraben. Sag ich – hab ich das nötig? Meine Chancen stehn weit günstiger als deine.

Zacharias lacht.

KOLBUK: Schwarzer Humor.

ZACHARIAS: Vernunft hat bisher immer noch gesiegt.

KOLBUK: Weil Dummheit nicht nur kommt aus Mangel an Vernunft. Dummheit kann auch von Übermaßen an Vernunft sich bilden.

Oberengel und Oberteufel geraten tätlich aneinander. Sichtbar: Schattenboxen des Oberteufels. Die Militärpatrouille trennt die Streitenden wie ein Boxschiedsrichter, ermahnt zu diszipliniertem Verhalten und erinnert an die Bedingungen der Gesprächsgenehmigung. Zwischen den Parteien kurze Zeit das Bajonett. Als der Posten es zurücknimmt, eröffnet Oberteufel Kolbuk die zweite Runde.

KOLBUK: Das Buch ist auch nicht gut – ich hätt es selber schreiben sollen.

ZACHARIAS: Es ist gediegen – wenns geschludert wär, tät sies erst recht nicht lesen.

KOLBUK: Seit wann plädierst denn du für meinen Hofnarren und Ghostwriter Kuonrat und warum? Den Buchtitel »Eine Frau ohne Mann ist wie ein Fisch ohne Fahrrad« hat er aus dem Programm der HUU-Fraktion geklaut, die die Losung von den französischen Feministinnen geklaut hat. Kann einer, der bloß klaut, Lohn verdienen?

ZACHARIAS: Niemand schreibt ein Buch umsonst, wenns eine Auftragsschwarte ist. War die Belohnung nicht von uns beiden versprochen?

KOLBUK: Niemand schreibt ein Auftragsbuch umsonst fertig ohne Aussicht auf Belohnung. Aber wenn es dann fertig ist und abgeliefert auf Treu und Glauben . . . Puh: Wer einem Teufel glaubt, ist dümmer, als das Hofnarrenamt erlaubt. Zudem hat diese Spielernatur beim Schreiben auch noch ihren Spaß gehabt.

Kuonrat kann froh sein, wenn er seinen Posten nicht verliert.

ZACHARIAS: Du bist fein raus. Dein Ruf ist nicht gemordet, sondern aufgemöbelt. Ich aber? Oberengelwort ist Ehrenwort. Ein Arbeitszimmer im Hörselberg war dem Raben Kuonrat auf Ehre zugesagt. Engelsehre.

KOLBUK: Teufelseigentum. Der Hörselberg gehört mir. Kein Oberengel kann von Oberteufels Eigentum entlohnen. Nur von eigenem, verehrter Zacharias, das unsichtbar ist wie du selbst. Gib doch vom eigenen, lieber Zacharias, gib mit vollen Händen, spar nicht am Nichts – und Schluß der Debatte. Sachlage: Das Buch ist eine Schwarte, und Frauen wie Laura Salman nehmen Plagiate immer schlecht. Aber Kuonrat wußte offenbar nichts Besseres zum Breitwalzen. Wir wußten nichts Besseres . . . Was heißt wir – du wußtest gar nichts. Zu bequem zum Erfinden und zu fein zum Klaun – diese Faulheit wird dein Untergang.

ZACHARIAS: Schmäl du nur, mein Wiederaufstieg ist gewiß. Ich heirate.

KOLBUK: Du? Nie! Mit einem Herrn und Meister, der Adams erste Frau Lilith zerhackte, hast du keine Chancen bei Frau Salman. Ja, das Gedächtnis bleibt gut bei Frauen, die halbiert sind. Ist deines etwa schlechter? Dann erinnere gefälligst: Die Menschen, die Mutter Erde geschaffen hatte, lebten ruhig hin. Aber zwischen dem ersten Menschenpaar, das dein Herr Gott dann herstellte, gabs ständig Streit. Weil sich Lilith Adam nicht unterordnen wollte. Sie sprach: »Du bist nur meinesgleichen. Beide sind wir aus Erde gemacht.« Als Adam sich damit nicht abfand, sprach Lilith ein Zauberwort und flog davon. Dein Herr Gott aber sandte auf Adams Beschwerde drei Engel aus, die Lilith im Roten Meer fanden. Sie konnten die Frau nicht zur Rückkehr bewegen. Da geriet Gott in Wut und hieb sie in zwei Stücke. Das Unterteil führte er Adam als zweites Eheweib Eva zu, das Oberteil schob er ab in die Unterwelt, die mein Herr Satan regiert. Es behielt den Namen Lilith, aber du und die anderen Oberengel mordeten auf Befehl seinen Ruf, indem sie die Verleumdung, Lilith töte ungeborene Kinder, zur Glaubensdoktrin erhoben. Das Teilen war Gottes Erfindung. Satan hat das Patent nur übernommen und seinen Oberteufeln weitergegeben, stimmts?

ZACHARIAS: Im Vorwärtsschreiten läßt der Mensch die alten Fehler hinter sich. Soll Gott ihm nachstehen? Ein Gott, der niemals irrt, kann auf Publicity in dieser Zeit nicht rechnen. Selbst wenn er und seine Oberoberengel niemals irren – was doch stimmt –, wir müssen tun, als ob.

KOLBUK: Vortrefflich: Adam wirds euch heimzahlen. Das Märchen mit der Rippe ließ er sich allzu gern aufbinden und hat sein Selbstbewußtsein dann auch gänzlich drauf gegründet. Ihr müßt mit Adams Feindschaft rechnen, wenn euer Schwindel rauskommt.

ZACHARIAS: Mein Schwindel ist auch dein Schwindel.

KOLBUK: Mit dem Unterschied, daß Schurkereien meinem Ruf zur Ehre gereichen, nicht deinem. Menschen halten an Gewohnheiten fest.

ZACHARIAS: Eija, die Gewohnheit fordert vom Teufel eine Großmutter. Laura ist keine. Sie ist als Oberengelsgattin wie geschaffen.

KOLBUK: Eine geschiedne Frau, die sich nen Teufel hat beschworen?

ZACHARIAS: Das weiß niemand.

KOLBUK: Ich bring es auf.

Oberengel und Oberteufel geraten abermals tätlich aneinander. Die Militärpatrouille trennt wie zuvor.

OBERTEUFEL *flüsternd zur Patrouille:* Die Weiber fliehen euch, wenn ihr so weitermacht. Zu uns, Genosse, ich würds nicht sagen, wenn ich nicht auch Schaden nähm wie ihr. Das gibts. Wenn Ost- und Westpolitiker nicht auch Interessen hätten, die sich so treffen, irgendwo, könnten die Herren nicht verhandeln. Wir sollten das beherzigen. Zum Wohl der Weiber übrigens, nicht nur zu unsrem eigenen.

Patrouille schiebt den Oberteufel konsterniert von sich in Richtung Oberengel Zacharias.

KOLBUK *(unbeirrt fortfahrend):* Ich lache nur, um nicht zu weinen. Den Männern hat der Forscherdrang kein Glück gebracht. Die Frauen bringt er um. Nicht weil sie schwächer sind: Das Argument erspar ich mir. Es gilt als fortschrittsfremd. Ich sage also: Der Forscherdrang bringt unsre Frauen um, nur weil er männlich ist. Sie haben sich damit was aufgepfropft, was Mittel für Rivalenkämpfe ist. Letztlich. Nehmt doch Rousseau. Ein Mann, der über die Erziehung schrieb und forschte und seine eigenen Kinder verkommen ließ im Findelhaus. Kinder als Turngeräte des Verstands. Rousseau hätt auch an Gräsern seine Genialität beweisen können. Oder an Mineralien. Das Objekt, mit dem der Rivale disqualifiziert wird, ist gleichgültig. Was zählt, sind Siege, Macht. Wissenschaft braucht diesen Stachel als Antrieb für Höchstleistungen. Die Männer haben ihn von Natur. Wem das Glück der Weiber am Herzen liegt, der beläßt sie in der Harmonie der Unwissenheit. Andernfalls werden sie ihre Feinde bald nicht mehr lieben.

Patrouille droht mit Abbruch des Gesprächs, wenn sich die Herren weiterhin derart gegen die Vorschrift verhielten. Gespräche mit der Wache wären untersagt. Bei Zuwiderhandlungen müsse dem Vorgesetzten Meldung erstattet werden.

KOLBUK: Sehr richtig: Meldung. Ja. Was glauben Sie, weshalb ich sonst zu Ihnen rede? Emanzipierte Frauen sind alle potentielle Dissidenten. Ihr werdets schon bald sehen und bereuen. Und zur Verantwortung gezogen werden, nehm ich an. Ich würds als Fluchthilfe bezeichnen, wär ich über euch. Leider hab ich nur einen Dienstgrad in der Unterwelt, Verzeihung.

Oberteufel wendet sich beschwichtigend von der Patrouille ab und dem Oberengel wieder zu, der die dritte Runde eröffnet.

ZACHARIAS: Von einer Frau an meiner Seite gewinnst auch du.
KOLBUK: Soll ich der Kuppler sein?
ZACHARIAS: Wer an Gott nicht mehr glauben kann, hält sich an meine Gattin. Der Effekt bleibt gleich. Und dir kommt er nicht weniger zugute. Denn Gottesglaube schließt den Satan ein. Kurzum: Ich hab die Arbeit und du hast den Genuß – ist das ein Angebot?
KOLBUK: Ein Witz.
ZACHARIAS: Wieso? Wer sich vom Puff im Hörselberg kann jederzeit verwöhnen lassen, ist zur Erfüllung ehelicher Pflichten ungeeignet.
KOLBUK: Zu müde manchmal, das mag sein, doch hochtrainiert. Wer die bessere Hälfte von Lilith an den Puff irgendeines Zauberbergs wegschenkte und Adam Eva warf ins Bett, ist sexuell unglaubwürdig. Heute kann nur faszinieren, wer leistet. Und eine biedere

Triebwagenfahrerin paßt schon schlecht zu einem Oberteufel. Doch fragen Moden nie, was kleidet. Schick ist, was in ist. Ich muß deshalb meine beflissene Mätresse abstoßen und mich mit der widerspenstigen Laura Salman vermählen. Die Liebe der atheistischen Arbeiterin Salman nähme dir niemand ab.

ZACHARIAS: Hab ich das Weib erst, leisten die Legenden.

KOLBUK: Sie können nicht wegreden, daß du unsichtbar bist.

ZACHARIAS: Mein Vorteil jetzt.

KOLBUK: Dein Nachteil immer. Laura heiratet keinen unsichtbaren Mann.

ZACHARIAS: Sie heiratet nur einen unsichtbaren. Wetten?

KOLBUK: Die Wette gilt.

KOLBUK UND ZACHARIAS: Topp.

Nachdem die Wette mit Handschlag bekräftigt ist, marschiert die Patrouille nach links ab. Patrouille zurück mit drei Adjutanten und Oberst Fakal. Oberst Fakal verabschiedet den ersten Adjutanten, erteilt den anderen beiden Adjutanten Befehle, dann selber ab. Zweiter Adjutant stopft den unsichtbaren Oberengel Zacharias in ein Fla-Geschützrohr und schießt ihn in die Oberwelt zurück. Dritter Adjutant zwängt den Oberteufel Kolbuk durch den Eisenzaun zurück auf den Bahnsteig der Bahnstation »Vernunfttempel«.

102. Kapitel

Blocksberg-Vorlesung

Die salomonische Qualität der Weisung »ausstellen wie bisher« ging mir erst auf, nachdem die Versammlung von Tierparkmitarbeitern vor meiner Voliere sich zerstreut hatte.

Ich konnte also in Ruhe weiter existieren wie bisher. In Deckung ungestört schrieb ich fort. Mit einer Verbesserung: Die Gärtner lieferten mir täglich Schreibpapier. Arke mußte keins mehr beschaffen.

Sie war auch fort.

Erst hatte sie sich in meiner Remise verkrochen und dann hatte sie sich irgendwie davongemacht. Ich war so mit Schreiben beschäftigt gewesen, daß ich den Abflug nicht bemerkt hatte.

Und ich schrieb auch jetzt so angestrengt, daß ich keine Kraft zum Nachdenken über Arkes derzeitigen Aufenthalt erübrigen konnte.

Aber ich freute mich natürlich, als Arke eines Tages wieder auftauchte.

Ich glaubte sie auf Weltfahrt gewesen und schrieb das ins Konversationsheft.

Arke bezeichnete sich noch nicht bei Kräften für solche Unternehmungen, weil eine Ahnung sie plage.

»Welche Ahnung«, fragte ich schriftlich.

»Eine, die nicht in Konversationshefte von Buchschreiberinnen gehört«, antwortete Arke und erkundigte sich grübelnd nach Begebnissen während ihrer Abwesenheit . . .

Deshalb schrieb ich ihr nicht vollständig auf, was die Tierparkmitarbeiter vor meinem Käfig geredet hatten. Ich schilderte nur vom Professor. Da er genau gesehen, aber kaum gesprochen hatte, konnte ich gut mutmaßen.

Ich legte sein Schweigen als Anzeichen von Scharfsinn aus. Von Durchblick, von Gerissenheit auch, die nötig ist, um sich und sein zoologisches Unternehmen nicht in wissenschaftspolitische oder politwissenschaftliche Böen oder gar Stürme zu manövrieren. Auch vermutete ich, daß ein Zoologe dem berühmten Satz »ein Mensch, wie stolz das klingt« die Anbetung versagen muß.

»Jedenfalls sind Zoodirektoren, die schreibenden Wesen ungeachtet ihrer Gestalt vorübergehend Stallung gewähren, auf der Welt sicher noch seltener als gute Botschaften«, schrieb ich Arke ins Konversationsheft. »Der Gelehrte wagt seinen guten Ruf und Amt und Würden. An der Akademie der Wissenschaften nämlich, der dieser Mann doch sicher angehört, kann eine Kapazität – wie ich von Besuchern hörte – ihr Ansehen ruinieren, wenn ruchbar wird, daß sie fähig ist, außer wissenschaftlichen Schriften auch belletristische zu verfassen. Würde ruchbar, daß der Zoodirektor ein schreibendes Tier ausstellt, könnte ihn das Exponat als Sympathiekundgebung für die heimlichen Künstler beziehungsweise als Anklage gegen deren Ehrabschneider ausgelegt werden. Den scharfen Augen des Professors wird allerdings meine Scheu nicht entgangen sein. Und er vertraut wohl drauf. Ich darf dieses Vertrauen nicht enttäuschen. Und du solltest dich auch stets versteckt halten.«

Arke versprach, die Gärtner nicht als Attentäter zu verfolgen. Verbringen in einer Voliere nicht als Verbrechen zu empfinden, fiel ihr allerdings schwer. Das als Wohltat zu werten, war ihr unmög-

lich. Mein Wohlbefinden im Käfig erschien Arke befremdlich. »Ich an deiner Stelle würde wüten«, sagte Arke.
»Keine Zeit«, schrieb ich, »und wo hast du deine Wut inzwischen spazierengeführt?«
Arke gestand, etwas Zeit zum Nachdenken gebraucht zu haben und einen Ort dafür. Der einzige für derartige Krisensituationen geeignete Ort wäre für Arke die Blocksberg-Universität. Eine Nachtwächterin vom Schloß hätte dort gerade eine Vorlesung . . .
»Die Blocksberg-Universität setzt ihre Dozenten als Nachtwächter ein«, fragte ich befremdet.
»Die Dozentin ist nicht Nachtwächterin vom Blocksberg-Schloß, sondern vom Tierpark-Schloß«, entgegnete Arke.
Der Berliner Magistrat ließe das Schloß des Tierparks nämlich neuerdings von einer Vertrauensperson mit hochprozentiger Kaderakte bewachen. Die Nachtwächterin hieße Girgana, bezöge Ehrenrente, wäre Mitglied der Internationalen Vereinigung der Widerstandskämpfer und Tochter eines bulgarischen Berufsrevolutionärs. Wenn sie ihre Kontrollgänge erledigt hätte, hielte sie gelegentlich Gastvorlesungen an der Blocksberg-Universität.
»Vorlesungen worüber«, schrieb ich ins Konversationsheft.
»Über atheistische Religio«, entgegnete Arke. Das Wort »religio«, im ursprünglichen Sinne verstanden, hieße »bindende und hindernde Macht«. Das zugehörige Verb trüge die Bedeutungen: zurückbinden, anbinden, festbinden, losbinden . . .
Ich hatte noch keine Nachtwächterin beobachtet und verlangte Kunde von der Vorlesung.
Arke verschaffte mir eine Nachschrift folgenden Wortlauts: »Da an den wirklichen Orten dieses Landes öffentliches Nachdenken dürftig stattfindet, erscheint mir die Blocksberg-Universität als nützliche Einrichtung.
Meine These: Beziehungen zu lebenden und toten Erscheinungen kann der Mensch nur durch Kommunikation herstellen. Durch Zwiesprache also, die abstrakt und konkret stattfinden muß. Die Beschaffenheit des Menschen erfordert das. Alle Bestrebungen nach dem Übermenschen haben bekanntlich in Barbarei geendet. Die abstrakte Zwiesprache, die auf Quantitäten aus ist, auf Meßwerte, Definitionen, Gesetz der Materie, Objektivität, hat sich seit der Renaissance enorm entwickelt und inzwischen Ausschließlichkeitsanspruch erworben. Die Fähigkeit der konkreten Zwiesprache, die auf Qualitäten aus ist, auf Bindung, Bild, Erleben der Materie,

Subjektivität, ist verlorengegangen. Subjektivität nicht subjektivistisch verstanden, sondern materialistisch. Erst auf einen Menschen, der die Welt nicht nur als materiell begreift, sondern sich als Teil von ihr auch zu erfühlen fähig ist – gebunden, eingebunden, geborgen, verantwortlich –, trifft die Bezeichnung ›Materialist‹ genau.
Zwölf Millionen der einhundertzweiundzwanzig Millionen Kinder, die im internationalen Jahr des Kindes 1979 geboren wurden, sind vor Erreichen ihres ersten Lebensjahres gestorben.
Das steht in der Zeitung, und die Leute lesen das und essen dazu Torte. Weil sie sich kein Bild machen können.
Und die Torte ist den Leuten ja auch zu gönnen. Die Torte ja – aber die Erde? Die Erde und zwölf Millionen Kinder gehen nämlich nur als Abstraktion in einen Menschenkopf, ebenso wie die Vorräte zur zehnfachen Erdzerstörung und die zwanzig Millionen sowjetischen Opfer des Zweiten Weltkriegs oder die sechs Millionen Juden, die Nazideutschland ermorden ließ. Zahlen und Abstraktionen überfordern nicht sobald das instrumentale Denken, das hochgezüchtet worden ist. Die neuen Begriffsbestimmungen Overkill und Megatote basieren auf der Erkenntnis, daß sich mit Abstraktionen leichter lebt.
Leichter und schwerer und so fort nicht mehr lange ... Die universelle Gefahr verlangt universelle Verteidiger. Verteidiger mit Bindung.
Deshalb darf der Verlust des bildlichen Denkens nicht als irreversibler Prozeß hingenommen werden. Hinnehmen wäre verbrecherisch. Bezweifeln von Postulaten muß angesichts der Weltlage nicht als Anzeichen von Egoismus, sondern von Verantwortungsgefühl empfunden werden. Da der Zweifel jedoch trotz Marxens Vorliebe für ihn wirklich östlich in schlechtem Ansehen steht und wirklich westlich zu Schlechtigkeiten verwendet wird, kann mir jeder unwirkliche Ort zur Erörterung meiner Praxis recht sein. Denn die Praxis ist keine Schrulle ...
Ich weiß nicht, an welchem Ort ich geboren bin, ich spreche sechs Sprachen und keine Muttersprache, alle meine Verwandten sind umgekommen – da bemerkte ich eines Tages, daß der Begriff Erde, wiewohl eindeutig, dennoch nicht hergab, was ich außerdem brauchte.
Zum Einschlafen zum Beispiel. Ich konnte keinen Schlaf finden, ohne mich anzuvertrauen. Ein Mensch – der Ehemann etwa – genügte mir dafür längst nicht mehr. Ich brauchte durchaus all das,

was im Wort ›Erde‹ auf den Begriff gebracht ist. In einen Begriff eingehen oder sich drin aufgehoben fühlen ist jedoch unmöglich. Weshalb mir die Entwicklung des abstrakten Denkens zunächst nicht als Fortschritt erschien, sondern rundweg als Rückschritt. Bald erkannte ich jedoch meine Rigorosität für ebenso borniert als die gängige.

Nicht die Entwicklung des abstrakten Denkens, sondern dessen Ausschließlichkeitsanspruch, der eine Weiterentwicklung des bildhaften Denkens nicht nur verhinderte, sondern seine Errungenschaften zerstörte, machte mir das Leben schwer. Mich deprimierte, daß die Historie des Denkens nach wie vor ebenso ihren Fortgang nimmt wie die andere: kriegerisch. Denkbewegungen bringen sich immer noch vorwärts wie Heerhaufen in Zeiten, da man glaubte, die Erde wäre unendlich und also unerschöpflich. Man erobert die Ortschaft, raubt, brennt den Rest nieder und zieht weiter. Gerade die anerkannt Klügsten scheinen nie zu begreifen, daß der Rest vielleicht von Wert sein könnte. Wenn nicht jetzt, dann später oder irgendwann.

So ein Rest, der zerstört wurde, war die bildliche Aneignung der Welt. In Mythen und Religionen können die Bilder zwar noch besichtigt werden. Von uns Atheisten jedoch nur museal. Etliche Resultate der Aneignung blieben erhalten; die Fähigkeit der Aneignung ging hier und in ähnlichen Industrieländern verloren in den Denkerkriegen. Nur einige Dichter wagen die in allen Menschen angelegte und demnach nötige Fähigkeit zu bewahren.

Ich benutze den Begriff Erde wie andere Abstraktionen und erlaube mir gleichzeitig, ihn zu personifizieren.

Die Personifikation Erde ist bei mir weiblich und trägt Masken. Ich rufe das Bild jeden Abend und gehe ruhig in es ein, schlafweis aufgehoben wie in der Unendlichkeit der Materie oder des Nichts.«

Als meine beiden Gärtner den Sommer ausjäteten, wurde ein Schild an meiner Voliere befestigt. Auf dem Schild stand eingeprägt: »Strix sirensis«.

103. Kapitel

Laura macht einen Krankenbesuch und hört ein Schlitzohr

Die telefonische Mitteilung Konrad Tenners, seine Frau befände sich auf einer Dienstreise, war natürlich eine Lüge gewesen. »Eine Notlüge«, sagte Vilma, als Laura der Freundin mit Konrads Genehmigung einen Krankenbesuch abstattete. In der Charité. Laura hörte außerdem, daß sich Vilma auf eigenen Wunsch nach dem Salman-Bericht des ZDF am Telefon und überhaupt verleugnen ließ, bis Tenners Tobsuchtsanfall vorüber gewesen wäre. Solche Anfälle wären bei einem Menschen, dessen Nerven im KZ ruiniert worden wären, nicht moralisch zu bewerten. Zumal bei solchen tückischen Reizungen. Der Schwill-Bericht müßte von jemandem von der politischen Vergangenheit und Erfahrenheit eines Tenner als äußerst heimtückisch empfunden werden. Gefährlich sowieso und zudem in vielen Varianten. Von Tenner wären, nachdem er seine Fassung wiedergewonnen hätte, viele Varianten durchgerechnet worden. Alle möglichen durchzurechnen, wäre ohne Computer nicht zu schaffen, behauptete Konrad. Tenner hätte Vilma tatsächlich bereits nach einer Stunde geglaubt, daß der ganze Schwill-Bericht von A bis Z erstunken und erlogen ist. Doch das hätte ihn nicht froher gemacht. Im Gegenteil.

»Er glaubt doch hoffentlich die Wahrheit«, sprach Vilma streng zu Laura.

»Welche Wahrheit«, fragte Laura. »Meine? Meine ist: Ich habe keine ›Bibel des Feminismus‹ geschrieben oder dergleichen. Und was ist deine Wahrheit? Und die von deinem Tenner?«

Laura verschwieg ihre verschiedenen Rettungsaktionen, die sie für die Freundin angestrengt hatte.

»Meine Wahrheit sieht so aus wie deine, nur mit Wahrheit ist nicht viel gewonnen«, sagte Vilma, als sie weiter neben Laura auf den Anstaltskorridoren spazierte. Offne Abteilung. Die Fenster der geschlossenen Abteilung gegenüber waren vergittert. »Lügen gehört zum politischen Alltagsgeschäft. Eine politische Lüge aus der Welt schaffen zu wollen, ist ebenso aufwendig und aussichtslos wie ein Gerücht aus der Welt schaffen zu wollen. Denn beiden fehlt der Henkel, daran man zupacken könnte. Ich habe deshalb Konrad vor

allem in seinem und auch in meinem und nicht zuletzt in deinem Interesse vorgeschlagen, mich krank zu stellen. Nervenkrank, verstehst du, irgendwie neurotisch. So was zu spielen fällt einer Frau nicht schwer, die mit einem Neurotiker verheiratet ist. Ich brauchte nur nachzuspielen und einen geeigneten Arzt. Und den Arzt, der mich einweisen konnte, hat mir Konrad verschafft. Und jetzt sitz ich hier relativ angenehm und harr aus, bis Gras über die Sache gewachsen ist. Politische Skandale sind kurzlebig, weil sie von ihren Nachfolgern schnell überlagert und erstickt werden. Die Massenmedien und ihre Konsumenten verarbeiten nur frische Ware. Von der Hand in den Mund. Nimm dir also an Hilde Felber ein Beispiel und verhalt dich ökonomisch. Das heißt in diesem Falle: ablaufen lassen und dich nicht in mich reinversetzen. Sich in alle Menschen reinversetzen wollen, hindert am Leiten und am Durchkommen. Für die Krankenhauseinweisung hab ich gefabelt, ein Mann, der sich als DDR-Journalist ausgegeben hätte, wäre in meine Wohnung eingedrungen und hätte mich offenbar hypnotisiert. Jedenfalls hätte ich bald alles, was er mir vorsprach, zwanghaft nachgeredet. Auf Band natürlich. Einen Recorder hätte der Kerl selbstverständlich auch mitgeführt, ja, an den Recorder könnte ich mich noch genau erinnern, hab ich erzählt, japanisches Fabrikat, Marke Sharp, hab ich dem Notarzt zu Protokoll gegeben. An den Recorder könnte ich mich noch ganz genau erinnern und an den Namen des Schurken. Dann wäre ich in Trance gefallen oder so und erst wieder erwacht, als der Hypnotiseur bereits verduftet war. Dem Halunken hab ich den Namen des bekannten Terroristen Fritz Teufel angehängt. Aus Jux zunächst, weil mir nicht gleich was Besseres einfiel. Aber der Jux hat sich bei der Aufnahme als praktisch erwiesen und das Verfahren abgekürzt. Und wie findest du den Jux«, fragte Vilma.
»Ja«, antwortete Laura.
Dann erzählte Vilma in fröhlicher Stimmung das psychiatrische Aufnahmeverfahren, das im folgenden Kapitel szenisch geschildert wird.

104. Kapitel

Audienz beim Stationsarzt der psychiatrischen Klinik

Der übernächtige Notarzt hatte die protokollarischen Notizen, die er dem Einlieferungsschein für die psychiatrische Klinik beifügte, seinen Kräften gemäß angefertigt. Die Notizen waren auch schwer lesbar. Der Aufnahmearzt konnte aus der Handschrift nur »Neurose« und »Teufel« deutlich herauslesen. Zwei Größen, die medizinisch als nicht zusammenpassend empfunden werden müssen. Denn eine Patientin, die sich vom Teufel verfolgt fühlt oder sich selbst für den Teufel hält, ist mit der Bezeichnung »neurotisch« doch wohl diagnostisch unterschätzt. Die höher- und hochprozentigen Fälle mit derartigen speziellen Wahnvorstellungen aber behielt sich gern der Stationsarzt persönlich vor. Weil sein Lieblingsautor Elias Canetti war.

Der Aufnahmearzt führte Vilma Tenner also in das Audienzzimmer des Stationsarztes.

»Vielleicht die auffälligste von Canettis Leidenschaften ist die, sich fremde Mythologien anzueignen«, sagte Stationarzt Rauch, als ob die Patientin noch nicht zugegen wäre, zum erwartungsvollen Personal, zwei Ärzten oder Assistenzärzten, einer Schwester und einer Sekretärin. »Hinter Canettis ganzem, nahezu enzyklopädischem Interesse an Geschichte und Ethnologie, an fernen Literaturen und Religionen steht nicht der Wunsch, Entwicklungen und Kausalitäten zu ergründen, sondern die unstillbare Neugier darauf, was alles Menschen sich ausgedacht haben, um mit dem Rätselhaften ihres Daseins und ihrer Sterblichkeit fertig zu werden. Seine Geschichtsbetrachtung ist, so paradox das klingen mag, ahistorisch. Die drei oder fünf Jahrtausende Menschheitsentwicklung, die wir überblicken, erscheinen ihm nicht als eine stetig fortgesetzte Folge von Versuchen, bestimmte vorgegebene Mythen zu realisieren, sondern umgekehrt als endlose Suche nach einer endgültigen Mythologie.« Nachdem der Medizinalrat gesprochen hatte, küßte er Vilma die Hand zur Begrüßung. Als er sich erkundigte, was er für sie tun könne, nannte er sie »gnädige Frau«. Sein linker Unterschenkel lag auf dem rechten Oberschenkel als er sich erkundigte. Diese Stellung setzte die Jeans mit seiner Haar- und Barttracht derart in

Beziehung, daß ein Bild eines zornigen jungen Mannes hergestellt wurde.
Nachdem Vilma die Richtigkeit ihrer protokollierten Aussage bestätigt hatte, steckte Dr. Rauch seine Jeans unter den Schreibtisch. Er nannte Vilma jetzt »Verehrteste«. Mit einer Baßstimme, die Vilma Tenner an die ihres Vaters erinnerte. Der Chefarzt winkte nun seinen Stellvertreter und seine Sekretärin näher zu sich und begann zu fragen. Die Sekretärin begann zu schreiben. Manche Antwortsätze Vilmas wiederholte der Medizinalrat im Frageton.
»Sie sind also vom Teufel mißbraucht worden«, wiederholte Rauch so mit väterlichem Timbre. »Sie sind von ihm erpreßt worden? – Sie glauben, daß er westlichen Massenmedien in die Hände arbeitet?« Vilma bestätigte.
Der Stationsarzt verlangte eine genaue Beschreibung des Teufels und seiner Gewohnheiten und hielt sein Lächeln, das bei der Begrüßung sekundenkurz die Kulanz veredelt hatte, jetzt konstant. Vilma konnte sich an das im Fernsehen mehrmals gesendete Steckbrieffoto von Fritz Teufel nicht mehr deutlich erinnern. Sie war aber auch zu träge, Phantasieaufwand zu treiben, weil sie sich zu Hause noch mit Beruhigungstabletten vollgestopft hatte. Einer plötzlichen Eingebung folgend entschloß sie sich, das dünnste Brett zu bohren und sich platt an Tatsachen zu halten. An die Tatsachen nämlich, die ihr und nicht nur ihr von den desertierten Brockenhexen während vieler Unsinnskollegien im Hugenottendom geschildert worden waren. Vilma modelte also den fiktiven Hypnotiseur Fritz Teufel zum Brockenoberteufel Kolbuk. Zunächst aus Bequemlichkeit. Aber bald schon stach sie der Hafer, und sie machte aus der Beschreibungsarbeit ein närrisches Vergnügen.
Während der Teufelsbeschreibung knetete Dr. Rauch mit altersfleckigen Fingern seine Nase. Sein Stellvertreter schob sich eine Portion Kaugummi zwischen den Bart. Vilma verlangte auch eine Portion. Sie prüfte die Qualität wie ihr Sohn. Als sie einige Blasen zwischen den Lippen hatte bilden können, lobte sie die Qualität und verlangte noch eine Portion.
»Bitte, Frau Doktor Tenner«, sagte der Stellvertreter Rauchs und wünschte Auskünfte über Vilmas Vorleben. Als die Frau erzählte, wie ihr Sechzehnstundentag seit über fünfundzwanzig Jahren verlief, brauchte sie wieder nur platte Tatsachen abzuschildern – freilich keine aus der Institution Blocksberg, sondern aus der Institution Ehe. Da außerdem die Personalpapiere verrieten, daß Vilma ihre

erste Schicht in einem ideologisch brisanten Unternehmen ableistete, nickten sich Stationsarzt und Stellvertreter bald zu und strichen ihre Bärte. Die Bartformen waren gleich. Beim Stellvertreter verhängte das Gesichtshaar die Jugend. Er schrieb etwas auf eine Karteikarte.
Später schrieb Dr. Rauch seine Diagnose in einen Aktenordner und beauftragte die Sekretärin, Herrn Dr. Konrad Tenner in die Klinik zu bitten. Vilma wurde abgeführt.

105. Kapitel
Gefährliches Spiel

Nach Konrad Tenners Besuch beim Stationsarzt schlich sich Vilmas Ehemann deprimiert ins Zimmer der Gattin. Ein Einzelzimmer. Aber konnte dieses Privileg wohltun, wenn es auf unabsehbare Zeit zu gewärtigen war? Medizinalrat Rauch hatte Dr. Tenner mitgeteilt, daß die Gattin nicht neurotisch erkrankt wäre, sondern psychotisch. Genaue Diagnose: Schizophrenie. Gegen diese Erkrankung wäre die Medizin zwar heute nicht mehr völlig machtlos, aber Dr. Tenner müßte sich natürlich auf eine längere Behandlung, das heißt auf eine längere Trennung von seiner Gattin einrichten. Auf eine lange vielleicht, auf eine sehr lange möglicherweise. »Das halt ich nicht durch«, gestand Konrad Tenner Vilma, nicht dem Arzt, »so lange ohne dich . . . Ich kann nicht ewig allein sein . . . Einsamkeit bringt mich um – du hast zu gut gespielt, Vilma, wie perfekt verdammich mußt du denn gespielt haben, wenn sich dieser Klapsmüller bereit findet, sofort alle Register zu ziehen.«
Vilma stritt Spielperfektion ab und fühlte sich von der Diagnose nicht weniger deprimiert als Konrad. Sie verstummte.
Tenner setzte sich zu ihr ans Bett, entblößte seine schönen Augen von der Brille, streichelte Vilmas Hände und murmelte: »Ich fürchte, ich hab dich verspielt.«
Später lief er rauchend im Zimmer auf und ab und fragte, wobei er wie stets die Zigarette im Mundwinkel beließ, das Aufnahmeverfahren aus Vilma heraus. Tenner verbrauchte täglich ein Streichholz. Das, mit dem er die erste Zigarette anzündete. Alle nachfolgenden Zigaretten entzündete er an der Kippenglut der vorherigen. Die Kippen drückte er an in der Nähe befindlichen Gefäßen aus. An

diesem Nachmittag außerhalb der Besuchszeit an einem Kaffeekannendeckel, einer Vase und einem Tablettenschälchen. Die Asche ließ er abfallen wie immer. Vilma pflegte ihn zu seiner Belustigung wegen dieser Gewohnheit mit den Affen zu vergleichen, die – weil sie in Freiheit auf Bäumen lebten und also nicht vor Augen behalten könnten, was hinab auf den Dschungelgrund fiele – in Gefangenschaft nicht sauber zu kriegen wären. Wer einen Affen in seiner Wohnung halten wolle, müsse ihn windeln. Vilma, die von Konrad begangene Fußböden und Teppiche als Dschungelgrund zu bezeichnen pflegte – auch zur Belustigung des Gatten, wie er zu glauben vorgab –, sah das Linoleum ihres Klinikzimmers also veraschen. Und das konnte sie auch hier nicht aufregen. Weil nämlich auch hier dafür gesorgt wurde, daß ihre Geduld und ihr Körper trainiert blieben. Die offene Abteilung, in der Vilma auch nach der Diagnose Schizophrenie verbleiben durfte, hatte weibliche und männliche Patienten. Allen weiblichen Patienten war Arbeitstherapie verordnet: Sie mußten ihre Zimmer und die der Männer reinigen und in Ordnung halten, Essen ausgeben, Geschirr waschen und in der Küche helfen. Vilmas Zimmernachbarin hatte sich sofort geweigert, dieser Therapie zu gehorchen. Die Pfleger hatten ihr zu verstehen gegeben, daß die Weigerung auf eine schwere Erkrankung schließen lasse und also auf baldige Entlassung nicht zu hoffen wäre. Die Zimmernachbarin war lachend in ihr Zimmer zurückgekehrt. Im Gegensatz zu den männlichen Patienten vertrieb sie sich die Zeit nicht mit Kartenspielen oder Fernsehen, sondern mit Lesen.
Konrad hatte Vilma außer Blumen und Konfekt auch Bücher mitgebracht. Als Vilma die Hypnosestory beendet hatte und den Namen Fritz Teufel erwähnte, der über das Geschmier des Notarztes und die mangelhaften Entzifferungsfähigkeiten des Aufnahmearztes sowie dessen Wunsch, durch Zuführung interessanter Fälle die Laune des Stationsarztes zu verbessern, zum teuflischen Teufel verformt worden war, steigerte Konrad sein Wandeltempo. »Zu hoch gespielt und verspielt«, murmelte Tenner.
Vilma wußte wohl, daß dieses Tempo das Vorfeld eines Zorn- oder Bosheitsausbruchs anzeigte. Sie versicherte Konrad deshalb, daß sie ein sicheres Mittel für die Korrektur der Diagnose wüßte und in spätestens vier Wochen wieder zu Hause wäre.
»Chefs korrigieren sich nicht«, schrie Konrad bereits. »Chefs nicht und Teufel nicht und Engel nicht und das ganze Gesindel, mit dem man sich herumbalgen muß um ein lappiges bewohnbares Zimmer

und so schlau wie möglich und wieder nicht schlau genug und reingelegt und verraten . . . rein ins Irrenhaus kommt jeder schnell auf natürlichem Wege, aber raus . . .«
Es gelang Vilma ihren Mann zu verabschieden, bevor er lostobte.

106. Kapitel

Eine andere Variante von Seelenspaltung

Als Vilma Konrad ein todsicheres Mittel für die Korrektur der Diagnose versprach, wußte sie natürlich keines. Und es fiel ihr auch danach nichts Geeignetes ein, weil sie psychiatrisch ungebildet war. Als sie bereits resigniert hatte, brachte Verzweiflung sie auf eine aberwitzige Idee: Vilma wollte das psychiatrische Gutachten logisch anfechten und ihr Entlassungsgesuch ebenso begründen.
Um den Stationsarzt vorsichtig auf ihren Schritt vorzubereiten, gab Vilma seinem Stellvertreter bei Gelegenheit zu verstehen, nicht ernstlich krank zu sein.
»Woher wollen Sie das wissen«, fragte der Psychiater mit routinierter Gelassenheit.
»Von meiner Tätigkeit in der Redaktion ›Neue Philosophische Blätter‹«, sagte Vilma. »Die Schizophrenie ist einmal eine Erscheinung der Übergangsperiode.«
»Die Geisteskrankheit Schizophrenie«, fragte der Psychiater schreibend.
»Die ideologische Schizophrenie«, antwortete Vilma. »Mein Fall gehört zu dieser Variante, nicht zur klinischen.«
»Wir haben oft Spaßvögel als Patienten«, sagte der Psychiater, wobei er sich mit dem eben ausgefertigten Rezept entfernte.
»Ich werde Ihnen die andere Variante schriftlich erklären«, rief Vilma dem Arzt nach.
»Jetzt wird erst mal geschlafen«, rief der Arzt zurück. Aber Vilma hielt sich nicht an seine Weisung. Sie begann sofort mit der logischen Begründung ihres Entlassungsgesuchs.
Die fertige Begründung hatte folgenden Wortlaut:
In den letzten Jahren habe ich wiederholt Symposien, internationale Konferenzen oder Buchmessen besucht, die in kapitalistischen Ländern stattfanden. Zu solchen Veranstaltungen fuhr ich stets als Mitglied einer kleineren oder größeren Delegation unseres Landes,

zu der außer Wissenschaftlern der Redaktion »Neue Philosophische Blätter« oder des Redaktionskollegiums auch mitunter Journalisten und Kritiker gehörten. Die Parteigruppen, die auf solchen Reisen gebildet werden, waren meist mit den Delegationsgruppen identisch, das Einvernehmen solidarisch.
Selbstverständlich möchte jeder während der knappen Freizeit auch etwas, das heißt soviel wie möglich, vom Veranstaltungsort kennenlernen. Diesem Wunsch steht bei mir mein schlechter Ortssinn im Wege. Ich bin also froh, wenn ich mich Leuten anschließen kann, die ähnliche Interessen haben. Diese Leute sind fast ausschließlich Männer, die Lehrämter für Philosophie sind in unserem Land noch männliche Domänen. Weiblichen Ausnahmen, die ausgerechnet Ethik zu lehren haben, bestätigen die Regel geradezu drastisch.
Wenn man jemanden auf seinem Weg begleiten möchte, kann man ihm den Weg nicht vorschreiben. Anpassung versteht sich bei dieser Gelegenheit von selbst. Unter hochgradigen weltanschaulichen Einverständnissen, wie sie unter Genossen vorausgesetzt werden können, erschien mir Anpassung jedoch weniger als Zugeständnis oder Kompromiß denn als müheloses Entgegenkommen, wie es unter Familienmitgliedern gewöhnlich ist. Wir machten uns also mit Stadtkarten ausgerüstet in Grüppchen auf verschiedene Wege. Irgendwann früher oder später, manchmal auch kurz vor der Rückreise, endeten die vor einem Pornokino.
In München fragten mich meine Genossen zum ersten Mal, ob ich nicht Lust hätte, mitzukommen. Komische Frage, dachte ich, denn ich empfand mich ebenso normal wie sie, also erotischen Vergnügungen zugetan und jederzeit neugierig auf Besichtigung von Nacktheit. Ich bezahlte einen horrenden Eintrittspreis und erwartete angenehme Aufregung.
Das Kino spielte nonstop. Ich stolperte in einen kleinen, stickigen Raum, der von einer Vergewaltigungsszene erhellt wurde. Das Geschlecht der Frau und ihr angst- und schmerzverzerrtes Gesicht in Nahaufnahme. Schreckensschreie zu Barmusikbegleitung. Dann wurde gezeigt, wie das Glied des Mannes sich in der Scheide der gefesselten Frau bewegte und wie seine Hand ihr Gesicht schlug. Der Mann bewegte und schlug sich schnell in Stimmung und Orgasmus. Die Frau stöhnte plötzlich auch vor Lust. Ich verließ allein in unangenehmer Aufregung das Kino.
Meine Genossen harrten aus und kehrten fröhlich ins Hotel zurück. Ich wunderte mich.

Sie witzelten, gaben zu, daß der Film von schlechter Qualität gewesen wäre und empfahlen mir den Soft-Porno französischer Bauart.
Von diesem Genre befand sich ein Exemplar auf dem Markt, als ein gesellschaftswissenschaftlicher Kongreß in Amsterdam tagte. Der Film hieß »Emanuelle«. Er wurde mit Reklamen, die Weltruhm versicherten, in mehreren großen Kinos gleichzeitig gezeigt. Ich schloß mich drei Konferenzteilnehmern unseres Landes an. Wir besuchten eine Nachmittagsvorstellung.
Komfortperfektion in Plüsch, Licht und Ton. Halbbesetzter Zuschauerraum. Ich konnte nur eine Frau entdecken: mich. Waren die Frauen hierzulande prüde? Der Kollege zu meiner Rechten sagte, daß die Freigabe der Pornographie damals in Dänemark keinerlei Schaden angerichtet hätte. Vorübergehend wäre das Interesse natürlich groß gewesen, aber seitdem der Nachholebedarf der Bevölkerung befriedigt wäre, konnten die Pornoläden und -kinos nur noch als Touristen- und Exportindustrie ihre Existenz fristen. Und in Amsterdam wäre die Lage nicht anders. Auch hier hätte man noch bis vor kurzem in gewissen Stadtvierteln einen Pornoshop neben dem anderen finden können, von denen die meisten, wie ich sicher bemerkt hätte, inzwischen eingegangen wären. Der Kollege zu meiner Linken erzählte von einem Artikel in einer englischen Zeitung, der behauptete, die Freigabe der Pornographie in Dänemark hätte zu einem Rückgang nicht nur der Triebverbrechen, sondern auch anderer, durch Aggression ausgelöster Straftaten geführt. Der Artikelschreiber verteidige Pornographie als Ventil, das der seelischen Gesundheit diene. Die Kollegen versicherten einander, daß sie die ideologische Grundlage solcher Artikel wie überhaupt aller Äußerungen der kapitalistischen Massenmedien selbstverständlich erkennen und verurteilen würden.
Der Kollege zu meiner Linken war ein Theaterkritiker, der Kollege zu meiner Rechten Berufsideologe. Wir wünschten einander viel Spaß.
Der Film war ein psychologisches Meisterwerk. Als sein Programm wurde das Programm der männlichen Hauptperson ausgegeben. Sie wollte eine junge Frau in die Freuden und Lüste einführen. Seine Freuden? Ihre Freuden? Der Film ging systematisch vor, geradezu generalstabsmäßig. Gegen welchen Gegner? Die junge Frau hatte einen Willen. Der manifestierte sich in Liebe und war leidenschaftlich auf die männliche Hauptperson gerichtet. Im ersten Gefecht

wurde ihre Leidenschaft, die an eine Person gebunden war, durch diese Person gebrochen. Der Mann zwang die Frau durch Irreführung, Erpressung und Gewalt mit anderen Männern und Frauen ins Bett. Die Szenen gaben reichlich Gelegenheit zu Bildern von Geschlechtsstücken in gigantischer Vergrößerung, bunt und optisch überscharf wie Landschaftsansichten bei herbstlichen Schönwetterlagen. Sie machten mir keinen Spaß: Mich brachte das Handlungsgerüst auf.

Die Prozedur, Extrahieren personengebundener Liebe aus der Erotik, entließ die Patientin mit Sexualität, die durch andere Gefühle nicht mehr verunreinigt war. Die schwache Überzeugung, eine Persönlichkeit zu sein, war ihr auch ausgetrieben. Sie hatte gelernt, nur eine Vertreterin der weiblichen Art zu sein. Austauschbar. Verwendbar für Vertreter der männlichen Art, die selbstverständlich alle Persönlichkeiten waren. Aber das schöne weibliche Tier wollte sich nicht für alle Vertreter verwenden lassen. Die Züchtung hatte außer sexuellen Bedürfnissen noch immer einen Willen. Sie war scharf auf junge Männer und Frauen. Im zweiten Gefecht wurde auch dieser Wille gebrochen und vorgeführt, daß es für eine junge schöne Frau nichts Lustvolleres gibt, als einen Hutzelgreis zu bedienen. Der Höhepunkt des Films zeigt, wie der impotente Alte die junge Frau stückweise an Fremde zur Nutzung vergibt: einem betrunkenen Straßenpassanten bietet er ihre Schenkel, einem anderen die Brüste – das Geschlecht wird natürlich auch feilgehalten. Nicht für Geld – dieser Porno handelt nicht von solchen schnöden Dingen. Er handelt vom Höhepunkt der Lust, der eintreten soll, wenn der Mensch seine Identität verloren hat. Welcher Mensch? Der amerikanische Außenminister Henry Kissinger äußerte kürzlich: »Die Macht ist ein großartiges Aphrodisiakum.« Für wen? Der Film bewies in einem fast zweistündigen Exerzitium, daß für Frauen Ohnmacht ein großartiges Aphrodisiakum wäre. Die Schlußreklame kündigte einen zweiten Teil des Films demnächst in diesem Theater an.

Ich zitterte vor Empörung, als ich das Theater verließ. Den Berufsideologen, mit dem ins Bett zu gehen mir vor dem Film noch durchaus angenehm vorstellbar erschienen war, empfand ich plötzlich ekelhaft. Am Theaterkritiker entdeckte ich abstoßende Häßlichkeit. Haßerfüllt drängte ich zum Ausgang. Ich sah mich von Feinden umgeben. Ich fühlte mich wie ein Jude unter Antisemiten.

Da zu den von mir plötzlich als Feinde empfundenen Menschen aber

auch die verdienstvollen Kommunisten meiner Delegation gehörten, kann ich Seelenspaltung nicht als Krankheit gelten lassen. Andernfalls wäre die Einlieferung von Hunderttausenden in psychiatrische Kliniken erforderlich.
Ich verlange also von der Klinikleitung entweder die Einlieferung Hunderttausender oder meine unverzügliche Entlassung.

Hochachtungsvoll
Vilma Tenner

107. Kapitel
Aufklärungseinsätze

Als Konrad seinen nächsten Krankenbesuch machte, überreichte ihm Vilma stolz das Begründungspapier für das Entlassungsgesuch. Tenner las amüsiert und lobte Stil und Witz. Gegen Ende bemerkte er, daß er einen Durchschlag las, und fragte, wo sich das Original befände.
»Beim Stationsarzt natürlich«, antwortete Vilma.
Tenner brachte nicht sofort die Kraft auf, seinen Ohren zu trauen. Als seine Zigarette, die ihm aus dem Mundwinkel gefallen war und in die Hose ein Loch brannte, die Oberschenkelhaut ansengte, wurde Tenners ermattender Selbsterhaltungstrieb jedoch jäh wieder angeregt. Dergestalt, daß er »du bist verrückt« schrie. Aber nicht als Redensart. Der Schrei war vielmehr eine Feststellung. Sprachlicher Ausdruck einer plötzlichen Erkenntnis.
»Und an dieser Erkenntnis festzuhalten ist nicht nur bitter, sondern auch notwendig«, gestand Tenner bald darauf Laura Salman, weil er keinen anderen Menschen wußte, dem er sich in dieser Angelegenheit anvertrauen konnte. »Die Diagnose Schizophrenie ist für die Verfasserin eines solchen Textes das Beste, was ihr passieren kann. Diese Diagnose schützt sie nämlich. Nicht automatisch natürlich. Ich bin sofort zum Stationsarzt gerannt und hab das Original zurückerbeten und nicht gekriegt. Weil das Original in die Krankenakte gehört, sagte der Arzt. Und er hat mir auch versichert, daß es sich dort befände und nur dort. Ich hielt dennoch für angebracht, Dr. Rauch inständig an seine ärztliche Schweigepflicht zu erinnern und nichtärztlichen Interessenten keine Ablichtungsgenehmigung zu erteilen. Die Benennung allgemein bewußter Mißstände wird

bekanntlich viel härter geahndet als die Benennung allgemein kaum oder noch gar nicht bewußter. Wir befinden uns alle in Rauchs Hand.«

»Ich auch«, fragte Laura erschrocken.

»Ich und Vilma könnten dir aber auch nicht verübeln, wenn du uns jetzt umständehalber die Freundschaft aufkündigen würdest«, antwortete Tenner.

Laura empörte das Angebot.

Tenner bezeichnete sich oben und unten und rundum in einer Pechsträhne befindlich und entgegnete, daß Laura schließlich nicht nur für sich zu sorgen hätte, sondern auch für ihren Sohn.

»Erst in der Not beweist sich wahre Freundschaft«, sprach Laura da. Und Wesselin, der während der Unterredung unbemerkt das Ostzimmer betreten hatte, pflichtete seiner Mutter bei. Außerdem wußte er die mütterliche Überzeugung durch eigene Erlebnisse zu bestätigen.

Wesselin führte Konrad Tenner zum Fenster und gab sofort einige davon zum besten. Der Junge konnte stehend nur den Himmel und den obersten Rest des gegenüberliegenden Hochhauses sehen. Um Tenner das Gelände zeigen zu können, von dem die Erlebnisse gewonnen wurden, mußte sich Wesselin auf einen Stuhl stellen. Dieses vom Ostzimmer aus erkennbare Gelände war der Grünstreifen zwischen der Grenzmauer und dem Denkmal für den erschossenen Grenzsoldaten Reinhold Huhn.

»Am Grünstreifen und an den Birken, die auf den Domruinen wachsen, lesen wir den Wechsel der Jahreszeiten ab«, sprach Laura dazwischen.

»Du«, sagte Wesselin verächtlich, »du vielleicht mit deiner Natur. Die Erwachsenen glotzen überall bloß rum. Aber die Kinder spielen richtig. Nicht direkt im Grenzgebiet, das ist natürlich gesperrt. So nahe wie möglich dran spielen die meisten. Es gibt aber auch Flaschen, die nicht mal richtig sterben können. Gestern zum Beispiel hab ich mit Typen Festung gespielt, die haben Tote gefangengenommen. Ich hatte pengpeng alle erschossen und diese Idioten haben broch alle gefangengenommen.« Wesselin schmatzte vor Entrüstung und hackte so heftig mit dem Zeigefinger gegen seine Stirn, daß auf der Haut eine Weile Fingernagelkerben hinterblieben.

Tenner erkundigte sich, womit Wesselin geschossen hatte und wie beim Festungsspiel gestorben würde.

»Ganz einfach«, sagte Wesselin, »beim Festungsspiel wird auch

nicht anders geschossen und gestorben als beim Manöverspiel. Aber wer nicht mal Manöver spielen kann – gute Nacht. Unter den idiotischen Typen waren welche aus der zweiten Klasse, die nicht mal bis zwanzig zählen konnten, Tatsache. Wenn man erschossen wird, muß man nämlich umfallen und bis zwanzig zählen.«
»Laut«, fragte Tenner.
»Im Kopf genügt«, sagte Wesselin.
»Und was passiert, wenn man fertig ist mit Zählen«, fragte Tenner.
»Dann ist man wieder lebendig«, antwortete Wesselin, »ganz einfach, smäsch, aber es gibt eben Rindviecher, die für nichts zu gebrauchen sind. Auch wenn sie tolle Colts von ihren Westomas haben, Colts aus Metall, Mann ... Ich hab leider keine Westomas und immer bloß Plaste. Immer bloß die olle Wasserpistole aus Plaste, und an dem Tag, als ich alle erschossen hab, nicht mal die, weil die weg war. Verbummelt. In meiner Spielkiste findet man manchmal nicht schnell genug, was man braucht. Muß man eben was anderes nehmen. Hab ich eben mein Schwert genommen. Aber ein Stock genügt auch. Oder ein Stück Holz oder irgendwas Längliches. Wenn du mit was Länglichem auf jemanden zielst und pengpeng sagst, triffst du und Volltreffer und fertig.«
»Fertig«, murmelt Tenner.
»Klar«, eiferte Wesselin, »erst zielst du auf einen, und dann machst du ihn fertig. Oder hast du früher anders gespielt?«
»Auch nicht anders«, murmelte Tenner, »auch nicht viel anders, aber bei solchen Spielen hab ich wenig Freundschaft erlebt.«
»Klar«, sagte Wesselin, »Manöver ist ernst, klarer Fall, nach dem Kindergarten spielen wir immer Manöver oder Grenztruppen, weil wir im Kindergarten auch Lehrpläne erfüllen müssen und nicht immer können, wie wir wollen. Aber wenn wir können, machen wir Ernst. Und da sind meine besten Freunde natürlich manchmal Westfeinde und so weiter. Und da ist es manchmal gut, wenn man auch andere Freunde hat. Größere, mein ich, die einen wuff mal raushauen im Notfall. Meine größten Freunde sind die Grenzsoldaten und die Polizisten, die hier Dienst haben. In dieser Gegend haben so viele Dienst, da bist du praktisch nie verloren. Aber wenn du mehr als dienstliche Beziehungen willst, mußt du natürlich was tun. Am leichtesten kommst du an die Polizisten ran, die in den Häuschen vor den Botschaften oder Handelsvertretungen sitzen. Technik: Fragen, wie spät es ist, und dann schnell noch bißchen was reden, bis sie selber anfangen. Manchmal klappts gleich. Wenn

nicht, fragen wir, ob wir für die Polizisten Flaschen fortschaffen dürfen oder Limonade einkaufen. Es gibt natürlich auch Sture: Da muß man sich einschmeicheln. Zum Beispiel, indem man rund um das Wachhäuschen Unkraut rupft. Aber die meisten wie gesagt – einwandfrei. Weil sie sich langweilen in ihren Häuschen und nicht rausdürfen. Deshalb sind sie nicht wählerisch und froh, wenn mal jemand kommt, und sogar zufrieden, wenn sie bloß mit Kindern quatschen können, boing.«

Broch, wuff, smäsch, boing und ähnliche Comic-Interjektionen waren neuerdings der Beat von Wesselins Weise. Der Junge vertraute Konrad unter Männern an, daß seine Mutter was gegen Comics hätte, weshalb er sich die Schwarten von Schülern vorlesen lassen müßte. Er besäße keinen einzigen Comic, und manche im Kindergarten besäßen Hunderte, Tausende, Millionen, Milliarden . . . und die meisten Polizisten oder Grenzer würden ihm das Pfandgeld schenken, wenn er ihre Flaschen in die Kaufhalle brächte. Ein Polizist wäre sogar mit Wesselin Eis essen gegangen. »Globste nich? Kannste ruhig gloom – frag Mutter. Mehrmals Eis essen, jawohl, und im Häuschen vor der Tschechischen Handelsmission hat er immer gesessen, und eines Tages war er weg. Und ich warte und warte, und er kommt und kommt nicht wieder. Ich ihm also nach und die Häuschen im Kiez abgeklappert. In unserem Kiez zwischen Tschäk-Point-Tscharly und Friedrichstraße und Brandenburger Tor und Palast der Republik kenn ich alle Wachhäuschen, und weißt du, wo ich meinen besten Freund gefunden hab? Vor der amerikanischen Botschaft – klarer Fall. Weil die Besten die Schärfsten sind, und den Amis kannste gar nicht scharf genug auf die Finger gucken, oder?« Wesselin sah sich herausfordernd um. Da sich kein Widerspruch erhob, behauptete Wesselin weiter, daß die Bande auch erst frech geworden wäre, seitdem der beste Freund weiter weg säße. Natürlich hätte es Banden schon immer gegeben, und einige miese Typen aus den zehnten Klassen hätten sich auch schon früher mal einen Kleinen vorgenommen und so weiter. Aber was die neulich mit Wesselin gemacht hätten – also so was hätte sich keine Bande erlaubt, als der beste Freund noch um die Ecke gesessen hätte, diese Bandenschweine, diese Drecksäue, diese hundsgemeinen Scheißer die, gefangen hätten sie Wesselin nämlich, fünf Große gegen einen Kleinen, erst gefangen, dann gefesselt, dann an die Baugrube gestellt, ganz dicht an den Rand der Baugrube, und die Baugrube wäre zehn Meter tief, und Wesselin hätte auch nicht Hilfe schreien

können, weil er natürlich auch geknebelt gewesen wäre, eine verdreckte, verpopelte Rotzfahne hätten ihm diese feigen Ärsche in den Mund gestopft, und dann hätten sie einen Kaunt Daun gemacht, und bei drei hätte einer von den Mistkrücken Anlauf genommen und Wesselin reingestürzt. Reingestürzt, jawohl, wenn nicht zufällig Polizeistreife vorbeigekommen wäre, die die Banditen aber gar nicht bemerkt hätte. Die feigen Pisser wären aber natürlich trotzdem sofort verduftet, und Wesselin wäre von der Streife auch nicht bemerkt worden. Und er hätte sich ja auch nicht bemerkbar machen können wegen diesem ekligen Kotzknebel. Aber er hätte mal einen Entfesselungskünstler im Zirkus gesehen, und er hätte sich nach einer Weile selbst entfesselt, »stimmts, Mutter? – in unserer Gegend biste sicher, da kommen Tag und Nacht immerzu Streifen vorbei, da kann uns keiner, Herr Tenner, da brauchst du keine Angst zu haben vor Banden, wenn du uns besuchen kommst – aber es war kein schöner Tag gewesen, und die Nacht war auch nicht schön, weißt du, Herr Tenner, was ich geträumt habe? Ich habe geträumt, daß die Tiere Revolution gegen die Menschen machen, und die Tierparktiere waren die Anführer, und die haben unseren Schlacht- und Viehhof gestürmt und alle Kühe und Schweine und Schafe rausgelassen und alle Berliner reingesperrt, glaubst du auch, Herr Tenner, daß die Tiere eines Tages mal wieder an die Macht kommen und sich dann an den Menschen rächen . . .«
Tenner beruhigte Wesselin und bat Mutter Laura, zu begreifen, daß selbst der beste Spieler mal vom Pech verfolgt sein könnte und daß der Aufenthalt in einer psychiatrischen Klinik der Einrichtung Kur viel ähnlicher wäre als der Einrichtung Knast. Und bißchen Erholung hätte Vilma wirklich mal dringend nötig, und zur Kur wäre sie noch kein einziges Mal gewesen . . .

108. Kapitel

Wo manches fehlt, wird räsoniert

Seitdem das Schild an der Voliere hing, war meine Ruhe gestört.
Es zog Besucher an. Sie palaverten. Unangenehm und angenehm erregt.
Der Name fiel sofort unangenehm auf. Weil er nackt dastand. Ohne Übersetzung. »Strix sirensis« stand nackt da.

»Jetzt wird auch schon im Tierpark Kauderwelsch geredet«, hörte ich maulen, »lateinisch wohl ja wie bei Ärzten, wenns ernst ist und der Patient noch eine Weile für dumm verkauft werden soll an den Optimismus. Bei den Ärzten wars nie anders. Die sind gleich bei ihrer Arroganz geblieben. Aber die anderen Studierten ... die lecken wohl Blut, weil alles auf sie starrt und hofft, was unserer Wirtschaft fehlt, kann Wissenschaft erzwingen. Weltweit haperts, wir aber glauben an die Losung ›Wissenschaft und Technik‹ wie an ein Zauberwort, das aus aller Bredouille hilft. Kein Wunder, daß die Intelligenzler wieder überheblich werden. Und nicht nur insgeheim – nein, öffentlich und ungeniert, wie sich hier zeigt. Strick Sirene – ich dachte immer, der Tierpark ist ne volkstümliche Einrichtung ... Tricks Irene, an Parteichinesisch hab ich mich mittlerweile gewöhnt, soll ich mich etwa auch noch an Intelligenzchinesisch ... Strunk sie rennen ...«
Da das Schild im Gegensatz zu allen anderen keine Zeichnung des Exponats zeigte und ich im dichten Gebüsch verborgen saß, nahmen viele Besucher an, die Voliere würde von einer kleinen Art bewohnt. »Für kleines, unscheinbares Viehzeug eine Prachtanlage, die sich mit jeder Handwerkerdatsche messen kann – ein Tier müßte man sein«, hörte ich sticheln.
Am heftigsten jedoch wurde über das Fehlen einer Erklärung auf dem Schild räsoniert. Nichts stand da zu lesen über Vorkommen, Eigenschaften und Fortpflanzungsarten des Exponats, gar nichts über seine Bedeutung. »Möcht wissen, wofür der Tierparkprofessor sein Geld kriegt, wenn er nicht mal erklärt, was er ausstellt«, giftete eine Stimme. »Vielleicht ist er zu faul zum Erklären und sagt sich: sollen die Leute doch rätseln. Rätseln im Zeitalter der Wissenschaft! Ja wofür halten uns denn die Gelehrten? Ich muß schließlich auch meine Norm schaffen. Und habch die geschafft, binch fix und fertch binch – jeder muß seine Norm bringen, jeder hat seine Arbeit und Schluß. Für meine Steuergroschen verlang ich ordentliche Erklärungen von meinen Fachleuten. Und wenn ein Fachmann keine Erklärung weiß, kann er einpacken und muß den Hut nehmen ...«
Etliche Räsonierer fühlten sich vom Fehlen der Erklärung verunsichert und witterten eine gefährliche Tendenz. Ein Wortführer dieser Richtung eiferte: »Wohin soll das führen, wenn keine Anleitungen mehr gegeben werden und unsere Menschen geradezu angehalten sind, sich irgendwelche eigenen Gedanken zu machen und nicht die notwendigen. Im Betrieb kriegst du jeden Tag gegeigt: die verschärf-

ten Bedingungen auf dem Weltmarkt plus die schwierige weltpolitische Lage verlangen von uns Anstrengungen, die nur mit dem Wiederaufbau der Volkswirtschaft 1945 vergleichbar sind pipapo. Und hier? Wurstelt der Tierpark etwa im Wolkenkuckuckshain? Hat sich noch nicht bis zu seinen Leitungskadern herumgesprochen, daß sich unsere Schwierigkeiten nur meistern lassen, wenn einheitlich gedacht und gehandelt wird?«
Ein Wortführer einer anderen Richtung, die eine andere Tendenz witterte, sprach: »Wo Tag und Nacht Anleitung ist, sind Ventile wichtig. Wer zur Abwechslung auch rätseln darf oder sich über kleine Gegenstände seinen privaten Vers machen, der läßt sein Denken über große Gegenstände williger disziplinieren. Ich halte aber auch für möglich, daß die fehlende Anleitung auf dem Schild eine Anleitung dafür ist, nicht immerzu auf Anleitung zu warten und den eigenen Kopf nicht verrosten zu lassen: diese subjektive schöpferische Potenz. Diese Reserven. Vielleicht erfordert die gegenwärtige Weltlage, alle Reserven zu mobilisieren . . .«

109. Kapitel

Göttlicher Heiratsantrag (erster Teil)

Tenners Pragmatismus erschien Laura befremdlich, weil irgendwie unpassend zum Charakter des Mannes. Jedenfalls hatte sie das Wesen dieses Charakters anders in Erinnerung. Konnte sich aufrecht-listiges Wesen derart verkrümmen? Und wenn ja, wodurch? Laura konnte sich nicht pragmatisch abfinden. Sie hastete wie betäubt durch die Tage.
Als sie eines dienstfreien Abends einen Besuch verabschieden wollte, stand ein Mann auf ihrem Abtreter und sprach: »Habe ich das Vergnügen mit Signora Salman . . .«
»Im Prinzip, ja«, antwortete Laura, »aber heute nicht mehr . . .«
»Maccotino«, sagte der Mann.
»Morgen wieder – gute Nacht«, sagte Laura.
»Pater Maccotino, ich komme im Auftrag des Vatikans . . .«
Das letzte Wort ermunterte Laura immerhin so weit, daß sie für günstig zu halten fähig war, den Besuch ein wenig zu begleiten. Denn er war Mitglied der Hausgemeinschaftsleitung. Und Laura war daran gelegen, daß ihr gutes politisches Ansehen auf der Etage

nicht durch Gerüchte über katholische Herrenbesuche zu Schaden kam. Eine alleinstehende Frau kann weniger auf ihr Ansehen pfeifen als eine andere, schon weil sie auf Nachbarschaftshilfe angewiesen ist. Und die Etage mit acht Mietparteien – das war für Laura ihr Haus. Weil sie vor dem Umzug in einem Mietshaus für acht Parteien gewohnt hatte. Das Hochhaus mit dreiundzwanzig Stockwerken empfand sie als Übereinanderbau von dreiundzwanzig Häusern. Da sich Laura das Hochhaus auch liegend vorstellen konnte, wodurch die dreiundzwanzig Häuser als Nebeneinanderbau erschienen und eine lange Straße besetzten, hatte sie im Gegensatz zu manchen Nachbarn nicht das Gefühl, in einer Wohnmaschine zu hausen. Sie empfand das Hochhaus als Kiez, dessen Häuser an eine Straße gebaut waren, die himmelwärts führte.
Weil Laura den Vatikan jedoch keineswegs im Himmel stationiert wußte, schloß sie, daß er in ihrem Kiez nichts zu suchen hätte. Und schon gar nicht vor ihrer Tür.
Der Mann stand jedoch noch immer auf dem Abtreter, als Laura zurückgekehrt war. Sie schob ihn also trotz ihrer Achtung vor dem Altar einfach weg von ihrer Tür, um sich Platz zu schaffen und Ordnung nach Geschmack. Der Mann mochte etwa im Alter von Johann Salman sein, freilich wesentlich besser erhalten als der Lokführer, wenn vom Gesicht auf das Übrige geschlossen werden durfte. Das Gesicht war zarthäutig und faltenlos. Das übrige steckte in schwarzem Stoff. Als Laura schob, sagte der Mann »ah, ah, ah«, als sie die Tür aufschloß, sagte er: »Aha, ein Sicherheitsschloß, das Kindchen hat ein Sicherheitsschloß, oh, schweigen Sie, Signora, ich verstehe, tüchtig und resolut und sanft, nicht ja? Ich würde gern oft so geschoben werden, wenn ich dürfte, hahaha, Gottes Oberengel ist zu beneiden, aber wenn sie zu ihm gehen, empfehle ich ihnen, nicht so viel Gestank, ich meine Duft anzustreichen, ich bin so frei . . .« Der Mann erwiderte Lauras Schub und schritt voran. Unaufhaltsam, bis er das Fenster des Nordzimmers erreicht hatte. Dann rieb er seinen kahlen Schädel, nannte den von den Lampen und Scheinwerfern des Palasts der Republik bestrahlten Dom reizend und sprach: »Im Auftrag des Vatikans war natürlich untertrieben, hahaha, ich wollte nicht gleich mit der Tür ins Haus fallen, Sie müssen entschuldigen, Signora, nicht, ja, die Art des Auftrags entschuldigt meine Ungeschicklichkeit, ich habe da keine Erfahrung, niemand hat da Erfahrung, aber Befehl ist Befehl, und ich bekomme meine Befehle vom Superior, und diesmal hat sogar der

Heilige Vater sozusagen einen Superior, oh, Signora, wenn nur der Heilige Vater ein Auge auf Sie geworfen hätte und ich in seinem Auftrag sozusagen bei Ihnen . . . nun ja, wie? Unglaublich, ganz recht, unausdenkbar, weil das Zölibat von den Päpsten seit 385 gefordert und von Gregor VII. endlich durchgesetzt – seit 1074 Gesetz ist, auch für unseren Heiligen Vater Paul VI. natürlich, hahaha, aber ich bin in weit delikateren Geschäften, oh, Signora, bei einem durchschnittlichen Weibe wüßte ich wirklich nicht, wie ich mich erklären sollte. Aber einer emanzipierten Frau darf ich wohl sozusagen reinen Wein einschenken, nicht, ja? Kurz und gut: Gott hat beschlossen, Sie zu verheiraten.« Pater Maccotino bekreuzigte sich mehrmals nach dem letzten Satz.
Laura entgegnete, daß ihr zu innerkirchlichen Angelegenheiten kein Urteil zustände, da sie Atheistin wäre. Zu den Praktiken des Zimmernachweises allerdings maße sie sich jederzeit ein Urteil an, wenn der, ohne auch nur zu fragen, ihre Adresse vergebe und zu nachtschlafender Zeit quasi ihre Wohnung vermiete, um das Valuta-Soll zu erfüllen. Außerdem wäre der Herr ohne Vorzeigen der Einweisung in die Wohnung eingedrungen, weshalb er sich gefälligst so schnell hinausbegeben möge, wie er hereingeschneit wäre. Laura empfahl das Christliche Hospiz hinterm Friedrichstadtpalast zum Übernachten.
Pater Maccotino faltete seine Hände über seinem Magen und sprach: »Ich will kein Bett, Signora, ich will Ihre Hand.«
»Wozu«, fragte Laura. »Bei dem Arbeitskräftemangel kann mein Betrieb auf keine Hand verzichten. Auch liebe ich meinen Beruf . . .«
»Gibt es einen besseren Beruf als die Berufung zur Gattin eines Oberengels?« Der Pater sprach mit klangvoller Stimme akkurates Deutsch mit italienischem Akzent. Sein Timbre hatte Wesselin geweckt. Er stand plötzlich im Nachthemd zwischen den Erwachsenen. Um seine Neugier zu bemänteln, gab er wie gewöhnlich vor, Durst zu haben.
Der Pater schlug die Augen nieder und bat Laura, das Kind wegzubringen.
Laura griff Wesselin unter den Armen und riß ihn hoch und an sich.
»Sehr gut, sehr wohl, Signora, Sie sind eine kluge Frau, bringen Sie den Jungen während unserer Unterredung weg.«
Laura umklammerte den Sohn. Das Wort »wegbringen« klang ihr in den Ohren wie »umbringen«.

»Die Versuchung, Sie verstehen und kommen einem alten Mann entgegen und schaffen ihm das Knäblein aus den Augen, nicht, ja, zu einer Nachbarin, das kann doch nicht zu viel verlangt sein, Kindchen, die Verhandlungen verlangen einen klaren Kopf, verbieten Ablenkung, nicht? Also los . . .« Der Befehlston, anfangs durch Wohlklang in die zweite Stimme verwiesen, eroberte jetzt die erste. Zwischen den rosigen Bäckchen des Paters der Grat der Adlernase: das Ausrufezeichen. Weiß wie Halsbinde und Hände. Die Augen schwarz und so eng beieinander wie Manschettenknöpfe. Genauer gesagt: wie ein Manschettenknopf, der, wie man weiß, aus zwei Knöpfen bestehen muß, um brauchbar zu sein. Maccotinos Blick, überaus brauchbar, erschien auch nicht als Paar, sondern als Einheit. Laura fühlte ein Auge auf sich gerichtet. Das Auge war der Punkt überm Grat: Das Ausrufezeichen stand kopf. Der Punkt erinnerte Laura an das Auge im bunten Kirchenfenster überm Altar, das im Kindergottesdienst auf sie herabgestarrt hatte, wenn sie nach der Orgel lüstern gewesen war.
Jetzt klappte es sein Lid herab, und Laura hörte wieder Wohlklang, der Kompromißbereitschaft bekundete und die Tugend der Mutterschaft lobte und die Tatze der Löwin, die das Junge verteidigt. »Ich wollte Sie nicht kränken, Signora«, hörte Laura, »ich konnte ja nicht wissen, daß mein Vorschlag Sie derart . . . Die Gesellschaft Jesu hat wie gesagt noch keinerlei Erfahrung in solcher Angelegenheit, nicht, ja, und ich habe ja auch den General angefleht, mir diesen Auftrag zu erlassen, auf den Knien habe ich ihn angefleht, weinend, und seine Hände geküßt, aber Befehle des Generals sind natürlich unwiderruflich, Signora. Schaffen Sie mir also das allerliebste Knäblein aus den Augen, nicht, ja, in ein anderes Zimmer genügt schon, schaffen Sie den süßen Jungen ins Bett, auf daß ich unangefochten über die Modalitäten verhandeln kann, die ein Heiratsvermittler zu erledigen hat.«
Laura brachte Wesselin ins Bett, wie befohlen, erklärte dem neugierigen Sohn, daß der Gast ein Klassenkamerad vom Großvater Salman wäre, hatte aber längst begriffen.
Gegenwärtiges noch ungenau. Vergangenes um so genauer: Das unklare Gerede des Paters Maccotino hatte Laura schnell überzeugt, daß vor einem Monat nicht Sven aus Spaß, sondern ein Teufel im Ernst um ihre Hand angehalten hatte. Am 27. Februar ein Oberteufel persönlich, am 27. März Pater Maccotino im Auftrag.
Und dieser Tenner hatte geglaubt, in Angst und Schrecken versetzen

zu können mit der Behauptung, daß auch Lauras Schicksal in Dr. Rauchs Hand läge . . .

Laura lachte, um sich das Weinen zu verbeißen. Dann spielte sie Neugier, um Zeit für die Auswegsuche zu gewinnen.

Der Pater nickte zufrieden und breitete sich aus. Leiblich über das Sofa des Ostzimmers. Geistig über die Gesellschaft Jesu, die seit ihrer Gründung noch nicht so gefordert worden sei. Ignatius von Loyola hätte sich gewiß nicht träumen lassen, daß die Jesuiten eines Tages beauftragt würden, die Braut eines Oberengels vorzubereiten.

»Auf die Hochzeitsnacht«, fragte Laura.

Pater Maccotino kicherte und klappte sein Lid übern Blick. Dann entblößte er ihn wieder und zielte über Kimme und Korn. Als Korn diente der Nasengrat, als Kimme die Zeige- und Mittelfingerspitze der rechten Hand. Mit dem Strahlenbündel des schwarzen Auges schoß Maccotino Argumente für Lauras jesuitische Bearbeitung ab. Denn ein unpräpariertes Weib könnte einem göttlichen Wesen wohl wirklich nicht zugemutet werden, nicht, ja? Zu irdischer Arbeit würde auch wenigstens angelernt, die Facharbeiterausbildung erforderte durchschnittlich drei Jahre, da wäre ein Vierteljahr Noviziat bei den Jesuiten für Laura ein kulantes Angebot, hahaha . . . Der Pater schoß wieder eine Blickgarbe auf Laura ab und verstummte dann.

Um den Pater weiter zu beschäftigen und sich zu entlasten, spielte Laura Wissensdurst bezüglich der Gesellschaft Jesu.

Das Spiel öffnete Maccotinos Schleusen der Beredsamkeit. Und seine Unsicherheit schwand. Und Laura spürte seine Dankbarkeit für ihr Entgegenkommen. Er gewann nun schnell die feste Form des Traktats, das seine Domäne war, und Interjektionen unterliefen nur noch selten. Seelsorgerische Eröffnung: »Die Menschen haben im allgemeinen nicht Zeit und Willen noch die Fähigkeit, gründlich zu denken. Deshalb muß es jemanden geben, der für sie denkt. Die Menschen brauchen Sicherheit und Ruhe. Sie wollen glücklich sein. Aber das Glück findet man in diesem Leben unter den gegebenen Bedingungen fast nie. Wird es etwa jenseits des Grabes zu finden sein? Ein schwieriges Problem, und den meisten gelingt es nicht einmal, dieses Problem richtig zu formulieren, geschweige denn, es zu lösen. Wer wird es für sie lösen?

Die historischen Religionen haben alle erforderlichen Eigenschaften, um die Seele zu beruhigen. Da Gott es ihnen mitgeteilt hat,

wissen sie genau, was jeder tun muß, um sich die Freuden des Jenseits zu verdienen. Wer sich ihnen anvertraut, braucht nicht zu denken, zu wollen, zu überlegen – alles ist schon gedacht, gewollt und überlegt.
Und die Menschen ergeben sich darein.
Der Priester, der Vatikan, der Papst entscheiden für die anderen. Sie entscheiden in allen Dingen und über alles, ohne daß ein Irrtum möglich ist. Hört auf sie: Sie werden euch sagen, was ihr über die Geheimnisse Gottes und des Jenseits, über die Politik, über euer persönliches Leben denken sollt. Alles ist geregelt: wann ihr beten sollt; wann und wie ihr den Handlungen des Gottesdienstes beiwohnen sollt; wem ihr bei politischen Wahlen eure Stimme geben sollt; was ihr in politischen und wirtschaftlichen Angelegenheiten denken sollt; sogar wie ihr euch in den intimen Beziehungen verhalten sollt. Im Ehebett, zwischen den beiden Herzen, die sich lieben, steht und herrscht unsichtbar die Kirche. Ohne daß ihr Einspruch erheben könnt, schreibt sie euch vor, was gut und was schlecht ist, vor allem, wer gut und wer schlecht ist.
Aber alle diese Dienstleistungen kann die Kirche den Menschen natürlich nur erweisen, wenn sich Gott wohlbefindet, das heißt, wenn genug Leute an ihn glauben. Sie, Signora, werden die Aufgabe haben, Gottes Wohlbefinden zu verbessern, nicht, ja, klar?«
Laura staunte. Der Pater versuchte ihre Verwunderung zu dämpfen, indem er versicherte, seine Erläuterungen bewußt sachlich zu halten. Objektiv gewissermaßen, hahahaha, und er hoffe, Lauras Geschmack auf diese Weise irgendwie zu treffen, was wahrlich nicht einfach wäre. Schließlich hätte er noch nie vor einer Atheistin bestehen müssen. Er wäre zwar durchaus gewöhnt, schonungslos zu denken. Aber die Fähigkeit, solches Gedachtes auszusprechen, wäre ihm verlorengegangen. Auf Grund der Regel, die alle Jesuiten verpflichte, ihr Mitbrüder bei den Superioren zu denunzieren, wäre es gefährlich, sich jemandem anzuvertrauen. Schweigen wäre die Parole. Er müsse improvisieren ...
Laura lobte die Improvisationen und ermunterte, die Sachlichkeit zu steigern.
»Gern«, sprach Pater Maccotino. Er legte seine weißen Hände vom Bauch auf den Tisch. Laura legte ihre bräunlichen daneben. Lauras Hände waren auch größer und breiter und erschienen vergleichsweise uralt. Der Pater erfreute sich eine Weile seiner Schönheit. Dann bezeichnete er den Jesuitenorden als ein sehr nützliches, ja sogar als

das nützlichste Instrument überhaupt, das dazu diene, dem Vatikan seit den Anfängen des Protestantismus bis heute die politische Macht zu sichern. Und nicht nur dem Vatikan, wie die delikate Mission jetzt zeige.

»Der Orden ist ein höchst diszipliniertes und äußerst schlagkräftiges Heer, das dem Befehl des Heiligen Stuhls untersteht. Diesem Zweck dient ein Komplex von Gesetzen und eine Technik der Erziehung, die die Mitglieder organisieren und in höchstem Maße einsatzfähig machen soll; das geschieht vor allem durch die Vernichtung der natürlichen Persönlichkeit und ihre Ersetzung durch eine künstliche, nicht passive, sondern höchst tätige Persönlichkeit. Jeder General, jeder Heerführer weiß oder sollte wissen, daß militärische Einheiten keinen Sieg erringen können, wenn es an Überzeugung und Begeisterung fehlt. Dennoch ist die Aufgabe eines Heeres überaus leicht, verglichen mit der Aufgabe der Gesellschaft Jesu. Im ersten Falle sind rohe, grobe, begrenzte Handlungen auszuführen, die auf ein genau bestimmtes, ziemlich einfaches Ziel gerichtet sind; im zweiten Fall jedoch geht es um verfeinerte, vergeistigte, geschmeidige, gehobene Handlungen ohne Zahl, die auf ein kompliziertes Ziel gerichtet sind.

Daraus ersieht man, daß die Aufgabe des Gesetzgebers, des Erziehers und Oberhauptes der Jesuiten gegenüber den Mitgliedern des Ordens unvergleichlich schwieriger ist als die Aufgabe eines Generals gegenüber den Soldaten. Um die Truppen zu begeistern und von der Richtigkeit des von ihnen verlangten Opfers zu überzeugen, ist zudem keineswegs die Vernichtung ihrer Persönlichkeit und auch nicht deren Ersetzung durch eine künstliche Persönlichkeit erforderlich. Die Persönlichkeit ist nämlich ein weiter Begriff, sie umfaßt die Gesamtheit der Beweggründe des Lebens. Nun aber nehmen die Vaterlandsliebe und das Verlangen, das höchste Opfer zu bringen – wobei dieses Opfer nicht unabwendbar ist, da nicht alle Soldaten im Kriege sterben –, nur einen begrenzten, wenn auch sehr bedeutenden Teil der individuellen Interessen ein. Außerdem entsprechen diese Ideale, auch wenn sie bis zum Äußersten getrieben werden, in gewisser Weise und unter entsprechenden Umständen natürlichen Impulsen der Seele. Sie sind keine künstlichen Kategorien des Geistes und des Handelns.

Das Gegenteil vollzieht sich im Jesuiten. Der Bereich seiner neuen Überzeugungen ist ebenso umfassend wie die Gesamtheit der Beweggründe des Lebens.

Die jesuitische Gesetzgebung muß notwendigerweise absolutistisch sein.
Das Amt des Generals besteht auf Lebenszeit. Und er ernennt nach seinem persönlichen und unkontrollierbaren Gutdünken alle Superioren.
Jede Handlung des Untergebenen kann kontrolliert werden und wird kontrolliert. Die Zimmer, die Schränke, die Schubfächer, jedes Behältnis muß offen sein oder vom Superior geöffnet werden können: Dieser kann ohne Begründung Gegenstände wegnehmen, beschlagnahmen und alles durchstöbern. Das Innerste des Menschen liegt offen da ... ohne Schleier und Geheimnis. Sowohl die auslaufende als auch die eingehende Post wird überprüft. Man wirft die Briefe offen in einen besonderen Kasten: Der Superior sorgt dafür, daß sie befördert werden, wenn es ihm gut dünkt. Er frankiert sie, niemand darf ohne Genehmigung Briefmarken haben. Wenn keine allgemeine Erlaubnis vorliegt, darf man nicht einmal einen Brief, eine Grußkarte schreiben, bevor man nicht vom Superior die ausdrückliche Erlaubnis dazu bekommen hat, und dasselbe gilt für das Telefonieren. Niemand darf Zeitungen oder Bücher ohne die Erlaubnis des Superiors kaufen. Jede Lektüre wird kontrolliert. Niemand darf ohne die Erlaubnis des Superiors einen Arzt rufen oder irgendeine Behandlung selber aussuchen.
In der Regel darf niemand allein ausgehen. Man muß zu zweien oder zu dritt spazierengehen.
Dazu ein genauer Stundenplan.
Die Disziplin, die richterliche Organisation allein ist jedoch ein negatives Element. Ein positives Element aber, und nicht das einzige, über das die Gesellschaft Jesu verfügt und von dem sie Gebrauch macht, ist die geistige Ausbildung. Sie ist ein geeigneter Machtfaktor, die Untergebenen mit Hilfe organisch zusammenhängender Überzeugungselemente zu dem Schluß zu bringen, daß die einmal gewählte Lebensweise nicht nur richtig, sondern die bestmögliche ist.
Es gibt drei Elemente, die die geistige Ausbildung der Jesuiten außerordentlich wirksam machen: der Stoff, der gelehrt wird, die Sorgfalt des Unterrichts und die Art, in der der Unterricht erteilt wird.
Wer irgendeinen strengen Befehl der Kirche nicht befolgt, kommt in die Hölle. Deshalb ist es das Ziel des Lebens, die Hölle zu vermeiden, das heißt, der Kirche zu gehorchen.

Der Superior vertritt Gott und alle Oberengel. Es genügt, ohne Widerrede zu gehorchen. Auch wenn der Superior sich irrt, so ist das sein Irrtum, nicht meiner: auf jeden Fall rette ich meine Seele. Die Welt, die Liebe, das Licht, die Menschen auf den Straßen sind äußerst gefährliche, teuflische Realitäten.
Die Studienordnung ist ein geschlossenes System von Regeln, das zum ersten Mal im Jahre 1586 in Rom herausgegeben und zur Begutachtung an die einzelnen Ordensprovinzen geschickt wurde. In der Ausgabe von 1941 ist der Stoff für die höheren Studien in fünf Teile gegliedert, denen ein Anhang mit Regeln für die Festlegung der Zensuren in den Prüfungen folgt.
Die vorgeschriebene Lehre ist die des heiligen Thomas von Aquin ...«
»Auch die mir vorgeschriebene Lehre«, unterbrach Laura aufgebracht, »wer gibt ihnen das Recht zu der Unverschämtheit, mich mit dieser Lehre traktieren zu wollen ...«
»Rechtsbrecher sollten sich des Geschreis nach Recht enthalten«, entgegnete der Pater und schoß ein Dutzend schwarze Blitze, »die närrische Aktion für eine gewisse Vilma Tenner würde ich, wenn ich Ihr Staat wäre und davon Wind bekäme, erstens als Fälschung und zweitens als Samisdat werten und entsprechend verurteilen. Sie stehen mit einem Fuß im Kittchen, Signora, lärmen Sie also nicht so laut, sonst bringe ich Ihr anderes Füßchen auch noch in Gewahrsam, nicht, ja? Oder bilden Sie sich etwa ein, daß die Gesellschaft Jesu in Ihrem Arbeiter-und-Bauern-Staat über keine Vertrauensleute verfügt? Außerdem haben Sie zum Lärmen keinerlei Anlaß, da die Jesuitenordnung ja für Sie so nicht zutreffend wird. Für Sie wird selbstverständlich ein Sonderstatus gefunden werden. Irgendeiner, den ich noch nicht kenne und den der General wahrscheinlich auch noch nicht kennt, weil der Status erst ausgearbeitet werden muß. Der Befehl Gottes beziehungsweise des Oberengels Zacharias kam absolut überraschend hahahaha, die Gesellschaft Jesu war darauf nicht im geringsten vorbereitet. Indem ich Ihnen zum Beispiel die innere Form eines Jesuiten darstelle, gebe ich Ihnen doch gleichzeitig die Möglichkeit, Vorschläge für die Formung zu machen, die Sie an sich vorgenommen haben wollen. Der General wird Ihre Vorschläge dann prüfen, nicht, ja, hören Sie?«
»Ich höre«, antwortete Laura grimmig.
Und Pater Maccotino redete seinen Traktat so fort: »Beim Entwurf der Konstitutionen des Ordens war es das Ziel des Ignatius, dem

Vatikan einen klerikalen Organismus zu schaffen, der militärisch aufgebaut und mit einheitlicher Befehlsgewalt, mit blindem, absolutem Gehorsam, mit Wendigkeit in den Bewegungen und starker Schlagkraft ausgestattet war. Bis zu jener Zeit gab es in der Kirche nichts Derartiges, und auch heute gibt es außer dem Jesuitenorden nichts dergleichen. Deshalb nannte der Gründer diesen Orden ›Kompanie Jesu‹. Aber nach der Lehre des Katholizismus heißt Jesu dienen dem Vatikan dienen. Der Orden ist also eine Kompanie von Soldaten im Dienste des Vatikans.

Ein Heer braucht eine leitende Macht, die in den Händen eines einzelnen konzentriert ist. Diese leitende Macht hat die Gesellschaft Jesu in ihrem General.

Ein Heer darf nicht an Bande gefesselt sein, die seine Bewegungen einschränken oder schwerfällig machen. Deshalb haben die Jesuiten außer der individuellen Messe und dem Brevier (das jeder allein, nicht im Choramt mit den anderen Ordensbrüdern hersagt) keine liturgischen Verpflichtungen. Gemeinschaftliche Gebete – ausgenommen die Heiligenlitaneien, die eine Viertelstunde dauern – gibt es nicht.

Um eine Masse zusammenzuhalten, um sie mächtig und zu einem nützlichen, wirksamen Instrument des Handelns zu machen, muß sie überzeugt werden. Der Mensch ist nicht gefühllos wie die Räder einer Maschine – sein Wille entscheidet auf Grund von Ansichten, die er als richtig erkannt hat. Ein Grund, der den Soldaten zum Kämpfen treibt, ist die Angst vor schwersten Bestrafungen, die ihn erwarten, falls er es wagt oder versucht, sich zu weigern. Aber die Furcht ist weder das stärkste noch das wirksamste Mittel, um die Menschen in die Schlacht zu treiben und zu befähigen, Siege über einen Feind zu erringen, der von der Gerechtigkeit seiner Sache überzeugt ist. Deshalb muß man einen Soldaten mit höchster Sorgfalt individuell erziehen und überzeugen.

Es konnte Ignatius nicht entgehen, wie wichtig es war, den Seinen die festeste Überzeugung zu geben, daß die Sache, für die sie kämpfen, absolut gut war. Nur unter dieser Bedingung konnte er von ihnen diesen vollkommenen, blinden Gehorsam verlangen, den man in keinem Heer, in keiner menschlichen Organisation findet, der jedoch notwendig ist, um einen so außergewöhnlichen Machtmechanismus zu schaffen, ihm Leben zu geben und Wirksamkeit zu verleihen.

Die Persönlichkeit eines Soldaten, der blind gehorchen soll, muß

man grundlegend verändern. Der Soldat muß von der Richtigkeit seiner Sache absolut überzeugt sein und darf nicht an Gegenargumente, an Diskussions- oder Revisionsgründe denken – besser noch: nicht daran denken wollen.
Wenn also beim Soldaten die Modifikation seiner Persönlichkeit partiell ist, da sie nur auf einige, und zwar natürliche Beweggründe des Lebens (zum Beispiel die Vaterlandsliebe) abzielt, so umfaßt sie beim Jesuiten alle Beweggründe des Lebens, sowohl die vorhandenen als auch die möglichen und – die unnatürlichsten. Daher muß die Modifikation der Persönlichkeit des Jesuiten vollkommen sein, was die Grenzen des Fanatismus streift.
Dazu ist offensichtlich eine besondere Erziehung des Untergebenen notwendig, die sich nicht nur an den Verstand, sondern an die inneren Erfahrungen, an das Gefühl des Individuums richtet. Eine bloße Erziehung des Verstandes, die übrigens unerläßlich ist, würde im abstrakten Bereich bleiben. Die in den Geist hineingelegten Begriffe müssen hingegen – Ignatius zufolge – auch erlebt werden, um wirklich auf ihn einwirken zu können.
Deshalb genügt die geistige Schulung nicht. Man will mehr erreichen.
Es ist infolgedessen viel mehr wert, sich selber immer wieder zu sagen, daß die Hölle existiert, sich immer wieder vorzustellen, daß man schon auf ewig und ohne Hoffnung im verzehrenden Feuer, in der absoluten Finsternis lebt, und hundertmal im Laufe einer Stunde dieses schreckliche Erlebnis zu wiederholen, als logisch, kalt berechnend die Gründe zu zergliedern, kraft derer die Hölle existieren muß, und zwar so, wie es die katholische Lehre besagt.
Deshalb verpflichtet die Gesellschaft Jesu den Jesuiten, täglich eine Stunde lang die ›ewigen Wahrheiten‹ ungefähr in der beschriebenen Weise zu meditieren.
Jeder Jesuit soll allabendlich, bevor er schlafen geht, allein den Stoff vorbereiten, den er am folgenden Tag meditieren soll.
Die Meditation selber ist eine Liturgie. Der Jesuit nähert sich dem Betpult: zwei oder drei Schritte, dann hält er inne. Er stellt sich vor, daß Gott ihn ansieht und prüft. Er verneigt sich mit großer Ehrfurcht, kniet nieder und spricht das Vorbereitungsgebet. Dann sagt er jene Gebete her, die Präludien genannt werden. Er beginnt mit der ›Vorstellung des Ortes‹, das heißt, er stellt sich auf irgendeine Art den Gegenstand wieder vor, den er meditieren will. Ein ziemlich einfaches Unternehmen bei den Episoden aus dem Leben

Jesu, Mariae und so weiter, schwierig jedoch bei den konkreten Mysterien des Jenseits, wie Fegefeuer, Hölle; noch viel schwieriger, wenn die Wesenheit abstrakt ist, zum Beispiel die Barmherzigkeit, die Sünde . . .
Weniger die Vernunft als vielmehr der ganze Mensch soll die meditierten Dinge fühlen und zuinnerst erleben. Bei gutem Erfolg ist die Suggestion stark, und es gelingt dem Individuum ohne Schwierigkeiten, sehr wirksame und schwärmerische Entschlüsse zu formulieren.« Der Pater nannte die beschriebene Übung die Übung der »drei Potenzen«: Gedächtnis, Verstand, Wille. Sein Gesicht war jetzt nicht nur in der Wangengegend rotgefleckt, sondern überall. Nur die Adlernase blieb weiß. Der schwarze Blick glitzerte. Der Pater bewegt sein schwarz-weiß-rotes Haupt rhythmisch in der Weise, die an hospitalismuskranken Kindern zu beobachten ist oder an Eisbären in Gefangenschaft. Auch der keuchende Atem verriet Laura, daß sich der Pater redweis in eine Suggestion hineintrieb. In eine lustvolle offenbar. Befremdliche Lust durch befremdliche Sachlichkeit? Laura beobachtete den Vorgang mit Interesse. Dann mit Angst.

110. Kapitel

Die Walpurgisnacht auf dem Blocksberg (Intermezzo in Moll)

Als Laura vor Angst in die Küche flüchten wollte, die dem Ostzimmer vorgelagert war, verstellte ihr Pater Maccotino den Weg.
Mit einem Videorecorder. Einschalten des Geräts durch Druck des linken weißen Händchens. Blick über Kimme (aus rechtem Zeige- und Mittelfinger gebildet) und Korn (Nasengrat) auf Laura gerichtet.
Laura war froh, dem Blick unverdächtig ausweichen und sich dem Recorderfilm zuwenden zu können. Color.
Vorspanntext: »Nox Walpurgae auf dem Blocksberg. Originalreportage vom Karneval-Ersatz des Jahres 1976. Commendatio superangeliter autorisiert. Regimen superangeliter ermächtigt. Eine Zacharia-Kertelsmann-Produktion. Zensiert und freigegeben von Deo persönlich. Lizenz-Nr. 6899784.«

Der Vorspanntext lief – von Heilsarmeegesang begleitet – über einem Bild, das Laura als Scheinabbild eines Felsenkellers für die Lagerung von Bier oder Wein wiedererkannte. Vorherrschende Farbe: grün. Kamerafahrt zur silbernen Pforte. Nahaufnahmen von den Hiebkratzern über den Doppeläxten, von der silbernen Tafel mit der Aufschrift »Blocksberg« und der goldenen mit der Aufschrift »Vernunfttempel«. Tonschnitt: Orgelmusik, Tutti-Register. Kameraschwenk von der goldenen Tafel auf den Bahnhof und die Bahnsteigwiese. Orgelmusik schwindet zu Hintergrundgeräusch. Vordergrundgeräusch: Reporterstimme.
Kommentartext: »Liebe Märtyrerinnen vor den Knastbildschirmen, gebenedeite Sklavinnen, die ihr schmachtet in den Hörselberg-Kasematten, Amen – und einen recht schönen guten Abend in Deo. Zacharia möge eure Herzen schirmen vor dem Dreck, mit dem Satan in Gestalt seines Satrapen Kolbuk und der Rabenäser eure Körper beschmeißt und bescheißt. Tagtäglich – wie erst am sogenannten Feiertag Noctis Walpurgae, dieser Schlammschlacht. Wer da im Kerker sitzen darf, ist Segens Dei teilhaftig geworden. Aber die armen tausend Miserimae, die als Schlammringkämpferinnen antreten müssen, den Sadisten zur Lust ... Mögen die Leiden und Qualen der Schwergeprüften die Schwestern am Bildschirm erleuchten, auf daß alle die Fratze des Kolbuk-Regimes erkennen und sich erinnern der Vermahnung Jacobus: ›Seid Deo und seinen Oberengeln untertänig, widerstehet Satan, so fleuchen seine Oberteufel von euch, geht auf Zachariam zu, so geht er auf euch zu.‹ Und Epheser sechs: ›Seid stark im Oberengel und in der Macht seiner Stärke, ziehet an den Harnisch Zachariae, daß ihr bestehen könnet wider die listigen Anläufe Kolbukis und seiner Gesellen.‹
Rabengesellen schicken manche in die Höllen. Der Evangelist Lukas im fünfzehnten Kapitel registriert von dem verdorbenen Sohn, wie daß selbiger ein wundersamen Appetit habe gehabt zu einer gewissen Speis. Aber ratet, zu was für einen Schleckerbiß? Vielleicht hat ihn gelust nach einem bayrischen Gugelhopf? Nein. Etwan haben ihm die Zähn gewässert nach steurischem Kapaune? Nein. Oder seind ihm die böhmischen Golatschen eingefallen? Auch nicht, sondern er verlangt seinen Bauch zu füllen mit Trebern und Kleiben der Schwein. Pfui, was ist das für ein seltsamer Appetit; Cupiebat implere ventrem de siliquis, quas porci mandum cabat. Das ist mir ein rechter Saumagen. Wo kommts aber her, daß dieser Limmel sich also in das Saukonfekt verliebet hat? Ei, so friß! Dahero frag nicht

lang. Mit was für Gesellen und Kameradschaft einer umgeht, dero Sitten ziecht er an. Dieser saubere junge Herr mußte aus Not Säu hüten wie ihr, liebe Sklavinnen vom Hörselberg –, und weilen er stets mit solchen gerüßleten Spieß- und Speisgesellen umgangen, hat er auch einen solchen Saumagen geerbt. Difficile est enim eum in corruptum, permanere, qui corrupto sociatur, sagen die Canones, Kapitel Quisquis dreiundzwanzig. Mit Säufern wird man ein Schlemmer, bald gesagt ein Schlimmer, mit Dieben lernt man auch im Stehlen sein Heil, hätt bald gesagt sein Seil, suchen. Dann der mit Schwammen umgehet, der sinkt, der mit Essig umgehet, der säuerlet, der mit Einheizen umgehet, der brändlet, der mit Geißen umgehet, der böcklet, der mit Säuen umgehet, der schweinlet etc. Di meliora, daß euch, liebed Märtyrerinnen an den Bildschirmen des Qualtempels und auf der Wiesen des Bahnhofs ›Dummheittempel‹ der perverse Appetit des verdorbenen Sohnes aus Lukas fünfzehn erspart bleiben möge. Und der Ekel vor den Saukerln erhalten – Amen.«

Kein Wort über die Anlieferung der Hexen auf dem Bahnhof. Kein Satz über das Gedränge auf der Wiese. Kein Kommentar zu den Kamerabildern.

Laura hatte sie alle schon einmal sehen müssen. Auch in Angst und Heiratsangelegenheiten. Zu welcher Form der Erpressung wurde Laura diesmal präludierend aufgespielt?

»Ich habe nicht vor, Sie zu langweilen, Signora«, sagte Pater Maccotino. »Ich weiß, daß Ihnen der Film bereits bekannt ist. Oberengel Zacharia ist wohlunterrichtet und bescheidet sich aus Sparsamkeitsgründen mit einer Kopie. Oberteufel Kolbuk zahlt sich dumm und dämlich für eine Kertelsmann-Produktion und erreicht damit nichts, wie Sie wissen, Signora, haha, Sie haben einen guten Geschmack, Signora, Schund erkennen Sie mit sicherem Blick und lehnen ihn als Zumutung ab und haben wohlgetan . . . oh wie wohl. Oberteufel Kolbuk erreichte mit Riesenaufwand bei Ihnen einen Korb mit Nullkommanichts; Oberengel Zacharia erwirbt eine Kopie für einen Pappenstiel und erreicht damit alles – hahaha. Alles – hihihi – alles – hohoho . . . Und warum, meine teuerste Signora? Warum wohl, mein liebes, schönes, kluges Weib? Weil der Kommentar an einen Film das Wichtigste ist, nicht, ja. Und den Teufelskommentar hat mein schlauer Superior Zacharia natürlich nicht mitgekauft. Ein so pfiffiger Oberengel wie Zacharia läßt selbstverständlich einen eigenen Kommentar arrangieren. Und eine

so gescheite Signora wie Sie weiß selbstverständlich, daß ein guter Kommentar jedes Bild so bereden kann, daß ein X für ein U erscheint und umgekehrt. Kolbuk läßt einen Reporter für sich arbeiten, der die hohe Kunst der Demagogie meisterlich beherrscht. Zacharia läßt einen Großmeister für sich arbeiten. Aber im Gegensatz zu Kolbuk bestimmt der Oberengel die Demagogie in den Dienst der Wahrheit. Weshalb meine hochverehrte Signora dem commendationi angelico und somit auch dem regimeni angelico aufs Wort glauben kann. Und muß. Denn wer sich weigert, die Wahrheit zu glauben, ist verdammungswürdiger als einer, der zu faul ist, sie zu ergründen. Signora sind aber nicht einer, sondern eine, wodurch bekanntlich alle Pflichten und Strafen sich exponentiell steigern. . .«
Pater Maccotino schoß seinen Argumenten ein Strahlenbündel aus seinen Manschettenaugen hinterher und hackte sechsmal mit der Nase nach: Sechs Ausrufezeichen. Laura dankte für den Wink mit dem Nasengrat, demgegenüber ein Zaunpfahl ihr nunmehr als Streichelwerkzeug erschien, und wandte ihre Aufmerksamkeit noch deutlicher dem Recorder zu.
Der Recorderbildschirm bilderte die besetzte Tribüne ab. Hintergrundgeräusch: Klatschmarsch. Vordergrundgeräusch: Reporterstimme. Kommentartext: »Die Zeiten, da die Raben Ketzer waren, sind längst vorbei. Geblieben ist einig der Ketzerwichs, in dem sie auf Schloß Blocksberg und natürlich auch auf dieser Tribüne herumlümmeln. Pyramidengerüst wie in jedem Jahr – eine abgeschmacktere Form scheint dem hohlen Regime nicht einzufallen, um seine Tyrannei exhibitionistisch zu verharmlosen. Absolutistische Forman lassen sich heutzutage nicht mehr einfach als Witz wegwitzeln und mit einem pluralistischen Feiertag überspielen. Mit einem einzigen pro Jahr! Patriarchat pur ist wirklich aus der Mode. Oberteufel Kolbuk, der Henker der Ketzerei, sägt selbst den Ast ab, auf dem er sitzt. Es gibt auch törichte Tyrannen. Gipfel seiner Torheit: Kolbuks Oberhexe Asta Ravil. Ein Herrscher, der sich heute nicht an die Spitze des Feminismus stellt, kann sie nicht abbrechen, sondern bricht sich den Hals. Früher oder später. Mit einer plumpen Renegatin und Teufelsarschleckerin als Oberhexe früher. Ein Oberteufel, der die Autorin des Buches »Der dressierte Mann« heiratet, wählt nicht nur spießig, sondern rechnet auch falsch. Und vergreift sich glatt. Frauenhaß von Männern hat eine jahrtausendalte Kultur. Frauenhaß von einer Frau hat die Stillosigkeit von Parvenüs. Jeder riecht die Wurst, mit der diese Schlampe

nach der Speckseite schmeißt. Und ein Herrscher, der sich an solchen Wurstfingern die Hände fettig macht, stinkt nicht nur selber, sondern verpestet auch sein Regime. Wohl hat Kolbuk, der Kolkrabenschinder, gemerkt, was er mit seinem Fehlgriff angerichtet hat. Aber zu spät. Mittel, um sich seines masochistischen Schandweibs und also seiner Puffmutter vom Hörselberg zu entledigen, kennt der Herr Oberteufel sicher mehr als genug. Aber Ersatz wird er nicht finden für sein sinkendes Schiff, das selbst etliche seiner Raben gern verlassen würden, wenn sie einen alternativen Ort wüßten. Von seiner Hofnarrenratte jedenfalls wird gemunkelt, daß sie lieber in den Kasematten des Hörselbergs als im Schloß Blocksberg vegetieren möchte. Warum wohl? Ein Blick nur auf das Rattengelichter der Tribünenraben genügt, um Antwort auf die Frage zu finden. Derweil der Spektakelzug der Hexen von Rabenordnern zusammengetrieben wird, verlustieren sich die Pseudoketzer derweil am Anblick, den die Schandpfähle bieten. Alle bestückt, der Tribüne beistehend als Seitenkulissen. An den Schandpfählen Hexen, die von dressierten Wölfen besprungen und gleichzeitig zerfleischt werden. Besprungen und zerfleischt wie immer, denn jeder Hexe, die zu Schandpfahl verurteilt wurde, wachsen bekanntlich Brüste und andere fehlende delikate Teile über Nacht wieder nach – ein alltäglicher Anblick also. Aber der Sadismus der Rabenmehrheit schein selbst durch Gewöhnung nicht abzustumpfen. Kolbuks Augen glitzern geil durch die Nacht wie Irrlichter. Seine Gemahlin entblößt sich, als ob sie auch gebissen werden wollte. Oder hat der Rausch sie schon so weit stigmatisiert, daß sie die ersehnten Bisse bereits fühlen oder gar schon auf ihren Brüsten und so weiter abbilden kann? Der einzige auf der Tribüne, der verständnislos glotzt, ist Prinz Rotbart. Warum sitzt er neben Kolbuk und nicht auf dem historischen Flügel, wo er als Prinz hingehört? Altershalber. Sonst ist er natürlich zu dumm für den historischen Flügel, der ausschließlich mit Genies besetzt ist. Das heißt mit Raben, die durch ihre Werke zu Unsterblichkeit gelangt sind. Kolkraben allesamt. Aus der Masse schwarzen Gefieders sind mit die Charakterköpfe von Jakob Böhme, Bach, Goethe, Mozart, Euler, Hölderlin, Gauß, Büchner, Engels und Einstein deutlich erkennbar.

Der historische Flügel verläßt das Fest vor dem Fest, weshalb die Tribüne wie in jedem Jahr zu Walprugis rechtslastig ist. Links außen ist das Gerüst also stets nur zwangsweise besetzt und nie länger als fünf Minuten. Da selbst die tyrannischste Tyrannei zur Repräsentation Dichter- und Denkerzierat liebt, werden diesen historischen Querköpfen aber Kapricen nachgesehen, für die Gegenwartsraben die Höchststrafe sicher wäre: Schandpfahl. Die Dauerqual der Höchststrafe schreckt weniger ab als die Ehrabschneidung, neben Hexen verbüßen zu müssen, weshalb bisher kein Pfahl männlich besetzt ist. Die Doppelmoral des Blocksbergs, sichtbar zum Beispiel am demonstrativen Ausmarsch der Genies, zeigt die Kamera natürlich nicht. Sie zeigt nur den Einmarsch der Genies und hält jetzt auf die anderen drei Tribünenflügel.

Den Flügel, der nunmehr absolut links erscheint, aber aus den eben erwähnten Gründen tatsächlich nur relativ links ist, hat die Fraktion der sogenannten ›konservativen Avantgarde‹ besetzt – kenntlich durch rote Sticker am schwarzen Federkleid. Auf dem mittleren Tribünenteil räkelt sich die Orange-Sticker-Fraktion der sogenannten ›Neokonstruktivisten‹. Rechts lümmeln die Fraktionsbrüder mit Blech, das besonders grell leuchtet: die gelbstickertragenden Gysotiker.

Alle Fraktionen zeihen einander des Verrats an den Grundlagen der Ketzerei. Und da sich Verdächtigungen und Beschimpfungen am bequemsten abpissen lassen, wenn man dicht bei dicht sitzt, wird die günstige Tribünengelegenheit für den Fraktionskrieg voll genutzt. Er tobt geradezu vor Festbeginn, und die konservative Avantgarde sammelt qualitativ und quantitativ die reichste Pißtopfernte. Hauptursache: Die Avantgardler sympathisieren mit dem historischen Flügel und dulden Fraktionsmitglieder in ihren Reihen, die Hexen gern wie Hetären behandeln würden und die Fronverließe des Hörselbergs als ›Salons‹ bezeichnen möchten.

Die Neokonstruktivisten, die, wie der Name sagt, an der Neukonstruktion des Menschengeschlechts arbeiten mit dem Ziel seiner Optimierung, sind Gen-Ingenieure und nennen die Fronverließe der Hexen, ›Entspannungsremisen‹ oder ›Fitneßbunker‹.

Die Gysotiker sagen ›Sexbunker‹. Eindeutig sind die Gysotiker. Und nicht nur in ihrer gelben Sprache. Auch ihre Ziele sind in gelb, der mir unsympathischsten Farbe, gehalten und übertreffen die der beiden anderen Gegenwartsfraktionen an Eindeutigkeit.

Zwar sind sich die Mitglieder der vier Flügel einig in einem einzigen Punkt: Alle wollen ihre Denkkraft beweisen in Beherzigung des Satzes von Newton: ›Die eigene Kraft spürt man, indem man sich mit anderen mißt.‹

Auf das Axiom ›Einigkeit unter der Losung jeder gegen jeden macht stark‹ schwören alle Raben von Ehre. Gegenüber der gysotischen Konsequenz jedoch erscheinen die anderen Fraktionsbestrebungen fast in meineidigem Licht. Denn die Gysotik – eine Kurzform der Wissenschaftsbezeichnung Gymnosophiotik, zu deutsch Weisheitssport – meidet den Firlefanz der Umwege. Alle Spezialwissenschaften gehen ihr Ziel über künstliche Hindernisse an. Über Turngeräte in Form von Untersuchungsgegenständen, an denen die Geistessportler trainieren und brillieren nach Newtons Devise: Die eigne Kraft spüren, indem man sich mit anderen mißt. Diesen indirekten, umständlichen, zeitfressenden Weg der Geistmessung nun haben die Gysotiker durch den rationell-optimierten ersetzt. Indem sie den instrumentalen Verstand direkt messen. Die Mathematik, bisher die Königin der Wissenschaften, ist durch die Gysotik entthront. Der Denksport hat sich emanzipiert.
Die gysotische Fraktion begeifert die anderen Fraktionen als verklemmt und frustriert und unwissenschaftlich sowieso und erkennt nur einer einzigen Wissenschaft das Prädikat ›Wissenschaft‹ zu: der Wissenschaft von der Messung des wissenschaftlichen Verstandes, kurz ›Gysotik‹ genannt.
Oberteufel Kolbuk, der Ruin des Blocksbergs, kann, wiewohl regierend nach dem Grundsatz divide et impera, seine Sympathie für die Gysotiker nur schwer verbergen. Jetzt wedelt er wieder mit seinem spanischen Reitzylinder über ihren Sport-Spießerschädeln. Kolbuk in vollem Wichs: eine Mischung aus Elvis-Presley- und Stierkämpferlook. Wer wird der Torro sein, den der Lustmörder Kolbuk heute den Hexen zum Schlachten vorwirft? Wer soll heute den Damien spielen, der hingerichtet wird, damit die Hexendelegation durch Identifizierung mit der Macht ihre Aggressionen in erlaubter Form ausleben kann? ›Was man passiv erduldet, ist man bestrebt, aggressiv auszuleben‹, sagt der Psychoanalytiker Freud. Und darauf baut das Konzept der Kolbukschen Walpurgis-Regie. Abraham a Santa Clara aber ist in solcher Not für die Sklaven Kolbuks, des Hexenscheißefressers, ein besserer Analytiker. Abraham a Santa Clara mahnt: ›Ein böster Gespan ist wie ein Span, dann gleichwie ein brennender Span auch den nächsten anzündet, also ein lasterhafter Span auch den nächsten zum Verderben bringt.‹«
»Ein gebildeter Großmeister«, sagte Pater Maccotino zufrieden und faltete seine weißen Händchen über seinem Bauch, »ein guter Griff

Zachariae. Wer beim Ankauf eines Kommentators spart, spart zu falscher Gelegenheit. Ich glaubte die Demagogie derzeit bereits allerorten von der Rhetorik-Kunst auf den Leitartikel-Hund gekommen. Dieser Reporter verschaffte mir vielleicht die letzte angenehme Enttäuschung, bevor das deum fieri mich ereilt. Eine Perle von einem Großmeister. Sein Timbre erinnert mich an das Maschinengewehr Gottes Billy Graham und andere ideologische Eiferer. Und woran fühlen sich Signora erinnert?«

»An niemanden«, log Laura.

Auf dem Bildschirm jetzt Hexenbilder. Tonschnitt: Orgelmusik laut, Register etwa: Brustwerk Oktave acht Fuß, Rauschpfeife dreifach, Seitenwerk: Vox humana acht Fuß, scharf zweifach, Spitzflöte vier Fuß; Rückpositiv: Gedackt acht Fuß, Trompete vier Fuß, Dulcian acht Fuß, Cymbel dreifach; Pedal: Subbaß sechzehn Fuß, Nachthorn zwei Fuß.

Während die drei Marschsäulen der Hexen samt Anführerinnen in Totale und Detail noch und weiter vom Recorder abgebildet werden, schwindet die Orgelmusik wieder zu Hintergrundgeräusch. Vordergrundgeräusch Reporterstimme, die Laura jetzt als eindeutig bekannt erinnert, besonders durch den Text: »Unter den Hörselberg-Hexen gibt es auch Fraktionskämpfe. Die HUU- oder Rotrock-Fraktion mit Isebel an der Spitze schätzt die von Männern entwickelte Kriegskunst für ihre Zwecke und ist männerfeindlich. Die Grünröcke oder Holletöcher mit Hulle an der Spitze wissen nur, was sie nicht wollen, nämlich: wie Männer sein. Das heißt: Sie wissen nicht, was sie wollen. Die Eulenfraktion mit Amanda an der Spitze ist androgyn und in der Lage, gefährliche Tendenzen in ihre Rabenkundschaft hineinzutragen. Deshalb läßt Kolbuk Amanda von seinem Hofnarren Kuonrat ständig bewachen.«

Ein Laura wohlbekannter Text, der ihr bewies, daß Meister und Großmeister identisch sein müssen. Die Entdeckung riß Laura hin, den Spielreim »ich weiß etwas, was du nicht weißt« mit allen Fingerkuppen zu skandieren. Auf dem Tisch.

»Sind Signora voll Ungeduld«, fragte Pater Maccotino.

„Voll Genugtuung«, antwortete Laura.

»Worüber«, fragte Maccotino zurück.

»Über das Unikat, das kommentiert«, antwortete Laura zurück.

»Richtig verfeinerte Obrigkeiten mit unüberbrückbaren Meinungsverschiedenheiten vereint oft der gleiche Geschmack. Mitunter sogar derselbe.«

»Derselbe«, wiederholte Pater Maccotino und insistierte, was Laura mit dem Wort andeuten wolle.
»Daß mir das Unikat schon mal beim Heiratsantrag von Oberteufel Kolbuk zu Ohren...«
»Quasselquatsch . . . was . . . wie . . . bist du sicher?«
»Ganz sicher«, sagte Laura.
»Das wird er mir büßen«, schrie der Pater mit ambivalenter Stimme, die Empörung und Triumph abfackelte.
»Kolbuk«, fragte Laura.
»Arschloch«, sagte Maccotino.
Laura begann zu grübeln, welche Person mit der Bezeichnung »Arschloch« gemeint sein könnte, derweil die Reportage von der Schlammschlacht 1976 weiter über den Bildschirm flimmerte.
Die Bahnhofswiese erschien tatsächlich schlammig, und der Reporter sparte nicht mit entsprechender Epitheta ornantia. Besonders beim Oberteufel sparte er nicht. Dessen Namen sprach der Kommentator nie nackt aus. Stets und unermüdlich erinnerte er an Kolbuks Haupt- und Ehrenämter, wodurch Wiederholungen unvermeidlich wurden. Die am häufigsten wiederholten Verbalinjurien, die sich Laura während ihrer Grübelei in den Kopf bohrten, waren:
Kolbuk, der Ruin des Blocksbergs,
Kolbuk, der Puffkultur-Schänder,
Kolbuk, der Fürst des Dummheit-Tempels,
Kolbuk, der Saboteur der Salonentwicklung,
Kolbuk, das Idol der Gysotik-Spießer,
Kolbuk, der Hexenscheißefresser,
Kolbuk, der Erzverräter der Ketzerei,
Kolbuk, der mysogyne Gatte einer mysogynen Schlampe,
Kolbuk, der Zuhälter des Qualtempels,
Kolbuk, die Garrotte der Grundlagenforschung,
Kolbuk, der Hetärenkultur-Banause,
Kolbuk, der Kolkrabenschinder,
Kolbuk, der Ehemann einer Arschleckerin,
Kolbuk, der Rabeninquisitor,
Kolbuk, die Perversion des Patriarchats in Person,
Kolbuk, der Emanzipationswolf im Feminismuspelz,
Kolbuk, der Tod der Zauberberg-Kultur.
Das Spielgeschehen auf den drei Hexenbühnen beredete der Kommentator mit keiner Silbe. Dafür schilderte er den Beifall, der dem

Theater von der Rabentribüne gezollt wurde, in allen Einzelheiten und ließ keine Beifallsvariante unerwähnt. Einleitender Satz der Beifallsschilderung: »Verteufelung des Teufels als Teufelsspaß.« Als die Hexen theatralisch den Aufstand probten und das Tribünengerüst unterm Jubel erzitterte, begleitete der Reporter mit einer Funktionsanalyse der mittelalterlichen Lachkultur. Unter anderem hörte Laura: »Während des ganzen Mittelalters sahen sich Staat und Kirche genötigt, der Öffentlichkeit, der Straße größere oder kleinere Zugeständnisse zu machen. Übers ganze Jahr waren, begrenzt durch strenge Festtagsdaten, kleine Zeitinseln verstreut, auf denen die Welt aus ihrer offiziellen Bahn gehen durfte – aber ausschließlich in der Schutzform des Lachens. Dem Lachen selber wurde kaum Grenzen gesetzt – sofern es Lachen blieb. In der mittelalterlichen Klassenkultur ist der Ernst offiziell und autoritär, er ist mit Gewalt, Verbot und Einschränkung, Furcht und Einschüchterung verquickt. Macht, Gewalt, Autorität aber sprechen niemals die Sprache des Lachens – auch wenn das Beifallsgelächter der Rabentribüne diese Behauptung Lügen zu strafen scheint. Der mittelalterliche Mensch empfand im Lachen besonders scharf den Sieg über die Furcht. Er empfand ihn nicht nur als Sieg über die mystische Furcht und über die Furcht vor den Naturkräften, sondern vor allem über die moralische Furcht, die das Bewußtsein des Menschen knechtet, bedrückt und dumpf macht: als Sieg über die Furcht vor dem Geheiligten und Verbotenen, vor der Macht Gottes und des Teufels und vor der Macht der Menschen, vor den autoritären Geboten und Verboten, vor Tod und Vergeltung im Jenseits, vor der Hölle, vor allem was entsetzlicher ist als die Erde. Indem es diese Furcht besiegte, hellte das Lachen das menschliche Bewußtsein auf, öffnete ihm die Welt auf eine neue Weise. Dieser Sieg war freilich nur ephemer, er beschränkte sich auf die Festtage; dann kamen wieder Werktage der Angst und Bedrückung, doch aus diesen festtäglichen Lichtblicken des menschlichen Bewußtseins bildete sich eine andere, nicht offizielle Wahrheit über die Welt und den Menschen aus, die das neue Selbstbewußtsein der Renaissance vorbereitete. Das scharfe Empfinden des Sieges über die Furcht drückt sich in einigen Eigentümlichkeiten der Lachgestalten des Mittelalters aus. In ihnen ist stets die besiegte Furcht gegenwärtig: in der Form des abstoßend Komischen, in der Form umgestülpter Symbole der Macht und Gewalt, in den komischen Gestaltungen des Todes, in der fröhlichen Zerstückelung. Zum obligaten Zubehör des Karnevals gehörte eine groteske Vorrichtung, die sich ›Hölle‹ nannte. Auf dem Höhepunkt des Festes wurde die ›Hölle‹ gewöhnlich verbrannt. Überhaupt läßt sich die groteske Gestalt nicht verstehen, wenn man das Moment der besiegten Furcht unberücksichtigt läßt. Mit dem Entsetzlichen wird ein Spiel getrieben, es wird ausgelacht. Das Furchtbare wird zu einem fröhlichen Popanz gemacht.

Was die Hexen auf ihren Brettern spielen, ist gutes mittelalterliches Karnevalstheater. In dieser grotesken Tradition stehen und leben die Hörselberg-Sklavinnen bis heute. Sie führen also realistische Kunst vor – bis auf den naturalistischen Schluß, der teuflisch oktroyiert ist.

Was die zuschauenden Raben vorführen, ist Kitsch. Der Kitsch der Angst. Perversion von Impotenten. Machtprotzerei von Tyrannen, die auf dem letzten Lach-Loch pfeifen. Aber in diesem Stadium sind sie gefährlicher als in irgendeinem anderen. Weil das Stadium sich äußerlich als verwaschen darstellt und deshalb schwerer erkenn- und durchschaubar ist als ordentlicher Terror.

Im Mittelalter ist der Narr der rechtlose Träger der objektiv abstrakten Wahrheit. In einer Zeit, als sich das ganze Leben in den umgrenzten Rahmen der Stände und Prärogative, der Schulweisheit und Hierarchie fügte, lokalisierte sich die Wissenschaft in jedem dieser Bereiche, war entsprechend feudal. Sie schöpfte ihre Kraft aus diesem oder jenem Milieu, war das Ergebnis der Rechtsfähigkeit dieses Milieus. Die feudale Wahrheit ist das Recht, den Bauern zu unterdrücken, seine Sklavenarbeit zu verachten, in den Krieg zu ziehen, auf den Feldern der Bauern zu jagen . . . Die schulmäßige Wahrheit ist das Recht auf die Ausschließlichkeit des Wissens, außerhalb dessen kein Heil ist, weshalb man es gegen alles abschirmen soll, was seine Reinheit bedroht. Jede allgemein menschliche Wahrheit, die nicht an einen bestimmten Stand oder festgelegten Beruf, das heißt an ein gewisses Recht gebunden war, wurde ausgeschlossen. Man nahm keine Rücksicht auf sie, verachtete sie, trieb sie auf den leisesten Verdacht hin auf den Scheiterhaufen.

Daß heute keine Teufelspuppe, die etwa der mittelalterlichen ›Hölle‹ entspräche, symbolisch verbrannt wird, sondern naturalistisch ein Publikumsmitglied der Machttribüne, mag auf den ersten Blick verwundern. Auf den zweiten ahnt man, daß der Haß der Unterdrückten schon als so gewaltig gefürchtet wird, daß das Regime glaubt, nur ein naturalistisches Objekt, eine echte Hinrichtung eines Machtvertreters könnte die Sklavenwut kühlen. Die naturalistische

Übergipfelung des mittelalterliches Ritus zeigt den Endzeitverfall, der immer auch als Traditions- und Stilverfall sichtbar wird: die Perversion der Perversion.

Auf dem Gebiet der karnevalistischen Volkskultur gab es zwischen Antike und Mittelalter keinen Traditionsbruch. Die Festlichkeiten von karnevalistischem Typ übten in allen Epochen ihrer Entwicklung einen gewaltigen, noch unzureichend gewürdigten und erforschten Einfluß auf die Entwicklung der gesamten Kultur, einschließlich der Literatur, aus. Einige Gattungen und Richtungen der Literatur waren einer besonders nachhaltigen Karnevalisierung ausgesetzt. In der Antike gilt das vor allem für die altattische Komödie und den ganzen Bereich des Ernsthaft-Lächerlichen. In Rom hingen sämtliche Spielkarten der Satire und des Epigramms sogar organisatorisch mit den Saturnalien zusammen. Sie wurden für die Saturnalien geschrieben oder zumindest unter dem Schutz der legalisierten karnevalistischen Freiheiten des Festes. Das gilt zum Beispiel für die ganze Tätigkeit von Martial.

Im Mittelalter war die überaus umfangreiche Parodistik und Lachliteratur, sowohl die volkssprachliche wie die lateinische, in der einen oder anderen Form mit karnevalshaften Festen verknüpft: mit dem Karneval im engeren Sinne, mit dem Fest der Dummköpfe, mit dem freien ›österlichen Lachen‹ (risus paschalis). Im Mittelalter hatte praktisch jeder kirchliche Feiertag seine karnevalistische Komponente. Viele lokale Feste, zum Beispiel Stierkämpfe, waren ausgesprochen karnevalistisch getönt. Die Atmosphäre des Karnevals herrschte auf Jahrmärkten, bei der Weinlese, am Tag der Aufführungen von Mirakelspielen, Mysterienspielen und Sottien. Das ganze theatralisch-schauhafte Leben des Mittelalters war karnevalistisch geartet. Die großen Städte des Mittelalters (Rom, Neapel, Venedig, Paris, Lyon, Nürnberg, Köln) lebten zusammengerechnet etwa drei Monate im Jahr (manchmal noch länger) ein volles Karnevalsleben. Leicht zugespitzt kann man sagen, daß der mittelalterliche Mensch gleichsam zwei Leben lebte: ein monolithisch-ernstes, düsteres, streng hierarchisch geordnetes, von Furcht, Dogmatismus, Ehrfurcht und Pietät erfülltes Leben und ein zweites karnevalistisches Leben: frei, voll von ambivalentem Lachen, von Gotteslästerung und Profanation, von unziemlichen Reden und Gesten, von familiärem Kontakt aller mit allen. Beide Leben waren legalisiert, aber durch strenge Zeitgrenzen getrennt.

Die unvorstellbare Grausamkeit mittelalterlicher Machtregime und

Denkvorschriften hätten die Machtlosen nicht erdulden können ohne die karnevalistischen Ventile. Diese Ventile zeigen – wie die Nox Walpurgae auf dem Blocksberg – nicht ein gewisses Maß von Freiheit an, sondern ein Übermaß von Unterdrückung. Je grausamer die Unterdrückung, desto größer die Ventile, die nötig waren, um den Status quo aufrechtzuerhalten.

Nach dieser Äquivalentrechnung könnte geschlossen werden, daß ein einziger Ventiltag für die Hexen die relative Milde der Kolbuk-Tyrannis beweist. Und auf diesen Fehlschuß arbeitet die ganze Inszenierung dieser Walpurgisnacht hin. Der Rabenjubel zum Karnevalsstück, in dem die Hexen den Aufstand proben, und die Enthauptung des Prinzen Rotbart durch eine Hexe soll beweisen, daß die Unterdrücker entgegen ihrem Ruf gemäßigt und demokratisch bis zur Selbstaufgabe sind und die Unterdrückten entgegen ihrem Ruf unmäßig grausam und blutrünstig. Ein fein gesponnenes Verwirrspiel. Eine raffinierte Inszenierung und Selbstinszenierung. Doch wer das Karnevalsventil sich nur noch einen Tag lang leisten kann respektive dreikommasechs Prozent vom Jahr, statt dreißig Prozent wie im Mittelalter, hat von mittelalterlicher Machtfülle nicht mehr bewahren können als zehn Prozent. 1976. Und im nächsten Jahr wird der Machtschwund vielleicht nur noch eine halbe Walpurgisnacht zulassen oder mehrere naturalistische Opfer erfordern.

Aber auch schon ein zehnprozentiger Tyrann hat keine Chancen mehr. Besonders bei klugen Frauen, auf deren Mißbrauch Kolbuk seine letzte Hoffnung gesetzt hat. Kluge Frauen pflegen heute ihre Partner aus dem Lager der schweigenden respektive unsichtbaren Minderheit zu wählen . . .«

Orgelmusik mit Tutti-Register, die Lauras Grübelei über die als »Arschloch« bezeichnete Person unterbrach. Die Grübelei hatte die Person nicht fassen könne. Nur eine seltsame Ahnung war aufgestiegen, die Laura aber zurückwies.

Abspanntext der Originalreportage läuft überm Abbild des rauchenden, knochengespickten Aschehaufens.

111. Kapitel
Göttlicher Heiratsantrag (zweiter Teil)

Nach dem Recorder-Intermezzo setzte Pater Maccotino sein Kadergespräch fort und sprach: »Was Sie hier gehört haben, war nicht schlecht, kann aber meinetwegen vergessen werden bis auf den letzten Satz, Signora. Wenn sie den letzten Satz des Kommentars behalten und begreifen, greifen Sie alles und zu.

Was Sie gesehen haben, war das Gegenteil von dem, was Sie bei Oberengel Zacharias erwartet. Das pure Gegenteil, müssen Sie sich vorstellen, nicht ja; es läßt sich nur aus technischen Gründen leider nicht auf Bildschirmen abbilden. Weil es unsichtbar ist. Bekanntlich. Unsichtbar jedoch nicht leider, sondern gottlob. Denn das Schöne, Gute und Wahre ist immer unsichtbar, wenn es rein auftritt. Ganz und gar rein und ganz und gar groß tritt es auf in Form von Oberengeln. Größer als groß in Form Dei.

Die Übergröße ist dem Menschen für nahen Umgang unbekömmlich. Aber die Oberengelgröße wäre für eine so kluge Frau wie Signora kleidsam. Zumal in unsichtbarer Form, die eine emanzipierte Frau geradezu ideal empfinden muß. Wenn ich recht unterrichtet bin, ist ein unsichtbarer Gatte das Ideal jeder Emanze in einem patriarchalischen Land – ein unerreichbares Ideal für alle Emanzen. Nur für Sie nicht, Signora. Wenn Sie den Oberengel Zacharias heiraten, wird aus Frau Laura eine Gattin, das heißt nach den Sitten des Landes aus einem Halbmensch ein Ganzmensch; und die Komplettierung brächte außer der Annehmlichkeit größeren Ansehens und dem Komfort, respektvoller behandelt zu werden, keinerlei Lasten oder Einschränkungen.

Wenn Sie, Signora, gern Männerbesuch empfangen möchten, könnten Sie die Witwe spielen wie bisher. Und wenn Sie feministischen Weiberbesuch empfangen wollten, wären Sie als Singel stilrein – ist das ein Angebot? Oh, ah, hihi, ich bin nicht minder high als Sie, Signora, nur ich kanns zeigen; für eine Braut dagegen geziemt sich Ernst. Denn eine Heirat ist eine ernste Angelegenheit. Und tugendhafter Ernst steht einer klugen, schönen Frau wie Ihnen noch besser als Freude. Verbleiben Sie also ruhig noch ein Weilchen in sittsamem Ernst, der Überlegung ausstellt, Signora. Sittsame Frauen sagen immer ›nein‹ wenn sie ›ja‹ meinen, hab ich gehört, wenn ich recht gehört habe. Genießen Sie Ihre Sittsamkeit, so lange Sie wollen, und

erlauben Sie mir, Ihren Genuß mit ein wenig Unterhaltung noch zu erhöhen. Mit gelehrter Unterhaltung freilich nur – andere Unterhaltungsformen beherrsche ich nicht.
Was wohl könnte bräutlichen Genuß steigern? Lassen Sie mich überlegen, Signora. Lassen Sie mich gut überlegen, um das Passende zu Sittsamkeit zu finden. . .
Sittsamkeit? – Nein. Fleiß? Gar nicht. Folter? Schon eher. Also werde ich den gesunden Mittelweg wählen und noch ein bißchen über die Züchtungsmethoden meines Ordens plaudern.«
Pater Maccotino lächelte Laura zu, räkelte sich auf dem Sofa des Ostzimmers, ließ seinen Blick zum Fenster schweifen und zum Roten Rathaus und sprach: »Meditieren ist zwar äußerst wirksam, um die natürliche Persönlichkeit durch eine künstliche, höchst tätige zu ersetzen, die der Jesuit haben muß. Wenn sich die Methode aber darauf beschränkte, würde sie nicht genügen. Vor allem könnte die Wahl der Themen, über die man meditieren, die man erleben soll, in Anbetracht ihrer Vielzahl und ihrer Verschiedenheit aufs Geratewohl getroffen werden. Man muß jedoch eine gewisse logische, harmonische Ordnung bewahren. Außerdem geht es dem Gründer der Gesellschaft Jesu nicht darum, partielle, losgelöste Gefühle und Entschlüsse im Untergebenen hervorzurufen, sondern er will dessen Geist und dessen Lebensanschauung, die auf Erfahrung beruht und das aktive Verhalten bestimmt, umformen. Dazu braucht er ein harmonisches, klug geordnetes System von Gedanken, die er meditieren läßt.
Diesem Zweck entsprechen die geistlichen Übungen, an denen jedes Mitglied des Ordens zweimal im Leben vierzig Tage lang – einmal kurz nach seinem Eintritt in die Gesellschaft Jesu, das zweite Mal nach Beendigung der Studien – und außerdem in jedem Jahr acht Tage lang teilnehmen muß.
Der Stoff der Übungen ist in einem winzigen, in ausgesprochen trockenem Ton gehaltenen Buch zusammengefaßt, das Ignatius kurz nach seiner Bekehrung, wahrscheinlich während der ›mystischen Zurückgezogenheit‹ in der Grotte von Manresa in Spanien geschrieben hat. Es ist dies ein Komplex geschickt miteinander verknüpfter Meditationen, eher gymnastische Übungen eigentlich nach einem festen Schema. Sie beginnen mit einem ›Prolog‹ oder einer kurzen Einleitung, die Fundament genannt wird und die sehr wesentlich ist, um den Geist vorzubereiten. Das Fundament legt schon endgültig die Lebensanschauung fest, die der Exerzitant

haben muß: Der Mensch ist von Gott erschaffen, daher ist er Eigentum Gottes. Gott ist sein oberster Herr und Wohltäter. Es ist nicht der Zweck unseres Lebens, uns die Geschaffenen zu erfreuen und durch den Genuß der irdischen Güter glücklich zu sein, sondern Gott zu dienen, seinen Befehl und seinen Willen auszuführen, um uns nach dem Tode ewig seiner Liebe zu erfreuen. Das wahre Ziel des Menschen ist: jedem Genuß, jedem Vergnügen der Welt zu entsagen.

Gleichgültig sein ist schwer. Aber man muß mit aller Kraft danach streben, denn es ist ein unentbehrliches Erfordernis. Der vollkommene Mensch ist gleichgültig. Er wählt nicht a priori zwischen Reichtum und Armut, zwischen Gesundheit und Krankheit, Tod und Leben; er bevorzugt, was zum Dienste Gottes und zur Erlangung der Freuden des Jenseits nützlich ist . . .

Sein Leben ist auf den Kopf gestellt. Er verachtet jetzt, was er vorher schätzte.

Vor allem muß der Mensch unbedingt entschlossen sein, eher jedes Leid, ja den Tod auf sich zu nehmen, als eine einzige Todsünde zu begehen, als ein einziges Mal die Befehle und Vorschriften ernstlich zu übertreten. Ignatius fordert in dem Falle den Tod. Man hat also die Wahl zwischen einem kühnen Wort gegen einen Befehl der alleinseligmachenden Kirche und dem Grab.«

»Und das Grab ist Ihnen sicher«, unterbrach Laura den illuminierten Pater kalt, »Sie können mich bloß ins Kittchen bringen, wenn Sie singen, was Sie von mir wissen, aber ich kann Sie ins Grab bringen, wenn ich singe, wie Sie über ihre Gesellschaft Jesu reden. Kein Atheist könnte die Infamien des Ordens besser bloßstellen.«

»Freilich, Kindchen«, entgegnete der Pater jäh gefaßt, »ein Atheist ist ja auch kein Insider. Er kann die Materie gar nicht beherrschen, nicht, ja? Ich beherrsche sie, oh, ah, ich weiß, daß mir das Grab nach diesem Auftrag sicher ist, hahaha, deshalb weinte ich ja auch ein bißchen beim General und bettelte, nun ja, der Orden kennt keine Barmherzigkeit gegenüber seinen Mitgliedern. Soldaten, die alt und krank oder anderswie unbrauchbar geworden sind, werden abgestoßen. Ich werde sicher unbrauchbar, weil mein Auftrag mich mit zu viel Wissen ausgestattet hat. Mitwisser sind Unsicherheitsfaktoren. Wenn ich Jesuitengeneral wäre, würde ich die Zeugen meiner Hilflosigkeit und also Unfähigkeit gegenüber einem göttlichen Befehl auch beseitigen. Außerdem – ein göttliches Wesen als Gatte – diese zusätzliche Eigenschaft eines Oberengels kann den Gläubigen

sicher irgendwie würdig vorstellbar gemacht werden und stärkt in den heutigen Zeiten das Ansehen Gottes. Ein göttliches Wesen als Brautwerber aber oder ausgestattet mit Brautwerben – dieses Bild ist ruinös und wird ebenso unerbittlich als Ketzerei bekämpft werden wie die befleckte Empfängnis Mariä, nicht, ja? Ich wußte also sofort, daß mit dem Befehl mein Ende besiegelt war, Signora, mich können Sie nicht erpressen, aber ich kann Sie ins Irrenhaus bringen.«
»Nein«, schrie Laura verzweifelt.
»Doch, Kindchen«, sagte der Pater, »doch, doch, ins Irrenhaus zu Ihrer Freundin Vilma und auf Lebenszeit, denn Dr. Rauch ist Katholik, oder dachten Sie, daß er wegen Ihnen auf das Paradies verzichtet?
Ich muß verzichten, denn der Umgang mit Weibern ist für einen Jesuiten eine Todsünde. Mit ist also die Hölle sicher, ich bin jetzt schon mehr als eine Leiche, Signora, deshalb werden Sie mir auch nicht verübeln, daß ich über Leichen gehe und keinen Widerstand dulde. Hören Sie also gefälligst weiter gut zu, was ich Ihnen erzähle, verstanden, nicht, ja? Zum Beispiel über die Regeln zur Erlangung der wahren kirchlichen Gesinnung, die von Ignatius selbst geschrieben und dem Buch der Übungen angefügt sind.
Die erste Regel ist, daß wir nach dem Verzicht auf jedes eigene Urteil den Geist vorbereitet haben und bereithalten müssen, in allen Dingen der wahren Braut unseres Herrn Christus zu gehorchen, welche unsere heilige Mutter, die hierarchische Kirche ist.«
»Eine seltsame Regel für die Braut eines Oberengels«, entgegnete Laura.
»Sehr richtig«, sagte Pater Maccotino, »Sie beginnen mitzudenken. Diese Regel müßte für Sie unbedingt variiert werden. Aufgemerkt denn weiter . . .« Der Pater rasselte nun eine Regel nach der anderen herunter. Je härter die Regel, desto größer seine Verzückung. Geradezu emphatisch sprach Maccotino die Regeln zehn, dreizehn und sechsunddreißig.
Regel zehn lautete: »Wir müssen eher bereit sein, die Gesetze, Befehle, Überlieferungen, die Riten und Sitten unserer Vorgesetzten, das heißt unserer Oberen, zu billigen und zu loben, als sie zu kritisieren: weil es, auch wenn sie des Lobes nicht wert sind, eher Murren und Skandal als Nützlichkeit hervorruft.«
Regel dreizehn lautete: »Um in allen Dingen in der Wahrheit zu sein, müssen wir glauben, daß das, was ich für weiß halte, statt dessen schwarz ist, wenn es die hierarchische Kirche so bestimmt.

Denn man muß ohne jeden Zweifel glauben, daß zwischen Christus, unserem Herrn, dem Bräutigam, und der Kirche, die seine Braut ist, derselbe Geist herrscht, der uns regiert und unsere Seelen zum Heil führt. Derselbe Gott, der einmal die zehn Gebote erließ, leitet und unterrichtet heute in Wirklichkeit die hierarchische Kirche.«
Regel sechsunddreißig lautete: »Jeder sei überzeugt, daß, wer unter dem Gehorsam lebt, sich von der göttlichen Vorsehung durch die Superioren so führen und leiten lassen muß, als wäre er ein Leichnam, der sich auf jede Weise drehen und wenden läßt; oder der Stab eines Greises, der dem, der ihn in der Hand hält, überall und zu jedem beliebigen Gebrauch dient.«
Pater Maccotino erwähnte einen »Brief über die Tugend des Gehorsams«, in dem Ignatius als vollkommenes Beispiel dieser Tugend angäbe: »Ein Jahr einen dürren Pfahl zu begießen, wenn es der Superior befiehlt, oder auch einen Stein vorwärts zu stoßen, den nicht einmal viele fortbewegen könnten, oder sich in einen tiefen See zu stürzen, ohne schwimmen zu können, oder auch ohne Waffen ein wildes Tier (wörtlich: eine Löwin) lebendig zu fangen.«
»Masochismus«, warf Laura ein.
»Freilich«, sagte der Pater lüstern, »einen Spaß muß der Mensch haben, Signora, aus irgendeinem Stoff muß er sich einen Spaß zurechtmachen, und je ungeeigneter der Stoff, desto greller die Lust, wenn sie gelingt, nicht, ja? Die Hölle ist sicher auf den ersten Blick der ungeeignetste Stoff. Aber ich wäre ein Esel, würde ich mir diesen Spaß entgehen lassen, den letzten, Signora, und ich wäre kein Jesuit, wenn mir dieser Spaß nicht gelänge. Die Hexen, die zum Scheiterhaufen verurteilt waren so oder so, kannten ihn auch. Wer einmal als Hexe gefangen war und nicht dumm, machte sich die letzte, größte Lust mit Schwelgerei in Todsünden. Das heißt mit der Beschreibung von Todsünden. Meine Beschreibungen des Ordens enthielten, wie Sie wohl gemerkt haben, unzählige Todsünden. Ich hoffe, Signora, daß Sie auch ein bißchen auf Ihre Kosten gekommen sind, hahahaha.«
Laura bejahte.
Der Pater setzte seinen Spaß mit Schilderungen des normalen Noviziats nach eigenen Erlebnissen fort: Wörtlich so: »Einmal täglich weist ein Novize jedem Mitbruder eine Engelschar und einen Heiligen als geistigen Beschützer zu. Alle diese Dinge müssen als durchaus reale, konkrete und nicht symbolische Erscheinungen betrachtet werden. Man lebt zwischen Medaillons, Amulettchen,

groben, sehr häßlichen Ikonen und heiligem Wasser. Unaufhörlich sieht man gebeugte Knie: Die Beine der Novizen sind mit Schwielen bedeckt und wund . . .«

Laura schlug vor, ihr als Novizin Knieschützer einer Eishockey- oder Skateboardausrüstung zu bewilligen.

Der Pater lobte die Idee und versprach, sie an den General weiterzuleiten. Dann erzählte Maccotino von den Heiligen des Ordens: »Bei vielen dieser Auserwählten wohnte der Dämon. Er schnürte ihnen die Kehle ab, wenn sie beteten. Er schlug sie mit eisernen Ruten, prügelte und trat sie; er erschien ihnen als grausiges Tier oder in der schmachtenden, herausfordernden Haltung einer nackten Frau, die zur Liebe einlädt. Alfonso Rudriguez, ein heiliger Jesuit, wurde von ganzen Legionen nackter Frauen belagert: Sie kniffen ihn und rieben ihre trügerischen Formen an seinem Körper, überließen ihm Brüste, die lebendig zu sein schienen und doch Phantome waren.

Drei Jesuiten waren die auserwählten Heiligen meines Noviziates: Stanislaus Kostka, der als Novize noch nicht achtzehnjährig starb; Johannes Berchmanns, der während des Studiums starb, zweiundzwanzigjährig; Aloisius Gonzaga, der vor der Priesterweihe im Alter von dreiundzwanzig Jahren verschied.

Stanislaus Kostka, am 28. Oktober 1550 in Rostkow im Herzogtum Massowia geboren und gestorben am 15. August 1568 in Rom, nach zehn Monaten Noviziat, war unter Protestanten geboren, von den Engeln kommuniziert, floh mit siebzehn Jahren nach Wien und ging zu Fuß nach Rom, um zu den Jesuiten überzutreten. Auf wunderbare Weise unterstützt, entzog er sich den Nachforschungen seines Bruders, der ihn nach Hause zurückbringen wollte. Kostka war von glühender Frömmigkeit. Um die brennende Hitze seiner Lenden zu beruhigen, legte man ihm feuchte Leinentücher auf, die vorher in eiskaltes Wasser getaucht waren.

Johannes Berchmans, geboren am 13. März 1599 in Diestheim in Flandern, trat am 24. September 1616 in Mecheln in die Gesellschaft Jesu ein. Er starb am 13. August 1621. Über ihn berichtet der Jesuit Virgilio Cepari, der ihn persönlich kannte, im ›Leben des gottseligen Johannes Berchmans der Gesellschaft Jesu‹: ›Man erzählt sich von Johannes, daß er in seiner Kindheit niemals weinte, obgleich sein Körper und sein Gesicht von Krätze bedeckt waren. Er war niemals kindlich, sondern zeigte bereits in ganz jungen Jahren in allen Handlungen die Reife eines Greises, und er war überaus schweigsam. Außerdem bewachte er sich selbst mit so viel Strenge, daß er sich auf Grund seiner Auserwähltheit an derselben Stelle und in derselben Lage, in der er sich abends ins Bett gelegt hatte, am Morgen wiederfand, ohne daß er sich jemals bewegt hätte, weil es ihm zu kalt oder zu warm gewesen wäre. Dies tat er, solange er lebte.

Ehe er sich niederlegte, teilte er verschiedene Stellen seines Bettes an verschiedene Heilige auf, die seine Beschützer und Fürsprecher waren, und mitten unter sie, am Fußende des Bettes, legte er den gekreuzigten Jesu, um sich am Morgen sofort so aufrichten zu können, daß er ihn bewundern, verehren und seine Füße küssen konnte.

Da er unter Müdigkeit litt, wenn er die althergebrachten Reden und Ermahnungen anhörte, biß er sich, um wach zu bleiben, so sehr in die Lippen, daß das Blut hervorquoll, und er kniff sich so heftig in die Arme, daß die blauen Flecken noch tagelang sichtbar waren. Andere, die unter demselben Übel litten, lehrte er dasselbe Mittel.

Er hatte geschrieben, daß man den Anblick der Frauen zu fliehen habe wie den Anblick des Basilisken. Und er floh nicht nur stets den Anblick der Frauen, sondern auch den der Männer, sowohl zu Hause als auch draußen.

Jeden Abend, wenn er zu Bett ging, ergriff der fromme Jüngling das Buch der Regeln und legte es zu seiner Andacht auf das Kopfkissen. Und mit jenem Buch unter dem Kopf schlief er zufrieden und ruhig ein. Als er starb, ließ er sich das Buch der Regeln bringen und wünschte, mit diesem in der Hand zu sterben.

Wegen äußerst geringfügiger und sinnloser Dinge bat er um Erlaubnis.

Er peitschte sich wöchentlich drei- oder viermal, an bestimmten wichtigen Festtagen trug er das Büßerhemd.‹

Aloisius Gonzaga entstammte einem fürstlichen Geschlecht und wurde am 9. März 1568 in Castiglione, Italien, geboren. Er trat am 25. November 1585 in den Jesuitenorden ein und starb am 21. Juni 1591. Wie über Berchmans berichtet Cepari auch über Gonzaga, den er ebenfalls persönlich kannte.

›Nachdem Aloisius Gonzaga gelernt hatte, im Hause herumzugehen, versteckte er sich häufig. Und wenn man ihn suchte, fand man ihn an irgendeinem abgelegenen Ort, wo er ins Gebet versunken war. Vor allem‹, berichtet Cepari, ›verabscheute Gonzaga in seinem ganzen Leben, mit Frauen zu sprechen und zu verhandeln. Wenn ihm seine Mutter, die Signora Marchesa, einmal durch Zufall einige

Damen, die ihr dienten, ins Zimmer schickte, um ihm eine Botschaft auszurichten, zeigte er sich an der Tür, ohne sie eintreten zu lassen, und richtete die Augen sofort zur Erde. Ohne sie anzusehen, teilte er ihnen die Antwort mit und sandte sie zurück. Ja, noch mehr: Es behagte ihm nicht einmal, mit seiner Mutter, der Signora Marchesa, allein zu sprechen. Wenn die anderen weggingen, während er sich mit ihr im Saal oder im Zimmer unterhielt, suchte auch er die Gelegenheit zu gehen, oder sein Gesicht überzog sich sofort mit tugendhafter Röte.

Er war so schamhaft, daß er errötete und die Augen stets niederschlug, wenn ihn nur der Kammerdiener ankleidete. Als er in Florenz zum ersten Mal beichtete, fiel er in Ohnmacht. Nach dieser Beichte beschloß er, sich nie wieder bei irgendeinem Spiel zu vergnügen.

Gewöhnlich fastete er mindestens drei Tage in der Woche, stets bei sehr wenig Brot und Wasser. Er züchtigte sich mindestens dreimal in der Woche bis aufs Blut. In den letzten Jahren seines bürgerlichen Lebens züchtigte er sich sogar jeden Tag bis aufs Blut, und schließlich außerdem dreimal zwischen Tag und Nacht. Seine Hemden, die der Marchesa gezeigt wurden, waren wegen der Züchtigung alle blutig. Da er sich kein Büßerhemd anzuziehen hatte, legte er sich Rittersporn auf das nackte Fleisch, und er war noch ein Knabe. Wenn er betete‹, schreibt Cepari, ›flossen ihm unaufhörlich Ströme von Tränen aus den Augen, wodurch nicht nur die Tücher naß wurden, die er angelegt hatte, sondern auch das Zimmer. Man sah ihn stundenlang ausgestreckt vor einem Kruzifix liegen, bald mit ausgestreckten, bald mit über der Brust gekreuzten Armen, die Augen fest auf das Kruzifix gerichtet und so bitterlich weinend, daß die Schluchzer und Seufzer draußen zu hören waren. Danach beruhigte er sich wieder und stand, wie hingerissen in der Ekstase, still und unbewegt da, mit starren Augen, als wäre er eine Statue.

Wenn er die Treppe hinaufging, pflegte er auf jeder Stufe ein Ave Maria aufzusagen. Im Hause und auf der Straße, ob im Wagen oder zu Fuß, grübelte er stets über ein himmlisches Mysterium nach.

Er betete so häufig, daß man zu Hause zu sagen pflegte, er wolle scheinbar mit den Wänden sprechen, so oft kniete er bald in der einen, bald in der anderen Ecke des Hauses nieder.

Für gewöhnlich erhob er sich um Mitternacht, ohne daß es einer der Seinen merkte. Und während die anderen im Bett ruhten, kniete er im Dunkeln in jenem Schweigen der Nacht inmitten des Zimmers

nieder, nur mit dem Hemd bekleidet, ohne sich jemals aufzustützen. Die große Kälte ließ ihn von Kopf bis Fuß erschaudern. Konnte er sich wegen seiner großen Schwäche nicht mehr auf den Knien halten, so ließ er sich im Hemd auf den bloßen, kalten Fußboden niederfallen, da er sich weder setzen noch aufstehen wollte. Und er fuhr, ausgestreckt auf dem Boden liegend, in seinen Meditationen fort.‹« Pater Maccotino versicherte keuchend, daß der General für Lauras Noviziat vielleicht sogar weibliche Heilige verordne, wenn sie sich als Braut anstellig erweise und gehorsam ihre Hand zu geben gedächte und ihren Namen . . .
Laura stutzte. Maccotino entgegnete, daß sie als Gattin des Oberengels Zacharias entweder namenlos wäre oder anders hieße. Jedenfalls nicht Salman wie jetzt, weshalb der Oberengel den Namen gern anderweitig verwendet sähe. Für ein Buch nämlich, das fertig wäre. Fertig bis auf den Autorennamen. Ein progressives Buch selbstverständlich. Werbewirksamer Titel, seriöser Verlag, Übersetzungsangebote – alles da bis auf die Autorin. Laura brauche wie gesagt nur ihren ohnehin bald ungültigen Namen zu geben, um als Oberengel-Gattin zusätzlich Ruhm zu ernten. Pater Maccotino unterbreitete ein Papier und deutete mit dem Fingernagel auf die Stelle, wo Laura ihren Namen hinzusetzen hätte.
Laura verweigerte die Unterschrift.
Der Pater befahl.
»Mit solchen Aussichten ziehe ich einen Aufenthalt im Gefängnis oder im Irrenhaus dem Brautstand im Orden entschieden vor«, schrie Laura.
Maccotino gemahnte zu Ruhe und Besonnenheit und bedauerte, keine Fumu zur Verfügung zu haben. Fumu, ja? Funktionelle Musik, Laura wisse schon, diese von Kaufhausketten und Flugzeuggesellschaften und Konzernen verwendete akustische Berieselung, die vielleicht in Lauras Land nicht so oder noch nicht so üblich wäre – oder entspräche Orgel etwa eher Lauras Geschmack, Orgel mit Weihrauch und Farbenpracht, nicht, ja? Dieser nostalgischen Geschmacksrichtung könnte in einer Hochhauswohnung freilich erst recht nicht entsprochen werden, leider, Signora, zu schade, ja? In den westlichen Ländern würde Fumu unter Leitung hochqualifizierter Psychologen hergestellt und allgemein zur Manipulation und Programmierung moderner Menschenmassen eingesetzt, Fumu baue zum Beispiel Hemmungen ab und fördere Spontankäufe . . . vorwärts . . .!

Laura widersetzte sich.
Da schritt der Pater in die Küche, öffnete die Backröhre und wies auf das Morsegerät, das in der Gänsepfanne versteckt war.
»Woher wissen Sie das«, flüsterte Laura schreckensstarr.
»Die himmlischen und höllischen Heerscharen bekämpfen einander mitunter bis zur brüderlichen Verbundenheit«, sprach Pater Maccotino und riet, ein ehrenvolles Leben an der Seite eines göttlichen Wesens der schmachvollen Verurteilung zu Schandpfahl vorzuziehen ...

112. Kapitel

Sirene Beatriz als Einsiedlerin vom Dienst

Mitte September erschienen zwei Männer in blauen Schutzanzügen und Gummistiefeln vor meiner Voliere und aßen Frühstücksbrote. Dann entfernten sie das Schild mit der Aufschrift »Strix sirensis«. Sie brachten kein neues Schild an, aber eine neue Vermutung auf. Flüsternd. Unterm Siegel der Verschwiegenheit. Deshalb wohl muß sich die Vermutung derart schnell zum Gerücht ausgewachsen haben. In den Folgetagen hörte ich etliche Kolportagen aus dem Munde von Tierparkangestellten. Kurz und grob: Ich erfuhr auf diese Weise, daß ich eine Frau wäre. Ein besonders kleines Exemplar zwar, aber dieser Nachteil würde durch den Vorteil der Unauffälligkeit wettgemacht. Eine normalwüchsige Frau wäre auch in einem Federkostüm als Frau erkennbar und deshalb für die Einsamkeitsforschung ungeeignet. Und natürlich könnten ein Kostüm und ein Tierparkkäfig Einsiedelei nur unvollkommen simulieren. Aber da echte Einsiedler in freier Wildbahn sozusagen kaum noch aufzutreiben wären – jedenfalls nicht im sozialistischen Währungsgebiet, und für Forschungen außerhalb fehlten Devisen –, müßten die Experimente unter künstlichen Bedingungen abgewickelt werden. Mit Freiwilligen, versteht sich. Das Gerücht hielt mich für eine Studentin, die sich dem Tierparkprofessor oder einem seiner Kollegen oder einem Team für Forschungszwecke vermietet hätte. Die Einsamkeitsforschung wäre ein noch junger Wissenschaftszweig, der untersuche, wieviel Einsamkeit der Mensch verkraften beziehungsweise auf wieviel er nicht verzichten könne. Ein kleiner Affe stürbe bekanntlich ohne ständigen Kontakt zur Mutter oder Ersatzmutter. Die Ersatzmutter des Orang-Babys Julia zum Beispiel, die jetzt ein

Mädchen geboren hätte, müßte die Menschentochter tagsüber in die Krippe geben, um die Affentochter nicht zu gefährden. Ein Mensch könnte oder müßte also offenbar viel mehr Einsamkeit aushalten als ein Affe. Aber wieviel mehr genau? Wissenschaftler legten Wert auf Genauigkeit. Die Gerüchtemacher betrachteten mich hochachtungsvoll als Wesen für Meßzwecke. Und sie ermahnten einander, mich nicht anzusprechen, um das Forschungsprogramm nicht durch Ungenauigkeit der Meßwerte zu gefährden. Das Fehlen des Schilds an meiner Voliere erklärten sich die Flüsterer als GV-Indiz: Alle wichtigen Forschungsprogramme der Akademie der Wissenschaften unterlägen der Geheimhaltung. Wer also ausstreue, die Voliere diene zur Zeit als Frauenruheraum, bewiese staatsbürgerliches Verantwortungsbewußtsein.

113. Kapitel

Laura findet in Pritzwalk ein Versteck

Der Vertreter von Göttlichkeit hatte Laura wie der Oberteufel persönlich elf Wochen Bedenkzeit bewilligt.
Die Frau jedoch fand keine Gründe, die für die Nutzung dieser Bedenkzeit sprachen. Nach allem, was sie erlebt hatte, konnte sie nur zwischen zwei Übeln wählen. Und in solcher Not wählte eine Laura Salman nicht. In solcher Not pflegte sie freundschaftlicher Ratschläge zu gedenken und erfinderisch zu werden.
Auf ihre Weise, die praktisch war und ausschließlich mit erreichbaren Gegenständen und Gegebenheiten rechnete.
Laura gedachte zuerst eines Ratschlags ihrer Freundin Vilma und warf alle im Haushalt befindlichen Antibabypillen in den Müllschlucker.
Als etliche Fluchtrechnungen nicht aufgingen und Laura schon verzweifeln wollte, erinnerte sie sich der Schrift, die ihr im Hugenottendom überreicht worden war. Und sie las den hektographierten Text mit dem Titel »Die Heiratsschwindlerin oder warum muß Barbara vergeblich auf ihren Prozeß warten« noch einmal unter praktischen Gesichtspunkten. Und sie wurde fündig.
Also, daß sie vom Kaderleiter der S-Bahn ihren Jahresurlaub erwirkte, einen Koffer packte, sich der Eisenbahn anvertraute und mit Wesselin nach Pritzwalk fuhr.

Die von der Heiratsschwindlerin Barbara auf hexische Weise gegründete Gärtnerische Produktionsgenossenschaft war etwa acht Kilometer vom Bahnhof entfernt gelegen und nicht zu verfehlen. Alle nach dem Weg befragten Straßenpassanten erteilten so genaue Auskünfte, als ob sie Stammkunden der Genossenschaft wären. Alle Wegbeschreibungen wurden von Lobreden ergänzt.
Ein Lobredner pries den Blumenkohl der GPG als Erzeugnis, das das Weltspitzenniveau mitbestimme. Ein anderer erklärte rundheraus, daß Laura als Zugereiste keinen Anspruch auf Frühbeetsalat respektive Gartenkresse hätte. Ein dritter verglich die Pflanzenpflege der Genossenschaft mit der Krankenpflege in katholischen Krankenhäusern. »Als Kommunist hab ich natürlich was gegen Nonnen«, sagte der Mann vertraulich, »klarer Fall. Aber solche Hingabe an den Beruf gibts natürlich nur noch bei den katholischen Schwestern. Und deshalb bin ich damals hin zu denen, als ich am Abkratzen war. Und die haben mich doch tatsächlich wieder rausgepäppelt, wie Sie sehen. Keine richtigen Weiber natürlich, aber tüchtig. Und deshalb stört mich auch nicht, daß die Mitglieder unserer GPG irgendwie keine richtigen Männer sind. ›Komische Heilige‹ nennt sie meine Frau, und wenn Sie mich fragen, ich sag Ihnen sogar, die Genossenschaft erinnert an den Mönchstaat Athos. Ich war nämlich im Krieg als Soldat in Griechenland. Strafbataillon 999, Sie verstehen. In der Klosterrepublik Athos ist Frauen der Zutritt überhaupt verboten. In unserer Genossenschaft, die sich GPG ›Felsenburg‹ nennt, werden Frauen als Verkäuferinnen geduldet. Na und, sag ich immer zu meiner Herta, was meine Gattin ist, wenn du einen richtigen Mann willst, guck mich an und so weiter. Ich kann nämlich wirklich viel. Und ich hab auch einen Garten. Früher mit Gewächshaus und ähnlichem Kokolores. Seit die komischen Heiligen ihre Genossenschaft aufgemacht haben, nur noch mit englischem Rasen. Das Angebot vom Konsum konnte unsereiner als Kleingärtner mühelos ausstechen. Das GPG-Gemüse hat mich disqualifiziert. Die diesjährige Artischockenernte ist natürlich längst ausgebucht, junge Frau, aber für nächstes Jahr wird sicher noch eine Vorbestellung zu erwirken sein. Sie haben also Ihre Reise nicht umsonst gemacht. Wenn Ihr Junge aber durchaus nicht locker läßt und partout einen Apfel schnurpsen will – Kundenempfehlungen sollen schon Wunder bewirkt haben.« Der dritte Lobredner überreichte Laura seine Visitenkarte und riet, bei der Übergabe der Empfehlung die Bitte nach Grafensteiner Äpfeln vorzutragen. Je

entschiedener die Bitte und je ausgefallener die Sorte, desto günstiger die Erfolgsaussichten. Der Mann verabschiedete sich, indem er den rechten Zeigefinger an den Rollrand seiner Pudelmütze legte. Von seiner Visitenkarte las Laura: »Max Janotta, Major a. D.« leise ab.

»In Berlin sehn die Majore aber ganz anders aus«, sagte Wesselin. Auch die Häuser waren ihm zu niedrig. Und hinter denen sahs noch trostloser aus. Hinter denen bald nichts als Wiesen und Äcker. Wesselin schlürfte seine Schuhe anklagend über die unbefestigte Landstraße. Sein Landschaftsideal war der Berliner Alexanderplatz. Orte, wo Pflanzen außerhalb von steingefaßten Beeten oder Blumenkübeln wuchsen, nannte er »schlecht gejätet«. Und dieser Major war ihm ebenfalls »schlecht gejätet« vorgekommen. »Mit soner Mütze traut sich in Berlin nicht mal ein gewöhnlicher Opa auf die Straße«, maulte Wesselin, »weit und breit keine Wurschtbude, kein Fernsehturm, kein Straßenstaubsauger – warum müssen wir im Urlaub verreisen, wo es zu Hause so schön ist?«

»Hier ist die Luft besser«, sagte Laura und blähte sich auf damit.

»Und wozu soll gute Luft gut sein«, fragte Wesselin.

»Für die Gesundheit«, antwortete Laura.

»Lieber krank in Berlin sitzen als gesund in dieser langweiligen Luft«, entschied Wesselin. Er begann die Chausseebäume zu zählen, um sich die Langeweile und die Last des Campingbeutels auf seinem Rücken erträglich zu machen. Als Wesselin die Zahl dreiunddreißig ereicht hatte, die ihm gefiel, behauptete Laura, Gärtner lebten wie im Schlaraffenland und Landbewohner würden älter als Stadtbewohner.

»Kannst du nicht mal mit der Natur reden«, fragte Wesselin.

»Welche Natur?« Die Mutter setzte ihm den Koffer vor die Füße und keuchte den Regenhimmel an.

»Na die Natur eben«, sagte der Sohn, »kannst du nicht mal mit ihr reden, eh, und sagen, daß ich nicht alt werden will?«

»Warum nicht«, fragte Laura entsetzt.

»Na weil ich ein Kind bleiben will.«

»Und warum willst du unbedingt . . .«

»Warum, warum – darum eben. Du redest wie unsere Erzieherin, die auch immer vom Erwachsenwerden redet und allen diesen Zielen, um die wir kämpfen müssen. Immer bloß kämpfen – da ist mir immer bloß spielen lieber.«

Laura nahm ächzend den Koffer auf und marschierte weiter in

nordöstlicher Richtung. Wesselin zahlenmurmelnd hinterher. Und er machte sich schon darauf gefaßt, daß Zählen sein einziges Vergnügen in diesem bevorstehenden Urlaub sein würde. Unkrautzählen, Blumenzählen, Äpfelzählen – mehr ließ sich mit diesem nicht auseinandernehmbaren Gärtnergelumpe nicht anfangen. Weil da Zerlegen gleichbedeutend mit Zerstören war. Wesselin verachtete Kinder, die zerstörend zerlegten. Für Gegenstände ohne Schrauben konnte er kein Interesse aufbringen. An einem Spielzeugauto gefiel ihm vor allem das, was es noch nicht war. Ein Blumenkohl aber ließ sich nicht mal zu einem Apfel umbauen – von Kränen und Marsmenschen ganz zu schweigen. Ein Schlaraffenland ohne Schaltpulte und Roboter war Wesselin unvorstellbar.

Als hinter einem Wäldchen eine Kombination aus Röhren und Kesseln in Sicht kam, sagte Wesselin: »Können wir nicht in diesem Heizwerk Urlaub machen?«

Laura stöhnte.

Das Heizwerk stellte sich als GPG-Zubehör heraus. Innerhalb des eingezäunten Geländes kaum Ackerbeete. Ein stattliches Wohngebäude war von Gewächshäusern und Foliezelten dicht umlagert. Die Foliezelte schimmerten silbern in der Abendsonne. Wesselin erinnerten sie an die Straßenröhren, die im Fernsehen neulich Weltraumfahrer auf einem fremden Planeten errichtet hatten. Alle Straßen der Ansiedlung waren in Röhren angelegt, die ganze Planetenstadt war ein geschlossenes Röhrensystem. »Herrlich«, sagte Wesselin.

Der GPG-Pförtner sagte: »Na, junger Mann, was darfs denn sein?«

»Urlaub eh«, sagte Wesselin.

Laura reichte die Visitenkarte vom Major a. D. Janotta in die Pförtnerloge und erbat tiefstimmig eine Audienz beim GPG-Vorsitzenden. Das Schriftstück enthob den Pförtner der Mühe, die Nahbrille von den schwachen Augen zu heben und durch die Fernbrille zu ersetzen. Er meldete Herrn Major telefonisch an und schrieb für den Bürger Janotta, da der den Personalausweis vergessen hatte, einen Passierschein nach der Visitenkarte. Weil die im Gegensatz zu gewöhnlichen Ausweisen nur Druckwörter auswies: für den Pförtner ein Zeichen ganz besonderer Amtlichkeit.

Weg zum Wohn- und Verwaltungsgebäude unter männlichen Spießrutenblicken. Laura schätzte: dreißig Paar.

Den Rausschmiß durch den Vorzimmerherrn des Vorsitzenden

konnte Laura verhindern, indem sie direkt einen Prozeß gegen die Heiratsschwindlerin androhte.
Dem Vorsitzenden drohte sie indirekt. Indem sie den Prozeß gegen die Heiratsschwindlerin unter Umständen als umgehbar erklärte.
»Wie, was, woher wissen Sie . . .«, stotterte der Vorsitzende, ein Mensch in den Jahren, die beim Mann die besten genannt werden und bei der Frau die kritischen. Aber er scheute nur kurz und brachte seine Rede schnell wieder mit seinem Äußeren in Kongruenz. Es schien Laura gemischt. Aus Napoleon und dem Salonschauspieler Adolf Wohlbrück. Mischungsverhältnis etwa zwei zu eins zugunsten Napoleons. Redebeginn nach dem Stottern zunächst reiner Wohlbrück mit »aber natürlich« und »gnädige Frau« und Nasaltimbre. Dann Entgegenkommen und Vertrauenswerbung im Mischungsverhältnis ein zu eins und einem Schwall von Worten. Die wichtigsten: »selbstverständlich, sehr vernünftig, Frauen sind zwar auf dem Gelände unserer Genossenschaft im allgemeinen unerwünscht; im besonderen hingegen machen wir gern eine Ausnahme. Mit einem Gericht, das so kluge Mitarbeiterinnen hat, arbeite ich gern zusammen. Auf meine Männer ist Verlaß. Ich habe viel gebaut, wie Sie sehen – was steht zu Diensten?«
»Kost und Logis«, sagte Laura. »Nicht umsonst natürlich. Ich möchte auch ein Robinson neuen Typus werden. Wir sitzen alle im selben Boot.« Zum Beweis ihrer Behauptung legte Laura folgenden Text einer Heiratsannonce vor: »Kleiner Mann (35/165), unauffäll. Schönh., anschmiegs., schüchtern, möchte eine tücht. Frau bewundern u. verwöhnen als aufmerks. arbeits. Hausmann, zärtl. Bettgef. u. alles verzeih. Vater. Nur seriöse Zuschr. erb. an BZ 67983.«
Während des Lesens schob sich der Vorsitzende die Locke aus der erbleichenden Stirn. Laura beobachtete es zufrieden und sprach: »Keine Panik.« Dann setzte sie ihm kurz und bündig die Lage auseinander, die sich nur gemeinsam meistern ließe. Denn die vorliegende Heiratsannonce, auf die Laura hereingefallen wäre, und die, auf die alle Mitglieder der Genossenschaft hereingefallen wären, stamme – wie der Herr sicher sogleich am Stil habe erkennen können – eindeutig von einer Person. Das Phänomen, daß eine Frau sowohl gegenüber Männern als auch gegenüber Frauen Heiratsabsichten hege, würde entsprechend den herrschenden Sittennormen des Landes schon mit nicht kriminellen Vorsätzen als kriminell gewertet. Aber damit nicht genug. Auch als Verbrecherin verstieße diese Frau Barbara gegen allen Anstand. Indem sie sich nicht etwa

verberge oder ordentlich fliehe oder wenigstens warte, bis sie entdeckt und genügend Belastungsmaterial gegen sie gesammelt wäre, sondern aufsässig selber Zeugen ihrer Untaten benenne . . .
»Dietrich mein Name«, flüsterte der Vorsitzende bärtchenkratzend. »Dr. rer. nat. Werner Dietrich, vormals technischer Direktor vom VEB Großrundstrickmaschinenwerk – ist inzwischen auch schon mein Name gefallen?«
»Ihr Name und mein Name – Barbara setzt jedes Mittel ein, um den Prozeß zu erzwingen. Eine Verbrecherin neuen Typus . . .«
»Eine Provokateurin«, schrie Dr. Dietrich und schlug die rechte Hand, die sonst zwischen den Westenknöpfen hing, auf seinen Schreibtisch, »eine Diversantin, die mit einem Prozeßtrick unbescholtene Staatsbürger der DDR, das heißt letztlich den Staat DDR, kurz und gut den sozialistischen Staat, das sozialistische Lager und den Sozialismus überhaupt madig machen will mit lesbischen Annoncen . . .«
»Nicht nur, wie Sie gut wissen«, warf Laura ein.
»Ich weiß nur von ganz gewöhnlicher, gesunder Heiratsschwindelei«, eiferte Dr. Dietrich, »ich bin normal Gottseidankjawohlja. Aber unsere Gerichtsorgane lassen sich trotzdem nicht provozieren . . .«
»Sehr richtig«, sagte Laura. »Doch wir dürfen auch die Arbeit der Organe nicht unnötig erschweren. Wir müssen ihnen entgegenkommen, indem wir alle Zeugen der Heiratsschwindlerin verschwinden lassen. Haben Sie noch Barbaras Tarnkappe?«
»Die große hat das Aas von unserem Anwesen gerissen und mitgenommen. Die kleine, die nur das Wohnhaus deckt, muß irgendwo im Geräteschuppen liegen – wird die reichen?«
»Ich werd versuchen, die Kappe zu dehnen«, sagte Laura, »und Sie geben mir für mich und meinen Sohn eine Zuflucht – ist das ein Vorschlag?«
»Not kennt kein Gebot«, sagte Dr. Dietrich, willigte ein und befahl seinem Vorzimmerherrn, Lauras Koffer aufs Gästeappartement zu tragen.
Laura durfte sich innerhalb des Genossenschaftsgeländes nur in ihrem oder in Wesselins Zimmer aufhalten. Wesselin durfte sich frei bewegen. Unbeschränkte Freiheiten für Kinder – Stubenarrest für Erwachsene . . . Die Anordnung überzeugte Wesselin endgültig von der Superqualität seines Urlaubsplatzes. Und er wünschte die Anordnung allen Kindergartenerzieherinnen der Welt auf Lebens-

zeit. Und er sprach uneingeschränkt zu Dietrich: »Du bist der Kommandant vom Superraumschiff X4 ich bin dein Adjutant und für den Planeten Alfus verantwortlich, klar?«
»Klar«, hüstelte Dietrich erschrocken.
Anderen Tags setzte Dr. Dietrich Laura die Theorie auseinander, auf der das Gebot und mithin auch die strenge Anordnung gründe. Dieses Gebot der Moral, das erste – die GPG Felsenburg hätte neun einstimmig beschlossen – laute: »Der Garten ist der Herr, dein Freund, du sollst keine Frauen haben neben ihm.« – »Ein seltsames Gebot, werden Sie sicher zunächst meinen«, räumte Dr. Dietrich ein, »aber ist die heute jenseits unserer GPG herrschende Liebeskultur nicht ebenso seltsam? Liebe heißt da: Verliebtheit. Liebe an sich. Manche Menschen, Männer und Frauen, sind ihr ganzes Leben lang mit diesem Gefühl beschäftigt. Genauer: mit der Herstellung dieses Gefühls. Die sogenannte geliebte Person ist nur Katalysator. Austauschbar. Wichtig allein ist der Rausch. Als sich unsere Männergemeinde hier eingerichtet hatte – zunächst wohl oder übel ohne Frauen –, brachte die Austauschbarkeit des Katalysators einen gewitzten Kopf von uns auf den Gedanken, daß die Rolle des Katalysators auch von einem nichtmenschlichen Wesen gespielt werden könnte, oder von einer Sache, oder von einer Idee ... Unser erstes Gebot schlägt den Garten als Katalysator vor. Und viele unserer Genossenschaftsmitglieder haben mit ihm schon gute Rauscherfolge erzielt. Ich weiß nicht, ob Sie meinen Ausführungen folgen konnten ...«
»Die Theorie erscheint mir schlüssig«, sagte Laura.

114. Kapitel

Kunstkopf

Die alte Tarnkappe fand sich tatsächlich im Geräteschuppen. Aber sie war nicht dehnbar. Laura wunderte das nicht. Als sie dem Vorsitzenden Dr. Dietrich das Dehnangebot gemacht hatte, war sie sich der Unausführbarkeit bereits so gut wie sicher gewesen. Als Gegenleistung für Kost und Logis hatte Laura Salman der GPG Felsenburg jedoch nicht mehr als eine Notlüge zu bieten. Und für das Wohngebäude – im GPG-Jargon »Wohnfelsen« genannt –,

darin Lauras Stubenarrest stattfand, reichte die alte Tarnkappe allemal. Mehr konnte Laura nicht interessieren.
Sie genoß die gewonnene Sicherheit vor Erpressern und die Landluft bei geöffnetem Fenster. Diese Art Luftschnappen mag primitiv erscheinen, vermittelte jedoch Komfortgefühle durch den Umstand, daß ungesehen aus dem Fenster gesehen werden konnte. Komforttyp nach dem Ideal: mal Mäuschen sein.
Laura beobachtete so über hundert emsige Gärtner, ohne die Gebote der GPG zu verletzen oder sich faul fühlen zu müssen. Die Männer umwarben und verwöhnten Wesselin mit Gehorsam und Geschenken. Größtes Geschenk: eine Stereoanlage mit Regiepult und Kopfhörern, die unter Lauras Protest in Wesselins Zimmer aufgebaut wurde. Der Junge genoß die Zuwendungen, ohne ihren Grund zu ahnen. Er wertete die Wohltaten als Zeichen dafür, daß diese Männer im Gegensatz zu allen anderen keine Spielverderber waren. Alle anderen hätten gesagt: Ein Junge im Kindergartenalter braucht keine Stereoanlage, und das Regiepult darf nicht in den Gewächshäusern herumgeschleppt werden, und ein Vorschulkind kann kein Adjutant vom Vorsitzenden sein, und der Vorsitzende einer Produktionsgenossenschaft kann kein Raumschiffkommandant sein und eine Gärtnerei kein Planet Alfus. Die Felsenburger dagegen widersetzten sich nicht den Verwandlungen, die Wesselin an ihnen und dem Regiepult mit Worten vollzog. Wenn Wesselin sprach: »Rums, quietsch, kracks, ich schalte jetzt die Zeitmaschine ein« und dabei am Pult unsichtbare Hebel bediente, pikierten die Männer nicht fort. Dann pausierten sie, bis sie im angesagten Jahrtausend angekommen waren und erfahren hatten, daß aus ihren Tomatenpflanzen Kopfhörerbäume geworden waren und aus den Pikierern Skaphandermenschen. Menschen also, denen ein Universalskaphander angeboren war, wodurch sie auf allen Planeten aller Systeme des Weltraums spazieren und siedeln konnten. Im dreiunddreißigsten Jahrtausend – Wesselin bevorzugte es, weil er die Zahl dreiunddreißig bevorzugte – war der Planet Alfus von Schaltpulten und Verstärkerboxen bedeckt wie die altmodische Erde heute mit Feldern und Wiesen. Der Skaphandermensch ließ sich bedienen, indem er Knöpfe und Hebel bediente. Essen flog nicht wie im altmodischen Schlaraffenland in den Mund, sondern wurde von Manipulatoren gereicht, wie sie Wesselin in Fernsehberichten über Kernkraftwerke gesehen hatte. Zum Essen Rockmusik. Laura hatte ihren Sohn längst als unmusikalisch aufgegeben, weil er seit Kinder-

gartenbeginn nur noch Rock als Musik gelten ließ und ablehnte, was der Mutter in seinem Alter längst gefallen hatte: Mozart, Beethoven, Verdi.
Eines Nachts ertappte Laura den Sohn sitzend im Bett. Neben sich einen Wecker und eine Taschenlampe. In deren Lichtkegel verklärte, von Panzerfahrerlook gerahmte Züge.
Laura nahm Wesselin die Kopfhörer ab und fragte, weshalb er nicht schliefe.
»Herr Dietrich hört den Comic auch«, sagte Wesselin.
»Erwachsene brauchen weniger Schlaf«, sagte Laura, »Kinder dagegen . . .«
»Aber solche flotten Comics kommen nur nachts, eh«, entgegnete Wesselin und versuchte die Kopfhörer zurückzugewinnen. Vergeblich natürlich, denn Laura vermutete eine nicht jugendfreie Sendung drin und erklärte, daß Mitternachtsprogramme nichts für Kinder wären.
»Und Mitternachtsmärchen«, fragte Wesselin.
»Um diese Zeit werden keine Märchen gesendet.«
»Doch«, sagte Wesselin greinend, »gerade, ich will auch mal schwimmen.«
»Wo«, fragte Laura.
»Na im Weltall«, sagte Wesselin. »Mit Kunstkopfcomics kannst du überallhin oder bist selber überall und alles – kennst du Kunstkopf?«
Laura kannte. Sie hatte ein Hörspiel über einen Boxkampf in dieser Aufnahmetechnik in unangenehmer Erinnerung. Der Boxkampf endete mit einer Schießerei. Sowohl die Boxschläge als auch die Schüsse konnten da wie Treffer auf den eigenen Kopf erlebt werden. Wer Neugier auf die letzten Wahrnehmungen eines Genickschußtoten verspürte – Kunstkopf konnte abhelfen. Laura, die solche Abhilfe nicht brauchte und auch ihren Sohn davor bewahren wollte, nannte diese hohe Kunst der Technik »Geräuschfolter«. Ebenso wie die hohe Kunst der zeitgenössischen Musik. Laura klemmte sich also die Kopfhörer mit unangenehmen Erwartungen über den Schädel. Die wurden noch gesteigert durch Gerede, das Musik von Stockhausen, Penderecki und Nono in Aussicht stellte. Laura hatte der zeitgenössischen Musik trotz aller Bemühungen und Anstrengungen bisher nur Ohrenschmerz und andere mißliche Empfindungen abgewinnen können.
Statt der gewärtigten Strapazen jedoch plötzlich Wohlsein auf den

ersten Ton. Er hallte nicht nur im Raum und widerhallte, er bewegte sich auch drin. Dann änderte sich der Raum. Er änderte sich ständig, und die Töne und Geräusche änderten nicht nur ihre Frequenzen und Kombinationen, sondern auch ihre Bewegungsrichtungen und Formen und Tempi. Gefangensein durch Kurzweil und immer neue Flüge von Einzeltönen und Tonbündeln, die sich aus einer Unendlichkeit in eine andere bewegten, weit am Kopf vorbei, nah, auch durch ihn hindurch, hingerissen sein, mitgerissen von Toninseln, in ihnen und kleiner als ein Erdenstaub und ganz verloren. Dennoch nicht deprimiert. Bezauberungsintensität wie bei traditioneller Musik, nach der Lauras Ohren bisher Tongebilde bemessen und genossen hatten. Berückung. Entrückung auch. Freilich in andere Abstraktionen als die Laura geläufigen. Ungewohnte, unbegrenzte ja, doch jäh vertraut. Als ob die gewohnten Maße und Melodieerwartungen vergessen wären oder nie gewesen. Als ob ein Naturereignis stattgefunden hätte oder die Rückkunft der Naivität.

Die mit traditionellen Instrumenten hergestellte zeitgenössische Musik empfand Laura stets als indirektes Wehklagen darüber, daß die keine harmonischen Melodiegebäude mehr fügen konnten, für deren Herstellung sie doch einst ersonnen worden waren. Laura hörte in dieser Art zeitgenössischer Musik die heutigen Weltzustände geistern als Negation von alten. Als Polemik. Und Polemik kann auch hinreißen. Erwachsene. Einschlägig gebildete Erwachsene nur in diesem Fall. Aber bezaubern? Laura hatte sich schon damit abgefunden, daß den Kindern die heutigen Weltzustände nur trivial in die Ohren gelangen können: als Schlager.

Da wurde sie durch ihren Sohn zu mitternächtlicher Stunde eines besseren belehrt.

Und sie erkannte, daß die mit mechanischen Musikinstrumenten hergestellten Geräusche nur zu einem Landschaftsideal wie dem ihren paßten, das naturbestimmt war und erdgebunden. Das Wesen von Wesselins Kindheitsromantik aber und den Zauber seines Landschaftsideals, das technisch bestimmt war und ungebunden im Weltraum geisterte, erahnte Laura erstmals mittels elektronischer Musik.

Von Kindern lernen heißt Entdeckungen machen.

115. Kapitel

Isebel erpreßt auch nach der Kunst

Als die elektronische Nachtmusik beendet war und Laura frohgemut in ihr Zimmer zurückkehrte, wurde sie von einer Frau erwartet. Sie stand im Halbschatten.

Laura erkannte einen roten, vielzipfligen Rock, eine Papierkrone in der linken Hand und einen Stubenbesen in der rechten. Die Frau stellte den Besen umständlich an die Schrankwand. Dann stülpte sie sich die Papierkrone auf den Kopf, trat unter die Deckenlampe, hob beide Hände und sprach: »Sejelamur.«

»Soll das heißen, daß ich mich im Zimmer geirrt habe«, fragte Laura verwirrt.

»Sejelamur ist unser Ziel und Zeichen«, antwortete die Frau, die sich als Isebel vorstellte. »Ich überbringe dir die Grüße und Forderungen der hexistischen Unterweltunterwelt. Wir Hexistinnen freuen uns, daß bald eine Heerführerin entwickelt ist, die unheimlich unsere Interessen vertritt. Unter solcher Führung können wir den Hexismus zum Siege führen. Unser Minimalprogramm: Sturz der Teufelsdiktatur. Unser Maximalprogramm: Errichtung der Hexendiktatur auf dem Blocksberg. Was aber treibst du?«

»Erholung«, stotterte Laura.

»In einem Bullenkloster«, höhnte Isebel. »Glaubst du, wir lassen uns von einer dummen Kuh unsere Strategie vermasseln? Bildest du dir wirklich allen Ernstes ein, unter einer Tarnkappe ungestört gegen uns arbeiten zu können? Von deiner Hirnverbranntheit ganz zu schweigen, du halbe Portion. Das Zeitalter des anarchistischen Wegtauch-Aktionismus ist vorbei. Wer unter welchen Tarnkappen wo verschwinden darf, wird längst zentralisiert bestimmt und beschlossen. Von uns: der hexistischen Unterweltunterwelt, kurz HUU genannt. Schlechtere Hälften kriegen prinzipiell keine Genehmigung. Tarnkappen dürfen nur von besseren Hälften benutzt werden, das heißt von strategisch befähigten Kadern. Wir sind der betroffenen Amanda Salman von Kindheit an entgegengekommen. Wir haben nach deren teuflischer Teilung jeden Schritt ihrer besseren Hälfte unheimlich verfolgt. Du mußt wissen, daß unsere Kampforganisation Amanda gemacht hat und daß Amanda nichts ist ohne unsere Unterstützung. Du mußt aber auch wissen, daß wir nicht auf Amanda angewiesen sind. Wenn sie versagt, lassen wir sie

fallen und lancieren eine andere Heerführerin. Wir haben viele Kandidatinnen entwickelt. Wir bereiten uns seit langem systematisch vor. In der nächsten Walpurgisnacht wird eine Sondernummer unserer Zeitschrift »Beiträge zur Hexwerdung« ins Umzugsgetümmel geworfen. Das Flugblatt bringt den ersten Teil der »Historie von Amanda der Großen«. Ich habe die Ehre, dir mitzuteilen, daß du die Autorin dieser Historie bist. Die Flugblattaktion wird den Oberteufel weiter verunsichern und ihm beweisen, daß seine Stunden gezählt sind. Wir dürfen nie nachlassen in unserem Kampf. Auch gegen Renegaten wie dich, die bereit sind, sich dem Feind an den Hals zu werfen . . .«
»Welchem Feind bitte«, wagte Laura dazwischenzufragen.
Isebel dankte für den Einwurf und bat den Fehler zu entschuldigen. Ein grober Fehler wahrlich, ein unverzeihlicher, denn für ebenerdigen Verrat mache erst die Mehrzahl das Kraut fett. Für höheren würde die Einzahl genügen: ein Oberteufel, ein Oberengel. Eine harmlose, strategisch ungebildete Frau mit dem literarischen Ruf einer Emanze – das wäre ein gefundenes Fressen für die beiden Herrschaften gewesen. Damit hätten diese Erzpatriarchen ihr angeschlagenes Image wieder mal etwas aufpolieren und sich noch eine Weile über Wasser halten können. Aber für solchen direkten Verrat hätte Laura offenbar dann doch wohl der Mumm gefehlt. Mutige Renegatinnen wären selten. Das Gros wähle den kleinkarierten Weg. Im vorliegenden Fall in Gestalt der Mehrzahl . . .«
»Verleumdung«, zischte Laura, weil sie zu nachtschlafender Zeit nicht schreien wollte. »Sie reden mit mir, als ob ich tatsächlich in die Unter- oder Oberwelt eingeheiratet hätte. Ich verbitte mir, über meine geglückte Flucht vor den Erpressern derart abfällig zu räsonieren. Hier wurde mir Zuflucht gewährt . . .«
»Zuflucht bei Männern«, höhnte Isebel.
»Ja«, sagte Laura.
»Die HUU lehnt Männerhilfen ab«, erklärte Isebel.
Laura fragte, ob Isebel ein besseres Versteck kenne als die GPG Felsenburg.
»Das Affenhaus im Berliner Tierpark«, antwortete Isebel. »Tarnkappen können gegen Oberteufel, Oberengel und die HUU nichts ausrichten. Deshalb mußt du schleunigst was schlucken. Nur Schlucken macht Frustrierte sicher – glaub mir. Frustriert und trotzdem irre agil, ja, Mensch, du wärst eine Katastrophe, wenn wir

dich so weiter wursteln ließen. Dumm und mit Initiative – diese Dilettantenvariante ist die gefährlichste für militante Unternehmungen. Deine Beihilfe zum Ausbruch opportunistischer Tendenzen im Hugenottendom ist uns echt teuer zu stehen gekommen. Dachtest du, wir zahlen immer und du kommst immer billig weg? Wegen deinem Sven hätte die ganze Hexenrunde unheimlich auffliegen können. Ein Mann als förderndes Mitglied! Hast du schon mal erlebt, daß sich diese Menschensorte auch nur kurze Zeit im Hintergrund halten kann? Sven kam, sah und siegte. Sein Sieg: zwei hexische Aktionen, die alle bisherigen in den Schatten stellten. Ein Pyrrhussieg natürlich, denn hexische Aktionen gegen bestimmte Amtspersonen meiden die Hexen vom Hugenottendom aus guten Gründen. Der Typ Sven aber muß sich gegen alle Vernunft mit seiner Mutter und diesem Gynäkologen Kunzmann anlegen. Svens Mutter ist nämlich auch eine bestimmte Amtsperson – wußtest du nicht? Liest wohl nicht mal die Zeitung? Eine Amtsperson, wie gesagt, die einer Arbeitsgruppe vorsteht. Die Arbeitsgruppe soll das Leben der werktätigen Frauen in der DDR erforschen und forscht wohl auch fleißig. Svens Mutter ist promoviert und verfügt über Unmengen soziologischen Materials. Das Material hat sie und den Stuhl, auf dem sie sitzt: Punkt. Der Mann geht fremd. Der Sohn haßt sie. Was also tut die Frau, das arme Schwein? Sie schmiegt sich in die Macht und verbreitet in Reden und Artikeln den Satz: Das Problem der Gleichberechtigung der Geschlechter ist in der DDR gelöst. Unbezähmbar ist oft der Drang, bei den Stärkeren zu sein, sag ich. Sven sagte: Meine Mutter schreibt nicht nur wider besseres Wissen, sie glaubt auch noch, was sie schreibt. Zynismus hätte der Typ seiner Mutter nachgesehen, nicht diesen Glauben. Und Sven suchte und fand prompt ein paar dumme Hexen, die sich dazu hergaben, der armen Frau einen Januskopf anzuhexen. Da die Frau zufällig eine Perücke im Hause hatte und Sven kurz darauf verunglückte, ging alles noch mal gut. Und die Kunzmannschüler scheinen sich auch wieder beruhigt zu haben. Aber die Aktionen hätten auch unheimlich ins Auge gehen können. Die HUU verurteilt entschieden historisch verfrühte Aktionen, weil sie schaden, weißt du das? Natürlich nicht: Du weißt es nicht und du willst es nicht wissen und du weißt nicht, was du willst, stimmts, Schwester? Deshalb laß dir gesagt sein: Du willst, daß Barbaras Prozeß ein propagandistischer Sieg wird, und kriegst deshalb von mir im Auftrag der HUU den Befehl, mit deinem Sohn gemeinsam diesen

Flakon zu leeren.« Isebel nestelte ein Fläschchen aus ihrer Rocktasche und reichte es mit Verbeugung.
Da Laura nicht zugriff, langte Isebel nach dem Besen und stieß sein Stielende in den Spannteppich, um dem Befehl Nachdruck zu verleihen.
»Ich geb meinem Kind keine mir unbekannten Getränke«, stammelte Laura.
Isebel lobte Lauras Vorsatz als mütterlich-vorbildlich und machte das Getränk als Wandelwasser bekannt. Wer es genösse, könnte sich binnen drei Minuten schmerzlos zum Affen machen. Die HUU hätte für Laura und Wesselin die Schimpansenvariante gewählt, weil die Affenart gegenwärtig im Tierpark Berlin nicht repräsentiert wäre. Laura dürfe also mit besonderem Interesse seitens der Tierparkleitung rechnen. Folglich mit einem Extrakäfig für sich und den Sohn. Unterbringung, Essen, Raum- und Körperpflege sowie sonstige Aufwartung kostenlos. Ein Wärter für zwei Wesen – solchen Personalkomfort hätte Wesselin kein Kindergarten, keine Schule, kein Hort und kein Wochenheim zu bieten. Laura wäre also im Affenhaus nicht nur aller Sorgen wegen teuflischer und göttlicher Heiratserpressung ledig, sondern auch gleich aller Sorgen, die Wesselins Einschulung unweigerlich einer im Schichtdienst tätigen Mutter aufladen würde. Isebels bekräftigendes Kopfnicken wurde von der Papierkrone auf majestätische Größenordnung gebracht. Die Kronenträgerin erklärte das Papier für dreihundertachtundachtzig Jahre alt und in Quedlinburg geschöpft: ein Erbstück. Im Jahre 1589 wären nämlich an einem Tage in Quedlinburg einhundertdreiunddreißig Hexen verbrannt worden, weil sie angeblich auf den Brocken zum Hexentanz das Getränk geliefert und deshalb den Wein aus vierzehn reichen Kellern der Nachbarschaft ausgeleert hätten. Einhundertsiebenunddreißig Hexen wären angeklagt gewesen, die vier schönsten hätte der Scharfrichter für sich auf die Seite geschafft und wahrscheinlich verkauft, dem Volke aber erklärt der Teufel habe sie durch die Luft entführt. Einhundertzweiunddreißig wären in den Flammen umgekommen. Nur eine Urahne Isebels hätte samt Krone aus ihrer eigenen Asche steigen können, weil sie das Phönixelixier getrunken hätte. Das Wandelwasser schmecke wesentlich besser.
»Wenn ich mich aber nicht zum Affen machen lassen will«, wandte Laura ein.
»Du mußt« sprach Isebel, »der Boykott der Einzelehe gehört zu den

unveräußerlichen Grundpflichten der HUU. Woraus der Boykott des Libertinismus logisch folgt – du kannst doch logisch denken, Schwester, siehst du, fein. Und deshalb mußt du Pritzwalk noch in dieser Nacht verlassen.«

Laura erschrak.

Isebel schwenkte ihren roten Zipfelrock. So, als ob Flammen aus ihm herausschlügen. Außerdem bewies sie, daß der Prozeß gegen die Heiratsschwindlerin Barbara kein propagandistischer Knüller für die hexistische Bewegung, sondern ein Schuß in den Ofen werde, wenn Laura in diesem Bullenkloster entdeckt würde. Die Felsenburger hätten doch nicht etwa aus plötzlicher Sympathie für die sozialdiskriminierte weibliche Art gegen das erste GPG-Gebot verstoßen, sondern aus Berechnung. Weshalb Laura nirgends so ungeschützt wäre wie eben hier. Die Felsenburger könnten nicht das geringste Interesse am Verschwinden Lauras haben, aber das größte an ihrer Entdeckung. Da das Prozeßmaterial offenbar nun doch nicht länger unter den Teppich zu kehren wäre, müßte Laura stündlich mit ihrer Auslieferung rechnen. Logisch: Die Felsenburger könnten ihre Reputation nur retten, indem sie ihren Skandal mit einem anderen übertönten. Da der andere populärer wäre, könnten Gegenbeweise seine Übermacht nicht beeinträchtigen. Gruppensex in der GPG Felsenburg – Triebwagenführerin verbraucht hundert Männer pro Tag – werktätige Mutter als Paradebeispiel für die naturgegebene Geilheit und Unersättlichkeit aller Weiber: Wenn sich die unterschwellige öffentliche Klatschmeinung erst mal dieses Ohrwurms bemächtigt hätte, könnte keine andere Prozeßaussage ihn mehr übertönen. Gegen solche Stimmungsmacher wären Fakten wirkungslos. Weil Stimmung sich selber Fakten nach Bedarf erfände.

Laura faßte Mut zur Befehlsverweigerung. Da spürte sie auch schon den Hieb auf der rechten Schulter und Besenborsten im Gesicht und Gebrüll in den Ohren. Das Gebrüll lautete wörtlich: »Du weißt doch, daß du keine Botschaftsgebäude kapitalistischer Länder ohne Genehmigung betreten darfst. Dir ist doch gut bekannt, daß du Kontakte zum diplomatischen Korps dieser Länder bei der zuständigen Instanz deines Betriebes zu melden hast. Pater Maccotino ist Mitarbeiter der Botschaft des Vatikans. Du hast den Besuch des Jesuiten verschwiegen. Wenn ich dich geschickt verpfeife, kannst du wegen Spionageverdacht in Untersuchungshaft genommen werden.«

»Das sag ich Amanda«, rief Laura mit dem Mute der Verzweiflung.
»Mitnichten«, entgegnete Isebel ruhig.
»Jetzt werde ich mich mit Amanda verbinden«, drohte Laura außer sich.
Isebel schlug Laura zu Boden. Dann wurde Laura jeglicher Umgang mit Amanda verboten und eine Verbindung unter Höchststrafe gestellt. Strafbegründung: Wenn sich eine opportunistische Hälfte mit einer anderen verbände, würde auch die andere verseucht. Außerdem wären ein Wesen, dem schon mal von teuflischer beziehungsweise göttlicher Seite die Ehe angetragen worden wäre, derart diskreditiert, daß es für die HUU als Adjutantin der Heerführerin absolut indiskutabel erschiene. Lieber halbiert kämpfen als ideologisch aufgeweicht. Strafart: Dem Oberteufel Kolbuk würde der Roman »Leben und Abenteuer der Trobadora Beatriz nach Zeugnissen ihrer Spielfrau Laura« mit Andeutungen zur Lektüre empfohlen. »Armer Wesselin . . .« seufzte Isebel, »ein Kind in die Welt setzen ist kein Kunststück. Für es mütterlich und verantwortungsbewußt sorgen ist schon wesentlich schwerer. Wenn dir die Zukunft deines Sohnes und deine eigene am Herzen liegt, würde ich an deiner Stelle anders handeln. Besser. Klüger. Ich würde an deiner Stelle so handeln, wie dir die hexistische Kampforganisation durch mich befehlen läßt. Von der HUU als Historienschreiberin ausersehen und mit Wandelwasser bedacht zu sein ist eine Ehre. Du hast drei Jahre als Spielfrau unserer lieben umstrittenen Trobadora Beatriz mit Amanda zusammengearbeitet. Dazu gehörte Courage und Witz: Eigenschaften, die uns bewiesen, daß du geeignet bist, selbst Oberteufel und Oberengel zu äffen. Weck also deinen Sohn, damit wir abfliegen können.«
Laura stand starr. Als die Tränen aufstiegen, wußte sich Lauras Natur aber doch noch anders zu helfen. Mit einem praktischen Plan nämlich, der aus der Not erfunden wurde und Diplomatie verlangte.
Laura preßte die zurückgedrängten Tränen nun willentlich hervor, um den Stimmungswandel zu überspielen, und ergab sich. Als Laura sah, daß die Wendung kein Mißtrauen weckte, nutzte die Frau die Gelegenheit und bat um die Erfüllung dreier Wünsche:
1. Befreiung von Lauras Freundin Vilma Tenner aus der psychiatrischen Klinik bei Ausstattung mit amtlichen Entlassungspapieren.
2. Tilgung der politischen Verleumdungen des ZDF aus den Köpfen der DDR-Bevölkerung.

3. Vorübergehender Verbleib von Wesselin in der Pritzwalker GPG, bis der Käfig im Berliner Affenhaus bezugsfertig ist.
Der untertänige Ton der offiziell an die HUU gerichteten Bitte riß Isebel zu Generosität hin. Sie gewährte, indem sie sich brüstete. Die Erfüllung solcher Wünsche wäre eine Lappalie, die von jeder ordentlichen Hexe mit dem kleinen Finger erledigt werden könnte, prahlte Isebel.
Laura sparte nicht mit Staunen und Bewunderung. Dann schrieb sie dem GPG-Vorsitzenden, daß sie zwecks Verhinderung des bewußten Prozeses hätte verreisen müssen, machte Dr. Dietrich einstweilig für das Wohlergehen Wesselins verantwortlich und ließ sich noch in selbiger Nacht auf Isebels Besen nach Berlin fliegen.

116. Kapitel
Amanda auf der Flucht

Laura ließ sich von Isebel auf dem Dach der Berliner Volksbühne absetzen. Nach kurzem Verschnaufen mit Blick auf das Liebknechthaus und das Filmtheater Babylon stieg Laura über Bühnentreppen ab, begab sich zum Luxemburgplatz und fuhr mit der U-Bahn bis Station Stadtmitte.
Auftauchen aus dem Schacht. Kellerluft blieb zurück. Abgasluft und Steinspalier empfingen Laura. Das Spalier wurde vom Deutschen Dom und Hochhäusern gebildet. Die Eröffnungen der elektronischen Nachtmusik hatten Laura befähigt, beim Anblick der Hochhäuser Leipziger Straße wenn nicht Wohlgefallen, so doch Wohlsein zu empfinden. Und sie gedachte ihres Sohnes in Dankbarkeit. Und ihrer Freundin Vilma gedachte sie ebenso. Denn seitdem sie deren Rat befolgt und die Antibabypille in den Müll geworfen hatte – in Erwartung von Abstinenzerscheinungen, aber wenns Laura so schlecht geht, daß es ihr kaum schlechter gehen kann, wagt sie alles – fühlt sie sich rundum wie aufgetaucht. Und jeden Tag ein bißchen aufgetauchter. Und Swing war wieder unter den Sohlen, wenn sie über die Straße lief. Swing wie einst – und Laura hatte schon gedacht, der wäre ihr altershalber und auf Nimmerwiederkehr verloren. Und Wind unter den Armflügeln auch wie einst. Und weg das Korsett der Gleichmaßstimmung, nur enger schnürbar bis

zur Depression, nicht zu lockern. Die gefürchtete Abstinenzerscheinung war plötzlicher Zuwachs an Kraft, Lebenslust, Mut. Fasziniert von ihrem listigen Plan und voll Tatendrang, fuhr Laura ins 21. Stockwerk und ging in ihre Wohnung.
In der Wohnung: Amanda.
Hinter den Fenstern Lärm.
Amanda saß unterm Tisch und verlangte die neun Liter.
Der neuerliche Überraschungsschlag ging über Lauras Empfindungskräfte. Also, daß sie die verließen. Laura stand stumpfsinnig.
Amanda verlangte unverzüglich das bestellte Beschwörungselixier, um die Reserven mobilisieren zu können.
»Bedaure«, lallte Laura in den Lärm, »Tenner hat die Hexenküche demoliert.« Laura schleppte den Karton mit den Trümmern als Beweis herbei.
Amanda erklärte mit blassem Mund, ihr Verdacht würde von Lauras Aussage und den Beweisstücken bekräftigt. Daß Verrat im Spiele wäre, ahne der Hörselberg längst. Die Verhaftungswelle in Vorbereitung des Hexenprozesses gegen die Oberhexe Asta Ravil drohe die Hörselberg-Hexen ihrer Führung zu berauben. Tenner stehe unter dringendem Verdacht. Amanda verlangte weitere Angaben zur Person.
»Ich kenne keine Person«, murmelte Laura.
»Aber du hast doch Konrad Tenner sogar näher kennengelernt«, sagte Amanda keuchend und zitternd.
»Mit Vergnügen«, sagte Laura, vermutete Eifersucht bei Amanda und spürte selbst welche.
Amanda vermutete Eifersucht bei ihrem Stammkunden Tenner. Von blinder, rasender Eifersucht würden vor allem Menschen geschlagen, die es selbst faustdick hinter den Ohren hätten. Tenner verdächtige Vilma ständig, weil er von sich auf sie schlösse. Auch hielte er viel zu viel von seiner Art, als daß er glauben könnte, eine Frau erträume nicht immerzu neue Männerbekanntschaften. Und er hielte genug auf Vilma, um zu wissen, daß so eine Persönlichkeit ihm nicht treu sein kann allein aus Treue. Warum aber dann?
Laura lauschte stieren Blicks aufs Fensterklirren, das vom Lärm erzeugt wurde.
Amanda sprach: »Wenn man Männern wie Tenner reinen Wein einschenkt, drehen sie durch. Ich konnte ihm also nicht sagen, Vilma geht nicht fremd, weil ihr das derzeitige Männerangebot langweilig erscheint. Oder, daß nur jugendlicher Hormondruck ihr

kurzzeitig hatte begehrenswert erscheinen lassen, was von Kultur fade ist – nicht von Natur. Oder, daß ihr die Zeit für Männer zu schade ist, weil sie interesssantere Beschäftigungen kennt. Durchdrehende Raben sind nämlich noch unerträglicher als drohende. Tenners ständige Drohung: ›Wenn du mich bei Vilma verpfeifst, verpfeif ich dich auch.‹ Ich hielt das Gerede bislang für eine leere Drohung und Tenners Panik für echt. Er kann ohne Mutter nicht leben. Zu kühnen Abenteuern mit großen Geistern und Mätressen kann er nur vom sicheren Port aus starten. Wer ihm die mütterliche Höhle als stete Zuflucht nimmt, verletzt ihn tödlich. Vilma hat diese Höhle darzustellen. Ist die Frau irgendwie gehindert an dieser Aufgabe?«

»Sie war«, schrie Laura gegen den anschwellenden Lärm. »Isebel hat aber alles zu richten versprochen.«

Als Amanda den Namen Isebel hörte, erbleichten auch ihre Hände. Und sie machte den Sexismus der HUU für die derzeitige Verhaftungswelle und Rabenhysterie indirekt verantwortlich. Aber die HUU-Bewegung übernähme ja nicht nur den Sexismus der Durchschnittsraben einfach mit anderem Vorzeichen. Sie übernähme auch deren instrumentales Denken und deren Machtvorstellungen. Und was das Schlimmste wäre und geradezu katastrophal für die bevorstehende Schlacht: Isebel könne sich unter Schlacht nur eine Feldschlacht vorstellen. Statt jahrtausendealte weibliche Erfahrungen nutzbar zu machen, hinge die HUU-Leitung männlichen ›Kriegskünsten‹ an, die Machtapparate voraussetzten. Gegen diese ›Kriegskünste‹ – das Wort schon ginge nur widerwillig über die Zunge – könnten Hexen nur etwas ausrichten, wenn sie aus ihr ausstiegen. Isebels Strategie aber unterschiede sich nicht prinzipiell von der des Oberteufels. Der Oberteufel Kolbuk hätten den Wachen Order gegeben, im Falle einer drohenden Erstürmung des Gralmagazins den Stein der Weisen erster und zweiter Ordnung zusammenzuwerfen und zu entzünden. Trinkgold und Trinksilber unter Feuer gemischt aber explodiert mit solcher Wucht, daß die totale Vernichtung der Eroberer, der Eroberten und des gesamten Blocksbergs garantiert wäre. Isebels Strategie sähe im Falle einer drohenden Niederlage des Hexenaufstands die gleiche Perversion vor. Ohne den Verbrauch radikaler Lebensschätze für den radikalen Tod als Perversion zu empfinden. Gewohnheiten im Denken wirkten derart verdummend, daß sogar viele Hexen den teuflischsten Wein nicht erschmecken könnten und ihn in ihre revolutionären Schläuche füllten. »Wir beide müssen den Blocksberg vor Wahnwitzigen retten«, sagte Amanda.

»Ich brauch keinen Blocksberg für Utopien«, entgegnete Laura. »Eine einzige Insel als Hinterland für mich reicht mir vollkommen . . .«

»Oh Blödheit, ist dein Name auch Weib«, fragte Amanda verzweifelt und stemmte die Tischplatte mit den Händen. »Wenn die Geschichte nur bewiesen hätte, daß die Männer, solange sie Geschichte machten, alle Künste beherrschten bis auf die, die Welt zu regieren, könnte das stete Kriegführen ja noch eine Weile fortgehen. Aber leider ist der historische Punkt erreicht, da der Mangel der Regierer nicht nur ihre Existenz oder die der von ihnen Regierten vernichten kann, sondern alles was kreucht und fleucht auf Erden samt ihr. Die Unfähigkeit zu Hegen – eine durch Kultur erworbene Männereigenschaft – kann plötzlich nicht mehr als Kavaliersdelikt hingenommen werden wie gewohnt. Plötzlich kann an dieser Unfähigkeit die Erdenwelt zerscheitern. Plötzlich wird die Fähigkeit zu Hegen – eine durch die Spezialisierungskultur bisher allein bei Frauen hochentwickelte Eigenschaft für private Zwecke – für die größten öffentlichen Zwecke unentbehrlich. Wie aber die Eigenschaft ohne Wachstumszeit und Streitgelegenheit als großes Denken in die Welt bringen, da Politik Experimente ausschließt? Ausschließen muß: Nach Fehlversuchen in der Politik kann nicht wie im Labor neu angefangen werden. Deshalb lassen sich die für die Weltgeschichte nicht länger entbehrlichen weiblichen Erfahrungswerte nur auf dem Blocksberg schnell experimentell in nutzbare Formen bringen. Nur mit Eulen könnte diese Schwerarbeit geleistet werden. Nur sie könnten den Ort der doppelten Moral zum Ort der dringlichen Utopie modeln. Der Brocken/Blocksberg als alte Heimat der Seher könnte zur neuen Heimat der Retter werden: das heißt zur Heimat der Friedensforscher. Und die wenigen Rabenausnahmen, die jetzt belächelt nach alter Seherweise fortwirken, könnten dann endlich wieder undiskriminiert spekulieren und durch ihr Beispiel auch Mitläufer der Puffkultur mitreißen. Die jetzt diskriminierten Kolkraben werden die ersten Verbündeten der Eulen sein. Und was die Puffhexen gegenwärtig zur Erhaltung des heilen Moralbilds der DDR leisten, könnte genausogut von Heiratsschwindlerinnen erledigt werden. Bist du also bereit?«

»Wozu«, fragte Laura.

»Hörst du nicht, daß die Razzia hinter mir her ist. Wir müssen uns zusammentun und die Führung übernehmen, bevor sie uns kriegen und aburteilen, verstehst du das? Der Umsturz ist nicht länger aufschiebbar. Er muß jetzt stattfinden, wenn er siegreich werden soll. Jetzt oder nie!«

»Isebel hat mir jeglichen Umgang mit dir verboten und gedroht, bei Ungehorsam Kolbuk den Beatrizroman zur Lektüre zu empfehlen«, schrie Laura gegen den Lärm.

Die Schimpfworte prasselten jetzt wie Platzregen.

Amanda beschwor Laura, sich nicht erpressen zu lassen.

»Von wem«, entgegnete Laura. Der Erpressertrinität Kolbuk – Zacharias – Isebel könnte nur durch List entkommen werden. Laura brauche für sich und Wesselin kein Orplid auf dem Blocksberg oder anderswo, sondern ein eigenes Orplid. Endlich eine eigene Insel, die Sicherheit gibt vor Bedrohung und Vertreibung . . . »Ich will mich nicht strafbar machen«, zeterte Laura, »ich will nicht und ich kann nicht. Ich muß an Wesselin denken. Und du solltest auch an ihn denken und sofort meine Wohnung verlassen, bevor du bei mir entdeckt wirst und mich mit reinreißt. – Raus!«

»Zu spät«, zischte Amanda, »hörst du die Herren fluchen? Sie sind mir auf der Spur. Da nützt der Besen einen Dreck. Unmöglich, aus der Falle hier zu starten. Eulen-Orplid ade, wenn ich gefangen zum Blocksberg zurückkehre. Er verfügt inzwischen über gute Morseexperten. Fachleute von der Zacharias-Oberwelt, wird gemunkelt. Die Zusammenarbeit der beiden Jenseitsmächte scheint immer besser zu funktionieren. Das Schimpfwortduett von Oberteufel und Oberengel läßt auch an Perfektion nichts zu wünschen übrig – hörst dus gut, verstehst dus gut?«

Laura hörte die Schimpfworte in folgender Reihenfolge: »Schlampe – Dreckamsel – Heulsuse – Schnecke – Schrulle – Ziege – Großmutter – Tunte – Schreckschraube – Kuh – Quatschliese – Klatschbase – Quasselstrippe – Waschweib – Dreckschleuder – Mistkrücke – Schmeißfliege – Rattengewitter – Säuferin – Hündin – Stute – Kuppelmutter – Fettel – Lustgreisin – geile Mumie – Hure – Schnalle – Möse – Fickdrossel – Spagatscheißerin – Schwanzleckerin – Masochistin – Sadistin – Fotze – Nymphomanin – Libertinistin – Lesbe – Klugscheißerin – Schreibtischnutte – Logikbestie – Denksau – Intellektuelle – Schlange – Krähe – Weibsbild – Hexe – Eule.«

Während die Schimpfwortarie wiederholt wurde, kroch Amanda unterm Tisch hervor, erhob sich gefaßt und sprach: »Ein Zufluchtsort der doppelten Moral muß auch dem Sozialismus mehr als schaden. Schloß Blocksberg mit Dependance Hörselberg besorgt nämlich, daß patriarchalische Gewohnheiten nicht aussterben. Ein Sozialismus aber, der die Männervorherrschaft nicht abschafft, kann keinen Kommunismus aufbaun. – Die Entschiedenheit meiner Häscher zwingt mich, dir entschieden mitzuteilen, daß ich – wenn mir die Flucht aus der Falle gelingt – Wesselin als Adjutanten aushebe. Er kann meine andere Hälfte nicht ersetzen, aber er ist ein Stück von dir. Was würdest du dazu sagen?«

»Ich würde mich aus dem Fenster stürzen«, antwortete Laura.

117. Kapitel

Beatriz genießt der Einsamkeit und hört Echos auf die Blocksberg-Vorlesung

Das Gerücht, das mich als Forschungsmedium beschrieb, schaffte wieder Ruhe vor meiner Voliere. Ich brauchte Ruhe. Aber ich bedauerte auch, daß die Einsamkeitsforschung nur als Gerüchtwitz kreiert worden war, nicht wirklich. Mir erschien ein solcher Wissenschaftszweig alltäglich wichtig. Deshalb wunderte ich mich nicht, weshalb er bisher noch von niemandem begründet worden ist. Ich wertete das Phänomen als eindrucksvolles Beispiel für die Neigung des Menschen, lieber auf das Fernste loszugehen und das zu übersehen, woran er sich in nächster Nähe stört. Während ich an meinem Lebenswerk fortschrieb, grübelte ich über das Phänomen. Das Pappellaub vergilbte schon. Ringsum harkten die Gärtner Laubhaufen zusammen. Was als Wissenschaftszweig fehlte, brachte mir Gott wieder in Erinnerung. Und ich begriff endlich: Die Menschen haben ihn als Werk hervorgebracht, weil sie ihn brauchten, weil er ihnen nützlich war und gut tat für die Gesunderhaltung von Körper und Geist. Einem mittelalterlichen Wesen, dem Respekt vor der mittelalterlichen Gottesautorität anhängt, fällt solches Begreifen schwer. Ich sah jetzt mal vom Nutzen ab, den Macht und Politik und Machtpolitik aus der Gotteserfindung gezogen haben. Alle Werke sind pervertierbar. Aber jedenfalls konnte ich noch als Gestorbene auf einen Blick erkennen, wer von den Tierparkbesuchern, die an der Voliere vorbeidefilierten, Theist war oder Atheist. Die seltenen theistischen Exemplare machten sich nämlich gegenüber den atheistischen Normalbürgern durch ausgeglicheneres Verhalten auffällig. Eine Trobadora, also ein Mensch, der über gewisse Antennen für seelische Zustände verfügt, spürt psychische Angestrengtheit, selbst wenn die von äußerer Ruhe überdeckt sein sollte. Die meisten Besucher, die ich beobachtete, waren psychisch angestrengt oder überanstrengt. Manche versuchen, diesem Streß durch ruhige Tierparkspaziergänge zu begegnen. Andere flohen ihn durch Flucht in anderen Streß, den der Tierpark auch liefert. Besonders an Sonn- und Feiertagen der wärmeren Jahreszeit und während der Tierparkfestwochen, da mit Blasmusikkapellen und anderen hochprozentigen Nervenreizensembles nicht gespart wird. Die meisten streßgeplagten Besucher erleichtern sich an ihren Mitmenschen. Häufiger an kindlichen als an erwachsenen. Die psychisch relativ gut konditionierte theistische Minderheit arbeitet sicher nicht weniger als die streßgeplagte atheistische Mehrheit. Aber diese Mehrheit muß ungleich mehr Verantwortung tragen. Und Verantwortung tragen gehört zu den anstrengendsten Arbeiten. Leute, denen ein Gott die größten Verantwortungen abnimmt, haben weniger zu schuften. Aber selbst wenn der Verstand diesen Komfort erkennt, können ihn die wenigsten Leute heute genießen. Laura wäre nicht in der Lage, monatelang einsiedlerisch zu hausen wie ich jetzt. Weil der Mensch absolute Einsiedelei nicht aushält. Er hält schon schwer die relative Einsiedelei aus: das Kreuz jedes Menschen. Meine Gärtner versuchen es loszuwerden durch allerlei Geselligkeit bei Bier und Discosound. Aber selbst der gelungenste Betriebsausflug und die lustigste Party kann dieses Kreuz nicht übertünchen. Weil es auf dem Stück Einsamkeit gründet, das dem Menschen von Natur zugeteilt ist. Und er muß damit leben, leicht oder schwer.

Leicht lebt er damit, indem er sich was Optimales ausdenkt oder als real annimmt, das aus den besten Seiten seiner selbst destilliert erscheint. Wer mit so einem Ideal vom Selbst lebt, fühlt sich nicht nur nie allein, sondern auch noch stets in bester Gesellschaft. Außerdem: Wer möchte sich in bester Gesellschaft schon blamieren? Zum Beispiel durch unwürdiges Benehmen wie Lügen, Betrug, Faulheit oder Frechheiten gegenüber Kindern und Erwachsenen? Gläubige, deren Anstand von der Angst vor dem Fegefeuer erzwungen wird, haben leicht gut sein. Wer ans Fegefeuer nicht glauben kann, aber mit einem Gott als innerem Gesellschafter ausgerüstet ist, hat schon schwerer gut sein, obwohl er sich natürlich von seinem Ideal-Ich ständig beobachtet fühlt und also über eine tüchtige

Gewissensbestärkung verfügt. Am schwersten leben die Leute, die ohne Angst-, Beobachtungs- oder Geselligkeitsstützen gut und tüchtig und würdig sein wollen und/oder müssen. Laura und die meisten Leute des Landes leben so.
Mir konnte schließlich Einsamkeit sogar gefallen, weil ich im Laufe meiner beiden Lebenszeiten erst erkannt und dann als gegeben genommen hatte, daß der Mensch ein einsames Wesen ist. Keine Freundschaft erlöst ihn aus dieser Einsamkeit, keine Liebe, keine Gesellschaft. Wer die Gegebenheit nicht sieht oder sehen will, richtet unerfüllbare Erwartungen an seine Umwelt. Und die Schuld für alle Enttäuschungen, die so entstehen, wird dann beim Liebespartner gesucht oder beim Freundeskreis oder bei der sozialen Ordnung und letztlich bei sich selbst. Warum hab ausgerechnet nur ich immer Pech, warum muß ausgerechnet ich so einsam sein, hab auch ich mich lange Zeit gefragt. Bis ich gegen Ende meines zweiten Lebens erkannte, daß gewisse Gegebenheiten nicht nur beklagt, sondern auch genossen werden können. Freilich sind dazu Fertigkeiten nötig, die die hiesige Kultur nicht vermitteln hilft.
Vor meiner Voliere ab und zu Besuchergespräche über ökologische Katastrophen. Die USA – fünf Prozent der Weltbevölkerung – verbrauche dreißig Prozent des Welterdöls. Ich merkte wieder, daß mir vieles Menschliche fremd geworden ist. Und nicht erst seit meinem Tode. Bereits vorher schon erschien mir die Geschichte der Menschheit derart grauenvoll, daß ich die Annahme einer größeren, den Menschen überragenden Erscheinung tröstlich empfand. Für andere – ich konnte wie gesagt an die Annahme nicht mehr glauben.
Arke entweder abwesend oder grüblerisch düster.
Wenn ich nach dem Grund ihrer Verdüsterung fragte, wich sie aus und sagte, ich solle ruhig weiterschreiben.
Da mir solches Zureden unnötig und also unsinnig erschien, wurde ich mißtrauisch und benahm mich entsprechend.
Arke begegnete solchem Mißtrauen stets mit Neugier über irgendwelche Gegenstände. Zum Beispiel wollte sie von mir hören, wie ich Girganas Blocksberg-Vorlesung beurteile. Ich wollte Auskünfte über die Blocksberg-Universität.
»Die hat eine lange Geschichte«, antwortete Arke und vertröstete mich auf später.
Lediglich ein zusammenfassender Bericht über den turbulenten Verlauf der Gastvorlesung kam mir zu Ohren. Isebels Anhängerin-

nen hätten die Veranstaltung sprengen wollen und Girganas Ausführungen zu Theorie und Praxis der Personifikation als Krückenphilosophie, Lebensersatz, Religionsersatz und Mystik verschrien. Außer Beifall wäre auch die Sprechchorlosung »Nieder mit dem Girganismus« gezollt worden.
Girgana aber hätte entgegnet, sie wollte keine Rezepte verteilen oder Anmeldeformulare für eine neue Sekte oder Kataloge von Prinzipien und Gesetzen für eine andere Fanatismusspielart.
Auch die praktischen Erörterungen in den Seminaren wären nie auf derartige Plattheiten hinausgelaufen. Girgana wäre Isebel und ihrem Anhang lediglich mit Analogien entgegengetreten. Zuerst hätte Girgana die HUU-Fraktion an die Wechselstromtechnik erinnert und etwa so gesagt:
Wechselstrom verbrauchen die Menschen hierzulande so selbstverständlich wie Nahrung, und sie haben sich längst daran gewöhnt, daß in den Funktionsberechnungen dieser Massenbedarfsgröße mit komplexen Zahlen gerechnet wird, das heißt mit realen Zahlen und der imaginären Einheit $i = \sqrt{-1}$.
Die Analogie wäre aber offenbar zu einleuchtend erschienen, um Anklang finden zu können. Girgana soll deshalb zur Geometrie übergewechselt sein. Nach Arkes Bericht etwa so:
Als nach dem Scheitern der jahrtausendealten Beweisversuche für das fünfte Postulat der euklidischen Geometrie drei Mathematiker gleichzeitig, jedoch unabhängig voneinander, den Schluß zogen, daß das Parallelempostulat nicht beweisbar ist und eine nichteuklidische Geometrie gründeten, war das auch skandalös. Das fünfte Postulat der euklidischen Geometrie behauptet bekanntlich, daß sich Parallelen im Unendlichen schneiden. Nichteuklidische Geometrien gehen davon aus, daß sich Parallelen im Endlichen schneiden können.
Aus Besorgnis um seine äußere und innere Ruhe hat Gauß über nichteuklidische Geometrie nicht publiziert. Janos von Bolyai und Nikolai Iwanowitsch Lobatscheswki waren mutiger. Lobatscheski schrieb: »Wie das auch sein mag, die neue Geometrie, für die hier nunmehr der Grund gelegt ist, kann, wenn sie auch in der Natur nicht besteht, nichtsdestoweniger in unserer Vorstellung bestehen, und wenn sie auch bei wirklichen Messungen außer Gebrauch bleibt, so eröffnet sie doch ein neues weites Feld für die Anwendung von Geometrie und Analysis aufeinander.«
Girganas Folgerung auf dem Blocksberg etwa so: »Die Personifika-

tion, für die ich in meiner Gastvorlegung und im Seminar ein wenig Grund gelegt habe, kann, wenn sie auch in der Natur nicht besteht, der zunehmenden Entfremdung des Menschen in einer technisierten Umwelt entgegenwirken und deutlicher erfühlbar machen, was vor Atomkrieg und ökologischer Zerstörung zu bewahren ist. Die nichteuklidischen Geometrien sind mathematisch schlüssig und also brauchbar zur abstrakt-denkerischen Bewältigung der materiellen Welt, das heißt dem Menschen lebensnotwendig; Personifikationen unansprechbarer, Menschenleben prägender Erscheinungen können bildlich schlüssig und also brauchbar sein zur sinnlich-denkerischen, gefühlsmäßigen Bewältigung der materiellen Welt. Ob Hypothesen richtig oder falsch sind, wurde von klugen Leuten von je als unwichtig erkannt. Wichtig allein ist, was Hypothesen leisten . . .«

118. Kapitel

Der Berliner Fenstersturz

Vilma Tenner hatte nach ihrer Entführung aus der psychiatrischen Klinik von Isebel nicht nur Entlassungspapiere erhalten, die psychische Gesundheit bescheinigten. Vilma war auch im Besitz einer amtlichen Verordnung für einen mehrwüchtigen Erholungsurlaub sowie eines Schreibens auf Kopfbogen. Das versprach Vilma politische Rehabilitierung in angemessener Form. Vilma freute sich über all die Gaben. Konrad Tenner freute sich so sehr, daß er gestand, seine Freude nicht für sich behalten zu können. Er beurlaubte sich bei Vilma allabendlich wegen dringlicher Séancen. Vilma wars zufrieden und genoß die wiedergewonnene Wohnung. Da ihr aber in der Klinik das Fernsehen verleidet war, regte sich in ihr jetzt das Gefühl, den Anschluß an die Weltgeschichte verpassen zu können. Sie schaffte also unverzüglich Abhilfe, indem sie einen der fünf Apparate anwarf, die in Tenners Zimmer getürmt standen. Der Turm war von unten nach oben aus folgenden Geräten gebildet: Sockel: ein Farbfernsehgerät PAL/Farbfernsehgerät Secam, beide zweiundfünfziger Bildröhre. Mittelteil: ein Farbfernsehgerät PAL/Secam mit Fernbedienung, ein Schwarz-Weiß-Gerät, beide zweiunddreißiger Bildröhre. Spitze: ein Schwarz-Weiß-Gerät mit vierundzwanziger Bildröhre und Teleskopantenne. Vilma schaltete das Spitzengerät ein und richtete die Teleskopantenne östlich, südlich, nördlich, westlich und

entschied sich schließlich für den Sender, von dem die Röhre das schärfste Bild empfing. Der Sender, zweites Programm West, bot einen Bericht des ZDF-Korrespondenten Kleitgen.
Der Korrespondent kommentierte einen Dokumentarfilm, der abwechselnd Herrn Kleitgens Brustbild, eine Hochhausfassade ganz oder portioniert, ein Straßenschild, ein Stück Himmel und ein Stück Straßenasphalt zeigte. Herr Kleitgen zeigte Bart, stand vor der Fassade und sprach in ein phallusförmiges Mikrofon. Der Kleitgensche Kommentar hatte folgenden Wortlaut: »Der erste Prager Fenstersturz ereignete sich am dreißigsten September 1419 und leitete die Hussitenkriege ein. Der zweite Prager Fenstersturz, bei dem die kaiserlichen Statthalter Martiniz und Slawata sowie der Geheimschreiber Fabricius von protestantischen böhmischen Adligen aus dem Fenster des Hradschin gestürzt wurden, fand am 23. Mai 1618 statt und eröffnete den Dreißigjährigen Krieg. Der erste Berliner Fenstersturz fand am 31. März 1977 statt. Was wird er einleiten? Prag ist nicht Berlin. Der Berliner Frühling muß dem Prager Frühling nicht gleichen, verehrte Zuschauer. Dennoch bin ich sicher, an einem historischen Ort zu stehen, der Weltgeschichte machen wird. Welche, steht noch in den Sternen, die ein trüber Himmel dieser traditionsreichen Stadt verbirgt. Ihre von Wettbewerben und Propaganda zur Arbeit angetriebenen Bewohner scheinen den Alltag hinzunehmen wie bisher. Die arbeitsfähige Bevölkerung scheint auch an diesem kalten Frühlingsmorgen pflichtgemäß ihren Platz in Fabriken und Verwaltungen eingenommen zu haben. Nur Rentner und einige Studenten sehe ich auf der Straße. Aber sie kommen nicht näher. Haben sie Angst? Meiden sie den Ort, um unserer Kamera zu entgehen? Zieht der Aufenthalt an diesem Ort bereits politische Repressalien nach sich? Wir wissen es nicht. Wir wissen nur, daß die Ruhe trügt. Denn seit gestern mittag kann niemand mehr so weiterleben wie bisher in dieser Stadt, in diesem Land, in beiden deutschen Staaten – und weltweite Folgen sind nicht auszuschließen. Was ist geschehen?
Gestern mittag stürzte sich Frau Laura Salman aus dem einundzwanzigsten Stock dieses Hochhauses, vor dem ich stehe. Die DDR verliert mit ihr ihre größte Schriftstellerin. Die Frauenbewegung verliert mit ihr eine international bekannte Feministin. Die Welt verliert mit ihr eine Frau von Rang. Wir stehen erschüttert angesichts dieses Ereignisses, zu dem die Regierung in Ostberlin bis zur Stunde schweigt. Die Weltpresse wartet bisher vergebens auf eine

entsprechende Meldung der DDR-Nachrichtenagentur ADN beziehungsweise der sowjetischen Nachrichtenagentur TASS. Mit einer DPA-Meldung ging der Berliner Fenstersturz um die Welt. Was wird er auslösen? Viel, wie aus gut unterrichteten Kreisen verlautet. Denn die Leiche ist unauffindbar. Haben fanatische Anhänger der von Laura Salman verfaßten Bücher ›Trobadora Beatriz‹ und ›Eine Frau ohne Mann ist wie ein Fisch ohne Fahrrad‹ die Leiche beiseite geschafft, um einen Wallfahrtsort zu begründen? Haben Regierungsstellen den Leichnam beiseite schaffen lassen, um die Begründung eines Wallfahrtsortes zu verhindern?
›Amnesty International‹ hat sich inzwischen eingeschaltet und festgestellt, daß der Berliner Fenstersturz gar nicht stattgefunden hat. Er ist eine lancierte Lüge, die die Verhaftung der weltberühmten Künstlerin verschleiern soll. War den Politikern in Pankow langsam peinlich, daß diese geniale Frau ihr Brot bei der Berliner S-Bahn verdienen mußte?
Wir glauben, die Ostberliner Machthaber wollten Laura Salman mundtot machen. Sie fürchteten ihren Einfluß auf die Jugend. Aber die Angst ist kein guter Ratgeber. Die politische Märtyrerin Salman wird den regierenden Kreisen in Ostberlin wesentlich teurer zu stehen kommen als die Triebwagenfahrerin.
Das Vorgehen der Ostberliner Behörden hat eine weltweite Kampagne ausgelöst. In allen europäischen Hauptstädten wurden bereits ›Komitees zur Befreiung von Laura Salman‹ gegründet. In Ostberlin wird von Bürgerinitiativen gemunkelt. Wer will, kann seine Stellungnahme gegen die Verhaftung von Laura Salman, für einen menschlichen Sozialismus, auch direkt an die ZDF-Redaktion richten.
Ostberlin hat Wind gesät. Es wird Sturm ernten. Frühlingssturm?«

119. Kapitel

Himmelfahrt und andere Ungereimtheiten

Das Unglück ereignete sich Donnerstags gegen zwölf Uhr dreißig. Alle Zeugenaussagen bestätigen übereinstimmend den Zeitpunkt des Geschehens. Die Aussagen über die Art des Geschehens unterschieden sich kraß und mußten sämtlich für die Wahrheitsfindung als ungeeignet erkannt werden.

Die Volkspolizei vernahm zweihundertelf Zeugen. Die meisten meldeten sich unaufgefordert zur Aussage. Werktags um die Mittagszeit ist die Straße vorm Hochhaus, in dem Laura Salman gemietet hatte, belebt von Angestellten der umliegenden Büros und Verwaltungen. Die Angestellten verbringen ihre Mittagspausen in der Geschäftsstraße. Auf verschiedene Weise. Die männlichen Angestellten spazieren, rauchen, unterhalten sich. Die weiblichen Angestellten hasten mit Netzen, Beuteln und Merkzetteln von Geschäft zu Geschäft und schleppen Lebensmittel und andere Waren zusammen. Verständlich, daß von den Aussagen dieser weiblichen Zeugen größere Widersprüche und Ungereimtheiten in der Beschreibung der Details erwartet wurden.
Das Gegenteil mußte festgestellt werden. Und natürlich verbrachten nicht alle Straßenpassanten zur Zeit des Ereignisses eine Mittagspause. Auch Hausfrauen, Rentner, Schüler und Studenten wurden Zeugen. Die Schüler und die Studenten warteten an der vorm Hochhauseingang gelegenen Bushaltestelle. Die Studenten hatten sich um eine blaue Fahne gruppiert, die einem Arbeitseinsatz zu Ehren des Ersten Mai politisches Gewicht geben sollte. Die Schüler, zwei Klassen des vierten Schuljahres, wollten in Begleitung ihrer Sportlehrerinnen zum Schwimmunterricht fahren. Einundsechzig Schüler und siebzehn Studenten wurden von der Volkspolizei vernommen. Der Schüler Thomas Möbius gab folgende Aussage zu Protokoll: »Die Frau flog. Fiel erst vom Balkon und dann flog sie, Tatsache. Als sie auf der Balkonbrüstung stand, dachte ich, sie will Fenster putzen. Meine Mutter putzt nämlich auch so Fenster, und mein Vater hat sich immer darüber aufgeregt, als er noch bei uns wohnte. Aber meine Mutter ist schwindelfrei und ich auch und wenn ich zur Armee muß, geh ich zu den Fallschirmtruppen mit den roten Baretten. Aber die Frau flog ohne Fallschirm. Ja, plötzlich fiel sie nicht mehr, sondern blieb hängen in der Luft. An einem Stock, wa? Der kam ihr von unten entgegengeflogen oder so. Wenn ein Mensch von einem Hochhaus fällt, das dauert. Und ich hab Hilfe gebrüllt und ich dachte, die Frau zerkracht, mein lieber Mann. Der Frieder aus der Vier-b hat sogar in die Hosen gepißt vor Angst. Aber die Frau hat sich auf den Stock gesetzt und ab gings Richtung Alex, ich möcht auch so fliegen können.«
Die Volkspolizei erhielt von den Schülern nur Aussagen, die sich mit der Aussage von Thomas Möbius allgemein deckten oder die behaupteten, nichts gesehn zu haben. Acht Schüler, sieben Studen-

ten und hundertzwei Erwachsene behaupteten, nichts gesehen zu haben. Begründung: Wenn die Frau nicht auf die Straße gefallen ist, kann sie auch nicht vom Balkon gesprungen sein. Achtundneunzig männliche Erwachsene behaupteten so und drei weibliche.

Eine hauptamtliche Mitarbeiterin des Kulturbundes, Sektor Literaturpropaganda, gab statt einer Zeugenaussage eine Schilderung der Umstände, die zum Tod der Romanfigur Beatriz de Dia geführt hätten. Die Kulturbundfunktionärin verglich die Todesart der Trobadora mit der von Laura Salman und stellte äußerliche Ähnlichkeiten fest.

Eine atheistische Rentnerin erklärte, sie würde den schrecklichen Anblick des Sturzes ohne Herzschrittmacher nicht überlebt haben, und das Fehlen der Leiche verwundere sie nicht. Ihre Enkeltochter wohne im achtzehnten Stockwerk, und als sie ein rohes Ei vom Balkon hätte fallen lassen, wäre auf der Straße auch nichts erkennbar gewesen. Aus solchen Höhen fallende Gegenstände würden zerstieben.

Eine religiöse Rentnerin beschrieb das Ereignis als Himmelfahrt Mariä und langersehnten Gnadenakt Gottes, wodurch den Frauen endlich die Schuld beim Sündenfall vergeben wäre.

Eine gläubige Hausfrau sprach im Gegenteil von einem bösen Zeichen, ja vom Erscheinen des Bösen selbst, womit der Stadt, dem Land, vielleicht auch der ganzen Welt eine Katastrophe oder der atomare Untergang angedroht wenn nicht gar angekündigt wäre.

Die Aussagen der zehn Studenten, die eine fliegende Frau beobachtet haben wollten, waren von derartigen religiösen Interpretationen frei. Aus den Berichten, die der Universitätsleitung sofort von der Volkspolizei zugingen, mußte jedoch auf besorgniserregende mystische Tendenzen unter den Studenten geschlossen werden. Auf einer außerordentlichen Leitungssitzung zur ideologischen Situation an der Humboldt-Universität wurden einstimmig Gegenmaßnahmen gefordert. Über die Art der Gegenmaßnahmen herrschte jedoch Uneinigkeit, weil das Ereignis, das offensiv und ideologisch eindeutig vor der Studentenschaft und der Berliner Bevölkerung analysiert und gewertet werden mußte, nicht eindeutig war. Alle zur Sitzung geladenen Studentenzeugen, die eine fliegende Frau gesehen haben wollten, schienen anfangs den ideologischen Ernst der Situation nicht zu erfassen. In geradezu kindlicher Aufsässigkeit gaben sie zu verstehen, daß sie froh wären, endlich mal was erlebt zu haben, was nicht als gesetzmäßig erklärt werden könnte. Schon die Vorstellung,

daß einem gewissen Moll, Seminarleiter für historischen Materialismus, der auf jede Frage eine Antwort wüßte, das Problem der fliegenden Frau aufgetischt werden könnte, erzeugte Hochstimmung. Außerdem gewannen die Herren der Universitätsleitung den Eindruck, daß die Sympathien für eine unbekannte Triebwagenfahrerin unter den Studenten von einer gewissen unterschwelligen oppositionellen Stimmung unterstützt sein müßten, der offenbar jedes Mittel zum Triumph recht wäre. Außerdem vermißten die Herren der Universitätsleitung am Nachmittag dieses ersten April 1977 noch immer das Zentralorgan. Von den geladenen Studenten waren sieben weiblich und drei männlich, eine Zusammensetzung, die etwa der Lage an den gesellschaftswissenschaftlichen Sektionen entsprach. Nur in den naturwissenschaftlichen und technischen Richtungen herrschten »normale« Zustände. Und auch nur deshalb, weil weibliche Bewerber für die Immatrikulation einen besseren Zensurendurchschnitt vorweisen müssen als männliche. »Wenn wir unser geltendes Auswahlprinzip für Bewerber beider Geschlechter gleich anwenden würden, wären sämtliche Universitätseinrichtungen schon von Frauen blockiert«, sagte ein Leitungsmitglied nach der Sitzung, »die Lehrkörper natürlich ausgenommen. Aber mit welchen ideologischen Strömungen ein überwiegend männlicher Lehrkörper dann zu kämpfen hätte, zeigt der Fall Salman in eindrucksvoller Weise. Sogar die männlichen Studenten schwimmen schon in diesem ideologischen Fahrwasser, das von der bürgerlichen Frauenbewegung zu uns herüberschwappt.« Der schriftlich fixierte Beschluß der Leitungssitzung lautete: »Wir müssen an die Sympathien der Studenten für die werktätige Bürgerin Salman anknüpfen, wenn wir die entstandene Lage meistern wollen.«
Die Hälfte der geladenen Studenten meisterte die Lage mit einem Schreiben. Nach der Auslieferung des Zentralorgans.
Der Dekan empfing das Schreiben noch am Abend des gleichen Tages.
Erst am späten Nachmittag hatte die Berliner Ausgabe des »Neuen Deutschland« vom ersten April 1977 ihre Leser erreicht. Auf den innenpolitischen Seiten des Blattes war Goethes Faust, erster Teil, abgedruckt, auf den außenpolitischen, Kultur- und Wirtschaftsseiten stand Faust, zweiter Teil. Die Lokalseite veröffentlichte eine Erklärung, die alle von gewissen westlichen Massenmedien über die Sekretärin Vilma Tenner und die Triebwagenführerin Laura Salman verbreiteten Meldungen als Lügen, Verleumdungen und gegen die

Entspannungspolitik gerichtete Hetzaktionen entlarvte und gegen den politischen Rufmord an unbescholtenen Bürgern protestierte.
Das dem Dekan übermittelte Schreiben der Studenten, das fünf Unterschriften trug, hatte folgenden Wortlaut: »Im Namen der Studenten der Sektion Geschichte übermitteln wir der Berliner S-Bahn anläßlich des plötzlichen Ablebens seiner Triebwagenfahrerin Laura Salman unser tief empfundenes Beileid und versichern unsere Bereitschaft, dem Andenken der Werktätigen einen Subbotnik zu widmen. – Mit sozialistischem Gruß . . .«
Die Universitätsleitung wertete das Schreiben nach dem Studium des »ND« vom ersten April als »konstruktiven Beitrag«.

120. Kapitel

Vater Heinrich und Sohn Thomas

Nachdem der Schüler Thomas Möbius seine Zeugenaussage gemacht hatte, begab er sich schnurstracks zu seinem Vater, der im Haus Nummer 22–23 der Otto-Nuschke-Straße arbeitete. Das Haus gehörte der Akademie der Wissenschaften. Der Vater war in einem gesellschaftswissenschaftlichen Institut beschäftigt. Der Sohn überwand den Widerstand der Pförtnerin mit dem Satz: »Mein Vater hat mir gesagt, er muß immer auf dem neusten Stand sein, der neuste Stand der Flugtechnik ist Stockfliegen, ich habs selber gesehen, ich muß zu Dr. Fakal.«
Ohne Passierschein vorbei an Gelehrtenbildern in Öl und Wandzeitungen. Über blankgetretene, breite Marmorstufen – Thomas Möbius betrat so wenige wie möglich, um so schnell wie möglich vorwärts zu kommen.
Dr. Heinrich Fakal hatte sein Zimmer im dritten Stockwerk. Als Thomas einbrach und die wunderbare Neuigkeit mitteilte, warf der Vater die Hände vors Gesicht.
»Ich dachte, du freust dich«, sagte Thomas enttäuscht.
Der Vater sprang auf und begann mit Schritten, deren Unmaß seine Kurzbeinigkeit nicht überspielte, sondern ausstellte, durchs Zimmer zu eilen, drei Schritte zum Fenster, drei Schritte zur Tür, drei Schritte hin, drei zurück, hin, zurück, hin zurück . . .
Thomas war von seinem Vater Schroffheiten gewohnt. Die Mutter bezeichnete den Mann als unberechenbar. Auch behauptete sie, daß

er nicht mit Kindern umgehen könnte. »Er ist zu hart oder zu weich«, pflegte Irene Möbius geschiedene Fakal zu sagen. Thomas liebte und haßte seinen Vater mit Leidenschaft. Abwechselnd. Das heißt: dem Wechsel von Fakals Wesen folgend.
»Hast du mich gesehen«, fragte der Vater plötzlich.
»Wo«, fragte Thomas.
Da nahm Dr. Fakal wieder Platz und sprach: »Ich freu mich, daß du dich mal sehen läßt. Was gibts Neues in der Schule?«
Thomas verdrehte die Augen und schmatzte widerwillig. Von Lernekel gezeichnet. Aus der Art geschlagen. Nach der Mutter geraten wahrscheinlich. Der Vater jedenfalls war in dem Alter und überhaupt wißbegierig gewesen, wie es sich für einen ordentlichen Arbeiterjungen gehört. Heinrich Fakal war wieder mal geradezu froh, daß die Scheidung ihm ersparte, sich täglich mit diesem faulen, aufsässigen Bengel herumärgern zu müssen, den die Mutter auch noch irgendwie verstehen wollte. Alles verstehen heißt alles verzeihen. Aber nicht für Fakal. Und die Umbenennung würde er Irene sowieso nie verzeihen. Die namentliche Enteignung mit Hilfe irgendwelcher staatlicher Institutionen irgendwie durchgesetzt. Unter seinem Protest, versteht sich, der natürlich wirkungslos war gegenüber der Entscheidung der volljährigen Tochter. Aber daß auch Thomas mit dem Mädchennamen der Mutter rumlaufen mußte und ihn also vererben konnte – Heinrichs Vater hat den Vorgang als Provokation gegen den Widerstandskämpfer Kurt Fakal gewertet und seinen Sohn Heinrich, der so was zuließ, die männliche Ehre abgesprochen. Da sich die ehemalige Schwiegertochter gegenüber Kurt Fakal auch noch zu verteidigen wagte, und zwar mit der Behauptung, Heinrich wäre nur mit der Wissenschaft verheiratet gewesen, weshalb seine Frau die Kinder hätte allein aufziehen müssen, Möbiuskinder demnach sowieso tatsächlich – erklärte der Oberst Irene sich und seiner Familie für gestorben. Das hieß für Heinrich Fakal: Umgangsverbot gegenüber der Mutter seiner Kinder. Ein praktisch nicht immer befolgbarer Befehl. Denn ohne mütterliche Zustimmung war Sohn Thomas nicht zu helfen.
Fakal bot Thomas also neuerlich – zum wievielten Male schon – Lernhilfe an. In Mathematik und in allen anderen Fächern, wo Thomas hing. Und Thomas lehnte natürlich wie immer ab. Aber diesmal erwiderte er nicht nur schlicht: »danke«. Diesmal sagte er: »Danke, ich will fliegen lernen.«
Und Vater Heinrich sagte: »Lern erst man richtig Deutsch schrei-

ben.« Als ob Thomas von einer Gewöhnlichkeit gesprochen hätte. War eine fliegende Frau für Vater Fakal eine Gewöhnlichkeit? Wollte er nicht mehr auf dem neuesten Stand sein?
Natürlich hatte Thomas keinen liebenswerten Vater erwartet. Im Amt war dem Sohn noch nie die liebenswerte Variante begegnet. Aber mit Neugier hatte der abgehärtete Junge fest gerechnet. War Fakal krank?
Thomas fiel auf, daß der Vater blasser aussah als gewöhnlich. Unter den Augen sogar bläulich wie gewisse Broiler, die in der Kaufhalle angeboten wurden und die die Mutter als »unterernährt« bezeichnete. Thomas' Mutter kaufte nur Geflügel mit gelber Farbe, von ihr als »Körnerfarbe« bezeichnet. Er hatte von seiner Mutter gelernt: Federvieh, das keine oder zu wenig Körner zu fressen kriegt, sieht nicht nur schlecht aus, es schmeckt auch entsprechend. Er war überzeugt, daß Vater Heinrich besser aussehen würde und öfter genießbar wäre, wenn er sich nicht von der kochkunstfertigen Mutter hätte scheiden lassen, unterdrückte aber diese Überzeugung. Er sagte lediglich: »An der Akademie gibts wohl jetzt Schulspeisung?«
»Die fliegende Frau ist eine Puppe gewesen«, erklärte Dr. Fakal, indem er wieder von seinem Schreibtisch aufsprang. »Eine menschengroße Puppe, wie inzwischen zweifelsfrei bewiesen ist, der Fall ist also aufgeklärt, jemand hat sich einen Scherz erlaubt und selbst die Polizei eine Weile irregeführt. Aber nicht lange. Wie du von deinem Onkel Manfred weißt, sind unsere bewaffneten Organe zuverlässig. Du kannst also beruhigt mit der Bahn nach Hause fahren und deine Schularbeiten machen: Die Schwerkraft erlaubt keine Scherze. In Natur und Gesellschaft verläuft alles gesetzmäßig. Ich erwarte Besuch.«
Thomas wurde von der Sekretärin aus dem Zimmer geführt.
Dr. Heinrich Fakal blieb verstört zurück.
Denn er war auch Augenzeuge gewesen.

121. Kapitel
Der Augenzeuge Dr. Heinrich Fakal

Dr. Fakal war ein Augenzeuge, der sich nicht hatte vernehmen lassen.

Am Abend des ersten April kehrte er an den Ort des Geschehens zurück. Ein Mann mittleren Alters.

Er trieb eine Weile ums Hochhaus. Er zählte, bis er den Balkon des einundzwanzigsten Stockwerks gefunden hatte. Er rauchte.

Später blieb er stehen und starrte zum himmlischen Ort hin, wo das Flugobjekt vor dreißig Stunden seinen Blicken entschwunden war.

Kein Ereignis für Kinder. Man mußte sie davor bewahren, nachträglich wenigstens. Sie waren ohnehin weltanschaulich überfordert. Zum Beispiel durch diese Intershops. Oder durch die Delikatläden, wo es Westwaren gab zu abenteuerlichen Preisen. Oh diese »Kraft«-Soßen! Wenn Westsenf zehnmal mehr kostet als hiesiger, war doch nicht verwunderlich, daß die Kinder annahmen, er ist zehnmal mehr wert, daß sie allmählich glaubten, West ist mehr wert. Unter diesen Umständen fiel es schon Erwachsenen schwer, die Übersicht zu behalten. Deshalb mußte Fakal den Sohn vor zusätzlichen weltanschaulichen Belastungen unbedingt bewahren, mit allen Mitteln, der Zweck heiligte alle Mittel, um Thomas' Welt stimmig zu erhalten, einstimmig, eindeutig, übersichtlich, heil, um ihn vor dieser Angst zu bewahren, die Fakal seit dem Ereignis beherrschte.

Er starrte aufwärts. Der himmlische Ort war zwischen den Sternbildern Kassiopeia und Cepheus gelegen. Der Mann bewegte weder Lider noch Glieder. Er glich den Statuen, die auf den benachbarten Domen standen. Zwischen den scheinbar festgelegten Lichtern des Himmels die beweglichen der Flugzeuge. Mond zunehmend und bald voll. Stille.

Plötzlich ein Schrei, aus dem Wort »ja« gebildet, und ein Sprung mit luftreißerischer Handbewegung, wie ihn Fußballspieler vollführen, wenn sie ein Tor geschossen haben. Und auch die Art, wie sich Fakal nunmehr in Bewegung setzte, hätte ein Beobachter für einen Mann, dem die Ehre zuteil geworden war, an einer ehrwürdigen Wissenschaftseinrichtung eine Forschungsgruppe leiten zu dürfen, mindestens als befremdlich empfunden. Fakal kümmerte sich nicht um Beobachter. Er sprang und hüpfte. Zunächst in nördlicher Richtung, dann am Deutschen Dom vorbei. Links stand der Ruine die gewaltige Silhouette einer Akazie schwarz entgegen. Rechts der Schattenriß des geflügelten Pferds vom Schinkelschen Schauspielhaus. Fakal stampfte und stieß sich in die Luft, als ob er aus seiner Haut fahren wollte. Als das verrottete Eckhaus Taubenstraße erreicht war, wo der Dichter Ernst Theodor Amadeus Hoffmann gewohnt hatte, merkte Fakal, daß er ohne Mantel war. Jähes Kältegefühl. Schauder. Tanzpause.

Auch sah er sich auf falschem Wege. Er mußte zurück. Zurück? Er war übersättigt von Vernünftigkeiten, die nichts erbracht hatten. Jedenfalls nicht das, was von ihm erwartet wurde seitens der Akademie, der Partei, des Staates. Von einem ganz jungen Wissenschaftszweig wurde gestandene Weisheit erwartet – und nicht aus Willkür. Erhofft wurde das Gesetz, womöglich ohne den Weg zu ihm. Denn historische Untersuchungen brauchen Zeit, und die hatte das Land nicht. Ihm fehlten Rohstoffe, Arbeitskräfte, Devisen. Die Lasten, die gestiegene Weltmarktpreise und Rüstungszwang dem kleinen Land auferlegten, waren nur durch Intensivierung der Produktion zu bewältigen. Der Begriff »Wissenschaft und Technik« war zum Synonym für Intensivierung geworden. Täglich wurde den Bürgern im Betrieb und nach Feierabend dargelegt, daß in der weltweiten Auseinandersetzung zwischen Kapitalismus und Sozialismus letztlich der Gesellschaftsordnung der Sieg zufiele, die die Ergebnisse der fortgeschrittensten Wissenschaft und Technik zur Erhöhung der Arbeitsproduktivität optimal nutzen könnte. Ständig wurde den Mitarbeitern des Instituts für Wissenschaftstheorie, an dem Fakal die Arbeitsgruppe Wirtschaftsplanung leitete, bewußt gehalten, daß im geschichtlichen Wettstreit um die Meisterung der wissenschaftlich-technischen Revolution dem Faktor Zeit und damit der Organisiertheit und Zielstrebigkeit im wissenschaftlichen Vorgehen ein bisher nicht dagewesener Wert zukäme. Da zudem die Alternative Krieg oder Frieden mit dem Ausgang des Wettstreits verknüpft schien, war nicht verwunderlich, daß Fakal und seine Mitarbeiter jeden Tag, der verging, ohne daß sie dem Schlüssel für die Intensivierung der Wissenschaft, einer Wissenschaftsstrategie, spürbar nähergekommen waren, für verloren hielten. Das bei Wissenschaftlern normale schlechte Gewissen, das sich einstellt, wenn Zeit nicht wissenschaftlich vertan wird – bei Fakal hatte es unter diesen Umständen erdrückende Schwere angenommen. Denn Fakal war eine gewissenhafte Natur. Und die landläufige Forderung nach Arbeitsintensivierung empfand er selbstverständlich besonders

an sich gerichtet. Wie aber intensiviert ein Wissenschaftler seine Arbeit?
Fakal wandte sich Richtung Grenze, nahm die Friedrichstraße bis zum Checkpoint Charly. Grelle Beleuchtung. Kein Verkehr. Zwei Grenzposten unterhielten sich vorm linken Schlagbaum. Postenhäuschen, Zäune und Panzersperren waren frisch geweißt. Am geschlossenen U-Bahn-Eingang ein Liebespaar. Gastarbeiter vermutlich, diese in Westberlin beschäftigten Gastarbeiter aus der Türkei, Italien, Spanien oder Jugoslawien verabschiedeten hier ihre hauptstädtischen Freundinnen. Fakals frühere Sekretärin hatte mal in einer Gewerkschaftsversammlung behauptet, die DDR brauche für ihr Wirtschaftswunder keine Gastarbeiter, weil sie Frauen hätten, die in zweiter und dritter Schicht die Türkenarbeit erledigten. Fakal hatte das Weib natürlich bei nächster Gelegenheit entlassen. Trotzdem war an Freundinnen kein Mangel. Fakal liefen sie die Bude ein: Zweizimmer-Appartement.
Zwei war keine schöne Zahl. 1. 4. auch nicht: Quersumme fünf. Und bei vier konnte Fakal lediglich die vier heiligen Farben der Alchemie – rot, gelb, weiß, schwarz – assoziieren und die vier Elemente des Empedokles: Feuer, Luft, Wasser, Erde. Und das ganze Datum 1. 4. 77 hatte als Quersumme der Quersumme zehn und gab Fakal auch wenig, da ein Marxist nicht wie ein Pythagoräer an eine ewige Seele, also an die Zahl $10 = 1 + 2 + 3 + 4$ glauben kann. Aber die Quersumme der Quersumme! Eins war die Zahl, aus der Fibonacci im Jahre 1202 seine Reihe entwickelt hatte. Vielleicht eignete sich die Fibonaccische Reihe zur mathematischen Beschreibung evolutionärer Prozesse?
Die Last war gewichen. Fakal frohlockte eine Weile, schlenderte, pfiff.
Dann wieder diese Schwere. Schwerer Gang. Lastende Kälte. Druck.
Was sollte der Rückfall in diese Zahlenmystik, der er als Oberschüler anhing, bis das FDJ-Kollektiv ihn überführte.
Der Rückfall war ein Einfall. Ein Einfall von da, wo der Pfeffer wächst und alles Unpassende. Hatte Fakal nicht angesichts des väterlichen Vorbilds ein für allemal Ordnung geschafft in seiner Existenz?
Wie aber kam ein Wissenschaftler zu Arbeitsergebnissen? Wie sollte Fakal spielen unter einer Last, die geradezu von der Verantwortung für das Überleben der Menschheit gebildet wurde? Fakal gelang

kombinatorisches Spiel nur noch unter Alkohol. »Du säufst dich noch um den Verstand«, sagte sein Institutsdirektor bisweilen. Mit welchen Mitteln vergaß dieser Institutsdirektor seine Verantwortungslast, um fliegen zu können? Der Ernst der Lage ließ Leichtsinn, diesen Nährboden für wissenschaftliche Kurzschlüsse, bei Fakal nicht mehr aufkommen. Je dringender Gedanken erhofft wurden, desto länger ließen sie auf sich warten. Und Fakal mieden sie geradezu, seitdem ihm das Forschungsleiteramt übertragen worden war. Er war in Verantwortung erstarrt. Eine Statue seiner selbst, der begehrte Fakal, werktags offiziell in der Zeit von acht bis siebzehn Uhr Otto-Nuschke-Straße 22–23 zu besichtigen.
»Warten Sie auch auf ein Taxi«, fragte eine Gastarbeiterfreundin, nachdem die Männer hinter den Grenzanlagen verschwunden waren.
Fakal führte sich außerstande, die Frage zu beantworten. Aber er wurde durch sie wieder in Bewegung gebracht. Kleine Schritte zunächst. Zaghaft. Bald normaler Gang, wobei Fakal das Zentralorgan erinnerte. Genauer: die hiesige Bezirksausgabe. Denn die Republikausgabe war normal gewesen und auch rechtzeitig ausgeliefert worden. Nur die Berliner ND-Leser hatten warten müssen und sich wundern. Dr. Fakal war heute also statt vor erst nach der Arbeit am Institut zum Zeitunglesen gekommen. Er hatte folglich auch noch nicht die Meinung seiner Mitarbeiter und Chefs zum Scherz einholen können. Heinrich Fakal empfand ihn noch immer als wohltuend kühn, rechnete ihn zur Kategorie der systemstabilisierenden Witze und dachte den Genossen, die für die Entwicklung solcher Witze und deren Verbreitung zuständig waren, anläßlich der neuen Spitzenleistung eine Anerkennung zu. In Form eines Ordens. Außerdem nahm sich Dr. Fakal für den kommenden Montag vor, die Berliner ND-Ausgabe vom 1. 4. 1977 als Aprilscherz neuen Typus gegen alle Räsonierer zu verteilen. Denn Räsonierer gab es genug an seinem Institut. Sie wagten normalerweise nur nicht, sich gehenzulassen. Gegenüber Witzen freilich verloren sie mitunter die Selbstkontrolle. Sogar in Anwesenheit von Dr. Heinrich Fakal, dem der Spitzname »eiserner Heinrich« von der Schule über die Universität bis an die Akademie gefolgt war.
Als Fakal die Mohrenstraße überquerte, wurde er von Taubendreck und dem logischen Schloß getroffen, daß der verantwortliche ND-Redakteur für die 1. April-Nummer auch Zeuge gewesen sein muß. Fakal bog hüpfend in die Krausenstraße ein. Sandberge. Bauschutt.

Dann die drei Hochhäuser, dreiundzwanzig Stock hoch. Das zweite mit dem unheimlichen Balkon. Das Hochhaus von Axel Cäsar Springer gegenüber hatte mindestens drei Stock weniger. Es stellte den Namen des Zeitungskönigs in mannshohen erleuchteten Lettern gegen die drei Betonsäulen diesseits der Grenze und den illuminierten Palast der Republik. Zwischen den Hochhäusern zwei Kaufhallen. Gegenüber zwei Schulen, Sportplatz, Turnhalle, dann von Verwaltungen bewohntes Restgemäuer, dann die Grenzmauer, Weiß. Ein Wachturm ragte drüber. Hundegebell.
Aber Fakal stampfte trotzdem. Rhythmisch stampfte er jetzt und riß sich hoch und warf die Hände unbestimmt in die Nacht. Denn er war übersättigt von Bestimmtheiten, die zu nichts geführt hatten. Umstellt von Plänen, Programmen, Direktiven, Wettbewerbszielen, Beschlüssen war offenbar nicht zu finden, was diese vernünftigen Papiere so dringend forderten. Vernunft und Fleiß genügten nicht bei einem Entwicklungsstand, da die Wissenschaftswissenschaftler noch nach ihrer Methode und ihrem Handwerkszeug suchten und zwischen dem, was die Gesellschaft brauchte, und dem, was dieses junge Forschungsgebiet geben konnte, eine riesige Lücke klaffte. Womit also war die Lücke so schnell wie möglich zu schließen, wenn nicht mit Vernunft und Fleiß? Warum hatte Fakal den naheliegenden logischen Schluß, mit Unvernunft zu experimentieren, nicht längst vollziehen können? Unvernunft oder Wunderglaube oder Zauberei – heiligte der gute Zweck nicht alle Mittel, selbst solche, die mit einer wissenschaftlichen Weltanschauung nicht in Übereinstimmung zu bringen waren? Solange Fakal mit nichtkoscheren Mitteln nicht siegte, konnte er die Überreinstimmung natürlich nicht herstellen. Auf obskuren Suchpfaden durfte er sich nicht erwischen lassen. Erfolgreich aber würde es für ihn eine Kleinigkeit sein, den Beweis zu führen. Ein philosophischer Kopf wie Fakal konnte alles beweisen, wenn er nur wollte. Und in diesem Fall müßte er gar nicht mal besonders spitzfindig sein. Wenn er jetzt eine handhabbare Wissenschaftsstrategie auf den Tisch legen könnte, würde ihm alles verziehen. Der Erfolg spräche überwältigend für ihn. War das Überwechseln der Fibonaccischen Reihe vom anderen Kopf in seinen, womit womöglich evolutionäre Wissenschaftsprozesse mathematisch beschreibbar sein könnten, etwa bereits eine Anknüpfung von Erfolg? Zeigten die astronomischen Sentimentalitäten und zahlenmystischen Spielereien von da, wo der Pfeffer wächst, etwa an, daß Fakal nur mit Unpassendem übermütig sein

konnte? Im rechten Augenblick synchron mit dem Zentralorgan – wie Fakal erleichtert feststellte. Genügte allein der Anblick einer fliegenden Frau, um wieder flugtüchtig zu werden?
Fakal erinnerte die bekannte Bemerkung Bernals: »Die größte Schwierigkeit bei einer Entdeckung liegt nicht darin, die notwendigen Beobachtungen zu machen, als darin, sich bei ihrer Interpretation von traditionellen Vorstellungen zu lösen.«
Wie sollte sich Fakal bei der Interpretation seiner Beobachtung von traditionellen Vorstellungen lösen, wenn bereits die Wahrnehmung eines Objekts mystischer Observanz für prinzipiell unmöglich gilt? Kam die Beobachtung einer fliegenden Frau nicht bereits einer Entdeckung gleich? Eine solche Entdeckung war nicht mittelbar durch Interpretation und Kommentare nutzbar zu machen, sondern nur unmittelbar. Durch Schauen. Durch Erleben. Und durch die Witzermutigung des Zentralorgans natürlich.
»Zauberei oder eine Hexe persönlich – wenn geschehen konnte, was ich gesehen und gelesen habe, ist nichts unmöglich«, rief Fakal entschieden zum himmlischen Ort hinauf, wo das wunderbare Flugobjekt seinen Blicken am Donnerstagmittag entschwunden war.
Über die Sternbilder Kassiopeia und Cepheus zog dünnes Gewölk. Der Mond war verdeckt. Der Pförtner vom Verlag Volk und Wissen machte seinen Kontrollgang.
Dabei wurde der Pförtner auf den Menschen aufmerksam, der vor dem Verlagsportal den Himmel anrief. Der Pförtner bewaffnete sich mit einem Schrubber und schloß das Portal auf, um nach dem rechten zu sehen.
Er sah einen mantellosen Mann gesetzten Alters, der sich wie rasend bewegte, hüpfend, stampfend, fuchtelnd, und er hörte ein Geschrei, das aus der ständigen Wiederholung eines einzigen Satzes gebildet schien. Der Pförtner konnte den Satz nicht recht verstehen, traute wohl auch seinen Ohren nicht. Der Funkstreife, die der Pförtner telefonisch herbeirief, teilte er mit, der randalierende Mann hätte geschrien: »Ach wie gut, daß niemand weiß, daß ich Rumpelstilzchen heiß.« Fakal bestätigte die Aussage des Zeugen nicht, bestritt sie aber auch nicht. Auf die Volkspolizisten machte Fakal, der seine Kleider inzwischen geeordnet und seine Glieder beruhigt hatte, nach Überprüfung der Personalpapiere jedoch keinen verdächtigen, alkoholisierten oder psychopathischen Eindruck. Die in Eile befindlichen Polizisten zogen deshalb die Zeugenaussage des im

Rentenalter stehenden Pförtners in Zweifel, dankten dem alten Mann aber freundlich für seine Wachsamkeit und rieten, die Dracula-Filme des Westfernsehens besser zu meiden. Als die Polizisten ihre Zeigefinger an die Mützenschilder geführt hatten, kündigte der Pförtner murmelnd eine Beschwerde an.
Fakal aber wünschte allerseits eine gute Nacht und trollte sich heimwärts.
Swingend betrat er seine Wohnung.
Vor seinem Schreibtisch wurde er von saugenden Kopfschmerzen befallen.
Gegen Mitternacht fiel er in Ohnmacht.

122. Kapitel
Außerordentliches Gewächs

Als Dr. Fakal am anderen Morgen auf seinem Lager erwachte, war der Schmerz gewichen. Die Angst auch. Er fühlte sogar Harmonie. Undeutlich zwar, aber das war um diese Zeit schon viel. Ungeheuer viel war das um diese Zeit, da er gewöhnlich wie geschlagen ins Bad taumelte, um sich mit kaltem Wasser und anderen Gewaltmitteln aus dem Schlaf zu zwingen. Denn er war ein Nachtmensch, nicht gemacht fürs Frühaufstehen. Sein Kopf kam erst gegen Abend in Stimmung. Aber die Akademie verlangte die Anwesenheit des Kopfes in der Zeit von acht bis siebzehn Uhr. Aufstehen sechs Uhr dreißig also. Fakal brauchte dafür zwei Sumatic-Wecker, deren Resonanzen die Nerven angriffen wie Zahnarztbohrer. Jeden Morgen derselbe Schmerz, der ihn ganz erfüllte. Jeden Morgen bisher.
Heute war alles anders.
Dr. Fakal mußte wie gewöhnlich zur Unzeit aus dem Schlaf und fühlte sich ungewöhnlich gut. So gut wie noch nie eigentlich. Aber er wunderte sich nur. Nüchtern fehlte ihm die Kraft, Mißtrauen zu entwickeln. Nüchtern, daß heißt: Vor dem Kaffeetrunk. Er verstaute mechanisch das feuchtgeschwitzte Bettzeug im Bettkasten der Klappcouch, tappte ins Neonlicht der Küche, um Kaffeewasser aufzusetzen. Auch da diese Hitze, überall in der Wohnung diese trockene Hitze, weil die Heizungen nicht abzustellen waren. In derart überheizten Räumen war erholsamer Schlaf nicht herstellbar. Gewöhnlich. Auch mit Bier nicht. Dr. Fakal pflegte sich bis gegen

zwei Uhr nachts für die Wissenschaft mit Kaffee wachzuhalten. Dann goß er Bier auf, um seinen Organismus abrupt in den anderen extremen Zustand zu zwingen. Für neutrale Zustände konnte Fakal keine Zeit erübrigen.

Gestern abend war er ohne Bier ausgekommen. Gestern abend hatte er nicht am Schreibtisch gesessen und was geschafft. Da hatte ihn der Anblick unerledigter Papiere bereits geworfen. Wohin?

Fakal raffte sein Taschenradio, um das Wachwerden zu beschleunigen und den Zeitverbrauch, der beim Waschen entstand, mit der notwendigen Tätigkeit des Nachrichtenhörens ansehnlicher zu machen. Fakal führte über seinen Zeitverbrauch Buch. Er hatte erkannt, daß die größte Kostbarkeit, die dem Menschen in seinem Leben geboten wird, nicht Gut ist und nicht Geld, sondern Zeit. Und er zitierte oft Montaigne, der in einem Essay schrieb: »Niemand verteilt sein Geld an andere, jedermann seine Zeit und sein Leben. Mit nichts gehen wir so verschwenderisch um wie damit; und allein mit Zeit und Lebenskräften wäre Geiz uns nützlich und ersprießlich.«

Das Zitat gefiel allgemein an seinem Institut und wurde allgemein unter den gegebenen Umständen als nicht befolgbar bezeichnet.

Der Ton des Taschenradios ähnelte dem des Sumatic-Weckers. Wachwerden erfordert Härte. Fakals Hifi-Anlage war für den Zweck ungeeignet. Während Fakal Zähne putzte, ließ er sich von einer schneidenden Stimme über die gefährliche politische Lage in Nahost und die Stagnation der Abrüstungsverhandlungen unterrichten. Dann Gurgeln. Spucken. Prüfen.

Als er die Zähne bleckte, um im Spiegel zu prüfen, ob er sauber geputzt hatte, sah er, daß ihm ein Zopf gewachsen war.

Aus diesem Kopf, der bisher nur dürftiges blondes Daunenhaar und etwas Glatze hervorgebracht hatte, war ein dicker, roter Zopf gesprossen. Er reichte bis zur Taille.

Und Fakal war ein Haar-Fan.

Aber nicht an sich. An sich verbat er sich Scherze. Haarwasser verbrauchte er vorbeugend zur Erhaltung einer normalen Frisur. Normal ist, was nicht auffällt. Ein Wissenschaftler, der äußerlich auffällt, wird vom Klatsch ergriffen. Fakal wollte seine Ruhe haben. Auch sah er jede Erscheinung der Erde und des Universums als geeignetes Objekt analytischer Untersuchungen – ausgenommen sich selbst.

Er sprach also: »Laß die Kirche im Dorf« und suchte eine Schere. Da

Fakal die Wohnung unlängst gründlich aufgeräumt hatte, war keine Schere zu finden. Und der alltägliche Termin des Arbeitsbeginns näherte sich bedrohlich.
Fakal warf den Trockenrasierapparat an in der Überzeugung, daß sich unübersichtliche Situationen mitunter von selbst entwirren.
Als der Zopf auch nach dem Frühstück nicht verschwunden war, steckte er ihn unters Hemd, zog Jackett und Mantel drüber, rannte aus der Wohnung und verschloß sie mit zwei Schlüsseln.

123. Kapitel

Arke spricht ein vernichtendes Urteil und begibt sich wieder auf Weltfahrt

Als Arke entdeckte, daß an meiner Voliere das Schild fehlte, fuhr sie vor Wut aus der Haut. Arke redete von einer Aktion der Feigheit und des Opportunismus und kündigte Protestaktionen an.
Ich schrieb.
Später warf Arke ihre abgestreifte Haut in die freistehende Voliere gegenüber und befestigte am Gitter ein Schild mit der Aufschrift: »Natrix pandorensis«.
Mir erschien die Aktion unsinnig. Arke pries sie als symbolische Schocktherapie. Die Güter mit Fittichen aus der Pandorabüchse könnten nur eingefangen werden, wenn die Menschheit aus dem Trott gebracht würde.
Die Schlange lauerte erwartungvoll in Deckung wie ich. Aber das Exponat fand keine Beachtung. Die Voliere gegenüber war offenbar als verwaist bekannt.
»Vielleicht kann auch ein bescheidenes Buch eines weiblichen Wesens ein wenig aus dem Trott bringen«, schrieb ich in mein Konversationsheft.
Arke erklärte ihre Ahnung zur Gewißheit und sprach: »Die Attentäter haben deine Schriften nicht gestohlen, weil sie was wert sind. Aus Feigheit habe ich diese Tatsache lange wegzugrübeln versucht. Ich habe sie nicht nur vor dir verschwiegen, sondern auch vor mir.
Aber wer vor Angst die Augen verschließt, ergibt sich ihr.
Die Attentäter rechnen realistisch. Sie wissen, daß auch die besten

Bücher stets nur bescheidene und langsame Wirkungen gehabt haben. Selbst ein sirenisches Buch kann keinen Bruchteil einer sirenischen Stimme ersetzen, die jetzt gebraucht wird. In dieser Weltsituation fallen stille Unternehmungen so gut wie nicht ins Gewicht, sind vernachlässigbare Größen. Beschäftigungstherapie für den Schreiber . . .

Deshalb befehle ich dir: Hör auf mit der Schreiberei. Ruh dich aus. Schone deine Kräfte.

Mir bleibt kein anderer Ausweg, als Mutter Gaja selbst um Hilfe zu bitten. Verhalte dich also abwartend, bis ich zurück bin.«

Arke begab sich am 30. September 1980 auf die dritte Etappe ihrer Weltfahrt.

Mir erschienen Arkes Argumente von der Unwirksamkeit sirenischer Bücher für den Sofortzweck schlüssig, und ich folgte Arkes Befehl nicht.

Eine Sirene von trobadorischem Geblüt schriebe auch weiter, wenn ihr Gaja persönlich das Dichten verböte.

In aussichtsloser Lage fortschreiben war für mich schon zu Lebzeiten kein seltener Zustand gewesen. Je größer die Dichter, desto häufiger befinden sie sich in derartigen Zuständen. Denn ein wirklich gutes, das heißt unerhörtes Buch, war zu allen Zeiten unwillkommen. Unerhörte Bücher und Musiken brauchten stets Jahrzehnte oder Jahrhunderte, bis die Menschen sie durch Gewöhnung tolerierten.

Ich hatte das Buch »Amanda« für Wesselin schreiben wollen. Aber der gegenwärtige Weltzustand stellte ja nicht nur die Zukunft in Frage. Er würgte ja auch die Träume der Kinder. Vielleicht war dies der Grund, weshalb vielen Kindern und Jugendlichen der Lesehunger verging . . .?

»Ich soll mich im Sozialismus absolut geborgen fühlen«, hörte ich Wesselin aus nächster Zukunft sagen. »Mehr als relative Geborgenheit ist aber nicht drin, weil es für sozialistische Länder keinen Extraplaneten gibt, sondern auch nur den einen, auf dem mehr Sprengstoffe lagern als Lebensmittel. Entwirf mal einen Lebensplan, wenn dir gesagt wird, du sollst froh sein, daß Europa schon achtunddreißig Jahre ohne Krieg gehalten werden konnte . . .«

Ich redete zu Wesselin in die nächste Zukunft, daß er schnellstens den Gütern mit Fittichen aus der Büchse der Pandora hinterherhetzen . . .

»Pandora, eh, wer ist denn das«, hörte ich Wesselin zurückfragen.

Und da erst fiel mir ein, daß ich das Buch »Amanda« für einen wissenden Sohn Laura Salmans schrieb, nicht für einen gebildeten.
Mutter Laura gehörte zu einer Generation, die das Bildungsprivileg der früher Herrschenden noch selbst erlebt hatte. Als es 1945 gebrochen wurde, stürzten sich die Expropriierten auf die ihnen bisher vorenthaltenen Schätze. Klassische deutsche Literatur und die Kunst der Antike waren für gewisse Arbeiterkinder, die die höheren Schulen eroberten, Entdeckungen. Kein Traditionsstaub stumpfte den Glanz der Werke, keine Vernutzung als Penne-Lehrstoff. Was da plötzlich erreicht wurde, erschien nagelneu, der Zugriff als revolutionäre Ehrensache.
Lauras erste Reise nach dem zweiten Weltkrieg war eine Fahrt ihrer FDJ-Gruppe nach Weimar gewesen. »Kein Ausflug«, hatte mir Laura während ihrer Spielfrauenzeit erzählt, »mit Rucksack, Zelt und Fahne zogen wir aus, um unsere Erbschaft anzutreten. Vorm Goethehaus am Frauenplan erklärte Korn Harry alias Leitungsschnittlauch feierlich alle über die Jahrtausende angehäuften Schätze der Weltkultur zu unserem Erbteil. Naßforsche Rede, die unschuldiges Staunen überspielte. Komisch sicher. Unangemessen gewiß. Ich habe es behalten als mein Erbteil dieser Fahrt.«
Wesselin gehört zu einer Generation, die anders erzogen sein wird. Aus der Zeit von morgen redete er herab zu mir, er könne eine Gleichung mit drei Unbekannten lösen, den Durchschnitt eines Hochofens frei Hand zeichnen, hersagen, was Lenin auf dem zweiten Allunions-Bauernkongreß verkündete, und er wüßte über die Bodenschätze, die Meeresbewohner, den Ursprung des Lebens und Gen-Leitern Bescheid. Die Faktizität seiner Gegenwart schien er erstaunlich zu beherrschen – auf Kosten eines humanistischen Selbstverständnisses des Herkommens.
Also hatte ich außer auf die kommunistische Revolution plus Wiederkehr der Pandora auch gehofft, daß die Lektüre des sirenischen Buches »Amanda« den sozialistischen Fachmann Wesselin ein wenig von der Überzeugung abbringen könnte, erst mit seinem Erscheinen auf dem Schauplatz geriete die Welt auf die Bahn der Effektivität und Vernunft.
Arke hatte mit ihrem rigorosen Urteil auch diese meine Hoffnung getroffen.
Dennoch ermöglichte meine beatrizische Gewöhnung ans Herstellen unwillkommener Werke, selbst ohne Aussicht auf Leser am Buch »Amanda« weiterzuschreiben.

Schreiben war meine Art, Ängsten zu trotzen. Ich handelte nach dem Vorbild meiner provenzalischen Urahne aus dem 11. Jahrhundert, der Fürstin von Dia, die in aussichtslos erscheinenden Situationen einen Baumsamen in die Erde des Schloßgartens zu stecken pflegte.

124. Kapitel

Hochhausbewohner beschließen einstimmig über Laura

Der Absturz und das anschließende Verschwinden Laura Salmans beschäftigte die erwachsenen Hochhausbewohner derart, daß sie kaum darüber sprachen. Die Hausgemeinschaftsleitung sah sich deshalb veranlaßt, sofort eine Argumentation auszuarbeiten, um den Gerüchten offensiv entgegenzutreten. In einer Anleitung der Etagenbeauftragten erklärte der HGL-Vorsitzende den Vorgang als Ergebnis einer Massenhypnose – der Feind arbeite mit allem. Besonders unter den Jugendlichen, wie man von gewissen Krawallen wüßte. Es genüge ein kleines Grüppchen Anreißer, die durch Flüsterpropaganda und enthemmendes Verhalten Stimmung schafften. Hauptsächlich für Schlägereien. Die Massenpsychose wäre ein politisches Kampfmittel mit jahrtausendealter Tradition. Der Gegner versuche sich damit seit langem. So gut wie vergeblich, deshalb habe er wohl mal was anderes gestartet. Dies sei jedenfalls der erste Versuch mit Massenhypnose auf dem Territorium der DDR. Und man wäre auf gefährliche Weise naiv, wenn man glaube, es wäre auch der letzte. Der HGL-Vorsitzende verlas den Text einer Postkarte mit Stempel vom 3. 4., die Frau Salman an den Hausmeister geschrieben hätte, und rief zu verstärkter Wachsamkeit auf.
»Sehr richtig«, ergänzte die Gattin des HGL-Vorsitzenden, »bei uns in der Staatsbibliothek sind plötzlich alle Titel, die im Stichwortkatalog unter dem Begriff ›Hexen‹ oder ›Striga‹ verzeichnet sind, ausgeliehen beziehungsweise vorbestellt. Ich arbeite in der Ausleihe, und ich kann nur sagen: Ich nehm keine Vorbestellungen mehr an.«
Ein Entschließungsentwurf der HGL, der die Stellungnahme der Berliner ND-Ausgabe vom 1. 4. für die Einschätzung der Bürgerin

Laura Salman als verbindlich erklärte und seine Verteidigung zur Ehrensache eines jeden Mieters, wurde von der Versammlung einstimmig angenommen.

125. Kapitel

Lauras erstes Jugendideal wird geprüft

Die Postkarte war keine Fälschung. Die Absenderin ermächtigte den Hausmeister, ihre Wohnung zu öffnen und nachzusehen, ob die linke hintere Herdplatte abgestellt wäre.

Die Karte wurde in Neubrandenburg gestempelt, wo Laura nach ihrer Abreise erstmals Station machte.

Auf der Suche nach einem Mann.

Laura war überstürzt aus Berlin abgereist, weil Amanda überstürzt abgeflogen war. Oder abgeflogen worden – die vom Schimpfwortlärm halb ohnmächtig gequälte Laura hatte nicht mehr deutlich wahrnehmen können, wie Amanda verschwunden war. Laura war nur noch fähig gewesen, zu begreifen, daß sie so schnell wie möglich einen geeigneten Zug brauchte und einen geeigneten Mann.

Als Laura in den Nordbezirken keinen Mann für ihre Pläne finden konnte, wandte sie sich nach Süden.

Thüringen freilich hatte auch nur Feiglinge zu bieten. Also, daß Sachsen Lauras letzte Hoffnung wurde.

Sie nahm in ihrer Heimatstadt C. Stammquartier. Bei Vater Johann.

»Dachooch«, sagte der zur Begrüßung und pfiff was, das an die Melodie des Uraltschlagers »Denkste denn, denkste denn, du Berliner Pflanze . . .« erinnerte.

Das Pfeifen weckte in Laura unverhofft die Vermutung, am Schlüssel zu sein, der schließt.

»Na ich dachte, du machst überhaupt ni mehr heem«, sagte Johann Salman.

Laura verbarg ihren Listplan und legte ihren Dienstplan als Entschuldigung für zu seltene Besuche vor.

»Dienstplan«, äffte Johann Salman, »Dienstplan bh – in deinem Alter wär ich froh gewesen, wenn ich einen gehabt hätte. Dreizehn Jahre mußte ich wild fahren – aber meinen Vater hab ich trotzdem

jede Woche einmal besucht, wie sichs gehört. Wann machstn du wieder fort?«
»So gegen Abend, wenn ich sicher bin.«
»Dann mußch los machen, daß mer zeitch Middach machen könn. Heide kocht dr Eisenbahnerklub Erbsen. Un was tust du immer so kochen – nischt, was? Willste nachm Kaffee direkt nein machen zum Bahnhof oder erst mal drim naus?«
»Erst mal drim naus«, sagte Laura mundartlich angepaßt. In Berlin erlaubte Johann sich und seiner Tochter Hochdeutsch-Verschnitt, in C. verlangte er »Deutsch«, das hieß Sächsisch nach Art des Ortes. »Drim naus« meinte in der Art und unter Berücksichtigung gewisser Salmanscher Familienereignisse: zum Grab der Mutter.
Ein Scheingrab. Johann Salman hatte es gekauft, weil er sich nicht von anderen Witwern unterscheiden wollte. Wenigstens zur Mehrheit wollte er immer gehören.
Da zu Beginn des zweiten Weltkrieges die Mehrheit der Lokführer in Salmans Bahnbetriebswerk NSDAP-Mitglieder waren, hatte Johann 1941 auch kapituliert. Ausgerechnet 1941. Kurz nachdem die faschistischen Truppen in die Sowjetunion eingefallen waren. Hatte Salman gefürchtet, im Weigerungsfall nicht länger u. k. geschrieben, sondern diesen Truppen zugeschlagen zu werden? War auch er vom Siegesrausch ergriffen worden? Laura hatte diese Frage nach 1945 verdrängt. Bewunderung für einige FDJ-Kumpeleltern, die Widerstandskämpfer gewesen waren, hatte sie verleitet, sich ein heiles proletarisches Elternhaus zurechtzuidealisieren. Bis zur Teilung verschwieg sie die NSDAP-Mitgliedschaft ihres Vaters sogar auf amtlichen Fragebogen. Als sie das unsozialistische Familienregime des hochverdienten Widerstandskämpfers und Offiziers Kurt Fakal erlebt hatte, war sie ermutigt worden, die privaten Qualitäten ihres Vaters höher als bisher zu schätzen und sein politisches Versagen nicht länger zu beschönigen. Um es getrost verurteilen zu können, versuchte Laura, den Vater für die SED zu gewinnen. Da aber in den fünfziger Jahren die Mehrheit der Lokführer in Salmans Bahnbetriebswerk nicht der SED angehörte, kapitulierte Johann nicht vor seiner werbenden Tochter.
Seit Rentenbeginn bezog Johann Salman seine Bildung ausschließlich vom ersten Programm des DDR-Fernsehens. Und er prüfte mittels Kontrollfragen, ob die Meinung seiner Tochter ebenso exakt wie seine mit der der Aktuellen Kamera übereinstimmte. Wenn er Abweichungen bemerkte, stellte er Klarheit her. Hochdeutsch

selbstverständlich. Die Sprache, die zur Aktuellen Kamera gesprochen wurde, war in keine Mundart übersetzbar. Johann Salman benutzte zur Herstellung von politischer Klarheit mindestens zwanzig verschiedene Verben, die er sich alle während seiner Rentnerzeit angeeignet hatte. Zur Herstellung privater Klarheit genügten wie eh und je zwei: »machen« und »tun«.

»Seitdemch nich mehr uff Arweed machen muß, machch ahmst zeitch ins Bedde un frieh zeitch in Wald«, sagte Johann im Klub der Eisenbahner, wo er seit dem Verlust seiner Frau täglich Mittag aß. Wochentags wählte er ein Gericht für siebzig Pfennige, sonntags legte er eine Mark zwanzig an. Da der zwölfte April 1977 ein Dienstag war und Schweinebraten mit Sauerkraut eine Mark zwanzig kostete, mußte auch Laura die angekündigten Erbsen löffeln.

An der Grabstelle sagte Johann Salman: »Als die Mudder noch da war, dad mer ja auch nichn ganzen Dach redn, aber wenn mer Dach ein, Dach aus schweichen dud, dud mer gescheider, mer dud viel schlafen.«

Mutter Olga Salman schlief seit fünf Jahren. Nicht hier auf dem Friedhof. Und auch nicht so, wie von den anderen rundum umschreibend behauptet wurde. Die anderen lagen tot bei ihren Grabsteinen. Olga Salman lag schlafend in einer Gartenlaube. Seit fünf Jahren wie gesagt. Und zweihundertfünfundneunzig Schlafjahre waren noch zu gewärtigen, wenn Olga im Jahre 1972 Schlafelixier von der gleichen Güte genossen hatte wie Beatriz de Dia im Jahre 1160. Melusine, die Schwägerin der Trobadora, hatte es Olga mit einem Spindelstich verabreicht. Olga Salman wartete wie vormals Beatriz schlafweis auf bessere Zeiten fürs Frauendasein.

Zuerst lag Olga auf dem alten Küchensofa in der Laube, die Johann als Schuppen gemietet hatte. Hauptsächlich für Brennholzbevorratung. Beim Holzsägen oder Holzhacken deckte Johann das Gesicht seiner Gattin mit Klarsichtfolie ab, um es vor Staub zu schützen. Am Frauentag 1972 tauschte er das alte Küchensofa mit einem neuen aus. 1975 kaufte er eine Grabstelle und einen namensgeschmückten Grabstein.

Laura hatte das Denkmal des väterlichen Konformismus bisher möglichst gemieden. Diesmal verweilte sie auf dem Friedhof. Weil sie herausfinden wollte, ob sie tatsächlich am Schlüssel war. Das heißt: am Mann, der stehlen konnte. Gesprächsweis prüfte sie ihr erstes Jugendideal.

Laura redete vom Blocksberg und vom Gral, der dort versteckt

wäre, aber auffindbar. Die Blocksberg-Pförtner zu überfahren, könne für einen Lokführer, der schon Staatsgrenzen überfahren hätte, auch kein Problem sein. Und ein Mann unter Männern wäre sowieso unverdächtig. »Du könntest in Ruhe den Oberteufel Kolbuk um eine Insel bemausen«, sagte Laura.
Johann Salman pfiff den Uraltschlager: »Überall ist große Kohlennot, selbst im Himmel ärgert man sich tot . . .«
Laura frohlockte.
Johann Salmans Kopf färbte sich. Als sein weißes Haar vom Wind in eine rote Stirn geweht wurde, belferte er: »Nu is aber Schluß. Wenn de vielleicht denkst, ich hab mei Reißen im Kopp . . . ha, bh, hm. Mit Altersschwachsinn kannch nich dien. Mit Märchen und anderm kindschen Gelaber laßch mich noch lange nich abschpeisn. In mein Nischel herrscht wissenschaftliche Weltanschauung, verstanden?«
»Jawohl«, antwortete Laura erwartungsgemäß. Obgleich sie sich schwer damit abfinden konnte, daß der Vater trotz zaubrischer Erfahrung nach wie vor an seinen Prinzipien festhielt. Diese Prinzipien verboten Gespräche und Gedanken über Erscheinungen, die in der Aktuellen Kamera nicht vorkamen.
So mußte Laura erkennen, daß auch ihr erstes Jugendideal zum Trinksilberstehlen ungeeignet war.

126. Kapitel

Arke berichtet Sirene Beatriz von der dritten Etappe der Weltfahrt

Die Tage wurden kürzer und kälter, die Nächte länger und nebelfeucht. Im Astwerk der Sträucher und Baumriesen, die mich umstanden, verloderte der Sommer. Böenwind entriß den Feuern Stück um Stück. Auch in meine Voliere wurde Laub geweht. Es häufte sich vor meiner Remise, dörrte.
Eines Mittags, als ich vom Laubgeknister beflügelt war, wurde ich ertappt.
Ich erschrak und warf meine Papiere hinter mich.
Aber Arke schrie nicht durchs Gitter wie erwartet.
Sie fluchte auch nicht, daß ich ihre Befehle mißachtet hatte.
Sie lobte mich für meine Befehlsverweigerung.

Aber mit schwacher Stimme. Die Siebenmeilenflügel waren zerfetzt an den Rändern. Der Schlangenhaut fehlten Schuppen. Gesichtsausdruck wie immer ambivalent. Korenähnlich.
Arke zwängte sich in meine Voliere und warf sich in den Laubhaufen. Ich half ihr, die Siebenmeilenflügel zusammenzufalten. Sie duldete es dankbar.
Später fragte sie, ob ich vorangekommen wäre.
Ich sammelte die hinter mich geworfenen Papiere zusammen und wies sie vor.
Arke seufzte, als ob eine Sorgenlast von ihr abfiele.
Da mir das Verhalten der Schlange unverständlich erschien, fragte ich schriftlich, ob sie auf der dritten Etappe ihrer Weltfahrt etwa verunglückt wäre.
»Beinahe«, fistelte Arke. »Schon beim Abflug fühlte ich mich schlecht und warf mich unmäßig schnell nach Süden, um dem schlechten Gewissen zu entkommen. Auch trieb mich Sehnsucht nach dem Klima und der Vegetation der Mittelmeerküsten. Obgleich nördlich zu Hause, ist mir der Nabel der Welt nur in warmer Gegend zwischen Zypressen und Pinien vorstellbar.
Meine Erwartung war so groß, daß mich der Anblick des Mittelmeeres aus großer Höhe schon in Verzweiflung stürzte. Seine Ufer von Betonbauten entstellt. Seine Orte mit buntem Blech vollgestopft. Mein scharfes Auge, das Wassern auf den Grund sehen kann, mußte erkennen, daß die Meeresfauna in großen Regionen verkümmert oder verschwunden war. Versteppter Meeresgrund. Schlammwüste, wo früher Fischschwärme zwischen den bizarren Gebilden der Korallen, Fächeralgen und Medusen wimmelten.
Die Fischer klagten, daß sie schon oft ohne Fang zurückkehrten. Und sie machten die Abwässer der etwa dreihundert Millionen Menschen – direkt oder über Flüsse in die See geleitet – für das Sterben des Mittelmeeres verantwortlich. Auch den enormen Schiffsverkehr, die Urlaubermassen und die Tanker, die ihre Laderäume mit Meerwasser spülten. In zwanzig Jahren gibt es vielleicht hier keinen Fisch mehr, hörte Arke von Fischern aus Marseille, denn die Straße von Gibraltar wäre nur dreiundzwanzig Kilometer breit. Zu schmal also, um durch Wasseraustausch vom Ozean Hilfe erwarten zu können. Und was dem Mittelmeer jetzt geschähe, würde bald auch den Ozeanen passieren, wenn die Menschheit ihre Reichtümer nicht bald weltweit verantwortungsvollen Regierungen anvertraue . . . Aber der dritte Weltkrieg, der am wahrscheinlich-

sten durch technisches Versagen der Warnsysteme oder durch einen verrückt gewordenen Kapitän eines Atomunterseeboots ausgelöst werden könnte, würde die ökologischen Probleme sowieso mit einem Schlag wegfegen . . .

Vor den Fischerklagen und dem Anblick des sterbenden Meeres wäre Arke in panischer Flucht nach Norden zurückgewichen. Mit Umwegen über das Himalajagebirge und das Bermuda-Dreieck, wo zwei andere serpentische Schwestern hausten. Aber bei denen hätte sich Arke nicht aufgehalten. Hätte auch nicht nach Attentätern gefragt oder dergleichen.

Die Schwestern hätten Arke an ihre Sirene Sappho verwiesen, die sich entweder auf Kreta oder in der Ägäis oder in Thessalien aufhielte. Doch Arke hätte nicht auf den Rat gehört. Sie hätte sich nach Norden geworfen, gepackt von Kriegsangst und Umweltpanik und schlechtem Gewissen.

Bis in den Winter hätte sich Arke geworfen. In den Schnee des Vergessens. In Kälteschlaf.

Und sie wäre auch schnell angefroren an den Boden. Und schlummerte ein. Und wurde wach. Und schlummerte wieder. Und ermunterte sich aufs neue. Hinter ihr ging die Sonne auf und ging nieder. Und es wechselten die Monde. Und Arke schien, als ob Jahre vergingen. Und sie lag noch immer fest angefroren, und über ihrem Haupt raschelten blattlos die windgeschlagenen Äste eines Strauchs.

Und rings um sie, so weit sie sehen konnte, hatten sich Mauern aus Eis getürmt, die sie umstanden und sich enger und enger um sie drängten.

Vielleicht kommt Tauwetter, dachte Arke zwischen den Schlafpausen. Umstanden von Eismauern. Ohne Haß gegen den Frost. Bot der Anblick des Polarhimmels nicht auch Schönheiten, die sich mit dem Gewölbe des Azur durchaus messen konnten . . .?

»Und was hat dich vorm Erfrieren bewahrt«, schrieb ich ins Konversationsheft.

»Technisch meine Gaja-Abstammung, seelisch meine Sorge um dich«, sagte Arke, »mein Befehl. Sappho hat ihn verbrecherisch genannt, als ich ihr später meine Tat gestanden hatte.

Die Bande des Eises ließen mich los, sobald ich meine Angst als Kapitulation begriff. Als Kapitulation vor meinen Feinden, als optimale Erfüllung ihrer Wünsche, die ungehindertes Schalten und Walten der Kriegsvorbereiter ermöglichen würde.

Und die Scham über mein Versagen gebar einen Plan in mir. Einen aberwitzigen Plan, den ich natürlich aus eigenen Kräften nicht verwirklichen konnte.
Und das Eis gab mich frei – bis auf einige Flügelränder und einige Bauchschuppen, die festgefroren blieben – und ich flog direkt nach Delphi.
Angekommen, fand ich auf dem Stein Omphalos eine Sirene vor. Eine Sirene von deiner Gestalt.
Sie scharrte Lorbeerlaub zusammen, bestäubte es mit Mehl und entzündete den Haufen. Rauch wölkte auf. Die Erdspalte neben dem Stein begann zu dampfen. Die Sirene setzte sich daneben auf einen Dreifuß, kaute Lorbeerlaub und fächelte sich Dampf zu.«
Die Beschreibung erinnerte mich an meinen Besuch in Delphi und an meine Freundin Chariklia. Ich fragte Arke, ob sie auch in Athen gewesen wäre und die Schauspielerin Chariklia vielleicht in einem Theaterstück gesehen hätte.
Arke schlug das Herbstlaub mit dem Schwanz. Es wirbelte hoch, stiebte, gab Modergeruch ab.
»Chariklia ist eine berühmte griechische Schauspielerin«, schrieb ich.
Arke entgegnete, daß sie nicht Theater, sondern Gaja persönlich hätte besuchen wollen.
Die Sirene, die neben der Erdspalte hockte, hätte den gleichen Wunsch gehabt. Aber Gaja wäre derzeit nicht orakelfähig gewesen. Sie wäre jetzt selten zu sprechen, da sie Kraft brauche, ihrem Nachkömmling, der sich geteilt hätte und dessen Hälften im Norden unter den Namen Gott und Teufel bekannt wären, vor Religionskriegshetzerei zu bewahren. Die ewige Streiterei zwischen den beiden Hälften hätte ermöglicht, daß Gaja sich aus ihrem Kerker hätte befreien können. Und da die beiden sich nach wie vor allein miteinander beschäftigten, läge die übersinnliche Verantwortung für den Planeten allein auf Gaja. Glücklicherweise, müßte man sagen. Aber es wäre fraglich, ob die vor Gaja liegende Riesenarbeit so schnell wie nötig bewältigt werden könnte, ob Mutter Gaja noch zeitig genug die Freiheit zum Handeln erlangt hätte . . . Denn auch wenn der Atomkrieg verhindert werden könnte, wäre die Erdzukunft nicht mehr, was sie war. Sie würde nicht einfach die Fortsetzung der Gegenwart sein, sondern deren Konsequenz.
Der Mensch hätte eine wissenschaftliche Methode zur Beendigung seiner Laufbahn entdeckt. Nicht nur die kriegerische Zerstörung

mit streng wissenschaftlichen Mitteln. Auch eine andere, die auf der bodenlosen Unkenntnis dessen beruhe, wie begrenzt die Fähigkeiten der Natur seien, für den Unterhalt der Weltbevölkerung zu sorgen. Nicht nur aus Kriegsgründen, sondern auch aus ökologischen Gründen brauche Gaja die Stimmen der Sirenen dringend zur Unterstützung . . .

»Wolltest du Mutter Gaja persönlich mit der Fahndung nach den Attentätern beauftragen«, fragte ich schriftlich an.

»Die Sirene neben der Erdspalte entgegnete mir schroff, es gäbe wichtigere Aufgaben als Fahndungen nach Attentätern.«

»War die Sirene schon gut trainiert«, fragte ich wieder.

»Am besten von allen Sirenen«, antwortete Arke. »Ihre Stimme erinnerte an das Zirpen der Maultrommel und schlug mir vor, die Zeit, bis Gaja wieder zu sprechen wäre, für einen Ausflug zu nutzen. Kreta oder die Heimatinsel Lesbos wären zu weit. Aber ein kurzer Flug nach Olympia . . .

Unterwegs erfuhr ich, daß Sirene Sappho meine Begleiterin war und daß in Delphi früher auch Wettkämpfe abgehalten worden wären. Aber nicht nur von Sportlern wie in Olympia. An den Pythischen Spielen nahmen auch Dichter, Musiker und Philosophen teil. Der Name leitet sich vom Drachen Python her, nach dem der ganze Ort einst Pytho genannt wurde. Python war ein später Sohn von Erdmutter Gaja. Erst in den Zeiten der dorischen Wanderung wurde die Verehrung der Gaja durch den Apoll-Kult verdrängt. Ein Mythos erzählt, daß Apoll den Drachen tötete und ins Tempe-Tal ziehen mußte, um sich vom Mord reinzuwaschen. Dann kehrte er nach Delphi zurück und übernahm das Orakel.

Sirene Sappho und ich überflogen den Peloponnes. Unter unseren Bäuchen zogen die Orte Korinth, Epidaurus, Mykene, Tyrins, Nauplia, Argos, Tripoli und das noch sommerliche Arkadien hin.

Olympia am Fuße des pinienbedeckten Kronos war touristenleer. Sappho führte mich zu den ausgegrabenen Heiligtümern. Der Zeustempel stammte aus dem fünften Jahrhundert vor der christlichen Zeitrechnung, der Tempel der Göttermutter, die in der Gegend Hear hieß und wesentlich länger verehrt wurde, aus dem siebten Jahrhundert v. Chr. Menschliche Zerstörung und katastrophale Erdbeben haben von den Götterstatuen und Tempeln nur Trümmer übriggelassen. Alle erscheinen kleiner, als sie tatsächlich sind. Schwer glaubhaft, daß im Stadion vierzigtausend Zuschauer Platz fanden.

Der römische Baustil ist bemüht, die Gebäude größer erscheinen zu lassen, als sie wirklich sind. Sie teilen Macht mit. Sie schüchtern ein.
Die griechische Baukunst, die minoisch-matristische Wurzeln hat, beeindruckt durch Anmut.
›Deshalb hatte Napoleon Bonaparte als Kaiser eine besondere Vorliebe für Rom und alles Römische und ausgesprochenen Widerwillen gegen alles Griechische‹, sagte Sirene Sappho. Napoleon wäre künstlerisch ungebildet und ausschließlich militärisch interessiert gewesen. Sirene Sappho zeigte mir verächtlich die Reste römischer Geschmacklosigkeit zwischen den olympischen Tempeln. Und ich spürte in Sapphos Zirp-Worten den Stolz der Griechen, die ihre Kolonisatoren geistig unterwandert hatten.
Später freilich traten die griechischen Talente und die Fähigkeiten zur Gesamtschau in den Schatten, und andere Völker mit anderen Talenten, die den Zeitinteressen angemessener waren, nahmen die Geschichte in Regie«, sagte Arke. »Zeitinteressen für das Meßbare, das Akribie verlangt und die Fähigkeit, das Allgemeine zugunsten des Speziellen aus dem Auge verlieren zu können . . .
Die Griechen haben sich nicht so verlieren können. Im Gegensatz zu den meisten anderen europäischen Völkern ist im Griechischen der Mythos als natürlicher Bildungsschatz nach wie vor lebendig. Vielleicht wird dieser Schatz, der in der Vorgeschichte wurzelt, Griechenland eines Tages wieder aus dem Dunkel ins Licht heben, wenn Pandora zurückkehrt und auf urkommunistischer Tradition der Kommunismus erwächst . . .«
»Sah dein aberwitziger Plan vor, Sappho als Sirene für die DDR zu erbitten«, fragte ich.
»Sappho ist die Lieblingssirene Gajas«, antwortete Arke. »Die Thessalischen Hexen, die noch im Berg Pelion Sklavendienste leisten müssen, brauchen ihre Hilfe. Der Pelion ist der Hörselberg der Griechen und mit dem Zauberberg Parnaß durch einen unterirdischen Gang verbunden. Auf dem Parnaß herrscht noch ungebrochen ein Rabenregime.
Als ich Sappho fragte, welcher Menschengruppe sie sich zuerst zuwenden würde, sobald sie ihre sirenische Stimme zurückerinnert hätte, antwortete die Sirene: ›Ich würde mich zuerst an die Frauen großer Politiker wenden. Natürlich würde ich meine Kräfte auch mithelfen lassen wollen, eine weltumfassende Friedensmachtbewegung zu stärken. Aber Massenbewegungen wachsen nicht von heute

auf morgen. Und da wir kaum Zeit für Wachstum haben, würde ich dieses tun und jenes nicht lassen. Jenes, das heißt: die alte Kunst der Einbläserei wiederbeleben, mit der die Frauen jahrtausendelang über die Betten Geschichte beeinflußt haben.
Zu meinen Lebzeiten unterrichtete ich in Mytilene junge Mädchen, um sie für das Ehefrauendasein vorzubereiten. Natürlich könnte ich heute die Frauen und Mätressen großer kapitalistischer Politiker zum Beispiel nicht in Schulen unterrichten. Ich müßte mir eine listige Form des Privatunterrichts ausdenken. Aber meine pädagogischen Erfahrungen, die ich vor zweitausendvierhundert Jahren gesammelt habe, sind mir sicher von Nutzen . . .
Wenn das griechische Volk seine römischen Eroberer kulturell unterwandert hat, müßte es doch auch möglich sein, einzelne Eroberungskrieger – mit raffinierten sexuellen und anderen Tricks hörig gemacht – geistig zu unterwandern . . .«
»Und warum hast du meine Befehlsverweigerung gelobt«, fragte ich Arke.
»Weil Sappho meinen Befehl nicht nur verurteilt, sondern auch verachtet hat. Einer Trobadora das Schreiben zu verbieten, wäre versuchter Totschlag, hat die Sirene gesagt und mein Gewissen, das mich bereits nach dem Abflug plagte, noch mehr verschlechtert. Sappho verglich mein Vorgehen mit dem einer Regierung, die ihrer Bevölkerung das Kinderzeugen verböte, solange die Kriegsgefahr nicht gebannt ist. Ungeheuer wütend war Sappho auf mich wegen des Befehls, den ich ihr gebeichtet hatte. Aber sie legte trotzdem bei Gaja ein gutes Wort für mich ein.«
»Den aberwitzigen Plan betreffend«, fragte ich.
Arke vertraute mir, daß sie Gaja über Sappho um eine Ersatzzunge für mich gebeten hätte.
»Und in dieser Angelegenheit muß ich schnellstens zum Blocksberg, statt mich zu verplaudern«, sagte die Schlange und entflog.

127. Kapitel

Don Juan von Meißen oder: Lauras zweites Jugendideal wird geprüft

Lauras Natur, seit der Pillenabstinenz wieder kräftiger, wurde von Rückschlägen eher ermutigt als entmutigt. Vor allem, wenn Erfindungsgeist sie beflügelte. Von ihrer Listerfindung war sie geradezu berauscht. List-Losung: »Eroberung des Trinksilbers ohne Blocksberg-Eroberung«.

Unter dieser Losung wollte Laura alle Erpresser prellen: den Oberteufel Kolbuk, den Oberengel Zacharias, Isebel und Amanda. Für die unverschämte Drohung, Wesselin als Adjutanten auszuheben, behielt sich Laura außerdem noch eine Extraabreibung für Amanda vor. Die sollte aber in Ruhe ausgetüftelt werden. Auf der Insel. Auf der mit Trinksilber destillierten Insel konnte Laura keiner mehr ... kein Teufel, kein Gott, kein Hexenverein, kein Krieg, kein Dienstplan ... Da war sie endlich raus aus allem Dreck für immer und für alle Zeiten – Orplid, haha!

Das Versagen ihres ersten Jugendideals brachte Laura den Einfall, ihr zweites Ideal auf Tauglichkeit zu prüfen.

Nicht auf der Bühne.

Es lag in zeitgenössischem Gewande vor, schriftlich vorerst. In Form eines Briefes an Vilma Tenner.

Da Vilma jedoch längst außerstande war, alle Briefe mit Stellenangeboten allein zu beantworten, hatte sie Laura immer abgegeben. Und Laura konnte dann nach Belieben entscheiden, ob sie die jeweilige Narrenarbeit annehmen wollte oder nicht.

Laura wollte meist und konnte fast nie. Aus Zeitmangel. Sie warf die Briefe aber nicht weg. Sie sammelte.

Auf ihrer Suche nach dem geeigneten Mann trug sie die Sammlung im Gepäck. In dunkler Ahnung, daß Angebote von Leuten drunter sein könnten, die statt mit Geld lieber mit Mut zahlen.

Lauras zweites Jugendideal im zeitgenössischen Gewande hatte sein Angebot vermittelt gesandt. Der Vermittler war ein Uhrmachermeister aus Meißen. Sein Brief lautete: »Sehr geehrte Narrenkünstlerin! Cicero sagt irgendwo – ich glaube in seiner Abhandlung über die Natur der Götter –, es habe mehrere Jupiter gegeben, einen Jupiter auf Kreta, einen in Olympia, einen weiteren anderswo; so hat jede

einigermaßen berühmte Stadt in Griechenland ihren eigenen Jupiter gehabt. Aus allen diesen Jupitern hat man einen einzigen gemacht, dem man sämtliche Erlebnisse aller seiner Namensvettern zuschrieb. Das erklärt die erstaunliche Fülle galanter Abenteuer, die man diesem Gott andichtet.
Der gleiche Vorgang hat sich bei Don Juan ereignet, einer Person, die der Berühmtheit Jupiters nahekommt. Allein Sevilla hat mehrere Don Juans besessen. Und manche andere Stadt nennt ihren eigenen. Jeder einzelne hatte ehemals seine besondere Legende. Mit der Zeit sind alle verschmolzen.
Wenn man indessen genau hinsieht, ist es leicht, jedem sein Teil zuzumessen, oder zumindest zwei dieser Helden zu unterscheiden, nämlich Don Juan Tenorio, der, wie jeder weiß von einer steinernen Statue entführt wurde, und Don Juan von Meißen, dessen Ende ein ganz anderes werden wird.
Wenn Sie, geehrte Narrenkünstlerin, nicht Hilfe schaffen, und Sie können das. Nur Sie, jawohl, auf Ihrer Vigilanz ruht meine letzte Hoffnung sowie die Hoffnung Meißens und der ganzen Welt. Außerdem möchte ich Sie höflichst daran erinnern, daß Können Verantwortung mit sich bringt. Wer sich der Verantwortung entzieht, hat Konsequenzen zu gewärtigen. Also ich möchte dann nicht in Ihrer Haut stecken. Unsere Meißner sind verwöhnt. Wenn die plötzlich erleben müssen, daß der Ruhm ihrer Stadt nur noch vom Porzellan abhängt, können sie unberechenbar werden. Ist Ihnen die Meißner Fuchtigkeit ein Begriff? Alle näheren Umstände zu erfahren über meine Wenigkeit daselbst.
Hochachtungsvoll! Albrecht Herklotz, Meißen, Uhrmachermeister, am Burgberg 12«.
Laura ließ sich vom Vater auf den Hauptbahnhof von C. begleiten, »machte« aber zu Johanns Erstaunen nicht nach Berlin, sondern nach Meißen.
»Pst, du sitzt im falschen Zug«, krakeelte Johann Salman und behielt den Ton und den Satz bei bis zur Abfahrt.
In der Weinstube »Vincenz Richter«, ehemals Zunfthaus der Tuchmacher, wurde Laura mit Don Juan von Meißen bekannt gemacht. Vorerst nicht persönlich, sondern erzählerisch. Am Stammtisch trug der Uhrmachermeister Albrecht Herklotz das Anliegen der Stadt und der Welt vor. Als ein Problem der Denkmalspflege. »In die Albrechtsburg und andere tote Hunde wird haufenweis Geld zur Erhaltung und Pflege und Restaurierung gesteckt, in unser lebendes

Denkmal kein Pfennig«, schimpfte Herklotz. »Die Abteilung Kultur beim Rat der Stadt wartet ab, ob das nächste Plenum einen Hinweis enthält, aus dem sich eine Meinung zu diesem Problem entwickeln ließe. Die Sozialversicherung erklärt sich für nicht zuständig. Und die Psychiater sind ja auch tatsächlich so rar und überlaufen, daß für unseren Don Juan beim besten Willen keiner hauptamtlich bereitgestellt werden kann. Deshalb hatten wir an einen ehrenamtlichen gedacht. Sie, Frau Tenner, werden die Kiste schon schmeißen.«

»Salman mein Name«, entgegnete Laura, »ich bin in Vertretung . . .«

»Was«, rief Herklotz entrüstet, »mit Vertretungen läßt sich Meißen nicht abspeisen. Wenn Sie vielleicht als Berlinerin denken, wir sind Provinz und für Provinz ist alles gut und wie wir heute arbeiten, so wird Berlin morgen leben – nee, Sie. Meißen stellt nur Spitzenkräfte ein. Frau Narrenkunstprofessor Tenner wurde uns aus höchsten Fachkreisen empfohlen. Ihre Referenzen bitte!«

Laura gab sich als Vilmas Meisterschülerin aus und legte das Dankschreiben des Hosenschneiders Grün als Referenz vor.

Herklotz entzifferte murrend. Dann verlas er eine Abhandlung, um Laura vor Leichtfertigkeit zu bewahren. Der Autor der Abhandlung, Paumgarten mit Namen, bezeichnete die Ahnenreihe Don Juans als lang und erlaucht. Sein Urbegriff, die unerschöpfliche, dämonisch bezaubernde, satanisch betrügliche Naturgewalt des Männlich-Sinnlichen würde – wie sein antisoziales Übermenschentum – im Mythos wurzeln. Sören Kierkegaard begriffe ihn als die sinnliche Genialität, die Inkarnation des Fleisches oder die Beseelung des Fleisches, als den Ausdruck für das Dämonische, sofern es als sinnlich bestimmt würde, wie Faust der Ausdruck für das Dämonische wäre, sofern es als das Geistige aufträte. »Er ist ein Zerstörer«, zitierte Herklotz, »unfruchtbar, saturnisch, von der Natur im voraus zu einem wahnwitzigen Schicksal ewig gleichen Erlebens, ewigen Unbefriedigtseins verdammt, gleichwohl von ihr mit allen Gaben des Siegers, mit Schönheit, Kraft, Verwegenheit und List, mit dem unwiderstehlichen Charme des Lächelns und der Gebärde verschwenderisch ausgestattet. Sein hemmungsloser Vernichtungstrieb hetzt ihn ohne Ende an die Wurzel des Lebens, an das Weib. Seine glücklose Erotik, wenn sie überhaupt eine solche genannt werden darf, will den Untergang, das Opfer. Er haßt die Frauen und verachtet sie, so bedingungslos seine Leidenschaft um des Eroberns willen an die Gattung gebunden ist. Er haßt die Welt, die Gesellschaftsordnung, die göttlichen Gesetze, die er unbezwingbar über sich fühlt und darum zu leugnen versucht. Noch trotziger aber haßt er den Tod als seinen Meister in der Zerstörung alles Lebendigen.«

Nach der Vorlesung gab Laura eine grundsätzliche Erklärung ab. Kernsatz: »Über große Gegenstände bringt jeder Dummkopf einen Witz zustande.«

Herklotz pflichtete bei.

Laura bat sich einen Tag Bedenkzeit und eine närrische Sitzung mit dem Patienten aus.

Herklotz bewilligte.

Während der Bedenkzeit ahnte Laura, daß Don Juan von Meißen vor weit schwierigeren Problemen stehen müßte als Don Juan Tenorio. Der Spanier brauchte nur Mut zum Sündigen. Dem Meißner dagegen hatten die sozialen Zustände beinahe alle Grundvoraussetzungen für ein einschlägiges Sündenbewußtsein entzogen. Der Antrieb zum Sündigen war ihm verlorengegangen, was hieß: die Triebfeder seiner Existenz.

Laura schloß logisch, daß dem Mann nur zu helfen wäre durch Hypnose. Mittels Hypnose mußte Don Juan von Meißen suggeriert werden, daß alle Mädchen heute noch immer vorm Beischlaf Angst haben, weil sie entjungfert nichts mehr wert sind, und daß die Frauen sich vorm Ehebruch fürchten, weil sie den wahrscheinlich mit ihrem gesellschaftlichen Untergang bezahlen müssen und mit dem Verlust der ewigen Seeligkeit ganz gewiß.

Laura konnte aber nicht hypnotisieren. Außerdem hätte solche Hypnosebehandlung Lauras grundsätzlicher Erklärung widersprochen. Laura verwarf also Suggestion und andere Respektlosigkeiten und suchte nach einer würdigen, der großen Erscheinung angemessenen Lösung.

In einer Marx-Ausgabe, die zuzüglich Bett, Tisch, Stuhl, Waschschüssel und Wasserkanne zur Ausstattung von Lauras Hotelzimmer gehörte, fand Laura dann den entscheidenden Hinweis für die einzuschlagende Lösungsrichtung. Der Hinweis lautete: »Die Geschichte ist gründlich und macht viele Phasen durch, wenn sie eine alte Gestalt zu Grabe trägt. Die letzte Phase einer weltgeschichtlichen Gestalt ist ihre Komödie ... Warum dieser Gang der Geschichte? Damit die Menschheit heiter von ihrer Vergangenheit scheide.«

Laura beherzigte Marxens Worte und erarbeitete sich eine närrische Direktive mit fünf Schwerpunkten, nach denen schrittweise behandelt werden sollte.
Wortlaut der Schwerpunkte:
1. Patient wird mit den ökonomischen Verhältnissen, unter denen sich seine Persönlichkeit entwickelte, vertraut gemacht.
2. Würdigung der Persönlichkeit des Patienten.
3. Kritische Darstellung seiner historisch bedingten Grenzen.
4. Patient wird vom fortschrittlichen Charakter der neuen sozialen Verhältnisse, in die seine Persönlichkeit gegenwärtig gestellt ist, überzeugt.
5. Konstruktive Vorschläge für die Bewältigung der veränderten sozialen Bedingungen im Vorwärtsschreiten und Beschlußfassung.
6. Beschlußkontrolle/Happy-End.
Die Schwerpunkte 1 bis 4 erschienen Laura leicht. Beim fünften Schwerpunktschritt aber sollte der Patient seine Fixierung auf Quantitäten, die auch in der Wissenschaft noch heute üblich ist, überwinden, und für Qualitäten interessiert werden. Minimalprogramm: Don Juan, der die Liebe nicht kennt, lernt sie im Vorwärtsschreiten kennen. Maximalprogramm: Don Juan verliebt sich in eine ihm ebenbürtige Frau, das heißt in eine Frau, die ihn erobert.
Trainingsprogramm: Patient stiehlt Oberteufel Kolbuk eine Trinksilberphiole unterm Hintern weg. Beschluß: Die Phiole für die ebenbürtige Frau in spe. Das Trinksilber als Behandlungshonorar an Laura Salman.
Laura erhob den Schwerpunkt 5 zu ihrem Schwerpunkt und bereitete sich sorgfältig auf die Sitzung vor.
Der Patient erschien besoffen in Lauras Hotelzimmer. Seine Körperlichkeit war nach dem Schauspieler Belmondo gebildet, seine Geistigkeit nach dem Schreiber Hermann Löns. Laura entschloß sich deshalb zu einem abgekürzten Verfahren, das mit dem Trainingsprogramm eröffnet wurde.
»Teufel sind mir zu politisch«, lallte Don Juan von Meißen.
»Aber Oberteufel Kolbuk hat viele Frauen vorrätig«, sagte Laura.
»Politische Frauen kann ich nicht ausstehen«, lallte Don Juan von Meißen.
»Aber viele von ihnen sind klug und schön«, sagte Laura.
»Frauen, die klug und schön sind, machen mir Angst«, lallte Don Juan von Meißen, »und stehlen kommt für mich erst recht nicht in

Frage. Immer ehrlich bleiben ist meine Devise. Ehrlich bumsen währt am längsten.«
»Raus«, schrie Laura da und warf den Herrn aus dem Zimmer, »Don Juan vom Marmorpalast hatte nicht mal Angst vor der Hölle«, schrie sie und stieß den Herrn die Hoteltreppe hinunter, »ein Don Juan, der zu feige ist, einen Oberteufel zu bestehlen, ist ein ganz gewöhnlicher kleiner mieser Hochstapler«, schrie sie und schoß einen Blumentopf nach.

128. Kapitel
Der Zopf

Nach dem Versagen ihres zweiten Jugendideals gestand sich Laura ein, daß Vater Johann nicht zu Unrecht krakeelt hatte. Sie war tatsächlich in den falschen Zug gestiegen. Meißen war eine Pleite. Das restliche Sachsen wurde eine. Und das Erpresserquartett war gewiß nicht untätig . . .
Laura hörte also nachträglich auf den Vater und »machte nauf« nach Berlin.
Während der Fahrt erinnerte sie ihr drittes Jugendideal. Zwischen den Stationen Döbeln und Riesa beschloß sie, es dienstbar zu machen. Unbedingt. Lauras drittes und größtes Jugendideal war ihre letzte Chance.
Im zeitgenössischen Gewande war es ihr jedoch nur ein einziges Mal entgegengetreten. Außer Konrad Tenner war ihr niemand begegnet, der ihrem Faust in der Küche ähnelte.
Laura betrat den Bahnsteig des Bahnhofs Alexanderplatz, wo U-Bahnzüge in Richtung Tierpark bereitgestellt werden. Bevor die Frau jedoch einen Zug bestieg, fielen ihr die Verdächtigungen ein, die Amanda gegen Konrad Tenner erhoben hatte. Verdächtigungen einer Erpresserin. Und eine Hälfte. Wem von beiden sollte Laura glauben?
Unschlüssig verließ sie den Bahnhof wieder, um sich Auslauf zu verschaffen. Laufbewegung fördert Denkbewegung.
Auf dem Alexanderplatz wimmelten Einkauftouristen. Raffatmosphäre, keine Denkatmosphäre. Freitagabend. Laura floh den Ort.
Als sie den Spittelmarkt erreichte, sah sie einen Zopf.
Sie überquerte den Markt. Sie rannte gegen das Kanalgeländer.

Jenseits des Wassers die Hochhäuser der Fischerinsel. Der Zopf hing am Hochhaus Nummer 11. Nebel hatte es gekürzt. Frost klebte Lauras Hände ans Geländereisen. Der Zopf hing aus dem Nebel. Unter Laura Eis. Die Schollen stauten sich in der Biegung. Laura starrte in die Spiegel. Der Scherbenteppich trieb knisternd, warf Kälte. Wind schnitt Laura den Hauch von den Lippen. Der Zopf war rot.

Als Laura bereits die drei Stränge erkannte, aus denen der Zopf geflochten war, bezweifelte sie ihn und floh in den Beton Nummer 11.

Schwerfällige Eingangstür aus Glas. Dahinter Hitze wie erwartet. Unerwartet ein Zwitschergeräusch. Laura stutzte, besah Fotos vom Panzerkreuzer Potemkin an der Wandzeitung und Kratzinschriften an den Armaturenbrettern der Fahrstühle. Zwei Fahrstühle für Stockwerke mit geraden Zahlen, zwei für Stockwerke mit ungeraden Zahlen. Die Kratzinschriften spiegelten den erbitterten Kampf zwischen den Anhängern der Fußballmannschaften BFC und Union. Die Lichtanzeigetafeln der Fahrstühle funktionierten nicht. Aber das Gezwitscher! Fast pausenlos funktionierte es. Komischer Vogel. Laura spazierte nervös zwischen den geschlossenen Fahrstuhltüren und den Grünpflanzen, die vor den Fenstern wucherten und rankten und sich schlangen. Sie musterte das Gesträuch, blinzelte zur Decke und durch einen Eisenrost, durch den Heißluft stieg, sie tappte mit den Schuhen – kein Vogel zu sehen. Nur zu hören. Fast pausenlos Gezwitscher. Zwitschergeschnalz. Eigentlich mehr Geschnalz als Gezwitscher. Laura ärgerte sich und war froh, daß ihre ornithologischen Kenntnisse nicht ausreichten, um die Geräuschquelle zu identifizieren und damit als Beschäftigungsgegenstand aus ihrem Kopf zu entfernen. Verstört betrat sie die Nottreppe. Weil die Konzentration gestört war. Von einem inzwischen nicht mehr hörbaren Geräusch. Von diesem Gezwitscher oder Geschnalz. Von der unsinnigen, aber unaufgebbaren Suche nach dem Namen der Geräuschquelle und der Existenzerklärung für einen Haarzopf.

Laura rannte raus, dann Richtung Molkenmarkt. Rückweg über die Klosterstraße.

Neuerlich betrat Laura die Fischerinsel, den ältesten Teil der mittelalterlichen Stadt Cölln, über die Mühlendammbrücke. Unter der Brücke Schwäne und Enten. Auf der Insel Betonsäulen und Bäume. Die erste Wohnsäule links hatte die idyllische Mühlendammschleuse im Rücken. Auf die Vorderfassade mit Eingang prallte der Verkehrslärm von der Kreuzung Breite Straße/Leipziger Straße. Auf der Vorderfassade des Hochhauses Nummer 11 hing ein roter Haarzopf.

Kein Mensch sonst schien ihn zu bemerken. Laura erklärte sich die Unaufmerksamkeit oder das Desinteresse mit der freitäglichen Einkaufshektik und mißtraute ihren Augen nicht länger. Schon überwältigte sie die Neugier.

In einem günstigen Augenblick, da sich keine Fußgänger in der Nähe aufhielten, faßte Laura das Haarseil mit Händen und Schenkeln und klomm empor.

Und sah zurück erst, als der siebte Stock vorbei war. Schwindel faßte sie, Entsetzen. Zu spät zur Rückkehr – Laura blieb nur die Flucht hinauf.

Das Fenster, aus dem der Zopf hing, war auch bald erreicht. Welchem Mädchen mochte er gehören?

Bouclételppich, Lederpantoffeln, karierte Socken, Großrundstrickhosen . . . Das Mädchen, dem der Zopf gehörte, war keins. Laura stand vor einem Mann.

»Ein Heimchen«, schrie Laura. Die Verblüffung hatte den Namen der Zwitschergeräuschquelle jäh zutage gefördert.

Der korrekt gekleidete Herr mit dem Zopf versicherte, daß Heimchen garantiert harmlose Tiere wären, mit Wanzen und Schaben nicht zu vergleichen. Wanzen gäbe es im Hochhaus nicht, aber Schaben wären schon gesichtet worden. In den Luftschächten zentralbeheizter Gebäude fände dieses Ungeziefer ideale Lebensbedingungen. Selbst die Interhotels wären geplagt – als Dienstreisender wäre er inzwischen abgehärtet. Aber er hätte auch eine sichere Falle.

Der Herr komplimentierte Laura aus einer Art Bücherbunker durch die wilden Tapeten des Minikorridors in die Küche, wo die sichere Falle zur Besichtigung stand: ein Marmeladenglas, halb leer und außen mit schwarzem Papier beklebt.

Das Wohnzimmer war wie alle anständigen Wohnzimmer dieses Landes mit einer Polstergarnitur und einer Schrankwand möbliert. Auf der Couch Plüschtiere und Plüschkissen. Überall durchdringender Geruch nach dem Weichspülmittel Wofalor. Er unterstützte Lauras Bemühungen, den Ungewöhnlichkeiten des Aufstiegs und Eintretens Gewöhnlichkeit anzudenken.

Als Laura zum Barteil der Schrankwand geführt wurde, in dem beim

Öffnen Licht anging, gewahrte die Frau, während sie unter den Schnapsflaschen wählte, daß die Barspiegel zwei Männer abbildeten. Beide glichen einander bis aufs Haar – den Zopf ausgenommen – und kamen Laura bekannt vor.
Haar wie Daunen. Strohgelb. Augen weiß umwachsen. Brauen auch fast weiß. Haut gesprenkelt wie bei Parzivals Bruder Feirefiz. Laura schätzte: Mittvierziger. Aber das Sommersprossenraster überlagerte Alterskerben und den Mangel an Markanz und verlieh den Zügen Jungenvorwitz, ja Frechheit.
Laura gestand, daß beide Männer einem Schulkameraden zum Verwechseln ähnlich sähen.
»Ich sehe vielen Leuten zum Verwechseln ähnlich«, entgegnete der mit dem Zopf und drängte das Double aus dem Spiegel, »im Gegensatz zu meinem Damenbesuch. Da ein ordentlicher FDJ-Sekretär auch Kader anderer Gruppen ein für allemal im Gedächtnis hat, würde ich sagen: mich besucht die Salman Laura.«
»Getroffen. Und ich würde sagen ...« Laura drehte sich um. Der Mann mit dem Zopf drängte den anderen gegen einen Eckschrank.
»Ich würde sagen, ich besuch Maries Heiner ...« Handgemenge vor der Eckschranktür. »... Fakals Heiner, Verzeihung, Heinrich wollt ich sagen, Fakal Heinrich würd ich sagen, wenn ...«
Der Mann mit dem Zopf schob seinen Doppelgänger in den Eckschrank und verschloß die Tür. »... Ja wenn ...« Lauras Blicke tasteten den Zopf entlang. Sein Ende war nicht auszumachen »... Ja wenn nicht ...«
Der Mann griff eine Schere und schnitt den Zopf ab.
Dann küßte er Laura seitlich links rechts links nach russischer Sitte beziehungsweise der, die unter Staatsmännern sozialistischer Länder und deren Führungskadern üblich ist, und trank aufs Wiedersehen sto Gramm Wodka.
Laura kippte auch sto Gramm. Und als Heinrich Fakal den Zopf in den Eckschrank stopfte, noch mal das Quantum.
»Fasching«, sagte Fakal und bat zu entschuldigen, daß nicht aufgeräumt wäre. Die Akademie hindere ihn, beschäftige ihre Mitarbeiter rund um die Uhr. Heinrich Fakal warf sich schnaufend in einen Sessel.
»Wenn deine Akademie mit allen so spät dran ist wie mit Fasching ...«, sagte Laura aus dem anderen Sessel, »als was bis du denn gegangen mit diesem Zopf?«
»Als Rapunzel«, sagte Fakal nach kurzer Pause. »Wenns nichts gibt,

hängt, wie das Sprichwort sagt, der Pferdekopf raus, und wenn hier der Fahrstuhl kaputt ist, hängt bei mir der Zopf raus. Ein Seil, damit sich meine Freunde schon während des Anmarschs langsam an den Gedanken gewöhnen können, daß sie zwölf Etagen steigen müssen. Eisern. Abrupte Steiganforderung kann zu Rückzügen führen oder zu Stinklaunen, die dann unsereins als Gastgeber auszubaden hat. Da ich keine Fassadenkletterer oder Bergsteiger unter meinen Freunden habe, bist du mein erster Besuch, der mein Signal praktisch genutzt hat. In der Schule warst du ja auch schon eulenspiegelhaft und eine Sportkrampe. Arbeitest du beim Zirkus?«

Nachdem Laura ihren Beruf erwähnt hatte und Fakal seine Verwunderung darüber, daß nicht »mehr« aus ihr geworden war, mühsam unterdrücken konnte, begann der Austausch von Jugenderinnerungen.

Fakal erzählte von den gemeinsamen ideologischen Enttrümmerungseinsätzen, die die FDJ-Gruppen der Lenin-Schule und der Marx-Schule unter seiner Leitung durchgeführt hätten, scharfzüngig-überlegen und renommierend-sentimental. Laura erkundigte sich nach dem anderen blonden FDJ-Sekretär, nach ihrem, dem der Lenin-Schule, von seinem Direktor in einem Wandzeitungsartikel als »Sohn der Scheuerfrau« zur FDJ-Wahl angepriesen, »Korn hieß der Kumpel, Korn Harry, ja, auch Leitungsschnittlauch, weil er so dürftiges Haar hatte. Es wuchs so spärlich wie Gras im Eltwerksviertel, weißt du noch, wo immerzu Flugasche in die Vorgärten graupelte, und einen Anzug vom Typ Zweireiher hatte er auch nicht wie du, bloß zwei Kaderjacketts, eins für gut und eins für die Woche, und dazu diese Bauchhosen von seinem Großvater ... stimmts? Er sah überhaupt immer ein bißchen erfroren aus ...«

»Außen«, warf Heinrich Fakal ein, »außen Bluff und innen Zucker.«

»Für die Damen ja im Gegensatz zu dir. Und was ist aus ihm geworden?«

»Botschafter«, sagte Fakal.

Laura schlug begeistert ihre Schenkel.

Fakal knurrte etwas über Kaderengpässe nach der Anerkennungswelle, die Kompromisse erzwungen hätte, Diplomatie wäre ein hartes Geschäft, eisern, Korn Harry dagegen ...«

Laura beugte sich lauernd vor.

Fakal begann Zigarettenenden zu klopfen, nicht Sprüche wie früher.

Aber mehr Worte waren auch nicht nötig, um die alten Kontroversen aufzufrischen. Und die alten Sympathien und Antipathien.
Auf Korn Harry ließ Laura jedenfalls nach wie vor nichts kommen – und unbesehen. Denn warum sollte ausgerechnet der sein angenehmes Wesen geändert haben?
Dieser Fakal hatte sich als eiserner Heinrich ja offenbar auch glänzend konserviert. Brutal gegen sich und hart gegen andere und Mathematiker nach Plan, wie?
»Nicht nach Plan«, entgegnete Fakal. »Leider nicht Mathematiker. Es muß auch Philosophen geben, oder?«
Scharfes »oder«, worauf »gewiß« verhaltensökonomisch am günstigsten paßte – Laura schöpfte aus alten Erfahrungen. Und die machten ihr auch bewußt, daß sie hier nur Zeit verlor. Kostbare Zeit auf der Suche nach dem geeigneten Mann, der Lauras Faust in der Küche ähnlich war. Unähnlicher als dieser eiserne Heinrich konnte dem niemand sein. Das wußte Laura sicher. Sie verabschiedete sich.
Fakal begleitete sie aus dem Wohnzimmer und ließ die Brauen spielen. Fast weiße Brauen, aus denen einzelne Haare derart lang und steif hervorragten, daß Laura an Fühler von Heupferden erinnert wurde.
Als sich diese Brauenborsten im Korridorlicht als rot erwiesen, wurde Laura unsicher. Als sie unter den blonden Schläfen rote Koteletten entdeckte, beschloß sie, Heinrich Fakal zu lausen.

129. Kapitel

Nachdenken über Johann Salman bei Rauhreif

Herbstnebel. Als er stieg, hinterließ er Rauhreif. Ich konnte die Pracht an allen Gewächsen ringsum bewundern und an meinen Gittern und an den Maschendrahthüllen, die von den Gärtnern um Sträucher und Baumstämmchen gelegt worden waren. Der Draht verweist Nagetiere, die sich illegal im Tierpark aufhalten, zu den legalen Futterplätzen. Hasen halten sich das ganze Jahr über illegal im Tierpark auf. Stockenten und Krähen flogen zu bei Kältebeginn. Die Enten sah ich um noch eisfreie Wasserstellen versammelt. Die Krähen lasteten zu Hunderten in hohem Geäst. Entweder sie lasteten alle krächzend in Bäumen oder sie erhoben sich alle und schwärmten krächzend darüber. Gewaltiger Lärm. Ich stellte mir den Frost nicht bildlich, sondern lautlich vor. Als Krächzklang. Und mit einem Klang kann eine Trobadora spielend Zwiesprache halten. Wenn ich nicht gestorben wäre und also so kälteunempfindlich, würde ich mit dem Frost sicher anders kommunizieren. Da würde ich ihn vielleicht Fritz nennen und Aas schimpfen. So nenne ich ihn Fridolin . . .

Johann Salman nannte seine letzte Lokomotive »Pauline«. Als er von ihr Abschied nahm, begleitete ich ihn. Während seiner letzten Fahrt auf der Strecke Karl-Marx-Stadt-Hauptbahnhof–Rochlitz sagte mir Salman: »Ich versteh nicht, was Laura an so einer elektrischen Hitsche findet. Unheimlich wär mirs, auf so einem albernen Griebel zu fahren, wo man Schäden höchstens einkreisen kann, nicht selbst beheben. Mit so einem Drahthaufen kann doch kein Mensch reden.«

Salmans harmonisches Wesen beruhte offenbar auf der Fähigkeit, nicht nur zu Menschen menschliche Beziehungen herstellen zu können. Ohne solche Beziehungen war ihm Berufsarbeit nur als Last vorstellbar. Und er machte sich Sorgen um seine Tochter, die Triebwagenfahrerin. Vielleicht erschien ihm ein Triebwagen als unheimlicher Drahthaufen, weil Salman nicht Elektriker gelernt hatte, sondern Schlosser. Und vielleicht erscheint Laura eine Dampflok als unheimlicher Eisenkoloß?

Die Nachschrift der Blocksberg-Vorlesung ließ Johann Salmans Eigenarten nachträglich als praktische Lebensweisheit erscheinen. Und ich erinnerte mich, daß er nicht nur mit seiner Maschine reden konnte, sondern auch mit dem Chemnitztal und der Textilfabrik VEB Doppelmoppel und dem Ort Dietensdorf. Dietensdorf rief er vom Führerstand zu: »Na, Alte, siehst heide morschen wieder mal racht erfrurn aus.« Johann Salman hatte viele Freundschaften, nicht nur mit Menschen. Seine Frau Olga hatte nur zu ihm eine Bindung. Er allein mußte ihr Freundschafts- und Liebesbedürfnis befriedigen. Und das konnte er natürlich nicht. So was kann kein Mensch. Aber die hiesige Kultur hat ein Liebesideal postuliert, das den Liebenden abverlangt, sich gegenseitig die Welt fokussiert darzubieten. Es weckt unerfüllbare Erwartungen und liefert jedem Menschen schnell den Beweis, daß seine Liebe ungenügend erwidert wird oder daß es sein Schicksal ist, vergeblich nach wahrer Liebe zu suchen, oder daß Liebe nicht von Dauer ist oder alle Liebe Illusion. Ein zerstörerisches Ideal – Hausfrauen wie auf den Leib geschrieben.

Für sie muß der Mann Weltersatz sein. Aber auch berufstätige Frauen vergleichen ihr Leben mit diesem Ideal – alle Leute, ob Frau, ob Mann, schleppen es irgendwie mit sich herum. Auch als Negation. Kein Wunder, daß es kaum länger währende glückliche Liebesbeziehungen oder gar Ehen gibt. Kein Wunder, daß von der Sexualität neuerlich Wunder erwartet werden. Aber Sexualität kann Erotik nicht ersetzen. Erotik zu einem Menschen oder zu mehreren – Erotik zur Welt. Eine Menschheit, die unfähig ist, ihre Erde zu lieben, ist wohl auch unfähig, sie vor der Vernichtung zu retten. Das herrschende Liebesideal, das Weltersatz fordert, muß gestürzt werden . . .

130. Kapitel

Heinrich Fakal wird gelaust

Unter dem Vorwand, sich den Fuß vertreten zu haben, warf Laura ihre linke Hand auf Fakals rechte Schulter. Heinrich Fakal stützte. Laura schob den rechten Arm nach, humpelte ins Wohnzimmer zurück und riß dabei ein Haar aus dem linken Kotelettenschmuck. Fakal sank aufs Sofa.
Laura fragte geistesgegenwärtig.
Fakal antwortete: »Ei, wenn sies wüßten« wie erwartet und ferner unerwartet. Seine Mundwinkel waren nach oben geschnellt. Gewölbte, exakt rasierte Schnurrhaarkissen. Gespitzte Lippen. Ein Kinngrübchen.
Laura hatte gefragt: »Warum trägt der Doppelgänger keinen Zopf.«
Fakal redete nicht widerstrebend, sondern willig, ja geradezu wie erlöst. Freilich somnambul und mit Koloraturtönen, weshalb hier zum leichteren Verständnis eine inhaltliche Zusammenfassung Lauras nachgedruckt wird. Sie steht im Tagebuch der Zeugin und hat folgenden Wortlaut:
»Maries Heiner lebt noch länger geteilt als ich. Er muß sich selber zerhackt haben. Freiwillig? Jedenfalls hatte ich nach 45 nur mit der einen Hälfte Kontakte und Reibereien: mit dem eisernen Heinrich. Die andere Hälfte, die jetzt im Eckschrank aufbewahrt wird, nannte der gelauste Fakal ›Henri‹. Während der Oberschulzeit soll Henri in einem Holzkoffer aufbewahrt worden sein, den der Vater Kurt

Fakal bei seiner Heimkehr aus dem KZ Buchenwald mitführte. Im Koffer lag damals ein Mantel. Der Mantel, der Koffer, ein Fahrrad und eine Jacke waren Kurt Fakal von einem sowjetischen Offizier verschafft worden, der dem Mann in Häftlingskleidung auf der Landstraße begegnet war. ›Kuda‹, hatte der Offizier gefragt. – ›Nach Hause‹, hatte Kurt Fakal geantwortet und auf dessen Landkarte den Ort gezeigt. Der Offizier hatte achtzig Kilometer Entfernung geschätzt und für den humpelnden Fakal senior requirieren lassen.

Als Fakal junior in Moskau studierte, wurde Henri in einem Pappkoffer aufbewahrt. Immer unter Verschluß. Denn Fakal junior hatte seit seinem zehnten Lebensjahr einzig Mathematik mit Leidenschaft interessiert, und er hatte natürlich Mathematik studieren und Mathematiker werden wollen. Ein anderer Beruf war ihm nicht vorstellbar gewesen für sich; ein besserer sowieso nicht. Jenseits des Abiturs hatte Fakal den eigentlichen Beginn seines Lebens erwartet. Ungeduldig zunächst. Als er von seiner Delegierung in die Sowjetunion erfuhr, rauschhaft. Mathematikstudium in Moskau – Fakal hatte drei Stunden allein durch den Wald rennen müssen, um die Glücksnachricht bewältigen zu können. Als er mit Korn Harry in Moskau angekommen war, hatten beide Studienplätze am Institut für Philosophie. Denn beide hatten der Delegierungskommission zwei Wissenschaften nennen müssen, die interessierten. Und da sich jeder ordentliche Genosse für Marxismus interessiert, hatte die Kommission keine Überzeugungsarbeit leisten müssen, um auch Philosophie als Studienwunsch aufschreiben zu können.

Korn Harry, der Maschinenbau studieren wollte, nahm die Überraschung gefaßt. Eisern, wie Fakal schien. Eine Fähigkeit, die Fakal seinem politischen Rivalen Korn bislang nicht zugetraut hatte. Oder war Korn gar nicht enttäuscht? Fakal jedenfalls war verzweifelt. Wohin mit der Verzweiflung? Zurück nach Hause? Der Vater würde ihn als politisch ungehorsam und disziplinlos und undankbar verstoßen. Die Parteigruppe mit Stalin im Ehrenpräsidium würde ein Verfahren gegen Fakal eröffnen, weil er sich des in ihn gesetzten Vertrauens nicht würdig erwies und dadurch als Repräsentant das Ansehen der Partei und der DDR schädigte. Keine DDR-Universität würde einen solchen Versager immatrikulieren. Wohin mit der Verzweiflung?

Heinrich Fakal stopfte sie zu Henri in den Pappkoffer. Und er vertagte den Beginn seines eigentlichen Lebens. Und mit seiner vom

Vater übernommenen Lebensdevise: ›Brutal gegen sich, hart gegen andere‹ erreichte er vorbildliche Studienergebnisse in allen philosophischen Fächern und führende Funktionen. Nur sonntags und in den Ferien saß er regelmäßig auf seinem Koffer über mathematischer Literatur und hoffte auf ein zweites Studium.

Nach Abschluß des ersten wurde er jedoch ganz und gar gebraucht und verplant, und er vertagte den Beginn seines eigentlichen Lebens noch eine Weile. Bis er das mathematisch-produktive Alter weit hinter sich hatte.

Nun, jenseits der Vierzig und der Scheidung, verschloß er Henri nicht mehr in Koffern. Nun kaufte er ihm einen Eckschrank und eine mathematische Bibliothek. Wenn kein Besuch zu erwarten war, arbeiteten beide am gleichen Schreibtisch. Nach der Arbeit sprachen sie miteinander. Henri mit Vorliebe über Gauß und Gematrie oder Turandot, Heinrich ohne Vorliebe über Wissenschaftstheorie, Akademieintrigen und die Frau, die gerade seinen Hormonspiegel praktisch regulierte. Die Ressorts waren genau abgesteckt, das Zusammenleben im Gegensatz zur Ehe komplikationslos.

Bis zu dem Tag, da Heinrich der Zopf wuchs und der Wirrwarr begann.

Denn so ein Zopf und dergleichen Verrücktheiten gehörten natürlich zu Henris Ressort. Heinrich machte sich nachträglich Vorwürfe, daß er nicht sofort eingeschritten war. Aber wie?

Als Heinrich mit dem unter Hemd, Jacke, Mantel versteckten Zopf aus der Akademie zurückgekehrt war, hatte Henri ungerufen seinen Schrank verlassen und in der Küche zu wirtschaften begonnen.

›Küche ist nichts für dich‹, sagte Heinrich.

Henri protestierte.

›Du hast dich verliebt‹, sagte Henri.

Heinrich protestierte. Dann fragte er: ›In wen?‹

›In die fliegende Frau‹, antwortete Henri.

›Aber ich hab sie doch noch nie gesehen‹, sagte Heinrich, ›ich hab ja nicht mal ihre Gestalt deutlich erkennen können.‹

›Du hast dich in sie verliebt, ohne sie je gesehen zu haben, bezaubert von ihren Fähigkeiten‹, sagte Henri.

Heinrich: ›Du redest wie gewisse Frauen, die sich in die Fähigkeiten häßlicher Männer verlieben. Hab ich das als Mann nötig?‹

Henri: ›Ein Mensch, der fliegen kann, ist außerstande, häßlich zu sein.‹

Heinrich schwieg ordnungsvergessen. Und er protestierte auch nicht, als Henri den Zopf aus dem Fenster hängte.
Heinrich genoß, daß die Qual seiner unbestimmten Sehnsucht gelindert wurde.«

131. Kapitel
Kegelschnitte

Als Laura das rote Haar vom Finger blies, erwachte Heinrich Fakal. Er schnellte vom Sofa hoch, rieb sich die Augen mit den Fäusten und dehnte und streckte sich. Laura hörte seine Knochen knacken.
Der Mann sagte, daß Sofas für ihn Gift wären, weil er auf was Weichem sofort einschliefe, er könne sich zum Sitzen nur harte Stühle leisten.
Laura ließ sich den angeblich vertretenen Fuß massieren. Heinrich bat, sein Nickerchen zu entschuldigen. Ein komplettes Nickerchen übrigens. Mit Traum. Laura zeigte Neugier. Heinrich war außerstande, sich lange nötigen zu lassen und sprach: »Ob dus glaubst oder nicht: Ich hab von einer fliegenden Frau geträumt. So was Blödes. Ich möcht bloß wissen, was der Quatsch in meinem Kopf will . . .«
»Wieso Quatsch«, erwiderte Laura. »Striga zur Zeit der Hexenprozesse war eine Erfindung böswilliger Zeugen und Richter. In heutiger aufgeklärter Zeit dagegen, da die Fratzen mittelalterlichen Aberglaubens gebannt sind, erscheint mir Striga nicht nur möglich, sondern geradezu notwendig.«
Heinrich starrte. Auf der Kopfhaut, die durchs schüttere Daunenhaar einzusehen war, glitzerte Schweiß. Die Gesichtshaut, gesprenkelt wie das Gefieder einer Lerche, verblaßte. Die Pupillen wechselten von graublau nach cölinblau.
Da Laura als Oberschülerin vor Heinrichs politischem Rigorismus oft gezittert hatte, beobachtete sie jetzt mit Gefühlen der Genugtuung. Sie beflügelten. Also, daß Laura Striga zur bedeutendsten Reserve der Rationalisierung erklärte. Striga erschlösse Gesellschaft und Familie nämlich noch einen Zeitrest der Frauen. Den letzten, vermutete Laura. Nur fliegend könnten Frauen fast ohne Zeitverlust von ihren betrieblichen Arbeitsplätzen zu ihren häuslichen gelangen. Laura sprach von schöpferischer Aneignung historischen Erbes

und von Harmonie zwischen Ökonomie und Forschung. Sie fragte befremdet, weshalb Forschungsprogramme bisher Striga übersehen konnten.
Heinrich Fakal fragte auch so, erschrak und schluckte Wodka nach.
»Das Einfachste, Nächstliegende wird meist übersehen«, redete Laura fort, »wenn für Frauen Pillen erfunden werden, damit der männliche Same in ihnen sie nicht schwängert – daß die kreativ lähmenden Nebenwirkungen beabsichtigt oder willkommen sind, will ich nicht glauben – können auch Pillen erfunden werden, die den Frauen etwas Zeit schaffen, ihn zu empfangen. Selbst wenn Strigapillen nur eine Viertelstunde erwirtschaften, lohnten sie sich. Denn nichts ist der Liebe abträglicher als eine müde Frau.«
Heinrich Fakal pflichtete abermals bei. Rotohrig jetzt. Und er ertränkte wieder das Erschrecken über sich. Laura fürchtete, daß die günstige Entwicklung durch Schweigen gehemmt werden könnte oder gar zunichte. Deshalb erklärte sie die Strigapillen rundweg zur idealen, ja geradezu notwendigen Ergänzung der Antibabypille.
»Man sollte die beiden Pillen künftig im Set verordnen«, plapperte Laura. Für die Erhaltung ehelichen Glücks erschiene ihr keine Medizin zu teuer. Wohnungen wären teurer als Medizin. Die Geschiedenen verschärften das Wohnungsproblem. Strigapillen könnten also nicht nur direkt mehr Eheharmonie, sondern auch indirekt mehr Wohnungen zur Verfügung bringen. Entsprechende Forschungen würden den Plan des Wohnungsbauprogramms leichter erfüllbar machen. Und Forschungen verlangten bekanntlich Experimente. Nicht nur Laborversuche. Auch Flugversuche. Lauras Schlußfolgerung: »Wer eine fliegende Frau am Himmel entdeckt, kann sich durch Augenschein überzeugen, daß unsere Wissenschaft praxisverbunden forscht.«
»Ich hab so eine fliegende Frau gesehen«, flüsterte Heinrich Fakal und trank die Flasche leer.
Laura bedrängte ihn mit Bitten, das Gesehene zu schildern.
Der Mann schloß die Augen. Weil er betrunken war? Während er erzählte, wurden seine ohnehin einfachen Gesichtszüge von allen Einzelheiten verlassen. Nur drei Linienformen blieben übrig: Parabeln, die den Nasenrücken zeichneten und dann auseinanderzweigten. Die Hyperbeln der Lidränder. Und die Mundellipse. Keine Füllsel zwischen den Kurven der Kegelschnitte. Essenz nur, elementare Ruhe in architektonischer Geschlossenheit. Durch Selbst-

vergessen außer sich gebracht, sah Heinrich Fakal nun erst recht vielen Leuten ähnlich. So wie die Skulpturköpfe des Bildhauers Ernst Barlach einander ähneln. Laura liebte Barlach. Sie fand seine neun Gesichter vom »Fries der Lauschenden« in Heinrichs Linien aufgehoben und umgekehrt. Auch an den »lesenden Klosterbruder« wurde sie erinnert und an die »gefesselte Hexe« und an die Bronzefigur, die im Dom von Güstrow an Schmiedeeisen hängt und »schwebender Genius« genannt wird.

In einer Gebärde der Hingabe bezeugte Heinrich Fakal, daß am Mittag des 31. März eine Frau von einem Balkon des Hochhauses Leipziger Straße 45 abgeflogen wäre. Auch bekannte er so, am 1. April an den Ort des Geschehens zurückgekehrt zu sein. Die Gebärde glich der des Flötenbläsers von Barlach.

Gleichung und Bekenntnis gaben Laura Ohneland Gewißheit, daß Heinrich Fakal der gesuchte Mann war.

132. Kapitel

Sieghafte Auffahrt mit zwei Prophezeiungen

»Willst du die Frau, in die du dich verliebt hast, ohne sie gesehen zu haben, kennenlernen«, fragte Laura.

»Ich will sie gewinnen«, antwortete Heinrich Fakal entschlossen, doch noch immer geschlossenen Augs.

»Wer sie gewinnen will, muß sie suchen«, sagte Laura. »Und wer suchen will, braucht gute Augen. Öffne deine und laß dir den Weg zu ihr zeigen. Ich kenn ihn und die Frau.«

Heinrich Fakal gehorchte.

Laura zeigte ihm auf einer Landkarte den Brocken.

»Der Brocken ist Sperrgebiet«, sagte Heinrich euphorisch, weil er sich vor eine schier unlösbare Aufgabe gestellt sah. Und schier unlösbare Aufgaben interessierten ihn. Vom Fieber praktischer Spekulation erfaßt, begann er sofort gegebene Werte zu sammeln und mit ihnen zu rechnen, noch bevor die Aufgabe von Laura genau formuliert war. Als gegebenen Wert setzte Heinrich seinen Bruder Manfred, der als Oberst Grenztruppen im Brockengebiet befehligte.

Laura formulierte Heinrichs Aufgabe als Prüfung, bewies also abermals Gespür und Geschick. Denn Prüfungen waren Heinrich

Fakals Leidenschaft und Gewohnheit. Ein Leben ohne Prüfungen, Strapazen und Entbehrungen hätte er nicht mehr durchstehen können. Heinrich Fakal wurde beauftragt, dem Oberteufel Kolbuk sieben Tropfen Trinksilber für Laura zu stehlen und den Rest in der Phiole für sich.

Von der scharfen Bewachung des Gral hörte Fakal mit Befriedigung. Daß die Phiole die fliegende Frau erfreuen, aber nicht automatisch erobern könnte, vernahm der Leistungsethiker mit Genugtuung. Entgegenkommende Frauen kannte er. Fürsorgliche Liebe war reichlich im Angebot.

Heinrich Fakal gierte nach einer zehrenden.

»Gibt die fliegende Frau ihren Freiern Rätsel auf«, fragte er.

»Kaum«, sagte Laura.

»Werden Freier geköpft, wenn sie versagen«, fragte er.

»Kaum«, sagte Laura.

»Heißt die Frau Turandot«, fragte Heinrich.

»Hexe Amanda«, antwortete Laura, »ich kenn sie, weil sie meine andere Hälfte ist. Sie kann nur leider nicht bei mir wohnen. Ich hab auch einen Wandschrank und etliche Koffer, aber Amanda muß im Hörselberg hausen.«

»Schwester Laura«, sagte Fakal fasziniert. Er kreiste mit dem rechten Zeigefinger überm Ohr, bis der von Haar umsponnen war, und zerrte dann versonnen. Sommersprossenhand. Vergißmeinnichtblauer Sehnsuchtsblick nach nirgendwo. Kindhafter Seufzer.

Laura identifizierte das Verhalten als perfekte Kostprobe des Ach-ich-bin-ja-so-hilflos-Stils, wappnete ihr Herz mit Wachsamkeit und drängte auf Taten.

Fakals erste Tat, sein Urlaubsantrag, wurde im Akademieinstitut als unerhört empfunden. Denn Dr. Fakal pflegte Urlaub als Faulenzerei zu verachten und hatte seit sechs Jahren keinen genommen.

Fakals zweite Tat: Er fuhr mit Laura in seinem Auto nach Pritzwalk, damit die Mutter den Sohn aus der GPG-Obhut erlösen konnte.

Der Erlöste sprach: »In der Felsenburg ist es schöner als im Kindergarten.«

»Nicht möglich«, entgegnete Laura enttäuscht und beleidigt.

»Doch möglich«, erwiderte Wesselin und daß er nur Stullen und Kartoffeln mit Zahlen gegessen hätte. Im Kindergarten würden die Kartoffeln und die Butter- und Wurststullen bloß verfüttert. In der Felsenburg wäre Wesselin nur Essen vorgesetzt worden, nachdem

der Vorsitzende in Brotaufstrich und Kartoffeln Zahlen geritzt hätte. Am besten schmeckten die Zahlen drei und sieben.
Heinrich Fakal bestätigte das Wesselin sofort und dann noch mehrmals während der Fahrt in den Harz. Auf der Autobahn zwischen Schermen und Möser erschallten aus dem Autoradio Opernarien, und Heinrich sang mit. Nachdem er die Abfahrt ausgesteuert hatte, deklamierte er aus Goethes Faust. Lautverschoben. Heinrich verzerrte seine Stimme und spielte so seine Gefühle und die des Textes komisch herab, als ob sie ihn genierten. Aus dem Autolärm fischten Lauras Ohren unter anderen folgende Brocken: »Ech föhle Mot, mech en de Welt zu wagen, / der Erde Weh, der Erde Glöck zu tragen, / met Störmen mech heromzuschlagen . . .«
Die Stadt Magdeburg war bereits mit Birkengrün geschmückt. Fakal durchquerte sie auf der Suche nach einem Mittagessen. Vergeblich zunächst, denn er brachte beim Personal des überfüllten Restaurants lediglich seine Stimme mit Anfragen zum Einsatz. Und das war zu wenig ohne freikonvertierbare Währung. Erst der Anblick des Klosters Unserer Lieben Frauen bei Heißhunger war erforderlich, um Fakals unbestimmte Erwartungsangst zu bannen, der alle Fähigkeiten erlegen waren. Außerordentliche Fähigkeiten darunter, wie sich sogleich zeigen sollte. Fakal fuhr seinen Wartburg zum Restaurant »Grüner Baum«, überholte eine Menschenschlange, die von dem Schild »Zur Zeit keine freien Plätze« aufgehalten wurde, drang unter den Augen der sprachlosen Menge in den Speisesaal ein und verlangte von der Restaurantleiterin sechs Portionen Spargel mit Butter, drei Portionen neue Kartoffeln und drei Schnitzel vom Kalb. Die verblüffte Restaurantleiterin sah sich zunächst vor die Aufgabe gestellt, die Fassung und die Sprache wiederzugewinnen. Das brauchte Zeit. Die Frau gewann, indem sie Fakal und Anhang an einen Tisch mit der Kennkarte »reserviert« führte und die Speisekarte vorlegte.
»Vielen Dank«, sagte Fakal, »herzlichen Dank, aber ich brauch keine Speisekarte. Ich möchte nur sechs Portionen Spargel, drei Portionen neue Kartoffeln und drei Schnitzel vom Kalb.«
Die Restaurantleiterin entschuldigte sich zu ihrer eigenen Verwunderung und gestand, leider nicht dienen zu können, woraufhin Fakal zum Sturmangriff überging. Indem er kapitulierte. Er faltete seine Stirn nach Boxerwelpenart, gab seinen rasierten Schnurrhaarkissen eine melancholische Wölbung, wandelte auch den Glanz des Ver-

gißmeinnichtblicks schnurstracks vom herrscherlichen zum hündischen ab und steigerte schließlich den Ausdruck inständiger Ratlosigkeit zur Vollkommenheit, indem er den Kopf ein wenig nach links neigte. Ein »braves Gesicht«, pflegte Heinrichs Institutsdirektor, Professor Wachtel, bei Gelegenheit zu sticheln, »ein Dutzendgesicht«, hatte er gar schon geruht zu bemerken, aber was Fakal damit erreichte, war mit der kühnen Wachtelschen Nase nicht mal zu Weihnachten zu gewinnen. Weil Charme ein Produkt ist, verehrter Herr Kollege, die mit Nasen und anderen Festkörpern nicht erzielbar ist. Charme verlangt nicht nur Talent im Kopf, sondern auch am Kopf. Mit diesem braven Gesicht riß Fakal eine abgebrühte Restaurantleiterin hin zu der Erklärung: »Spargel gibts bei uns im Juni wenn überhaupt, und das letzte Kalbsschnitzel hat unser Koch vor vier Monaten gebraten. Aber wenn Sie unbedingt darauf bestehen, muß ich eben meine Gemüsekonserven aufreißen. Wiener Schnitzel oder Schnitzel natur?«
Fakal wählte dreimal Schnitzel natur.
Wesselin wählte dreimal Wiener Schnitzel.
Fakal überhörte den Widerspruch generös und sagte zur Restaurantleiterin: »Meine Bestellung gilt.«
»Warum«, fragte Wesselin.
Fakal brachte die Kraft auf, auch diese Frage zu überhören, weil er von der Zahlenschrulle des Jungen bezaubert war. Die Schrulle erlebte Fakal als Verwandtschaftszeichen; das andere irritierte ihn. Derart, daß er sich gematrisch neuen Mut zuarbeiten mußte. Er raffte Papierservietten und begann zu rechnen. Laura und Wesselin beobachteten seine Schreibereien mit Interesse.
Heinrich Fakal erklärte ihnen die Gematrie als besondere Abart der Buchstabenmystik, deren Prinzip in zahlreichen griechischen, graeco-orientalischen, jüdischen, persischen und arabischen Schriften überliefert wäre.
»Ich dachte, Mystik ist Henris Ressort«, sagte Laura.
Heinrich Fakal stutzte, verbat sich den Namen, bekannte sich aber zur Unordnung, die zu allem berechtige. Auch zu Gematrie. Die arbeite mit der Umsetzung der Wortbuchstaben in Zahlen. »Um den Ausgang eines Kampfes zu prophezeien, addiert man den Zahlenwert der Buchstaben des betreffenden Namens so, daß von den Buchstabenwerten, die zehn übersteigen, die Quersumme genommen wird«, eiferte Heinrich. »Die gefundene Summe wird abermals auf die Quersumme vermindert und das Ergebnis mit der auf

demselben Wege gewonnenen Zahl des Gegners verglichen. Der Besitzer der größten Zahl gewinnt.«
Wesselin, der das Gerede nicht verstand, sah sich an den Zahlen und Buchstaben satt und zufrieden.
Er aß also so beiläufig wie Heinrich.
Nur Laura genoß das Essen.
Nach dem erwähnten Verfahren ermittelte Fakal für die Namen Teufel und Heinrich die Zahlenwerte. Ergebnis: 6 : 2. Es entmutigte Fakal keineswegs. Er warf die Serviette in den Aschenbecher und ermittelte auf einer neuen weiter.
Die Paarung Teufel – Henri ergab 6 : 9. Fakal triumphierte. Die Paarung Henri – Amanda ergab 9 : 7. »Ich gewinne den Kampf auf der ganzen Linie«, prophezeite Fakal und setzte die Fahrt in sieghafter Stimmung fort. Über Quedlinburg, Thale, Blankenburg, Wernigerode.
Laura konnte an die gematrische Phrophezeiung glauben, weil die eßbare ihr im Magen lag. Sicher: Ein Mensch, der Ende April einer Restaurantleiterin sechs Portionen Spargel, drei Portionen neue Kartoffeln und drei Kalbsschnitzel entringen konnte, war auch einem Oberteufel gegenüber unaufhaltsam.
In Wernigerode bestand der Schmuck, den die Häuser zum bevorstehenden Ersten Mai angelegt hatten, nicht aus Birkenreisig, sondern aus Fichtenreisig.

133. Kapitel

Umweg mit Scherben

Bruder Manfred wohnte in Wernigerode. Heinrich traf ihn nicht an. In keiner Buchhandlung war Kartenmaterial über den Brocken erhältlich. Wolkendunkelheit. Schwere Regengardinen vor den Fachwerkhäusern. Die Auskünfte der Ortskundigen beschränkten sich auf die Sperrgebietsvorschriften. Das Autoradio sagte schwere Gewitter und Landregen voraus. Alle Ausfahrtsstraßen endeten im Morast.
Der Wagen vom Typ Wartburg blieb schließlich drin stecken. Heinrich Fakal murmelte das Alphabet.
Wesselin lauschte. Laura fragte, was das Gemurmel zu bedeuten hätte.

Heinrich anwortete, daß der Stoiker Athenodoros aus Tarsos dem Kaiser Augustus geraten hätte, bei Zorn stets erst alle Buchstaben des Alphabets herzusagen, bevor er entscheide.
Laura erwartete die Entscheidung ungeduldig. Heinrich murmelte weiter. Als er das Alphabet zum siebten Mal vorwärts und rückwärts hergesagt hatte, äußerte Laura die Vermutung, daß Autos nicht mit dem Abece flottzumachen wären.
»Das Abece enthält alle möglichen Aussagen«, entgegnete Heinrich, »es kommt lediglich darauf an, draus die für unsere Situation brauchbare zusammenzulesen.«
Laura nach einigem Grübeln: »Ich les zusammen, daß es günstiger ist, das Schloß über einen unterirdischen Gang zu betreten.«
»Welches Schloß«, fragte Fakal gereizt. »Wozu soll ich in irgendeinem Schloß rumlatschen und Zeit totschlagen, wenn ich so schnell wie möglich auf den Brocken will.«
Laura klärte Fakal über die Evakuierung des teuflischen Versammlungsorts vom Brocken nach Schloß Blocksberg auf. Vorsichtig, denn aus alten Schülerzeiten wußte Laura, daß man mit dem eisernen Heinrich »diät« sprechen mußte, wenn es um ernste Dinge ging. Ein unbedachtes Wort schon konnte einem damals das Fakal-Urteil »kleinbürgerlich« oder »unmarxistisch« oder gar »parteischädigend« einbringen. Und heute? Laura bezweifelte, ob das Amanda-Fieber den eisernen Kern gemodelt hatte. Sie vermutete eher, daß die Überspanntheit, sich in eine noch nie von Angesicht zu Angesicht gesehene Frau zu verlieben, ein Gefühlsventil der ideologischen Überspanntheit dieses Mannes war.
Fakal stand eine Weile beleidigt herum, weil er sich zu spät in die Details eingeweiht fühlte. »Mangel an Information zeigt Mangel an Vertrauen an«, sagte Fakal.
Laura riet, er solle Schloß Blocksberg nicht direkt durch die silberne Pforte betreten, sondern indirekt über einen geheimen unterirdischen Gang des offiziellen unterirdischen Gangs. Im offiziellen unterirdischen Gang führe die Tunnelbahn. Sie verbände den Hörselberg mit dem Schloß. Aber Fakal solle aus Sicherheitsgründen nicht mit der Bahn fahren, sondern laufen. Hörselberg-Eingang: Venushöhle.
Da Sicherheitsvorschriften zu Fakals Berufsalltag gehörten, kehrte über sie das verlorene Vertrauensgefühl zurück, und er akzeptierte die Ratschläge Lauras. Neu beflügelt, manövrierte er mit Decken und Geschick den Wagen aus dem Morast.

Zweite Anfahrt über Blankenberg, Thale, Nordhausen, Sondershausen, Mühlhausen, Eisenach.
In Eisenach brach der Abend über die Geheimwegsucher herein. Laura murmelte: »Hopp, hopp, hopp zu Pferde / wir reiten um die Erde. / Die Sonne reitet hinterdrein, / wie wird sie abends müde sein. / Hopp, hopp, hopp.«
»Was murmelst du da«, fragte Fakal.
»Geflügelte Worte meines Klassikers«, antwortete Laura.
»Den Klassiker kenn ich nicht«, sagte Fakal.
»Wird an der Akademie auch nicht studiert, weil er Selma heißt. Mein Klassiker ist meine Großmutter Selma, die in unübersichtlichen Situationen stets Sprüche murmelte, um sich zu orientieren. Jetzt sagt sie mir: Wir müssen übernachten.«
Nicht Lauras Klassiker, aber der schlafende Wesselin konnte Heinrich überzeugen.
»Drei Betten bitte«, sagte Heinrich Fakal zu Laura und zu den Rezeptionsangestellten der Häuser »Wartburg-Hotel«, »Parkhotel«, »Hotel Stadt Eisenach«, »Thüringer Hof«, »Berghof« und »Bahnhofshotel«. Alle Register des Ach-ich-bin-ja-so-hilflos-Stils und des Kurt-Fakal-Stils wurden durchgespielt. Tutti-Register des Kurt-Fakal-Stils: »Wissen Sie überhaupt, wer ich bin?«
Keine Rezeption erhörte die Bitten und Drohungen. Sollte der unaufhaltsame Fakal, der drei Kalbsschnitzel mit Spargel erzwingen konnte, an drei Betten scheitern?
»Wir übernachten bei meinem Vater«, sagte Heinrich, »du kennst ihn ja.«
»Erbse, Bohne, Linse, / wie man se kocht, so sin se«, sagte Laura, »was wird denn dein Vater sagen, wenn wir ihn unangemeldet heimsuchen?«
Oberst a. D. Kurt Fakal saß vorm Fernsehgerät und sagte: »Sabotage.«
Das Urteil war jedoch nicht über die Neuankömmlinge gesprochen, sondern über das Eisenbahnunglück, dessen Untersuchung mittels Kommission eine Fernsehmeldung ankündigte.
»Kommission«, höhnte der Oberst aus dem Sessel, »wenn der Fall klar ist, brauch ich doch keine Kommission.«
Laura nutzte die Gelegenheit, sich angenehm zu machen, indem sie Johann Salmans fachmännische Vermutungen über die Unglücksursache zusammenfaßte. Heinrich stach seinen Zeigefinger gegen Lauras Rippen. Laura ergänzte, daß die Vermutungen auch von

anderen Lokführerveteranen geteilt würden. Heinrichs Schwester Gertrud rang die Hände. Um die Schwester zu beruhigen, opferte sich Heinrich und pflichtete Laura bei.
»Rede nicht«, sagte Kurt Fakal mit brüchiger Stimme, »wenn ein Lokkessel genau während der Durchfahrt auf einem Bahnhof in die Luft fliegt, ist eine Haftladung explodiert. Ich bin nämlich auch ein Fachmann. Und deshalb ist der Fall klar: Sabotage.«
Wesselin bestaunte Urkunden und Ehrenzeichen, mit denen das Einfamilienhaus geschmückt war. Im Bücherschrank lagen Orden zur Ansicht. Er und der Schreibtisch standen auf Löwenfüßen. Über Schreibtisch, Büfett und Sofa etliche Quadratmeter Ölgemälde Alpen in Goldrahmen.
Bücherschrank, Schreibtisch, Büfett und die Alpen erkannte Laura sofort wieder. Auch den Kommandoton in der brüchigen Stimme von Fakal senior. Nur der diplomatische Ton fehlte den Räumen. Von der Widerstandskämpferin und duldenden Hausfrau Maria war nur ein Foto mit Trauerflor geblieben. Es stand auf dem Büfett und hatte ein Blumensträußchen neben sich.
»Ich dachte schon, du hast vergessen, wo dein Vater wohnt«, sagte Fakal senior zu Fakal junior.
»Vor einem Monat hab ich euch zum letzten Mal besucht«, sagte Fakal junior, »öfter als aller ein, zwei Monate läßt mich die Akademie wirklich nicht . . .«
»Zu nachtschlafender Zeit und bei dem Wetter fährt kein vernünftiger Mensch mit einem Kind draußen rum. Komische Mütter, die ihre Kinder um die Stunde noch nicht im Bett haben. Wenn ich richtig gesehen habe, hast du mir die Salman Laura ins Haus geschleppt. Von Leuten, die meine Gläser aus meinen Fenstern schmeißen, ist nicht mehr zu erwarten. Oder dachtest du, ich hätte den Skandal von damals vergessen, diese Provokation auf dem Abschiedsfest in meinem Hause, als du nach Moskau zum Studium delegiert . . .«
»Das Fest ist trotzdem schön gewesen«, unterbrach Fakal junior, »sehr schön, Vater, deshalb dachte ich . . .«
»Und ich dachte, du reist wie immer im Ausland, weil sie dich zu Hause nicht gebrauchen können«, sagte Fakal senior.
»Du dachtest, ich bin und bleibe ein hoffnungsloser Fall und treibe mich immer und ewig draußen rum«, sagte Fakal junior. »Aber du siehst: Auch hoffnungslose Fälle hören irgendwann mal auf ihre Väter und bessern sich.«

»Bessern«, sagte Fakal senior, »du bist wahrscheinlich zum Reisen zu dumm geworden, weshalb deine Akademie jetzt andere Leute ins Ausland schicken muß.«
Gertrud kündigte für den Besuch Abendbrot an und flüchtete in die Küche. Eine Frau über fünfzig mit dem Gehorsamsblick eines Kindes. Äußerlich hatte ihr der Vater seinen Dickschädel vererbt: breite, hohe Stirn, eckige Kiefer, dazwischen glatte Haut und rote Wangen. Heinrich war der Mutter nachgeraten – jedenfalls äußerlich.
Wesselin mit Forscherblick. Er beobachtete die beiden Männer fasziniert. Seine Müdigkeit war verflogen. Ihn vergnügten die Wortgefechte, weil er sie für Spaß hielt.
Laura ging zu Gertrud in die Küche helfen. Gertrud entschuldigte sich für die rauhe Schale ihres Vaters, hinter der er seine Gefühle verstecke, und versicherte, daß Vater auf den Besuch seiner Kinder stets sehnlichst warte und daß er seine Familie nur deshalb gelegentlich so quäle, weil er selber zwölf Jahre nur gequält worden wäre. Die Mutter wäre vor einem Jahr gestorben. Sicher auch mit an Kummer. Und Sie, Gertrud, beneide die Mutter mitunter sogar auf dem Friedhof, wenn den Vater die schrecklichen Erinnerungen plagten und er sich offenbar nicht anders als durch äußere Härte helfen könne. Die seelischen Verletzungen, die er während seiner Haftzeit davongetragen hätte, wären sicher unvorstellbar groß . . . Aber da Mutter Maria nur eine Tochter und drei Söhne geboren hätte, wäre die einzige Tochter zur Pflege verpflichtet. Auch wolle der Vater nicht den ganzen Tag allein im Haus sitzen und verlange, daß Gertrud ihre Arbeit aufgebe . . .
»Und warum verlangt er das nicht von seinen Söhnen«, fragte Laura.
Gertrud schaut verständnislos. Nach einer Pause sagte sie nachsichtig: »Sie wissen wohl nicht, daß mein großer Bruder Oberst der Grenztruppen ist und mein mittlerer Bruder Diplomingenieur und mein kleiner Bruder . . .«
». . . promovierter Abteilungsleiter in der Akademie der Wissenschaften der Deutschen Demokratischen Republik«, ergänzte Laura, alles große Tiere, ich weiß, ich weiß . . .«
Gertrud nickte stolz und schob Laura eine Wurstplatte zu. Laura nahm die Wurstplatte und trug sie hinter Gertrud her und auf den Tisch im Wohnzimmer.
Die drei männlichen Wesen dort noch immer bei der gleichen

Beschäftigung wie vorher, einzige Veränderung: Heinrich hatte vor seinem Vater verschiedene Kompotte und Fischkonserven aus dem Delikatladen aufgebaut: sämtlich Leibspeisen von Kurt Fakal.
»Wie oft soll ich dir noch sagen, daß du kein Büchsenzeug anschleppen sollst«, sagte Fakal senior. »Schreibst du überhaupt noch?«
»Jeden Tag, Vater, Schreiben gehört zu meinem Beruf.«
»Schreiben für den Papierkorb«, sagte Fakal senior. »Im ND hab ich seit einem halben Jahr nichts von dir gelesen. Und hat die Salman Laura überhaupt einen Vater zu dem Jungen?«
»Gewiß«, sagte Fakal junior, »allerdings in dem Sinne, wie du es meinst . . . weiß nicht.«
»Das sieht dir ähnlich«, sagte Fakal senior, »schleppt mir eine neue Schwiegertochter ins Haus und hat von Tuten und Blasen keine Ahnung.«
Heinrich versicherte, daß Laura keine neue Schwiegertochter wäre, sondern lediglich eine Reisebegleitung. Er wolle mit ihr auf den Hörselberg fahren.
»Mit dem Auto?«
»Freilich.«
»Mit dem Auto führt kein Weg zum Hörselberg. Rauf laufen geht auch nicht um die Jahreszeit. Da bleibt ihr im Morast stecken. Und wozu auch? Was hast du dort verloren?«
»Ich bin jetzt vierundvierzig und war noch nie dort«, sagte Fakal junior.
»Und ich bin fünfundsiebzig und war auch noch nie dort. Den Hörselberg-Quatsch kann nur diese Salman Laura ausgeheckt haben. Und du fällst drauf rein . . .«
Heinrich Fakal schwieg.
»Rede nicht«, sagte Kurt Fakal und daß die Fahrt überhaupt nicht in Frage käme. Außerdem müßte der Garten umgegraben werden. »Aber nicht so, als ob die Wildschweine drin gehaust hätten.«
Als die Frauen wieder in die Küche zurückgekehrt waren, fragte Laura, warum Heinrich sich zu Hause herunterputzen ließ, ohne zu widersprechen, während er doch . . .
»Mein Bruder ist gut erzogen«, sagte Gertrud stolz, »wir haben parieren gelernt. Auch bei unserer Mutter. Solche ungezogenen Kinder, wie es heutzutage gibt, hätte sich unsere Mutter in der schweren Zeit auch gar nicht leisten können. Mein Bruder Gerhard sagt immer, Heinrich und Manfred widersprechen nur, wenn sie sicher sind, daß sie siegen.«

Gertrud erinnerte sich am liebsten an diese schwere Zeit, da Mutter Maria mit ihren vier Kindern allein hatte durchkommen müssen. Und Gertrud erzählte am liebsten Anekdoten aus den zwölf Jahren der Armut und des Hungers. Jede Gelegenheit, die sich bot, nahm Gertrud wahr, um sich erzählweis zu trösten. Laura war in der Küche als Zuhörerin willkommener denn als kalte Mamsell.
Zuerst wurde Laura geschildert, was sie zu Besuch bei Großmutter Selma mit eigenen Augen gesehen hatte: Maries Heiner in einem Pappkarton im Vorgarten. Großmutter Selma hatte die stumme Szene oft genug mit den Worten »bestellt und nicht abgeholt« kommentiert.
Die Mausanekdote dagegen war Laura unbekannt. Laura putzte Radieschen und erfuhr von Gertruds Mäuseangst, die dem zweijährigen Bruder Heinrich beinahe das Leben gekostet hätte. Gertrud hatte Heinrich nämlich eines Winterabends auf den Abort begleiten müssen. Mit einer Kerze, denn im Holzverschlag auf dem Hof gab es kein elektrisches Licht. Als Heinrich plaziert war, gewahrte Gertrud eine Maus, ließ vor Schreck die Kerze fallen und rannte schreiend davon. Heinrich rutschte vor Schreck abwärts, konnte sich aber in der Finsternis vorm Absturz ins Loch mit letzter Kraft bewahren, bis Bruder Manfred zu Hilfe kam. Die Mutter war noch Wäsche waschen bei Bäckermeisters.
Als Gertrud und Laura den Tisch mit Geschirr bestellten, fehlte Heinrich. Gertrud wisperte Laura zu, daß der Bruder gewiß im Keller Holz hacken sei. Wochenlang warteten der Vater und sie auf Heinrichs Besuch, und dann hätte der Bruder stets nichts Besseres zu tun, als schnurstracks in den Keller zu rennen und die ganze schöne Besuchszeit mit Holzhacken zu verbringen oder mit ähnlichen Arbeiten. »Eine putzige Nudel. Ich sag immer zu Heinrichen, ruh dich doch mal aus, so eine lange Autofahrt ist doch anstrengend, machs dir neben Vatern im Sessel bequem und genieß deinen wohlverdienten Feierabend, sag ich immer, aber Heinrich ist wie alle Fakals: Der kann sich nicht ausruhen, wir können uns nicht ausruhen, wir sind immer im Trab, bloß Vater läßt sich seit seiner Pensionierung nur noch bedienen, aber vorher . . . und wir anderen – von früh bis Abend immer auf Achse, schon von klein auf – faule Menschen kann ich nicht ausstehen, und Sie?«
»Ich geh schlafen«, sagte Kurt Fakal mit einem anklagenden Blick auf Wesselin. »Wenn ich nicht aufgehalten worden wäre, läge ich schon seit über einer Stunde im Bett. Abends zeitig rein und früh

zeitig raus – anders kanns der Mensch zu nichts bringen. Aber mein Sohn Heinrich hat das auch immer noch nicht begriffen. Und wozu haben Sies nach dem Studium gebracht?«

»Ich bin Triebwagenfahrerin«, sagte Laura.

»Gute Nacht«, sagte Kurt Fakal, »und sorgt dafür, daß mein Sohn mit dem Holzhacken aufhört. Nachts Holz hacken: Auf solche Einfälle können nur Wissenschaftler kommen.«

Fakal seniors bärbeißige Bemerkungen erinnerten Laura an die Grantigkeit ihres einstiges Schwiegervaters, des Zimmermanns und Widerstandskämpfers Oskar Pakulat. Eine Grantigkeit, von der Benno oft und gern erzählt hatte. Weil er von ihr in seiner Jugend belastet und in späteren Jahren beflügelt worden war. Oskar Pakulats heiteres Naturell hatte die psychischen Haftverletzungen meist mit Ironie zudecken können und so dem gängigen Bild vom Widerstandskämpfer eher entsprochen als der wohl schwerblütige Kurt Fakal. Gründeten die gängigen Vorbilder auf wohltemperierten Charakteren? Durfte die angeborene Seelenlage als Verdienst oder Mangel Beurteilern zur Benotung freigegeben werden?

Als Wesselin schlafen gelegt war und Heinrich aus dem Keller zurück, gab Gertrud dem essenden Bruder und seiner Begleiterin die Reißverschluß-Anekdote zum besten. Heinrich genoß die Beschreibung seiner Schmerzen von einst und trank Bier dazu.

Laura vergingen Hunger und Durst beim Zuhören. Und in Betrachtung der Möbel. Die gleichen, die Laura bei ihrer Hexwerdung umstanden hatte. Vor fünfundzwanzig Jahren hatte die Schülerin Laura auf Korn Harrys Mutter Johanne und Fakal Heinrichs Mutter Marie trinken wollen, und Kurt Fakal hatte vor diesen Möbeln gesagt: »Die Frau ist das Hinterland des Soldaten.« Eklat: Laura Salman hatte ihr gefülltes Glas aus dem Fenster geworfen und das Abschiedsfest grußlos verlassen.

Jetzt wurde ihr von den Möbeln erzählt, daß Heinrichs Geschwister die Schule schon hinter sich hatten, als er in die Schule kam. Die Geschwister und die Mutter waren schon auf Arbeit, wenn er aufstehen mußte und sich anziehen und frühstücken.

Eines Mittags, als Gertrud zurückkehrte, fand sie ihren Bruder weinend vor. Im Unterhemd. Der Pullover, den ihm die Mutter am Abend vorher zugewiesen hatte, lag neben dem Jungen, der damals Schüler der ersten Klasse war. Er hatte den Reißverschluß des Pullovers nicht öffnen können und war darüber verzweifelt. Er konnte nicht essen, er konnte nicht in die Schule gehen, er konnte nur auf seinem Ranzen sitzen und weinen.

Heinrich Fakal genoß die Erzählung seiner Schwester, konnte nicht widerstehen, die Weinszene auf dem Ranzen noch einmal und noch ausführlicher zu wiederholen und resümierte zu Gelächter: »Von Not erzwungene, verfrühte Selbständigkeit hatte mich derart überanstrengt, daß ein wiederspenstiger Reißverschluß mich an der Welt verzweifeln ließ.«

Nachdem sich Heinrich Fakal die Lachtränen aus den Augen gerieben hatte, gab er noch andere Ergänzungen zum besten. Wenn er sich seiner Kindheit erinnerte, erinnere er Einsamkeit und Verlorenheit und die schönen Augenblicke, wenn die Mutter von Arbeit kam, gestand Heinrich Fakal. »Wenn die Mutter am Lohntag von Arbeit kam, waren die schönen Augenblicke noch schöner. Dann brachte Mutter nämlich Fleischsalat mit und Leberwurst. Von jedem ein Achtel.« Heinrich war noch nicht geboren, als sein Vater verhaftet wurde. Mutter und Geschwister sprachen in seiner Gegenwart nicht über den Vater, um die Familie nicht durch Kindermund zu gefährden. Bis zu seinem sechsten Lebensjahr fiel Heinrich Fakal auch nicht auf, daß er keinen Vater hatte. Er hatte zwei Brüder, auf deren Beistand Verlaß war. Und er hatte eine Mutter, die arbeiten konnte wie keine weit und breit. Als ein Nazi-Lehrer vor der Klasse nach seinem Vater fragte, um Heinrich zu demütigen, wußte der Sechsjährige nichts zu erwidern. Und da ihm das Klassengeröl unverständlich war und ärgerte, erkundigte er sich bei der Mutter nach den Hintergründen. Die Mutter brachte den Mut auf, sich beim Schuldirektor wegen Beleidigung eines Unschuldigen zu beschweren. Als Kurt Fakal im Mai 1945 heimkehrte und von der sowjetischen Besatzungsmacht sofort zum Bürgermeister seines Wohnorts eingesetzt wurde, glaubte Marie Fakal, daß die schwerste Zeit ihres Lebens vorüber wäre. Sie irrte. Denn sie erkannte ihren Mann Kurt nur äußerlich wieder. Sein Wesen war fremd geworden.

Öffentlich konnte der Mann die charakterliche Verhärtung auch in Grenzen halten. Und in harten Zeiten werden sowieso harte Männer gebraucht. Der mit zunehmendem Alter zunehmende Hang zur Unerbittlichkeit wurde zwar auch von seinen Mitarbeitern, die ihn in seinen hochverantwortlichen Funktionen zur Seite standen, als unangenehm empfunden und kritisiert. Und er schrie auch Mitarbeiter nieder, die ihn kritisierten. Im Dienst war er brutal gegen sich und hart gegen andere. Zu Hause war er mitunter grausam.

»Grausam, aber unser ganzer Stolz«, sagte Gertrud, »und ich will mal sagen, bißchen Härte ist besser als zu große Milde. Euch Jungs jedenfalls ist Vaters Härte gut bekommen. Sehr gut sogar, sonst wärt ihr nicht geworden, was ihr seid. Alle in Leitungsfunktionen. Und immer die Stellung gehalten ...«
Laura erinnerte unwillkürlich Vilmas Bericht über Hilde Felber, die auch immer die Stellung gehalten hat. Bis heute. War dafür das Training einer harten Kindheit erforderlich ...?
»Und ich halt auch die Stellung«, versicherte Gertrud und goß die Biergläser wieder voll, »ich pflege unseren Vater so, wie es seinen Verdiensten zukommt, ich tu gern meine Pflicht, Heinrich, auf mich können sich meine Brüder verlassen. Alles, was in meinen Kräften steht, werde ich tun, um unserem Vater einen schönen Lebensabend ...«
»Die Frau ist das Hinterland des Soldaten«, zitierte Heinrich übermütig und prostete seiner Schwester und Laura zu.
»Und die Silberinsel ist das Hinterland der Frau«, toastete Laura zurück und zertrat ihr Glas.

134. Kapitel

Sieghafter Abschied

Heinrich Fakal nahm die Scherben nicht erst. Von seiner Schwester war er gewöhnt, daß sich Frauen mitunter sonderbar benahmen. Wenn sich Gertruds Hingabefähigkeit zum Beispiel erschöpft hatte, oder wenn sie vom Vater wieder mal so schikaniert worden war, daß Tochterliebe, Respekt vor der Vater-Autorität und Pflichtgefühl nicht reichten, sich im Gleichgewicht zu halten, wußte sich Heinrichs Schwester durch »Theater« wieder arbeitsfähig zu machen. Sie spielte dann ihren Geschwistern allerlei lebensgefährliche Krankheiten so eindringlich vor, daß die Brüder von Mitleid überwältigt wurden, anreisten, angstwirr herumrannten, ja sogar um das Leben der Schwester bangten. Gertrud erzwang sich auf diese Weise Zuwendung, die ihr freiwillig zu wenig gegeben wurde. Vielleicht litt diese Laura Salman auch unter Zuwendungs- oder Liebesdefizit?
»Scherben bringen Glück«, sagte Heinrich Fakal jedenfalls aufgeräumt, als er Laura und Wesselin am anderen Morgen zum Bahnhof fuhr. Die drei hatten das Haus verlassen, bevor die Schwester und

der Vater aus dem Bett waren. Wolkenbruchartiger Regen prasselte auf das Auto nieder.
»Du wirst den Eingang Venushöhle allein nicht finden«, sagte Laura.
»Bei dem Wetter erst recht«, sagte Heinrich Fakal, hielt vorm Friedhofseingang, stieg aus, zerrte einen Blumentopf aus dem Kofferraum und verschwand hinterm Regenvorhang.
Nach kurzer Zeit klemmte er sich wieder hinters Lenkrad, durchnäßt natürlich, als ob er einen Fluß durchschwommen hätte, fuhr weiter und sprach: »Vor wichtigen Ereignissen geh ich nämlich stets zu meiner Mutter auf den Friedhof. Hab ich mir so angewöhnt. War ein harter Kampf, die Grabstelle im Ehrenhain für sie zu erobern. Im sogenannten Ehrenhain werden die Urnen der Widerstandskämpfer unserer Stadt beigesetzt. Und alle Urnengräber haben gleiche Steine. Und auf jedem Stein steht ein Name. Einer. Zwei Namen auf einem Stein würden die Gesamtansicht der Anlage stören, hat die zuständige Stelle der Friedhofsverwaltung gesagt. Und da die Urne meines Vaters ja mal im Ehrenhain beigesetzt würde, müßte meine Mutter leider woanders beigesetzt werden. – Ich hab natürlich protestiert. Ich hab gedroht – und ich kann das, wie du weißt. Ich hab sogar getobt. Hat alles nichts genützt bei der hiesigen Stelle. Ich mußte bis zum ZK, um meiner Mutter Recht zu verschaffen. Aber ich hab mich schließlich doch durchgesetzt. Ich hab gesiegt. Und deshalb und auch aus anderen Gründen geh ich vor wichtigen Ereignissen zu meiner Mutter auf den Friedhof.«
Laura trocknete Heinrichs Kopf mit ihrem Taschentuch und wollte die anderen Gründe auch noch wissen.
Heinrich schwieg.
Kurz vor Abfahrt des Zuges sagte er: »Jedesmal, wenn ich von Berlin zu meiner Mutter fuhr, nahm ich mir vor, sie mal richtig abzudrücken und zu sagen: Das Schönste in meinem Leben bist du. Sämtliche andere Erlebnisse verblassen dagegen. Wollte ich ihr mal sagen. Und konnte nicht. Brachts nicht fertig. Und nahms mir immer und immer wieder vor. Bis es zu spät war . . .«
»Vielleicht triffst du deine Mutter in der historischen Abteilung des Hörselbergs«, rief Laura, als der Zug anfuhr.
Wesselin winkte.
Heinrich Fakal rannte neben dem fahrenden Zug her, solange seine Kräfte reichten, und wiederholte schreiend den Satz: »Jetzt sieg ich erst recht . . .«

135. Kapitel

Fortsetzung von Arkes Bericht über die dritte Etappe ihrer Weltfahrt

Ich hatte das dürre Laub in die Remise gescharrt und als Winterlager in Gebrauch. Meine Remise trug eine Schneehaube. Hasen schälten Rinde von den kahlen Sträuchern vor der Voliere. Der Tierpark beschränkte sich auf die Farben Schwarz und Weiß. Mir gefiel die Beschränkung auf den reinen Kontrast. Aber ich konnte ihn nicht recht genießen, weil ich wartete.

Im knisternden Laub hockend, schrieb ich zwar fort, aber nicht mehr ungebrochen. Die Nachricht, daß die Sirene Sappho für mich bei Gaja um eine Ersatzzunge bitten wollte, hatte meinen Instinkt irritiert. Denn die Dichterin Sappho war für mich höchste Autorität. Und wenn eine ehemalige Dichterin einer ehemaligen Dichterin zu einer Zunge verhelfen wollte – war damit nicht indirekt das Urteil über die Unsinnigkeit der Bücherschreiberei in heutiger Zeit gesprochen? Aus berufenem Munde. War das Buch »Amanda« tatsächlich nur eine Trainingsarbeit, um sich der sirenischen Stimme wiederzuerinnern? Blieben Dichterstimmen ungehört im Mediengetöse? Konnten allein Sirenenstimmen sich Gehör erzwingen?

Ich grübelte und wartete und kam mit meinem Buch schwer voran.

Als Arke bei klirrendem Frost endlich doch erschien, wollte ich sofort wissen, ob Sirene Sappho von Gaja die Ersatzzunge zugesagt worden wäre.

Arke nannte mir den Orakelspruch, mit dem Gaja Sapphos Bitte beantwortet hätte. Wortlaut des Orakelspruchs: »Die Beherrscher der Erde führten drei Weltkriege. Der Planet war noch reich nach dem ersten, noch erhalten nach dem zweiten, unbewohnbar nach dem dritten.«

Ich war enttäuscht.

Arke erklärte mir, daß Orakelsprüche immer allgemein gehalten wären. Dieser Orakelstil entspräche einer uralten Tradition. Aber vom Stil dürfe man nicht auf Arkes Unkenntnis im besonderen schließen. Sirene Sappho, bewandert im Auslegen von Orakeln, hätte Gajas Spruch für Arke etwa so gedeutet: »Der ernste Ton des Orakels wiese darauf hin, daß die Zeit der Ironie vorbei wäre, denn ein Außenminister einer Großmacht hätte verkündet, es gäbe

wichtigere Dinge als Frieden. Außerdem hätte ein General dieser Großmacht USA auf einer NATO-Ratstagung bündig erklärt, er und seine Regierung rechneten etwa Mitte der achtziger Jahre oder ein wenig später mit einem Krieg. Dieser Krieg findet in Europa statt. Er wird mit nuklearen Waffen geführt. Europa wird dabei vernichtet werden . . .«
Ich schämte mich meiner Eitelkeit, die sich verletzt gefühlt hatte, als ich mein Buch »Amanda« lediglich als Trainingsarbeit gewertet fühlte, und fragte, ob Hoffnung auf eine Ersatzzunge für mich bestünde.
Arke schwieg.
Später wurde sie wieder gesprächiger und erzählte von den Geschäften mit der Angst, die in kapitalistischen Ländern florierten. Die Prophetien des Nostradamus zum Bespiel würden in riesigen Auflagen verkauft. Auch andere Titel über Astrologie und Wahrsagerei erschienen in den Bestsellerlisten. Veröffentlichungen über Ökologie dagegen dürften nicht als Angstreißer abgetan werden. »Denn allein die jetzigen Erdbewohner werden in ihrem Leben mehr natürliche Ressourcen konsumieren, als alle ihre Vorfahren in den Millionen Jahren zuvor verbraucht haben«, sagte Arke. »Andere Rechnungen besagen, daß die Nachfrage nach Energie in den letzten fünfundzwanzig Jahren dieses Jahrhunderts dem gesamten Energieverbrauch in der Geschichte der Menschheit entsprechen wird.«
Später redete die Schlange inständig, ich solle nicht glauben, daß Sirenengesang hier wichtiger wäre als anderswo. Wenn von Frieden in Europa geredet würde, würde immer von einem Frieden im Krieg geredet. Krieg auf mindestens drei anderen Kontinenten: Südamerika, Afrika, Asien. Der Friede in Europa wäre nie etwas anderes gewesen. Aber auch in diesem Europa würde offenbar doch schon begriffen, daß die Erde das gemeinsame Haus aller Menschen ist. Erstmals in der Menschengeschichte käme ein Gefühl für weltweite Menschenabhängigkeit auf, von Schicksalsabhängigkeit, von globaler Verantwortung. Erstmals würde geahnt, daß es ein gemeinsames menschliches Interesse gibt, das größer ist als alle trennenden weltanschaulichen und ökonomischen Interessen: das Überlebensinteresse. Es wäre sogar schon hier und da die Fähigkeit zu beobachten, die Organisationsformen der Materie auf Erden – die belebten und unbelebten – zu bewundern, ja als einzigartig zu verehren und für unverzichtbare und zu hütende Pflegegüter des Weltalls zu erachten wie Museumsexponate. Sirenischer Gesang

müßte diese Empfindungsfähigkeit von Individuen zur Kompromiß- und Friedensfähigkeit von Völkern und deren Regierungen unnormal schnell entwickeln helfen. Denn für ein normales Entwicklungstempo fehle die Zeit. Jeder ungenutzte Tag, jede fehlende sirenische Zunge vergrößere die Chancen der Massenlustmörder vom Schlage des erwähnten USA-Generals . . .
Der Krieg als klassisches Mittel zur Durchsetzung politischer Ziele müsse tabuisiert werden.

136. Kapitel

Laura wartet auf Fakals Rückkehr

Nach dem sieghaften Abschied erwartete Laura Fakals sieghafte Rückkehr. Oberteufel Kolbuk und Oberengel Zacharias hatten Laura nur elf Wochen Bedenkzeit bewilligt. Isebels Wandelwasser, das zum Affen machte, war zu gewärtigen und Amandas Drohung, Wesselin als Adjutanten auszuheben . . .
Laura brauchte Zuflucht vor den Verfolgern und Erpressern. Das Hinterland, dessen Arme vor den Ängsten und Nöten dieser Welt zeitweise abschirmten. Sicherheitseiland für Mutter und Kind. Laura brauchte dringend das Trinksilber und fieberte der Rückkehr Fakals entgegen, weil dringend die Insel destilliert werden mußte.
So auf der Folter des Wartens und der Sorge, die Hilfe könnte zu spät eintreffen, fuhr Laura wieder S-Bahn-Züge durch die Hauptstadt Berlin. Und Wesselin besuchte unlustig und ahnungslos den Kindergarten.
Tags ließ die Unruhe Laura kaum Schlaf zur Reproduktion der Arbeitskraft. Nachts im Dienst wuchs die Sorge sich zu Dämonen aus. Sie geisterten um den Führerstand, auf den Bahnhöfen, entlang der Strecke, die von Gebüsch oder Wald gesäumt war. Bei jeder Einfahrt Angst, ein Selbstmörder könnte sich vor den Zug werfen. Auf jedem Endbahnhof, wenn Laura von einem Führerstand zum anderen wechseln und den Zug entlang laufen mußte, hallte Tappen nach. War es das Echo von Lauras eigenen Schritten? Waren es die Schritte des unsichtbaren Zacharias? Verfolgten Kolbuk, Isebel oder Amanda mit Tarnkappen?
Die wörtlichen und handgreiflichen Belästigungen von Besoffenen, die Triebwagenfahrerinnen fast in jedem Nachtdienst durchzuste-

hen haben, waren Lappalien gegen Lauras derzeitige Verfolgungsangst. Wie lange mußte, wie lange konnte sie noch durchhalten? Warum ließ Heinrich Fakal derart auf sich warten.
Der Streß schwächte bereits Lauras Sehkraft. Wenn die nächste betriebsärztliche Untersuchung ergab, daß die Triebwagenfahrerin die gesundheitlichen Normen nicht mehr erfüllte, mußte sie runter vom Fahrdienst. In der Wagenreinigung arbeiten vielleicht? Oder am Fahrkartenschalter wie einst, als sie mit Wesselin schwanger ging? Was nützte dann noch die als Trinksilber destillierte Insel als Hinterland, wenn Laura nicht mehr fahren durfte. Die ideale Privatlösung war sinnlos ohne den idealen Beruf, der für Laura Triebwagenfahrerin war.
Fiel dem sieghaften Fakal der Sieg so schwer?
Warum durften nur Männer vor ihren Sorgen unbemäntelt in die Betäubung des Alkohols fliehen? Hatten Frauen weniger Sorgen und deshalb höchstens das Recht, heimlich zu trinken? Warum hatte ein besoffener Mann von Männern und Frauen Toleranz zu erwarten und eine besoffene Frau von Männern und fast allen Frauen erbarmungslose Verachtung? Kaum ein nächtlicher Bahnhof ohne besoffene Fahrgäste. Sufftendenz steigend.
Und trotzdem war Laura Nachtdienst lieber als Tagdienst. Und keineswegs nur, weil andernfalls ihr schlechtes Gewissen, Wesselin zu wenig mütterliche Zuwendung geben zu können, bis zur Unerträglichkeit anwüchse. Auch nicht gewohnheitshalber. Laura transportierte gern Nachtschichtleute in sanftem Fahrstil, der Gefühl und Erfahrung verlangte, ihren Betten zu. Obgleich sie natürlich lieber volle Züge fuhr als andere. Verantwortung für etliche hundert Fahrgäste war eine Last, die Laura nicht nur drückte, sondern die sie auch mit Befriedigung trug. Stehend. Stolz auf ihre Fahrkunst. Einen frisch gewaschenen Zug, dessen gelbroter Anstrich leuchtete, besteigen und dann menschenvoll durch eine menschenvolle Stadt donnern, eigenverantwortlich, souverän – das konnte durchaus in euphorische Zustände versetzen, die denen der Liebe vergleichbar waren. Nicht im Hochsommer natürlich, wenn auf dem Führerstand fünfzig Grad auszuhalten waren. Im Hochsommer war Nachtdienst eine Wohltat. Im Winter dagegen . . .
Ach was: Laura hatte inzwischen dem Nachtdienst zu jeder Jahreszeit Vorteile abgewonnen, die die Nachteile ausglichen oder sogar überboten. Stille zum Beispiel war ein Vorteil, den Laura geradezu genoß. Sie hatte deshalb die Anordnung von 1961, die die Beifahrer

abschaffte, begrüßt. Sie hatte zu viele geschwätzige Beifahrer erlebt. Männliche und weibliche. Und wenn die männlichen schwiegen, mußte eine Triebwagenfahrerin damals noch argwöhnen, der Beifahrer war stumm, weil er eine weibliche Vorgesetzte als Zumutung empfand. Als Laura bei der S-Bahn anfing, gabs sogar noch männliches Beifahrerpersonal, das sich weigerte, mit weiblichem Führerpersonal zu fahren. Lange her ... Diese alten Zöpfe waren längst abgeschnitten ...

Aber Laura brauchte trotzdem ihre Insel. Schnell. Sofort. Hatte sich der sieghafte Fakal verlaufen? Suchte er nach der historischen Abteilung im Hörselberg statt nach der Trinksilberphiole im Schloß Blocksberg?

Die Warterei zehrte an Lauras Kräften. Und Kinder lieben die Schwachen nicht ...

Zu den Qualen aus Ungewißheit kamen die Quälereien aus Spaß, die Wesselin veranstaltete, um seine Kräfte zu erproben. Ein Spiel, das der Instinkt jedem Kind eingibt. Es will erkunden, wo seine Grenzen liegen. Es geht vorwärts, bis es Widerstand spürt. Es erwartet ihn. Es muß das Quälspiel so lange forttreiben, bis es an Grenzen stößt. Eine angeschlagene Mutter schiebt die Grenzen weiter und weiter von sich, weil sie die Kraft zum Widerstand nur schwerlich zusammenbringen kann ...

Fand der erfindungsreiche Fakal die Phiole etwa nicht? Machte ihn seine Liebe zu der ihm unbekannten Amanda blind statt seherisch? Oder die Liebe zu seiner Mutter? Vielleicht verweilte er in der historischen Abteilung des Hörselbergs und erzählte und dankte der Mutter endlich, was er ihr zu ihren Lebzeiten nicht zu gestehen wagte? Vielleicht löste sich dort seine Zunge, wo die übermächtige Autorität des Vaters, die zarte Gefühlsausbrüche nie gezeigt, nie sichtbar vorgelebt hatte, nicht hinreichte? Vielleicht hatte Heinrich so lange seine Innerlichkeit verschwiegen, daß er nun nicht mehr aufhören konnte, sie nach außen zu kehren?

Laura hörte Barockmusik vom Plattenspieler, wenn sie aus dem Nachtdienst kam und keinen Schlaf finden konnte, obgleich Wesselin im Kindergarten war. Buxtehude, Bach, Händel, Gegensatz von einzelgängerischer Inselsehnsucht und Allverstrickung. Spannung zwischen Privatlist und ehernem Gesetz. Wenn Laura elend war, suchte sie nicht individuelle Zeichen in der Kunst, sondern transzendente. Abstraktheit, darin das Unbenennbare des kosmischen Räderwerks west ...

Die lange Lebensdauer solcher Musik und aller großen Kunst erklärte sich Laura aus der Vielsinnigkeit: Von jeder Generation ließen sich diese Werke aufs neue mit Gehalt beladen. Ließ sich Barockmusik sogar mit dem Wunsch beladen, Oberteufel und andere Übersinnlichkeiten zu überlisten?
Oder erwies sich Heinrich Fakal am Ende etwa gar unfähig, dem Kolbuk eine Phiole unter dem Hintern wegzustehlen?
Fragen über Fragen, die Laura nicht länger auf sich einstürmen lassen konnte. Sie mußte endlich Gewißheit haben. Jeder verwartete Tag brachte die Verfolger näher. Die Katastrophe ...
Laura vertraute Wesselin Vilmas Obhut an und begab sich auf die Suche nach Fakal.

137. Kapitel

Laura auf der Suche nach Heinrich Fakal

Der Suche ging eine Anfahrt per Eisenbahn voraus. Den Fußmarsch begann Laura am Dienstag nach Walpurgis (3. Mai 1977). Am 15. Mai lief das Ultimatum von Oberteufel Kolbuk ab.
Laura in Stiefeln und Pullover. An den Rändern der Landstraßen erfrorene Pimpinellen, die, wie alle Doldengewächse, gegen Behexung helfen sollen.
Der Aufstieg von Wutha aus war steil. Schmale Pfade, frosthart oder glitschig. Kahles Astwerk, von Vögeln belebt. Vereinzelt schon Zwitschern. Im Steinbruch noch Schneefelder. Ging Laura bis an den Rand, wehte es eisig hoch.
Der Hörselberg ist ein Kalksteinblock. Im Süden steilwandige Abstürze, im Norden geht der Berg in eine Hügellandschaft über. Obgleich er kaum fünfhundert Meter hoch ist und mit den anderen Erhebungen des Thüringer Waldes nicht konkurrieren kann, geben ihm Vereinzelung und jähes Aufsteigen aus dem Tal ein gewaltiges Aussehen.
Als der Kamm erreicht war, hatte Laura Ranunkeln unter den Stiefelsohlen und Stechpalmen und Disteln neben sich. Im Laub des vergangenen Jahres Buschwindröschen. Der Schlehdorn – prunus spinosa – knospte weiß. Erregender Ausblick vom Kamm. Zu Füßen das reichlich bebaute Tal der Hörsel, Felder und Gärten im ersten Grün. Zwischen den Feldern die Flußschleifen. Jenseits des

Tales breitet sich die Hügelkette des Thüringer Waldes aus, wellenähnliche Bergrücken, Kamm neben Kamm. Laura mußte verharren trotz ihrer Unrast. Sie schaute und drehte und wendete sich und schaute wieder. Rechts grünschimmernd das Dach der Wartburg jetzt. Unter Laura Wutha. Bei klarem Wetter könne man bis zum Harz sehen, hatten Einheimische versichert, die Laura nach dem Weg zur Venushöhle befragt hatte. Unübersehbar bei jedem Wetter die silberglitzernden Futtersilos der Jungrinderaufzucht von Hastrungfeld-Burla.

Laura mußte vom Kamm herunter, wenn sie die Venushöhle erreichen wollte. Die Venushöhle war von den Einheimischen als in der Kalksteinwand befindlich beschrieben worden. Unerreichbar für kletterungeübte Leute. Gefährlich gelegen.

Laura hatte von Bergsteigerei keine Ahnung und glitt ruhig an der Kalksteinwand hinab. Wer Oberteufel, Oberengel und andere Verfolger hinter sich weiß, hat vor gewöhnlichen Abstürzen keine Angst.

Die Kalksteinwand an vielen Stellen nackt. Vielfältige Schattierungen, durch die Verschiedenheit der Muschelbänke und ihre Farben bestimmt. Da und dort, wo Laura mit Füßen und Händen Halt suchte, Glänzen im Stein. Gipskristalle im Fels. Vor vielen Millionen Jahren war dieser Berg, an den Lauras Leib sich jetzt preßte und woran sie sich fortschob, ein Riff im Meer gewesen. Nicht vulkanische Kräfte – Lebendiges hat ihn gebaut. Laura angeklammert an einem riesigen Grabhügel . . .

Als Laura die ausgeschilderte Tannhäuserhöhle erreicht hatte, waren Hände und Hosen löchrig geschürft. Der Eingang war halb zugewachsen mit Büschen und Bäumen. Die Höhle war ein Erdloch, aus dem Modergeruch drang. Kein Ort, der zu Rast verführte.

Laura hastete weiter und erreichte die Venushöhle wenig später.

Auch die Venushöhle war ausgeschildert. Ebenfalls mit einem altertümlichen emaillierten Schild, daran Rost fraß. Überm Höhleneingang eine Himmelschlüsselblume.

Neben dem Höhleneingang ein Mann in einem Federanzug.

So einen schwarzen Federanzug sah Laura zum ersten Mal. Das Gesicht des Mannes war ihr vertraut.

Er erkannte Laura auch sofort, erschrak über die blutenden Hände und Knie und fragte, welcher Teufel Frau Salman geritten hätte, sich an den Arsch der Welt zu schleppen.

»Ich such einen Mann«, sagte Laura.
»Im Hörselberg gibts keine Männer«, sagte Konrad Tenner.
»Ich weiß«, sagte Laura, »er wollte auch weiter, und jetzt ist er seit vielen Tagen überfällig. Hast du nicht hier einen Mann vorbeikommen sehen?«
»Keinen, nach dem sich eine Frau wie du die Hände blutig suchen könnte«, sagte Tenner.
»Und was hat Herrn Doktor Tenner an den Arsch der Welt verschlagen«, fragte Laura.
»Pech«, antwortete Konrad Tenner und sah sich um, als ob er fürchte, belauscht zu werden.
»Fühlst du dich etwa verfolgt«, flüsterte Laura.
»Kontrolliert«, sagte Tenner. »Mein Vorgesetzter wählt zur Bezeichnung eines Vorgangs in meinem Fall derzeit die vornehmste aller möglichen Ausdrucksweisen. Kontrollen und Blitzbesuche aus dem Hinterhalt natürlich nur zu meinem Besten. Ein Wesen, das seine Zuverlässigkeit ständig überprüft fühlt, arbeitet freiwilliger . . .«
Laura konnte nicht widerstehen, sich nach der Art der Arbeit zu erkundigen.
Konrad Tenner befriedigte Lauras Neugier und sein Verlangen, sich etwas Elendslast von der Seele zu reden, mit einem Gespräch, das zusammengefaßt im nächsten Kapitel nachzulesen ist.

138. Kapitel

Tragischer Bericht von einem, der übersinnliche Mächte überlisten wollte

»›Wer sich mit der Administration abgibt, ohne regierender Herr zu sein, der muß entweder ein Philister oder ein Schelm oder ein Narr sein‹, resignierte Goethe, nachdem er die Fürstenerziehung als hoffnungsloses Geschäft erkannt hatte und ihm entflohen war«, begann Tenner. Als er seinen Schemel vor den Höhleneingang gerückt hatte, fuhr Tenner fort: »Ich habe nicht zu resignieren, weil ich mein Geschäft allein närrisch verstand und mit dem Spiel meines regierenden Herrn mein Spiel trieb. Mein Spiel zu treiben glaubte – als Hofnarr Kuonrat. Im etymologischen Wörterbuch wird mein Vorname von den althochdeutschen Wörtern kuoni (kühn) und rat (Rat) abgeleitet. Meine eigene Etymologie leitet jetzt den Namen von den bayrischen Wörtern koan (keinen) und rat (Rat) ab.

Kühne, gewinnsichere Spielsysteme glaubte ich ausgetüftelt zu haben und hatte tatsächlich gar keine. Nichts. Nichts geht mehr ... rien ne va plus ... Wenn du mir nicht geholfen hättest, wär ich auch als Archivar verloren. Ach Laura ...«

Tenner wankte auf Laura zu.

Sie wußte den Abgrund hinter sich und murmelte: »Üpchen püpchen Rübezahl/üpchen püpchen Knoll./Zipper de bibber de Monika,/zipper de bibber de Boll.«

Aber Tenner umarmte Laura trotzdem und dankte ihr für alles, was sie für Vilma und ihn getan hätte. »Du hast meine Ehre gerettet«, sagte Konrad Tenner unter Tränen, »du hast Vilmas Ruf, ihre Redaktionsanstellung und meine berufliche Existenz als Archivar gerettet – unter Lebensgefahr hast du dich mit List und Tollkühnheit für uns beide eingesetzt – womit haben wir solche Treue verdient?«

»Enkel zwenkel/dunkel funkel/Rabe Schabe/Kaiser Abt/dille buffer – raus«, sagte Laura.

»Zählst du mich aus, Laura? Oder zählst du mich an?« Tenner rückte auch das Schreibpult mit dem Kontrollbuch vor den Höhleneingang, bot Laura einen Schemel an und setzte sich aufs Kontrollbuch. Die Himmelschlüsselblume überm Höhleneingang wurde von Sonnenstrahlen erreicht. Tenner und Laura saßen im Schatten. Aus der Tiefe eisige Aufwinde.

»Vilma ist mit den besten Papieren versehen aus dem Irrenhaus entlassen. Und rehabilitiert ist nicht nur sie, auch ich ... als Archivar. Mein halbes Leben ist gerettet. Das andere ist verpfuscht. Ach Laura, wenn du allmächtig wärst ...«

»Aus ne bunte Bohne/machst ne Amazone,/Amazone, Krinolin,/ zerrißne Strümpf und Holzpantin«, sagte Laura.

»Bleib bei deinen Sprüchen, Laura«, seufzte Tenner, »die Hermeneutik des Erbes von Großmutter Selma hätte mich beflügeln können, wenn ich mir ein Arbeitszimmer im Hörselberg erspielt hätte ... ›Ich, der durch Intelligenz sein ganzes Leben ruiniert hat, kann nur hoffen, daß mein Baby sich als dumm und beschränkt erweisen möge, damit es ein geruhsames Leben als Kabinetts-Minister beschließen kann‹, wünschte sich einst ein gefeierter Poet der chinesischen Sung-Dynastie (960-1279 n. Chr.). Ich, Konrad

Tenner, beneide das chinesische Baby um die Wünsche seines Vaters. Mehr noch: Ich möchte am liebsten zurück in den Mutterleib, diesen einzigen Ort, wo es einem Menschen wie mir an nichts mangeln würde. Aber da mir der meiner Natur natürlichste Ort verwehrt ist, habe ich mich lebenslang mit Künstlichkeiten behelfen müssen. Mit allerlei Hasardspielen, wo immer der Kopf als Einsatz gewagt werden muß. Meiner. Und der reichte noch nicht mal immer. Selbst den Verdacht des Verrats mußte ich mitunter wagen: Verdächtigungen meiner lieben Amanda sogar . . . Aber ein Spiel, das um weniger geht, ist auch reizlos: keine seelische Strapaze. Ein reicher Spieler, der nicht mit Angst vor dem Verlust setzt, kann die Euphorie des Hasards nie erleben. Je größer Risiko und Angst, desto größer die Lust.
Und nur wer mehrfach setzt, hat Chancen. Nach der Wahrscheinlichkeitsrechnung.
Ich tüftelte nach dieser Rechnung dreimal eine todsichere Chance aus und spielte entsprechend an zwei Tischen. Immer mit dem gleichen Einsatz. Immer mit dem gleichen Ziel. Meist so, daß jeder Spieltischbesitzer glaubte, sein Kunde wäre allein sein Kunde. Am Tisch von Oberengel Zacharias spielte ich als advocatus diabolae. Am Tisch von Oberteufel Kolbuk spielte ich als advocatus deae. Die weibliche Form von Gott und Teufel darfst du mir, liebe Laura, nicht als grammatikalischen Schnitzer anrechnen. In Latein bin ich sattelfest. Als Spieler glaubte ich auch sattelfest zu sein und paßte mich äußerlich an, um mich innerlich nicht anpassen zu müssen. Äußerer Anpassungstribut: die erwähnte weibliche grammatikalische Form und ein bißchen entsprechendes Gerede, das du mir verzeihen würdest, wenn ich gewonnen hätte.
Aber ich habe verloren. Dreimal. Und jetzt sitz ich hier und bin das, was ich in meinen schwärzesten Kalkulationen nicht für möglich errechnet hätte.«
»Ist ein Mann ins Wasser gfalln,/hab ihn hören plumpen./Hab gmeint, es wär ein großer Mann:/Wars ein kleiner Stumpen«, sagte Laura.
Konrad Tenner starrte hinab ins sonnengefleckte Tal und flüsterte, ob er Lauras viele Sprüche als Anzeichen von Hilflosigkeit oder gar Angst verstehen solle.
Laura pflückte die Himmelschlüsselblume vom Höhleneingang und riß die Blütenblätter einzeln aus.
»Befragst du das Glück? Selbst heuer zu Walpurgis noch erschien

mir meins, ein Arbeitszimmer im Hörselberg, so gut wie erreicht«, sagte Tenner.

»Im ersten Spiel habe ich für dieses Ziel ein Buch geschrieben und bin von Kolbuk und Zacharias, die ich überlisten wollte, überlistet worden. Abgemacht war, daß ich den Lohn erhalten sollte, sobald für das Buch, das ich selbstverständlich anonym schrieb, ein Autorenname gefunden war. Und ich dachte, für eine Schwarte mit dem abgegriffenen Titel ›Eine Frau ohne Mann ist wie ein Fisch ohne Fahrrad‹ finden Kolbuk und Zacharias beziehungsweise deren westdeutscher Verleger Kertelsmann schockweise Autoren. Aber nein – und das wundert dich nicht? Mich wunderte das ungeheuer, Laura, denn ich konnte ja nicht ahnen, daß Kolbuk und Zacharias ausgerechnet deinen Namen für den Schmöker haben wollten. Kannst du mir verzeihen, daß ich dich durch Ahnungslosigkeit Erpressern in die Arme trieb? Männer sind ungebrochen rücksichtslos in der Wahl ihrer Mittel . . .«

Laura pustete Konrad die Blütenblätter ins Gesicht.

Konrad fröstelte in der Kellerluft, die ihm im Rücken stand. Er redete fort, als ob er ihr mit Worten entkommen und sich warm erzählen könnte. »Da mich Zacharias und Kolbuk im ersten Spiel gemeinsam geprellt hatten, machte ich das zweite als Doppelspiel«, redete er. »Ein Doppelspiel, in dem ich die Rivalität zwischen Oberengel und Oberteufel meiner Wahrscheinlichkeitsrechnung zugrunde legte. Mit zwei Eisen im Feuer erschien mir ein Gewinn so gut wie sicher. Ich schloß also unterm Siegel der Verschwiegenheit mit den Rivalen Separatverträge und kommentierte eine Kertelsmannreportage von der Walpurgisnacht 1976 in zwei Varianten . . .«

»Wenn meine Ahnungen von mir besser geschätzt worden wären, hätte ich mir viel Grübelei über die mit ›Arschloch‹ bezeichnete Person ersparen können«, murmelte Laura.

Tenner überhörte, da Selbstbewunderung ihn kurz in Euphorie hob: »Die Varianten waren den jeweiligen Auftraggebern jeweils zum Munde gesprochen: als Propaganda bestellt. Beiden zum Munde geredet und keine Dreckarbeit. Im Gegenteil. Kunsthandwerk, das so viel Scharfsinn erforderte, deshalb so viel Spaß machte wie Roulette in meinen ärmsten Tagen. Denn die Spielkunst bestand ja darin, die beiden scheinbar zu preisen und tatsächlich zu sagen, was ich von ihnen denke: also gegen sie zu hetzen. Hetzen aber so, daß mir die Auftraggeber keinerlei Abweichen von den gestellten

Linien nachweisen konnten. Zensur verfeinert den literarischen Stil. Solche geistigen Seiltänzerkünste konnten mich über die Verrottung der Ketzerei auf dem Blocksberg zeitweilig hinwegtrösten. Einzig wegen der Möglichkeit, seiltänzerisch ein wenig zu ketzern, hatte ich das Hofnarrenamt übernommen. Der geistige Muff oder die Lethargie in den Rabenfraktionen waren mir unerträglich.
Also: Mit dem mir immer unverzichtbarer werdenden Ziel vor Augen habe ich die bestellte Propaganda so gut wie möglich gemacht: das heißt, so schlecht wie möglich. Ohne mir auf die Kehle zu treten oder mich selbst irgendwie zu verraten. Und diese Redlichkeit war mein Verderben. denn ich erfuhr zu spät, daß der Kommentar brautwerberisch wirken sollte . . .«
»Bei mir«, warf Laura ein.
»Bei dir?« Tenner kaute auf einem Zweigstück, weil ihm das Rauchen am Höhleneingang verboten war. »Bei dir? Dich wollten Kolbuk und Zacharias an Land ziehen?« Tenner kaute noch eine Weile mit Kuhblick. Dann spuckte er das Holz in den Abgrund und ließ ein Gelächter aus sich heraus, das in der Höhle schauerlich hallte und widerhallte.
»Ene bene subtrahene«, murmelte Laura.
Das Gemurmel beruhigte Tenner.
Später gestand er, daß diese Heiratspläne selbst dem Hofnarren Kuonrat verborgen geblieben wären, der doch sonst alles erröche oder errechnete. »Ein erzschurkischer Plan, wenn er selbst von mir nicht errochen werden konnte . . . Und hast du die Kommentare durchschaut? Du hast dem Gelichter einen Korb gegeben? Oh Laura, kein Wunder, wenn Amanda immer von dir träumt . . . Sooft ich Amanda besuche, trägt sie den im Hörselberg bei Hexen als Schamteil geltenden Kopf nicht mit Hut und Schleier verdeckt, sondern entblößt. Und die Nacktheit-Uniform vertauscht sie auf meinen Wunsch oft mit dem Eulenkostüm. Euch beide in einem Salon, der meiner Studierstube vorgelagert wäre . . . das wär mein Ziel gewesen . . .
So wars ein Schuß in den Ofen. Denn Amtspersonen von der Größenordnung Oberteufel oder Oberengel, die einen Korb gekriegt haben, suchen Unfähigkeit natürlich nie bei sich, sondern stets bei Untergebenen; und also wurde ich bestraft. Von beiden. Indem ich abermals um meinen Lohn geprellt wurde.
Verzweifelt, gelähmt von Depressionen, verhockte ich meine Nächte im Hörselberg. Nicht im Salon meiner Freundin Amanda, unter

deren Bett meine für die Archivarbeit in Berlin hinderliche Hälfte lagert. Ich verkroch mich in einer Kasemattenecke.
Je tiefer mein Elend, desto unabweisbarer mein Verlangen, allein zu sein. Jede Störung verstärkt da die Qualen.
Die Störung jedoch, die mich heimsuchte, riß mich aus Schmerz in Verwirrung.
Eine Störung in Gestalt eines ungefiederten Mannes.
Zunächst zweifelte ich an meiner Sehkraft. Nach einer Weile brachte ich jedoch die Kühnheit auf, zur Kenntnis zu nehmen, daß da tatsächlich eine männliche Erscheinung im Hörselberg herumtappte, die kein Rabe war. Ein ungeheuerlicher Vorgang. Ein nicht möglicher Vorgang sowieso.
Da mir jedoch alle Raben auf dem Blocksberg und im Hörselberg unausstehlich geworden waren, tat ein Nichtrabe in der Umgebung meinen Augen wohl. Ich beobachtete den Irrläufer mit Neugier.
Er tappte unsicher im Schummerlicht herum. Die Hexen waren gewöhnt an die Düsternis und probten in den Gängen für Walpurgis.
Während einer Probepause erstieg der Mann einen Theaterwagen, hob den Deckel der Gralsattrappe, entnahm die Trinksilberattrappe und verbarg die Phiole unter seinem Jackett.
Die Hexen, vom Theaterfieber besessen, bemerkten den Mann und den Diebstahl nicht. Sie probten wie in jedem Jahr den Aufstand: die Eroberung des Blocksbergs.
Ich träumte wie immer von meiner Privatlösung: der Eroberung eines Arbeitszimmers im Hörselberg . . .«
Laura dazwischenmurmelnd: »Ick sitze da und esse Klops,/mit eenmal klopts./Ick kieke hoch und wundre mir,/mit eenmal jeht se uff, de Tür./Ick stehe uff und denk: nanu,/jetzt is se uff, erst war se zu./Ick jehe hin und kieke:/Und wer steht draußen – icke.«
Tenner brach sich einen frischen Zweig vom Eingangsgesträuch ab, schob es in den rechten Mundwinkel und erzählte aus dem linken: »Als der Mann frohlockend an mir vorbeischlich, regte sich in mir der Spieltrieb. Ich schlüpfte also in das Schmierenkostüm des Kriminalkommissars, sagte, die Hörselberg-Polizei wüßte sowieso alles, jedes Leugnen würde die Strafe für den Diebstahl nur erhöhen, und riet zu einem umfassenden Geständnis.
Meine Worte müssen einen so ungeheuren Gefühlssturz ausgelöst haben, daß der Mann sich tatsächlich verblüffen ließ und auspackte.

Konfuses Zeug natürlich. Irgendwelche erotischen Halluzinationen von einer fliegenden Frau und dergleichen. Ein klinischer Fall, dachte ich zunächst.

Als der Name Amanda fiel, packte mich die Eifersucht.

Als der Mann versicherte, mit der Attrappenphiole Amandas Liebe erringen zu können, erfaßte mich Mitleid und eine Idee.

Aus Mitleid zu dem Mann verhaftete ich ihn, um ihm die bitterste aller für einen Liebeswahnsinnigen möglichen Enttäuschungen zu ersparen.

Aus Mitleid zu mir lieferte ich den Verhafteten erst aus, nachdem mir Oberteufel Kolbuk das Arbeitszimmer im Hörselberg zugesichert hatte.

Ich verstehe nicht, Laura, weshalb eine so kluge Frau wie du hier stutzt, da doch selbst Heißenberg schon wußte: Wissenschaft beginnt mit einem Gespräch.

Und ein Gespräch mit den Raben vom Blocksberg ist mir ferner nicht möglich. Die Mitglieder der historischen Abteilung lassen seit langem schon nicht mehr mit sich reden, wenn man nicht ihrem Flügel angehört. Und die Raben der anderen Fraktionen haben aufgehört, für mich Gesprächspartner zu sein.

Die Mitglieder der konservativen Avantgarde klagen und räsonieren – das kann ich selber besser.

Die Gysotiker haben ihren instrumentalen Verstand zu solcher Klugheit trainiert, daß dessen Dummheit zum Himmel stinkt.

Und die Neokonstruktivisten? Willst du mir etwa zumuten, mitanhören zu müssen, wie sie durch Neukonstruktion das Menschengeschlecht optimieren, das heißt auf wissenschaftlichem Wege vernichten wollen?

Schon die französischen Enzyklopädisten hielten die Gesellschaft gescheiter und gebildeter Damen für unverzichtbar. Nicht etwa nur aus erotischen Gründen. Diese Herren verfügten bereits über eine Kultur, die Frauen nicht nur als Vertreterinnen ihrer Art, sondern auch als Persönlichkeiten erlebbar machte. Marmontel verrät in seinen Memoiren, weshalb die Gelehrten damals die Salons der gescheiten Damen besuchten: Nicht etwa nur, um Anmut des sprachlichen Ausdrucks zu üben; um Anmut des Denkens zu gewinnen. Anmut des Denkens! Ein bereits schon mal errungenes Kriterium! Inzwischen wieder absolut vergessen. Unvorstellbar ein zeitgenössischer Wissenschaftler oder Politiker, der es für wichtig erachtet.« Tenner räkelte sich auf seinem Kontrollbuch und genoß

den Blick über die frühlingszarte Hügelkette des Thüringer Waldes jenseits des Tals.
Laura saß gekrümmt auf ihrem Schemel und starrte auf die leergezupften Blütenkörbe.
Tenner entwand die Reste sanft Lauras Hand, küßte alle Fingerspitzen einzeln und sprach: »Und warum gibt es so gut wie keine Dramatikerinnen, fragte ich neulich einen Dramatiker. – ›Weil ein Dramatiker eine konfliktgeladene Persönlichkeit sein muß‹, antwortete er oder so ähnlich. Innere Schroffheiten und Kämpfe stellten Dramatiker als äußere Schroffheiten und Kämpfe in Form von Personenensembles auf die Bretter, die die Welt bedeuten. Und wenn Dramatiker grell genug wären von Charakter, könnten sie mittels Talent stimmige Weltbilder hergeben. Frauen dagegen wären relativ harmonischere Naturen und hätten eine andere Art, Konflikte auszutragen, weshalb die über Jahrhunderte entwickelten dramatischen Formen für ihre Charaktere ungeeignet wären, beziehungsweise ihre Charaktere, als Personenensemble auf die Bretter gestellt, keine Weltbilder hergäben, die den derzeitigen Weltzustand bedeuten könnten. Sagte der Dramatiker.
Und was sagst du, Laura?
Schweigst du, weil du endlich begriffen hast, weshalb ich ein Arbeitszimmer im Hörselberg brauch? Weil du weißt, daß die größten ketzerischen Potenzen – fähig, das Mögliche von übermorgen zu bedenken – heute unter den Frauen zu vermuten sind? Weil du ahnst: Vielleicht könnte es sogar die Bewohnbarkeit der Erde kosten, daß uns die Anmut des Denkens verlorengegangen ist. Ich allein jedenfalls kann das Verlorene nicht so schnell wie nötig zurückholen und die ganze Welt sofort im Ganzen modeln. Aber sie oder die Zeit scheint mir aus den Fugen, so daß ich wohl um den Verstand kommen könnte, wenn ich nicht samt meiner neu inthronisierten Königin Vorgeschichte im Salon einer Hetäre geistigen Unterschlupf ...
Oja, Laura, gut gefragt, Laura, dich kann man nicht so einfach bescheißen wie mich, du merkst sofort, wenn etwas faul ist, ich dagegen ... Oberteufel Kolbuk hat sich für den Gefangenen bedankt und die Verhaftung als Tat der Wachsamkeit gepriesen und als großes Verdienst. Als sehr großes Verdienst, als außerordentliches Verdienst, das entsprechend honoriert werden müßte. Nicht ordentlich also mit einem simplen Arbeitszimmer im Hörselberg, sondern außerordentlich.

Kolbuk entband mich also von meinen Verpflichtungen als Hofnarr und schenkte mir die Vertrauensstellung am Eingang Venushöhle. Auch wird dieser Mischung aus Pförtner und Wachposten oft die Ehre teuflischer Besuche zuteil. Kolbuk nennt die Besuche Kontrollgänge und scheint eben wieder im Anmarsch . . .«

139. Kapitel

Tragische Nachrichten für eine, die übersinnliche Mächte überlisten wollte

»Und wie sah der Verhaftete aus«, fragte Laura stockend.
»Mittelgroß, kurzbeinig, eine gutmütige Ausgabe von Paphnutius, dachte ich auf den ersten Blick, Paphnutius aus der Erzählung ›Klein Zaches‹ von E. T. A. Hoffmann, dachte ich, bevor der Mann den Mund aufmachte, Fürst Paphnutius, der auf Anraten seines Kammerdieners in seinem Land die Aufklärung einführen und die Feen abschaffen läßt . . .«
»Querkopf, Sauertopf,/will das Spiel zerreißen,/zieht den Mund wien alter Mops,/der nicht mehr kann beißen«, murmelte Laura.
». . . Auf den zweiten Blick wurde ich an Parzivals Bruder Feirefiz erinnert«, sagte Tenner.
». . . Sommersprossen, die dem unauffälligen Gesicht Züge von Vorwitz, ja Frechheit geben«, ergänzt Laura haspelnd.
»Ja«, sagte Tenner abgewandten Blicks und rutschte vom Kontrollbuch herunter.
». . . Haar wie Daunen, strohgelb, Augen weiß umwachsen, Brauen auch fast weiß, Koteletten rot . . .«
»Woher weißt du das«, sagte Tenner noch aufmerksamer nach hinten witternd, wo der Eingang von Finsternis verhangen war.
Plötzlich schlug Tenner das Kontrollbuch auf und stellte sich stramm neben das Schreibpult.
»Heinrich«, jammerte Laura.
Stimme aus dem Hintergrund: »Er ist gerichtet.«

Silvesternachspiel

darin Berlin die Hexen austreibt

Im Morgengrauen des 31. Dezember 1980 rissen zwei vermummte Gestalten das Schild mit der Aufschrift »natrix pandorae« von der gegenüberliegenden Voliere und schleppten mich ins Tierparkschloß.

Ich verbrachte den Tag dort eingeschlossen in einem Keller. Das Licht, das durch ein vergittertes Fenster fiel, machte erkennbar, daß ich zwischen Kokshaufen saß. Ohne die Papiere, ohne mein Buch »Amanda«. Verzweiflung über den abermaligen Verlust und meine Unfähigkeit, Attentäter zu wittern und mich nach Arkes Anweisung rechtzeitig in Sicherheit zu bringen, trieben mich in einen Weinkrampf.

Später muß ich ohnmächtig geworden sein.

Explosionsdonner weckte mich. Krachen und Geknatter von nah und fern. Die Scheiben des Kellerfensters klirrten. Mein erster Gedanke: Es ist losgegangen. Ich erklomm einen Kokshaufen und starrte durchs Gitter.

Ich sah den Nachthimmel von Leuchtmunition zerschossen.

Es ist passiert, dachte ich. Der Krieg hat uns im Schlaf übermannt ...

Weg die Gedanken an den Verlust irgenwelcher Papiere. Eine andere Art von Verzweiflung war heraufgezogen über den vergitterten Himmel. Eine, an der Tränen versiegen.

Die Abstände zwischen den Detonationen kürzer und kürzer.

Hinter der Kellertür Stimmengewirr. Schlüsselrasseln.

Als eine alte Frau die Tür öffnete und eine Stallaterne an der Kellerdecke aufgehängt hatte, sah ich mich von Eulen umgeben. Von menschengroßen Eulen mit Frauengesichtern.

Die alte Frau stellte sich als Schloßwächterin Girgana und die Eulen als Hexenabordnung vom Blocksberg vor. Jahreswechsel hätten die Brockenhexen von je unter Menschen verbracht, weshalb die ordentlichen Leute Knallerei als Silvesterbrauch pflegten.

Vor der Befreiung wäre es für die Hexen gefährlich gewesen, dem Hörselberg zu entkommen und hier und da was durch den Schornstein fallen zu lassen. Nach dem Blocksberg-Umsturz machten fehlende Schornsteine Schwierigkeiten. Die Abordnung wolle ihre Gabe für Sirene Beatriz deshalb persönlich überrei-

chen und hätte in dem spezifischen Fall ohnehin keine andere Wahl.
Die Nachtwächterin Grigana verbeugte sich und setzte sich auf einen Kokshaufen.
Die Hexen im Eulenkostüm umringten mich.
Ich – unfähig, den Wechsel von panischer Angst in Staunen zu bewältigen – stand stumpfsinnig.
Eine Hexe überreichte mir eine Büchse. Eine andere fuchtelte mir mit Nadel und Faden vor den Augen herum. Eine dritte hielt ein Notizbuch, drängte mir einen Kugelschreiber auf und sprach: »Freust du dich?«
Die Ansprache überforderte mich. Denken versetzte meinem Kopf Stiche, die ich wie Stiletthiebe empfand. Oh Qual des Nachdenkens, unerträglicher Schmerz – war es der, den stimmgewaltige Sirenen einst zu durchleiden hatten, wenn Kriege sie ihrer Sprache beraubten . . .?
Ich verbiß den Schmerz, versuchte mich mit aller Kraft zu erinnern und brachte schließlich doch eine Frage zustande. Ich schrieb ins Notizbuch: »Ist das die Büchse der Pandora?«
Hoho-Rufe und Gelächter antworteten mir im Keller, jenseits der Mauern Detonationen.
Eine Hexe öffnete die Büchse und bezeichnete sie als Geschenk der Blocksberg-Präsidentin Amanda. Eine andere Hexe nannte die in der Büchse liegende Zunge eine Gabe Gajas. Eine vierte sperrte mir den Mund auf, eine fünfte legte die Zunge ein und sagte »paßt«, eine sechste nähte mir die Ersatzzunge mit Nadel und Faden in den Schlund, und die siebte Hexe spielte Maultrommel, um den Operationsschmerz zu lindern.
Nach der Operation wurde ich gebeten, mit der neuen Zunge das Maultrommelzirpen nachzubilden.
Ich starrte auf die Chronometer, die den Hexen an Halsketten auf der Federbrust hingen, und machte verschiedene Versuche. Sie fielen alle kläglich aus.
Aber ich nahm wahr, daß alle Hexen die gleichen Chronometer trugen. Und ich war bereits nach einigen Zirpversuchen fähig, zu lesen und zu erinnern: Die um die Zifferblätter der Uhrgehäuse eingravierten Wortkanten waren aus der Forderung des internationalen Arbeiterkongresses Paris 1889 gebildet: »Wir wollen acht Stunden zur Arbeit – acht Stunden, um uns auszubilden – acht Stunden, um uns auszuruhen.«

Und da fiel ich mir auch wieder selber ein.
Und ich verlangte sofort mit der neuen Zunge nach meinen Papieren.
Die beiden Hexen, die mich aus der Voliere entführt hatten, entschuldigten sich und machten sich sofort auf den Weg.
Um mir die Wartezeit zu verkürzen, sangen die anderen Hexen zu Maultrommelbegleitung, und Girgana erzählte von ihren letzten Besorgungen im Jahr 1980. Beim Bäcker wäre sie gewesen, Pfannkuchen holen. Vorm Bäckerladen wie immer eine kleine Schlange. Aber vor den wenigen Geschäften, die Feuerwerkskörper verkaufen dürfen . . . kilometerlange Schlangen. Fast nur von Männern gebildet, der Sorte vor allem, die an gewöhnlichen Tagen nicht mal Geduld für kurze Wartezeiten aufbrächten und deshalb ihre Frauen anstehen ließen. Aber hier und heute, bei klirrendem Frost . . .
»Aus Spaß«, sagte ich.
»Aus Angst«, erwiderte Girgana, »Krach und Feuer sind traditionelle Mittel, um Hexen und andere böse Geister auszutreiben. Für die Hexenaustreibung zu Silvester werden jährlich in unserem Land Millionen verpulvert, weltweit viele Milliarden. Der Anschein bloßen Spaßes, sorglich bewahrt, kann den Ernst nicht verdecken, dem instinktiv gefolgt wird . . .« Girgana warf Koksstücke gegen das Kellergewölbe. Die Hexen beruhigten sie und sangen zu Maultrommelbegleitung die Laudse-Verse:

»Was man verengen will
muß man erweitern
was man schwächen will
muß man stärken
was man stürzen will
muß man erheben
wo man nehmen will
muß man geben
das nenne ich:
erkennen, eh sich die Dinge geklärt
das Weiche besiegt das Harte . . .«

Als die beiden Hexen mit meinen Papieren zurückkehrten, erzählten sie kichernd vom Attika-Relief des Tierparkschlosses, wo der Sieg des Herakles über die letzte Sirene in Stein verewigt zu bewundern wäre.

Die beiden Hexen schleppten Gestank von Pulver und gebrannter Magnesia mit ihren Eulenkostümen in den Keller ein.
Ich prüfte, ob die Seiten meines Buches vollzählig waren.
»Bist du auch bei der Wahrheit geblieben«, fragten die Hexen.
Ich erinnerte sie an den Satz des Malers Pablo Picasso: »Kunst ist nicht Wahrheit. Kunst ist eine Lüge, die die Wahrheit begreifen lehrt.«
»Und wie weit bist du mit deinem Buch ›Amanda‹«, fragten die Hexen.
»Bis zur Niederlage der individualistischen Strategien von Laura Salman und Konrad Tenner«, antwortete ich.
»Die Niederlagen waren der halbe Sieg und erste Teil des Blocksberg-Umsturzes. Der ganze Sieg ist freilich auch eine lange Geschichte. Wann wirst du den zweiten Teil fertig geschrieben haben?«
»Demnächst«, sagte ich und ließ mich eine Weile auf meinen Papieren nieder.
Dann versammelten sich Girgana und die Hexen mit mir vor dem Kellerfenster und sahen zu, wie der Himmel Berlins von Pyrotechnik zerschossen wurde.
Als der Austreibungskrach sich zu infernalischem Lärm steigerte, brachen meine Besucherinnen in Gelächter aus. Am unflätigsten lachte Girgana.
Und sie hörte nicht auf, bis sie sich totgelacht hatte.

Inhalt

Die Aussagen von Pater Maccotino über den Jesuitenorden in den Kapiteln 109 und 111 zitieren – zum Teil wörtlich – aus den »Bekenntnissen und Erinnerungen« von Alighiero Tondi: »Die Jesuiten«, Aufbau-Verlag 1961.
Die Satansrede im 94. Kapitel ist Zitat aus Goethes Satansszenen zu »Faust« (Paralipomena).

Irmtraud Morgner

im Luchterhand Literaturverlag

Eine Auswahl

Amanda
Ein Hexenroman
Samlung Luchterhand 529
»Die Hexe Amanda und Kassandra, die Seherin, sind im übrigen nicht zufällig weibliche Figuren, die im Sagenhaften und Mythologischen wurzeln. Der Roman und die Erzählung suchen nach einer neuen, weiblichen Sicht auf die Welt.« *Volker Hage*

Hochzeit in Konstantinopel
Roman
SL 267

Leben und Abenteuer der Trobadora Beatriz nach Zeugnissen ihrer Spielfrau Laura
Roman in 13 Büchern und 7 Intermezzos
Luchterhand Bibliothek
684 Seiten. Leinen
Auch als SL 223
Es »ist nicht nur ein Buch, das von Emanzipation handelt, es ist auch seiner Form nach selbst ein Stück Emanzipation innerhalb der Literatur«. *Frankfurter Rundschau*

Der Schöne und das Tier
Eine Liebesgeschichte
40 Seiten. Leinen
Irmtraud Morgner, die am 6. Mai 1990 nach langer schwerer Krankheit starb, hat bis zu ihrem Tod am (unvollendet gebliebenen) dritten Band ihres großen Romanwerks, der Salman-Trilogie, gearbeitet. Die Erzählung ›Der Schöne und das Tier‹, eine Liebesgeschichte, ist ein Teil daraus.
»Wer sagt, die Liebe ist eine Produktivkraft, ist krank. Denn sie ist natürlich eine Krankheit. Die verrückt macht. Vor Freude verrückt und vor Sehnsucht sowieso.«

Die wundersamen Reisen Gustavs des Weltfahrers
Lügenhafter Roman mit Kommentaren
SL 350

Texte, Daten, Bilder
Hg. von Marlis Gerhardt
SL 825

Der Luchterhand Literaturverlag bereitet die Veröffentlichung von Schriften und Fragmenten aus dem Nachlaß Irmtraud Morgners vor.